Oscar Nicodemo

L'istinto cannibale
(Fumando Dostoevskij)

MNAMON

I

"Il bicchiere bianco porta fortuna quando è riempito di vino rosso", vado esclamando in diverse tonalità tendenti al serioso, mentre guido allegro, con il sole in faccia, in una giornata invernale che regala luce greca, gialleggiante nella cromatura ideale, a ristabilire le distanze naturali tra collina, mare e costa.

L'esercizio ha luogo per ascoltare la mia voce e appurare, attraverso il timbro, di aver completamente smaltito l'indicibile sbornia della sera precedente.

Farei bene a darmi una regolata, essere più produttivo, dedicarmi con più metodo alle mie attività e non lasciarmi andare a serate da simposio solitario, come l'ultima, appunto.

Dovrei approfittare di più della bellezza naturale che mi circonda. Nutrirmene quotidianamente, cercando di uniformarmi a essa e vivere ancora di più in armonia con questo luogo della memoria, dove la storia ha lasciato tracce tanto significative, che per viverlo nella sua pienezza basta seguire un percorso tracciato dalla mente.

D'altronde mi pare ovvio, sin dai miei iniziali stati mistici dell'infanzia, che, pur essendo così visibile ed esistente, la mia terra sia raggiungibile solo idealmente.

Diversamente, essa appare troppo distante, avvolta nel suo fascino storico e nell'interesse scientifico dei cultori dell'antichità. Pertanto, mi avverto, talvolta, come una coscienza predisposta a registrare esperienze che provengono da una realtà immaginifica, da cui prendono origini vicissitudini innaturali, contemplate dal ricordo.

Mi piace credere che il pensiero più abissale e sconfinato dell'individuo, vagando per i monumenti che ci hanno lasciato gli antichi padri, venga catturato da esistenze eteree, le cui presenze si rivelano apparizioni fatali. Ho sempre sognato di incontrare la Dea, il nume tutelare del più grande tempio del luogo, che, per uno strano vezzo, ho finito per credere sovrintenda alla mia vita.

E nella notte appena trascorsa a trastullarmi, nell'auto-compiacimento della mia identità, ho declamato versi in suo onore, fatto pensieri non proprio lineari e riempito di continuo il calice, in vetro finissimo, di Aglianico del posto.

Avverto di essere del tutto sobrio quando mi ritrovo a dare un'occhiata all'orologio: mezzogiorno e trentacinque! Sono in ritardo, per fortuna di solo cinque minuti. Ritengo che non presentarsi con puntualità a un appuntamento, a prescindere da chi ci attende, sia una pessima forma di scortesia.

Nemmeno parcheggio che già sono fuori dall'auto. Mi avvio verso l'elegante lunch bar. Salgo veloce per la scala a chiocciola che porta al piano rialzato del locale, dove, seduto in un angolo, spalle rivolte alla parete, mi aspetta "don Nino". Ero certo di trovarlo adagiato in quella posizione, seduto al tavolo più esterno. Devo aver letto, o sentito da qualche parte, che certi uomini preferiscono non avere nessuno alle spalle.

Non conosco *don Nino*, ma sapevo della sua grossa faccia buffa, avendola vista stampata sui giornali, quando, qualche anno fa, fu prosciolto da un'accusa per riciclaggio di denaro.

Da allora, la sua figura e il chiacchiericcio intorno al suo conto mi hanno incuriosito non poco, tant'è che, qualche volta, ho sollecitato i ben informati a raccontarmi di lui e delle sue vicende. Della sua identità conosco tanto, certamente non tutto, ma abbastanza per catalogarlo tra gli uomini più influenti del malaffare dell'intera regione.

A invitarmi a sedere, con goffa cortesia, è un uomo grassoccio in un gessato scuro, a cui attribuirei un'età intorno ai cinquant'anni. Ha capelli diradati sopra la fronte e più folti ai lati della testa, tirati all'indietro e tinti orribilmente

di nero, come si conviene a chi, ignaro di rendersi e apparire contraffatto, pensa di aggiungere giovinezza e bellezza al proprio aspetto, infarcendo la propria capigliatura
di cromature tanto forti e innaturali.

- Prego, giovanotto, mettiti comodo! – mi dice con una
voce dalla forte tonalità e una dizione grottesca, mentre
mi stringe la mano.

- Io sono Antonino Santimone, forse tu già mi conosci.
Opero in zona ormai da anni e conosco molta gente di
questa cittadina. Però, a te non ti ho mai incontrato. Mi
hanno detto che te la cavi molto bene a scrivere e a parlare. È vero?

Decido, all'istante, di piacergli e dare una risposta che
possa toccare le sue corde empatiche, dando per certo che
egli prediliga chi pratica la modestia:

- Bontà di chi lo dice, *don Nino*. In verità, mi applico.

- Bravo! Bisogna essere modesti e mantenere un profilo
basso. Di fessi presuntuosi è pieno il mondo!

Intanto, un cameriere appoggia sul tavolo il vassoio con
prosecco, gamberi sgusciati e tartine con creme. Don Nino
mi porge il bicchiere Riedel, proponendomi un brindisi e
intona:

- «Alla pace dei cuori e ai nostri vizi!»

Ripasso mentalmente queste parole per interpretarle, ma
vi rinuncio ben presto, riservandomi di assolvere al compito a tempo debito.

Don Nino mangia masticando rumorosamente e, dopo
aver sorseggiato dal bicchiere, fa schioccare la bocca.
Ben presto mi dà l'idea di un personaggio da commedia
dell'arte, di una tipica maschera da teatro, tanto la sua
aria stramba mi appare inverosimile.

Prendo a osservarlo, cercando di intuire non solo il motivo per cui mi ha invitato a colazione, ma anche quello
che mi ha portato ad accettare, sconsideratamente, il suo
invito, senza badare ai possibili e preoccupanti risvolti.

In verità, un'idea sul perché mi trovo lì ce l'avrei, ma non so se è quella giusta: sono curioso di venire a capo delle prerogative caratteriali e intellettive di quel che si dice essere un capo malavitoso.

Per meglio dire, ho sempre pensato che a sovrintendere alle azioni di persone del genere ci sia un'autodisciplina di ordine squisitamente filosofico. Sarà pure una carogna, o un fuorilegge, ma mi dico convinto che *don Nino*, nel suo insieme, per certi versi autorevole e per mille altri farsesco, eserciti un potere, agendo in virtù di un ben determinato modello comportamentale che, se pure assoggettato unicamente all'aspetto lucroso, si avvale di distinzioni e valutazioni di ordine rigorosamente concettuale.

Su fatti, cose e persone, egli, per regolarsi bene negli affari, dovrà dare necessariamente un giudizio che tenga conto di parametri estetici e di analisi squisitamente logiche. Ecco, io voglio solo assistere, se mai ci riuscissi, a qualche esempio dei suoi processi mentali.

Mi sono messo in testa di osservare, in maniera diretta, l'atteggiamento di un boss nell'istante in cui prende visione della personalità di uno sconosciuto, che nella fattispecie sono io.

La cosa strana è che un suo eventuale giudizio sulla mia persona desterebbe in me più curiosità di quanto potrebbe procurarmene una persona di assoluto livello, avveduta e finemente colta.

Anche lui mi osserva. Scommetto che si starà chiedendo se sono una persona "affidabile", o meno.

- Quanti anni tieni? – mi domanda con un leggero sorriso.
- Quaranta.
- Azze! Te li porti veramente bene, complimenti! Mi pari un *guaglioncello*!
- Grazie.
- Io tengo quarantanove anni, ma pare che sono tuo zio! Va bene, lasciamo perdere che è meglio, va! Veniamo a noi. Mia moglie, che non è una sprovveduta come me, es-

sendo una studiosa ed avendo fatto la professoressa di storia dell'arte per diversi anni, dice che sei una persona in gamba e che potresti fare per la mia ditta le... come cazzo si chiamano... le pubbliche relazioni, ecco!

Ora, io non so se a te piacerebbe questo impiego, perché di impiego si tratta.

Io te lo propongo, convinto che tu potresti svolgerlo bene e con la necessaria professionalità.

Una cosa è certa: io pago profumatamente!

E di questi tempi, dove stanno tutti con le pezze al culo... non so se mi spiego.

Tu sei una persona intelligente e sono sicuro che certe occasioni le sai, diciamo, valutare bene. Allora, che ne dici, guagliò?

Rifletto, non sulla risposta da dare a *don Nino*, ma sui potenziali sviluppi del momento che ho davanti: potrei, in un attimo, passare dall'altra parte, dove operano indisturbati i furbi, i protetti, i cosiddetti dritti.

Con una semplicissima sillaba potrei occupare una posizione privilegiata, che nessun sacrificio o impegno potrebbe assicurare tanto in fretta. Pronunciando un "sì", molte porte si aprirebbero al mio cospetto, agevolando ogni mia intenzione. Solo un mio assenso e mi troverei nelle condizioni di desiderare e ottenere quello che non ho, senza patimenti.

Ma, mio Dio, anziché rivolgere l'attenzione alla situazione incresciosa in cui mi sono messo, presentandomi sciaguratamente a una sconveniente colazione di lavoro, se così si può dire, mi viene da pensare, meccanicamente e nella più totale incoscienza, a *Raskòlnikov*, lo studente squattrinato di "Delitto e Castigo".

Per la miseria, lui avrebbe interpretato la circostanza in cui mi trovo come una manna caduta dal cielo, la più ghiotta delle occasioni per cambiare finalmente vita, il segno di un destino che ci corre dietro in maniera esageratamente propizia.

Certo, non aveva torto, Raskòlnikov, nel credere che al mondo ci fossero uomini per cui esistono solo diritti, esenti da qualsiasi dovere, essendo loro al di sopra della legge stessa, e uomini per cui la vita si presenta come un insostenibile fardello, sollecitati, in forza di un triste sortilegio, a superare una serie infinita di durissime prove.

Don Nino, naturalmente, è tra i primi. Il personaggio concitato di Dostoevskij, probabilmente, sarebbe stato tentato più di me di passare alle dipendenze e nelle grazie del buffo e potente uomo, che, fissandomi sorridente, sta aspettando di sapere se anch'io, come lo sventurato di quelle straordinarie pagine, desideri morbosamente transitare a miglior vita, riscattandomi da una condizione che nessun ordine naturale delle cose disporrebbe mai.

Sia ben chiaro, ho finanche troppa considerazione per me stesso e credo decisamente che una sana autostima rappresenti la condizione indispensabile per esistere, ma, sinceramente, non credo all'onestà intellettuale del prossimo che distribuisce premi seguendo un principio meritocratico.

E, se mai io avessi dei meriti, per quale provvidenziale motivo dovrei essere premiato?

Non mi pare che il mondo giri in questo senso.

- Allora, che hai deciso? Tu sei fatto per vivere alla grande! Lavorando per me, questo obiettivo sarà alla tua portata. Ti ho osservato da lontano, sai, ma con molta attenzione, prima di contattarti.

Dopo avermi scrutato più di quanto avesse fatto fino ad ora, l'uomo aggiunge:

- Ragazzo serio, onesto e riservato, di aspetto pulito e intelligente assai. Dammi retta e senti a me, fai al caso mio e io al tuo! Allora, che dici?

Alzo la testa, che fino a quel momento avevo tenuto leggermente china, e guardo *don Nino* negli occhi, come si guarda a un attore con cui si dialoga in scena. Imposto la

voce, rendendola forte e virile, forse con una delle tonalità che, prima, avevo sperimentato in auto, e dico:
- *Don Nino*, io non sono al mondo per svolgere pubbliche relazioni, ma per relazionarmi pubblicamente. Capisce la differenza?
Al di fuori di quello che dico e penso, io non avrei ragione di esistere.
- Certo, che sei pesante! E pure patetico! Ma ci sono patetici e patetici, e tu fai parte di quelli buoni, ma sempre patetico rimani – replica, con aria di benevolenza, don Nino. Penso alle procedure filosofiche da me attribuite, precedentemente, al criterio che quest'uomo potrebbe adoperare nel valutare gli altri. Pertanto, ne accetto coerentemente il giudizio, osservando che il significato attribuito dal boss al termine "patetico" potrebbe essere diverso da quello normalmente inteso. Non escluderei quello di "sognatore", o "idealista".
- Patetico? Mi crede un patetico? – domando.
- Certo! Che cos'è uno che pensa di poter arrivare alla meta con le proprie forze, schifando l'aiuto degli altri?
- Ma io non disprezzo l'aiuto di nessuno, *don Nino*. Anzi, magari mi venisse offerto!
Francamente, non so cosa avrò detto di così sconcertante da far schizzare quasi fuori dalle orbite gli occhi inespressivi del mio insigne interlocutore.
Sta di fatto che questi assume un'espressione di meraviglia che non riesco subito a decifrare.
La comprendo appieno solo dopo qualche istante, quando la sua voce, inizialmente lineare, sale di un'ottava, dando sfoggio della sua *finesse d'esprit*:
- Azze! Ma tu veramente ci fai? Uno ti serve in un'insalatiera d'oro un lavoro da svolgere in giacca e cravatta, senza sporcarsi, ben retribuito, e mi parli di aiuto che non ti viene offerto? Se la mia proposta non è una delle più grandi forme di solidarietà umana che si possono ricevere, che cazzo è? In giro c'è un altro amico, come me, che ti può offrire quel-

lo che ti posso garantire io, che sono ammanicato ai più alti livelli? Scusa, ma dove cazzo campi?

E, dopo aver sorseggiato, con un gesto veloce e frenetico, dell'altro prosecco e divorato in un solo boccone una tartina, aggiunge:

- Per carità, la vita è tua e puoi scegliere di fare quello che ti pare e piace, ma, caro fratello, tu stai rifiutando l'ostia della comunione, tu stai facendo peccato mortale!

A questo punto, penso che *don Nino* abbia un talento da umorista e trovo le metafore di cui fa uso molto spettacolari. Magari non sarà vero, per cui egli appare molto più minaccioso che divertente, solo che io non riesco a scorgerne che un inequivocabile lato comico, esercitato del tutto inconsapevolmente e, per questo, di grande impatto, in quanto naturale e per niente artefatto.

Ed è su un aspetto così predisposto che la mia mente si sofferma, pur sapendo che una simile personalità sia dotata di uno scettro di potere che le consente agiatezza e libertà di azione in tutte le direzioni, soprattutto contro le stesse norme che regolano la società civile.

Già, il potere, *le pouvoir, the power*! In qualsiasi lingua si pronunci questa parola, il suono è sempre lo stesso: piacevole per chi lo interpreta, sgradevole per chi lo subisce.

Il potere, inteso nei suoi molteplici aspetti, da tempo conosce tutti gli aggettivi negativi.

Può essere subdolo, malvagio, orribile, violento, ingiusto, e continuando così.

Ma *don Nino*, nell'affermazione della sua personalità, dimostra che il potere può essere anche buffo, grottesco, naturalmente comico.

Ovviamente, anche in queste forme esso non è volto al bene o alla giustizia. *Don Nino*, dunque, certamente un uomo di comando e anello di congiunzione con un potere ancora più alto e invincibile, muovendosi agilmente nelle più alte sfere delle strutture politiche e sociali, si rivela come l'indice più genuino per qualificare il potere nel suo aspetto più bizzarro e imprevedibile: caricaturale e insidioso, goffo e minaccioso, risibile e autorevole.

Come ogni altro "don" del settore, che si rispetti, anche il farsesco Nino avrà commesso chissà quali oscene angherie per avanzare lungo il corso della sua carriera.

- Sono sicuro che tu potresti fare eccellenti cose per me. Sei impostato a modo. E poi mi piaci, perché sia quando ascolti che quando parli mi guardi negli occhi. Anche se c'è qualcosa nel tuo modo di guardare che non mi convince. – aggiunge, con finta aria di minaccia, il boss.

Fisso il volto paffuto e rotondo di *don Nino*, densamente e gelidamente, come lui non potrebbe fare mai per via della sua scarsa intensità espressiva. In quel momento penso di non essere tanto normale. Insomma, faccio fatica a ritenermi una persona che sappia perfettamente dove si trova e con chi. Fatto sta che non riesco a frenare la voglia di sperimentarmi e, per farlo, assumo un atteggiamento spavaldo, che non giudico imprudente.

- Cosa c'è, che non la convince nel mio sguardo? – gli chiedo, risoluto.

Prima di rispondere, l'uomo pensa, allargando ancor di più il sorriso e abbassando lievemente lo sguardo, a fissare il pavimento. Per la prima volta, da quando mi sono seduto al suo tavolo, *don Nino* assume un'espressione intelligente. Forse, starà per dire qualcosa di altrettanto pertinente e vivace, penso. Infatti:

- Tu sei un tipo abbastanza strano e inconsueto, molto orgoglioso, voglio dire. Uno che sembra sicuro del fatto suo. Uno che, secondo me, non ha paura perché è attrezzato di un'istruzione sistemata e una mente veloce.

Gli occhi tuoi guardano lontano, non so dove, ma fuori da qui. Ti ho chiamato per farti una proposta importante, di quelle che cambiano la vita in meglio nel momento stesso in cui si accettano.

Che vuoi fare, ah? Vuoi veramente rinunciare a tutto quello che uno della tua specie si meriterebbe? Ho letto una sola volta la rubrica che tieni su quel giornale dei miei coglioni e, anche se il mio giudizio non vale tanto in questo campo, dico che sei uno che ci sa fare col proprio mestiere. Sai dove andare a colpire e come farlo.

Uno che attacca certi interessi, a mio avviso, saprebbe difenderli ancora meglio.

Per questo mi piacerebbe averti come mio, diciamo, collaboratore. Ho bisogno di un uomo di rappresentanza, di uno che si muove bene, che tiene la parlantina facile e convincente.

La mia, bada bene, non è una di quelle proposte che, come si suol dire, non si possono rifiutare, ma è una richiesta che non si può e non si deve prendere, come si dice, sotto gamba. Ti è chiaro il concetto?

Istantaneamente penso che, con molte probabilità, mi sono infilato in un grosso guaio, o comunque in una situazione incresciosa da cui devo cercare in tutti i modi di venir fuori.

Un attimo dopo deduco che la fisiognomica non sempre conservi una sua logica: l'aspetto un po' sciatto di *don Nino* fa un grande torto al suo cervello aguzzo. Diversamente, credo, non sarebbe stato quel che è: un boss in piena libertà, persino incensurato.

Ad ogni modo, decido di tagliar corto: meglio essere chiari e decisi sin da subito, senza cadere nell'equivoco ed evitando, così, di immergermi ancora di più in una siffatta circostanza, per niente confacente ai miei interessi e alle mie esigenze. Pertanto, ricorrendo a qualche sfumatura intimistica dico:

- I miei occhi, spesso, vanno oltre i miei passi, senza, tuttavia, andare in cerca di un sogno. Quanto alla sua proposta, soltanto uno sciocco potrebbe prenderla sottogamba.

La sua è un'offerta davvero importante per chi ha un'indole proiettata verso una vita agevole e sfarzosa.

A uno «della mia specie», come dice lei, una simile proposta appare finanche sorprendente. Tuttavia, trovo legato a una logica molto sottile il motivo che l'ha spinta a contattarmi. Come da lei asserito con molto acume, saper colpire un bersaglio equivale a saperlo difendere ancora meglio, questo mi appare molto vero.

Veda, *don Nino*, ci sono atteggiamenti che si adottano per una semplice predisposizione naturale, verso i quali si nutre una grande fede, che solo col tempo si impara a rispettare.

Ogni scelta, dunque, che prescinda dalla natura di cui si è composti, potrebbe rivelarsi sbagliata. In altre parole, egregio *don Nino*, io potrei anche avere la stoffa per svolgere il lavoro che lei mi propone, ma non la necessaria propensione.

Dalla vetrata della sala penetra un fascio di luce che sparge, in modo spettacolare, un bagliore sul tavolo, esaltandone i colori del marmo chiaro. Anche *don Nino* sembra aver notato con stupore il prodigio scenico. Portando la mano al mento, egli mi guarda con un'aria ora di ammirazione, ora interrogativa, che diventa tipicamente canzonatoria, alla maniera di un capo malavitoso, quando mi dice:

- Vediamo se ho capito bene: io sono nato per occuparmi dei miei affari e tu per scassare il cazzo a quelli come me. È così? – mi chiede in tutta semplicità.

Che capacità di sintesi! penso.

Mentre sorrido di quel che sono riuscito, a stento, a trattenere nella mente, replico:

- Intende dire che trova una ingerenza inammissibile la mia critica riguardo al parcheggio e al cosiddetto anfiteatro che si intende costruire in quella straordinaria area verde?

- Le parole del tuo articolo sono ben orchestrate, ma non bastano per mandare all'aria un affare che dà da mangiare a molte famiglie. Ho letto con molta attenzione il pezzo e, stando anche a quello che mi dice mia moglie, prendi per il culo l'assessore al ramo del comune, mentre sulla

ditta incaricata di eseguire i lavori butti qualche ombra.
Affidare a un'impresa edile un lavoro ottenuto con regolare gara d'appalto, fino a prova contraria, è una cosa normalissima e regolare.
Ho troppi cantieri aperti in giro e più importanti per potermi occupare anche di questo lavoretto. Certo che all'assessore hai fatto fare proprio una figura di merda!
- Dice?
Don Nino prende da una borsa di pelle nera, appoggiata sulla sedia di fianco, una grossa agenda, dalla quale estrae un foglio di giornale piegato più volte. Lo estende e legge:
- *"Premesso che un anfiteatro è una costruzione ellittica dove, nell'antichità classica, si allestivano prevalentemente spettacoli gladiatori e non di drammaturgia, ci si chiede se tra la popolazione locale vi siano aspiranti lottatori pronti ad affrontare leoni, tigri, rinoceronti e coccodrilli.*
Già, l'amministrazione comunale si dice disposta a svendere, in cambio di una simile struttura e un centinaio di posti auto, una parte preziosa del paesaggio collinare..."
Se vuoi sapere il mio parere, hai fatto bene a prendere in giro questi amministratori.
Sono veramente ignoranti, autentiche zappe, che, come mi ha spiegato, appunto, mia moglie, chiamano anfiteatro il luogo dove credono si svolgessero i primi drammi e le antiche commedie.
- Mi fa piacere che lei apprezzi, don Nino.
- Apprezzo sempre le cose ben fatte. E di cose eseguite bene, al mio servizio ne potresti fare tante.
- Ad esempio?
- Aiutarmi a gestire grandi somme, anche facendo investimenti nel campo della comunicazione, dove tu hai una bella competenza.
Mi pare evidente che a questo punto *don Nino* stia applicando con molta furbizia una tecnica di corruzione che potrebbe sedurre molte persone, rivelando una perspicacia che, a impatto, resta impensabile.

Avverto di trovarmi in una situazione inverosimile, improponibile per una persona come me.

Caspita, qualcuno sta cercando di snaturarmi, promettendo di agevolarmi il cammino e di rendermi sfavillante l'esistenza!

Eccolo, Raskòlnikov mi torna in mente, come una presenza sinistra: me lo prefiguro di fronte ad agitarsi per convincermi a scegliere il male e di prendere in considerazione la proposta del boss, come se si trattasse dell'unica offerta che il destino infame abbia in serbo per me.

Proprio non lo comprendo, Raskòlnikov! Chi, più di lui, dovrebbe sapere che solo dopo aver espiato le colpe con sofferenza si può tornare a sperare?

Evidentemente, pago a tempo debito il fatto di essere l'unico lettore al mondo ad aver visto, nella drammatica figura del grande narratore russo, qualcosa di angelico e di sacralmente preordinato.

Il personaggio dostoevskiano mi si rivolta contro, dissociandosi dal romanzo e dal suo autore, come se volesse farmi ricredere sulla concezione benevola che ne trattengo.

In effetti, il vero Raskòlnikov, quello più cosciente e maturo, mi avrebbe messo in guardia da uno come l'uomo che ho di fronte e, da autentico assassino sacrificale, avrebbe cercato di ricordarmi che il delitto, nelle sue forme più varie, non copre mai la miseria di chi lo commette, salvo pentirsene.

Come posso condividere i propositi di *Don Nino* se questo gesto mi prospetta l'eventualità di commettere azioni illecite, o non in linea con il mio modello di condotta?

Come se avessi pensato a voce alta, il boss incalza dicendo:

- Le decisioni che ci migliorano la vita non sono mai facili da prendere. La fortuna a portata di mano non ha una luce a intermittenza che lampeggia per dire: sono qua, vienimi a pigliare! Bisogna saperla afferrare per tempo e, se ci sporchiamo un po' il vestitino bianco, non fa niente, possiamo sempre comprarcene un altro.

- La prego, mi risparmi le sue illuminazioni sulla fortuna e l'opportunità di distinguerla!

Lei non immagina quanto io sia già tanto fortunato. – rispondo d'istinto.

- Avere salute e una testa che ragiona è sicuramente una fortuna; non sfruttare come si deve questo vantaggio è come darle un calcio. – replica, riflessivo, l'uomo di malaffare.

Comincio ad averne abbastanza dell'insistenza del boss e reagisco ad un clima che per me va facendosi indolente:

- Bene, don Nino, mi pare che la trattativa che lei cerca di imbastire non presenti presupposti per continuare a discuterne, quindi se non le dispiace...

- Certo che mi dispiace! – m'interrompe.

Poi, con molto garbo aggiunge:

- Mi farebbe molto piacere se domani sera...

Reagisco con un mezzo sobbalzo all'irruzione improvvisa del suono riprodotto della sirena della polizia francese! *Putain*, che spavento! Quel trillo alto, ripetitivo e assordante si diffonde buffamente nella sala del bar, di cui io e il boss restiamo gli unici avventori. Oh, mio Dio, non ci posso credere! È lo squillo del suo cellulare!

- Pronto? Onorevole carissimo, in cosa posso esserti utile? Ma stai tranquillo... non ti devi proprio preoccupare... sei in buone mani... Tutto a posto, è stato fatto tutto con cura. Entro la prossima settimana siamo in grado di sottoporre tutto alla tua attenzione...

Sì, certo, ci mancherebbe altro! Comunque, a fine mese sono a Roma e così possiamo prenderci pure un caffè insieme e definire un poco meglio tutta la situazione, che mi pare già abbastanza buona e molto bene avviata... Stai tranquillo... un abbraccio... Ciao, caro, un abbraccio... Buona giornata anche a te!

Don Nino ripone il telefonino nella tasca interna della giacca, riprende la borsa di pelle nera dalla sedia accanto estraendone una biro e, ancora una volta, la grossa agenda. La apre e scrive brevemente un appunto. Poi, col suo abituale sorriso riprende:

- Scusami tanto. Dunque, dicevo... Ah, ecco! Domani è il compleanno di Andreina, mia moglie, e a casa mia si festeggia. Facciamo una piccola cena e vorrei che tu ci fossi. Sarei veramente contento della tua presenza. Credo che a mia moglie farebbe piacere conoscerti. Lei non si perde mai un tuo articolo.

Resto spiazzato da quell'invito. Mi pare inelegante rifiutarlo e finisco per accettarlo con la dovuta discrezione. Quando, dopo qualche minuto, usciamo dal locale, *don Nino* mi accompagna fino all'auto, parlandomi del suo amore per la natura e dei soldi che spende per mantenere sempre in ordine il giardino della sua villa.

- Azze, guarda la coincidenza, hai parcheggiato proprio vicino alla mia! – esclama, una volta che ho aperto lo sportello della mia auto.

La sua è un enorme fuoristrada da cui, ora, mi saluta ancora, abbassando il vetro del finestrino:

- Ciao a domani sera! Mi raccomando, ti aspettiamo per le nove! Ciao, caro!

E nel salutarmi, con fare familiare, muove anche la manina.

***

Alla guida della mia «Lancia Ypsilon», sembro avere tutta l'intenzione di dirigermi verso il centro della città per visitare una libreria aperta di recente da amici di lunga data.

Ma, non so per quale motivo, decido improvvisamente di svoltare verso il molo turistico, in direzione del mare, sulla costa di quella Grecia tirrenica da cui non potrei mai distaccarmi.

In fondo, penso assorto, l'unico legame serio della mia vita ce l'ho con questa terra, popolata nel tempo da achei, romani, arabi, svevi, normanni, spagnoli, francesi. Amare i luoghi d'origine significa scoprirne i segreti, saggiarne l'armonia, avvertirne i fantasmi.

Quante volte sono stato emozionato da questa natura che sa di mito antico! Qui, Hera, compagna di Zeus, volle che s'innalzasse il maestoso santuario per osservare il suo culto.

E qui Enea perse il suo nocchiero, Palinuro. Mentre Ulisse, nelle stesse acque, fu alle prese con le sirene.

Amo questo territorio perché ne sono magnificamente riamato. Ogni pietra e ogni pianta di questa preziosa porzione di meridione d'Italia mi infondono energia vitale e medicina per la mia esistenza.

Qui la storia palpita, si perpetua ed esige di essere conosciuta e divulgata.

Lo splendore dell'architettura dorica, la fascinazione delle scuole filosofiche dell'antichità, la variegata natura dei paesaggi mediterranei, le tracce di vita spezzata dei borghi medievali, costituiscono l'anima sensoriale che muove i miei passi.

L'arma di cui dispongo per difendere il luogo prediletto è guidata dalla mano degli Dei.

Diversamente non saprei spiegarmi, talvolta, dove prenda tanta determinazione. Oppormi alla miserabile logica delle speculazioni che deturpano la bellezza intorno a me è sicuramente un dovere che avverto in maniera impulsiva, da cui non potrei mai esimermi senza sentire il peso insostenibile dell'infingardaggine.

Non saprei fare a meno del mio impegno giornalistico, finalizzato a scalfire le strategie d'affari a discapito del gusto e della bellezza, adottate dagli efficientisti come *don Nino*.

Già, *don Nino*! L'uomo di cui tanto si parla come prestanome al servizio di organizzazioni malavitose che, tuttavia, molte persone definiscono solo un affermato costruttore.

L'uomo che da tempo contribuisce a determinare il primato della coalizione politica della regione. L'uomo "pulito", che dà posti di lavoro, riverito da centinaia di bocche sfamate.

Con quest'uomo, stamane, ho fatto colazione. Sarò stato imprudente e superficiale?

Non vado in cerca di risposte alla mia domanda solo perché mi si apre davanti la vista superba del mare, che in questa splendida giornata invernale si mostra verde smeraldo e appena agitato.

Scendo dall'auto e m'incammino lungo la banchina. Già intravedo Agostino, seduto sullo sgabello e curvato nella sua posizione tipica, mentre regge la canna da pesca, poco lontano dalla sua vecchia barca di legno, ormeggiata tra altre imbarcazioni, moderne e dalle vernici sgargianti.

Il mio caro Agostino, amico saggio e sensibile, pittore ed ex direttore d'albergo, ora pescatore-filosofo. Percorro nemmeno un centinaio di metri, assaporando un salutare vento freddo e asciutto, e sono da lui. Mi saluta calorosamente, come sempre, stringendomi forte la mano e dicendomi eccitato:

- Oggi, grande pesca! Porterai a tua madre un po' di pesce azzurro che ti deve cucinare all'acqua pazza!

Sorrido, do uno sguardo al secchio accanto a lui ed esclamo:

- Ma tu guarda! Venivano smaniosi all'amo? Saranno quasi tre chili!

Agostino ride divertito, scuotendo la testa.

- Sei unico nel tuo genere. – mi dice.

- Cerco di trattarmi con bontà. – replico giocoso.

- Lo so. Ti vuoi un gran bene e scegli per te il meglio, lasciando ai miserabili il lusso.

- Mangiare il pesce pescato da un amico saggio e arguto che mi vuole bene, cucinato da una madre vecchia e stanca che ancora mi riprende, è un lusso esclusivo. – affermo felice, guardando lo sgombro che penzola dalla mia mano.

Agostino sorride e nella sua dolcezza assume un'espressione che è più eloquente di mille parole.

Lui è un uomo magnifico, la persona più mite e discreta che io conosca. La sua bellezza è straordinaria, fatta di rughe profonde e significative, gesti eleganti e rituali, di odore di buon tabacco.

Mentre penso di dirgli quanto la sua compagnia sia per me preziosa, si sente il suono del campanello di una bicicletta che avanza, che cessa solo quando il ragazzo che vi è in sella passa davanti a noi salutando allegramente e con naturale riverenza:

- Buongiorno! Buongiorno! Buongiorno don Agostì!

- Ah! Anche tu sei un *don?* – ironizzo.

E lui, da par suo:

- Se ti danno il *don* e non sei un prete, un camorrista, o un ricco uomo d'affari, vuol dire che sei solo un vecchio.

- Dimmi, senex, pensi che finiremo la nostra partita a scacchi entro la fine della prossima primavera?

- Dipende da te, puer. Se continui a fornirmi pretesti per dialogare mentre penso alla mossa da fare, sarà difficile.

Sai, proprio ieri, mi pare, cercavo una foto sul cellulare e mi è capitato di soffermarmi su quella fatta l'ultima volta alla scacchiera: sei messo male. Sei senza torri, un cavallo e gli alfieri, per non parlare di tutti i pedoni persi.

- Sicuro che si tratta di quella che hai fatto nel momento in cui abbiamo smesso di giocare?

- Dici che ne ho fatto un'altra? Ad ogni modo puoi sempre controllare la data.

- Se nella foto non compaiono una delle tue torri, uno dei tuoi alfieri e uno dei tuoi cavalli, oltre a diversi pedoni, è quella originale.

- Niente male, hai buona memoria. D'altronde, è passato solo un mese dall'ultima volta che abbiamo giocato. Basta pescare! Vieni, ragazzo. Una birra e un sigaro è quello che ci vuole, ora. Riscalderemo le ossa al sole, seduti comodamente su una panchina, laggiù.

Agostino va verso *"l'arca misantropica"* (così ho battezzato la sua barca dopo che ho incominciato a utilizzarla per inoltrarmi in mare in splendida solitudine), per ritornarne dopo qualche attimo con due birre.

- Sono freschissime! Indovina perché?

- Le hai tenute immerse nell'acqua del mare che, per quanto sole ci possa essere, resta gelida.

Agostino ride di gusto, sembra essere felice. La mia presenza contribuisce a rilassarlo almeno quanto la sua rasserena me.

Per entrambi, sapere di avere a che fare con una persona con cui si può scambiare l'ironia più immediata, dividere una sorta di malinconia produttiva e contagiarsi l'allegria vicendevolmente, costituisce un piacere raro e prezioso.

Ci avviamo verso il molo, osservando un silenzio fisiologico. Io ed Agostino non ci diciamo mai niente di convenzionale, non parliamo tra di noi tanto per dire qualcosa.

Ci sediamo su una panchina, coperta da orribili scarabocchi prodotti da ebeti in passione che si promettono amore eterno, e beviamo la nostra birra, fumando sigari toscani, al sole.

La bella giornata invoglia la gente del luogo a passeggiare lungo il molo e i pontili, attratta dalle imbarcazioni eleganti e dai pescherecci. Passano davanti a noi tre donne, molto avvenenti. Io guardo quella al centro: forse perché ascolta le altre due che parlano o, molto più probabilmente, perché mi ha dato un'occhiata per niente distratta, mentre lei non avrà potuto notare la mia, altrettanto poco vaga, ma nascosta dagli occhiali scuri.

- Quella di destra è notevole, quella di sinistra è favolosa, mentre quella al centro è in cerca di guai. – dice Agostino, continuando a fissare il mare.
- Le conosci?
- No.
- Peccato. Perché quella centrale cerca guai?
- Da quando in qua fai domande di cui conosci già la risposta?

Rido. Rido forte, sonoramente, e mi sento felice.
- Non ti sfugge niente, eh? – chiedo.
- Direi di no. I particolari sono il mio forte. Ai miei occhi non passa inosservata neanche quell'aria un po' preoccupata che, oggi, dimostri di avere. Pensavi non l'avessi notata?
- Quale particolare te l'ha rivelata?
- Nessuno. Si tratta di una percezione netta, di quelle che hai tu quando dici che questa terra sia destinata a riscattarsi e a tornare al suo splendore.
- Agostino, tu conosci *don Nino?* – *chiedo all'improvviso.*

Prende tempo prima di rispondere:
- Tutti, o quasi, sanno chi è. Quell'enorme scafo mostruoso, coi vetri *fumé*, ormeggiato alla fine del pontile, è suo.
- Sono stato a colazione insieme a lui.

Agostino distoglie lo sguardo dal mare, mi guarda senza parlare, poi rigira la testa verso l'orizzonte.
- Stamane?
- Sì.
- I tuoi articoli non gli piacciono, vero?
- Sicuramente. Ma non è questo il punto. Riconosce che colgono nel segno e mi ha proposto, abbastanza esplicitamente, di passare con lui. Mi ha parlato di pubbliche relazioni, come se io fossi uno di quei ramarri incravattati che gracchiano ritornelli per la gloria del loro padrone.
- Tu sai chi è *don Nino*, vero? – mi chiede con una certa preoccupazione il mio amico.
- Grossomodo.

- No! Devi sapere chi è, non per sommi capi, ma dettagliatamente! Se dici che non ti ha fatto minacce, ma proposte, vuol dire che la faccenda è ancora più seria.
- Lo penso anch'io. Ha delle mire su di me e pensa di affidarmi un ruolo importante nella sua organizzazione, o in quella di cui fa parte, non saprei.
- Ascolta, ragazzo, *don Nino* è il referente della camorra in questa zona. Ogni cosa che fa, la svolge in nome e per conto di quella gentaglia. La criminalità organizzata investe somme spropositate per pulire il danaro dei loro malaffari, affidandole a personaggi incensurati come lui.
- Infatti, ha accennato a consulenze di questo tipo per investimenti nel campo della comunicazione.
- Tutto chiaro, ora! Sai cosa vuole da te?
- Che mi occupi di un'informazione, pagata da lui, su cui si scriva quello che conviene ai suoi interessi e a quelli dell'organizzazione a cui è affiliato.
- Perspicace.
- Sei spiritoso, non c'è che dire. – replico.
- E cosa avresti intenzione di fare?
- Secondo te? Gli ho detto che non ero portato per le pubbliche relazioni, cos'altro avrei potuto dirgli? Il fatto più increscioso è che ho accettato di andare, domani sera, a casa sua.
- A fare cosa?
- Dà una cena per il compleanno della moglie, che a suo dire legge sempre i miei articoli.
Agostino si lascia andare a una risata molto teatrale e allusiva. Lo guardo con aria interrogativa prima di chiedergli:
- Mi spieghi cosa c'è da ridere in quel modo?
- Si prospetta una trama interessante, ragazzo. Stai in campana.
- Che vuoi dire?
- Niente, proprio niente!
- Forza, sputa il rospo, non farti pregare!

- Non ora, lo farò all'indomani della tua cena a casa di *don Nino*.
- Hai un buon motivo per dirmi tra due giorni quello che potresti dirmi tranquillamente ora?
- Certamente! Non voglio rovinarti l'effetto sorpresa legato agli eventi che per te si prospettano.
- Ma di cosa stai parlando?
- Del tuo futuro più immediato.
- Prevedi anche il futuro, oltre alle mareggiate?
- In questo caso, sì.

II

Davanti allo specchio, un po' brillo, o forse completamente ubriaco, non è facile stabilirlo, osservo il mio volto. Che fortuna, penso, essermi imbruttito abbastanza come si conviene a un uomo della mia indole!
Poi, rido di me e del mio finto autocompiacimento. Ho mangiato divinamente, ma ho bevuto come l'ultimo di una ciurma da taverna. Ho fatto fuori due bottiglie di vino, gustando aguglie e sgombri all'acqua pazza. Santa madre, la sua cucina è così semplice ed essenziale che vorrei somigliare almeno un po' ai suoi sapori leggeri e allegri!
Piccante quanto basta, profumare di menta per piacere discretamente e avere un'essenza agrodolce per soddisfare più gusti, ecco come vorrei che fosse il mio temperamento!
Invece, talvolta eccedo, dimostrando una fragilità nervosa davvero incresciosa. Ho bisogno di prendere aria, esco. Manca poco a mezzanotte, quando m'incammino per la parte vecchia della città, verso il suo punto più alto, dove i *saraceni* stabilirono la loro roccaforte. Dopo aver percorso una lunga e larga scala in pietra, mi addentro per i vicoli stretti di quel nucleo storico e arrivo fino a uno spiazzo a picco sul mare, delimitato da una ringhiera, da cui osservo, come se fosse per la prima volta, lo scenario notturno che si offre al mio sguardo impressionato.
Al chiarore delicato della mezza luna, osservo le luci sfavillanti della costa e, più in lontananza, quella sospesa del faro dell'isola, respirando l'odore selvatico della vegetazione mediterranea, che il vento distribuisce in generose dosi.
Mi vengono in mente dei versi di una semplicità sconvolgente dei nativi d'America, della tribù dei *Navaho*, e l'i-

stinto di declamarli a voce alta, guardando il cielo stellato, è forte:

Possa la bellezza essere sopra di me.
possa la bellezza essere sotto di me,
possa la bellezza essere davanti a me,
possa la bellezza essere dietro di me,
possa la bellezza essere tutt'intorno a me.

Il mio gesto mi riempie l'anima e sono così fiero di appartenermi che per un attimo dimentico di essere solo ubriaco, credendomi in armonia con il cielo e il mare, la luna e le stelle, i rami al vento e gli orizzonti ombrati. Com'è autentica, contegnosa, colma di fascino, la mia terra! – penso.

Ogni uomo dovrebbe somigliarle in qualche modo per potersi ritenere davvero fortunato.

Com'è incomparabile questo luogo a coloro che credono di esserne i padroni!

Non c'è un solo aspetto del loro essere che, a confronto di un qualsiasi lembo di terra, non diventi trascurabile. Nessuno è tanto lontano dalla vera essenza di questa regione quanto i miserabili che vi fanno incetta di voti.

Ogni cosa di questo territorio, sia essa uno scorcio di natura, un frutto, o un volto segnato di un vecchio, mi rivela una nobiltà ancestrale, la cui potenza simbolica mi risulta più forte di qualsiasi organizzazione di potere.

Potrei morirne se anche questo pezzo di paradiso diventasse inferno, offrendosi al malaffare come terra di conquista.

Starnutisco, l'umidità comincia a far sentire il suo effetto e io non sono equipaggiato adeguatamente per sopportarne le insidie. Fumo una sigaretta e vado a letto, mi dico. E così faccio.

***

Il mattino dopo mi sveglio stralunato e con un leggero mal di testa, che mi passa solo dopo aver fatto un'abbondante colazione. Mentre bevo, in ultimo, il caffè, mi sovviene il sogno angosciante della notte trascorsa, che ripasso nella mente:

Indosso un elegante smoking e sento incedere i miei passi lungo un corridoio in fondo al quale si intravede, in controluce, una figura slanciata con cappello. Quando le sono vicino, scorgo un uomo con un sobrio abito scuro, di bell'aspetto, ancora giovane, ma col volto vissuto e sofferto: è Raskòlnikov!

Mi accoglie con un sorriso intimo e confidenziale, facendomi cenno di seguirlo. Percorriamo una scala con un tappeto rosso carminio che vi scorre centralmente. Entriamo in un appartamento sfarzoso, pieno di luce e mobili stile Luigi XV. In una grossa specchiera, dalla luccicante cornice in oro bianco, vedo riflessa la mia immagine.

"Ci siamo!" – dice Raskòlnikov, invitandomi ad accomodarmi su un divano di velluto ocra.

Davanti a me vi è un favoloso tavolinetto intarsiato in marmo con tecnica fiorentina, su cui sono riposte due pistole a canna lunga. Raskòlnikov mi fa segno di attendere, mentre lui apre una porta per addentrarsi in altre stanze. Ritorna dopo un attimo, preceduto da un signore con una parrucca bianca e incipriata, di quelle in voga nel settecento.

L'uomo, un anziano, ha una lunga giacca guarnita di nastri dorati. Porta calzoni attillati che gli arrivano al ginocchio e calze di seta bianca. Mi viene vicino e, curiosamente, mi annusa.

Appoggia le mani sulle mie spalle e si china per guardarmi fisso negli occhi. I suoi sono chiari e sbiaditi. Poi, prende delicatamente una pistola dal prezioso marmo e me la porge.

Con altrettanta lentezza ripete il gesto per armare Raskòlnikov, che intanto si trova seduto sul divano di fronte al mio.

Il settecentesco uomo si sposta, senza abbandonare la sua flemma, su un lato della stanza, posizionandosi a un'equa distanza da entrambi. Allunga le braccia in avanti e batte le mani due volte. Comprendo che è il segnale per dare inizio al duello tra me e Raskòlnikov.

Restando seduto, questi, punta la lunga pistola verso me, che incerto e perplesso imito il suo gesto, mirando nella sua direzione. Spariamo, contemporaneamente.

Rifletto solo un istante sull'appartenenza a epoche diverse dei protagonisti del sogno: il cerimoniere del duello del settecento, Raskòlnikov dell'ottocento e io, comunque nato nel novecento. Rinuncio a interpretare l'incubo, anche perché esso mi appare molto più complesso di quello che, in apparenza, darebbe a intendere.

Non saprei bene il perché, ma mi viene da pensare che Raskòlnikov, in questa performance, abbia abbandonato il suo romanzo di origine per saltare in un altro, dello stesso autore, "*I Dèmoni*", trasformandosi in uno dei suoi protagonisti, Stepan Trofimovic.

Per niente propenso a un'autoanalisi con coinvolgimento della più intensa letteratura mondiale, indosso la tuta e vado a correre per la collina, a ridosso del mare.

Esco di casa che già corro e quel che è peggio già ripenso al sogno. La voglia di venirne a capo è di quelle fastidiose e insistenti. Ma intanto corro, corro, corro, senza rivolgere la mente a niente, se non alla magnifica e salutare sensazione di liberazione che mi dà la corsa.

Proseguo a ritmo cadenzato per il sentiero collinare, dove tra pini e faggi ammiro scorci di mare nelle sue varie tinte di azzurro. La mia attività ideativa è tenuta ferma dalla bellezza della natura.

Mi apro al suo incanto per viverne la magnificenza in una vibrante sensazione di benessere, abbandonandomi alla sua forza magica. Sono un indigeno nel suo habitat naturale, vado pensando, correndo!

Mi fermo solo quando sono stanco, esausto, sfinito. Faccio esercizi respiratori, prima di distendermi sulla morbida terra, sotto un robusto pino. Mani dietro la nuca e gambe piegate, penso per un attimo all'invito di *don Nino*, che in

serata dovrò onorare. Ma, considerato che ho ripreso a rimuginare, tanto vale risolvere il dilemma dell'incubo *Raskòlnikov*.

Do inizio alle mie congetture. Francamente io stesso, talvolta, resto impressionato dai miei processi mentali e di
come, all'improvviso, idee fulminee e non necessariamente adeguate s'impadroniscano della mia coscienza,
rivelandomi intuizioni che solo attraverso una razionale
elaborazione perdono un po' della loro stranezza.

Pensare che si possa essere tormentati da un personaggio letterario nelle vesti ingannevoli di una diversa figura
romanzesca, sia pure del medesimo autore, forse sa un
tantino di fumo d'oppio.

Perché mai, mi chiedo, *Raskòlnikov*, protagonista di un capolavoro, assumendo l'identità di *Stepan Trofimovic*, figura di spicco di un altro prestigioso romanzo dello stesso
immenso autore, mi sfida, in sogno, a duello?

Mi rispondo istantaneamente: forse, perché detesto i falsi liberali come *Stepan Trofimovic*, uno che ben lontano
dall'esserlo si finge un eroe, un mediocre intellettuale che
abituato com'è ai fronzoli della retorica non riesce più a
distinguere quello che dice da quello che pensa. E di *Stepan Trofimovic*, oggi, la mia nazione è piena!

Mi sollevo da terra, dopo essermi convinto che *Raskòlnikov* sia l'unico vero dèmone creato da Dostoevskij: un
personaggio di grande forza emotiva, dotato di un'autonomia straordinaria da poterlo immaginare, al di fuori
della trama narrativa che lo ha generato, come uno spiri-
tello saltellante tra le esistenze dei contemporanei, pronto
a trasformarsi da vittima della tentazione a tentatore, da
succube degli impulsi primordiali a promotore degli stessi.

Già, vai a spiegarlo ai critici! Eppure, resto convinto che
in questo mio delirio si nasconda qualcosa che abbia a che
fare con l'intimità più autentica di Dostoevskij e che *Ra-*

skòlnikov, assassino e uomo di passioni, sia, tra i suoi personaggi, quello che più di tutti ne incarna lo spirito.

Ma è una convinzione simile a un'illusione, che contempla, probabilmente, una verità distante dalla realtà.

Dopo altri esercizi fisici, riprendo a correre. Essermi liberato dal peso dell'interpretazione del sogno mi alleggerisce molto e vado molto più spedito, ora. Tra una fitta vegetazione e tratti di piena luce arrivo nei pressi della villa di *don Nino*. Mi fermo a guardarla. Non lo avevo mai fatto prima, pur essendo passato da lì innumerevoli volte. Mi ero sempre limitato a dare solo qualche occhiata ordinaria a quella smisurata casa bianca con immenso giardino, piscina e campo da tennis in terra rossa.

La costruzione è a un centinaio di metri dal punto di osservazione in cui mi trovo. Non ce ne sono altre in quello scorcio di panorama tanto esclusivo, impreziosito da una veduta spettacolare della collina che decresce gradualmente fino a lambire il mare.

Stasera, in quella abnorme colata abusiva di cemento, ci sarà una cena di festeggiamento per il compleanno della pupa del boss e io, insieme all'espressione migliore del deposito melmoso dell'umanità e ai galantuomini più illustri della consorteria del malaffare, sono tra gli invitati. Fantastico! – penso con ironica fierezza.

Con uno scatto improvviso, riprendo a correre, molto più forte di prima.

***

Nel pomeriggio, un'estenuante riunione di routine, in redazione, mi strema più di quanto non avessero fatto le corse sfiancanti del mattino. Torno a casa che ho bisogno di rimettermi in sesto e un bagno rilassante è quello che mi occorre. Dopo aver fatto la barba, mi metto beatamente in ammollo nell'acqua ad alta temperatura.

Esco dalla vasca solo quando sento di aver recuperato tutte le mie forze, girando nudo per casa in cerca di una sigaretta.

- Svergognato! – esclama con molta compostezza mia madre.

Mi affaccio in cucina con metà del busto, restando per il resto dietro la parete del corridoio:

- Che c'è madre? – domando per rimediare alla distrazione.

- Che dici, l'accappatoio servirà a qualcosa?

- Ah, non vi è dubbio! – rispondo.

Trovate le sigarette, ne prendo una, infilo l'accappatoio, mi verso da bere un Martini e vado nell'arioso soggiorno a fumare. Mancano trenta minuti alle nove!

Ho un quarto d'ora per vestirmi, considerato che me ne serve un altro per raggiungere in auto la casa di *don Nino*. Indosso un abito nero, con cravatta di seta dello stesso colore e camicia bianca. Mi do un'occhiata allo specchio, prima di uscire: sembro un ragazzo degli anni sessanta. Il mio orologio a corda con cassa rettangolare è un particolare che rafforza pienamente la mia impressione.

Guido per la suggestiva strada che costeggia il mare, per i tornanti collinari, in una serata tersa, con la luna in chiaro e quasi a tre quarti. La villa luminosa di *don Nino* già mi appare, quando penso con una crescente ansia alla circostanza che sto per vivere.

Ma, all'improvviso, lui, l'uomo del sogno, spaventosamente appare sorridente, incollato al parabrezza! Diavolo di un Raskòlnikov! La sua faccia di scherno appicciata al vetro anteriore dell'auto mi fa trasalire. Vi è avvinghiato come un ragno e muove la testa da ambo i lati, allargando la bocca. Dice qualcosa che non capisco, che interpreto come una minaccia.

Sbando paurosamente, sto per andare a urtare contro un'auto parcheggiata al lato della strada, ma, per fortuna, riesco a evitarla e a rimettermi in carreggiata. L'uomo sul parabrezza non c'è più.

Resto stupefatto. Non avevo mai avuto simili visioni, prima d'ora.

Mi pare abbastanza chiaro che io non sia affatto sereno, restandone suggestionato oltre ogni ragionevole maniera. Mi fermo su uno spiazzo, a poche decine di metri dell'ingresso della villa. Esco dall'auto e respiro forte. Guardo giù, verso il mare. Ne sento il rumore. Mi rassereno e mi rimetto in auto.

Dal grande cancello in ferro battuto, percorro il viale alberato che porta davanti alla dimora del boss. Parcheggio ordinatamente in riga, nell'ampio spazio antistante l'entrata principale della mega costruzione, interrompendo la sequenza delle grosse cilindrate con la mia utilitaria.

La mia manovra è sovrintesa da un signore grassoccio in abito scuro, che mi sorride con estrema gentilezza, che ricambio con un sorriso ancora più eloquente.

Mi stringo nel mio soprabito, perché avverto un freddo che quando sono uscito da casa non percepivo. Mi accorgo che uno strano nervosismo mi pervade. Forse, sono ancora scosso dalla visione che ho appena avuto, oppure può darsi provi un senso di vergogna o, chissà, di profonda inadeguatezza. In ultima analisi, tutte e tre le cose, insieme, potrebbero benissimo rappresentare il mio stato d'animo.

Entro. Un signore abbastanza robusto, con papillon e grandi baffi, con la testa grande e senza collo, mi accoglie indicandomi una sontuosa scala da cui, in quel momento, sta scendendo *don Nino*, che avendomi prontamente adocchiato mi viene incontro festoso. Mi saluta baciandomi sulle guance, cogliendomi del tutto impreparato a un simile gesto, tanto confidenziale e, per così dire, familiare. Mi prende sottobraccio per risalire le scale e accedere in quello che mi appare un grande salone delle feste. Al centro vi è bandita una sontuosa tavola per almeno tre decine di persone.

Da una prima e attenta visione delle persone presenti, noto signore convenzionalmente eleganti e signori tirati al meglio, ma anche seni enormi e traboccanti e cravatte smaglianti, dal nodo smisuratamente largo.

- Vieni, ti presento un po' di persone che potranno esserti utili. Cominciamo dal più importante, l'Onorevole Mancinelli, sottosegretario ai lavori Pubblici. Ha veramente una faccia da culo, quella necessaria per fare il politico. Onorevole, ti presento un mio carissimo amico, un giornalista coi fiocchi! Uno che sa farsi rispettare, che dice pane al pane e vino al vino!

- Bene! – dice *"faccia da culo"*, stringendomi la mano.

- *Don Nino* esagera. Sicuramente lei ne conoscerà la generosità. – riesco a dire, in una situazione per me insostenibile.

Andare a spasso col padrone di casa per essere presentato in giro in un modo così grossolano non mi lusinga affatto e mi mette in una condizione di irrimediabile disagio!

Sto per rendere conto a *don Nino* della mia seccatura, quando una donna, appena sorridente, in un turchese abito lungo, mi appare di fronte.

Mi guarda come se mi conoscesse, trasmettendomi la stessa sensazione. Ha il volto di una bellezza d'altri tempi. Ne resto abbacinato. Ha un sorriso radioso, che le illumina il viso e fa brillare i suoi occhi, che sono di un verde non ben definito, profondi e misteriosamente malinconici. I suoi lineamenti raccontano un'epoca di arte e passioni, dove talento e coraggio forgiavano eroi per destinarli a donne di simile fascino.

Quando rinsavisco, mi chiedo quale possa essere l'assonanza tra una signora così fine ed elegante e quel posto.

- Ti presento mia moglie, Andreina – dice orgoglioso il boss.

Stringo delicatamente quella mano avvertendone tutta l'energia vitale che vi scorre e traendone una vibrazione forte.

- Molto lieto! – dico, calamitato dallo sguardo intenso della donna.

- Benvenuto, Jacopo! – esordisce con voce limpida.

Conosceva il mio nome, che non avevo mai sentito pronunciare con tanta delicatezza.

Lei, così signorile, di classe, distinta, la donna di *don Nino?* Di che stupirsi, il legame tra la gran dama e il boss è la metafora di un mondo che non è più quello di una volta, penso irrefutabilmente.

- Buon anniversario, Andreina! – dico da copione.

Una volta messo da parte ogni sbigottimento, aggiungo:

- Ora comprendo da dove proviene la felicità che don Nino porta stampata sul volto.

Andreina sorride e mi guarda con un'aria divertita. Sembra contenta della mia presenza e, quando suo marito ci abbandona, perché reclamato altrove, mi dice:

- Deve essere davvero entusiasmante essere attaccati così tanto al proprio luogo di origine e a sé stessi.

- I miei articoli dicono questo? Suo marito mi ha detto che li legge.

- Sì, tutti! Li trovo molto pertinenti e hanno un non so che di universale, come se avessero viaggiato nel tempo per arrivare comunque puntuali all'appuntamento con l'attualità.

Santi Numi, che finezza! – penso.

- Grazie! Trovo che sia un complimento straordinario, pronunciato da una persona il cui aspetto appare altrettanto fuori dall'ordinario.

Ride con una regalità disarmante, apparendo maestosa e superbamente femminile. Arriva un cameriere a servirci due coppe di champagne.

- Trova che io, allo stesso modo, abbia alle spalle esperienze secolari per servirmene convenientemente in quest'epoca? – mi chiede giocosa.

La guardo leggermente sorpreso, forse anche in maniera un tantino interrogativa.

- La sua scrittura, Jacopo, dice tutto di lei. Riesce a essere sorprendentemente moderno muovendo da un animo che non appartiene a quest'era così minima, evanescente, trascurabile. In altri termini, credo proprio che lei abbia atteggiamenti mentali e, a guardarla bene, finanche un aspetto di altri tempi.

Oh, mamma! Ma è lei che parla e ha fattezze non riconducibili a quest'epoca da niente! – penso con una emotività che mi destabilizza.

- Senta, Andreina, non vorrei sembrarle poco originale, ma io penso di lei le stesse cose che ha riferito a me.

- Ma lei non ha mai letto niente di mio!

- Ma, l'ho sentita parlare!

- E le sembro antica?

- Sì.

Ci guardiamo e scoppiamo in una risata. Poi, assumendo un'aria seriosa, in cui svela una sensualità rilucente, alza appena il braccio e dice:

- Propongo un brindisi: al rinascimento dell'era moderna!

Beviamo senza abbandonarci, fissandoci apertamente a lungo, intendo dire. Quando un gruppo di invitati la chiama a gran voce, lei si congeda in maniera molto graziosa e spontanea:

- Uh, debbo momentaneamente abbandonarla, mi scusi tanto!

Successivamente, dopo essermi imbattuto nell'incontro con alcune personalità politiche del luogo, tra cui il sindaco della città, che mi salutano senza saper nascondere la meraviglia di vedermi in quel luogo, resto solo, a sorseggiare champagne, guardandomi intorno.

Poco distante da me, scorgo *"faccia da culo"*, cioè il sottosegretario, che, entusiasta di una platea che gli presta attenzione, si esibisce in resoconti autoreferenziali.

C'è qualcosa, raccontato dai politici, che non si traduca in uno spot pubblicitario su loro stessi?

Pur non avendo un buon motivo e non provando un interesse particolare, prendo a fissare il grottesco uomo di Stato, osservando i movimenti della sua larga bocca, senza prestare attenzione alla sua voce, come se avessi tolto l'audio a una sequenza filmata.

Vedo solo un uomo tronfio di sé, che dispensa sorrisi contraffatti a chi lo riverisce con tanta abominevole cura.

In fondo, egli è solo la proiezione più ampia di *don Nino*.

- Ma è veramente triste vederti tutto solo! In giro ci sono tante belle pollastrelle! – mi rimbrotta don Nino, giungendo sorprendentemente alle mie spalle.

- Oh, pensavo giusto a lei.

- A me?

- Eh, sì. Si vede un bel panorama da qui.

- E la veduta ti ha fatto pensare a me? Che cazzo c'entro io con le cose belle?

Non resto indifferente a questa battuta. Don Nino l'ha pronunciata con un senso di autoironia e una sfumatura di tristezza che non credevo potessero appartenergli.

- Ti piace la casa, amico mio? – mi chiede.

- È grandissima. – rispondo evasivo.

- Ma non ti piace, perché è abusiva e *"si offre alla vista unicamente per restarne disturbati."*

Riconosco nelle sue parole la frase che ho usato in un articolo sulle costruzioni illecite della costa. Dopo un attimo di pausa, *don Nino* riprende:

- Definisci in questo modo le costruzioni che sono state messe in piedi contravvenendo ai vincoli ambientali, vero?

- Proprio così.

- Non rispettare un vincolo ambientale può essere un fatto di malcostume. Non rispettare un vincolo d'onore può essere, invece, un fatto di cui resta appena il tempo di pentirsi.

Il boss ha parlato e mi ha guardato da tale. La sua allusione è chiara, anche se manca ancora il riferimento specifico.

- Vieni, prima che inizia la cena prendiamo un pizzico d'aria fresca, così ci tempriamo – aggiunge.

Andiamo sul terrazzo con ampia vista sull'orizzonte. Si sentono le onde srotolarsi, come se il mare fosse di sotto e non a qualche centinaio di metri di distanza.

Don Nino sembra pensoso. Guarda giù, sulle cime delle magnolie del giardino, con le mani in tasca. Restando immobile, interrompe quel silenzio:

- Sarà anche una casa abusiva, ma il suono delle onde arriva lo stesso, non discrimina chi infrange la legge. Si abusa della natura per starle più vicino, per goderne permanentemente i benefici.

- Non sarà che gli abusivisti siano anime nobili a cui non bisogna negare il legame più stretto possibile con la natura, permettendo loro di costruire finanche sulla scogliera e sulla spiaggia? – ironizzo, provocando la risata distesa del boss.

- Tu mi metti di buon umore, perché hai stoffa e sai essere irriverente con leggerezza ed efficacia. Non ho ancora capito, però, scusa se te lo dico, se, come molte grandi persone, sei un povero stronzo. Mi spiego meglio...

- Sarebbe il caso – interrompo.

- Un senso esagerato di integrità morale caratterizza le persone virtuose. Tra queste, c'è chi capisce che per fare strada occorre allentare un po' la coscienza e chi preferisce, invece, rimanere fedele al proprio ideale fino in fondo, restando indietro. Tu, a quale di queste due categorie appartieni?

- Resto convinto che gli stronzi prendano decisioni diverse dalle mie. Io resto fedele a me stesso, *don Nino,* e non mi pare di restare indietro, poiché ne ricavo una percezione di crescita.

L'uomo mi guarda accennando un sorriso insolito, intriso di dolcezza, come se dalla mia risposta avesse tratto soddisfazione e non la spiegazione del rifiuto a qualunque allettante proposta.

Forse sto prendendo un colossale abbaglio, ma ho la strana sensazione che *don Nino* tenti di corrompermi sperando di non riuscirvi. Quale senso avrebbe, però, un comportamento del genere?

- Rientriamo e diamo inizio alla cena, perché a quest'ora ho anche una certa fame – dice, prendendomi di nuovo sottobraccio.

Seguendo le disposizioni, mi siedo all'interminabile tavolo, di fronte a lui e alla moglie.

Accanto, da un lato ho *"faccia da culo"*, la più alta autorità della serata, e dall'altro una signora abbastanza matura e piuttosto in carne, con un'espressione molto cordiale e simpatica, che *don Nino* mi presenta come un'amica di famiglia.

***

Le banali conversazioni da tavola, tra variegate insalate di mare e pasta all'astice, s'interrompono quando Andreina espone al sottosegretario, che le aveva chiesto dei suoi interessi nel campo dell'arte, la personale preoccupazione per un paese che non investe in cultura e nella formazione delle nuove generazioni.

- Purtroppo, i problemi economici impongono un'attenzione maggiore rispetto a quelli di natura culturale. – sentenzia l'Onorevole, dopo un arzigogolo stracolmo di luoghi comuni ed espresso con una boria insopportabile.

L'insofferenza mi assale e non posso fare a meno di intervenire:

- Ma gli stessi problemi economici possono essere, talvolta, di natura culturale.
Bisognerebbe tenere in gran conto la cultura proprio per dare priorità all'aspetto finanziario! Non è forse vero che la prima industria al mondo sia il turismo culturale?
Cosa manca, ad esempio, ai nostri luoghi, per rappresentare una delle risorse culturali più redditizie al mondo?
"Faccia da culo", dopo il silenzio canonico che in una discussione segue sempre la verità, aggiunge altre banalità alle precedenti, tanto che sia io che Andreina preferiamo scambiarci piacevoli sguardi ironici, piuttosto che sottoporci alla tortura di prendere parte a quella chiacchierata tipicamente contemporanea, voglio dire propria della vacuità salottiera del moderno "pour parler".
Sin da quando ho preso posto di fronte a lei, i miei occhi cercano i suoi per immergersi, sia pure per un attimo, in quella profondità oceanica.
Mi tocca guardarla fugacemente per nascondere il mio sguardo agli altri e rispondere alle sue sollecitazioni con discrezione, senza lasciarmi incantare, come vorrei, dal magma fluttuante della sua anima.
Un simile sguardo, penso sia quanto di più intimo e autentico che una donna possa offrire.
La donazione di sé avviene splendidamente attraverso gli impulsi che gli occhi ricevono dallo spirito in fermento, cosicché nessun uomo potrà mai dire di aver posseduto l'altra senza esserne guardato nel modo contemplato.
Mi tiro fuori da uno stato emotivo, per me troppo forte e inusuale, solo quando *don Nino*, con spirito allegro, si alza in piedi, seguito nel gesto da tutti, per proporre un brindisi generale alla festeggiata:
- Ad Andreina, donna del destino!
All'improvviso, i miei occhi si offuscano per schiarirsi gradualmente, fino a quando distinguo, in modo limpido, Raskòlnikov. Maledetto!

Appare alle spalle del boss, che beve prolungatamente dal suo bicchiere prima di riaccomodarsi. Mi sorride beffardamente e va ripetendo con voce metallica ed echeggiante:
"*La donna del destino! La donna del destino! La donna del destino!*"
A quel punto, riconosco alla figura dostoevskiana le caratteristiche di un autentico dèmone che s'intromette nelle mie vicissitudini come una coscienza perpetua e molesta. Probabilmente, egli si bea del pericolo che corro, lasciandomi attrarre dalla donna del boss.
Oppure, mi ha messo in guardia da questo? O, ancora, mi ha solo fatto notare, rallegrandosene, quanto io sia nell'errore e nel peccato desiderando la donna d'altri, pertanto non diverso da lui, assassino e ladro, di fronte alla morale?
Accortomi di essere l'unico rimasto in piedi, mi rimetto seduto, non senza imbarazzo.
Mi estraneo da quel che succede intorno per riflettere su una presenza tanto surreale, di chiara origine visionaria. Dio mio, sono affetto da qualche psicopatologia!
Andreina s'accorge del mio stato di subbuglio. Mi guarda come per essere rassicurata che tutto proceda bene. Il mio umore ha subìto una trasformazione improvvisa e il mio volto, forse, ne riflette l'ansia, tant'è che la *belle femme* mi chiede:
- Tutto procede bene, Jacopo?
- Sì, certo. Ottimo questo *Sauvignon!*
- Un vino che adoro! – dice lei.
E continua:
- Viene utilizzato anche nella vinoterapia, è ottimo per i massaggi. Proviene dalla zona di Bordeaux, il suo nome viene da *sauvage...*
- Selvaggio! – pronunciamo all'unisono.
Ne sorridiamo e avrei voglia di sfiorarla, di toccarla e, perché no, di rovesciarle la bottiglia di *Sauvignon* addosso

e massaggiarla... come piacerebbe a lei... come si converrebbe a me... come sarebbe naturale che fosse!

- Di che si occupa lei, nello specifico? – mi chiede, inaspettatamente, *"faccia da culo"*.

- Fondamentalmente di me stesso, ma nello specifico solo di ciò che mi piace!

Andreina sorride superbamente, mentre *Don Nino* scuote la testa.

- Ne ha il tempo? – replica l'illustre commensale.

- Occuparmi della mia persona vuol dire impegnarmi con tutte le forze nel mio lavoro, che è molteplice. Come potrei non avere tempo per me stesso se lavoro quasi sempre e tanto volentieri?

- Beh, fare quello che ci piace è il massimo nella vita. – aggiunge l'autorità.

- E lei, lo ha raggiunto? – chiedo veloce.

- Sì, la politica mi piace. Scommetto che a lei no.

- Si sbaglia. La politica è una materia soggetta a ragionamento. Le sembro uno che non ragiona?

- No, no, tutt'altro! – mugugna dopo una pausa riflessiva.

Andreina sembra divertirsi e guarda con un'aria di complicità la sua amica che mi è accanto.

- Sarei curioso di sapere qual è la sua opinione sul difficile momento economico che stiamo attraversando in Europa. – insiste l'Onorevole.

- Davvero lo vuole sapere? – chiedo.

- Naturalmente! Non abbia timore di esprimersi.

- Perché mai dovrei averne? Forgiare parole è il mio mestiere e dire quel che penso senza pensare a quel che dico è una condizione costante di ogni mia conversazione.

Il sottosegretario mi guarda un po' attonito prima di considerare:

- Certo, che lei è un tipo molto originale.

- Sottoscrivo, Luigino. – imperversa don Nino.

- Allora, perché la Grecia, ma anche noi e la Spagna siamo in difficoltà, a suo parere? – domanda il sottosegretario ai Lavori Pubblici del mio paese, On. Luigino Mancinelli, assumendo il tipico atteggiamento puerile di chi sull'argomento sollevato si sente ben preparato e presume di saperne tanto e di più.

Mi pare chiaro che *"faccia da culo"* abbia tutta l'intenzione di mettermi in difficoltà, chiamandomi a misurarmi su un campo che ritiene molto più congeniale a lui, che non a me.

Come se io non mi sentissi in vita da tre secoli! Come se io non sapessi applicare la filosofia degli antichi padri a qualsiasi disciplina! Come se io non fossi io!

Il vino sin qui bevuto non raggiunge una quantità tale da farmi temere di andare a sbattere contro qualche discorso appannato e, quel che più conta, è quanto basta per guadagnarne in brillantezza.

Inizio la mia performance, con addosso lo sguardo ridente di Andreina, quello benevolo della sua amica che mi è accanto e quello compiaciuto di *don Nino*. Attento alla tonalità e alle pause, prendo a scorrere:

- Incantevoli per i loro luoghi, travolgenti per i loro costumi, uniche per la loro storia!

Italia, Spagna e Grecia rappresentano quanto di meglio l'Europa e il mondo intero possano offrire ai sensi dell'uomo. Una miscellanea d'arte, natura e cultura che rende elitarie tre nazioni, attraversate da civiltà di cui la storia stessa dell'umanità si fregia.

Luoghi fatati, dove il mito smette di essere letteratura per adagiarsi nel suo ambiente inenarrabile; usanze e sapori custoditi religiosamente da tradizioni che si perdono nel tempo; assaggi di storia solenne, conosciuta e studiata universalmente.

Paesi, questi, che, sebbene abbiano una quantità enorme di risorse, rischiano una recessione. Lontano dalle analisi speculative e a effetto degli economisti dei miei stivali, io trovo, restando nell'ambito di una ragionevolezza estrema, del tutto illogico che simili nazioni debbano essere al centro di un malvagio piano finanziario, messo in atto da espressioni di potere senza scrupolo.

Credo che, insieme, Italia, Spagna e Grecia vantino l'80% del patrimonio artistico e culturale del pianeta.

Pertanto, italiani, spagnoli e greci dovrebbero essere popoli non oppressi dall'ansia, avendo, in teoria, la possibilità di vivere, anche agiatamente, di solo turismo. Se poi si aggiunge l'agricoltura con i suoi prodotti, si ha che le medesime popolazioni producono le eccellenze più ambite.

Si trova normale, dunque, che i luoghi di origine di Pericle, Socrate, Aristotele, Dante, Leonardo da Vinci, Michelangelo, Cervantes, Garcia Lorca, Francisco Goya, debbano rischiare di essere confiscati da chissà quale stramaledetto ragioniere per conto di una fottutissima banca di Francoforte, o di Bruxelles?

Nel frattempo, il pescatore greco mangia un'alice che io venderei in Europa e nel mondo a 200 euro al chilo; il contadino italiano raccoglie una melanzana che, ancora io, venderei all'estero a 300 euro al chilo; mentre l'agricoltore spagnolo sparge un olio sul pane, che, sempre io, esporterei a 400 euro al litro.

Naturalmente, per entrare agli Uffizi, vedere il Partenone o assistere a una Corrida, io, ancora e sempre io, stabilirei prezzi non inferiori ai 500 euro. Che dite, forse ho tenuto troppo al ribasso il costo delle melanzane?

Ad Andreina rilucono gli occhi, mentre il boss ha tutti i muscoli della faccia in movimento, assumendo l'espressione di chi trattiene a fatica una grossa risata.

"Faccia da culo" si trova in una situazione per lui inimmaginabile. Penso cominci ad avvertire, a chiare lettere, il mio disprezzo per il sistema dominante di cui fa parte e abbia notato con quanta cura mi disinteressi di aggiudicarmene i favori, tenendomi ben lontano da un atteggiamento di servile riverenza.

Forse, non gli era mai capitato di sperimentare direttamente la forza di un pensiero ironico, semplicemente dignitoso, opposto al suo illimitato potere, ritenuto dai più così inattaccabile. Magari, si starà chiedendo per quale motivo io mi trovi alla cena di compleanno della moglie di *don Nino*, suo importante e fondamentale sostenitore. Ma, questo, non lo so nemmeno io.

- Lei è divertente. Molto divertente. – osserva laconico l'uomo di potere.

- Singolare, direi. Tanto attuale quanto fuori moda! – aggiunge Andreina.

Affermazioni così sottili e appropriate, espresse con una semplicità esemplare, estendono il suo fascino a dismisura. La bellezza di certe donne sembra essere tratteggiata dalle parole che dicono, tant'è che l'aspetto avvenente e grazioso di Andreina mi appare una diretta conseguenza dei suoi atteggiamenti, un prolungamento estetico del suo codice etico, un riflesso abbagliante alimentato dal suo respiro.

Oh, per Diana, ma è la donna di un boss! Di quale etica vado farfugliando? Il mio pensiero non va oltre l'interrogativo e resto con la mia certezza: a fare di Andreina una donna decisamente charmant è la sua interiorità.

- Credo che tu sia veramente sprecato in quel giornale, non lo pensi anche tu, Andreina? – impazza *don Nino*.

- Non considero uno spreco gli articoli che scrive su quel settimanale. Una platea più ampia potrebbe distrarlo e farne un dandy di nuova generazione, mentre, lì dov'è, assurge a un compito ben preciso, esercitando il mestiere nel modo più utile e nobile. – risponde, con fredda lucidità, la donna che tanto mi piace.

- Secondo te dovrebbe restare dove si trova anche se avesse l'opportunità di guadagnare molto di più e raggiungere una maggiore visibilità? – replica il boss.

- Hai la possibilità di chiederlo direttamente all'interessato. – replica, lei.

- Già gliel'ho chiesto.

- E qual è stata la risposta?

- Certe proposte non sembrano interessargli. Almeno per ora.
- Non tutti hanno la prontezza di saltare sul treno in corsa.
– dice, ignobilmente, *"faccia da culo"*.
- In special modo se il treno va in direzione opposta a quella desiderata – aggiungo all'istante.
- Qual è il tuo treno giusto, Jacopo? – mi chiede *Don Nino*.
- Ci sono già sopra, mi sembra evidente!
Don Nino fa una smorfia in segno di dissenso:
- Io ti auguro un buon viaggio, ma se tu dovessi decidere di cambiare treno per accorciare le distanze e viaggiare più comodo, sarei ben lieto di ospitarti nel mio scompartimento.
Strano, l'unica cosa che riesco a pensare in quel momento è che la metafora sia il luogo prediletto di filosofi e malavitosi. Naturalmente, le differenze di stile rimangono.

***

Arrivati che siamo, quasi alla fine della cena, *don Nino* racconta piacevolmente aneddoti inerenti alla vita d'ufficio dei ministeri, presso i quali, evidentemente, egli si recherà di sovente.
Di seguito, in una conversazione a due, tra il boss e il poco onorevole sottosegretario sui costi della burocrazia, quest'ultimo tesse l'elogio stucchevole del funzionamento degli uffici ministeriali a cui sovrintende, raggiungendo punte di superbia e presunzione che rivelano tutta l'inadeguatezza del personaggio nel ricoprire un simile ruolo.
Lo stesso *don Nino* sembra disapprovare l'insostenibile auto-elogio del suo protetto.
Mentre un'espressione appena percepibile sul volto di Andreina esprime il suo composto fastidio per tanta grossolana superbia. Quando il riluttante uomo, ancora con incontrollata burbanza, mi chiede se sono mai stato in un ministero, ringrazio il fato per avermi concesso un'occa-

sione così propizia per punirlo di tanta vomitevole alterigia.

Rispondo, recitando a memoria:

- Non sono mai stato nei luoghi maestosi di enti senza competenze, dove funzionari che spostano la penna da un tavolo all'altro e le carte dal proprio ufficio a quello adiacente, compiono, alla fine di una interminabile giornata, qualche chilometro senza aver svolto nessun lavoro. Tantomeno ho mai visto segretarie dalle misure canoniche e tacco dodici d'ordinanza ministeriale, che incedono a passo cadenzato nei corridoi-passerella di palazzi imponenti, dove ci si esercita a decorare la nullaggine a un costo altissimo.

E mai ho sopportato profumi aggressivi, unisex, che timbrano un'aria già alterata di per sé nella luce densa delle grandi finestre, che, beffardamente, irradia spazi architettonici solenni, adibiti a dimora dello spreco e di false occupazioni.

Dopo una breve pausa aggiungo:

- Si tratta di un passo che ho estrapolato da uno dei miei tanti incompiuti. Direi che cade bene, prima del dessert.

Il sottosegretario masticando amaro dice:

- Le auguro di portare a termine qualcosa nella sua vita.

- La fine non mi si addice. – rispondo d'istinto.

Dopo la cena, ci si trasferisce tutti al piano superiore, dove, in uno spazioso salotto rettangolare, Andreina si siede ad uno splendido *Petrov* a coda, per intrattenere i suoi ospiti.

Busto perfettamente dritto e capo leggermente chinato sui tasti del pianoforte: in questa immagine, mi appare fulgida ed eterea.

Prendo posto alla sua destra, a qualche metro di distanza da lei. Ne osservo il profilo, delineato come in una scultura classica, il collo esile e snello, candido, delicatamente chiaro, circondato da una collana di lucide perle bianche. Non riesco più a staccarne lo sguardo. Sale prorompente la mia voglia di azzannarlo, di premere la mia bocca sma-

niosa su quella carnagione rosa pallido che svela trasparenza e sensualità.
Cos'è un impeto di passione se non un violento impulso
vampiresco?
Sì, escluderei tutti i convenevoli e i preliminari per fare di
lei un solo boccone!
L'amerei con tutta la foga che ora mi pervade. Non vi è
assolutamente nulla di sconveniente nella mia bramosia
voluttuosa. Non c'è voglia che possa assumere le tinte del
sentimento e del sogno se in essa non si agita prigioniera
una incontenibile libido!
Ma no, sto andando in escandescenza! La mia mente, talvolta, sembra giocarmi brutti scherzi, tracciando prospet-
ti che si rivelano estranei alla mia identità. Come potrei
scambiare effusioni amorose con Andreina senza essere
rapito dalla sua grazia e desiderare di riservarle mille attenzioni, dolci e premurose?
Intanto le note impresse dalle sue mani assottigliate mi
riempiono l'anima. Sono quelle del *"Chiaro di luna"*, di *De-
bussy*.
Andreina suona con leggerezza. Quando alza lo sguardo,
in maniera cadenzata, mostra un sorriso appena percettibile che riferisce del suo stato di beatitudine. Sembra che
la musica defluisca dal suo spirito e lo strumento sia solo
una cassa di risonanza per espanderla.
L'emozione che provo è forte. Arrivo al punto di avvertire la mia anima fluttuare a ogni nota, immaginandomi
sospeso nell'aria, intento a comporre coreografie bizzarre
e giocose.
Un applauso caloroso suggella la fine dell'esibizione di
Andreina, che ringrazia con infinita dolcezza.
Don Nino invita gli ospiti a prendere una boccata d'aria
fresca sul terrazzo. Lì si brinda alla pianista. Comincio a
sentirmi strano e avverto languori allo stomaco. Avrei bisogno di stordirmi, di bere ancora tanto. So cosa mi tormenta, ma non ne traggo considerazioni.

Richiamo l'attenzione di un cameriere, che mi versa altro champagne. Mi isolo, sistemandomi in un angolo, appoggiato alla ringhiera a guardare il mare, su cui riflette la luce della luna non ancora piena.

- Il mare è più profondo di te, in alcuni punti! Vorresti inabissarti nella sua infinità? – irrompe con un tono straordinariamente intimo, colei da cui sono irrimediabilmente attratto.

- L'idea mi accompagna ogni volta che, in solitudine, faccio un bagno notturno: la possibilità di sprofondare nell'oscurità del mare mi ha sempre eccitato.

Il pensiero della morte, in quel momento, mi piace, forse perché mi aiuta a tenerla lontano – rispondo senza voltarmi, perso nella prospettiva del panorama.

Andreina resta dietro di me, in posizione obliqua alla mia, immagino. Ne avverto l'espressione. Percepisco il suo lieve sorriso, mentre mi osserva di lato. Non ho bisogno di guardarla per controllare il suo atteggiamento. Lei, invece, sembra avermi sotto mira.

- Sei istrionico, irreale, manierato come un fantasma. – dice, quasi sussurrando.

- Il tuo aspetto diafano, impalpabile, non è da meno. – replico con voce ferma.

- Tuttavia, abbiamo un corpo, una funzione sociale, pulsioni irrefrenabili. Stiamo consumando un'esistenza e, quindi, siamo in vita. Stiamo dividendo lo stesso spazio in un tempo che si consuma, attimo dopo attimo, fino a esaurirsi. – dice, senza tristezza.

Forse anche, accidentalmente, avremo già diviso lo stesso luogo, magari un angolo di strada, una pizzeria, o al cinema. Sarà capitato che, al contempo, abbiamo assaggiato le stesse fragole, riso della stessa scena, o che il vento abbia fatto danzare la stessa foglia per me e per te.

- Ma non abbiamo mai condiviso il tempo, nemmeno quello di un breve istante. – le dico, voltandomi.

Ha un'espressione chiaramente turbata, come in preda a una commozione, anche se cerca di non darlo ad intendere, parlando con distensione e a bassa voce:
- Lo stiamo facendo ora.
- E vorrei farlo ancora.
- Può darsi che non mancheranno occasioni, ma tieni a freno la tua audacia. Sei in casa di *don Nino*, mio marito, non dimenticarlo. Non sottovalutare questo aspetto e non prendere sottogamba lui. Non sarai così stolto da non esserti accorto che, pur nella sua grossolanità, manovra a suo piacimento cose e persone di grosso peso?
- Che *don Nino* non abbia timori reverenziali verso *"faccia da culo"*, pardon, il sottosegretario, mi è parso fin troppo lampante. – osservo.
- Quello che non ti è chiaro è che non ne ha nemmeno nei confronti di chi sta ancora più in alto di *"faccia da culo"*, come lo hai chiamato tu. Nino è un autentico uomo di potere, potente e imprevedibile, poiché ha il grande vantaggio di non essere considerato pericoloso e spietato.
- Perché questa discussione su tuo marito?
- Per metterti al riparo da spiacevoli sorprese. Lui nutre simpatia e molta stima nei tuoi confronti e, quando la ragione non gli consente di giudicare pienamente una persona, perché non convenientemente attrezzata, si serve dell'intuito.
Per questo, percepisce appieno il tuo valore, riconoscendoti un talento. Ti svelo un segreto: a lui piace che io legga ad alta voce i tuoi articoli, non mancando di riportare con la giusta intonazione l'ironia sferzante di cui fai uso. Lui ne ride divertito.
- Non me lo ha detto.
- Per forza, tu non gli avresti creduto. Oppure, avresti potuto pensare che si complimentasse con te per piegarti meglio alla sua volontà.
- Sei al corrente dei suoi tentativi...

- Di corruzione? Avevo scommesso sulla tua rettitudine e ho vinto.

- Tuo marito ti tiene informata delle sue faccende?

- In questo caso, l'ha fatto.

- Perché?

- Perché sì.

Prendo a guardarla. I suoi occhi chiari che cambiano colore, diventando più intensi, e il suo sorriso, appena percettibile, la ritraggono come una donna attraversata da una dolce malinconia, desiderosa di abbandonarsi al richiamo di una tentazione tenuta eroicamente a freno, espressa nel suo sguardo intenso e luminoso. Se solo fossimo stati soli, senza nessuno intorno, l'avrei già stretta a me!

Mentre mi agito in questo pensiero, vedo avvicinarsi a noi un gruppo di persone tra cui *don Nino*. Approfittando della serata mite, il padrone di casa propone ancora un brindisi all'aria aperta, prima di rientrare.

Intorno alla mezzanotte, arriva il momento del congedo. Insieme agli altri invitati, saluto il boss e, subito dopo, con una sorta di afflizione, Andreina, che mi stringe forte la mano, appoggiando le sue labbra sulle mie guance con una delicatezza infinita.

- Arrivederci, Jacopo! – mormora, carezzevolmente.

- Buonanotte, Andreina! – le dico, decorosamente.

III

Mi sveglio, e già la mia mente è rivolta a lei. Il primo pensiero della giornata è una riproduzione di quello insistente della notte. Contempla il tatto della sua bocca che sfiora la mia guancia.

Un gesto ordinario e consueto, come quello di scambiarsi dei saluti, è diventato per me un refrain di natura erotico-sentimentale. Mai avrei pensato che si potesse fantasticare tanto su un contatto tanto usuale e convenevole.

Andreina, con un atteggiamento languido e furtivo, ha fatto sì che il mio commiato da lei assumesse una simile connotazione, non attribuibile, dunque, all'elaborazione della mia fantasia più sfrenata. Resto a letto, pensando a lei. Mi giro e mi rigiro con la sua immagine che mi passa da un lato all'altro, fino a quando decido di dire basta a quel dolce tormento che mi tiene inchiodato tra le lenzuola, impedendomi di prepararmi, convenientemente, per affrontare il mio lavoro giornaliero presso la televisione locale, dove mi occupo del notiziario.

Finalmente, un discreto senso del dovere mi scaraventa fuori dal letto e in tutta fretta mi rado, faccio la doccia e mi incravatto. La giornata è talmente mite che sembra essere primavera.

- Buongiorno madre! – dico alla donna dai capelli d'argento con la busta della spesa che incrocio sul marciapiede davanti a casa.

- Di buon'ora, eh? – risponde ironica colei che mi ha partorito, non senza sofferenze.

Svolto il mio compito di lavoro, nel pomeriggio vado al molo. Non ho dimenticato affatto la promessa di Agostino: all'indomani della fatidica cena mi avrebbe rivelato ciò che mi ha tenuto nascosto il giorno precedente.

Trovo il mio grande amico sull'*arca misantropica*. Indaffa-
rato con la cassetta degli arnesi, non fa caso al mio fischio.
Non mi dà il tempo di emetterne un altro che mi vede:
- Vieni, salta su che facciamo un giro!
Quella vecchia barca è straordinaria! Ha una sacralità in-
violabile che si percepisce al primo sguardo. La sua struttura in legno, con al centro un cabinato, emana un senso
immediato di intimità che ha a che fare con il vento del
mare, i suoi odori e le sue correnti, con le esperienze vissute di chi a bordo vi ha riflettuto, imprecato, gioito, con
il calore di un luogo incantato, al riparo dalle interferenze
della cronaca quotidiana.
Spinta lentamente da un motore dal suono morbido, la
fatata imbarcazione prende il largo. Agostino è al manubrio-timone, mentre io sono seduto sullo scanno, con i
gomiti appoggiati al tavolo fissato lungo un lato della cabina. Guardo, attraverso i vetri usurati, con il volto tra le
mani, le colline della costa allontanarsi progressivamente.
Mi verso del vino bianco in un bicchiere di coccio, che
prendo da una piccola credenza, e bevo con gusto. Per-
corsa la distanza di tre miglia, credo, Agostino spegne il
motore, getta l'ancora e viene a sedersi accanto. Prendo
un altro coccio e gli verso da bere. Dopo un sorso, mi dice:
- Questa barca ha avuto diversi proprietari, ma non ha mai
avuto un nome. Poi, un giorno, ti insegno come condurla,
te l'affido, vai vagando per mare e dopo un po' torni e mi
dici: "Questa barca ha un'anima energica che si fa sentire.
Bisogna darle un nome. Si chiamerà *arca misantropica*.""
E capisco, all'istante, che quello è il nome che la barca, da
tanto tempo, aspettava di avere.
- Perché lo hai ricordato?
- Ci sono cose che vengono comprese e valutate, al momento giusto, dalle persone giuste. Vale anche per le persone. Naturalmente, vale anche per te. – mi risponde.

- Se mai ti riferissi al mio incontro con don Nino, vorrei rassicurarti. So bene che non è la persona destinata a valutarmi, opportunamente.
- Non mi riferivo a lui, infatti. – replica con un mezzo sorriso.
Capisco, allora, che l'allusione di Agostino sia rivolta ad Andreina.
- Il riferimento è a sua moglie, vero? – interrompendo un silenzio che andava prolungandosi.
Agostino, senza guardarmi, fissando il bicchiere, risponde con una inconsueta apprensione:
- Sì! Il pensiero mi correva a quella donna.
- La conosci?
- Certamente.
- Cosa? Perché non me ne hai parlato?
- Per lasciartela scoprire, ovvio.
- Non si direbbe proprio la classica pupa del boss!
- No, non lo è per niente!
- Vorrei che tu me ne parlassi.
- Ti faccio io, invece, qualche domanda, ora. – dice deciso, versando altro vino per entrambi.
E inizia:
- Andreina ti piace, naturalmente, e anche molto. È così?
- Da cosa si vede?
- Si sente, soprattutto. Meglio dirti subito che lei ha un talento da donna fuori dal comune!
Questo, ne fa una cosiddetta *"femme fatale"*. Il segreto del suo fascino travolgente ha mille motivi. Lo si potrebbe trovare nel suo fenomenale istinto, come nella sua intelligenza limpida. Sono i suoi pensieri a dare profondità a quegli occhi tanto espressivi, così come la dolce luce malinconica che la irradia permea di bellezza il suo volto.
Mentre il suo corpo, modellato da un istinto animale che si adatta a ogni circostanza, appare di volta in volta flessuoso, voluttuoso e, non di rado, solenne e celestiale. Non

ho mai visto niente di simile, in una donna, tanto ben connesso.

- L'hai descritta superbamente. Voglio dire, lei è proprio così! – osservo con meraviglia.
- Ora, dimmi, pensi di rivederla? – riprende.
- Non dovrei?

Agostino versa ancora vino, poi con un tono intimo incede:

- Jacopo, la sensazione che ho avuto quando mi hai detto dell'invito a casa di *don Nino* è stata di grande preoccupazione. Per te, ovviamente. Sei un soggetto che potrebbe attrarre Andreina almeno quanto lei sia in grado di attrarre te, poiché i tuoi sensori sono predisposti al meglio per percepire le sue onde magnetiche, e viceversa: lei è attrezzata per distinguere perfettamente l'archetipo dell'eroe un po' ingenuo e disinvolto che tu interpreti e potrebbe avere uno slancio passionale verso l'unica forma di virilità che lei riconosca: quella che scaturisce da un comportamento arguto e coraggioso, oltre che distinto.

Lei avrà sicuramente riconosciuto la tua intelligenza come dote morale e da questo cercherà di trarne un godimento raro, che mira al piacere sottile.

In questo momento non saprei esporti il pericolo che corri, so però che è molto più grande di quanto tu possa immaginare, e non è dovuto solo al fatto che lei sia la donna di un boss.

- Attribuisci ad Andreina una pericolosità che prescinde dall'essere la moglie di *don Nino*. Perché?
- Ragazzo, conosco quella donna da quando giocava ancora con le bambole! Sua madre era di origini andaluse, mentre suo padre era un mio compagno di scuola. Entrambi morti in un incidente stradale, quando Andreina aveva sette anni. La piccola fu affidata a una zia, una donna del luogo, sorella del padre, che, colpita dal morbo di Parkinson, si vide costretta a sistemare la nipote in un

collegio della capitale, investendo gran parte dei suoi risparmi.

Ero molto legato a suo padre, un autentico talento artistico, un paesaggista straordinario.

Sua madre, invece, era una favolosa pianista, una singolare interprete di Liszt e Chopin. Costituivano una coppia fantastica. Quella bambina restò sola. Non aveva nessuno oltre sua zia, che, in seguito alla malattia, vedeva solo d'estate e durante le vacanze natalizie.

Andreina è cresciuta, fino a diciotto anni, dividendosi tra Roma e questi luoghi, dove i suoi avevano una casa per le vacanze, che lei fu costretta a vendere per pagarsi gli studi universitari. Si è dimostrata ben presto matura e avveduta.

Dopo aver conseguito la laurea in Lettere Classiche, andò a lavorare a Milano, dirigendo una galleria d'arte e insegnando in un istituto scolastico privato. Poi, la svolta. Dopo qualche anno trascorso a Milano, decise di trasferirsi qui, comprando e ristrutturando un rudere sulla costa.

Ben presto, adocchiata da *don Nino, che conobbe ad una cena dei notabili del posto,* diede seguito al suo progetto di rivalsa contro il mondo e la vita. Non ho mai sentito la necessità di chiederle perché avesse sposato uno così, credendo di averne intuito il motivo.

- E quale sarebbe?

- Sono sicuro che lo scoprirai, nonostante tu sia stato già gravemente accecato! – mi risponde con leggiadria.

Decido di non insistere, anche perché so per certo che Agostino, quantunque sollecitato, non aggiungerebbe alcunché a quello che mi ha già riferito sull'argomento. Osservo:

- Non trovi che Andreina sia leggermente modiglianesca?

- Sì. La sua figura e l'espressione che talvolta assume riconducono a quei tratti.

Rifletto sul fatto che Agostino sia stato soprattutto un pittore, prestato al lavoro dei grandi alberghi turistici, e che più di qualche volta io abbia beneficiato delle sue originali cognizioni sull'arte. Pertanto, mi chiedo se nella descrizione che ha fatto di Andreina egli sia stato in qualche modo condizionato dalla sua sensibilità di ritrattista.

- Hai descritto l'intimità psicologica di Andreina, collocandola, genialmente, in una magnifica dimensione fatta di mistero, incanto, forza mentale, sensualità. Credo che, nell'occasione, il pescatore-filosofo abbia fatto largamente uso della coscienza del pittore. – gli dico con ammirazione.

Agostino apre un'altra bottiglia e riempie ancora una volta i bicchieri, prima di replicare:

- Se pure fosse così, la verità sarebbe ugualmente assicurata. L'arte è rivelatrice, più di qualsiasi indagine.

Medito, come spesso mi accade, sulla magnificenza delle parole del mio caro amico e aggiungo:

- Credo tu abbia ragione, la verità contenuta nell'arte ha qualcosa di universalmente riconoscibile e rivela il segreto della bellezza. Dalla più antica a quella moderna, l'arte ha sempre tenuto la donna nel giusto conto, sublimando le sue naturali doti mistiche di amante e di madre.

- La stessa letteratura classica italiana è ineluttabilmente condizionata dall'incandescenza della femminilità. Pensa a cos'era Beatrice per *Dante*, Fiammetta per *Boccaccio*, o Laura per *Petrarca!* – dice con estasi.

- Già, non c'è genio, talento, ingegno, che non abbia tratto dalla delicatezza femminile l'energia necessaria per pensare in grande, creando opere che fanno parte del patrimonio culturale mondiale!

- Propongo un brindisi: a tutto ciò che è femminile! – esclama allegro.

Beviamo, come da tacito accordo, fino a svuotare i bicchieri, che un attimo dopo provvedo a riempire. Andiamo avanti così, per un'altra bottiglia ancora, mangiando della frutta secca e formaggio, toccando temi più diversi, quasi dimenticando di essere partiti da una donna: Andreina!

Guardo in direzione della linea dell'orizzonte: sono investito da una luce calda e intensa che spande a ventaglio i colori incredibili di quel tramonto d'inverno, realizzando cromature nitide. L'*arca misantropica* sembra essere al centro di una pittura impressionista, sospesa tra i rossi gialleggianti del cielo e i riflessi aurei del mare.

Mi sento attraversato da un raggio di felicità e di benessere che non mi è estraneo.

Credo ciecamente nella forza ancestrale della natura e impazzisco quando questa somiglia all'opera d'arte!

- Hai visto che colori? – chiedo –

- Dio mio, che splendore! – risponde, allucinato, Agostino.

Se c'è una cosa che io e il mio amico sappiamo fare bene, è osservare opportunamente i silenzi.

Pertanto, preferiamo entrambi confonderci per qualche attimo nel bagliore più eccentrico del sole. Dopo la necessaria e religiosa pausa, Agostino mi dice di accendere il motore e di mettermi al timone, per puntare verso il molo prima che faccia buio.

- Non avevo mai visto un pescatore in maniche di camicia e cravatta! – ironizza.

Ho come l'impressione che in seguito al vino bevuto lui abbia raggiunto il mio stesso e non trascurabile stato di ebbrezza.

- Mi è mancata la volontà di tornare a casa per cambiarmi. Ero molto curioso di sapere quel che avevi da dirmi sulla faccenda relativa a *don Nino* e dal lavoro mi sono precipitato direttamente al molo.

- Di cosa hai parlato, oggi, in tv?

- Dei disagi del sud rispetto a quello che è un andamento più generale del paese.

Agostino emette un verso gutturale, tipico di chi ha appena fatto una riflessione. Infatti, tutto serioso mi chiede:

- Jacopo, pensi davvero che questo territorio sarà umiliato ancora per molto tempo, prima che avvenga il cambiamento sperato?

- La differenza tra le due aree del paese è ormai insostenibile. Il meridione, da molto più di un secolo, è considerato alla stregua di un serbatoio di voti, che torna puntualmente utile a chi non si impegna affatto per risolverne i problemi.

Il sistema di controllo del potere, nel sud, è una prerogativa Doc, almeno quanto i prodotti della sua terra. Funziona a meraviglia da tempo. In tutte le regioni meridionali, insieme all'odore della macchia mediterranea, si respira aria di intrallazzi e di trame oscure.

Il potere politico, da noi, è un intreccio di rapporti privati che si originano per arrivare a gestire il maggior numero di enti pubblici.

Si tratta di una strategia altamente immorale, d'ispirazione mafiosa e camorristica, quasi sempre non perseguita penalmente. Sono uomini come il nostro *don Nino* a tenere inchiodato questo territorio sulla croce del disagio più assurdo.

- Temo che tu abbia ragione, ragazzo. Se i coloni greci dell'antichità assistessero, oggi, allo sfacelo di quei territori che per la bellezza paesaggistica, l'arte e la cultura che vi splendevano, furono denominati *"Mègale Hellas"*, rimarrebbero sconvolti.

- Noi rappresentiamo una civiltà che avrebbe profondamente scandalizzato quelle che, precedentemente, hanno abitato i nostri territori. Hai colto nel segno, Agostino! Cosa penserebbe un greco di Naxos, di Zankle, di Catana, di Reghion, di Elea, o di Poseidonia, se sapesse che intorno a quei luoghi, dove egli trovò prosperità e svolse una vita ideale, ora vi è degrado, disoccupazione e disperazione?

- Hai mai pensato a una soluzione diversa da quelle già proposte dai politicanti in tanti anni di chiacchiere? – mi chiede con molto zelo, il mio amico.

- Per rigenerare il Sud non occorrono ricette cervellotiche e complesse. Una visione moralmente e politicamente

corretta delle sue condizioni sarebbe già l'inizio della soluzione. La questione meridionale si protrae vergognosamente nel tempo poiché conviene tanto al potere centrale che ai rappresentanti locali da cui è alimentato. Lo sanno anche le pietre.
- Definirti un liberal-rivoluzionario, sarebbe sbagliato?
- Tutti quelli che stanno nel giusto e hanno voglia di rovesciare un sistema non conveniente alle moltitudini lo sono.
- Anche Andreina lo è, in cuor suo. – dice Agostino con un'espressione assorta.

***

Una volta arrivati al molo, mi adopero con attenzione scrupolosa per la manovra di attracco dell'*arca*. È da queste operazioni che si vede un marinaio, penso autoironico.
- Bene, vai migliorando! – farfuglia Agostino per incoraggiarmi.
Abbandoniamo la barca e raggiungiamo a piedi il bar del porto, il più antico della città: è uno di quei luoghi che danno testimonianza dell'originalità peculiare di questa terra. La struttura del locale, con i tavoli e le sedie in legno, il pavimento liso e irregolare, gli specchi vitrei che riflettono solo il vissuto, resiste da più di mezzo secolo.
Persino il listino dei gelati, attaccato fuori alla porta d'ingresso, è lì da decenni: ci sono ghiaccioli a trenta lire e cornetti a centocinquanta!
Mettere quel locale al passo coi tempi sarebbe un autentico sacrilegio. Ci sono cose, penso, che si lasciano consumare per affermare l'importanza della memoria, per contrapporre il passato più prossimo all'attualità più ingombrante e indiscreta; per incollare, infine, un angolo di vita vissuta sul presente di un'esistenza che scorre senza essere adeguatamente contemplata, annusata, palpata.

Una donna mora, di carnagione scura e dal presente di seni enormi, ci serve l'agognato tè bollente. Quando si china per appoggiare sul tavolo il vassoio di rame, non so quanto involontariamente sottopone al nostro sguardo la sua abbondanza pettorale, priva di un indumento intimo che la reggesse.

- Prego! – dice, prendendo le tazze di ceramica sbriciolate dal tempo e mettendole con accorta delicatezza davanti a noi, non senza aver guardato entrambi con attenzione.

Agostino, che è un uomo di settantacinque anni, con il fisico un po' provato, ma con un aspetto molto vitale, non si dimostra certo insensibile a siffatte sollecitazioni.

- Mamma santa! – esclama dopo che la donna si è allontanata.

- Francamente, pur nella sua caricatura, la signora è la lussuria in persona! – osservo.

- Cosa ti colpisce in lei – mi chiede con molto interesse il mio amico.

- Il suo aspetto fumettistico. Le sue linee rotonde. La sua sospensione tra pornografia e erotismo.

- Magnifico! Sapevo che mi avresti fatto prendere visione di ciò che in lei è conturbante.

- Mi usi come un manuale? – gli domando, giocoso.

- Oh, anche tu lo fai con me, e spesso. Hai osservato il volto? La bocca ben disegnata e gli occhi grandi, leggermente obliqui?

- Sì, ha un'espressione decisamente conturbante. – rispondo.

- Provaci!

- Eh?

- Non farti scappare una simile occasione, sciagurato!

- Ma cosa dici? Provaci tu!

- Io, che sono stato operato di prostata, non ricordo più quante volte di ernia ed ho tutte le malattie dell'apparato cardiovascolare?

Non ho di queste frenesie, anche se mi piace distinguere la bellezza dell'universo femminile in tutte le sue forme. Questa donna è notevole e sono sicuro che non sei mai stato a letto con una del suo talento!

- Ma che ne sai?

- Prova! E poi mi dirai se ho ragione!

- Ma dai, Agostino...

- Prova! Voglio che tu prenda il meglio dalla vita, perché mi sei caro e ti voglio bene.

- Anch'io penso che quella donna sia un ordigno erotico, però in questo momento... come dire... sono un po' frastornato dalla conoscenza di Andreina. Penso soventemente a lei e avrei voluto che, insieme a noi, avesse goduto di quel tramonto.

- Oh, perbacco! Hai perso già la testa per lei?

- Non ancora, cioè... che ne so... ma che cazzo dici?

- Hai perso la testa! – urla.

- Che gridi, sei fuori di senno?

Agostino non riesce a trattenersi e ride. Ride incessantemente e scandalosamente. Ride di me, ma sento con quanto affetto.

- Scusami. Ho sempre pensato a una cosa del genere, ed è successa. – riesce a dirmi, ridendo.

- Pensato a cosa?

- Che una come Andreina avrebbe potuto affascinarti insanabilmente.

- E c'è da riderne molto e così sconciamente?

- Rido perché mi emoziono di fronte alle fatalità della vita. Resta, tuttavia, la preoccupazione nei tuoi confronti. Temo le conseguenze di un'eventuale relazione tra te e lei.

- Credi che ciò possa avvenire? – gli chiedo con finta disinvoltura.

- Conoscendo molto bene entrambi, credo proprio di sì.

- E, a tuo giudizio, si può evitare che avvenga?

- No. Ed è questo il punto!

- Non capisco perché tu debba attribuire tanta fatalità all'incontro con Andreina. Potrei fuggirne, se volessi, ti pare? Oppure, semplicemente, far finta di non esserne preso così tanto.

L'espressione di Agostino diventa particolarmente sintomatica. Le sue rughe si dilatano in un sorriso che riassume una simbologia che conosco benissimo. Non crede a una sola parola di quello che ho detto. Infatti:

- Dai, nemmeno tu credi a una eventualità del genere. Io e te ci scambiamo una grande compagnia per motivi molto dignitosi e divertenti, non ultimo quello di poter constatare quanto ci sia da essere allegri nell'avere un amico leale e quanto giovamento se ne possa trarre.

- Non so dove vuoi andare a parare, ma credo di essere soprattutto io a guadagnare vantaggi dalla nostra amicizia. C'è sempre da imparare da te e non solo perché sei il più vecchio. – osservo con riverenza e rispetto autentico.

- Ti sbagli. Tu mi dai la possibilità di giocare a fare il saggio e farmi sentire utile. Jacopo, so che abbiamo bevuto molto, ma so altrettanto bene che, io e te, bevendo, raggiungiamo la giusta sobrietà.

Ascoltami, tu sei una delle persone più dotate che abbia mai conosciuto. A una persona della tua indole ci si affeziona facilmente. Dicasi lo stesso per Andreina.

Il vostro legame, a mio avviso, esiste in natura. Ecco perché credo che niente e nessuno potrà impedire quello che tra di voi, con certezza, accadrà.

Lei, però, a differenza di te, ha fatto una scelta molto particolare, non facile da condividere, anzi, forse per niente condivisibile, in quanto ha in sé elementi di... di perversione, ecco.

Ed è in virtù di questa scelta che lei mette in atto i suoi propositi, assurdi da un lato e, forse, legittimi dall'altro.

Agostino nota la mia meraviglia.

- So che le mie parole non ti consentono di capire tanto, ma è giusto che io mi fermi qui. Andreina nasconde un segreto che può rivelarsi molto pericoloso anche per te, oltre che per lei.

\- Non sarebbe il caso di mettermi al corrente di quello che dovrei sapere?

\- Ragazzo, apri gli occhi e stai attento. Non posso rivelarti qualcosa di cui non ho assoluta certezza e nemmeno conoscenza a sufficienza!

\- Va bene. Però, almeno qualche domanda lasciamela fare.

\- Sentiamo. – mormora.

\- Da quando tempo non vedi Andreina?

\- Dalla scorsa settimana. Almeno una volta al mese viene a casa a farci visita, per vedere soprattutto mia moglie, Elena. Penso che lei sappia, in cuor suo, che io non approvo certi suoi modi di stare al mondo.

\- Quelli di cui non vuoi parlarmi e che dovrei scoprire da solo?

\- Sì, quelli.

\- Agostino, dimmi, cosa dovrei fare? Mi metti in guardia da un pericolo che ignoro, ma, stando a quello che dici, realmente esistente e anche abbastanza grande. Cosa vuoi che faccia, sparisco, mi dissolvo, volo via?

\- Jacopo, il fatto che Andreina sia la moglie di un boss è, o no, di per sé, già un grave pericolo?

\- Sì, in teoria lo è.

\- E allora, per adesso, tieni ben in mente solo questo! È quanto basta per tenerti lontano dai guai.

Rifletto su queste ultime parole, che finisco per ritenere giuste e previdenti, mentre vengo distratto dalla donna mora che ci passa davanti, avendo ricevuto da lei una di quelle occhiate che sembrerebbero inequivocabili. Pulisce con uno straccio le sedie di un tavolo non distante dal nostro, offrendo, questa volta, la vista per la meditazione del suo fondoschiena che, come le altre parti del corpo, è in carne e ben delineato, senza dare peraltro la sensazione del sovrappeso.

Attraverso la veste sfibrata di cotone nero s'intravedono le forme piene e procaci.

Nell'armonia delle linee, i glutei sembrano formare una figura ovoidale idealmente profonda, in grado di disperdere i pensieri più tormentosi. Osservo critico e voglioso il didietro di quella donna. Dopo aver fatto bella mostra di sé, la giunonica signora mi guarda ancora, prima di rimettersi seduta alla cassa.

- Può un culo essere ipnotico? – domanda Agostino.

Rido, prima di rispondere:

- Ne ero come ipnotizzato?

- Eh, sì. Bravo, hai capito che con quella lì ne vale veramente la pena!

Estraggo, intanto, dalla mia vecchia borsa di pelle un foglio bianco e prendo a disegnare velocemente.

- Cosa hai fatto? – mi chiede Agostino dopo qualche attimo, con aria divertita.

- Guarda! – porgendogli il foglio.

- Oh, è il suo ritratto, tette comprese!

- Insomma, un po' le somiglia! – aggiungo.

- Hai intenzione di darglielo?

- Sì, e sotto ci scrivo: *avresti tempo per me?*

Così faccio. Quando vado per pagare, le mostro il foglio, che lei legge appoggiandolo alla cassa. Sorride. Poi prende una penna e vi scrive, prima di riconsegnarmelo. Leggo la sua risposta: *"Anche ora!"*

Appena un passo fuori dal locale, Agostino mi chiede:

- Che ha scritto, ci sta?

- Secondo te?

- Secondo me, sì, perché lei non è mai stata apprezzata da uno dall'aspetto gentile come te.

- Non so perché, ma ha detto sì.

- E vai! Sono felice per te!

- Ha scritto che anche ora avrebbe tempo per me. E non voglio abbandonare l'istante! Fuori dall'immediatezza non c'è nulla di straordinario. Arrivederci amico mio!

Abbraccio Agostino. Rientro, mi avvicino alla dama mora e le dico, con una sicurezza che, francamente, non so da dove mi proviene:

- Hai ragione. Ora!

La donna indossa una giacca pesante di colore scuro, dice qualcosa alla ragazza dietro al banco e insieme usciamo dal locale. Percorriamo qualche pezzo di strada, lungo il quale mi dice di chiamarsi Maria e di non voler sapere per il momento il mio nome. Una volta arrivati all'auto, mi premuro di aprirle lo sportello.

Mi sorride con molta dolcezza e non stacca da me lo sguardo, che, per quanto sdolcinato possa essere, conserva una carica considerevole di carnalità.

Transito, nel traffico, per uno spezzone del lungomare prima d'immettermi nel tranquillo tragitto che porta alla parte alta della città, dove dispongo di una modesta mansarda per scrivere e dipingere. Mentre guido, mi scappano occhiate indicibili sulle cosce di Maria, scoperte dalla gonna che, sedendosi, le è rimasta alta.

Tutto di lei ha un effetto erotico stuzzicante. Il suo marcato accento meridionale, pronunciato con una voce calda, non fa che aggiungere una carica ulteriore di eros a ciò che risulta essere già sfrenatamente sensuale.

La radio trasmette musica soul e il ritmo di quelle note contribuisce a creare un clima molto incandescente, che tocca il suo culmine quando, chissà come, mi trovo a stringere la mano liscia e irrequieta di Maria.

Il semaforo rosso giunge opportuno: non faccio in tempo ad arrestare l'auto che già siamo con il viso l'uno contro l'altra. Assaporo il suo bacio denso, lasciandomi prendere da un desiderio inaudito che diventa man mano più frenetico e smanioso, finché non viene inibito dal suono incessante e raccapricciante del clacson delle auto che precedo. Che maniere per avvertirmi del ripristino del verde! Ne ridiamo insieme.

Arrivati davanti alla porta di casa ci scambiamo ancora effusioni: la sua bocca mordicchia il mio mento, poi il collo e le orecchie, mentre le mie mani sono infilate sotto la sua gonna e palpano la carne calda al di sopra delle autoreggenti.

Non so come, riesco a mettere le chiavi nella toppa e ad aprire. Non arriviamo a metterci sul letto, perché lei mi spinge giù, con le mani sulle mie spalle mi fa inginocchiare insieme a lei sul pavimento e mi trascina su di sé, sul largo tappeto cremisi. Ci baciamo a lungo. Mentre le tolgo gli stivali, sento la cerniera della gonna abbassarsi.

La donna spinge la veste giù per i fianchi, fino ad affidarla a me, che, afferrandola lateralmente per i lembi, la lascio scivolare lungo le gambe e le caviglie, per lanciarla alle mie spalle.

Si toglie la maglia scollata e la butta di lato. Poi, mi slaccia la cravatta e mi sbottona la camicia. Prende a baciarmi e a leccarmi sul torace per arrivare al bacino.

Quando mi sono spogliato del tutto, Maria si libera delle mutande e mi guida su di lei.

Ci capovolgiamo più volte, riguadagnando, infine, la posizione iniziale. Stringo tra le mani il suo volto e mordo la sua mascella, nell'apogeo del piacere.

Dopo l'atto estremamente coinvolgente, restiamo per un attimo abbandonati, stringendoci in abbracci sorridenti, forse in segno di reciproco appagamento, o di misericordiosa tenerezza. Subito dopo, decidiamo di metterci sul letto per distenderci comodamente. Osservo il suo corpo sinuoso e il suo volto vispo. Anche lei mi fissa:

- Sei ben fatto. Immaginavo, sai, che fossi così focoso! Non mi avrai lasciato segni, vero? – domanda con la sua voce sensuale –

Sul suo collo scorgo delle macchie violacee, mentre al lato basso di una guancia ha un rossore evidente.

- No, non credo di avertene lasciati. – le rispondo.

- Io, invece, a te, sì.

- Cosa?
- Hai i segni dei miei morsi sul mento e sulla spalla.
- Molto evidenti?
- Abbastanza.
- Anche i tuoi, sono ben visibili.
- Ce li ho anch'io? – chiede con leggera preoccupazione.
- Certo. Sul tuo collo c'è l'impronta della mia bocca.
- Bastardo! – dice a bassa voce.

Il modo con cui me lo dice, muovendo appena la bocca e rimpicciolendo gli occhi, mi provoca un impulso sessuale violento. Lei sembra averlo intuito e ne resta visibilmente eccitata.

La stringo a me con forza e, avendo compreso le mie intenzioni, si lascia girare delicatamente fino a darmi la schiena. Questa volta la prendo lentamente.

Il tempo diventa un concetto astratto, mentre vengo risucchiato da una vertigine di delirio, in cui irrompe la sulfurea apparizione di *Raskòlnikov*, che, ruotandomi intorno come in una danza rituale, mi dice di amarla con tutta la foga di cui sono capace, di possederla facendole sentire l'ardore invocato dal suo desiderio, di donarle l'amplesso desiderato per farla precipitare piacevolmente da altitudini mai raggiunte.

Il piacere che traggo dal corpo di Maria è molto più intenso del precedente ed esplora quello che lei attinge da me, diffondendosi in gemiti sincronici e riversandosi nell'eco di un solo grido.

L'estasi della voluttà raggiunta, assume forme ideali nel suono di un verso di Baudelaire, nei colori *fauves* di Modigliani, nella solennità dei "Carmina Burana" di Orff.

Sprofondo, attaccato a Maria, in una voragine emotiva di straordinaria energia, scrutato dallo sguardo compiaciuto e sorridente di *Raskòlnikov*.

Mi risveglio da un sonno profondo e mi scopro appoggiato con la testa sul seno della mia amante, che respira forte. Dopo un attimo, rinviene anche lei.

- Abbiamo dormito molto? – mi chiede.

Mi alzo, prendo l'orologio dal pavimento e guardo l'ora.

- No, non sono neanche le nove.

- Sai, devo dirti che sei stato davvero straordinario!

- Ah, sì? – riesco a dire, pensando per assurdo che tanto del merito di quel complimento fosse da attribuire all'invadenza della figura dostoevskiana.

Per fortuna, il mio pensiero viene interrotto dalla leggerezza della donna:

- Lasciami indovinare il tuo nome. Ne dico solo tre. Allora, per come ti presenti, mi riferisco all'aspetto, potresti chiamarti Alessandro. Per come sorridi, Francesco. Mentre fai l'amore come quelli che si chiamano Fernando.

- Scusa, come lo fanno quelli che si chiamano così? – chiedo divertito.

- Sono i migliori, o perlomeno i più desiderabili.

- Dici che ho delle possibilità per meritare di essere confuso con uno che si chiama Fernando?

- No. Però te lo affibbio come secondo nome. Il primo, invece, qual è?

- Jacopo.

- Jacopo! Un bel nome, non c'è che dire. Sa di antico. Tu sorridi poco, vero?

- Non molto. Però quando mi capita, sorrido di gusto, come prima.

- Prima, quando?

- Quando cercavi di indovinare il mio nome.

- Ero divertente?

- Sì, molto.

Maria si avvicina e mi bacia delicatamente sulla bocca. Mi accarezza i capelli e sussurra:

- Ho fame, conosco una trattoria in questa zona dove fanno un'ottima parmigiana.

- Anch'io la conosco. Andiamoci!

Solo ora, Maria, si guarda intorno per far caso al posto in cui si trova. La mansarda è costituita da una piccola cucina, il bagno e un ambiente che fa da studio e camera da letto. Oltre a un letto a due piazze, vi è una scrivania, un cavalletto, un tavolo di legno e una vecchia sedia a dondolo, comprata a buon prezzo da un antiquario. Cercando i suoi indumenti per la stanza mi chiede:

- Dipingi?
- Sì, ma lo sanno in pochi.
- Pochi, quanti?
- Tre o quattro persone al massimo.
- Perché non vuoi che la gente lo sappia?
- Perché sono solo un povero giornalista che si diletta a dipingere.

Fa una smorfia, Maria, lasciandomi intuire quanto i movimenti del suo viso sappiano essere più eloquenti di mille parole.

La mia risposta non l'ha convinta del tutto. Infatti, mantengo più o meno segreta la mia attività di pittore per uno strano senso del pudore: non voglio cedere alla tentazione di rivestire di ufficialità un'attività che per me si rivela tanto vitale quanto terapeutica.

La voglia di dipingere mi può prendere in qualsiasi momento, ma soltanto in quelli di sconforto e di profondo avvilimento avverto la necessità d'impastare i colori che trasformano il tormento in un sentimento di luce, l'ansia in una speranza bizzarra, l'amarezza in una forte pulsione di vita.

- Quello mi piace davvero tanto, è bellissimo! – dice, osservando la grossa tela sulla parete più alta, dalla quale prende a scendere trasversalmente il soffitto in legno –

Si tratta di un mio motivo ricorrente, dato da spaventapasseri che sembrano animati. Nel quadro, ve ne sono quattro: il primo, partendo da sinistra, grassoccio, ha l'aria di un ibrido, seguito da una figura decisamente maschile, dall'aspetto giocoso, che a sua volta è affiancato da un elegante esemplare femminile che ne precede un altro ancora più sofisticato, anche per via di un cappello rosso con nastrino bianco.

Non hanno un volto, ovviamente, ma conservano un'espressione. Dalle maniche degli indumenti si notano i fili di paglia intrecciata di cui sono fatti. Tutti sono cosparsi dai colori del tramonto che furoreggiano alle loro spalle.

Rossi infuocati, gialli radiosi, arancioni splendenti, vengono assopiti dalla sobrietà degli azzurri nerastri, formando una miscellanea cromatica compatta e rilucente, che fa da fondo e conforma il cielo al campo di grano, nel quale le figure si sono date appuntamento.

- Sono contento che ti piaccia. Quando già incorniciato e appeso alla parete, gli ho apportato ritocchi per cinque anni. L'ultimo, il mese scorso. Credo che ora sia davvero ultimato.

Maria mi guarda sorridente, esprimendomi la sua benevolenza e un esplicito senso di amorevolezza che ha qualcosa di nebulosamente materno, anche se mi dice:

- Tu, non sei tanto normale.

Usciamo con allegria per andare a sfamarci. Mangiamo con appetito famelico una superba parmigiana dal sapore deciso e autentico, bevendo del vino dall'identità altrettanto ferma.

Quando rientriamo nella mansarda, non abbiamo altra voglia che saziarci l'uno dell'altra.

Passiamo dal tavolo del pittore sperimentale, alla scrivania dell'incerto creativo, per finire nel letto del discreto giornalista, che, trino, si scatena in un'orgia esistenziale in cui Eros allontana Thanatos, affermando la supremazia della luce sulle tenebre e il visibilio dei sensi sulla mestizia della ragione.

Esausto, stravolto, sfinito, guardo la donna che giace beatamente dormiente al mio fianco e penso al concetto di femminilità, sul quale si sono spesi gli esteti di tutte le epoche, valorizzandone i somatismi, immaginari o reali che fossero, in tutti i suoi particolari.

Ma non è la classificazione del fascino femminile l'oggetto della mia riflessione, tantomeno, dunque, la contemplazione per stereotipi della bellezza da catalogo.

L'attenzione del mio pensiero, da un lato evasivo e intimistico dall'altro, si concentra su fisionomie che travalicano ogni aspetto della bellezza oggettivamente intesa, indicata e propagandata. Guardo il volto decisamente delineato di Maria, che esprime l'universalità del tempo.

Rivedo mentalmente il suo sguardo fiero, riconducibile a etnie che in epoche lontane hanno abitato quei luoghi. Mi soffermo sui suoi atteggiamenti naturali, che ne rimarcano la straordinaria animalità. La femminilità esplode in lei da smorfie istintive o dalle forme fisiche che si ribellano alla linearità di un bel corpo da copertina.

Risalire al fascino della donna che dorme nel mio letto vuol dire esplorare un mistero storico che conduce dritto al segreto della vita.

Poi, mi soffermo sul nome: Maria! Una volta, tanto diffuso, ora un po' meno in voga. Un nome che sembra adattarsi alle diverse identità femminili e intorno al quale orbita un concetto immacolato che può far posto a premesse dionisiache.

Mi vado convincendo, con artifizio, che la mia amante sia portatrice di una cultura transitante e interprete di una sensualità liturgica. In fondo, quella è terra di miti, dove creature di nuova generazione esercitano inconsapevolmente un fascino che si nutre di pensieri antichi, tensioni rigeneranti, intenzioni audaci.

IV

Le giornate di sole continuano a caratterizzare un inverno mite e luminoso. Penso alle diverse sfumature dei colori che la natura, da queste parti, offre in bella vista, sospendendo il tempo e la realtà. Contemplare un simile bagliore, tra uno sfavillio di riflessi cromatici che esaltano il paesaggio fino a renderlo troppo idilliaco per essere vero, mi trasporta altrove, in un'era diversa da questa, che non distinguo e non so se collocarla a un tempo passato, o futuro.

La mia attività cerebrale si è smarrita sovente in pensieri che hanno travalicato la ragione, per lasciarsi andare al percussionismo dei sensi. È da questo specifico punto di vista che mi si potrebbe definire una creatura sensuale. Lo è chiunque, credo, adoperi i sensi per mettersi a ragionare, senza speculare sulla logica delle cose e dei fatti.

Questo, vado pensando, a fine lavoro, seduto su una panchina, nei pressi della redazione dove sbarco il lunario. Non appena esaurisco le mie riflessioni mi reco al molo, dove mi aspetta Agostino.

Sono trascorsi tre giorni dall'ultima volta che ci siamo visti, ma soltanto qualche minuto dall'ultima che ci siamo sentiti. Al telefono è stato scherzoso più del solito, mi ha chiesto se la mia vita procedesse bene e se mai mi ricordassi di dover dare conto di quello che è successo con la donna del bar al porto.

Lo trovo lì, all'inizio delle banchine, il mio amico, chiuso nel suo giaccone blu, con il berretto da marinaio, più o meno dello stesso colore. Egli sorride al mio arrivo. Mi viene incontro, mi dà una pacca sulla spalla e mi dice:
- Ti vedo in forma e in salute. Bene!
- Temevi per me?
- No. Ma, sai, certe avventure lasciano il segno.

Capisco che vuole sapere subito di Maria e della serata che ho trascorso con lei.

- Allora, avevo ragione? Ti era mai capitato di andare con una così?

Mi va di scherzare e faccio finta di non aver afferrato:

- Avevi ragione su cosa? Una così, come?

- Dai, che hai capito! Raccontami com'è andata, non nei particolari, naturalmente! Non sono un voyeur.

Continuando a recitare la parte di chi casca dalle nuvole:

- Agostino, davvero non capisco. A cosa ti riferisci?

- Ma vuoi scherzare, davvero non lo sai?

- No, ti assicuro che non so di cosa tu stia parlando! Sei certo che non mi confondi con qualcun altro?

- Ma vai al diavolo! Sto parlando della cassiera del bar del porto, che tre sere fa hai conosciuto, quando insieme abbiamo preso un tè.

- Quale cassiera? Agostino, ma stai bene?

- Oh, perdinci, quella lì ti ha fatto uscire fuori di senno!

- Ma, quella lì, chi? – reagisco ancora più energico

- Non ci posso credere, ti sei rincoglionito!

A quel punto, vengo tradito da un leggero sorriso. Agostino se ne accorge ed esplode:

- Figlio di buona madre, stai recitando!

Scoppio in una risata incontenibile che coinvolge anche lui. Ridiamo al sole d'inverno, che riscalda senza essere irruento, e al vento compassato che viene dal mare, attorcigliati nelle nostre figure sul marciapiede del porticciolo.

- Ma lo sai che per un attimo ho creduto davvero fossi fuori di testa? Sei un attore!

- Non ti facevo così curioso. Che vuoi sapere?

- Se… Com'è che si chiama?

- Maria.

- Se Maria ha quel talento che lascia intuire e se ne hai saputo cogliere la sostanza.

- Quella donna è una sacerdotessa dell'amore e tu sei forte, amico mio. Hai un sacco d'esperienza, ti basta poco per andare oltre l'aspetto delle persone e valutarle per quelle che sono. Abbiamo trascorso una grande serata. Mi ha detto di non cercarla, perché lo farà lei, quando sarà il momento.

- Quindi ne hai preso la polpa? Voglio dire, hai saputo godere di lei come io speravo che facessi?

- E io che ne so tu che speravi?

- Che ti lasciassi avvolgere dalla sua sensualità sciamanica, religiosa.

Di scatto prendo a guardarlo:

- Ma tu, davvero non la conosci?

- Certo che no! Non l'avevo mai vista prima. Perché me lo chiedi?

- Perché cogli incredibilmente nel segno, come sempre. Ogni volta mi sorprendi.

Ci sediamo su una panchina, mentre noto che Agostino ha assunto un atteggiamento riflessivo.

- Allora, non sorprenderti, se ti dico che devi stare lontano da Andreina. – mi dice con voce bassa.

- Io voglio ascoltare il tuo consiglio, ma posso sapere perché devo starne distante?

- Perché metteresti in pericolo la tua vita se diventassi il suo amante!

- *Don Nino* commetterebbe un delitto d'onore?

Non credo che il tuo destino sia quello di morire per mano di un personaggio simile, che peraltro prova anche una certa ammirazione per te.

- Come fai a saperlo?

Agostino ha un momento di indecisione:

- Me lo hai detto tu, no?

- No, io non te l'ho detto.

- E va bene, me ne ha parlato Andreina.

- L'hai vista?

- Sì, ieri, è venuta a casa. Ti avevo detto che ogni tanto viene a trovarci. Ha cenato con noi. Mentre mia moglie era indaffarata in cucina, abbiamo avuto modo di parlare anche di te.

- Che mi nascondi Agostino? Perché non mi hai confidato che Andreina sa della nostra amicizia.

- L'ha sempre saputo. Quando, qualche tempo fa, mi chiese se ti conoscessi, le risposi di sì, commettendo forse un errore.

Segue un breve silenzio, durante il quale non rifletto come vorrei sulla consistenza del dubbio insinuatosi nella mente, anche perché Agostino già mi interroga al riguardo:

- Dubiti di me, Jacopo?

- No, ma ci stavo pensando.

- Lo so.

Dalla strada giunge il suono di un clacson. Dietro di noi un'auto sportiva, con la cappotta abbassata e al volante una donna con cappello e occhiali da sole, avvolta in una grande sciarpa di colore chiaro. Dal modo di parcheggiare, dinamico e veloce, si direbbe una donna molto energica.

Ora cammina verso di noi e con un gesto elegante della mano ci saluta. Osservo il suo portamento e trasalisco. Agostino risponde al saluto, invitando la donna a raggiungerci:

- Andreina, vero? – gli chiedo cercando di non apparire trepidante.

- Chi altri? Lupus in fabula. – risponde placido.

Comincio ad avvertire una strana tensione. Non immaginavo si potesse provare tanta ansia, emozione e gioia fuse insieme, nell'attesa, che dura appena un attimo, di rivedere una persona.

La donna ci raggiunge presso la panchina con passo deciso e felpato.

Appare fulgente nella sua mise: grazioso cappellino in feltro di lana, una morbida fascia dello stesso tessuto che le avvolge il collo, giubbotto e guanti di pelle, pantaloni di fustagno leggermente aderenti e stivali di camoscio a metà stinco. Una gran bella donna, fine, elegante e avvenente, non c'è che dire!

Saluta calorosamente Agostino, abbracciandolo e baciandolo sulla guancia, e poi me, stringendomi la mano.

- Stupenda giornata, vero? – dice allegra.

- Questo posto è straordinario anche perché nel mese di febbraio offre la possibilità, a chi ha audacia, di girare in una macchina scoperta! – aggiunge Agostino.

- Basta essere ben equipaggiati e sostenere un'andatura sommessa per non esporsi ai rischi dei colpi d'aria. Allora, Jacopo, che mi dici? Sei sorpreso che io conosca il tuo grande amico?

- La verità, o una risposta diplomatica?

- Tutte e due! – risponde veloce.

- Risposta "a": sarei sorpreso se tu, o Agostino, non foste sorprendenti. Risposta "b": non vedo il motivo per il quale la vostra amicizia dovrebbe sorprendermi.

- Niente male! – dice, scrutandomi prolungatamente, con intensità e aria di sfida, l'elegante signora, rendendo equivoco il suo complimento, che non si capisce se indirizzato alle mie risposte o alla mia persona.

- Come mai da queste parti, Madame? – le chiede Agostino.

- È una giornata splendida e avevo tanta voglia di uscire per godermela. Tempo fa promettesti di portarmi a fare un giro in barca. Perché non oggi?

- Va bene! Andiamo Jacopo, portiamo questa incantevole donna in alto mare.

- *Arca misantropica!* – esclama Andreina, guardando davanti a sé.

Resto sbalordito, osservando il suo volto.

- So che sei stato tu a denominarla così – aggiunge, senza guardarmi, mentre cammino al suo fianco.

- Sì. – rispondo, semplicemente, pensando a cos'altro lei sapesse di me, per mezzo del nostro amico in comune.

Una volta sull'*arca*, questi fa accomodare Andreina sullo scanno, prima di accendere il motore e mettersi al timone. Mi siedo dall'altra parte del tavolo, di fronte a lei, osservandola con discrezione. Emana gaiezza, quando, discutendo del mare e dei ricordi legati a esso, racconta con grazia un aneddoto di quando era bambina e di come era felice di aprire conchiglie, sperando di trovarvi una perla. Guadagniamo lentamente il largo e ci inoltriamo in profondità, andando incontro al sole che ha iniziato la sua discesa verso il mare. Il motore della barca emette un rumore più morbido del consueto e consente di poter parlare quasi senza forzare il tono della voce.

- Pensavo che le conchiglie vuote fossero semplicemente senza perla! – dice radiosa.

E continuando:

- Non potete immaginare il mio stupore quando ne ho trovato una piena e, aprendola, ho scoperto che all'interno c'era un animaletto. Ho pensato che si trovasse lì per caso e solo dopo averne aperte più di una dozzina ho capito che i gusci delle conchiglie fossero la casa naturale di quei piccoli esseri.

Forse prendo a guardarla con troppa tenerezza o, probabilmente, rifletto l'espressione di amorevolezza stampata nei suoi occhi, che fissano i miei.

- Jacopo, provvedi a calare l'ancora, che oggi i malanni alla schiena si fanno avvertire. – borbotta Agostino.

Mi libero del montgomery, della giacca, accorcio le maniche della camicia ed esco fuori dal cabinato. Anche l'*arca misantropica*, come qualsiasi imbarcazione che si rispetti, ha un paranco ancora perfettamente funzionale, formato da un cavo passante per un bozzello e le pulegge di una piccola gru, collocata a prora, nel luogo dove si pone l'ancora in posizione di sgombro per la navigazione. Assolvo al compito di ancoraggio con molta attenzione, così come mi ha insegnato il vecchio amico.

Rientro, con le mani inevitabilmente un po' sporche di grasso. Andreina mi osserva sorridendo, mentre Agostino mi lancia uno straccio per pulirmi. Spento il motore, va a sedersi accanto alla donna. Mi rimetto a posto e mi accomodo anch'io, di fronte a loro.

Manca ancora tempo al tramonto, anche se attraverso il vetro della cabina noto che la luce va facendosi lussureggiante. In alto mare, sull'*arca misantropica,* con il mio migliore amico e la donna che mi fa avvertire languori allo stomaco, oltre a mettere in subbuglio la mia anima e a provocarmi un torpore ideativo, rifletto!

- Cosa fai quando non pensi, Jacopo? – mi chiede lei, incalzante.

- A te capita di non pensare? – le chiedo a mia volta.

- Sì. Ora, ad esempio, mi sto solo godendo questo bel momento, senza rivolgere la mente a null'altro.

- Anche i miei pensieri non vanno fuori da qui. – ribatto.

Sorride enigmatica, scambiandosi sguardi d'intesa con Agostino, in un clima di complicità che mi appare addirittura più forte di quella esistente tra me e Agostino.

Ma l'ipotesi sarebbe tutta da verificare, considerato che lui mi ha messo in guardia da lei, per salvaguardare la mia pace e la mia incolumità. Agostino è un amico vero, questo è fuor di dubbio, ma la mia mente, talvolta, mi gioca brutti scherzi, facendomi perdere di vista la realtà.

- Vedo un fornellino, c'è anche del caffè a bordo? – chiede, intanto Andreina.

- Certo! – risponde il proprietario della barca, che provvede a farlo.

L'avvenente, si toglie la sciarpa, l'appoggia sulle gambe e guarda gioconda il mare, con il volto quasi attaccato al vetro. Finisce con l'assumere deliziosamente una posizione un po' infantile, che la rende piacevolmente leggiadra. Prende a raccontare, continuando a guardare in mare, una favola che parla di una sirena innamorata di un marinaio. Ascolto beato la sua voce, osservando il suo collo da cigno che emerge dal maglione. Mi accorgo, a un tratto, che percepisco le sue parole come un suono musicale, senza distinguerne il significato letterale.

Continuo a guardare la sua bocca muoversi e le eleganti linee della sua figura, che mi fanno pensare fatalmente al mio artista preferito: Modigliani.

Ogni cosa, ora, intorno a me assume le tonalità di "*Dedo*", gli scanni castagno sui quali siamo seduti, il tavolo mogano su cui siamo appoggiati, la mia camicia lampone, l'angolo cottura della barca rosso mattone, dove Agostino sta preparando il caffè, il suo maglione vermiglio.

Ho la sensazione di vivere in un sogno, dove non si è padroni della propria volontà e tutto accade e si coglie per mezzo di una coscienza fluttuante, che apre porte immaginarie per accedere, attraverso passaggi segreti, alle stanze della memoria che non costituisce passato e dell'intimità che non rende consapevolezza.

Poi, all'improvviso, ritorno a distinguere le parole di Andreina e a sentire il dolce rumore del mare, in accordo con lo strillo elegiaco di un gabbiano solitario:

- ... la sirena spingeva i pesci nella rete del pescatore assicurandogli per lungo tempo un'abbondante pesca. Finché un giorno non decise di essere lei il contenuto della rete.

Quando il pescatore la tirò su, rimase incantato di fronte a tanta bellezza. La sirena gli cantò il suo amore e lui ne rimase estasiato.

Ma, non fece in tempo a gioirne del tutto, che la sirena si tuffò in mare e riemergendo gli disse: esisto solo in profondità. Tu hai esplorato il mio abisso e sono risalita fino a te per apparirti e liberarmi del mio canto. Alle creature della mia specie è concesso cantare una sola volta, prima di dissolversi per sempre negli oceani, ed io ho voluto cantare per te.

La sirena s'immerse di nuovo per scomparire, definitivamente. Mentre l'angoscia del marinaio man mano si trasformò in un'invincibile energia che lo portò a vivere un'esistenza felice e prosperosa, come tutti quelli a cui le sirene cantano, in esclusiva, il loro amore.

- Bella! Come s'intitola questa favola? – chiede Agostino, servendo il caffè in vecchie tazzine scolorate, vistosamente lesionate all'interno.

- Il canto della sirena. – risponde Andreina, dopo averci pensato.

- Di chi è? – continua il mio amico.

- Non ricordo. – chiosa lei.

- Non guardate dentro le tazzine, sembrano rotte ma non lo sono. Sinceramente non so quanti anni abbiano, le ho trovate sulla barca quando la comprai.

- Questo dà al caffè un gusto particolare. – osservo.

- Decisamente. Non le cambiare mai. – aggiunge Andreina.

Agostino, dopo aver bevuto il suo caffè, appoggia i gomiti sul tavolo, unisce le mani e mi guarda sornione. Poi, allo stesso modo, guarda anche Andreina.

- Non potete immaginare quanto sia contento di essere qui insieme a voi, tuttavia sono pronto per fare un dispetto a entrambi. Andreina, sono pronto a svelarti un orribile difetto di Jacopo! Jacopo, sono pronto a svelarti un indicibile difetto di Andreina!

- Io ci sto. Tu, Jacopo? – domanda divertita.

- Anch'io. – rispondo.

Agostino dà un'occhiata accigliata a tutti e due e incede:

- Ci avrei giurato, ognuno è convinto di non avere difetti gravi e di venire a conoscenza di quello dell'altro. No, non svelerò nessun difetto che vi appartenga, ma voglio farvi delle domande. Jacopo, hai compreso il senso della favola di Andreina?

- No. Aggiungo che l'inizio, anche se, forse, non essenziale per la comprensione dell'intera favola, me lo sono perso, poiché ero incantato a guardare il profilo di Andreina e in particolare il collo, che avrei azzannato, da vampiro che sono.

Segue un silenzio, sintomatico ma non imbarazzante. Andreina è sorridente e mi guarda alla sua maniera intensa:
- Una sta attenta a non esporre più di tanto le gambe o il seno. Chi ci aveva pensato che rimane il collo?
Sorrido al suo humour, all'occasione semplice e genuino, apprezzato anche da Agostino che trattiene la bocca allargata a lungo. Poi, assumendo un'aria paternale, mi domanda:
- Perché Jacopo, questo eccesso di sincerità?
- Per farmi un dispetto, visto che gli amici non sono in grado di farmeli.
- A te, Andreina, a questo punto, chiedo di rivelarci una confidenza, oppure il più piccolo dei tuoi segreti, giacché quelli più grandi tocca scoprirli.
Andreina, prima di rispondere, fulmina Agostino con gli occhi. Poi, dice:
- Cercherò di essere sfrontata almeno quanto Jacopo, senza per questo farmi un dispetto.
Poi, guardandomi, aggiunge:
- Ho avvertito che mi avresti azzannata sul collo e non ne ho temuto.
Questa volta il silenzio sembra riempirsi dell'eco delle parole che lo hanno preceduto. Anche la frase di Andreina infrange le regole della discrezione, evidenziando una volta di più che tra me e lei incombe una passione che si dimostra indomabile, manifestando i primi segni di briosa follia, prima ancora di dare sfogo a ogni voluttà.
Intanto, i colori del tramonto si riversano in mare. Andreina guarda rapita verso l'orizzonte, dove il sole proietta il chiarore di una luce incredibile, che spande ovunque riverberi imporporati.
È l'inverno, con la sua aria tersa, a rendere tanto spettacolare il calar del sole.
Solo alcuni giorni fa avevo desiderato che lei assistesse ad uno spettacolo simile, non immaginando che ben presto mi sarei lasciato catturare dalle sue espressioni di stupo-

re nella contemplazione del prodigio di una natura tanto strabiliante.

- Jacopo, pensi che Agostino sia minimamente scandalizzato dal nostro comportamento? – mi domanda divertita, Andreina.

- Per niente. Sa benissimo che siamo degli sfrontati senza disciplina. – rispondo.

- Il vostro non è un comportamento, ma una reazione nevrotica all'attrazione che provate l'uno per l'altra. – sentenzia il vecchio saggio.

- Per me potrebbe avere ragione – dico convinto.

- Anche per me. – aggiunge lei.

- Reazione nevrotica, ma interessante e divertente. Avere due amici così fuori dalla norma è un vero piacere. È meglio che andare al cinema!

- Pensi che le affinità elettive esistano davvero? – chiede la donna, rivolta al mio amico.

Agostino sorride. Poi con un tono di voce da cui capto tutto l'affetto che prova per me:

- Questo qui, è un ragazzo fortunato. La vita gli riserva le vere ricchezze e lui le prende nella giusta maniera, passando da un fiore selvatico di campo ad una vellutata rosa scarlatta.

È nel suo momento migliore, come te, del resto.

Comprendo che nella metafora di Agostino il fiore selvatico sia rappresentato da Maria e la rosa scarlatta da Andreina.

- A differenza dei fiori di campo, però, le rose, felpate e delicate, hanno spine che fanno sanguinare. – rincara.

L'allusione al pericolo proveniente da Andreina, da cui mi mette ancora una volta in guardia, è fin troppo chiara. Tuttavia, credo che non ci si salvi dalle insidie che innalzano i sensi fino ad altezze vertiginose. Una volta che ci si è lasciati trasportare tanto in alto, non si può più scendere se non precipitando.

Per cui, ogni invito alla prudenza e a discernere tra il fiore di campo e la rosa scarlatta resta inascoltato. L'entusiasmo con il quale ho raccolto il primo m'invita a non limitarmi ad annusare la seconda, senza desiderare di gustarne i petali e masticarne la fragranza.

- Non hai risposto alla domanda. Secondo te si può avere una percezione profonda di una persona appena conosciuta? – riprende lei.

- Credo di sì, Goethe ne argomenta a meraviglia nel suo romanzo. Credo ci sia da fidarsi di lui. – risponde Agostino.

- È quello che mi è successo con Jacopo, appena l'ho visto. È come se lo conoscessi da sempre. Riesco perfino ad addentrarmi nei suoi silenzi e a prevederne le parole. Per meglio dire, lo avverto intensamente quando tace e riconosco quello che dice.

- E a te, Jacopo, succede più o meno la stessa cosa? – domanda Agostino.

- L'avrei riconosciuta in qualsiasi altro posto e circostanza. Mi bastava incontrarla per ricordarmene.

- Non potete immaginare quanto mi stia divertendo. Bene, bene, il gioco mi piace davvero molto. Essere un testimone così diretto delle vostre coraggiose confidenze reciproche è un privilegio esclusivo. Dico sul serio! Dunque, ci sono tutti gli elementi per presupporre che voi due abbiate già vissuto e chissà dove vi siate già conosciuti. Pensate questo?

- No. – rispondiamo all'unisono, ridendone.

- Allora, Jacopo, di grazia, avresti la bontà di spiegarmi la frase ad effetto che hai appena pronunciato? – chiede con ironia, ripetendo: "Mi bastava incontrarla per ricordarmene".

- Capita di costruire, dentro di noi, la persona che più di tutte potrebbe piacerci e affascinarci senza rimedio. Ne inventiamo l'intonazione della voce, la gestualità, i com-

portamenti, la sensualità e perfino le smorfie incontrolla-
bili che vengono dall'istinto.

Passano anni senza mai incontrare nessuno che assomigli
neanche lontanamente all'essere che abbiamo pienamente
percepito nella nostra anima.

Ci si sente legati a una persona, a cui attribuiamo straordinarietà, senza conoscerne la fisionomia. Pur tuttavia,
basta incrociarne lo sguardo per capire che si tratta della
stessa persona su cui abbiamo proiettato la nostra immaginazione.

E tac, l'uomo, o la donna, mai vista prima, si muove, parla
e ti guarda in una maniera che ti è familiare. Così, succede
che ci s'incuriosisce di qualcuno di cui sappiamo già tanto, ma non tutto.

- Perfetto! Non avrei saputo spiegarlo meglio. – osserva
Andreina.

- Interessante. Davvero interessante. Pensi di sapere tanto
di Jacopo, Andreina? – riprende Agostino.

- Abbastanza.

- E tu Jacopo, credi di sapere abbastanza di lei?

- Quello che non so, lo scoprirò.

- Pensi che lo scoprirà Andreina?

- Può darsi che lui già sospetti, in qualche modo, quello
che c'è da scoprire in me.

- Brava! Intrigante e sofisticatamente sincera! Sempre più
interessante! Questo gioco mi fa impazzire! Dunque, Jacopo, siamo ai sospetti?

- Prefigurarsi qualcosa in questo caso è d'obbligo.

- Pertinente ed evasivo! Andreina, non potrebbe, invece,
il nostro Jacopo riservare qualche sorpresa? In fondo, si
presenta piuttosto bene per poter nascondere quello che
di sconcio potrebbe esserci in lui.

- Varrebbe comunque la pena di frequentarlo e scoprire
cosa mai possa celare di così losco una persona, che solo
apparentemente sarebbe tanto per bene e virtuosa.

- Hai sentito Jacopo? Andreina pare non ti lasci scampo. Non trovi?
- Andreina non mi trova insidioso e questo potrebbe avvantaggiarmi per mangiarmela.
- Forse ti ucciderò, Jacopo, prima che tu possa pensare di fare un solo boccone di me.
- Dio mio, che spettacolo! Straordinariamente avvincente! Perché volete mangiarvi e uccidervi tra di voi? Avanti, ditemelo. Allora, Jacopo, vorresti davvero mangiarla?
- Minacciare di farlo è un piacere esclusivo. Pensare di riuscirvi, mi dà i brividi e mi stimola l'appetito.
- E tu, Andreina, perché vorresti ucciderlo?
- Per evitare di essere mangiata.
- Pensi che lui lo farebbe?
- Sì, è famelico. Ha gli occhi della tigre quando è desiderosa di qualcosa.
- Saresti capace di ucciderlo?
Prima di rispondere, Andreina mi guarda amorevolmente:
- Sì, potrei ucciderlo.
Agostino, sempre più divertito, aggiunge:
- Devo ammettere che siete in grado di stupirmi, anche se vi conosco abbastanza.
Bene, mi fermo qui, non vado oltre. Si è fatto tardi, bisogna far ritorno. Vado al timone.
L'arca non è molto veloce e, poiché ci siamo inoltrati molto, arriviamo al molo quando è quasi sera. Andreina ringrazia affettuosamente Agostino della giornata trascorsa insieme.
Dopo aver lasciato il nostro amico che, come d'abitudine, preferisce rincasare a piedi, avendo da coprire poche centinaia di metri, io e Andreina percorriamo insieme un pezzo di strada per raggiungere le rispettive auto.
Camminiamo l'uno accanto all'altra sfiorandoci più volte con i fianchi. Ho addirittura la sensazione di avere un equilibrio precario. Ma, forse, sarà la fame. Andare per

mare mi mette molto appetito e a pranzo ho mangiato
solo un panino, ancora più piccolo del solito.
- Stai pensando a qualcosa? – mi chiede all'improvviso,
vedendomi assorto.
- Ho fame! – rispondo.
- C'è da aver paura? Non vorrai mica mangiare me?
- Tu che dici, potrei farlo? – le chiedo, fermandomi.
- Io dico di no. – risponde, con i suoi occhi lucidi nei miei.
Andreina è una donna che non si può guardare apertamente a lungo e da vicino, senza restarne abbacinato e
desiderare di stringerla. I miei occhi, in viaggio nei suoi,
fanno dell'istante un tempo incantato che si estende
nell'infinità dello spazio, per ritornare, intriso di eternità,
nei suoi confini di folgorante attimo.
Il suo sguardo su di me mi apre all'infinito, mi toglie dalla disperazione, mi riconsegna alla dimensione metafisica
e trascendente verso cui tende la mia povera anima, per
riscattarsi dal dolore, dalla tristezza di fondo che la pervade e dal tormento delle speranze disattese.
Gli occhi di lei sono il luogo ideale dove vivere dei miei
talenti, senza dover rincorrere la fortuna. Essi sono l'isola
più vicina, seppure così distante, da raggiungere in un
batter di ciglia attraverso la lucentezza che lo spirito infonde all'iride.

**

Sono ancora i suoi occhi a comunicarmi l'allegrezza di
trovarsi di fronte a me nella taverna più antica della città,
in un angolo di pietra, intimo e accogliente, dove la fiamma di un lume a olio illumina a tratti il suo volto.
Andreina brilla di una luce che le viene da dentro, come
se un nucleo caldo, situato nello stomaco, diramasse un
flusso energetico, permeando di fascino il suo corpo.
- Stai molto bene in camicia e cravatta allentata. Sai tanto
di bravo ragazzo.

- Ma lo sono!
- Non con le donne.
- Che vuoi dire?
- Che sei un mangiatore di rossetto.
Sorrido, insieme a lei, mentre continuiamo a guardarci con un'intensità che non va diminuendo.
Il sorriso le conferisce candore e trasparenza. Faccio davvero fatica a pensare, in quel momento, che lei possa rappresentare, per me, un pericolo. Se è qui con me, penso, e si dimostra così lieta e distesa, vuol dire che non teme affatto che suo marito possa rimproverarglielo.
- A cosa stai pensando?
- A te, al tuo stato di donna coniugata e moglie di *don Nino*.
- E che ne deduci?
- Che tu ci creda, o no, non ho fatto ancora deduzioni in proposito.
- Perché non crederti?
- Quale sarebbe la sua reazione se sapesse di questa cena? – le chiedo, pentendomene subito.
Andreina non risponde perché squilla il cellulare, che estrae dallo zainetto appeso alla sua sedia, e guardando il display dice:
- Lo saprò ora, è lui.
- Buonasera caro, hai delle buone nuove?... Molto bene!... Indovina con chi sono a cena?... Sì, con lui... A domani!
Finita la breve conversazione telefonica, Andreina ripone il cellulare e mi dice:
- Dunque, non mi pare abbia avuto reazioni significative, anche perché ha intuito immediatamente che il mio commensale fossi tu. Ah, dimenticavo, ne ha riso. Ma questo è un particolare che per te potrebbe restare di difficile interpretazione, non conoscendo a fondo mio marito.
Don Nino sa che sono a cena con sua moglie e ne ride? E che avrà mai da ridere?

- Infatti, rinuncio sin da subito a qualsiasi tentativo di esegesi, anche se un particolare del genere potrebbe rivelarmi aspetti che riguardano te, più che tuo marito. – osservo.

Mi fissa prima rigida e poi sorridente, dicendo:

- Sì, potrebbe essere così.

- Verrò completamente a capo della tua persona? – le chiedo in modo secco.

Per tutta risposta, ride. Ride con gioia ed esuberanza e mi appare serena, limpida, rilassata.

Provo un senso profondo di appagamento nel vederla in quello stato di letizia.

Contemplarla in un'espressione di grazia e leggiadria, osservandone con cura la gestualità, mi riempie l'anima di un non so che di piacevole.

Bearsi della sua gaiezza, senza esserne sistematicamente contagiato, mi fa sentire oltremodo al di sopra della sua felicità, non fuori, o escluso da essa.

Sono pazzo! Sarei capace di perdermi dietro a questo concetto fino a quando non mi arrovellerei il cervello. Dio mio, avverto che quella sensazione di soddisfacimento, definita felicità, rappresenta qualcosa che mi è estranea, poiché mi è preclusa.

Ho sognato ad occhi aperti la donna che mi è di fronte e ho temuto di non poter vivere con lei momenti simili. Eppure, non riesco ad esserne felice quanto lei. Forse perché sono meno saggio, oppure meno maturo e forse meno attaccato a una concezione naif della vita.

Se fosse nel destino degli immaturi essere infelici? In fondo, ho sempre sospettato di non aver raggiunto quell'equilibrio psicologico tipico di una persona adulta. Sono infelice perché non completo, ecco! Ma io non potrei mai avvertirmi compiuto, finito, colmo! Sono costantemente impegnato a migliorarmi e sarà sempre così, vita natural durante!

Se la felicità è completezza, non mi appartiene e, quel che è peggio, manco m'interessa raggiungerla, tanto più che non è alla mia portata. Termino il mio sproloquio mentale e mi rituffo nella piacevolezza, che, se pure lontano dall'essere felicità, fa bene di sicuro all'anima e al corpo.

E alla donna che non vedo l'ora di baciare, dico:

- Mangiamo tutta roba dell'orto! Dieta mediterranea. Ti va?

- Ottima idea! – risponde.

Tra carciofi, patate, cicoria, insalate e frittatine, preparate con maestria da chissà quale abile cuoco, infiliamo adeguatamente osservazioni, domande, risposte e congetture che svelano allegramente le nostre personalità. Parliamo e mangiamo di tutto, bevendo del vino altrettanto genuino, servito in una brocca con motivi floreali.

- Cos'è la bellezza, Jacopo? – mi chiede in un modo tanto grazioso da rappresentarne una forma.

- Anche il modo con cui hai posto la domanda, accompagnandoti con il gesto improvviso della mano, è bellezza. Ma, al di là di questo, mi viene da pensare a un fatto di cronaca che ho letto recentemente: un uomo, tempo fa, era seduto in una stazione della metropolitana di Washington e iniziò a suonare il violino. Era un freddo mattino. Suonò dei pezzi di Bach per circa un'ora. Durante questo tempo, più di mille persone sono passate davanti a lui e la maggior parte di queste, presa dai propri pensieri, non l'ha degnato neanche di uno sguardo. Passarono tre minuti e un uomo di mezza età notò che c'era un musicista che suonava. Rallentò il passo, si fermò per alcuni secondi e poi si affrettò per riprendere il tempo perso. Un minuto dopo il violinista ricevette il primo dollaro di mancia: una donna lanciò il denaro nella cassettina e, senza fermarsi, continuò a camminare.

Dopo altro tempo, qualcuno si appoggiò con le spalle alla parete per ascoltarlo, ma poi guardò l'orologio e ricominciò a camminare. Quello che prestò maggior attenzione fu un bambino di tre anni. Sua madre lo invitava a sbrigarsi, ma il piccolo, con caparbietà, si fermò a guardare il violinista. Infine, la madre lo trascinò via, ma il piccolo continuò a camminare girando la testa tutto il tempo.

Altri bambini che passarono di lì si comportarono allo stesso modo e tutti i genitori li forzarono a muoversi. Nel tempo che il musicista suonò, solo sei persone si fermarono e rimasero ad ascoltarlo per un po'. Circa venti gli diedero dei soldi, ma continuarono a camminare. Tirò su 25 dollari.

Quando finì di suonare e tornò il silenzio, nessuno se ne accorse. Nessuno applaudì, né ci fu alcun riconoscimento. Nessuno lo sapeva, ma il violinista era *Joshua Bell*, uno dei musicisti più talentuosi del mondo. Aveva appena eseguito la *"Terza Sonata"*, uno dei pezzi più complessi mai scritti, su un violino del valore di tre milioni e mezzo di dollari: uno *Stradivari* del 1713.

Due giorni prima che suonasse nella metropolitana, il grande interprete fece il tutto esaurito al teatro *"Opera House"* di Boston, dove un posto, in media, costava 100 dollari.

Questa è una storia vera, riportata così come l'ho appresa. *Joshua Bell* era in incognito in quella stazione. Tutto era stato organizzato dal *Washington Post* come parte di un esperimento sociale sulla percezione, il gusto e le priorità delle persone.

La prova consisteva nel verificare se in un ambiente comune, a un'ora inappropriata, percepiamo la bellezza e ci fermiamo ad apprezzarla. Direi che siamo propensi ad ammirarla solo nei luoghi convenzionali e nei modi prestabiliti.

È assurdo che fuori da un contesto insolito non sappiamo riconoscere il talento e, dunque, alcuna bellezza.

Dopo avermi sorriso con amorevolezza, Andreina ha come uno scatto:

- Voglio che tu, domani, venga con me!
- Dove?
- Lo saprai domani.

V

Pensare alla giornata che ho trascorso con lei non mi aiuta certo a trovare sonno.

Dormire significherebbe non avere più davanti agli occhi l'immagine ondeggiante del suo volto irradiato dai riflessi dell'ultima luce del sole, la sua gioia di trovarsi a bordo dell'*arca* e di cenare in mia compagnia in un posto dall'intonazione remota, il suo bacio sulla guancia, casto e pulito, nel momento dell'arrivederci.

Sprofondare nella quiescenza vorrebbe dire rinunciare alla sequenza di fotogrammi che placano la mia voglia di lei. Ho un bisogno assoluto di contemplarne la presenza anche quando non c'è e questo mi dà qualche preoccupazione, non fosse altro per il fatto di passare un'altra notte insonne.

Finisco per addormentarmi quando già, attraverso la finestra, scorgo il chiarore dell'alba, per risvegliarmi solo qualche ora dopo.

La sveglia squilla alle sette, ma io mi alzo dal letto alle otto. L'appuntamento con lei, presso la casa dove dimora con suo marito, è alle dieci. Dunque, ho il tempo necessario per non andare di fretta e avvertire in tutta comodità la redazione che oggi non vado a registrare il notiziario e che, pertanto, si rende necessario un sostituto.

Sotto la doccia canto *De André*. Il rumore dell'acqua che scorre sul mio corpo mi accompagna come in un accordo che mi consente di essere discretamente intonato. Vado, stornellando enfatico:

All'ombra dell'ultimo sole
s'era assopito un pescatore
e aveva un solco lungo il viso
come una specie di sorriso.
Venne alla spiaggia un assassino

due occhi grandi da bambino
due occhi enormi di paura
eran gli specchi di un'avventura.
E chiese al vecchio dammi il pane
ho poco tempo e troppa fame
e chiese al vecchio dammi il vino
ho sete e sono un assassino.

Alla fine della toilette, in camicia e gilet al posto della mia consueta divisa da lavoro, costituita da giacca e cravatta, raggiungo Andreina. Mi viene incontro, lungo il viale di casa, insieme a suo marito. Scendo dall'auto per salutare entrambi.

- Come stai, guagliò? – mi chiede cordialmente *Don Nino*. E, dopo che la moglie è entrata nella mia auto, con la sua caratteristica dizione:

- Mi raccomando, stai attento perché al tuo fiango c'è una preziosità rara!

Gli sorrido, e, senza aggiungere nulla, riparto, ignaro del luogo da raggiungere.

- Dunque, dove si va, mia cara? – chiedo.

- Prendi la strada che conduce al vecchio mulino. Arrivati al bivio, giri per il sentiero che costeggia il mare.

- Ma, dove andiamo, se è lecito chiederlo?

- Chiederlo, sì, saperlo un po' meno.

- Come sarebbe a dire?

- Ssst, silenzio! Guarda che panorama!

Naturalmente, quel modo per indicarmi di tacere portandosi il dito alla bocca, emettendo quel suono, m'infonde una sensazione intima di raffinato erotismo. Qualsiasi parte scoperta del suo corpo non mi avrebbe procurato lo stesso effetto!

Oh, Santi Numi, non ricordo che una donna mi abbia mai fatto segno di stare zitto! Voglio dire, se è successo non ricordo di esserne rimasto così colpito.

- Ora gira a sinistra e poi vai dritto, fino a quando non trovi una stradina sulla destra.

- Meno male che non piove, altrimenti questa strada sarebbe stata tutta fangosa – dico per evitare di chiedere dove diamine stiamo andando, essendo certo che non mi stia portando in un'alcova per sedurmi.
- Già. Ma anche oggi c'è il sole, mio caro. – dice scherzosa, appoggiandomi lievemente la mano sulla nuca.
- È quella la stradina? – chiedo, fingendo di non essere tanto piacevolmente turbato da quel leggero contatto.
- Sì, gira a destra.
Deviamo per un'altura che cade a picco sul mare. Dopo qualche centinaio di metri, attraversiamo un piccolo giardino che svela una graziosa casetta in pietra grezza, con tetto sorretto da travi di legno. Entriamo in un grande ambiente che comprende soggiorno e cucina, arredato con un gusto sobrio e delicato.
- Ci vengo ogni tanto, da sola, e ci passo anche intere settimane. D'estate, scendo per un viottolo fino alla spiaggia a fare il bagno. Questa casa era dei miei genitori. La vendetti per mantenermi agli studi. Poi, l'ho ricomprata. Mi piace venirci soprattutto nei mesi di maggio e settembre, quando non ci sono molti turisti. Ti ho portato qui per farti vedere qualcosa di veramente straordinario, che domani non ci sarà più. Sarà una sorpresa che ti toglierà il fiato!
Si toglie il foulard che teneva avvolto intorno al collo e mi benda gli occhi.
- Vieni, stai attento ai gradini della scala, stiamo per scendere in una specie di grande ripostiglio.
Mi conduce di sotto tenendomi per mano. Dopo aver fatto una rampa, percorriamo alcuni passi.
Poi, ci fermiamo. Sento il rumore delle chiavi nella toppa di una porta che si apre. Mi accompagna per altri passi ancora e, poi, mi dice di restare lì e di non muovermi.
- Sei carino, con gli occhi bendati. Assumi un misterioso fascino.
- Ma dai!
- Ma dai, un corno! – replica a bassa voce.

Sento che si avvicina, frontalmente. Mi mette le mani al collo e si stringe a me.

Preme delicatamente la sua bocca sulla mia e ci baciamo a lungo.

È, in assoluto, la cosa più inenarrabile che mi sia mai capitata. Ci è mancato poco che non abbia sentito anche le campane mentre la baciavo. Sono, al contempo, estasiato, frastornato, eccitato!

Ci sono baci e baci, e quello era uno che resta nella memoria di un uomo come un monumento perenne all'emozione dell'innamoramento.

- Ora, stai attento, perché ti tolgo la benda. Promettimi che terrai gli occhi chiusi e li aprirai quando te lo dico io.

- D'accordo!

Passa un attimo, prima di ottenere il suo permesso:

- Va bene, puoi aprirli.

- Oh, mamma! – esclamo stupefatto.

Siamo praticamente in un museo, con decine di statue classiche di diverse dimensioni, opere pittoriche appoggiate dappertutto, oggetti di vario tipo, libri antichi, anfore e vasi decorati appoggiati su un tavolo di marmo lucido, un orologio a pendolo laccato in oro, un vecchio pianoforte a coda, pistole ottocentesche con l'impugnatura ricoperta da brillanti, sciabole con foderi in sottile ottone laccato.

Ogni cosa dà la sensazione del suo alto valore. Quando realizzo di avere davanti a me, incorniciata nell'argento, una tela impressionista che ritrae una donna con parasole in un campo di fiori, il cui autore richiama fortemente Claude Monet, chiedo incerto, indicando il quadro:

- Non mi dire che quello...

- È un Monet autentico! – senza lasciarmi finire la domanda.

Faccio fatica a riprendermi da uno stato che definire confusionale farebbe del torto alla mia modesta coscienza, nell'occasione accorta e pronta alle sollecitazioni: distinguo fin troppo bene il momento che mi sta attraversando.

Ho baciato Andreina e, subito dopo, ho visto un *Monet* autentico e chissà che altro!

Ho scambiato la massima espressione di effusione amorosa con l'unica donna che abbia mai alterato il battito del mio cuore e ho visto uno degli esempi più illustri di una straordinaria corrente artistica ottocentesca, che ha sempre suscitato in me una grande ammirazione. Ce ne sarebbe abbastanza per mandarmi fuori di testa! Ma resto integro, lucido, sano. Almeno, così credo.

Vengo attratto dalla delicatezza di una statua in marmo bianco che si eleva per più di un metro a qualche passo da me. Il raggio di luce, che passa attraverso la finestra inferriata della grande stanza di servizio, investe il volto e il seno nudo della donna scolpita, illuminando la sua espressione solenne e una parte sintomatica delle sue grazie.

Il soggetto, concepito in forme che esaltano la purezza della bellezza femminile, è coperto appena da un drappo che scende fino ai piedi, tenuto sul ventre con una mano, mentre l'altra comprime un lembo sull'altro seno.

L'opera non sembra offrire un punto di vista privilegiato e invita a cambiare posizione, a girarle intorno, per godere compiutamente delle sue incantevoli forme. La parte posteriore del favoloso corpo rimane completamente nuda.

Il capo della donna è girato verso sinistra, mostrando uno splendido profilo all'osservatore che si pone di fronte a lei. L'acconciatura dei capelli, raccolti sulla parte alta del capo in una piccola coda, è alla greca.

La figura è proiettata in avanti, con la gamba destra leggermente in posizione avanzata rispetto all'altra, dando la percezione di un flessuoso incedere.

- Stai ammirando, restandone letteralmente rapito, una versione della Venere, attribuibile a *Canova* – afferma Andreina con una tonalità tanto aggraziata da sembrare soprannaturale.

- No?

- Sì, sì! Tutto quello che vedi intorno a te è prezioso e d'autore.

Improvvisamente, ho uno di quei momenti di strana attività mentale, che, ormai, non mi sono estranei. Avverto la presenza di Raskòlnikov, ma non lo vedo, come se fosse nascosto alla maniera di un ragno in un angolo della parete. Incomincio ad avvertirne, però, la sua voce che bisbiglia:

- Lei fa parte delle opere d'arte intorno a te e, come loro, dà testimonianza di una bellezza impreziosita dalla sofferenza. L'esteriorità, nella sua forma sublime, è data dalla proiezione di una condizione infernale del creatore, sia esso Dio, o l'artista.

La donna accanto a te è incanto che ti rivela il mistero femminile, è carne che ti inizia alla voluttà riservata agli eletti, è spirito che ti riconduce alla volontà che sovrintende alla tua vita!

Non so perché, ma la mia reazione è quella di afferrare Andreina e stringerla a me. La bacio con passione. Poi, ci stacchiamo, ci guardiamo, senza tenerezza alcuna, e riprendiamo a baciarci. Appena china leggermente il capo all'indietro ne approfitto per andarle con la bocca sul collo.

Sento che freme nell'assecondare i miei impulsi e si abbandona alle mie voglie.

Non mi resta che prenderla, lì, tra le opere e gli oggetti d'arte. Ma Andreina, come uscita da un trasporto furioso, si ricompone e risoluta mi dice:

- No, Jacopo, fermati! Per amor del cielo!

- Perché?

- Ti prego! – appoggiandomi con delicatezza la mano sulla bocca.

Segue un breve silenzio, interrotto dalla sua osservazione:

- Immagino, ti sarai chiesto da dove provenga tutto questo ben di Dio.

- Una tela di *Monet* e una statua di *Canova* non si possono certo immaginare chiuse qui dentro. – rispondo nervosamente.
- Tantomeno dei disegni di *Rembrandt*, o degli acquerelli di *Turner*. – replica quasi divertita.
- Un ripostiglio degno di un'ala del Louvre! – aggiungo.
Sorride, guardandomi divertita. E continua:
- Puoi anche non crederci, ma è tutta roba comprata lecitamente, da collezionisti privati e società in via di fallimento. Gli acquirenti di cotanta bellezza non siamo noi, intendo dire io e mio marito, ma ne siamo stati per due settimane i custodi.
Questi capolavori andranno nelle lussuose residenze dei padroni del mondo, dell'alta finanza e della politica. Saranno destinati a loro, in parte venduti e in parte regalati, a suggello di accordi siglati.
- Un Monet, nella casa di *"faccia da culo"*, il sottosegretario che ho conosciuto alla cena del tuo compleanno?
Scoppia in una risata, forte e allegra, prima di rispondere:
- No, quello lì lo si compra con molto meno.
Mi pare abbastanza ovvio che lei non faccia segreto delle attività illecite di *don Nino*, di cui lei è inequivocabilmente complice. Strano, dovrei esserne sorpreso, o deluso. Invece, niente! Considero la circostanza in modo del tutto tranquillo, quasi se stessi prendendo visione di una conseguenza normalissima e scontata. Dentro di me, infatti, nessun particolare stato emotivo.
- Andreina, chi sei? – domando placido.
Anziché rispondere, lei si sposta lateralmente avvicinandosi alla *Venere*, seguendone con l'indice il profilo: riconosco la sequenza di un fantastico *"déjà vu"* e comprendo appieno solo ora le parole pronunciate sottovoce, in precedenza, da Raskòlnikov.
L'avvenenza di Andreina ha a che fare con l'attrattiva della statua e, per una ragione piuttosto elitaria, la sensualità

della donna, come quella della scultura, trova il suo fine ultimo nella percezione e nella contemplazione dei sensi.

Andreina non è di marmo, ma tende a diventarlo, ponendosi ai miei occhi come opera d'arte pensante e rivelatrice di una bellezza che non ammette possesso.

La morbosa parvenza dostoevskiana, nella sua imprevedibilità, è venuta in soccorso della mia ragione e mi ha condotto verso la comprensione di un gesto che rimane lontano dall'essere considerato un rifiuto, o un ripensamento.

Lei non si è concessa, per affermare la supremazia infinita dell'impulso dell'arte sull'immediatezza materiale della pulsione sessuale.

- Sono tutto quello che va ben oltre l'apparenza e rientra nei tuoi presentimenti. – dice, dopo aver giocato con i lineamenti del volto della Dea.

La sua intelligenza cristallina mi colpisce allo stesso modo dello sguardo, dell'agile collo, o di altre parti del corpo. Le sue parole riversano su di me lampi d'ingegno, trasmettendo ai miei occhi una luce densa e profonda, che mi consente di ammirarla in tutto il suo charme.

Ripenso a Raskòlnikov, alla potenza inaudita della sua frase: *"L'esteriorità è la proiezione delle condizioni infernali del creatore, sia esso Dio, o l'artista."*

La bellezza di Andreina, francamente, ha qualcosa di diabolico, a prescindere se appare come una creazione dell'Essere Supremo, o dell'ingegno artistico.

La distanza tra me e lei è di un paio di metri. Ci guardiamo come duellanti, come nemici che si amano, come persone diffidenti che si piacciono. Ora, la luce che proviene dall'alto della finestra la centra in pieno; ne illumina i capelli dai riflessi ramati, la guancia bianca dallo zigomo alto, i seni turgidi e ben protesi in avanti nell'abito grigio scuro al di sopra del ginocchio.

In controluce, si nota appena il suo basso ventre, le sottili linee del suo indumento intimo e parte delle cosce.

- Sei, dunque, una studiosa di storia dell'arte che assiste il maritino nelle sue faccende e che, magari, usa il proprio impegno come decente copertura alle predilette attività illecite?

- Acqua! Ho una vera vocazione per la storia dell'arte. E poi, sembro, ai tuoi occhi attenti e meravigliosamente espressivi, una mogliettina che ama intrufolarsi negli affari del marito, abbandonando i propri propositi?

- Quindi? – replico, sollecitandola a dare una definizione di sé.

- Quindi, sta a te fare adeguate deduzioni.

- Per me stai rischiando grosso per qualcosa che non può essere legato a uno spirito di avventura, o al profitto.

- Che bravo! Quasi fuoco! – dice prendendosi gioco di me, ignorando quanto quel suo giocoso modo di fare e di parlare languidamente accresca il mio desiderio di lei.

Avanzo di mezzo passo e allungo le braccia verso di lei, che fa altrettanto, e congiungo le mani alle sue, tirandola a me. Poi, la stringo cingendola per la schiena e la bacio, assaporando la sua passione, la sua dolcezza che diventa veemente voglia.

- Non riprovarci, potrei anche ucciderti. – mi sussurra all'orecchio.

- Non ci credo. Se pure tu fossi crudele come una mantide religiosa, non lo faresti se non dopo avermi avuto. – le dico prima di baciarla ancora con ardore.

- Ma io non ho mai ucciso prima, nessuno mi ha mai raggiunto tanto in alto. Saresti il primo a morire per mano mia. – dice dopo avermi leccato il mento per continuare fino alla punta del naso.

Il suono del campanello di casa giunge come un gong, a sancire la fine dell'attimo di fervore.

- Sarà Giovannino, il giardiniere. Ha il compito di tenere d'occhio questa casa fino a domani. – mi rassicura.

Risaliamo e, fuori dalla porta, in giardino, un signore sulla sessantina con un cappellino da baseball:

- Buongiorno, signora, don Nino mi ha detto che avrei potuto trovarvi con un ospite, ma volevo accertarmene. Scusate, non volevo disturbare, ma ho fatto il mio dovere.
- Certo, ha fatto bene, Giovannino. Non si preoccupi! Io e il mio amico avevamo appena finito la nostra visita alla casa.

Ci rimettiamo in macchina. Andreina esprime il desiderio di arrivare a un borgo marino molto suggestivo, distante qualche chilometro, per prendere un aperitivo prima di rientrare.

- Il nostro tempo da trascorrere insieme, oggi, non è finito ancora. – dice sorridendomi.

Non perdo tempo per chiederle:
- Dunque, tuo marito sa che mi hai portato qui? – le domando mettendo l'auto in moto.
- Certo!
- Per questo non hai voluto?
- Nino è orgoglioso di me, non geloso. Ti assicuro che non avrebbe motivi per controllarmi, neanche se sapesse che mi accompagno a una persona da cui sono attratta.
- Non vorrei sembrarti indiscreto...
- Non lo sei mai stato fino ad ora: questo è un aspetto di te che adoro! – m'interrompe lasciando la mia domanda a metà.
- Bene, rinuncio all'interrogativo indiscreto che stavo per sottoporti.
- Apprezzo il gesto, davvero nobile e cavalleresco.
- Mi prendi in giro?
- No. So cosa stavi per chiedermi. Rinunciarci non è da tutti.
- Ma, io non vi ho rinunciato definitivamente.
- D'accordo fai la domanda. Anzi, non farla. La faccio io al posto tuo.

Imitando buffamente il mio modo di parlare:

- Come mai tuo marito, pur sapendo che tra di noi ci sia una certa affinità, non ha niente da ridire sul fatto che trascorriamo del tempo insieme?
- Ecco, brava, appunto! – borbotto.
Andreina riesce a dare allo sguardo una luce straordinariamente intensa, come se ricevesse dal flusso del sangue l'energia per rendersi radiosa. Ogni volta che i suoi occhi calamitano i miei mi ritrovo nel bagliore di una suggestione accesa e appassionata.
- Guarda avanti e stai attento. Ricordati di ciò che ti ha detto mio marito, porti una preziosità a bordo!
- Già.
- Dunque, perché Nino non è geloso di me e non ha nulla da dire se vengo con te? Semplice, perché lui non pensa che tu sia tanto sprovveduto da corteggiarmi e non teme che possa farlo io. Si aggiunga che il nostro è un matrimonio tra due persone molto evolute.
La guardo in maniera interrogativa, anche se la definizione lascia intendere più di qualcosa.
- Dicasi matrimonio emancipato, civile, avanzato, quello in cui la coppia non vive un'intimità di tipo maniacale e ossessiva, chiusa alle relazioni esterne. Se mai tu volessi sapere perché lo abbia sposato, te ne darò subito una spiegazione: conveniva a entrambi.
E se ancora ti balenassero altri perché nella mente, ti fornirò immediatamente ulteriori chiarimenti: a me è convenuto sposarlo per essere introdotta negli ambienti che contano, a lui per avere una moglie di rappresentanza di discreto livello.
Spero che adesso non vorrai chiamarmi *"Donna Andreina"*, o sì?
- Incredibile. – riesco a dire.
- Cosa? – mi chiede.
- Tutto.

- Non puoi immaginare quanto io segua la logica. Non vi è nulla di folle nella mia vita, tranne te. – mi dice con una sorta di finto dispiacere.

- Per quanto mi riguarda potresti essere tu, attraverso tuo marito, il vero anello di congiunzione tra politica e malaffare in questo territorio.

- In tal caso mi denunceresti, o scriveresti articoli sulla mia losca figura?

- Pensi non ne avrei il coraggio?

- Penso che saresti arrivato a sospettare una cosa del genere anche se ti apparissi con l'aureola. Ma sono certa che non parlerai con nessuno dei tuoi vaneggiamenti.

- Come fai ad essere tanto sicura che terrò per me quel che potrei pensare di te?

- Lo so, e basta.

- Ti piace tanto avere a che fare con un mondo criminale, di malviventi?

- Mi aiuta a raggiungere l'unico scopo della mia vita.

- E quale sarebbe?

- Crepa, non te lo dirò mai! – quasi con dolcezza.

- Che senso ha non dirmelo, considerato che mi reputi uno che sa tenere l'acqua in bocca?

- Devi girare a sinistra, il paesino è lì sotto! – eludendo la mia domanda.

- Lo so! – rispondo secco.

Percorriamo una favolosa strada in discesa, tra la macchia mediterranea e tornanti a picco sul mare.

Abbasso il finestrino per prendere aria e respirare la fragranza di quella vegetazione, come per riprendermi dalle rivelazioni tanto importanti e gravi, riferite, tuttavia, con una tranquillità e una consapevolezza esemplari.

Arrivati nel nucleo di case, parcheggio nei pressi del lungomare. Passeggiamo fino ad arrivare a un bar, che dispone di tavoli all'aperto. Ci sediamo.

- Qui c'è un barman che fa degli aperitivi alcolici straordinari! – dice spensierata, come se le confidenze che mi ha appena fatto fossero di natura vezzosa e non così pesanti e importanti.

Mentre sorseggiamo un cocktail esplosivo, mi chiede:

- Ti ho deluso?

- La delusione, in conseguenza all'amarezza che ne deriva, presuppone una premessa di speranza disattesa; resto, invece, ottimista per quanto riguarda la speranza di venire a letto con te. – rispondo beffardo.

Lei sorride distesa e con eleganza, prima di riformulare la domanda:

- Sii serio e dimmi: sei sorpreso da quello che hai saputo sul mio conto e, soprattutto, ne sei dispiaciuto?

- Ovvio che lo sia. Non mi fa certo piacere sapere che rischi la galera.

- Questo non è il rischio maggiore che corro. In ogni caso, so starne lontano, poiché so come muovermi e sono molto attenta a non lasciare tracce della mia presenza nelle faccende a cui sovrintendo.

- Prima, accanto alla statua di Venere, mi sei sembrata eterea, come lei, e ho creduto che anche tu fossi una creazione da contemplare, di cui rendersi edotti per arrivare a concepire la bellezza nella sua forma più distante e inafferrabile. Non avrei mai potuto, in quel momento, pensare a te come a una mente organizzatrice del malaffare.

- Un po' ti detesto per la tua capacità di parlare così direttamente al mio cuore. Abbiamo trascorso così poco tempo insieme, eppure mi sembra di averti accanto da tanto.

- Agostino sin da subito ha cercato di mettermi in guardia da te, temendo risvolti preoccupanti. – le dico, cercando di riportarla sull'argomento precedente.

- Agostino sospetta solamente quello che tu sai per certo. Non gli ho mai confessato alcunché. Mi vuole un gran bene e forse mi sopravvaluta, quando dice che potrei fare molto di più per me stessa. Sono affezionata a lui quanto alla moglie, sono un po' i miei genitori e, forse, anche loro mi considerano quella figlia che non hanno mai avuto.

Entrambi mi hanno aiutato molto, dandomi affetto e sostenendo anche delle spese per mantenermi in collegio, una volta ammalatasi mia zia ed esaurito il fondo che i miei avevano messo da parte prima di morire. Mi dispiace, li ho ripagati in malo modo, facendo scelte difficili che non hanno tenuto conto del loro attaccamento nei miei confronti.

- Puoi sempre farli ricredere, se mai ti sentissi in debito con loro.

- Temo sia tardi e si aggiunga che sono molto determinata nel portare a termine il mio progetto.

- Anche quando un proposito si presenta pericoloso e può rivelarsi dannoso è da portare avanti a tutti i costi?

- Nel mio caso, sì.

- Voglio sapere, perché?

- Ti ho già detto che non lo saprai mai. Parlami di te, piuttosto. Ti prego, raccontami una cosa che hai fatto da bambino, che per te ancora oggi è importante. Qualcosa che sia lunga da raccontare. Ho voglia di ascoltare la tua voce, le tue espressioni, il tuo cuore.

Narrami qualcosa che ti ha emozionato particolarmente.

Senza un motivo ben preciso, dai miei ricordi seleziono prontamente questo episodio:

- A dieci anni mi assentai quasi per un'intera giornata da casa. Non lo avevo mai fatto prima e ricevetti, puntualmente, da mia madre, un'abbondante dose di rimproveri; da mio padre, invece, una massiccia quantità di sculacciate. Erano il prezzo del biglietto della mia prima vera escursione, del mio primo sospirato viaggio, della mia prima autentica esperienza della mente in libertà.

Ebbi la netta sensazione che avessi il diritto di portare il mio spirito, ancora infantile ma già movimentato e curioso, oltre l'ordinarietà dei soliti comportamenti. Per farlo avrei dovuto necessariamente disubbidire e trasgredire le regole dell'educazione famigliare.

Sapevo perfettamente che mancare al pranzo quotidiano, senza chiederne autorizzazione e non darne avvertimento alcuno, sarebbe stato considerato dai miei un fatto molto grave.

Pertanto, quella volta non piansi e non cercai giustificazioni alla mia colpa.

L'atteggiamento con il quale accettai la punizione dei miei genitori fu la mia prima manifestazione di dignità e decoro: avevo capito chiaramente che osare sperimentare e spingersi oltre l'educazione convenzionale comportava correre dei rischi.

Accadde che quel giorno di tanti anni fa, in splendida solitudine, andai a finire sulla cima del "*Soprano*", la montagna che protegge la città dal versante Est, restandovi fino al tramonto.

Impiegai quasi l'intero mattino per portare a termine la mia impresa e una volta raggiunta quell'altezza sbalorditiva ebbi modo di rallegrarmene con un entusiasmo che mi toglieva il respiro.

Mi adagiai su un masso roccioso, tra cespugli di ginestre e pini selvatici, lasciandomi attraversare dalla bellezza della natura. Mi resi subito conto, come mai mi era successo prima, quanto fossero importanti la nostra vista e il nostro udito. Pensai che un cieco non avrebbe potuto osservare quella tonalità di colori illuminati dal sole e attenuati dalle ombre e che un sordo non avrebbe potuto ascoltare la melodia di fondo di quella potenza generatrice, data da rumori e suoni peculiari che si accordavano con il canto delle diverse specie di uccelli. Respirai intensamente il profumo dell'ambiente, intesi cos'era l'armonia e avvertii di essere fortunato per il semplice fatto di avere occhi per vedere e orecchie per sentire.

Assaporai una felicità che mi veniva dalla riflessione di ciò che osservavo, fui letteralmente preso da uno spettacolo naturale che mi stimolava pensieri.

Esplorai una profondità contenuta dentro di me, avendo la percezione di essermi proiettato nel futuro, nell'età adulta. Ricordo che la meraviglia di trovarmi in quel posto fece spazio a quella di trovarmi in compagnia di me stesso.

Fui sorpreso dalla mia medesima attività riflessiva e dalle visioni che questa mi procurava.

Per alcuni istanti mi fu possibile immaginare situazioni e fotogrammi di vita che realmente avrei vissuto a distanza di anni.

Non sono in grado di stabilire per quanto tempo l'attività cerebrale fu impegnata in quello strano gioco, ma ricordo bene tutti i passaggi sul mio futuro.

Dopo aver abbandonato la roccia dell'introspezione, raggiunsi il punto estremo di un pendio da cui lo sguardo spaziava sulla distesa di case sottostante. Scoprii che la città si distende fin sulle colline che salgono dal mare, assumendo una forma geometrica armonica che mi dava la sensazione dell'elasticità, dello slancio.

Spostando gli occhi sull'immensità del mare, fino ad arrivare alla fascia montuosa della costiera, mi si aprì un pezzo di Sud, una parte di mondo che mi apparve importante.

Sotto di me guardavo un territorio che sembrava godere di una protezione celeste.

Più lo osservavo e più me lo configuravo come un piccolo regno, dove la magnificenza del luogo regala una vita fuori dal consueto. La gente che, come me, vi abita, pensavo, sicuramente si riterrà fortunata: come si potrebbe desiderare di abbandonare una terra che sembra incantata?

In verità, sin dalla tenerissima età, ho sempre creduto che un prodigio ambientale, come quello racchiuso in questo luogo, avesse qualcosa di soprannaturale, qualcosa di magico che ne difendesse l'aspetto nel tempo, qualcosa di divino che lo preservasse da ogni sciagura.

A rafforzare questa mia convinzione erano i tanti stranieri, in maggioranza germanici, che d'estate venivano in vacanza da queste parti. Giravano per le vie del centro storico, con i loro vestiti colorati, respirando a pieni polmoni. Ne scoprivano ogni angolo, ne assaporavano i profumi e guardavano sorridendo i bambini come me, rapiti dal loro passaggio.

Sui volti di quegli occhialuti spilungoni e di quelle auree signore vi era impresso lo stupore di trovarsi tra una civiltà che era la continuità di quelle precedenti. Ogni pietra, ogni pianta, ogni abitante di questo territorio era, in quegli anni, un testimonial naturale della cultura madre, di quell'intreccio greco-lucano di cui ha notizia il mondo intero.

Già sensibile al fascino femminile, quando una biondona d'oltralpe mi si avvicinava con un tenero sorriso per darmi una leggera carezza, ne conservavo l'effetto per un'intera giornata. Anche i bambini con i loro occhi vispi, come i muri di pietra delle case, l'antica polis, l'aria fragrante, o come i palazzi settecenteschi, erano scenografia vitale che si offriva agli occhi di quei raffinati e colti visitatori. Questo contribuiva a innescare nel mio animo la consapevolezza di vivere in un luogo fatato, che affascinava persone venute da lontano e di una certa levatura.

Andreina mi ha ascoltato in silenzio, tenendomi la mano.

- Grazie. – mi dice accarezzandomi il viso e baciandomi dolcemente sulla bocca.

Poi, prendendomi il volto tra le mani, continua:

- Ti assicuro che fino ad ora non mi sono mai resa responsabile di un solo scempio perpetrato su questa terra, ne ho evitato, invece, più di qualcuno. Ti prometto che le colline non saranno oggetto di speculazione. Nessuno potrebbe costruirvi senza avermi interpellato, tramite mio marito, il boss, *don Nino*. La casa che abitiamo fu costruita prima che lo conoscessi.

Io, non glielo avrei permesso. Non sarò certo io a uccidere i tuoi ricordi d'infanzia e a deturpare ciò che di così bello abbiamo intorno.

Ricorderò a lungo la tenerezza del suo sguardo posato su di me, mentre cerca le parole giuste da riferirmi per far sì che io le creda. La sua espressione, ora, mi richiama quella della *"Vergine Annunciata"*: un dipinto di *Antonello da Messina*, da cui sono particolarmente affascinato per l'atteggiamento dolcemente terreno e smarrito della Madonna, quasi a chiedere sostegno con dignitosa umiltà, lei, che nell'iconografia religiosa assurge a simbolo di protezione.

Il colore verde scuro degli occhi di Andreina è sommerso da lacrime che non prendono a scorrere, per non bagnare di fragilità uno stato emotivo travolgente e di rara intensità.

Vorrebbe dire qualcosa, ma non ci riesce. Appoggia le mani sulle mie braccia e cerca di farmi capire col silenzio ciò che vorrebbe comunicarmi con le parole.

Non l'avevo mai vista così vulnerabile. Le prendo il viso tra le mani e le bacio la fronte, dicendole subito dopo:

- Chi non ha occhi per parlare, dirà sempre cose incompiute.

Accenna lievemente un sorriso:

- Bella frase! Vuoi dire che sai perfettamente dei miei sforzi per rispettare quanto più è possibile la legge morale dentro di me?

- Certo che lo so! Mi racconti, ora, qualcosa di te?

- Cosa vuoi sapere?

- Che pensi del prossimo, ad esempio, della gente che ci circonda e del popolo in genere?

Fa un sospiro prima di pronunciarsi:

- The people! Das volk! Il popolo! Il suono è sempre uguale: imperioso, nobile, armonico, ed echeggiante fino ad uscire dal lessico per costituire la prima nota di un inno di rivolta, o, semplicemente, una marcia di controindicazioni per una rivoluzione esistenziale.

Rappresentata da nessuno e assorbita, per fagocitosi, dalle componenti politiche e dai giornali, la *"populace"* è un'entità globale senza peso specifico, sempre più sospesa nell'aria che respira e ancor più lontana dal piantare i piedi a terra.

I furbastri di sempre, quelli di tutte le epoche, che si tramandano di padre in figlio i codici di accesso ai posti di potere, ai mestieri e alle attività che contano, continuano, indisturbati, ad esercitare una supremazia politica e intellettuale sorretta da legami massonici, influenze politiche e amicizie particolari.

Padrini di ogni sorta, compreso mio marito, si ergono a *Santo Protettore*, guidando le carriere di funzionari, manager e giornalisti. In questa scia fumosa, si continua a dar retta a persone di dubbia rettitudine e di scarsa capacità ideativa, che vedono premiata la propria pochezza oltre ogni merito.

Dare indicazioni della loro presenza nella vita pubblica è un dovere di ogni pensatore libero ed onesto. Rimarcare che, in questa nazione, il ruolo delle parti tra forze politiche antagoniste e tra potere e comunicazione si traduce nel gioco tra le parti, sarebbe, in questo frangente, quanto mai opportuno.

Resto sorpreso da quanto ho ascoltato e comincio a chiedermi, inavvertitamente, se il suo interesse in ambito criminoso non sia legato ad un ideale politico. Le sorrido. E lei reagisce così, come se avesse letto il mio pensiero:

- Non farti strane idee su di me. Non sono un anarco-insurrezionalista, tantomeno appartengo a qualche organizzazione politica con propositi rivoluzionari.

- Stavo giusto pensando ad una cosa del genere. – le confesso.

- No, faccio la mia rivoluzione in solitudine, come te, del resto.

- Io la faccio scrivendo e parlando, su un giornale e per una tv di provincia.

- E non ti rode il fegato vederti superato da colleghi meno bravi di te, che arzigogolano sui maggiori quotidiani e nelle grandi televisioni?

- Così va il mondo.

- E tu non vuoi cambiarlo? Che mi racconti, Jacopo? Non recitare la parte della personcina a modo, equilibrata e rassegnata. Ho letto bene i tuoi articoli, a decine, e in ciascun pezzo, tra un'ironia tagliente e virtuosismi di stile, emerge un impegno solido ed eticamente indiscutibile nell'argomentare sulle schifezze del mondo! – dice alterata.

- Per quanto mi riguarda, t'inviterei a distinguere tra popolarità e successo. Ci sono uomini di comunicazione molto popolari che si distinguono per le scemenze esemplari che riescono a produrre in serie. Magari saranno anche ricchi, ma non sono assolutamente persone di successo, non essendo loro stimati, ma solo molto conosciuti. Io ho il piacere di essere letto e apprezzato da te, una lettrice esigente, attenta all'etica quanto all'estetica. Non è un piacere da contemplare con orgoglio e soddisfazione?

- Tu sei impossibile! – riacquistando dolcezza.

Non finisce manco di dirlo che già mi bacia e mi sussurra:

- Tu meriti di più dalla vita, molto di più. Spero che tu ottenga quello che meriteresti ampiamente.

- Sei molto cara e generosa. Spero tanto che tu sia serena e felice.

- Non ti esaltare: con te sono entrambe le cose.

- Andreina!

- Che c'è? – con infinita dolcezza.

- Credo che ci somigliamo, tremendamente!

- Non mi sarei mai permessa di dirlo prima io!

- Che facciamo, diventiamo amici?– chiedo ironico.

- Sì, qua la mano! – replica lei con altrettanta poca serietà.

Mentre facciamo finta di promulgare la nostra amicizia con una cameratesca stretta di mano, osservo impressa sul suo volto una forma di energica gioia, innocente, candida, fresca, come quella dei bambini: tutto, in lei, stride e tutto ha una complessa logica, vado pensando.

- Talvolta mi guardi come se volessi risalire alla mia personalità da un particolare, o da uno spigolo del volto. – mi dice.

- Osservavo il piccolo e grazioso neo che hai all'angolo della bocca, sopra al labbro superiore, ti rende straordinariamente fascinosa! – replico.

- Bugiardo!

- Ma niente affatto!

- Può darsi che tu creda a ciò che hai detto, ma non è a questo che stavi pensando!

- Vero. Per la miseria, difficile farla franca con te!

- Dove era rivolta la tua mente, dunque? Voglio saperlo, ora, subito, immediatamente, come pretendono quelle donne goffamente possessive che vogliono impadronirsi anche dei pensieri più intimi e reconditi del loro uomo. – dice divertita.

- Pensavo alla molteplicità e anche alla tortuosità del tuo carattere.

- Tu pensi di essere tanto diverso?

- No.

- Anch'io ho pensato alle tue differenti sfaccettature e, sebbene tu non stia in difetto nei confronti della giustizia del diritto vigente, ti giudico molto più pericoloso di me. Ma il nostro buon amico in comune ha consigliato a te di stare in guardia da me, non viceversa.

Divertito dalle sue parole, le dico:

- Sai essere piacevole da ogni punto di vista.

- Ma tu guarda! Io dicevo sul serio! Sei un uomo pericoloso per qualsiasi donna abbia un progetto che non include anche te.

- Traduci!

- Se ti avessi conosciuto prima, probabilmente non mi sarei ritrovata in questa situazione.
- Perché?
- Semplice, ti sarei venuta dietro, ti avrei amato come nessun'altra donna potrebbe mai fare e ti avrei costretto a sposarmi.
Segue un silenzio piuttosto fisiologico.
- Stavolta hai perso la parola sul serio. – ironizza.
- Nella sfrontatezza e nel fare confessioni di un certo effetto sei tale e quale a me. – osservo.
- Sei tu che stimoli la mia audacia e mi metti brio. Sei ubriacante, mio caro, e come un buon vino non arrechi nessun tipo di disturbo! Se tu fossi un vitigno, saresti un *Aglianico*, vero?
- Con molte probabilità. È un vitigno esportato dai coloni greci, proveniente dalla *Tessaglia*. *Aglianico*, infatti, è una storpiatura dialettale di *ellenico*.
- Orgoglioso e cosciente del passato della sua terra ricca d'arte e cultura, Jacopo andava incontro al suo destino, sfidandolo alla maniera degli eroi appartenenti a quella magnifica etnia progenitrice! – declama teatralmente con voce maschile contraffatta.
Molto dilettato dalla verve di Andreina, sorrido compiaciuto. Divento inquieto, però, quando mi soffermo sullo spezzone: "Jacopo andava incontro al suo destino, sfidandolo alla maniera degli eroi". E se avesse parlato istintivamente e automaticamente, in virtù di una trama che lei ha predisposto per me? Vado in subbuglio e non sono più sereno. Mi sforzo di non darlo a vedere. Perché, all'improvviso, divento così diffidente nei suoi confronti?
Forse sono solo un nevrotico che si lascia irritare da riflessioni intempestive ed auto-lesive.
In fondo, lei asseconda solo una vena gioiosa, di cui, forse, non beneficiava da tempo.

Perché mai dovrei perdere la fiducia nei confronti di una donna che mi appare di un'indole conforme alla mia e non dar adito alle mie sensazioni?

Dubitare di Andreina è da folli, concludo, anche se è una fuorilegge. Lei mi scruta con aria materna, intanto, e percependo la mia ansia mi chiede:

- C'è qualcosa che ti preoccupa, Jacopo?

- No, sicuro. Riflettevo sulla tua natura e, chissà, forse inconsciamente anche sulla mia.

Credo che rappresentiamo una stravagante anomalia e, quindi, l'esistenza nella sua sintesi.

- Ritengo che tu debba prendere in considerazione la possibilità di cambiare atteggiamento nei confronti della vita. A una persona come te converrebbe essere conosciuta e frequentata da quanta più gente è possibile. I segni della tua misantropia, invece, sono evidenti e lasciano intendere un aspetto indicativo dell'anomalia di cui parlavi prima: un uomo di comunicazione del tuo stampo, che si spende a favore delle masse, dovrebbe dimostrarsi più affabile con il prossimo. Mi risulta, da più fonti, che, spesso, dai sfogo alla tua insofferenza e ti dimostri refrattario a qualsiasi relazione sociale.

- Sì, è così. – ammetto.

- Stai sempre bene con te stesso? – incalza.

- Non potrei fare a meno della mia alta percentuale di solitudine. Mi è necessaria per riprendere il possesso di me stesso ogni qualvolta mi lascio andare per strade che mi portano lontano dalla mia personalità. C'è una frase di *Luigi Tenco* in proposito, che mi appare sensazionale: *"Sono preoccupato, non mi vedo rientrare"*.

- Stupenda! Adoro le sue canzoni e non poteva che essere così anche per te! Era un cantante che leggeva! E tu, leggi molto?

- Fatte le dovute eccezioni, in giro ci sono molti libracci, perfino nelle librerie più accreditate. La scrittura è alla base della comunicazione, della divulgazione, del sapere.

Quando questa non ha niente di figurato e ancor meno di musicale, resta sterile e impersonale, priva di ogni attrazione, incapace di creare un vivo interesse per ciò che espone e racconta.

Forse anche per questo leggo meno di quanto mi piacerebbe fare. Però, in tal modo, non inflaziono il vero e proprio piacere che una buona lettura rappresenta.

- Non prendermi in giro, ma io l'ultima cosa che ho letto è stata una fiaba popolare russa. – confessa sorridente.

- Penso che tu abbia fatto bene a leggerla! Il mondo magico che stimola la fantasia non dovrebbe finire con l'inizio dell'età matura. Soprattutto quando la routine prende il sopravvento, immergersi in una fiaba può avere un effetto liberatorio. Forse, per certi versi io credo ancora alle fate, a quelle benevole creature che volano in soccorso dei più deboli e sfortunati.

Quest'ultima frase la pietrifica. Andreina tradisce un'emotività tangibile che potrebbe confermare quanto io vada sospettando sul suo conto. Forse, come crede anche Agostino, la possibilità di venire a capo del suo grande segreto è alla mia portata. Perché una donna deliziosa, una operatrice culturale, investita dunque di un ruolo ben delineato nella società civile e del lavoro, con gusti elegantemente sobri e atteggiamenti delicati da non far assolutamente supporre una sete di potere, tantomeno una bramosia di ricchezza spropositata, diventa la moglie di un boss e consulente dell'organizzazione criminosa che dirige, lasciando di sasso chi arriva a porsi la domanda?

Come già accennato, comincio ad averne un'idea, ma è talmente poco supportata da elementi di fondatezza che non ritengo opportuno, per ora, riflettervi. Preferisco, pertanto, custodirla come un'intercettazione dell'intuizione, che risulta essere, all'atto pratico del ragionamento, poco più di una sensazione.

- Ti andrebbe di trascorrere insieme l'intera giornata? Temo sarà difficile poterlo fare in seguito. – mi chiede.

- Certo. – rispondo con contentezza.
- Stamane, quando mi sono svegliata, ho immaginato di andare al tempio, alla foce del fiume, con te. – mi confida.
- Andiamoci!
Resta piacevolmente sorpresa dalla mia decisione di accogliere in modo immediato la sua proposta, tanto che balza in piedi dalla sedia prima di me!
Quando già, di lì a un quarto d'ora, stiamo percorrendo in auto il viale di pini che porta al Santuario di Hera, mi rende partecipe della sua emozione:
- Questa è solo la seconda volta che vengo qui. Durante la mia prima visita, alcuni anni fa, pensai che ci sarei ritornata con una persona a me molto affine. Così è stato. Ecco il sito della Dea! – esclama euforica.
Parcheggio l'auto ai bordi della strada e ne scendiamo. Camminiamo lentamente per il sentiero acquitrinoso che porta alle rovine, dove quasi mai i turisti si recano, preferendo, come è logico, a quelle pietre sparse la vista dell'architettura maestosa dei templi, situati a qualche chilometro di distanza, all'interno dell'antica area urbana. Io e Andreina siamo i soli visitatori che si muovono per il suggestivo appezzamento della pianura alluvionale dove il terreno è costituito da sabbia e limo, un peculiare terriccio depositato dalle acque quando ristagnano.
Giunti alle pietre del VI secolo a.C., Andreina si siede su un grande blocco di travertino, alla base di quello che era l'altare del tempio. Alle sue spalle, la lineare vegetazione che segue le sponde del fiume, l'antico Silarus.
So bene che sono altamente suggestionato dalla presenza e dalla compagnia di Andreina, ma osservarla tra le rovine archeologiche e i rovi di una vegetazione quasi selvaggia, mi proietta inevitabilmente alla grande pittura europea del passato, che faceva del paesaggio mediterraneo una sorta di paradiso terrestre, elevando il suo equilibrio naturale a esempio miracoloso.

Guardo quella donna, la natura intorno a lei, e mi sento come se avessi fumato un intero campo di marijuana. Il dato culturale, nella mia mente stimolata voluttuosamente dai sensi, si sovrappone a quello puramente percettivo, aumentando a dismisura il mio stato di delizioso stordimento.

Un misterioso senso estetico mi piega al fascino di una prorompente coscienza romantica: quelle che vedo sono immagini evocative che ritraggono un luogo dello spirito, una pienezza primigenia, una visione immutabile nel tempo.

Nel soffio del vento docile, i capelli chiari di Andreina ondeggiano, coprendo e rivelando ritmicamente il suo sorriso di beatitudine, pieno di colore e solarità, luce e calore.

- Raccontami un particolare di questo luogo che io non so. – dice.

- Il fiume, alle tue spalle, nell'antichità rappresentava una zona di confine tra i greci e le genti etrusche.

- Lo sapevo già. Vai oltre e senza inventarti niente! – mi rimbrotta.

Quindi, con un tono leggermente accademico e solo in parte confidenziale riprendo:

- L'esistenza del santuario è testimoniata da fonti storiche che, per lungo tempo, sono rimaste prive di alcun riscontro nella realtà. *Strabone*, lo storiografo di età augustea, colloca il santuario di *Hera Argiva* al confine settentrionale dell'antica Lucania, sulla sinistra idrografica del fiume, a 50 stadi dalla *polis* e ne attribuisce la fondazione a *Giasone*, durante la spedizione degli *Argonauti*.

- Ma sapevo anche questo!

- E sai anche che lo stesso santuario viene collocato da *Plinio il Vecchio* sulla sponda opposta del fiume e che una sbadataggine simile, a quanto pare non la sola nell'opera dello scrittore latino, avrà l'effetto di offuscare il dato storico rendendone problematico il ritrovamento dei resti?

- Finalmente qualcosa di cui non ero al corrente! Non mi dire che gli archeologi cercavano il tempio dall'altra parte del fiume?
- Proprio così.

Ne sorride. Poi, si muove in direzione dei resti del tempio, seguendo con passo felpato il perimetro della rovina, fino a sparire dietro a un ciuffo di lentischio, mentre io mi sposto in una direzione opposta alla sua, oltre l'altare in pietra presso il quale lei era seduta.

- Quo vadis, homo histrionicum? – sento pronunciare a voce alta mie spalle, dopo alcuni passi.

Mi giro a guardare indietro, ma non vedo più Andreina. Dopo qualche istante, esce, lentamente, dalla fitta pianta selvatica, venendomi incontro.

Ha sciolto del tutto i capelli, ha tolto gli occhiali da sole e le scarpe, insieme a tanta altra roba. La sua unica veste è la camicia turchese che le lascia scoperte le gambe, appena muscolose e dalla forma voluttuosa. Quando i suoi piedi nudi si fermano a un passo da me, mi trovo al cospetto di una donna di straordinaria appariscenza.

Occhi grandi, di un colore acceso e indecifrabile che tende al verde, la cui linea è marcatamente segnata dal nero del kajal. Sono occhi fulgidi, che emanano energia vitale.

Il suo volto, così espressivo e antico, lascia intuire un animo passionale e un carattere per niente mite. Con un naso ben delineato e una bocca perfettamente carnosa, la sua espressione viene ad assumere le fattezze di un ritratto classico.

Ma certo, come ho fatto a non accorgermene prima? Andreina somiglia in maniera straordinaria a Simonetta Cattaneo Vespucci, amante del fratello di Lorenzo de' Medici e modella di Botticelli nei suoi celebri dipinti, "La nascita di Venere" e "La Primavera".

Non appena mi riprendo da questa associazione, rispondo:

- Homo histrionicum? Noi contemporanei siamo denominati in questo modo dalle immortali creature dell'antichità? – le dico con molta affabilità.
- Anche in maniera meno benevola. – risponde prontamente.
- Credi che io rappresenti un modello contemporaneo molto significativo? – continuando giocoso.
- Quanto di peggio si possa estrapolare dalla moderna società. – asserisce con sarcasmo molto marcato.
La bellissima scoppia in una risata, prolungata oltre ogni ragionevole limite, lasciandomi meravigliato. Quando smette di ridere, mi guarda con intensità. Sto per avvicinarmi a lei per baciarla quando mi rimprovera scherzosa:
- Ma, che fai?
Dopo avermi guardato bonariamente e sorriso beffardamente, continua nel suo gioco recitativo:
- Sono del 250 a.C., io, e ho esperienza, intuito e saggezza tali, da metterti in un sacco e confonderti con quello delle patate. Pertanto, smettila di guardarmi in quel modo, come se da un momento all'altro dovessi cedere al fascino indiscreto dell'uomo moderno. – continuando imperterrita nella parte.
- Avrò pure dei difetti, ma non sono indiscreto, credo. Chi sei? – seguitando in un copione immaginario.
- Phillò. E tu sei Jacopo, autore squattrinato e sempre in rotta con il mondo.
- A dire il vero sei male informata! Devi sapere…
- Male informata, io? – m'interrompe – È da lunga pezza che ti osservo e sono in possesso di note dettagliate e precise che riguardano tutte le sfaccettature del tuo carattere.
- Impossibile, sono molte, tantissime e non catalogabili.
- Spiritoso! Davvero spiritoso! Vediamo se lo sei ancora dopo questa domanda: perché, a tuo avviso, riesci a relazionarti con armonia solo agli ambienti naturali e non alle persone?

La guardo, lungamente, senza parlare. Smetto di pensare alla sua domanda solo quando la bellezza del suo volto torna ad affascinarmi irrimediabilmente.

- Non parli più, hai perso la parola? – mi chiede provocatoriamente.

- Non mi sto, forse, relazionando a te in questo momento? Eppure, non mi sembri un cespuglio, o un albero di mele. Sei una persona, o no?

- Tu che dici, sono una persona? – mi chiede.

- Io dico di sì.

- Io dico di no. – ribatte lei.

- Come sarebbe?

- Chi pensi che io sia, stolto, se non una ubbidiente che assurge al suo compito per una volontà che viene dall'alto?

Trovo emblematica questa «battuta» e per venirne a capo senza interpretarla, le chiedo:

- Potresti spiegarti meglio?

- Sono una ninfa della Dea e ho il compito di redarguirti. La Grande Madre ha affidato a me l'incarico di tenerti d'occhio.

- Scusami, Phillò, di grazia, ma perché mai dovrei essere redarguito?

- Non lo sai?

- No, dimmelo tu.

- Bene. Sei qui, uomo gonfio di te, istrione ammaliante e gattopardo in passione, per essere purificato.

- Ma da cosa? Pensa che, se pure fossi costretto a confessarmi da un prete non saprei di quale peccato pentirmi.

- Abbandona pure quell'aria sarcastica che ti ritrovi e mettiti in una veste più umile. È un consiglio benevolo di cui dovresti tener conto. – mi rimprovera, recitando benissimo, tanto da sembrarmi autentica.

- Sei sempre così austera?

- Solo con quelli come te.

- Perché ce l'hai con me?

- Non ce l'ho con te. Voglio solo che tu prenda in considerazione, in modo più serio, questa tua esperienza, dove l'immaginazione raggiunge livelli realmente straordinari ed apprezzabili.

Sei fortunato, non tutti possono arrivare fin qui, dove sei giunto tu. Cerca, dunque, di prendere coscienza di questo luogo quanto più è possibile. Sarebbe un vero peccato se tu dovessi prendere sottogamba anche la più vera delle tue fantasie.

Andreina è molto convincente nella sua performance e le sue ultime parole, pronunciate con un tono sorprendentemente tenero, attivano i miei pensieri.

Mi abbandono a qualche riflessione veloce. Phillò, cioè, Andreina, dice bene. Il mio sarcasmo, talvolta, non risparmia nemmeno me stesso. Pur nella farsa, decido di adottare un prudente e adeguato atteggiamento dimesso:

- Se c'è qualcosa da cui io debba purificarmi sono pronto a farlo.

Phillò/Andreina, dopo aver ascoltato la mia frase, sorride. Le si legge in volto che non crede affatto alle mie parole, per meglio dire, non pensa che io le avrei dette se non stessimo recitando.

Quella che mi appare un'antica fanciulla di epoca romana arriccia il naso e in quella smorfia appare graziosa più che mai. Madonna Santa, quanto mi appare bella!

- Che c'è, non mi credi? – le chiedo.
- Dovrei?
- Davvero sai tutto di me? – riprendo.

Lei annuisce col capo, guardandomi in una maniera che mi sembra ironica.

- Tutto? – chiedo con più forza.

Annuisce ancora.

- Insomma, proprio tutto?
- Proprio tutto! – risponde.
- Quindi…

- Quindi non farti strane idee sul mio conto e non provare a tessere le solite ragnatele che tendi, di solito, alle donne. Non sono una tua contemporanea.
- Che vuoi dire?
- Che conosco il tuo istinto e la tua volontà selvaggia di assecondarne gli ardori, sebbene tu adotti, con naturalezza, modi ricercati e distinti per dare ad intendere una diversa natura, più composta e meno indocile.

Non vi è dubbio che Phillò ha della mia persona una percezione che ne potrebbe valutare adeguatamente ogni aspetto. Tuttavia, per vezzo femminile, forse, non rinuncia a punzecchiarmi. Decido di rendergliene conto:

- Sembra che analizzando i miei comportamenti tu lo faccia più in una veste di etologa che di psicologa.
- Oh, un animale! Senza coda, ovvio, se non di paglia!

Sorrido. E cos'altro potrei fare? In primo luogo, perché lei riesce a essere straordinariamente brava nelle sue improvvisazioni e poi perché, nel farlo, riflette una parte di me. Il suo modo di essere irriverente e sferzante non si discosta dal mio: ti scalfisce senza fartene dispiacere. Anzi, ne resti finanche divertito. Phillò mi rallegra, mi stimola e mi piace tantissimo!

Ma devo fare attenzione: lei pensa come me e intuisce ogni mia intenzione. Ha tutta l'aria di chi, nel gioco della recitazione, mi ha lanciato una sfida. Sarà dura, ma devo essere quanto più naturale è possibile. Già, ma come si fa? Lo sono mai stato nei confronti di una donna? Oh, mio Dio, mai!

Mai nessuna mi ha fatto sentire così, come mi sento ora! Forse sto pensando troppo.

- Che idea hai di me, a parte quella di un bipede senza coda? – le chiedo.
- Non ci crederai, la stessa che ne hai tu.

Questa risposta mi spiazza. Andreina recita alla perfezione sé stessa.

- La tua considerazione per me, dunque, è pari alla mia autostima?
- Va anche oltre. – risponde con velata ironia.
Touché. Resto sul colpo. Avverto un sintomo della inviolabilità della sua superiorità.
Capisco, all'improvviso, che lei mi ha già costretto a essere me stesso nella versione più intima e pura. Poi, però, mi ravvedo e, con un guizzo istintivo e non so quanto razionale, dico:
- Oltre, mi si può solo sopravvalutare.
Stavolta è lei a sembrarmi disorientata. Sorride e assume un'aria pensosa, prima di riprendere con un tono molto confidenziale, che non riesco a capire se ancora dentro il gioco, oppure no:
- Perché non dai continuità al tuo lavoro?
- Perché ho una maturazione lenta. – affermo con una sorta di sofferenza.
Le chiedo, anche per evitare che lei continui in domande che hanno a che fare con una sfera troppo intima:
- Cos'è, per te, la cultura, Phillò?
- Qualsiasi cosa fatta bene è cultura. Lo è anche il ringraziamento religioso di un contadino analfabeta, o la suola riparata, con maestria, di una scarpa.
- E l'arte?
- Soltanto e sempre un segno estetico del pensiero dell'uomo, che ne testimonia la presenza dai primordi fino al momento in cui si compie l'opera.
Resto stupefatto da tanta straordinaria semplicità.
- Hai perfettamente racchiuso in poche parole, concetti molto complessi e profondi.
- Sai farlo anche tu. – asserisce lei.
E, subito dopo, con aria allegra:
- Vediamo se indovini il difetto da cui devi liberarti? Sono sicura che tu sai cos'è che ti rende impuro.
- Impuro? Ma non starai esagerando?

- Non credo proprio. Se errore si può fare con te, giudicando le tue carenze, non è di dilatazione, ma di riduzione. Forza, amante di torte di panna e lamponi, indovina!
- L'orgoglio?
- Più dell'orgoglio! – replica l'irresistibile fanciulla.
- La superbia?
- Più della superbia!
- E che c'è, più della superbia? – chiedo in modo arrendevole.
Lo sguardo di Phillò si fa carezzevole e sicuramente anch'io la guardo allo stesso modo. Mi scappa un'occhiata indicibile diretta al seno, che s'intravede dalla camicia sbottonata. Spero che lei non l'abbia notato. Davvero non si conviene, in simili circostanze. Mi guarda con benevolenza, forse non ha badato al mio indecoroso sguardo diretto al suo petto, e mi dice:
- Più dell'orgoglio e della superbia c'è la tendenza a sprofondare nell'insofferenza di natura intimistica. Un male da cui non si desidera guarire perché erroneamente ritenuto parte integrante di noi. Da qui nasce la tua esigenza di fare dell'autoironia, cercando di alleggerirti per non sentire il peso che tu stesso ti sei messo addosso. Sono certa che saprai usare le tue virtù per le giuste cause, così come saprai donare la tua attenzione alle cose che daranno un senso completo alla tua vita.
Ascolto con molta attenzione le sue parole. Sembra davvero che una volontà superiore sovrintenda alla sua esistenza, alla sua bellezza, alla sua intelligenza, al suo modo di essere così graziosamente donna. Vorrei prenderle la mano, ma resto immobile. Non riesco più a guardarla, quasi mi abbaglia col suo sorriso appena accennato.
Ha assunto un'espressione di una delicatezza sontuosa e per me, ora, resta davvero difficile dirle qualcosa senza distogliere lo sguardo dal suo viso. Forse lei nota il mio stato d'impasse e, come per incoraggiarmi, accenna a un

sorriso più largo. Sorrido anch'io, ma non riesco a dire nulla, che una sola parola.

Ho finanche paura di dire una scemenza. Tutto si risolve, quando lei, con estrema leggerezza, allunga le braccia e mi porge le mani unendole alle mie. Poi, non so come e perché, prendiamo a girare bilanciandoci l'un l'altra con il peso dei nostri corpi, intenti a formare cerchi nell'aria.

Mi sembra di volare, di essere in qualche modo sospeso nel vuoto: brividi mi percorrono lungo la schiena e piacevoli vibrazioni avverto alle tempie. Finiamo di girare che io non mi reggo dritto. Phillò mi sostiene, cingendomi con le braccia. Guardo da vicino i suoi occhi: scorgo tutti i colori del bosco. La stringo a me in un abbraccio forte, ma tanto forte che il tatto e il profumo del suo corpo mi riempiono l'anima, facendo si che io non riesca a pensare più a niente se non a quell'inenarrabile sensazione di affettuosità.

Per la prima volta penso di essere felice. Phillò scuote la testa, per liberarsi dei capelli che le scendono sul viso. Poi, tenendosi stretta a me, mi sussurra:

- Voglio svelarti un segreto. La notte del solstizio d'estate, l'antica polis si ripopola delle anime di coloro che l'hanno abitata in tempi remoti. Ogni pietra sembra essere più presente, più viva, più testimone del suo passato. L'aria che vi si respira assume un tepore arcano ed il cielo sfoggia stelle mai così lucenti.

Chiunque cammini per l'urbe s'accorge del momento fantastico. Anche l'occhio più spento vede la luce che proviene da fuochi antichi, così come l'udito più sordo avverte i suoni di una natura ancestrale. Ogni contemporaneo, discendente dall'antica stirpe, può avere un contatto con i propri progenitori. Anch'io compaio, quella notte, e tu potrai rivedermi, se vuoi, fermandoti a dieci passi dalla nona colonna del versante sinistro del tempio più grande, innalzato in onore della Grande Madre. Ti apparirò di fronte, come oggi.

Non vi è dubbio che le sue parole, pronunciate con una tonalità da palco scenico, riescano a procurarmi molta suggestione. Sento che, ormai, il confine tra la recitazione e la realtà si sia assottigliato considerevolmente.
- Come fai a sapere che mi piace la torta di panna e lamponi, voglio dire, sai veramente tutto di me? – riesco a dirle in uno stato quasi confusionale.
Lei annuisce col capo, con infinita dolcezza.
- Non voglio che tu mi stia lontano! – le dico, con commozione.
Lei mi mette una mano sulla bocca per tacermi e con compassionevole e carezzevole malinconia aggiunge:
- Jacopo, qui ciò che avviene non è reale, anche se viene vissuto. Non è come nel tuo mondo, dove tempo e realtà sono un tutt'uno. Io, ora, sono nella tua memoria, ed è quel conta. Ciò che si consuma materialmente diventa, inevitabilmente, un'esperienza limitata, segnata da un inizio e una fine, dove le componenti delle miserie umane trovano un triste sfogo. Il nostro incontro, invece, è avvenuto in un luogo al riparo da ogni deformità dello spirito: in uno spazio sacro e vitale, dove il ricordo non è un viaggio a ritroso della mente, ma un legame per l'eternità, da vivere oggi, domani, per sempre.
Troppo emozionato da quelle parole, esco dal dialogo della recita ed esclamo:
- Sei bravissima! Un'interprete che recita alla perfezione ciò che pensa, riducendo al minimo la finzione.
Andreina mi sorride compiaciuta e aggiunge:
- Nessuno potrebbe vivermi meglio di te. Non c'è persona che potrebbe attraversarti meglio di me!
Il vento flebile si leva ancor di più. Miscela profumi delicati e odori intensi, conferendo al respiro qualcosa di ultraterreno. Lei mi prende per mano e mi porta tra i grandi massi di travertino e arenaria, presso il cespuglio dove è scomparsa come Andreina e ne è riapparsa come Phillò.

Prende i suoi indumenti e si riveste, infilandosi, in ultimo, con gesti rapidi e sicuri le scarpe, mentre io provvedo a farle indossare agevolmente il leggero soprabito.

Usandole questa cortesia la stringo a me e, cercando, alla maniera di *"Don Juan"*, di accordare il suono della mia voce al ritmo del suo cuore, le sussurro all'orecchio:

- Dove potrai mai liberare la tua anima senza fretta di riprendertela come in questo luogo e con chi potrai ancora giocare a essere un'altra che ti somiglia più di te stessa?

- E tu, quando sarai sollevato dal tempo come ora? – dice girandosi e baciandomi.

A quel punto, resto convinto che il nostro legame sia ormai indissolubile, anche se per un infausto sortilegio dovesse finire nell'istante in cui me ne rendo conto. Troppa armonia nei nostri atteggiamenti, densi di amorevolezza ed emotività, per non abbandonarsi perdutamente all'esalazione di un'affettività inebriante e frastornante!

Troppo *pathos* nelle nostre finzioni, da cui si liberano identità autentiche mai sperimentate, che azionano fervorosamente i nostri corpi!

Troppa affilata sensualità nei nostri pensieri per non essere trapassati dalla pungente lama della voluttà, che rivitalizza il sangue e mette in circolo energia vibrante, senza lasciare ferite!

- Dove pranziamo? – mi chiede toccandosi lo stomaco.

- A ridosso della cinta muraria dell'antica città. Quasi sul mare! – rispondo.

In auto, ripercorrendo il viale di pini, appena fuori dall'area archeologica, rifletto sull'intensità e i momenti di gioia pura che fino ad ora hanno distinto il tempo diviso con lei. Giungo a pensare che la sua concentrazione nel rivolgere accortezza a ogni momento che trascorre, superi ogni ragionevole limite di gioia di vivere.

Sembra quasi che lei voglia godere, quanto più è possibile e nella maniera che le è congeniale, di questi istanti, come se fossero gli ultimi a sua disposizione. Il pensiero m'in-

fastidisce e ne perdo in giovialità. Lei prontamente, se ne accorge. Portando la mano alla mia nuca e sfiorandomi con le dita l'orecchio, mi rimprovera con delicatezza:
- Perché, improvvisamente, ti rabbui? Che ti passa per quella mente sempre in fermento? Rilassati, su!
- Non toccarmi l'orecchio, te ne supplico! – le dico con teatralità.
- Perché? – mi chiede interessata, simulando ingenuità.
- Come, perché? È una mia zona erogena che potrebbe mandarci fuori strada!
- Lo sospettavo. – chiosa con sguardo intrigante.
Arresto l'auto, mi giro verso di lei, guardo i suoi occhi, lucidi e interrogativi, mentre le nostre bocche s'incontrano. L'effusione è di una dolcezza infinita. Ogni volta che la bacio mi sembra la migliore, quella che più di tutte mi emoziona e mi infonde un gran desiderio di averla.
- Sei pazzo! Fermarsi così, al centro della strada! – finge di ammonirmi.
- E dove se non al centro? Abbiamo, forse, fatto qualcosa di marginale fino ad ora?
Scuote la testa sorridendo, prima di dire:
- Prima, o poi, ti ucciderò! Sul serio.
- Sai quanto me ne frega!
- Ma, come, non t'importa di non esserci più?
- Per niente! Trovo finanche indecente, per uno come me, ritrovarsi in vita oltre i quarant'anni.
- Vorresti morire?
- Non ora. Non oggi.
Sorride. Poi, riprende:
- Perché sei rimasto in vita?
- È la vita che è rimasta dentro di me, una volta che l'ho ridimensionata, evitando di rimpicciolire me stesso.
- Interessante concetto, che rende conto di come, talvolta, le manie di grandezza possano rivelarsi utili per salvarsi la pelle. Dimmi, ovviamente con questa trovata hai esorcizzato l'idea del suicidio?

- Vedi, il suicidio è un gesto tecnico che non necessariamente riguarda la psicologia del suicida. Da ragazzo feci una lettura illuminante circa l'argomento: "*Il lupo della steppa*", di *Hermann Hesse*, un autore che prediligo. Resta possibile avere un atteggiamento mentale e perfino l'aspetto del suicida, senza tuttavia tirarsi una revolverata. Per quanto mi riguarda, non ho mai pensato di farla finita, avendo risolto diversamente la mia, per così dire, questione.

Quando il destino è così beffardo, da farci nascere in un'epoca così piatta, dove le sorti di ognuno non dipendono dalle proprie competenze, non rimane che cercare di sviluppare una coscienza superiore e porsi al di sopra delle aspettative che la vita stessa va offrendo a destra e a manca, a chiunque voglia iscriversi alla più stupida, insensata e sleale delle gare.

- Già, quando ci siamo conosciuti mi dicesti che sei eccitato dall'idea di sprofondare in mare durante i tuoi bagni notturni, ma soltanto per rinnovare il pensiero della morte di volta in volta, rendendolo rituale e facendone un ideale amuleto.

- Più o meno. In quel frangente, entrare nudo nell'acqua con la luce della luna, ascoltando il riversarsi delle onde e facendosi sfiorare dall'idea della morte, mi procura un'erezione automatica, quasi involontaria.

- Questa, poi! Tu sei scandalosamente folle! Ma nessuno lo sa.

- L'idea della morte non ha nulla a che vedere con il decesso e afferma più che mai l'apoteosi delle pulsioni vitali. Il pensiero rivolto a lei diventa dinamico quanto quello catturato da un sogno erotico. La morte, in sé, non ha nulla di straordinario, poiché è data da un banale riscontro biologico: da un cuore che smette di pulsare. È l'idea che riusciamo a farcene che ci permette di contemplarla, di sublimarla e magnificarla, a prescindere dal timore che se ne può avere.

- Renderla anche naturalmente lussuriosa, senza impli-
cazioni da patologia criminale, ma concependola in una
sfera idilliaca, come nel tuo caso, se non è geniale è comunque da manicomio!
Rido. E poi aggiungo:
- Sei la prima persona a cui l'ho raccontato.
- Sfido, io! Chi vuoi che non ti dia del matto venendone a
conoscenza?
Continuo a guidare tenendole la mano. Pranziamo in una
trattoria con vista delle mura della città antica e, subito
dopo, decidiamo di concederci un riposo nell'intimità
della mia mansarda.

VI

- Il bagliore di questo campo di grano è intenso come il tuo soffio vitale. Gli spaventapasseri, l'uno accanto all'altro, nell'atteggiamento sciccoso dell'incedere dei passi, danno segni di un'esistenza elettiva, mentre il cielo mostra, nell'impasto della materia, cromature delicate e furiose, che danno conto della tua imprevedibilità. Sono sicura che sei tu l'autore di questa tela! – dice osservando il quadro sulla parete del mio rifugio.
- Sì, sono io. – rispondo non senza stupore per l'interpretazione suggestiva e l'attribuzione decisa del dipinto.
Poggia la mano sul letto, testandolo, e poi vi balza su con un gesto molto atletico. Adagia la testa sul cuscino e porta le mani dietro la nuca, guardando il soffitto:
- Forse, hai un talento poliedrico e una personalità complessa, mio caro. Hai sicuramente doti morali indiscutibili, ma faccio fatica a definirti un brav'uomo!
Ecco, ci sono, ora ho capito: le brave persone appaiono un po' sprovvedute, prive di slanci audaci e, tanto nel linguaggio che nel comportamento, dimostrano una sobrietà tenera, salvo poi diventare misera quando la si carica di pretese e ambizioni. Tu sai essere calmo, ma non sobrio; educato, ma non rispettoso a prescindere; affabile, ma non convenzionalmente socievole. Oh, mio Dio, tu non sei affatto una brava persona!
- Ma tu guarda! Per caso, rappresento anche un pericolo per la società? – osservo.
- Non fare dello spirito, perché sto risalendo alla tua vera essenza caratteriale. Sto finalmente per venire a capo della tua personalità. Pertanto, non mi distrarre con battutine e commenti ironici!
- La vita è stracolma di paradossi, ma quelli che capitano a me hanno davvero dell'incredibile! – ribatto.

- Spiega! – mi ordina.

- A dire il vero, dovrei essere io ad essere impegnato in tentativi analitici per stabilire la tua vera indole, e non viceversa.

- Oh, e perché mai? Solo per il fatto che tutto lascerebbe intendere il mio impegno in qualche attività illegale? Ma, mio adorato, malgrado si possa a giusta ragione sospettare questo e chissà che altro di me, resto pur sempre molto più trasparente di te!

Sorrido largamente, prima di chiederle:

- Quali sarebbero i miei punti oscuri, *Madame Transparence*?

Scimmiotta la domanda, muovendo comicamente la bocca. Poi si toglie le scarpe ed incrocia le gambe, mentre io mi distendo al suo fianco, finendo per assumere la stessa posizione.

- Per cosa senti di essere nato? – mi chiede seriosa.

- Per fare la rivoluzione.

- Sul serio?

- Sì. Detesto quasi tutto.

- Non vorresti ridere di più? La comicità, per esempio, ti rallegra?

- L'unica forma di comicità che riesce davvero a divertirmi è quella involontaria. Quella che non ha nessuna pretesa di far ridere a tutti i costi.

- Non ridi di niente?

- Della mia persona. Sai, solo chi si prende veramente sul serio riesce a ridere di sé stesso.

- Posso farti altre domande ancora, senza che tu ti spazientisca? – mi chiede.

- Ma certo.

- Anche qualcuna un po' più intima?

- Sentiamo.

- Sei molto sensibile al fascino femminile, vero?

- Sì, abbastanza.

- Ti piacciono le donne colte, o leggiadre?

- Le donne colte che cercano di alleggerirsi, diventando false leggiadre, sono irresistibili.
- Che gran figlio di buona madre, che sei!
- Ero sincero, giuro! La seduzione è fondamentalmente un gioco. Se non si ha lo spirito adatto per parteciparvi non si coglie l'occasione. Molte donne sono intellettualmente superiori agli uomini e, per poter *giocare,* sono costrette a scendere di livello e adeguarsi a quello dei loro partner. Il gioco diventa finemente delizioso quando entrambi, l'uomo e la donna, sono, per così dire, altamente competitivi.
- Ovviamente, sei un maestro in questo genere di gioco.
- Mi sono applicato, talvolta. Ma non mi considero un campione della disciplina.
- E, dimmi, mio diletto, cos'è per te l'eros? – chiede, poi, in maniera volutamente e simpaticamente artefatta.
- Tutto, tranne che fare sesso. L'eros è respirare profumo di donna in una stanza al buio, la vista di un piede avvolto in una calza di seta, una frase ironica pronunciata con un tono innaturale, un'allusione leggermente sfrontata e persino certe risate brevi.
- E dell'amore, o mio rivoluzionario, quale concezione hai? – continua divertita.
- L'amore mostra una componente particolarmente attraente, data dagli effetti allucinogeni che il sentimento infonde in chi lo nutre: il desiderio della vicinanza dell'altra ne produce all'istante la visione, filtrata da un velo di candore e dolce sensualità che altera l'immagine stessa della persona amata, sublimandone a dismisura i tratti fisici e le doti morali.
Sto parlando di eccessiva contemplazione di un corpo e dell'anima che vi è contenuta, proiettando l'immaginazione oltre ogni ragionevole logica, fino a collocarla in una visione di assoluto.
- Non provi nessuna vergogna per questa tua analisi cinica e fastidiosamente scientifica? – commenta la donna che ho sognato a occhi aperti, ora distesa sul mio letto.

- Nient'affatto! Sono osservazioni che ho dedotto da me stesso. Un processo psicologico, dunque, assolutamente naturale, estratto in modo diretto e immediato dal mio comportamento e desunto dalle mie reazioni di persona caduta innamorata di un'altra.

Resto io stesso sorpreso da quello che ho detto e capisco all'istante, non appena ho finito di pronunciare l'ultima frase, che la visione immaginifica di Andreina assume per me un'importanza maggiore rispetto alla sua presenza. Figurarmi il suo volto espressivo, le sue dolci smorfie, i suoi atteggiamenti eleganti, m'impressiona più che vederli e constatarne la veridicità.

- Certo che sei divertente, non c'è che dire! D'altra parte, sei un essere pensante ed è giusto che tu cerchi di dare una spiegazione a tutto, anche se si tratta dei tuoi battiti di innamorato.

Intendo a stento quello che mi dice. La mia mente è rivolta al pensiero che ho appena fatto. Soffro nel tenerlo sospeso e vorrei velocemente succhiarne l'essenza ed esaurirlo.

Solo quando prendo ad osservare il suo volto e la sua figura in posizione supina, comprendo che la fascinazione nel passaggio dall'immaginazione alla realtà perde necessariamente qualcosa della sua potenza lirica.

Continuo, nella tangibilità, a guardare Andreina con entusiasmo. Mi appare divinamente bella, senza, tuttavia, esserne abbagliato in maniera irreparabile, come quando, nelle mie fantasie, la raggiungo nell'immaginazione.

- Ti piace contemplarmi? – mi chiede senza guardarmi.

- Sì. L'ho fatto anche senza averti accanto.

- La tua sincerità, a volte, è davvero sorprendente. Mi parli ancora dell'amore in quel modo così irritante, come prima?

- Mi dispiace, non saprei parlarne diversamente.

- Non dispiacertene e continua nel tuo molesto esercizio. Voglio proprio vedere se riesco a vederci qualcosa di sopportabile.

Mi concentro e, sforzandomi di darmi una tonalità meccanica e impersonale, prendo a discorrere:

- L'amore non è solo quella dedizione appassionata, istintiva e intuitiva, che assicura felicità e benessere. Il termine è stato soggetto, attraverso la storia e la vita quotidiana, a interpretazioni diverse, pregnanti, travisate, o degenerate, a seconda del periodo e dell'atteggiamento culturale.

Tanto per mostrarmi un po' colto ti dirò che nel *Medioevo*, a esempio, l'amore era sentito come un principio superiore che educava e affinava l'anima, come stimolo alla perfezione dell'uomo.

Nel *Rinascimento*, si tendeva a considerare i vari modi d'interpretazione dell'amore come altrettante tappe di un cammino che portava al rinvenimento platonico di un ideale assoluto di bellezza.

E, se l'*Illuminismo* cercava di corrodere molte delle idealizzazioni precedenti, il *Romanticismo*, a sua volta, mirava a sottolineare l'aspetto passionale e soggettivo dell'amore, esaltando il contrasto drammatico tra una forza mentale che costruisce intimamente all'interno, affidandosi all'immaginazione, e la realtà esterna fatalmente destinata a non corrispondervi. Mentre, il cristallizzarsi di certi pregiudizi, tipici della società contemporanea, circonda ancora di reticenze l'esperienza dell'amore nelle sue forme più diverse.

- Ti odio! Dammi una tua definizione dell'amore, immediatamente!

- L'amore è... non guardarmi minacciosa altrimenti non mi viene!

- Muoviti! – prendendo una scarpa dal pavimento e intimando di darmela in testa.

- L'amore è istinto di conservazione! – esclamo.

Ripone la scarpa e mi guarda sorridendo:

- Ti sei salvato. Mi è piaciuta.

La sua posizione, ora, è quella di una modella sul letto del ritrattista: con le braccia arcuate nel gesto di portare le mani alla nuca, il busto leggermente disteso, rivolto appena dal mio lato, e le gambe tenute unite e piegate. Il suo corpo adagiato fievolmente, il senso di rilassatezza e disinvoltura che se ne deduce, lo sguardo ambiguo e, a tratti, incerto, catturano la mia attenzione, dando inizio a un frastornante fremito che attinge prepotentemente energia dalle mie percezioni.

Osservo una donna, ora, che m'infonde un desiderio tale, da togliermi la capacità di produrmi in pensieri che non siano quelli dettati da un impetuoso trasporto.

Sento la voglia che sale sempre più e mi attanaglia, mi dà fuoco e mi fa ardere di passione per lei, che mi guarda con occhi invitanti, carezzevoli, stuzzicanti.

La smania di lei preme contro le mie meningi, la respiro annusandone l'odore, l'ascolto avvertendone le vibrazioni. Non sono mai stato così vicino a considerarmi più un animale che un individuo provvisto di ragione. Tuttavia, a testimonianza che non l'ho persa del tutto, la ragione intendo, riesco a dirle:

- Posso seguire il mio istinto?

Il suo volto accenna un movimento rapido e lieve, simile ad un tic nervoso, forse dovuto a uno stato emozionale non meno incandescente del mio. Mi guarda con un'intensità straordinaria, comunicando una sorta di tormento passionale che esprime una sensualità inarrivabile, e mi dice con un fil di voce:

- Sì, segui il tuo istinto.

Dopo aver abbandonato i suoi occhi, le afferro i piedi e prendo a leccarli, ad accarezzarli, a mordicchiarli. Salgo su, per le gambe, mentre lei solleva il suo vestitino, fino a spingermi tra le cosce e a fare pressione con la bocca sulle sue mutandine di pizzo bianco.

La spoglio dei suoi indumenti guardando i suoi occhi vogliosi, che per la prima volta mi accolgono senza difesa nella loro profondità abissale. Le slaccio il reggiseno e mi dirigo sui suoi capezzoli e poi sul collo, prima che la sua bocca vada in cerca della mia.

Tutto è armonia, ogni carezza, ogni bacio, ogni tenera attenzione e ogni impulso animale.

I movimenti dell'amore sono come quelli di una sinfonia quando dotiamo l'erotismo di una chiave di violino. Nel suo culmine, lei pronuncia il mio nome e io, imprevedibilmente, mi lascio andare ad un pregiudizievole e imprudente: "Andreina, amore mio!"

Seguono baci teneri e leggeri e ci addormentiamo, tenendoci la mano.

Quando ci svegliamo abbiamo ancora voglia l'uno dell'altra. Abbraccio il suo corpo caldo lasciandomi percorrere da quella sensazione di intimo calore che, in un solo istante, mi porta a una frenesia ancora incontenibile.

Rimaniamo affiancati, appoggiati su un lato, presi a leccarci e a toccarci, fino a quando lei non mi sale sopra abbandonandosi con il capo piegato all'indietro e mostrandomi il lungo collo, che scopro carnale oltre la sua consueta delicatezza.

A ogni suo movimento mi sento come se ogni poro della mia pelle fosse punto da uno spillo. Il suo ritmo, a cui mi conformo, è dolce, lento ed energico al contempo, da danza esotica, e ha un finale convulso, spasmodico, febbrile.

Appagati e sfibrati ci abbandoniamo sorridenti a un abbraccio tenero. Subito dopo, ci riaddormentiamo, io in un sonno profondo, durante il quale faccio un sogno.

Cammino per antiche vestigia senza avere il senso della collocazione e rendermi conto dove mi trovi. Mi guardo intorno e non riconosco niente. Non c'è una sola rovina che io distingua, una pianta che abbia già visto, o un angolo che mi risulti noto.

Il paesaggio intorno a me ha un aspetto di rara bellezza, con una vegetazione incantevole e multicolore. Distinguo, soprattutto, alberi con foglie luccicanti e tronchi secolari. L'aria è profumata, come se migliaia di petali di rose orbitassero intorno a me.

Giunge un vento carezzevole, quasi sospiroso. Capisco che sta per accadere qualcosa di favoloso, come il manifestarsi di un Essere Superiore, carismatico, autorevole. Appare, tra due delicati melograni, prendendo gradualmente forma, una figura femminile esile.

Avanza lentamente, con una eleganza regale, fermandosi a pochi passi da me. La donna è avvolta in una veste cremisi. Ha un viso sofferto e vissuto, capelli lunghi e bianchi. Ai piedi, porta sandali con al centro una spirale d'argento. Entrambi i polsi sono circondati da bracciali in oro bianco.

I suoi occhi sono dolci, ma penetranti, ed esprimono tutta la maestosità della sua persona.

Ella mi osserva benevolmente, infondendomi un senso di serenità che è simile alla gioia.

- Sai chi sono? – mi chiede.

Rispondo con certezza:

- La Grande Madre.

E, lei, non so quanto ironica:

- Eccellente, non c'è che dire! Sai riconoscere chi sovrintende alla tua vita.

Il suo modo di esprimersi mi è familiare e distinguo sul suo volto i lineamenti della mia nonna paterna, che aleggiava nella mia infanzia come uno spirito.

Da un accurato sguardo noto la fronte alta e rugosa, il naso che scende dritto sulla bocca graziosa e dolce. La osservo ancora con più attenzione e mi perdo nella profondità dei suoi occhi nerissimi e magnetici.

Sebbene mi trovi di fronte ad una fisionomia tanto decisa, non riesco a stabilirne un'origine etnica altrettanto ferma. Avverto solo che è avvolta in un'aurea soprannaturale e che potrebbe essere la Madre della terra, che assiste alle nascite e accompagna le morti.

Dopo aver eseguito uno strano e affascinante esercizio ginnico, simile a un rituale, muovendosi armoniosamente con le braccia e le gambe, mi sorride mostrando i denti segnati dal tempo.

Dal suo sguardo fiero e nobile ricevo una suggestione di bellezza compiuta e universale, che mi si rivela eterna, nel suo stato di vecchiezza.

Dopo averla contemplata, traendone beatitudine, la donna eterea che ho davanti prende a girare in un mulinello di immagini, in cui appare, di volta in volta, nelle vesti iconografiche di una sacerdotessa celtica, una profetessa greco-romana, una saggia indiana.

Infine, si congeda, allontanandosi sospesa nell'aria, facendo echeggiare la voce:

- Fai attenzione Jacopo, non permettere ai tuoi risentimenti di avere la meglio sui tuoi slanci! L'attualità ti reclama a piena voce! Prestale ascolto e non farti distrarre da te stesso!

Mi sveglio e incontro il volto di Andreina che, appoggiata sui gomiti, mi osserva.

- Sembrava che il tuo sonno ti sollevasse da terra, conferendoti un'espressione beata, come se ti fossi addormentato fluttuando nell'aria, disteso su un letto di foglie aromatiche e trasportato lievemente da un vento soffice.

Dopo aver realizzato, le chiedo:

- Ma, quanto ho dormito?
- Abbastanza, direi. Ti osservavo da un bel po'.
- Ho parlato nel sonno?
- Sì, sì! Caspita, se hai parlato!
- Cosa ho detto?
- Tutto quello che non vorresti si sapesse di te! Ma che io, se ti può consolare, già sospettavo.
- Bugiarda, non ho parlato.
- Allora perché me lo chiedi se ne sei sicuro? Hai parlato e farfugliato molte cose, alcune inenarrabili, altre oscene, altre ancora davvero molto indecenti. Ma quelle più sconce, secondo me, che certamente rasenteranno il diabolico, sono alcune frasi che non sono riuscita a comprendere del tutto! – mi dice tra il serio e il faceto.

- Menzognera, falsa, infida, vuoi solo prenderti gioco di me. Non ho parlato e, se pure l'avessi fatto, non avrò detto sconcezze perché ho fatto un bel sogno. – le dico scherzoso.

- Non so che sogno hai fatto, ma quello che ti è uscito fuori non lo diresti mai in uno stato cosciente. – persevera.

- Bene, allora dimmi, cara, quali indecenze avrei mai rivelato?

- Sei sicuro di volerle ascoltare, consapevolmente, dopo averle pronunciate inavvertitamente?

Sorrido. Il suo talento nel mentire è tale che mi lascia qualche dubbio circa la natura burlesca del suo dire.

- Sì, vorrei sapere quali indegnità sono capace di pronunciare, sia pure nel sogno.

Andreina assume un aspetto che nelle intenzioni vorrebbe essere serio, ma che ai miei occhi si rivela chiaramente finto, svelando il suo singolare tentativo d'inganno.

Mantenendo gli occhi bassi, forse per evitare di guardarmi per non cedere alla tentazione di una smorfia di sorriso, che comprometterebbe tutto, comincia col dirmi:

- Più o meno languidamente deliravi in una voluttà del genere: lascia che io ti trascorra, non importa per quanto tempo, fosse anche per una sola notte, e rinnegati per reinventarti come la mia ultima amante, lasciandoti dirigere dal flusso del mio sangue nel vortice del piacere più terreno, spinta dal fragore mostruoso del profondo oblio, per schizzare forsennatamente verso l'"intensità della luce accecante. Cattura, ardimentosa, i lampi di lussuria scagliati dai miei occhi e assorbimi,prima ancora di giacermi accanto, scossa da ritempranti fremiti. Infine, abbandonati al flautato sonno che ti reclama per non essere mai più restituita alla vita di tutti i giorni.

- Oh, mamma! Solo il diavolo parla in questo modo, non io. – ironizzo.

- Il diavolo per bocca tua.

- O tua! – ribatto.

Mi guarda facendo una smorfia di resa, come per annuire alla mia ultima battuta, e mi domanda:

- Pensi che questo linguaggio abbia in sé qualcosa d'infernale?

- Un po' sì, e lo sai anche tu. Hai recitato a memoria, oppure si tratta di una creazione estemporanea?

- Ho inventato al momento, ma resto sorpresa comunque dalla facilità con la quale ho composto.

- Puro talento. – sentenzio.

- Talvolta, ho la sensazione di parlare sotto dettato!

- Ti capita spesso? – chiedo energico.

- Perché me lo chiedi con tanto interesse, capita anche a te?

- Sì, molte volte.

- Dai, non scherzare!

- Non scherzo!

- Jacopo, siamo seri e usciamo dal gioco!

- Ti assicuro che sono serio. Ti sembrerà inverosimile, ma al di là di ogni apparenza e di un'ingannevole autostima, ho una spiccata tendenza a sottovalutarmi e attribuisco le mie doti migliori all'interferenza di qualcuno che alberga in me.

Qualcuno che non è di questo secolo e che addirittura non è mai esistito se non nella creatività di un grande scrittore. Stupita, mi guarda con occhi sgranati:

- In effetti, i tuoi atteggiamenti hanno, a tratti, un non so che di inusuale, estraneo alla contemporaneità. E da chi saresti abitato?

- Da uno spirito giovane, vitale, esuberante, ma anche frenetico, turbinoso e, dunque, pericoloso: *Raskòlnikov!*

- Lo studente squattrinato di *Delitto e Castigo?*

- Sì, lui.

- Un assassino cervellotico e sofistico. Ti sei mai chiesto quali siano i tuoi punti nevralgici a cui si può idealmente congiungere una simile figura letteraria? – mi chiede con un tono molto serio.

- La tua è la più pertinente delle domande, forse addirittura l'unica in grado di sviscerare risposte significative che possano risalire all'origine delle mie visioni: cosa c'è in me di tanto convulso da credere di continuare a leggere oltre le pagine di un personaggio mentalmente in fervore, come quello creato da Dostoevskij?
- Riesci anche a figurartelo, a vederne il corpo?
- Stamane, nel luogo clandestino delle opere d'arte, per la prima volta ne ho sentito solo la voce, senza vederlo. Proveniva da un angolo della parete e ho avuto la sensazione che fosse appeso al muro, come un ragno.
- Che roba incredibile!
- Già. Ed è strano anche il fatto che tu mi assecondi con tanta fiducia. Voglio dire, non ti sfiora neanche un po' l'idea che potrei essere un tantino folle, da immaginarmi figure letterarie che mi svolazzano intorno?
- No. Non chiedermi perché, ma io avverto, in qualche modo, che in te ci sia un segno di oscura natura che ti caratterizza oltre la logica delle cose.
- Che vuoi dire?
- Sei inverosimile, Jacopo! Ed è tutto qui il tuo fascino. Possibile che non te l'abbia mai detto nessuna donna?
- Cosa?
- Parli, ti muovi, agisci come il protagonista di un film. Non sei mai approssimativo, trascurato, insomma sciatto, svogliato e apatico come capita alla maggior parte della gente normale!
Oh, scusami, non volevo dire che tu sei anormale, solo che potresti essere davvero una persona speciale, ecco!
Le parole di Andreina mi portano a riflettere. In passato, qualche amica mi pare avesse accennato a qualcosa del genere, alludendo a un comportamento studiato perfettamente in maniera tale da apparire come un soggetto scenico, come se seguissi alla lettera un copione preparato dettagliatamente. Smetto di pensare e dico:

- Potrei essere il prospetto del lavoro di uno scrittore e quindi un personaggio da novella. Sono io stesso romanzo, quindi, e non potrei mai scriverne uno, ma solo ispirarlo!

Questo frustrerebbe sul nascere ogni mia velleità di scrivere storie inventate.

- È una buona interpretazione, ma non spiega l'invasione di *Rasky* nella tua intimità.

- *Rasky?* Ti prego, non americanizzare un personaggio così profondamente e cerebralmente russo!

- Non sopporti che si dia uno pseudonimo, anche se vezzeggiativo, alla figura che ti ossessiona. Vuol dire, quindi, che ti è propria, che ti appartiene più di quanto tu possa immaginare.

- Mi sono soffermato abbastanza sul mio dilemma psichico, senza tuttavia credere di sostituirmi alla perfezione a chi è abilitato a fare analisi attendibili.

Credo, in realtà, che la letteratura prodotta da alcuni autori abbia in sé proprietà prodigiose che non si discostano da una sorta di sublime stregoneria. Dostoevskij è uno di questi.

Non c'è critica che possa spiegarne l'abilità di narratore e svelarne il segreto di incantatore.

La sua destrezza nel rendere semplice un'operazione complicatissima, come quella di portare alla luce dell'analisi l'abisso della condizione umana, esprimendolo con parole forgiate accuratamente e incastrate con la stessa accortezza con cui si accatasta la legna, resta una virtù che sublima le sue origini contadine, da cui, forse, trae un senso di laboriosità e un metodo di lavoro per la propria scrittura.

La sua prosa raggiunge una potenza inaudita, fino a diventare stupefacente, liberando un effetto narcotico. La letteratura autentica, pura e incontaminata, nella sua esplosività non è solo formativa, ma anche deviante, ipnotica, extrasensoriale. Raskòlnikov è più assassino di uno svitato serial killer della cronaca reale, in quanto è stato concepito da una mente che ne ha delineato una coscienza distinta ed eletta, non criminale, e, tuttavia, protesa a rendersi tale. Giungere a essere assassini attraverso un processo intellettivo di auto-convincimento molto ragionato e anche un po' colto, come nel caso del protagonista dostoevskiano, non evita, comunque, che il delitto presenti una sua inutilità.

- Non credi all'azione criminosa che arreca vantaggi? – mi chiede interessata.

- No, se poi il calcolo viene ridimensionato da un sentimento etico, come è capitato a *Raskòlnikov*.

- Rasky aveva timore di Dio e l'unico modo per sentirsi sereno era quello di costituirsi.

- Io temerei, più di Dio, la legge morale dentro di me.

- Metaforicamente, sei già un assassino. Al di là del tuo rapporto idilliaco con il paesaggio appari come un uomo che ha rinunciato ai sentimenti per correre dietro alle animosità di genere idealistico, anche se, frastornato dal piacere, arrivi a pronunciare il nome della donna che ti sta portando all'estasi e ti lasci scappare un improvvido "amore mio", come hai fatto prima.

Piuttosto che irritarmi, assumo un atteggiamento tenero e accarezzo il volto e i capelli della donna che mi ha appena scalfito e, nell'intimità più incondizionata, le dico:

- Il sentimento che conosco di più e che saprei descrivere meglio è il dolore, ma questo non vuol dire che non sia capace di viverne e perseguirne altri. Se, talvolta, do la sensazione di non essere quieto e mi dimostro insofferente è perché avverto su di me tutte le schifezze del mondo. Una persona della mia indole, che tenta di spendersi al servizio dei propri impulsi, non potrebbe mai essere più umile e quieta. So bene che apparendo consapevole del proprio patrimonio ideale un uomo dimostri di appartenersi morbosamente, dando l'impressione di essere restio ad altri sentimenti che non riguardano l'amor proprio.

Andreina, in un gesto colmo di amorevolezza, mi bacia la mano. Poi se la porta alla guancia e, dopo un silenzio sintomatico:
- Sono davvero contenta di conoscerti e di sapere che esisti. Penso che tu possa diventare un creativo molto in voga, se mai i tuoi pensieri andassero in questa direzione. Una sensibilità come la tua dovrebbe creare e tirare fuori tutto quello che ha accumulato dentro in centinaia di anni. Sì, parlo dei secoli che credi di aver vissuto senza consumarti, come capita solamente a chi è destinato a diventare un narratore.
- Io, uno scrittore? E per giunta in un paese come questo? – accompagnandomi ad una risata amara.
- Che ci sarebbe di strano? Sarebbe il più naturale degli sbocchi che sono alla tua portata.
- Ci sarebbe molto di strano, invece. Oggi non si concede a nessuno la possibilità di sviluppare una potenzialità naturale, permettendo di emergere dalla banalità. Chi mai sarebbe tanto magnanimo e benevolo con chi dimostra un minimo d'ingegno, pur senza essere un talento mostruoso? Agli uomini d'intelletto non si richiedono virtuosismi, deliri illuminanti e virile serietà, ma una fondamentale e scabrosa sobrietà, meglio ancora se simulata, in cui disporsi con un atteggiamento ruffianamente disteso, vomitevolmente socievole, inconsapevolmente diseducativo. Quanta scostumatezza non riconosciuta!
Andreina sorride e con artefatta violenza mi afferra per i capelli. Guardando da vicino nei miei occhi mi supplica:
- Promettimi di non arrecarti altro danno, più di quanto tu abbia fatto fino ad ora. So di certe tue occasioni sprecate che hanno dell'assurdo, anche se, magari, a te hanno procurato un effetto particolare.
- Di che parli?
Mi osserva con la dolcezza che le è consueta, arricciando il naso:

- Forse è venuto il momento di raccontarti un po' di cose che riguardano la mia attenzione su di te. Sarà da almeno un anno che ti tengo particolarmente d'occhio.

Resto sorpreso, e per non apparire indifeso osservo:

- Sei una donna spiazzante e piena di risorse.

- In un tardo pomeriggio della scorsa primavera, rientrando stanca da una lunga passeggiata sulla spiaggia, mi sdraiai sul divano e automaticamente, senza nemmeno volerlo, accesi la tv, passando da un canale all'altro, fino a quando non mi apparve un uomo abbastanza giovane, in giacca e cravatta, seduto dietro una scrivania, con scaffali di libri a fargli da sfondo, che parlava di etica ed estetica. Le sue parole erano ben pronunciate e formavano un linguaggio fluente, musicale, che si avvaleva della forza di uno sguardo diretto e pulito, mostrando occhi di un'onestà disarmante. Il suo pensiero, espresso con semplicità, si dimostrava elitario e per palati fini e, seppure accompagnato con un atteggiamento impeccabile e composto, rivelava una vivacità piccante. L'opinionista misconosciuto non mi sembrò bello, ma straordinariamente telegenico. Lo osservavo, rapita, nell'incedere della sua filippica, priva di incertezze: abile a cambiare tono nei passaggi ironici, a innalzarlo appena, nelle accelerazioni più aggressive e sferzanti, ad abbassarlo senza farne perdere l'intensità nelle riflessioni più profonde. Uno così, è da grande pubblico, pensai. E invece stava lì, in un'emittente locale, nella televisione del territorio dove abito, in un grazioso angolo di Sud, lontano da una platea importante. Perché un pensatore così elegante, pertinente e altamente competitivo svolgeva la sua attività per poche persone, mentre asini parlanti blateravano davanti a milioni di telespettatori? Andai rendendomi conto che come in qualsiasi altro ambiente di lavoro, anche quello del giornalismo doveva essere pregno di sudiciume, dove la bravura non costituisce un valore imprescindibile per poter esercitare la professione anche ai più alti livelli.

Desiderai, intanto, informarmi quanto più possibile sulla vita di quell'uomo, che tanto mi aveva impressionato, e venni a sapere che esprimeva le sue opinioni anche su un giornale, dove teneva una rubrica.

Aveva quarant'anni, era scapolo e si divideva tra l'appartamento di sua madre e una piccola vecchia mansarda. Mi dissero che era un tipo molto riservato, non molto affabile, che non guadagnava adeguatamente alle sue capacità e che, addirittura, poteva essere considerato alla stregua di un povero. Dopo aver letto i suoi pezzi giornalistici, rimanendone ugualmente entusiasta, come per le sue performance televisive, decisi di intervenire.

Approfittando delle amicizie dovute alle attività di cui mi occupo per conto di mio marito, arrivai a un dirigente di un'importante emittente nazionale. Tutto era pronto per proiettare il mio sconosciuto conterraneo alla ribalta dell'infotainment.

Invece... a questo punto potresti continuare tu, Jacopo, risparmiandomi la tentazione di infierire.

- Invece, l'instabile giornalista, protetto a sua insaputa dalla magnanima e potente signora del suo luogo d'origine, non si lasciò sfuggire l'occasione per vivere con grandezza un episodio da cui tanti altri avrebbero tratto il massimo profitto: bastava scegliere, semplicemente, di comportarsi con la dovuta, ordinaria e richiesta bassezza. Pertanto, egli credette che un solo momento di lucida follia potesse valere molto più di una carriera da iniziare, rinnegandosi. E pose sul piatto della bilancia le due cose: da una parte la possibilità di accettare disposizioni servili e di essere umiliato dall'arroganza del funzionario dell'importante emittente, dall'altra la possibilità di trattarlo come avrebbe fatto l'ideale eroe della storia di tutti i tempi, espressione tangibile di tutte le civiltà e di ogni cultura, l'idolo della sua infanzia, della sua maturità, della sua avveduta incoscienza, il solo ideale eroe comune allo spirito dei suoi autori preferiti, a scelta tra Goethe, Hesse, Dostoevskij, Puskin, Tolstoj.

La letteratura, in questo caso, come unico modello di moralità, come esempio più alto di un comportamento di giustezza, come culto di una religione laica e razionale.

Decise, così, lo sventurato, di farsi beffe di chi avrebbe voluto sovrintendere al suo lavoro, dunque alla sua vita, rovesciandogli addosso, con ineffabile ironia, tutto il suo disprezzo.

Quando il grigio dirigente d'azienda gli prospettò un impegno adeguato alla *verità aziendale,* non a quella reale, comunemente condivisa e propria della gente comune che si dispera, l'ignaro *protetto* reagì nella maniera che più gli è congeniale, lasciando di stucco il miserabile e volgare servo del potere...

Andreina mi fa segno di fermarmi. Si alza dal letto ed estrae un cellulare di ultima generazione che tiene tra le mani, dicendo:

- E poiché il funzionario registrò la conversazione con l'irrefrenabile eroe, me la inviò aggiungendo che quella «testa di minchia» del mio segnalato si era autoescluso dal palinsesto della rete che dirige.

Dopo queste parole, mi guarda con un sorriso divertito, poi scuote la testa per evidenziare un senso di incredulità.

Preme sul moderno aggeggio e parte una registrazione.

Riconosco subito la mia voce, solo leggermente modificata dall'incisione del cellulare:

- Mi permetta una domanda, vuole essere così gentile da rispondermi con sincerità?

Identifico anche quella del mio interlocutore che ribatte:

- *Prego, dica pure.*

- *Lei è sempre uguale a sé stesso, oppure si mostra in questa versione solo sul lavoro?*

- *Cerco, per quanto mi è possibile, di essere sempre lo stesso, ovvio! Ma perché me lo chiede?*

- *Perché penso che lei sia straordinario! Sforzarsi di essere un ipocrita a tempo pieno, per scelta, come nel suo caso, è un atteggiamento che richiede, prima ancora che una particolare predisposizione, un impegno ininterrotto che gradualmente diventa abitudine e dunque, disimpegno, naturalezza, spontaneità. La vedo pensoso, vuole che le ripeta il pensiero, magari in altre parole?*
- *Credo di aver capito. Pensa che sia tanto coglione da non poterla comprendere? Lei non sa con chi ha a che fare se mi sottovaluta fino a questo punto!*
- *Non la sottovaluto affatto, signor sovrintendente di aria fritta e non alzi la voce, prego; prima di venire qui ho ascoltato Mozart e non vorrei che il mio orecchio, ancora sotto l'effetto di quelle note, fosse distolto da quella superba melodia per mezzo del suo vociare querulo.*
Sia gentile e rispetti i riflessi serafici delle sinfonie che restano dentro di noi dopo averle ascoltate. Ho solo prestato attenzione alla sua espressione che le ha conferito un'aria inebetita e interrogativa, dando l'impressione di non aver assorbito bene il concetto. Poi, se errore si può fare con lei, non è di sottovalutazione, ma di sopravvalutazione.
- *Prima che chiami gli uomini della sicurezza di sotto, esca immediatamente dal mio ufficio!*
- *Oh, non si disturbi, conosco la strada. Se dovessimo incontrarci di nuovo non pretenda che la riconosca subito, eh! Facce come la sua sono così stoppose, che con tutti i fantocci in giro mi riuscirebbe davvero difficile distinguerla. Addio!*
Andreina prende a ridere e va ripetendo:
- Non ci posso credere!
Poi, appoggiandosi al mio petto, mi rivela:
- Fu dopo questo episodio che decisi di conoscerti. Avrei voluto restarti distante, aiutarti e farti da mecenate, senza mai incontrarti. Proprio come fece la Contessa Nadezda von Meck con Tchaicovskij, mettendo il musicista nelle condizioni adeguate a produrre le sue opere ed essere apprezzato per come meritava, senza chiedere

niente in cambio, se non il privilegio di ascoltare in anteprima i suoi pezzi, suonati da un pianista di fiducia. Io, a differenza della nobile ammiratrice del grande musicista, sarei rimasta in incognito.

Ora, dimmi: è verosimile quello che hai fatto? Chi altri concepisce la propria vita come una commedia di cui si è al momento stesso l'unico attore e spettatore. Si può davvero scambiare per una spalla, o poco più di una comparsa, un signore che ha il potere di agevolarci nella carriera e renderci dei privilegiati?

- E perché no? Sono i migliori figuranti che il mercato possa offrire.

- Sei impossibile, Jacopo. E io, probabilmente, ti adoro per questo. Vestiamoci, stasera c'è la luna piena!

Mi sollevo dal letto subito dopo di lei, dicendole:

- Ho da dirti una cosa che non posso tenermi dentro: tu sicuramente non sarai da meno alla Contessa von Meck, ma io non potrei paragonare neanche lontanamente la mia sensibilità a quella di Tchaicovskij, della cui musica mi sono letteralmente invaghito quando avevo diciotto anni. Di fronte alla luna, ti svelerò il mio unico sogno!

Dopo aver fatto la doccia insieme, scambiandoci qualche attenzione morbosa, ma senza cedere perdutamente alle tentazioni, usciamo freschi e rinnovati nel corpo e nello spirito, passeggiando in direzione della città vecchia.

Fuori è già buio e il tepore della giornata di sole non c'è più; si respira un'aria rigida, che ci spinge a camminare abbracciati, accostando le nostre figure per rallegrare i nostri passi, fino a formare una sola massa corporea, in un elemento di congiunzione dettato dall'amorevolezza, a protezione non solo dal freddo, ma da noi stessi e da tutto ciò che risulta estraneo al sentimento di passione e tenerezza.

Scoprire simili sensazioni di leggerezza, come quella di abbracciare finalmente una donna, camminandole a fianco, stringerle la mano e prestarsi a mille carinerie, mi fa sentire un privilegiato. Mi accorgo di quanta energia interiore sia capace di liberare, avvertendo il suo corpo unito al mio in un atteggiamento di appartenenza, ma non di possesso.

Vado subito a considerare che provare per la prima volta, e a un'età matura, una percezione di affettuosità così forte possa costituire una di quelle piacevoli sorprese che la vita riserva ai distratti come me. Possibile che non abbia mai sospettato, prima, come una gioia del genere avrebbe potuto restituirmi alla vita con uno spirito diverso e rinfrancato, arrivando finanche ad apprezzare di più la mia stessa esistenza?

Quali impegni mi hanno trattenuto dal cercare lo scintillio di un pensiero meravigliosamente semplice in fondo agli occhi di una donna, e di rivelarle la fiamma del fuoco eterno che dà luce alle mie speranze, affidando all'emotività della mia voce il messaggio di passione che porto dentro da sempre?

Cosa mi ha tenuto tanto distante da una felicità a portata di mano, che appartiene per diritto anche a me come a tutti quanti gli altri, non fosse altro per il fatto che le ragioni del mio cuore sono andate sempre a braccetto con quelle del mio intelletto?

Infine, che ne è stato di me, per tutto questo tempo, vissuto senza riposare i miei occhi sui colori rasserenanti e tonici di un sentimento di attaccamento e affezione?

Vengo chiamato alla realtà da Andreina, che mi tira per la manica del giaccone verso un negozietto di antiquariato, dove un vecchio giradischi attira la sua attenzione. Mi prende per mano ed entriamo nell'angusto locale.

Dopo aver guardato nei minimi dettagli l'oggetto che l'ha calamitata, si ferma davanti a uno specchio rotondo e dice:
- Guarda, sei appena più alto di me, e sono senza tacchi!

Dopo aver dato un'occhiata generale alla roba più varia, usciamo e, percorse appena poche decine di metri, veniamo attirati da una bella voce dal timbro forte e pulito che canta *"You make me feel"*, di Aretha Franklin.

Proviene dalla finestra inferriata di un seminterrato: è un pub. Senza un attimo di esitazione, ci fiondiamo dentro al locale e ci sediamo a un tavolo, situato nei pressi della pedana in legno, dove una giovane bianca e bionda, accompagnata da una piccola band, delizia il pubblico con la sua splendida voce nera.

Per la nostra gioia, scopriamo che il suo repertorio è esclusivamente basato sui pezzi della grande «Lady Soul». Mangiamo un panino, beviamo birra, ascoltiamo rapiti la brava interprete, mentre nello spazio che intercorre tra una canzone e l'altra ci stuzzichiamo amorevolmente. Andreina ha gli occhi lucidi, che brillano di felicità. Forse, sono il riflesso dei miei.

Quando è poco più di mezzanotte, ci ritroviamo sul piazzale di una chiesetta che dà sul mare. Appoggiati al muro che delimita quello spazio, guardiamo le luci della città sottostante, con la luna piena che proietta il suo chiarore sull'acqua del Tirreno, illuminando il profilo dell'isola di fronte alla costa. Respiriamo un'aria fredda, che avverto salubre.

Mentre seguo con lo sguardo un peschereccio che rientra nel porto, ascoltandone in lontananza il rumore peculiare del vecchio motore, la deliziosa donna con cui ho trascorso un'intera giornata dice ad alta voce:

- Raccontami del sogno, lo hai promesso!

- Sì, certo. Forse, l'unico motivo per cui vorrei fare un po' di soldi è per spenderli realizzando la mia piccola grande fantasticheria. Mi piacerebbe recarmi in Russia per contattare musicisti in pensione. Tanti, da formare un'intera orchestra. Per un esclusivo senso poetico, mi piacerebbe averli vegliardi e saggi. Li inviterei in Italia, ovviamente a mie spese, e regalerei loro una vacanza. Solo dopo aver guadagnato la loro considerazione, non certo la loro riconoscenza, li metterei al corrente del mio proposito: dirigerli nel *"Lago dei Cigni"*, di cui conosco a memoria ogni tratto. So alla perfezione quando è il momento dei fiati, degli archi, e saprei dare indicazioni per quanto riguarda i tempi delle varie fasi del componimento. Per ogni passo dell'opera conservo nella mente un'immagine ben precisa, che sono andato costruendo nell'ascolto frequente della composizione delle danze.

Naturalmente in una simile occasione il balletto non sarebbe necessario. Solo musica, dunque! Pertanto, comunicherei agli orchestrali il mio desiderio di adagiare le loro note sui fotogrammi a cui le ho associate, espandendo una musica giocosa come lo scorrere dell'acqua di un ruscello, oppure struggente come la luminosità di un tramonto, o ancora impetuosa come una tempesta. Non m'importerebbe un fico secco di non saper distinguere una sola nota: lo spartito, nell'occasione, sparirebbe e l'opera sarebbe incredibilmente affidata alla mia direzione profana e alla mia interpretazione sensoriale, non conoscendone il linguaggio musicale, per questo sostituito da uno letterario, comunque originato dal pentagramma. Illustrerei ai maestri esecutori i luoghi ideali di quella musica e li inviterei a rappresentarli con una tonalità adeguata, al di là di ogni matematica regola e rigido schema. La performance avrebbe un pubblico scelto, fatto di persone che riescono a percepire realmente lo stato emozionale intorno alla bellezza. Ho sempre immaginato che ciò accadesse nel giardino di una casa che, per ora, non ho.

- Sarei tra gli invitati?

- Tu non potresti mancare! – rispondo prima di baciarla a lungo.

- Sei pazzo. Completamente pazzo. – mi dice tradendo un'affettuosa indulgenza.

VII

Il nuovo giorno segue quello dove sono stato più in vita, attento alle sollecitazioni degli impulsi maggiormente inascoltati e snobbati, che pure danno slancio all'animo, sottraendogli pesantezza e conducendolo al raggiungimento dell'umore più alto e incontaminato.

Difatti, con la mente liberata da qualsiasi pensiero che potesse attentare all'immediatezza dei momenti pienamente vissuti con Andreina, ieri ho trascorso una delle giornate più significative della mia esistenza.

Canto, sotto la doccia, parole a vanvera, sconnesse e insensate, che non vogliono essere affatto un testo, ma un grido primitivo di gioia, pensando al magnifico giorno, avvertito già come un ricordo del passato che irrobustisce, fortifica e irradia il mio presente.

Mi illudo di potermi staccare dalla malinconia che sta a fondamento della mia persona e addirittura di riuscire a curare quello che c'è di buono in me, allontanandomi dalla mia parte maldestra e improduttiva.

Sono stato di quella donna e ho trascorso ore felici, durante le quali ho scoperto a quale altezza e con quanta intensità si possano vivere momenti di magico legame. Ma ora, ahimè, mi sono riavuto.

In fondo, penso come il più spregevole dei cinici, l'amore è un sentimento per distratti, pur costituendo, esso, la più eloquente delle distrazioni.

Quando ieri, Andreina, mi ha dato il bacio della buonanotte e l'ho vista scendere dalla mia auto per percorrere, al di là del cancello, il viale della sua residenza, ho avuto la netta sensazione di aver consumato una storia di affettuosità nella sua perfezione: senza dirsi "ti amo", senza promettersi alcunché, senza ripetizione di ciò che è stato percepito e contemplato come meraviglioso.

Mentre, sotto la doccia, sciacquo i capelli, penso che l'esperienza dell'amore, nel suo culmine, non debba superare i limiti dell'istante, per restare eterna. Regalarsi un ricordo perenne non è meno importante che cercare di costruirsi un futuro.

Riapro gli occhi e intravedo, attraverso il cristallo del box della doccia, *Raskòlnikov*, appoggiato al lavabo, con le braccia conserte e le gambe incrociate. Si toglie il cappello in segno di riverente saluto e muove la bocca per parlare. La voce mi arriva con notevole ritardo, come se egli non fosse a qualche metro da me, ma collegato via etere dall'altro emisfero del mondo:

- Buongiorno, amico mio! La tua vita si colora di tinte forti, a quanto pare. A ben guardare danzi leggiadro sul tuo amor proprio, non facendoti mancare niente: dalle emozioni che solcano l'anima, alla voluttà più acuta. Sei ricco, non c'è che dire, cammini da gran signore, osservi come un sultano e ti credi più potente di un re, avendo a stento di che vivere.

Bravo, resto stupito della tua mirabolante fortuna! Non potresti permetterti di comprare una sola cosa di quelle che finiscono per appartenerti e resti convinto che, prima o poi, avrai una vita adeguata alle tue pertinenze.

Dunque, non avresti motivo alcuno per uccidere. Vivere sentimenti esclusivi, succhiando il nettare della vita, ti inebria abbastanza per credere di tenerti lontano dalla tragedia.

Ma tu cogli così bene l'essenza dell'esistenza umana e sei tanto ostinatamente virtuoso, che sei immerso nella tragedia!

Non sei abbastanza spregevole per essere un assassino, ma sei perfetto per immolarti a vittima. Si uccide per avere, non per essere, ricorda! Si muore, invece, esclusivamente per manifestarsi. Sei così attaccato alla tua identità che per affermarla una volta di più non disdegneresti la morte.

Tu prediligi la bellezza, non la bella vita, e la bellezza considera la morte, mentre la bella vita solo la corruzione. Sei così asciuttamente giusto e maniacalmente leale da meritare ampiamente di essere colpito alle spalle!

Non potrei mai abituarmi a quelle visioni improvvise e impressionabili, pertanto sono restato sotto la doccia ad ascoltare, ancora una volta attonito, l'estrinsecazione di Raskòlnikov.

Più tardi, dopo aver fatto colazione, prendo a riflettere sulle parole del personaggio da cui sono inavvertitamente visitato.

Mentre mi chiedo come possa originarsi una suggestione tanto forte da farmi credere di vedere una figura muoversi e parlare, mi viene improvvisamente in memoria un saggio letto anni addietro, di Stefan Zweig, in cui l'autore analizza sapientemente l'opera di Dostoevskij.

Vado a cercarlo con frenesia tra gli scaffali della libreria e quando, dopo un po' di tempo, lo trovo, ne sfoglio le pagine dando rapide occhiate. Mi soffermo su una parte sottolineata e leggo:

"Dostoevskij non è nulla se non è sentito intimamente. Nel nostro intimo dobbiamo giungere fino alle radici del nostro essere per scoprire le connessioni con la sua umanità dapprima fantastica e poi meravigliosamente vera."

Resto a pensare solo un attimo, prima di chiudere il libro e riporlo al suo posto.

In verità, avrei tanto da riflettere su me stesso, magari con la dovuta freddezza, prendendomi in seria considerazione, senza cedere alla tentazione dell'autoironia e ridimensionare, in tal modo, tanto le pretese quanto le preoccupazioni.

Invece, manco finisco di ammonirmi che già vado plasmando, quasi involontariamente e in sostituzione di chissà quale elucubrazione, un derivato aforistico che la dice lunga sulla mia irrequietezza mentale: "Accorgersi di essere peggiorati, ecco un grande passo in avanti!".

Francamente, non resta altro che arrendermi alla mia natura e prendermi in giro. Diversamente, dovrei ammettere che sono elitariamente pazzo, vittima di allucinazioni letterarie, perseguitato dall'inchiostro di pagine straordinarie!

Io, destinatario scelto, a oltre un secolo di distanza, della potenza creativa di un genio della narrativa e per questo in contatto diretto con la più articolata ed eterogenea delle sue stesse creazioni, dunque, in congiuntura con lo spirito eletto di un protagonista della letteratura universale?

Follia, follia, mista a inconsapevole presunzione! Oppure verità, nella sua semplice spettacolarità e nella sua autentica vanità. Verità isolata, non conosciuta, tenuta in segreto.

Strana verità quella che non è di dominio pubblico, che non è da tutti condivisa, che non è registrata in nessuna convenzione. Perché nessuno mai ha svelato che Dostoevskij sia un forgiatore di fantasmi, pronti ad abbandonare le pagine per inoltrarsi nelle coscienze di chi ne avverte l'inquietante presenza?

Come si può rendere possibile che nessun critico si sia lasciato scoppiare tra le mani l'arsenale dinamitardo nascosto nelle parole del grande russo?

Dove, se non in una simile letteratura vi è tanta di quella sostanza stupefacente che una distesa di piante oppiacee, a confronto, perderebbe di consistenza? Oh, mio Dio, quanta mancata valutazione, quanti clamorosi abbagli e quanta vergognosa sufficienza!

Oggi, parolai logorroici tengono incontrastati il campo, proponendo nelle versioni più varie il loro penoso tentativo di sorprendere e scandalizzare: atteggiarsi a dèmoni, imbevuti di succhi di frutta e Coca-Cola, parlando e scrivendo una lingua senza silenzi, senza suono di fondo e senza nemmeno il supporto di un fastidio, è una schifezza improponibile!

Voler apparire originali nella più lineare delle banalità è un altro segno dei tempi. Se c'è una cosa che detesto più delle altre, è l'atteggiamento posticcio di chi si dà arie da dannato. L'ipocrisia di chi si propone come una persona a modo è mille volte meno riprovevole!

Ecco, il mondo si divide tra chi vuole apparire genialmente demoniaco e chi grandiosamente celestiale. I rappresentanti delle due categorie non si sopportano, pur agendo comunemente nella simulazione, in quanto sostenuti dalla falsità, dalla mancata appartenenza alle peculiarità caratteriali di cui vantano il possesso, dalla stessa e identica pretesa di essere considerati ben al di sopra della loro miserabile modestia.

Mentre, uno spirito autenticamente maledetto e uno tangibilmente caritatevole si attraggono, perché ognuno consapevole del talento dell'altro, essendo ambedue degli angeli: uno del male, l'altro del bene. E se il bene tende al bisogno del prossimo, evidenziando un solidale ideale di altruismo, il male conserva una sua irreprensibile logica, stabilendo con altrettanta rispondenza un criterio di merito.

Non si è mai visto, infatti, un interprete del male che non ne abbia saputo rappresentare l'innocenza, la spiritualità, la giustezza: chi interpreta il male, non necessariamente lo commette.

**

- Jacopo! – sento all'improvviso –
- Sì, madre! – rispondo, conservando il vezzo di chiamarla in questo modo arcaico.
- Tutto bene?
- Sì. Sei preoccupata?
- No, solo che stavi in una posizione assurda, appoggiato di traverso alla libreria. Che pensavi di tanto interessante da sembrare uno che sogna a occhi aperti?
- Ah, niente di che, cose così, divagazioni belle e buone!

La donna che mi ha partorito finge di guardarmi perplessa, in realtà sa quanto io mi disponga nella maniera sbagliata nei confronti della vita, pur trattandomi con grandezza, e sa quanto sia severo nel giudicarmi, come se tutto quello di buono che sono riuscito a combinare non fosse stato mai fatto, restando indifferente alla gloria marginale e alle attestazioni di stima che mi hanno sempre accompagnato, per le quali, tuttavia, ci si dà tanto da fare per ottenerle.

Quella madre sa che il mondo è cambiato, che la vita non è più la stessa di una volta e che suo figlio non ci si ritrova perché il sistema che la sovrintende predilige altri diversi da lui.

Lei, tanto umile e silenziosa, arriva a comprendere mediante l'intuizione ciò che non potrebbe distinguere tramite un processo razionale.

Sa perfettamente che il suo generato ha nemici tanto più infidi in quanto invisibili, che sono dappertutto, stratificati nei rami più diversi della cosiddetta *società civile*, dove ogni prerogativa del pensiero virile è stata bandita.

Suo figlio è coraggioso, onesto e leale, proprio come lei auspicava che fosse, e ora, magari, scopre, nel vederlo dolente e pensoso, di desiderare per lui un atteggiamento meno riluttante alle deprecabili regole della contemporaneità e più accomodante verso tutte quelle forme di ipocrisia e di decadimento della vita collettiva. Povera madre!

Non esisto che dentro di me e me ne dispiaccio per amor suo. La sua pietà mi fa sentire ancora più solo, ma ha il merito di rivelarmi l'inadeguatezza di ogni legame e l'effetto sterile che i sentimenti hanno su di me. Del resto, ogni volta che mi hanno consegnato affetti non ho saputo come spenderli. La mia autonomia di persona in fase perenne di crescita non è stata mai rispettata, soprattutto quando qualche donna mi voleva per sé.

Gradirei, pertanto, solo essere preso correttamente in considerazione, ecco, piuttosto che essere amato senza metodo! L'amore che si riversa su di me mi nuoce, più di quanto potrebbe fare l'odio di un acerrimo nemico. Chi mi ama desidera perfezionarmi e questo è insopportabile! Mentre c'è da presupporre che mi si odierebbe se spingessi per lasciarmi andare ai miei spropositi, evitando di darmi un tono. Preferisco, ad ogni modo, essermi fedele e impazzire nella mia imperfezione di opera d'arte da modellare, da scolpire e rifinire fino a quando non diventa inconcepibile, irriconoscibile, incomprensibile, prendendo le sembianze di un capolavoro.

Forse sono già pazzo, o semplicemente un nevrotico. Oppure, risento di un "effetto *Raskòlnikov*". In ogni caso, ho da uscire per dedicarmi al mio lavoro. Vado in cucina, dove mia madre ha appena preparato il caffè. Lo prendo insieme a lei. Prima di andare via le do un bacio, come non facevo da tanto, guadagnandomi il suo sorriso.

Chiudendomi la porta di casa alle spalle, scorgo nella cassetta della posta una missiva indirizzata a me. Solo nel pomeriggio, quando ho finito con i miei impegni, la prendo per darle un'occhiata.

Sono seduto in un bar del centro e prendo un cognac, quando apro la busta leggermente violacea.

È una lettera! La calligrafia ha uno stile romantico, di altri tempi, e alla fine è firmata "Tua Andreina". Con un'emozione che sa tanto di retrò, leggo:

Mio, caro,

mi sono appena svegliata e già mi premuro di scriverti. Affiderò questa mia alla fidata collaboratrice domestica, che provvederà a fartela recapitare nella stessa mattinata di oggi.

È poco più dell'alba e fra poco dovrò partire: vado a Marsiglia, per curare degli affari di una certa importanza.

Vi resterò per una settimana, o di più, dipende dall'esito di alcune trattative...

Desidero con tutta me stessa ringraziarti della giornata trascorsa insieme.

Non potrei mai dimenticarmene, neanche se dovessi vivere in eterno. Mi hai offerto un sogno, come quelli evocati dalla mu-

sica dei questuanti di strada di una volta, che girando quella manovella magica davano forma ai desideri dei passanti.

Forse, sarà stato un vecchio film a suggerirmi questa immagine, o soltanto il ricordo di un'emozione vissuta da bambina, non saprei.

Resta fermo nella mia memoria, come un motivo ricorrente, un fotogramma che ritrae una condizione di povertà assoluta, dove si respira così tanta poesia, da rendere dolce anche il disagio, facendone un valore.

Nulla più dei tuoi occhi sanno tenermi ferma, facendomi sentire attraversata, e nessuna forza è pari a quella del tuo sguardo quando sei allegro e rilassato. Perché sorridi così poco, maledetto?

Essere stata tua mi congiunge oltremodo al mio destino. I nostri corpi si sono amati obbedendo allo spirito che ci ha unificato e che ci tiene legati, facendo scorrere nelle mie vene il tuo sangue e inalando il mio respiro nei tuoi polmoni.

L'odore di te che ho addosso mi appassiona profondamente alla tentazione. Ti prenderei, ora, concedendomi alla tua foga e liberando la mia smania di deliziarti, fino a farti pronunciare con la voce tremula il mio nome.

Potrò perdere tracce di te sul mio corpo, ma continuerò ad annusarti nell'impressionabilità interminabile del ricordo.

In questo tempo avrò modo di capire se il nostro resterà il primo e ultimo giorno d'amore, o se ci regaleremo ancora altri momenti di simile completezza.

Tua, Andreina.

P.S. Con un messaggio telefonico, non avrei saputo comunicarti una sola parola.

Finisco di leggere e una strana sensazione che non so definire mi pervade. Il contenuto di quella lettera e finanche la calligrafia mi trasmettono una sensazione di intimità mai raggiunta prima.

Conoscere i pensieri di Andreina attraverso la sua scrittura mi emoziona al punto da restarne profondamente toccato.

Avverto malinconia, pur in assenza di un vero e proprio stato di afflizione. Forse temo anche di non rivedere più Andreina, ma percepisco, non so in virtù di quale meccanismo mentale, che una tale eventualità potrebbe procurarmi, sì, una grande sofferenza, velata, però, da un sottile piacere, come se si trattasse di una sorta di dolore appagante, molto diverso dal dolore frustrante.

Nel mio caso, la novità di un dispiacere di natura amorosa e sentimentale mi conferirebbe un'ulteriore possibilità di sperimentarmi. Bah, forse sono stanco, oppure ho bisogno di correre!

Sì, andrò a correre, cercando di riposare la mente.

***

Di nuovo sotto la doccia! L'acqua calda che mi scivola addosso mi rilassa, in special modo dopo una corsa sotto la pioggia lungo il sentiero collinare che costeggia il mare, da sempre il mio percorso preferito.

Vi resto più del solito, concentrato solo sull'effetto tonificante dello scroscio quasi bollente che batte sul mio corpo. Decido di uscirne solo quando mi ricordo che ho un appuntamento. Mi vesto con cura, nel senso che bado agli indumenti che indosso. Trascorso un po' di tempo, sono di nuovo in centro, nei pressi di quel corso principale dove si concentra la divagazione popolare delle piccole città.

Davanti alla pizzeria, ad attendermi, c'è una distinta signora in tailleur, con una sorta di impermeabile che tiene appoggiato sulle spalle. La sua età è intorno ai cinquanta e il suo aspetto piacente le conferisce qualche anno in meno, ma non tanti.

È una donna che ha vissuto intensamente la vita, sempre indaffarata nei suoi studi e interessi culturali, in nuove iniziative editoriali e passioni di ogni genere, tranne che per i legami sentimentali duraturi.

Si chiama Elsa. La conosco da quando ero un ragazzo, abitava di fronte a casa mia. È una studiosa dei movimenti coloniali della *Magna Grecia*, un'archeologa brillante e appassionata del suo lavoro. Va spesso in giro per il mondo, impegnata in cicli di conferenze e convegni di studio. Ora, abita in una zona esclusiva della città, in uno di quegli eleganti condomini di pochi piani, immersi nel verde. Ho partecipato spesso alle serate che dava a casa sua, incontrando sempre gente molto simpatica, di spirito e molto cordiale.

Mi invitava per educarmi alla convivialità e finiva sempre che scivolavo nel suo letto, anche nel caso in cui venissi attratto da qualche sua amica più giovane.

La nostra amicizia particolare ebbe inizio dieci anni fa, quando casualmente capitammo vicini di posto in un piccolo teatro della città.

Intanto, la donna mi scorge a pochi passi da lei, mi sorride gioiosa e mi abbraccia forte, esclamando:

- Mio grande asociale e disagiato giornalista, come va?

- Bene, sempre più povero e in continua crescita, in maniera da disperarmi con maggiore cognizione di causa e, soprattutto, con più dimestichezza. Mi scuserai per il ritardo, vero?

Elsa sorride, mi prende sottobraccio e ci inoltriamo sul lungomare, tra palme e grandi vasi di fiori. Facciamo una lunga passeggiata, durante la quale mi mette al corrente del suo intenso periodo di lavoro. Sapendomi un modesto appassionato di archeologia mi racconta con entusiasmo dei reperti che sta selezionando e catalogando per una mostra a Osaka, in Giappone.

Quando, entrambi, avvertiamo un languore allo stomaco, raggiungiamo la pizzeria al cui ingresso, come da convenzione presa, ci siamo incontrati.

- C'è malinconia nei tuoi occhi, Jacopo. Una donna? – mi chiede un attimo dopo che ci siamo seduti al tavolo e ordinato un'*ortolana* per lei e una *margherita* per me.

Per un attimo sono tentato di rispondere con sincerità, dicendole di Andreina, ma poi mi rendo conto che la desidero fin da quando l'ho vista, stasera, stretta nel suo abitino grigio chiaro, la cui gonna scopre, a partire al di sopra del ginocchio, le gambe ancora energiche e ben delineate. Sarebbe poco elegante parlarle di un'altra donna e, soprattutto, alienerebbe il mio già persistente desiderio di lei.

- Nei tuoi, invece, c'è sempre un pizzico di brillore che ti conferisce giovialità. Il punto cruciale della tua dinamicità è al centro dei tuoi occhi. Ora sono esageratamente espressivi e mi promettono qualcosa di buono, di speciale, di infinitamente piacevole. – ribatto.

- Sei terribile. Ti svelo qualcosa di te che non sai: il tuo sguardo è capace di trasmettere con impeto e grazia, allo stesso tempo, il desiderio che ti arde dentro. Sei capace di far sentire desiderata una donna con una discrezione che ha dell'incredibile, con una sobrietà di buon gusto, senza rinunciare però all'istinto selvaggio che ti scuote e ti sforzi inutilmente di tenere a freno, lasciando così intendere la natura dei tuoi impulsi, di cui si vedono appena i lampi dal bagliore discreto e mai importuno.

- Oh, mamma! Davvero? Voglio dire, parli della mia voglia di te con lo stesso piglio che metti nel parlare dei motivi pittorici di un vaso attico! Insomma, con un'aria accademica.

- Con un entusiasmo paragonabile, può darsi, ma con minore interesse, dovuto alla mancanza di serietà che c'è in un rapporto tanto inusuale, leggero e grazioso, come il nostro.

- Sei una delle donne più intelligenti che abbia mai conosciuto. Questo è per me un forte motivo di interesse erotico. Quando avevo poco meno di vent'anni, me lo ricordo bene, mi trovai a passare davanti al cancello del tuo giardino, dall'altra parte della strada, mentre tu, seminuda, innaffiavi i fiori. Guardavo di sfuggita il tuo seno, che per metà fuoriusciva da uno scollatissimo golf celeste, che indossavi come unico indumento, lasciando in bella mostra le tue cosce flessuose. Ti salutai e mi puntasti contro la pompa per lanciarmi uno spruzzo d'acqua.

- Se tu avevi vent'anni, io ne avevo trenta, giusto?

- Sì.

- E ti presi in pieno, vero? T'innaffiai per farti crescere, come le mie piante.

- Andasti via dal quartiere pochi mesi dopo, per rivederci a distanza di quindici anni, in quel teatro.

- Fosti tu a riconoscermi, dicendomi che ero rimasta quasi la stessa, mentre tu eri diventato un adulto. Conservo come una medaglia preziosa il ricordo di quella serata. Senza sforzo e con una naturale sfacciataggine arrivasti a dirmi che da adolescente avevi avuto delle fantasie erotiche su di me. Me lo dicesti con una purezza rara, magari anche al momento giusto, dopo aver discusso di tanta roba, a partire dalle modifiche del regista apportate a quella commedia di Eduardo, per finire sul gusto e le scelte degli italiani in fatto di politica. Rivelasti una determinata personalità e dimostrasti di avere un pensiero proprio, originale, per ogni argomento affrontato. Mai ti facesti sorprendere in un atteggiamento banale e scontato.

- Avevo capito che se volevo avere delle chance, in quella stessa sera, dovevo dimostrarmi coraggioso, poco impostato e maturo abbastanza per sembrati un conveniente amante.

- Sì, adottasti l'atteggiamento giusto. Riuscisti a cancellare dalla mia mente l'immagine del ragazzino che eri stato, sostituendola adeguatamente con quella dell'uomo che impersonavi.

- Eppure, quella sera, fui al servizio della mia adolescenza, per soddisfare una voglia che avevo sempre considerato alla stregua di un desiderio irrealizzabile, come quello di qualsiasi sogno che si fa a quell'età. La possibilità di ottenere da grande ciò che avevo ansimato quando ero poco più di un bambino, mi apparve troppo sensazionale per lasciarmela sfuggire.

Ti amai, la prima volta, ritornando un adolescente: immaginavo il mio sguardo tenero, incantato e infantile, mentre ero su di te, al posto di questo volto maschile, mutevole e disegnato, nel tempo, in tutte le sue trasformazioni, su tela di juta.

***

Quando, molto più tardi, Elsa appoggia le sue sapienti mani sulla mia nuca, sono seduto sul divano di casa sua. Ascolto in sottofondo *Bach* e bevo cognac, pensando all'insostituibilità di certi legami, all'effetto terapeutico di determinate forme di affezione, al gusto intimo di affidarsi alla cura speciale di chi ti intende con pienezza.

Ricevo carezze medicamentose e lievi baci sulla fronte dall'effetto curativo, come se quella grande donna vi premesse con delicatezza una pezza bagnata per stemprare la mia febbrile inquietudine. Contemplo l'immagine di noi, ormai elementi decorativi di una sensualità che riempie il luogo che ci circonda.

La fiamma del camino sembra alimentarsi con il desiderio che cresce, i paesaggi delle estese pitture attaccate alle pareti mi appaiono improvvisamente insistenti, mentre percepisco la morbidezza del largo tappeto sul pavimento sotto la mia schiena.

Strana posizione quella in cui sono andato a finire, restando per metà sul divano, la parte a cui Elsa rivolge le sue strabilianti attenzioni. Guardo il soffitto e il lampadario ampolloso, il mobilio ricercato e gli innumerevoli oggetti ornamentali: chiudo gli occhi e l'ambiente intorno resta fermo in un collage disgregato, dove ogni cosa non è più al suo posto.

Tutto si presenta diviso, destrutturato, in uno spazio completamente asimmetrico, permeato da colori caldi e rinfocolato dalle note della celebre *"Toccata e Fuga"*.

Nell'atto d'amore, l'accortezza densa di affetto e la delicatezza dell'esperienza, si uniscono mirabilmente per procurarmi il più liberatorio dei piaceri, spingendomi lentamente verso l'inenarrabile estasi, il cui grido tende a ricomporre ciò che prima si presentava smontato e deformato.

Sopraggiungono, solenni, le ultime note della giovanile composizione bachiana, a sancire il tempo di un istante consumato per costituire un'altra delle sequenze che formano la filmografia ideale di un'esistenza segnata, o, semplicemente, complessa.

Dopo altro cognac e un brindisi ai nostri incontri, le parole tornano ad impossessarsi del loro ruolo, sottraendo al mutismo la funzione liturgica che ha avuto in precedenza. Elsa, dopo avermi amato con tanta generosità, ora mi parla con un atteggiamento altrettanto filantropico.

- Non darti retta e prova a disubbidirti, talvolta. Ti accorgerai di essere più simpatico e quella strana *pietas* che provi per te stesso, svanirà. No, non voglio che tu m'interrompa! Sai bene quanto sia capace di scrutarti e accorgermi dei tuoi umori. Jacopo, non arrecarti più danni di quanto tu abbia fatto fino ad ora. Sarebbe una miserabile ingiustizia veder dissolvere quanto di propositivo c'è in te. I tempi non ti sono confacenti, d'accordo, ma non sei il solo a soffrirne. Penso, sinceramente, che tu non possa permetterti il lusso di una sofferenza dai risvolti tanto estetici, in un simile frangente, anche se riesci a nasconderla con la maestria che ti è abituale.

Non conosco nessuno che sappia vivere di essenzialità, come te, e so bene che né la povertà né la ricchezza potrebbero condizionare rovinosamente il tuo spirito. Però, mi fa paura la tua fermezza nel credere che tu sia tagliato fuori da un sistema che privilegia unicamente gli incapaci e i corrotti.

Questo non è un paese per soli farabutti! Mi fa paura la tua rassegnazione e non riesco ad ammirare la nobile dignità nell'accettare, in via del tutto prematura, un verdetto di siluramento e disapprovazione che nessuno mai ti ha inflitto.

Certo, vieni ostacolato, trovi porte chiuse e non ti si apre quando bussi. Sai che dico, allora? Sfondale! Sfondale per Dio, e non sciupare la tua esistenza! Non rinunciare alle tue ambizioni, mettendoti l'animo in pace con il discreto impegno che metti nella tua attività, accontentandoti di ricevere la gloria di chi è bravo, ma sfortunato.

Vuoi sapere che penso? Sei molto più fortunato che bravo, poiché hai doti potenziali di cui non hai mai saputo dare testimonianza tangibile! Mi pare piuttosto evidente che in questa mancanza dimostri dei limiti a cui dovresti pensare di porre rimedio.

Impegno e perseveranza, ragazzo, tra pane e lacrime. Alla fine, sorriderai, perché sei solo bravino, ricorda, ma tanto fortunato. Questo è quanto. E adesso un altro brindisi: in culo alla balena!

Comprendo appieno il discorso benevolo di Elsa e il suo tentativo di fornirmi uno stimolo adeguato per uscire dalla mia insofferenza. Forse, ha interpretato come meglio non si potrebbe il mio stato di afflizione, dovuto solo in piccola parte alla nostalgia che ho di Andreina, ed ha voluto darmi la sua benedizione, affinché mi decida a tentare di fare il grande salto.

Naturalmente ignora e mai saprà che un personaggio tanto grottesco quanto potente, come *don Nino*, potrebbe regalarmi con un colpo di bacchetta magica quello che, secondo il suo lusinghiero giudizio, potrei tentare di guadagnarmi con "impegno e perseveranza».

Senza riserbo, o discrezione, evitandomi cortesie da amor proprio e ipocrisie stucchevolmente formali, come se mi stessi accingendo con estremo rigore a prendere in considerazione l'identità di una figura distante da me, mi dispongo nella posizione ideale per muovere osservazioni pesanti sul mio conto:

- A esser sincero, credo di rappresentare una stravagante anomalia, colma di imperfezioni, ma priva di qualsiasi sconcezza che mi renda regolare e modellabile. La verità è che sono troppo presuntuoso per soffermarmi sul desiderio di migliorare le mie condizioni attraverso una popolarità da raggiungere. Ambisco alla virtù, non al successo! Le due cose, almeno qui, da noi, in questo miserevole paese, non coincidono e restano ben distanti. Mi avverto come un'imperfezione armonica, suscettibile di miglioramenti per diventare più imperfetta, senza tuttavia offrire all'interpretazione un senso di incompiutezza. Porsi tra gli ultimi, senza alcuna forma di umiltà, ma con sfavillante decoro, ecco cosa compete ad uno come me! Valorizzare le posizioni finali per ridimensionare e ricondurre quelle più avanzate alla loro sciagurata dimensione di impostura è un atto di autentica rivoluzione! Ristabilire la morale attraverso il giudizio degli ultimi, squarciando il velo d'ipocrisia che avvolge il merito dei primi, è l'unico processo storico diretto verso una forma di giustizia!

Elsa mi prende la mano e ne bacia il palmo, prima di osservare:

- Ti preferisco arrabbiato, risentito, finanche abbagliato dalla tua parola preferita: rivoluzione. Mi duole il cuore vederti affranto, senza speranze. Ci frequentiamo poco, ma abbiamo sempre vissuto con interezza i nostri istanti. Sappiamo interpretarci bene, io e te, non essendo obbligati ad intenderci. So accorgermi dei tuoi occhi smarriti quando fingi spensieratezza e mi dici con ineffabile teatralità che tutto è a posto, che tutto procede bene, come da destino infausto. Nella tua ironia, questa volta, ho visto dolore, dignitoso e mal celato dolore, del tutto ingiustificabile e per niente commiserabile!

Fai la tua rivoluzione, Jacopo, purché tu dia segni della tua identità autentica, il resto viene da sé.
- Rivoluzione, è una parola importante, densa, rigenerante. Non necessariamente si rivolge ad un sovvertimento di potere, o ad un cambiamento di forza. Talvolta, essa interessa il miglioramento interiore di ognuno: essere in armonia con noi stessi è rivoluzione. – replico.
- Mi piace molto questa versione che ne dai, così gentilmente concepita. Credo anche che restringere il concetto di una parola così ampia alla sfera personale di ognuno equivalga ad estenderlo ancora di più. Il popolo, inteso come un insieme di anime e umori, mi convince di più rispetto a quello politicamente rappresentato come massa omogenea. – aggiunge lei.
- Sono diventato un teorico della rivoluzione individuale, perché conservo del popolo una concezione romantica, non scientificamente politica, anche se continuo a credere, in qualche modo, che una collettività organizzata adeguatamente costituirebbe un punto di forza non indifferente, in special modo in questa nazione. Dati alla mano, nel nostro paese ci sono otto milioni di poveri!
Alla disastrosa stima si continua a non dare il giusto risalto, come se si trattasse di una curiosità di costume. Di sciaguratamente improvvido vi è l'apatia e l'indifferenza di una comune linea editoriale dell'informazione, che tratta, in maniera del tutto superficiale, un dilemma dalle proporzioni gigantesche e dai risvolti drammatici, ridimensionando le condizioni di disagio di una massa ingente di italiani con corsivi superficiali, o notiziole di rigore, in cui non si tiene conto della vastità e della complessità dell'argomento.
La precarietà, con l'incertezza e l'ansia che ne conseguono, di otto milioni di persone non rappresenta, dunque, una priorità politica e giornalistica da prendere in grande considerazione. Un dato ufficiale del genere, che rivela un ulteriore e preoccupante aumento dell'indigenza, non

costituisce un elemento sociale idoneo a focalizzare l'attenzione degli analisti della carta stampata e delle televisioni, proiettati su temi di diversa natura e ben distanti dal rappresentare un interesse così largamente popolare.

Eppure, l'identità di uno solo di questi poveri, scelta a caso e considerata in tutto il suo valore, potrebbe assurgere a modello di riferimento per venire a capo delle peculiarità della moltitudine restante. Prendere, così, atto, che la povertà, in questo Stato è sì senza ali, priva, ovviamente, di quell'assistenza provvidenziale ed ultraterrena narrata da *De Sica* nelle sequenze di *"Miracolo a Milano"*, ma conserva una sua regalità, che le viene dall'abitudine di vivere con estrema semplicità; una sua dignità, supportata da un distinto grado culturale; un suo alto senso di civiltà, che si regge su un'educazione tramandata dagli antichi padri.

Ogni povero, di questi otto milioni, per spessore morale e sortilegio, potrebbe richiamare qualche personaggio di Tolstoj, oppure rientrare, idealmente, in dipinti ispirati dalla privazione più sintomatica, come *"Le muse inquietanti"* di *De Chirico*. Ma, al di là della poesia, presi singolarmente, questi poveri potrebbero rivelare delle identità straordinarie, fatte di sacrifici e sofferenze, non di rado tenute dritte da un gusto sapido di rivalsa.

Una volta, i poveri erano persone piuttosto sprovvedute, prima ancora che sfortunate.

Si abbandonavano al proprio destino con religiosa rassegnazione, consapevoli di non poter migliorare la propria condizione, perché privi di ingegno e scienza. Oggi, la categoria sociale recluta virtuosi di ogni sorta e pochissimi hanno origini povere, tantomeno appartengono a famiglie culturalmente trascurate.

Hanno delle competenze e sanno svolgere adeguatamente un mestiere, ma le porte delle occasioni non si aprono opportunamente a tutti.

Resta l'illusione di prefigurarsi otto milioni di persone che si danno appuntamento per smantellare l'apparato tartufesco che regge l'inettitudine dei privilegiati.

Elsa mi dice qualcosa che non intendo subito, perché manco finisco la mia dissertazione che, improvvisamente, penso di aver scoperto la natura del segreto di Andreina. Un pensiero veloce mi attraversa la mente, portandomi a credere di aver determinato il motivo per cui quell'incosciente si è data al crimine.

- A cosa pensi, Jacopo? Ti ho chiesto se fare politica potrebbe mai interessarti.

- Scusami, mi sono distratto un attimo... No, non credo, ormai la politica non è una materia soggetta a ragionamento. – rispondo.

Seguono, piacevolmente, variazioni e divagazioni. Anche questa volta, dopo qualche vicendevole congettura, confidenze e cognac, finisco nel letto di Elsa, per trascorrervi la notte, tra risa, sesso e tenerezze. Al mattino, mentre prepara la colazione, le dico che tra le mie fortune metto al primo posto la sua amicizia. Al momento di lasciarla, mi saluta affettuosamente e, come di consueto, mi raccomanda di avere cura di me.

Elsa è una persona che voglio frequentare finché sarò in vita, penso in strada, respirando un'aria che mi riconcilia con la speranza.

Quando, la sera stessa, mi rivedo in tv, nel ruolo di opinionista di frontiera, mi scopro con una voce più ferma del solito e con un'espressione talmente naturale, da rendere percepibile, grazie anche alla luce degli occhi, una rinnovata volontà di oppormi frontalmente alle schifezze del mondo.

E mi ascolto, quasi senza respirare, attento alle sfumature del mio dire, senza lasciarmi distrarre dall'aspetto stranamente divertito e furfantesco, assunto senza rendermene conto. Colui che parla è un uomo felice, disinvolto e spontaneo, che punta la telecamera come se guardasse da vicino gli occhi del suo interlocutore:

«... credo non ci sia affatto bisogno di apparire ingegnosi per poter discutere delle prese di posizione, si fa per dire, della nostra classe dirigente. Poiché la mediocrità più insopportabile è quasi sempre spacciata come pronta capacità intellettiva, la saccenteria di tutti coloro che, parlando di politica, adottano un linguaggio ancora più insulso e banale di quello usato dagli stessi politici, diventa particolarmente detestabile.

Pertanto, occorrerebbe diffidare dei politici, quanto dei politologi e dei giornalisti, soprattutto di quelli che si dichiarano proclamatamente liberi ed imparziali. Quale discreta sensibilità non si accorge che le analisi di molti editorialisti mancano non solo di forza di attrazione, ma anche di elementi di persuasione che possano essere riconducibili alla realtà sociale?

Nulla mi trattiene dal constatare che i tanti osservatori dei miei stivali, tanto negli arzigogoli dei giornali che nelle filastrocche televisive, stentino a trovare una linearità, una logica e una consequenzialità che possano farne degli uomini di pensiero, degni di riguardo.

In un contesto del genere, la figura del giornalista appare davvero penosa. Ormai per svolgere questo mestiere non sono richiesti dei pregi, ma una serie di raccapriccianti difetti che vanno dalla scarsezza intellettiva alla ossequiosità più ruffianesca.

A eccezion fatta, il giornalista moderno si prospetta come una persona senza qualità, che funge da mediatore tra coloro che contano, o si cerca di farli contare, e il pubblico.

Per finire, un'autocitazione a tema che mi consente di stare alla larga da invettive di maniera: per diventare giornalisti non basta parlare male e scrivere peggio, bisogna anche essere capaci di compiacersene!»

- Non male! – penso, prima di spegnere la tv.
- *Bravo!* – sento alle mie spalle.

Il tono è piuttosto ironico. La voce, bassa e densa, è quella di *Raskòlnikov*. Resto fermo, non mi volto indietro per vederlo. Seduto sulla sedia a dondolo della mia mansarda attendo il suo sermone, che non tarda ad arrivare:

- *Sei soddisfatto della tua linguaccia? Sai toccare bene, non c'è che dire! Sia che sferzi un colpo pesante, sia che tiri di fioretto, te la cavi a meraviglia nell'elargire tanto disprezzo.*

Fai bene, fai bene, persevera! Tanto, prima o poi, esaurirai il tuo sdegno e non avrai di che vomitare! Ce l'hai col mondo intero, figlio di un cane, mentre il mondo ti ricambia diversamente, reclamandoti a piena voce per accoglierti nel suo esclusivo, agiatissimo e ambitissimo club del male.

Oh, pardon, pardon, non volevo insultarti, certo che no. Se anche lo meritassi, per ragioni puramente estetiche, l'insulto non ti si addice. Me ne scuso ancora. Non sarai mica abbastanza sciocco da trovarmi ingiusto se ti dico che sei un eroe troppo indecente per ambire ad una vittoria tanto gloriosa?

Sei così spoglio, Jacopo, non disponi di niente se non della tua ingenua ragione, fatta di piccole idee tanto per bene. Eh, sì, povero idealista! Povero visionario! Povero te, quanta misericordia ti accompagna! Non hai un elmo, né uno scudo, e la tua lama è troppo sottile per sperare di non soccombere: affonda facilmente, ma non risulta essere abbastanza robusta per ripararti dai colpi di chi hai ferito.

Come pensi di difenderti da ciò che consideri tanto frettolosamente immondo, ma che si rivela tanto potente da disintegrare ogni tua resistenza? Armati, incosciente, prima di affrontare le insidie di una guerra che hai intrapreso da perdente! A che serve dimostrare il coraggio di Ettore se non si ha la forza di Achille? La dignità del troiano e l'invulnerabilità del greco sono le due facce di una stessa medaglia, che assurge a simbolo unico di lotta.

Metti al collo l'amuleto ora descritto, stolto, e vai per il mondo a far valere le tue ragioni! Buona fortuna!

Durante la notte penso e ripenso alle parole di *Raskòlnikov*. Contemplo, ininterrottamente, fino all'alba, i significati più reconditi delle sue frasi. Per quanto mefistofelica possa apparirmi, vado scoprendo sempre più che la creatura di *Dostoevskij* si rivela benigna nei miei confronti.

Credo che, per sua natura, non possa fare a meno di disporsi con un atteggiamento beffardo, ma non ho modo d'intercettare nelle parole che mette in sequenza una volontà malevola, finalizzata malauguratamente a condizionarmi negativamente, o a deviarmi. Incredibile, mi sto abituando alla sua presenza!

Mi addormento, stancamente, con serenità, avvertendo una sorta di protezione che muove dal grande spirito creativo aleggiante nell'opera ottocentesca, di cui è protagonista il fantasma che mi frequenta. L'immagine dello scrittore russo si espande rassicurante nella mia coscienza dormiente, come per vegliare sul mio riposo, nello stesso modo in cui l'icona religiosa rasserena il sonno del devoto.

VIII

Sono diversi giorni che cerco di non pensare a niente, se non a un nuovo ciclo di tele da dipingere. Ho maturato dentro cromature che dovrebbero dar conto delle mie pulsioni, tanto sollecitate negli ultimi tempi. Fumo di meno, bevo moderatamente e anche stamattina, come nelle precedenti, mi sono svegliato fresco e dinamico.

Dopo la doccia mi sento ancora più rigenerato e scendo in strada con uno stato d'animo straordinariamente luminoso, in armonia con la giornata in cui è tornato a splendere il sole, dopo giorni di pioggia.

Decido di prendere un caffè in uno dei bar più chiassosi del mondo, dove gli avventori, molti dei quali pensionati, s'inventano dispute verbali su qualsiasi argomento, poi decido di proseguire a piedi verso la redazione.

Mi attende una bella passeggiata, penso, mentre si accosta al marciapiede un'auto sportiva, con la cappotta abbassata:

- Vieni, salta su!

Andreina! Da tempo, qualcuno non mi sorprendeva così piacevolmente. Balzo in auto, appoggiandomi allo sportello per darmi slancio.

- Da dove sbuchi? – le chiedo.

- Sono tornata ieri sera da Marsiglia, anche prima del previsto, dati i buoni e insperati esiti degli impegni avuti.

- Hai combinato molti malaffari?

- Qualcuno. – risponde sorridendo e accarezzandomi veloce la guancia. - Sei felice di rivedermi, mio adorato? – chiede con allegria e un pizzico d'ironia.

- Ero già felice prima di vederti.

- E ora?

- Continuo a esserlo.

- Appena posso mi fermo e ti bacio. Ecco, laggiù c'è abbastanza spazio per non causare ingombri.
- Sei folle. – le dico.
- Sì, come te, del resto. – risponde all'istante.
Arresta l'auto e mi bacia appassionatamente. Poi rimette in moto e riparte decisa, dirigendosi verso l'autostrada. Quando ne imbocca l'entrata mi decido di chiederle dove mai stiamo andando.
- Torneremo tra qualche giorno. – dice divertita.
- Cosa? Andreina, dove mi stai portando?
- Non posso dirtelo, altrimenti che sorpresa sarebbe. Trascorreremo un po' di tempo insieme, fuori dall'Italia, s'intende.
- Ma, stai scherzando?
- No, no! Faccio proprio sul serio. E non dirmi che questo è un sequestro, perché in macchina, tu, ci sei saltato!
- Non ci posso credere: mi raccogli per strada e, senza neanche chiedermi se lo voglia, mi porti a fare chissà quale giro, come se si trattasse di trascorrere il tempo di un caffè o di un aperitivo. Niente di che, solo qualche giorno fuori dalla nazione, mica su un altro pianeta?
- Ma, dico, sei diventata davvero matta?
- Secondo te?
- Come puoi continuare a scherzare?
- Ma, scusami, ti sembra che stia scherzando? Non vedi che il nostro viaggio è già iniziato? Tra otto ore saremo a Milano, la nostra prima tappa. Forse, nove, va!
- A Milano? Che cosa andiamo a fare a Milano?
- A prendere l'aereo. Ho trovato un'ottima combinazione, a buon prezzo! Da Roma e Napoli non c'era nulla di conveniente, purtroppo. Sarò anche ricca, anzi straricca, ma risparmiare mi piace, per principio!
- Ma io non ho niente con me, se non questi indumenti!
- Oh, se è per questo, anch'io! Compreremo stasera quello di cui abbiamo bisogno. Faremo una grande spesa. In via *Montenapoleone*, ovvio. Considerati fortunato, mio caro:

quale agenzia saprebbe organizzarti un viaggio nei luoghi prediletti, con vestiario gratis, della migliore qualità, e sesso assicurato? Anche questo qualitativamente elevato, o no?

Non posso fare a meno di sorridere e di guardarla con amabilità. Tutta la sua persona esprime gioia e una straordinaria voglia di vivere: è il ritratto della felicità la donna dal profilo greco che sta al volante. Mi guarda, velocemente, per non distogliere l'attenzione dalla guida, con occhi ridenti e benevoli, gaia come non l'ho vista mai.

Mi appare tenera, assorta nella sua contentezza, che le conferisce un'astratta aria infantile. Soddisfatta per aver messo in pratica un piano, legato al viaggio e, probabilmente, finalizzato a un suo desiderio sfrenato, di cui ancora ignoro il tragitto e i contenuti, Andreina guida con eleganza verso il nord, alternando silenzi a una loquacità incontenibile.

Rassegnatomi e piegatomi alla sua volontà, parliamo volentieri, affrontando gli argomenti più vari, come non abbiamo mai potuto fare. Capita di rivelarci molti punti di vista, svelando ancor di più la nostra personalità. Senza alcun dubbio, un viaggio piacevole e utile alla conoscenza reciproca, che si consuma in un tempo leggero.

Prima di arrivare in Toscana, mangiamo un panino in una stazione di sosta e proseguiamo subito dopo, scambiandoci di posto e, dunque, sostituendola nella guida.

Più tardi, l'immagine dei paesaggi padani al tramonto e la sensazione piacevole della mano di Andreina appoggiata sulla mia nuca, mentre ascolto le notizie del giornale radio, viene percepita dai miei sensi come un quadro denso di melodia, che sa di legame intimo.

Strano, o forse per niente, tra quella vastità orizzontale dove si espandono taciturni strati pittorici, proiettati nello spazio dalla scomposizione di un colore base, si perde il mio primo contaminato pensiero di caduto innamorato: un fluido magmatico mi attraversa le viscere, a segnalare inequivocabilmente un'appartenenza affettiva diramata in profondità.

Dopo altro tempo, trascorso in armonia, senza avvertire la scansione dei minuti e delle ore, siamo nel traffico di Milano: è appena buio quando raggiungiamo il centralissimo albergo.

***

- Se facciamo l'amore ora, rischiamo di trovare i negozi chiusi. – mi dice sotto la doccia non appena si stacca da me, che cerco ancora di baciarla.

Così, rimessi gli unici abiti che abbiamo, raggiungiamo una delle vie internazionali della moda, proprio nell'orario di massima affluenza, al principio della sera. Camminiamo tra la folla mano nella mano, rivolgendoci attenzioni affettuose e ridendo di noi. Partecipo con pienezza alla vena allegra forgiata dall'officina della follia di Andreina, che, con un gesto fuori dall'ordinario, ha stravolto la mia giornata.

Ridiamo di ogni cosa e tutto ci sembra comico, anche le facce più serie e composte delle persone che incrociamo: ho il sospetto che il doppio aperitivo che abbiamo preso al bar dell'albergo cominci a fare effetto.

- Vista l'ora, faremmo bene ad entrare in un negozio, altrimenti rischiamo di non avere nemmeno un ricambio di indumenti intimi. – osserva, spingendomi letteralmente in una delle tante lussuose boutique.

- Le mutande, soprattutto! E le calze! – mi dice a bassa voce.

- Non ci crederai, ma stavo facendo lo stesso pensiero. – aggiungo, anch'io sussurrando.

Forse siamo pazzi davvero. Il lieve contatto della mia bocca col suo orecchio mi eccita in maniera troppo esagerata e, quando mi accorgo che anche Andreina è in preda ad una sorta di raptus erotico, l'abbraccio e scoppio, insieme a lei, in una risata incontenibile.

- Oh, mio Dio! Tu mi fai fare delle figuracce! – esclama lei.
- Non posso farci niente, si tratta di un'erezione spontanea! – ribatto divertito e anche un po' sbigottito.

Come se avessi pronunciato chissà quale irresistibile battuta, Andreina non riesce a contenersi e, appoggiata a me, ne ride, incontenibilmente, fino alle lacrime, seguita dallo sguardo appena cortese, ma molto interrogativo, di una commessa che insolitamente non è avvenente, non è molto giovane e sembra un'austera istitutrice di uno di quei severi collegi di una volta.

- Andreina, sii seria, ci stanno guardando. Non ti girare! Alle tue spalle c'è *Miss Gravity*, che ti osserva con finta affabilità. In verità ti ha preso di mira, glielo si legge negli occhi a palla: non aspetta altro che infliggerti una punizione, facendo sfoggio della sua nevrastenica arroganza.
- *Miss Gravity?* Who is this lady?
- Is a terrible woman! So solo che aspetta quelle come te per sfogarsi e castigare il peccato in tutte le sue forme, soprattutto quello che prende corpo in situazioni impreviste e impensabili.
- Perché aspetta quelle come me e non anche quelli come te?
- Ce l'ha con le donne, soprattutto con quelle che non si cambiano le mutande dopo la doccia!
- Ci sta guardando ancora?
- Sì.
- Ma io, non avendone altre, non le ho messe!
- Cosa?
- Le mutande. Non le ho messe.
- Davvero?
- Eh, sì.
- Perché me lo hai detto?
- Non dovevo?

- No. Immaginarti senza mutande sotto la gonna non è proprio come buttare acqua sul fuoco. Non ridere e non ti stringere troppo a me. *Miss Gravity* ci sta guardando con una certa impazienza! Non ti girare, ha preso ad osservarci in cagnesco!

- Descrivimela!

- Ha i capelli scuri tirati all'indietro con una mèche bianca al centro. Conserva un atteggiamento rigido e rimane dritta nel suo tailleur grigio scuro con camicia bianca, rigorosamente chiusa fino all'ultimo bottone del collo. Ha un anello d'oro al dito medio e uno d'argento all'anulare. Sono un regalo dell'unico uomo che ha avuto, un pastore protestante americano del *Tennessee,* morto d'infarto mentre la possedeva per la quarta volta di seguito, dopo aver mangiato un intero tacchino nel giorno del Ringraziamento.

Andreina non si trattiene e ride a dismisura ancora una volta, prima di girarsi con forzato decoro verso la commessa, la quale, con elegante e naturale gentilezza, le va incontro offrendole la sua assistenza professionale.

Trattenendo entrambi il sorriso e impegnandoci ad apparire composti il più possibile, riusciamo ad acquistare il nostro intimo. In men di quanto si dica, siamo veloci nello scegliere qualche mise che si addice ai nostri gusti. Tra gli acquisti, anche due pratiche valigette trainanti, pronte per contenere le buste della spesa.

Non appena riguadagniamo la nostra stanza d'albergo, Andreina si adagia stanca sulla poltrona, con le braccia aperte e la testa all'indietro, lasciando in bella vista il delizioso collo e le superbe gambe. Rilassata, si esibisce in una delle sue risate esilaranti e incontrollate, facendo riferimenti alla commessa, pronunciando, "Miss Gravity!"

Mi avvicino a lei. Le sollevo la gonna e mi si rivela la sua nudità, verso cui mi dirigo con delicatezza, provocandole fremiti che diventano sempre più intensi.

Intinto del suo sapore, mi abbandono ai suoi piedi, sul tappeto persiano, con le mani sulle sue caviglie.

La notte non è ancora cominciata quando ritorniamo nelle nostre identità, appena in tempo a ordinare qualcosa da mangiare, prima di sprofondare di nuovo, abbracciati, in un dolce sonno, sul grande e comodo letto.

***

L'impatto con la luce del sole, al risveglio, significa per me l'inizio di un giorno da vivere con la piena consapevolezza del fascino misterioso dell'esistenza. Sforzandomi di far ricorso a tutte le risorse di cui dispongo, cerco d'innalzare lo spirito quanto più è possibile e di raggiungere l'optimum della lucidità, in maniera da consentirmi un'ideale partecipazione alla vita.

Osservo i riflessi appena ramati dei capelli di Andreina, quando penso a interi segmenti di vita passati nell'incapacità più assurda nel sapermi dare ordine. Ho sciupato, come un miserabile, premesse tanto bene auguranti. Santi Numi, che maturazione lenta! Altro che talento!

Non ho saputo fare di meglio che arrecarmi danno, io, ecco perché, talvolta, sono del tutto insensibile a quello che mi viene dall'esterno. Ma sì, a pensarci bene quale altro vantaggio ho saputo apportare alla mia persona oltre a quello di sapermi ascoltare attentamente mentre parlo con gli altri?

Questa mania di recitare per me soltanto, senza nemmeno avvertirmi numeroso abbastanza per considerarmi un pubblico, l'ho sempre avuta, in fondo.

Certamente, sono una persona leale, come tutte quelle non regolari, però, via, un po' pazzo, forse, lo sarò per davvero. Un dilemma, direi, non essendo capace di gridare alla meraviglia!

Sono davvero troppo serio per non ridere di me stesso, delle mie virtù tanto posticipate e del mio aspetto così teatrale da non sembrare autentico.

Sono talmente nella parte che se non recito divento un bugiardo!

Avrò difetti in serie, ma non mi sono mai preso in giro: mentire a sé stessi è una pessima forma di diseducazione, e io mi sento tanto per bene!

- Buongiorno!

Andreina interrompe il mio vaniloquio mentale, scrutandomi con gli occhi semichiusi:

- Buongiorno! – sollevando le lenzuola e osservando il suo corpo rannicchiato.

Si stringe a me e mi abbraccia affettuosamente, riaddormentandosi per pochi attimi.

- Che ore sono? – mi chiede preoccupata, di lì a poco, riaprendo gli occhi.

- Le sette.

- Ah, bene. Alle dieci e zero cinque abbiamo l'aereo.

- Dove andiamo?

- Lo scoprirai all'aeroporto, quando staremo per imbarcarci.

Difatti, più tardi, scopro soltanto al check-in qual è la nostra destinazione.

- Mosca? Non immaginavo che andassimo in Russia. Ci sono stato tanti anni fa, subito dopo la maturità liceale.

- E ora ci torni dopo più di vent'anni, se non sbaglio. Per certi versi sarà peggiorata, ma per altri la sua bellezza è rimasta inalterata. Io, invece, ci manco dall'anno scorso, quando trascorsi un fine settimana a San Pietroburgo. La prima volta che ci sono stata fu quasi dieci anni fa. Cos'è che ti ha spinto in Russia a diciott'anni?

- Ero completamente invaghito di tutto ciò che avesse un timbro russo. Si trattasse di musica, di danza o di letteratura. Figurati che, a Mosca, andai a deporre dei fiori sulla tomba di *Cechov*, presso il Convento delle Nuove Vergini. Ricordo che a fargli compagnia ci sono *Gogol* e *Bulga-kov*: dal mazzo di fiori destinati a *Cechov*, ne estrassi qualcuno anche per loro.

\- Ma tu, sei normale? – mi chiede ironica.

\- Molto. – rispondo subito.

Durante il viaggio in aereo, Andreina legge *"Memorie di Adriano"*, mentre io m'immergo, si fa per dire, in un quotidiano, senza esserne interessato più di tanto. In verità, rifletto più sul libro che sta leggendo Andreina. Penso più alla bravura della Yourcenar nello scrivere una straordinaria autobiografia immaginaria, che agli arzigogoli pseudo-analitici del giornale. Ho ben in mente la grande impressione che quell'opera mi ha suscitato e la meraviglia di scorrerne la perfezione stilistica.

Sì, la gran dama franco-belga occupa un posto di primo piano nella storia della letteratura, penso stanco, con gli occhi che stanno per chiudersi. Li riapro prima della fase di atterraggio, osservando Andreina che legge con una mano appoggiata sul mio braccio, mentre l'altra regge il libro.

Qualche ora dopo, usciti dall'albergo, situato di fronte ad un colossale edificio austero che ospita il Ministero degli Esteri della Federazione Russa, a bordo di un taxi giriamo per le vie della capitale. Ancora una volta, come nell'occasione della visita al deposito delle opere d'arte, Andreina decide di bendarmi col suo foulard.

Mi aiuta a scendere dall'auto e percorro, sotto braccio a lei, una distanza non indifferente.

Per qualche minuto, mi concentro sugli odori e i rumori lievi che percepisco lungo quel percorso, non potendo essere distratto da nessuna prospettiva.

\- Ci stanno osservando. Ti prenderanno per matto, con questo foulard intorno agli occhi. Però, tu da cieco, ci guadagni. – mi dice divertita.

\- Che vuoi dire?

\- Ne acquisti in fascino.

- Siamo arrivati? – domando.
- Non ancora. Cammina!
Forse dopo più di un centinaio di metri:
- Ci siamo. Ora togliti il foulard!
Libero i miei occhi e mi trovo, di colpo, dopo tanti anni, di fronte a un'autentica meraviglia. Davanti a me, appare, solenne, la Cattedrale di San Basilio, con le sue cupole policrome dagli incredibili colori. Nessun edificio al mondo, di culto religioso, può avere in sé una forza di attrazione paragonabile a quella da cui si viene travolti nella celebre Piazza Rossa, davanti allo sfavillio di cromature giocose e celebranti. A guardarle con occhi di bambino, quelle cupole sembrano una gigantesca fuoriuscita di panna montata a strisce colorate, uscita da uno di quegli arnesi di pasticceria che serve per decorare le torte.
- Straordinaria! – esclamo.
- Sarà stato pure *terribile* ma, facendo erigere quest'opera, forse *Ivan* avrà espiato tutte le sue atrocità. – aggiunge lei.
- Dici che abbia accecato davvero gli architetti che l'hanno progettata per far sì che restasse unica?
- Niente di più verosimile, anche se fosse solo leggenda. – mi risponde con certezza.
Vagando con lo sguardo nei dintorni non si può fare a meno di notare che nella *Piazza Rossa* sono presenti tutti gli elementi, forse contraddittori, della Russia contemporanea: ad ovest il Cremlino, il palazzo del potere, davanti al quale si erge il mausoleo di *Lenin*, con la sua pesante eredità comunista, ad est il capitalismo consumistico dei Magazzini GUM, mentre a sud la spiritualità religiosa russa della splendida Cattedrale, ornata dalle sue nove celebri cupole policrome.
- C'è un luogo che mi piacerebbe visitare e che tu non hai certamente visto, considerato che è stato aperto al pubblico solo da poco: il sottosuolo sotto ai nostri piedi, con i suoi misteriosi tunnel. – dice in modo intrigante la mia compagna di viaggio.

- Caspita, davvero si può andare di sotto?
- Sì, ma dovrò fare qualche telefonata se vogliamo avere questo privilegio.

Andreina consulta brevemente la rubrica del suo cellulare e, dopo aver contattato il suo interlocutore, chiede, in lingua inglese, lumi in proposito. Termina la telefonata ringraziando più volte la persona con la quale ha parlato.

- Bene, tra un quarto d'ora gireremo per il sottosuolo, al centro di Mosca!
- Hai chiamato Putin? – ironizzo.
- No, ma sicuramente uno che lo conosce. – risponde in maniera secca.

Non passano nemmeno quindici minuti che un uomo di mezza età, in abito scuro, calvo e rubicondo, ci raggiunge davanti all'entrata principale dei Grandi Magazzini.

Una volta identificata Andreina, come da convenzioni evidentemente concordate al telefono, il misurato signore si presenta come la nostra guida e dice di avere con sé il permesso per accedere ai misteri sotterranei.

Parla italiano nella maniera tipica dei russi e, dopo le presentazioni e i convenevoli, affabilmente inizia a fare il suo lavoro:

- Il sottosuolo delle città, le catacombe e i tunnel sono sempre associati a segreti ed enigmi e Mosca non fa eccezione. È il caso, ad esempio, del GO-42, che visiteremo ora, un segretissimo rifugio sotterraneo, utilizzato in passato come quartier generale del KGB e del Ministero della Difesa, costruito tra il 1952 e il 1956.

Il GO-42 è molto grande. È profondo 60 metri, pieno di passaggi segreti e stanze situate proprio sotto il centro di Mosca. Per visitarlo è necessario prenotare una visita guidata, indossare abiti speciali e ottenere un lascia passare dalle autorità. All'ingresso avremo i nostri abiti. – dice con la sua voce baritonale, la guida.

Ci immergiamo in un'atmosfera inenarrabile, tra lunghi corridoi attraversati da una luce suggestivamente aran-

cione e stanze adibite a uffici, con tappeti prevalentemente rossi a ingentilirne l'ambiente spoglio e claustrale,
scrivanie e scaffali da burocrazia di regime, qualche incomprensibile mappa geografica affissa alle pareti: tutto
sembra far parte di un'astrusa scenografia cinematogra-
fica. La sensazione che si ricava visitando quei luoghi è
molto forte, decisamente impressionante, ineluttabilmente kafkiana.

Più tardi, in superficie, mentre pranziamo in un piccolis-
simo e grazioso ristorante di *via Tverskaya*, i cui locali sono
frequentati quasi esclusivamente da moscoviti, ci scambiamo pareri e sensazioni sull'interessante visita sotter-
ranea.

Discutiamo dell'effetto surreale, quasi onirico, di quei luoghi, che rivelano, invece, l'aspetto reale di una super potenza mondiale. Anche da lì sotto, si prende visione della
Russia e di quel che rappresenta il suo passato nell'immaginario collettivo.

Rientrati in albergo, facciamo a gara a chi si spoglia più in
fretta per andare sotto la doccia. Andreina, per vincere il
confronto, mi distrae rivelandomi il motivo per cui siamo
venuti a Mosca.

L'infida, spogliandosi velocemente, mi comunica che per
la serata ha due posti prenotati al *Bolshoi,* dove è in cartellone *"Il lago dei cigni".*

Apprendo la sensazionale notizia mentre sono impegnato
nell'atto di abbassarmi i pantaloni. Fatalmente, inciampo
e cado, mentre lei corre nuda e gioiosa in bagno.

Mi rialzo, sorridendo della mia goffa caduta, e quando
riesco a liberarmi degli indumenti, senza incorrere in altri
inconvenienti di natura comica, realizzo appieno il gesto
colmo di generosità di Andreina: regalarmi una serata al
Bolshoi per assistere all'opera, la cui musica mi accompagna costantemente sin dalla prima giovinezza, tanto da
diventare una sorta di colonna sonora della mia stessa esistenza, è un atto d'amore che va oltre il sentimento stesso.

Poter essere tra il pubblico che si accende per il balletto di Tchaicovskij nello stesso teatro dove, più di un secolo fa, fu rappresentato per la prima volta, è un pensiero che mi entusiasma fino a restarne visibilmente impressionato. Mi emoziono, fino a cadere in uno stato di lieve malore.

- Sai essere davvero straordinaria. – le dico una volta che l'ho raggiunta sotto la doccia.

- Sei tu che mi dai la possibilità di esserlo. – replica con dolcezza.

- Non potrò mai dimenticare quello che stai facendo per me.

- L'altro ieri, leggendo una rivista internazionale, mi è capitato per caso di dare un'occhiata al cartellone del Bolshoi e, venendo a conoscenza di questa prima, subito ho capito il da farsi.

- Sequestrarmi e portarmi a Mosca, offrendomi ciò che non avrei potuto permettermi.

- Anche tu lo avresti fatto per me, non ho dubbi.

L'abbraccio forte e le dico:

- Grazie. Grazie tante, Andreina. Spero di poter fare qualcosa per disobbligarmi e renderti il favore.

Prendendomi il viso tra le mani:

- Non hai nessun obbligo, dovresti saperlo. Voglio che tu abbia ciò che meriti, che ti compete e che sai apprezzare alla tua maniera, pura ed esaltante. Mi piaci un sacco, fiero e audace Jacopo!

- Anche tu, prodiga e distinta Andreina!

E, dopo aver trascorso un pomeriggio d'amore nella più tenera meditazione delle nostre anime, lasciando che i corpi si cercassero nella dolcezza infinita dell'affettività, fino ad abbandonarsi esausti l'uno accanto all'altro, ci prepariamo alla serata con evidente emozione.

***

Resto di stucco quando Andreina va ad aprire a una inserviente in divisa dell'albergo, che le consegna due abiti: un tight di notevole eleganza e una raffinatissima veste lunga in seta variopinta, con annessi guanti e cappello, che appende a un'anta interna della grande finestra. Credo di avere un'aria strabiliata, mentre osservo il sontuoso vestiario.

- Sono in affitto. Sono molto più belli e sciccosi di quanto mi aspettassi. Una vera meraviglia! Vestiti, mio caro, uno dei palchi del Bolshoi è nostro!

Indosso il mio abito, mi do un'occhiata attenta e, scoprendomi elegante come mai in precedenza, decido di aspettare Andreina nella hall di sotto, intanto che lei è indaffarata alla toilette.

Quando esce dall'ascensore e viene verso di me, mi alzo dal divano per andarle incontro.

Oh, mio Dio! Sembra provenire direttamente dalla Russia degli Zar, con il cappellino che le copre la testa e i guanti fino a metà braccio, nel suo abito sfavillante. Mi viene vicino, avanza ancora un passo verso di me e mi dice:

- Sei uno schianto.

Continuo a osservarla, restando senza parole per qualche attimo. Non potrò mai dimenticare la luce che in questo momento emana il suo volto e l'incanto che accompagna la sua figura.

Soltanto una bellezza magica come quella di Andreina può fermare il tempo per renderlo perenne, racchiudendolo in fotogrammi della memoria che danno piena testimonianza di un'attrazione autentica.

Attimi come quelli che sto vivendo, ora, non potrebbero essere consumati nella cornice di un tempo che trascorre, ecco perché resteranno fermi nel ricordo, sotto forma di immagini, come accade da secoli a tutte le persone che, come me e lei, si scambiano l'anima, ingrandendola con l'altra.

- Siamo giganti, mia cara, in questa notte di fine inverno, nella santa madre Russia, terra ideale per accogliere il nostro spirito, diventato uno e uniformato al luogo che ci accoglie. – le dico, prendendole le mani.

- Sei pazzo abbastanza per non perdere di vista la tua identità nei momenti in cui è richiesta nella sua pienezza. Trovi sempre le parole per farmi avvertire il fuoco della tua attenzione per me, non diversa dalla mia per te. Per niente al mondo vorrei trovarmi in compagnia di qualcun altro. Andiamo, mio adorato?

Poco dopo, mi trovo ad ammirare la straordinaria architettura del glorioso edificio: il teatro è letteralmente monumentale fin dall'ingresso, sovrastato da una vistosa scultura raffigurante "Apollo nel carro del sole".

Andreina gioisce della mia meraviglia senza mai staccare il suo sguardo dalle mie espressioni emotive. Varcata la soglia del Bolshoi, ci ritroviamo nell'ampio vestibolo a piastrelle bianche e nere, dove stupendi scaloni bordati di marmo bianco salgono da ciascun lato verso il foyer. Quest'ultimo è coperto da splendidi solai dagli intradossi decorati con quadri e stucchi elaborati. Quando entriamo nell'Auditorium, disposto su sei piani, trasalisco.

Nel centro della galleria spicca il palco reale, dove sedeva lo zar Nicola II con la famiglia, mentre noi prendiamo posto in uno appena laterale, quasi di fronte al palcoscenico.

- La smetti di guardarmi? – le dico scherzoso.

- No. Come potrei perdermi questi momenti: sei ansioso, come un bambino per la prima volta alle giostre. Dovresti vederti, per osservare la tua aria fantasticamente frastornata. Sembri Alice nel paese delle meraviglie. Sei come Peter Pan che vola sulle foreste. Sei adorabile, come nessuno al mondo, amore mio.

A una notevole sensazione emotiva, data dall'evento che sto consumando, se ne aggiunge un'altra, non meno avvolgente, procuratami dall'amorevolezza che Andreina mi riserva e dall'interminabile dolcezza con la quale ha pronunciato quella frase, suggellata con le parole: "amore mio".

Ascoltandola, mi sono sentito come attraversato da un raggio di luce che ha schiarito le zone d'ombra della mia anima. Sono colmo del suo amore e l'effetto che ne traggo è di immenso benessere. Mi avverto in uno stato d'animo mai raggiunto prima, sospeso tra la l'incanto dell'arte e la magia dell'amore. Conservo, dentro me, visioni e percezioni che contemplo in una condizione che non potrei definire di normalità.

All'improvviso, vengo preso da uno strano malore e vengo catturato da pensieri vorticosi che mi spingono fino all'orlo di un abisso che sta per inghiottirmi. Precipito in una profondità senza fine, distinguendo appena, nel mio volo nel vuoto, le immagini che si susseguono confuse del soffitto adornato del grande teatro, i suoi geometrici lampadari, la linearità circolare dei loggioni, la platea sottostante.

Nella caduta vorticosa verso un fondo che non arriva mai, echeggia la voce di *Raskòlnikov*, che, forte del suo timbro, si estende superba a riempire lo spazio di quel meraviglioso monumento:

- *Ove mai batte la vita se non nel cuore dei miserabili estasiati da sentimenti vibranti!*

Dove sono i baci, se non sulle bocche che tacciono il segreto della passione!

E dov'è la musica, se non nelle corde sensibili di anime in rivolta!

Lasciati precipitare, amante di torte di panna e lamponi, da altitudini che mai avresti pensato di raggiungere.

Non senti la piacevolezza dei brividi nell'attraversare la discesa in caduta libera?

Non vedi come sei leggero in seno all'aria intinta di profumi inebrianti?

Grida il tuo nome, forsennato, mentre stai per planare su una superficie di foglie di alloro! Non morirai, certo, oggi. C'è tempo per morire. Dio vuole che tu viva ancora.

Vivi, dunque, perché non hai diritto a morire, almeno fino a quando le parole che scrivi non avranno reso piena testimonianza della tua esistenza, acceso il lume della speranza che porti dentro, scavato la roccia per deporvi la spada.

- Jacopo, tesoro, ti senti bene?

Riesco ad ascoltare, seppur frastornato, la domanda di Andreina, e rispondo:

- Certo, ho solo avuto un momento di lieve disturbo – la rassicuro.

- Oh, santo cielo, non sarà mica la sindrome di Stendhal? – esclama, stringendomi la mano.

- Sì, può darsi. Sto meglio, ora.

***

Il movimento che introduce il balletto è una breve sintesi musicale ed emotiva del dramma, che rimpiazza la tradizionale ouverture. Nella melodia d'apertura si avverte già il destino che incombe sui due amanti, a cui non potranno sottrarsi.

- Raccontami quello che succede, muoviti! – mi intima all'orecchio.

Sottovoce, prendo a raccontare:

- In un parco di fronte al castello, il principe *Siegfried* festeggia il compleanno coi suoi amici. Si avvicinano dei contadini per porgergli gli auguri e lo intrattengono con le loro danze...

- Chi è quella che è entrata adesso? – mi chiede

- La regina madre che esorta il figlio a trovare una sposa tra le ragazze che lei ha invitato al ballo del giorno dopo, quando ci sarà la festa ufficiale...

E dopo altro tempo:

- E ora? Che sta succedendo ora? – insiste.

- Sulle acque del lago nuotano i cigni, in realtà bellissime fanciulle stregate dal malvagio *Rothbart*, che possono assumere forma umana solo la notte. *Siegfried* e i suoi amici ne osservano i movimenti sotto la luce della luna.

I cacciatori prendono la mira, ma proprio in quel momento i cigni si trasformano in fanciulle. La loro regina, *Odette*, narra al principe la loro triste storia e spiega che solo una promessa di matrimonio fatta in punto di morte potrà sciogliere l'incantesimo che le tiene prigioniere. *Siegfried*, incantato dalla bellezza di *Odette*, la implora di prendere parte al ballo del giorno dopo, in cui egli dovrà scegliere una sposa.

- Che fanno, si stanno piacendo? Insomma, amoreggiano? – continua.

- Sì, proprio così. Vedi, in questo *"pas d'action"*, con la musica che diventa struggente, *Siegfried* e *Odette* si giurano eterno amore...

Per un po', Andreina segue in silenzio l'opera, stringendomi più forte la mano, salvo chiedermi di raccontare il prosieguo appena lo ritiene opportuno. Il balletto incede spettacolarmente nella sua trama. Ne rendo conto alla mia preziosa accompagnatrice ogni qualvolta me ne chiede ragioni.

Il finale è strabiliante e toccante: nella sala da ballo del castello entrano gli invitati, accolti da *Siegfried* e dalla regina madre.

Iniziano i festeggiamenti. Gli squilli di tromba annunciano l'arrivo delle sei ragazze aspiranti pretendenti del principe.

Siegfried si rifiuta di scegliere, quand'ecco che uno squillo di tromba annuncia l'arrivo di nuovi ospiti. Si tratta del mago *Rothbart* e della figlia *Odile* che, grazie al padre, ha assunto l'aspetto di *Odette*. L'intento del mago è quello di far innamorare Siegfried di *Odile*, in modo da mantenere per sempre *Odette* in suo potere.

La musica espone il tema del fato e il motivo della fanciulla/cigno suggerisce la somiglianza tra *Odette* e *Odile*, di cui il pubblico può comunque distinguere le sembianze dal costume, che nel caso di *Odile* è nero. Ciascuna ragazza danza una variazione per il principe.

Con il suo fascino, *Odile* riesce a sedurre *Siegfried*, che la presenta a sua madre come futura sposa. *Rothbart* esultante si trasforma in una civetta e abbandona la residenza del principe.

Questi, resosi conto dell'inganno, scorge la vera *Odette* attraverso un'arcata del castello e, disperato, si precipita nella notte alla ricerca della fanciulla.

Odette, morente, piange il destino crudele che la attende. *Siegfried* arriva da lei tentando di salvarla, ma una tempesta si abbatte sul lago e le sue acque inghiottono i due amanti. La bufera si placa e sul lago, tornato tranquillo, appare un gruppo di candidi cigni in alto volo, dando luogo all'ultima toccante variazione dell'opera.

Quando, alla fine, gli applausi si riversano sul corpo di ballo e gli orchestrali, scorgo sul volto di Andreina un sorriso delizioso e tenero, come segno tangibile della sua delicata commozione.

L'opera d'arte, nella sua delicatezza, infonde un senso di religiosa misericordia più di qualsiasi messa. Gli occhi lucidi di Andreina, applaudente e sorridente, rispecchiano pienamente un sentimento benevolo e distinto, originato dall'assorbimento di melodie passionali e tormentose che hanno accompagnato coreografie di grande stile.

- Stupendo! Non immaginavo che potesse essere tanto bello! – dice dandomi un tenero bacio sulla guancia.

Noto nei suoi occhi la trasparenza della felicità. Abbiamo partecipato, l'uno accanto all'altra, a una forma di bellezza che ha predisposto le nostre anime a sovrapporsi, i nostri cuori a sintonizzarsi nel battito, il nostro respiro a essere un solo movimento.

Guadagniamo l'uscita e ci lasciamo alle spalle il Bolshoi, illuminato nella sua architettura aulica, che rende solenne l'intera area in cui è situato.

***

A bordo di un taxi, raggiungiamo un ristorante esclusivo, vicino alla Moscova. La nostra cena, storione in salsa di noci, si consuma in un luogo accogliente ed elegante, raggiungendo un'intimità inimmaginabile: lei mi guarda con tanta intensità, mentre le dico che è stata unica e straordinaria per aver organizzato un viaggio del genere.
Dopo aver brindato alla nostra serata con un pregiatissimo vino francese, uno «Chateau Troplong Mondot», mi chiede:
- Sei felice?
- Trascorrere momenti indimenticabili è alla base di ogni felicità, anche della mia. – rispondo.
- Anch'io lo sono. Mai avrei pensato di vivere serate così. Ma, a prescindere da dove mi trovi, la tua compagnia è per me fonte di benessere e motivo di autentica gioia. Devo ammettere che sai rendere gradevole il tempo che si passa con te. Ti dirò di più: sei la mia storia più importante.
Anzi, se proprio devo essere analitica, sei l'unica storia che ho avuto. Ma non montarti la testa, il fatto che non sia stata presa così tanto da altri uomini è dovuto al fatto che ho sempre avuto un gran da fare e troppo poco tempo per dedicarmi a un genere di cose per cui non mi sento portata.
La guardo silenzioso, perché non so come dirle che lei è l'unica che mi abbia fatto battere forte il cuore, avvertire stranezze allo stomaco, sognare a occhi aperti. Forse, non mi crederebbe se le dicessi che è, in assoluto, l'esperienza più importante della mia vita.

- Stai pensando a qualcosa di serio? – mi chiede con molto garbo.
- Sì.
- Inenarrabile?
- No, ma, forse, troppo sconcia per riferirne.
- Davvero?
- Eh, sì.
- Non potresti nemmeno ingentilirla?
- Sì, potrei.
- Allora, dimmi.

Gli occhi di Andreina rilucono del suo stato raggiante mentre le confesso:
- Per me... conti molto, e... quando sto con te non ho nostalgia di me. Ecco, spero di essere riuscito a essere delicato e a evitare ogni schifezza.
- Oh, sì. Non c'è l'ombra dell'indecenza in quello che hai detto. – commenta con ironia, dopo aver sorriso e scosso lievemente la testa.
- Bene, sono contento di essere riuscito a cavarmela. – le dico facendo finta di sollevarmi da uno stato emotivo troppo evidente.
- Io, invece... quando sto con te ... sento di non avere niente di più importante da fare. Che dici, anch'io non sono stata volgare, no?
- Certo, sei stata esemplare, senza il minimo accenno d'impudicizia.

All'improvviso, ci scappa da ridere.
- Ce lo diremo mai? – mi chiede divertita.
- Cosa? – facendo finta di non aver compreso l'allusione.
- Secondo me arriveremo a essere tanto maleducati da dircelo e sarai prima tu a dirmelo! – afferma con sicurezza.
- Io, dico che lo dirai prima tu!
- Scommettiamo?
- Volentieri.
- D'accordo. Chi perderà la scommessa dovrà esaudire il desiderio di chi la vincerà. Ci sono stati due precedenti

che pareggiano il conto. La prima volta che abbiamo fatto l'amore mi hai detto incontrollatamente "amore mio". Io, prima, inavvertitamente, ho ceduto al tuo stesso istinto.

Se solo avessi più coraggio, penso, le direi in questo preciso istante che l'amo, perdendo cavallerescamente la scommessa.

- Però! Sei impeccabilmente elegante, vestito così, e la tua aria da esistenzialista francese anziché snobbare e contraddire l'abito che indossi ne esalta la fine fattura. Stai veramente bene. Se non ti conoscessi farei di tutto per essere notata e portarti a letto.

- Non ne avresti avuto bisogno, ti avrei adocchiata in men che un attimo, avvolta nella finezza del tessuto che copre quel corpo tanto aggraziato.

- Che gran bastardo che sei. – mi dice con sofisticata dolcezza.

- Temperamento puro, d'altri tempi, mia cara.

- Sì, sì, ti ucciderò. – dice a bassa voce raggiungendo una sensualità sconvolgente.

Quando, nella notte, rientriamo in albergo, sembriamo due sposi in luna di miele. La sollevo e la porto in braccio per tutto il corridoio del piano, fino ad arrivare alla porta della nostra camera, dove lei cerca goffamente di infilare la scheda magnetica per aprirla.

A ogni tentativo non riuscito ne ridiamo in maniera incontenibile, da ubriachi, indietreggiando pericolosamente e restando appena in equilibro. Dopo non so quanti tentativi, finalmente riusciamo a entrare.

Più che adagiarla, lascio cadere Andreina sul letto, che ancora non riesce a smettere di ridere.

Mi spoglio e vado in bagno. Quando ne esco la vedo distesa sul letto che si è tirata su l'abito fino a scoprire per intero le autoreggenti di finissima seta.

Con aria giocosa e vogliosa mi fa segno di avvicinarmi, facendo girare le sue mutande di pizzo sull'indice, e quando le sono accanto mi afferra con un gesto rapido. In seguito a un movimento secco e deciso, me la ritrovo sopra di me e vi resta fino a quando non pronuncia il mio nome, sussurrandolo in una smorfia di piacere.

Passiamo una notte memorabile, allegra e dionisiaca, stappando champagne e mangiando fragole che prendiamo dal frigo. Manca poco all'alba quando, sfiniti, ci addormentiamo sul tappeto, troppo stanchi per rimetterci sul letto.

IX

Entra una luce fioca nella stanza quando mi sveglio, scoprendomi in una posizione bizzarra, ai piedi del letto, con la caviglia di Andreina contro il mio mento, il suo corpo curvo su di me, con la testa appoggiata sul mio addome. Grosso modo, sono disteso in modo supino con una mano sul suo seno e l'altra stretta intorno al collo della bottiglia vuota di champagne.

Mi muovo appena, facendo attenzione a non disturbare il suo sonno, ma proprio in quel momento lei apre gli occhi e mi sorride.

- Volevi scappare? – domanda con una voce flebile.

Le sorrido anch'io, poi la prendo in braccio e l'adagio sul letto.

- T'informo che è quasi mezzogiorno. – le dico.

- Caspita, che dormita! E che notte! – esclama, estendendo le braccia.

Più tardi, mentre mi vesto, l'ascolto mentre è impegnata al telefono in una trattativa che sembra svilupparsi in maniera abbastanza complessa. Terminata la conversazione mi mette al corrente che in serata dovrà incontrarsi col suo interlocutore in un bar dell'albergo.

Naturalmente, non senza di me. M'informa che ha da sbrigare una faccenda veloce: ricevere un pacco e staccare un assegno.

- Non mi chiedi di che si tratta? – mi domanda.

- Ci stavo pensando.

- Come ben saprai, ormai, la mia passione per l'arte mi porta anche a farne commercio. Qui, a Mosca, ho la possibilità di fare un ottimo acquisto. Non è un'operazione tanto lecita, ma non si rischia niente.

- Siamo qui, dunque, anche per affari?

- No. Proprio no. Non abbiamo fatto questo viaggio perché avevo altri impegni, oltre a quello di viverti. Spero non sarai così insensato da non volermi credere?
- Potrei mai fingere tanta ingenuità, dando per scontato quello che dici? – replico risentito.
- E va bene! Mi costringi a confessioni amare. Sconvenienti per me, non certo per te, nei cui riguardi conservo una stima e un affetto fuori da ogni ragionevole limite. Io non potrei mai ingannarti, Jacopo, perché ti porto nel cuore.

Prima, mentre eri sotto la doccia, pensando allo champagne che abbiamo bevuto stanotte, mi sono ricordata di un evento: nel 2010 è stata fatta un'eccezionale scoperta da parte di alcuni subacquei che hanno recuperato all'interno di un relitto in fondo al mare, nelle acque del nord, alcune casse, risalenti al 1780, di «Veuve Clicquot», un eccellente champagne.

Pensa che sono state considerate ancora bevibili. Sulle gabbie che proteggono il tappo è presente il disegno di un'ancora, un antico stemma che l'azienda utilizzava all'epoca.

Secondo alcuni storici, quelle bottiglie facevano parte di un carico partito dalla Francia e diretto in Russia, dono di *Luigi XVI* allo Zar *Pietro il Grande*.

Vendute all'asta avrebbero un prezzo di partenza di 50mila euro a bottiglia. Sapendo per certo che un'organizzazione mafiosa russa è in possesso di una di quelle casse e che avrei potuto trattare per una bottiglia a 25mila euro, mi sono un tantino organizzata.

Non tutti, logicamente, potrebbero averne una a quel prezzo, ma a un cliente privilegiato come me, esponente di un'organizzazione internazionale molto rispettata, non fosse altro perché ha allestito un fiorente commercio di opere antiche in tutti i suoi generi, sono concessi favori e sconti.

- Sono stati loro, quelli dell'organizzazione, che ti hanno procurato all'istante il permesso per visitare i sotterranei, vero?

- Sì.

- Vorresti, ora, che io, in qualche modo, mi renda complice di qualcosa che non andrebbe fatto?

- No, non metterla su questo piano. Non ti coinvolgerei mai in quello che faccio, senza preventivamente avvertirti.

- Andreina, perché ti sei data a questa attività? E non dirmi solo per diventare ricca e vivere agiatamente, perché potrei non crederti.

- Quali altri motivi ci sarebbero, secondo te?

- Trattandosi di te, potrebbero essercene altri mille, di diversa natura.

- Per esempio?

- Potresti agire nel male per fare del bene.

Segue un breve silenzio, durante il quale lei assume un aspetto insicuro. Poi si riprende e incede:

- Che vuoi dire? Non capisco.

- Non capisci? Proprio tu, che intuisci ogni cosa di me? Non ti ha mai sfiorato la mente che anch'io potessi avere di te una visione completa e veritiera, tale da non farmi sfuggire niente che ti riguarda?

- Dove vuoi andare a parare, Jacopo? Se ti sei messo in testa che io sia una terrorista, ti sbagli di grosso!

- Una terrorista, no, ma una specie di sofisticata criminale a fini rivoluzionari, sì.

Questa volta il silenzio è più lungo. A interromperlo è lei:

- Una specie?

- Sì, una sorta di benefattrice che dispensa il suo aiuto per il mondo, a chi ne ha bisogno: una che elargisce somme di danaro per le cause dei popoli sfruttati e umiliati, per i tanti bambini che stentano a restare in vita, per le donne oltraggiate e violentate negli ambienti più involuti e socialmente difficili, per tutti coloro che versano in condizioni miserevoli e altro ancora, per cui vale la pena di rischiare anche la propria vita, o qualche anno di carcere.

- Tu non sai niente e dici cose di cui non hai la minima certezza. – mi rimprovera in modo calmo.

- Non so perché, ma ho sempre avuto il sospetto, sin da subito, che hai sposato *don Nino* per seguire un progetto personale, che doveva per forza avere una finalità diversa da quella di ambire a essere la moglie di un boss. Con le tue capacità ti è stato facile scegliere la tipologia d'affari che ti è più congeniale, entrando addirittura nella più alta organizzazione internazionale che regola il commercio illegale di opere d'arte e oggetti antichi di ogni genere.

- Racconti tutto come se avessi delle prove inconfutabili di ciò che asserisci. Non ho mai sottovalutato la tua intelligenza e la tua sensibilità, che ti regalano virtù intuitive non da poco, ma non hai niente di concreto per poter giungere a una simile conclusione.

- Sono una delinquente comune, una normalissima persona che si dà ad una attività illegale per vivere come meglio desidera.

- Perché fai tanta fatica ad ammettere che aiuti chi ne ha bisogno, mentre ammetti con tanta disinvoltura che sei implicata in commerci illeciti e malavitosi? – le domando con un tono alterato e nervoso.

Il silenzio che segue è molto sintomatico e genera una tensione pesante. Il suo volto, perso nel vuoto, si bagna di lacrime. Mi avvicino al letto, dove lei è messa sul busto con le gambe piegate, le accarezzo i capelli e la stringo forte.

- Scusami, non volevo...

- No, non scusarti, te ne prego!

- Devo confessarti una cosa: stanotte mi sono svegliato perché avevo sete e andando in bagno ho inciampato sulla tua borsa che, distrattamente, avevi lasciato sul pavimento. Rovesciandosi, ne è uscita un po' di roba, tra cui la ricevuta di un bonifico a una organizzazione umanitaria che opera in Ruanda, la fotografia di un villaggio africano

che ti ritrae in mezzo a una miriade di bambini e una lettera a firma di "Sorella Adalgisa", direttrice della Missione a Niamey, nel Niger.
- Hai letto la lettera?
- Sì.
- Sarei stata curiosa anch'io, al posto tuo.
Andreina si asciuga il viso, si ricompone e aggiunge:
- Se vuoi, possiamo parlarne, magari all'aria aperta, o in un ristorante, visto che ho fame. Non avrebbe senso tacerne. Faccio anch'io una doccia, mi vesto, e sono da te.
Anziché aspettarla, le scrivo un biglietto che lascio sul letto:
«Ti aspetto alla fontana dorata, sotto la statua della Principessa Turandot, in via Arbat. Pranzeremo lì. Fai presto, ho fame anch'io."
Mi incammino verso una delle vie più vecchie di Mosca, dove, da ragazzo, nel precedente viaggio, respiravo contento l'aria gelida di una Russia piena di slanci e speranze, di una terra che avevo sempre amato oltre modo e che consideravo, forse anche un po' per vezzo, la mia seconda patria. Resto col pensiero in sospeso tra ricordi assodati di giovanissimo viaggiatore e impressioni ondivaghe di precario pensatore.
L'*Arbat* non è lontana dall'albergo e, mappa alla mano, percorro, osservando gente e palazzi, un tragitto che mi restituisce in parte alla riflessione: una donna affascinante, ammantata nel mistero, muove tutte le mie corde sensibili e danza nello spazio della mia sfera intima.
Tra chioschi che offrono souvenir caratteristici del paese e artisti di strada che intrattengono i passanti, vado pensando alla rilevanza di Andreina nella mia vita come a una costante inamovibile di un destino che offre prelibatezze a condizioni particolari, che nella loro complessità si rivelano straordinariamente entusiasmanti e fatalmente devastanti.

Si fa breccia nella mente un pensiero inquietante, che tento di allontanare in modo immediato, prefigurandomi il volto di lei sorridente e disteso, nella piena forza vitale della sua bellezza.

Quando, all'improvviso, sento intorno a me una presenza sovrannaturale, sorrido in modo sarcastico. Ecco, mancava lui, *Raskòlnikov!* Avverto l'insolente e suggestiva presenza dietro di me. Imita i miei passi, lo svitato, e mi sembra di sentirne addirittura l'alito cattivo, impregnato di alcol e del fumo di pessime sigarette. Con stravagante vena allegra mi urla:

- *Ti spingi per il suolo della mia patria, bene, bene! Questa terra si potrà rivelare santa anche per te, stolto, se saprai cogliere l'influsso dello spirito russo che aleggia su di te. Respira forte, respira a pieni polmoni quest'aria fresca, per Diana! Non senti l'aroma?*

Questa è atmosfera che tempra la mente, regolandola per un funzionamento decente, senza incorrere in affanni di sorta e tentazioni tardo-romantiche di scadente fattura.

Ti sei sempre trattato con grandezza, traendo da te quanto di meglio vi potesse essere a sostegno della tua autonomia sentimentale; non vedo per quale motivo, ora, tu debba cedere alle svenevoli argomentazioni di un sentimento tanto fosforescente, ma poco luminoso, come quello amoroso, appunto.

Eh, sì, sciocchino, l'amore passionale non è altro che fosforescenza. Se ne resta stucchevolmente abbagliati, senza vedere oltre. Non c'è nulla che interpreti così bene il fenomeno dell'emissione radiativa come questo sentimento!

La componente chimica dell'amore richiama alla perfezione le caratteristiche di alcune sostanze reagenti a seguito di eccitazione elettronica!

Il principio della fosforescenza e dell'amore è lo stesso e, pur venendosi a creare mediante un processo che ne stabilisce l'esistenza, assume i segni del fenomeno illusionistico: una fonte di energia-amore eccita gli atomi-cellule, facendo saltare alcuni elettroni-neuroni su un'orbita più esterna. Quando questi

ritornano sull'orbita interna emettono una luce fosforescente.
Un ragionamento scientificamente attendibile! Non vorrai mica
prenderlo sottogamba? Approfitta di me, insensato, della mia
benevola assistenza!
Chi altri sarebbe capace di parlarti con una simile chiarezza e
lungimiranza?
Ricorda, chi non sa intuire il proprio futuro non potrà evitarne
i dilemmi e i tormenti e, quel che è peggio, non avrà scampo dai
pericoli che vengono da sé stesso!

***

Tra una folla di turisti e passanti, evitando di riflettere sul sermone delirante di Raskòlnikov e declinando l'offerta di qualche venditore ambulante, raggiungo la fontana dorata, dove svetta la statua della principessa Turandot.

In quel luogo, poco meno di vent'anni prima, Magda e Pavlina, impiegate alla reception dell'albergo dove presi alloggio, mi avevano dato appuntamento con tutte le premure del caso per accompagnarmi al "Teatro Vachtangov", situato proprio di fronte alla celebre scultura.

Qui assistemmo, senza che io intendessi una sola parola, a una pièce che mi parve brillante, recitata, ovviamente, in lingua russa. Si era nel periodo di Gorbaciov, in piena *perestrojka,* e le ragazze in compagnia degli stranieri potevano essere additate di comportamento dubbio, sebbene il paese cominciasse ad aprirsi alle esigenze delle nuove generazioni.

Vago nella memoria, quando due mani morbide che giungono alle mie spalle mi coprono gli occhi. Naturalmente è Andreina, che stringendomi a sé mi dice:

- Lo sai che, assorto e pensoso, hai un'aria da grande attore?

- Sarà che ho assunto un'espressione decente perché siamo davanti al teatro intitolato all'allievo di Stanislavskij! – replico.

- Ah, sì? Quello? – indicandolo.
- Sì. Ma, da dove sei venuta? Non ti ho visto arrivare.
- Per forza, guardavi nella direzione opposta. Son sbucata da lì, mio caro, da quella traversa. Il nostro albergo è distante appena cinque minuti.
- Cinque minuti? Io ho impiegato più di un quarto d'ora per arrivare qui e guardando attentamente lo stradario! Che zuccone!
- Ci sono cose per cui non siamo portati e altre che ci riescono facili quando alla moltitudine restano inaccessibili.
- E cosa, ad esempio, a me riesce naturale?
- Piacermi, come ora. – baciandomi delicatamente sulla bocca.
- Hai sempre fame? – le chiedo.
- Di più. Dove andiamo a mangiare? – domanda a sua volta.
- Non saprei, ci sono un'infinità di locali su questa strada, scegliamone uno a caso. Il terzo che incontreremo sulla sinistra, partendo da qui.
Abbracciati, andiamo in cerca del ristorante dove mangiare. Lei si gira per guardare ancora una volta la statua:
- Turandot! Conosco la fiaba. Vi è anche un'opera, vero?
- Sì, di Puccini. Un'incompiuta.
- Davvero? Un'opera d'arte incompiuta, qualsiasi sia il genere, conserva sempre un fascino peculiare. Dai, parlamene!
- Fu rappresentata per la prima volta alla *Scala*, diretta da Toscanini, il quale, a metà del terzo atto, interruppe l'esecuzione, si girò verso il pubblico e disse: signori, l'opera finisce qui perché a questo punto il Maestro è morto. Solo la sera dopo la eseguì nella sua completezza, aggiungendovi la parte finale composta da un tale Alfano, autore indicato per il compito dallo stesso Toscanini.
- Puccini morì mentre la componeva?
- L'incompiutezza dell'opera è oggetto di discussione tra gli studiosi. Da qualche parte si sostiene che la *Turan-*

dot rimase incompiuta non a causa dell'inesorabile progredire del male che affliggeva l'autore, ma per una sorta di intima difficoltà da parte del Maestro nell'interpretare il trionfo d'amore conclusivo, che pure l'aveva inizialmente acceso d'entusiasmo e spinto verso quel soggetto. Il nodo cruciale del dramma, che Puccini cercò invano di risolvere, è costituito dalla trasformazione della principessa Turandot, algida e sanguinaria, in una donna innamorata.

- Dici che potrei somigliarle anche se nessuno è morto per causa mia?
- Perché no? Tu sei un essere che racchiude in sé una miscellanea di virtù che appartengono a molti personaggi femminili della storia della letteratura, da Euripide, con Medea, istintiva e feroce, a Ibsen, con Nora, l'ultima donna moderna del teatro d'autore.
- Dici sul serio?
- Stavo per pensarci venendo qui, poi ho desistito. Ecco, questo è il terzo! Forza, che si mangia!

Entriamo in uno dei tanti bistrot che si affacciano sulla prestigiosa strada e, di lì a poco, divoriamo letteralmente gustose zuppe vegetali, parlando poco e guardandoci di più, dando modo alla nostra voracità di manifestarsi convenientemente.

- Una notte come quella che abbiamo avuto, mette tanto appetito! – dice con aria da monella, afferrando del pane imburrato.

Dopo aver bevuto dal calice di vino, aggiunge:

- Ora, sento che mi sono riappropriata di tutte le mie forze. Sono pronta per riprendere la discussione iniziata prima, in albergo. Allora, che vuoi sapere? Ti prometto massima sincerità e nessun riserbo.
- La lettera firmata da quella Suor Adalgisa, di cui sono venuto a conoscenza fortuitamente, è davvero toccante: per merito tuo centinaia di bambini sono ancora vivi, avendo potuto ricevere delle cure appropriate. La suora

riferisce che prega ogni giorno per te. Quello che hai fatto per la loro Missione, scrive, è degno di un angelo.
- Suor Adalgisa, logicamente, ignora gli affari che mi hanno reso ricca. L'ho conosciuta tramite il Padre spirituale del collegio di Roma dove sono cresciuta.
- Ti confessavi in collegio?
- Sì, ogni settimana. Era obbligatorio.
- E ora, che nessuno ti obbliga?
- Ovviamente, no. Di cosa dovrei pentirmi, se non ho ucciso nessuno, non sono invidiosa, cattiva, o malvagia, non inganno e faccio l'amore con tutta me stessa donandomi a un uomo che prediligo molto, chiuso nella sua meravigliosa orsaggine, che non diventa cattivo per un puro motivo estetico, non ruba perché per lui il possesso è conquista, non mente per timore di dire la verità e fa l'amore con una che gli piace tanto?
Sorrido. Le sue parole e i suoi modi la rendono straordinariamente misteriosa e al contempo simpatica, mettendone in risalto l'ironia e la fine intelligenza.
- Sei unica, non c'è che dire!
- Ti somiglio, Jacopo.
La frase, detta anche con una tonalità viscerale, come se al posto di Andreina avesse parlato il suo spirito, mi spinge a scrutare nella mia mente per trovare il motivo per cui ne sono rimasto impressionato. Nemmeno il tempo di iniziare una riflessione che alle sue spalle mi appare Raskòlnikov, beffardamente sorridente. Senza perdere tempo, con un fare scenico, inizia:
- *Sei molto più sprovveduto di quanto pensassi. Tu non sei sufficientemente pazzo per comprendere certe forme sconfinate d'attrazione. Ancora non hai capito che lei ti trova irresistibile perché rappresenti magistralmente una parte della sua volontà? Tu parli e reagisci esattamente come lei desidera che tu faccia! Dicasi lo stesso anche per te, svergognato!*
Mi fa specie che tu non ti sia accorto come le sue espressioni prendano forma dalla proiezione dei tuoi riflessi.

Oh, certo, non siete interscambiabili e non costituite la contrap-
posizione di due caratteri uguali, tantomeno siete due anime
gemelle da compattare, o altre stupidaggini affini.
Voi non vi completate affatto, tutt'al più potete soddisfare voglie
incontenibili, non immaginando quanto vi respingiate, anche se
a ben guardarvi date luogo, diabolicamente, a sequenze vissute
dove lei raggiunge l'unico modello femminile in grado di farti
perdere la testa, mentre tu ti atteggi nell'unico archetipo ma-
schile capace di mandarla in visibilio.
Ma questo non vuol dire che siete fatti l'uno per l'altra, anzi,
conferma pienamente quanto un sentimento ragionato e dure-
vole vi sia estraneo.
Per non parlare delle sostanziali differenze che intercorrono tra
le vostre anime.
Lei è un'eroina, Jacopo, che non pensa ad affermare la propria
identità, ma a salvare le vite del prossimo nel solo modo che cre-
de possibile, macchiandosi di reati per cui rischia grosso.
Lei avrà, probabilmente, un destino che le sarà proprio. Mentre
tu sei uno sempre impegnato a migliorarti, convinto che alla
lunga il merito riscatti le umiliazioni subite.
Ma per quanto tu possa progredire non diventerai mai abba-
stanza indecente da diventare il mio idolo!
Quando, *Raskòlnikov*, in seguito a un teatrale inchino,
scompare, Andreina osserva:
- Mi piacerebbe, talvolta, entrare nella tua mente e sapere
all'istante cosa pensi, non solo per soddisfare una curiosità che non è petulante, ma per partecipare al processo
cerebrale che ti fa assumere un aspetto così concentrato
e isolato.
- Scusami, ti avrò dato l'impressione di essermi assentato
un attimo. In verità, riflettevo sulle tue scelte di vita. – riesco a dire, tacendole dell'apparizione di Raskòlnikov.
- Jacopo, in nessun modo voglio rischiare di coinvolgerti
nelle mie faccende. Non credo esista la possibilità di un
cambiamento delle mie priorità. Per me aiutare quei bambini è essenziale. Ero poco più che un'adolescente quando

ho visto un documentario agghiacciante sulle morti infantili dei paesi africani. Ricordo che per giorni non riuscii ad assaggiare niente, se non a sorseggiare dell'acqua. Non riuscivo ad addormentarmi, pensando a quelle povere creature con i loro sguardi tremanti, la cui struggente tenerezza colpiva dritto al cuore, come a invocare misericordiosamente un aiuto che il mondo continua a rifiutar loro.

Promisi a me stessa che avrei fatto di tutto per aiutare concretamente quelle anime innocenti, calpestate miserabilmente da coloro che si sentono i padroni del pianeta e delle esistenze altrui. Contribuire sostanzialmente a far restare in vita bambini senza alcuna difesa è per me determinante e necessario.

Vi è bisogno di un minimo di strutture e di un mucchio di farmaci per poterli curare adeguatamente. Queste cose costano, anche se per fortuna riesco a procurarmi il danaro necessario per poter far fronte alle necessità di centinaia di casi, un numero sempre minuscolo rispetto a quello delle morti che sopravvengono quotidianamente.

Mi dispiace, ma io non potrei essere diversa da quella che sono. Non credo sia alla mia portata ambire a qualcosa che non riguardi la mia missione, che è tutta qui: mirare alla salvezza di quelle tenere esistenze, lasciando la propria nelle mani del destino.

Resto a guardarla con commozione, visibilmente toccato dalle sue parole. Allungo le braccia e le stringo le mani. Dovrei convincermi di essere venuto a conoscenza del suo grande segreto, che, in fondo, alleggerisce di molto le sue colpe di criminale, data la natura umanitaria che è alla base della sua scelta di delinquere.

Invece, non è così. Non so per quale motivo, penso che lei resti misteriosa, sebbene abbia confessato una verità tanto intima e personale, che pur rivelando il lato nobile del suo animo, non ne prospetta la personalità in una visione completamente cristallina.

Penso, francamente, che qualcosa le impedisca di manifestarsi nella sua totale trasparenza, qualcosa di ancora più pazzesco ed eclatante rispetto alla sua funzione di moderno e alternativo Robin Hood. Qualcosa che prende origine dalla sua coscienza più nascosta e inconfessata, dove la valutazione morale del suo agire coincide con un criterio supremo che ne regola la vita.

Davvero non mi stupirei, se lei provenisse da un altro mondo e da un tempo diverso da quello attuale, di cui non parla per non spaventarmi.

Quando finisco con i miei pensieri, i suoi occhi inumiditi e dolci mi sorridono. Mi dice:

- Grazie per il tuo sforzo di comprendermi appieno, con una discrezione che resta sempre apprezzabile.

Mi risparmi domande moraleggianti che altri farebbero, privilegiando il proprio egoismo. Provi un chiaro interesse per me, ma non mi chiedi di cambiare vita e appartenerti. Questo, ti rende il mio unico amore.

Ti confesso una cosa: l'antico champagne, recuperato in fondo al mare, più che rivenderlo sono tentata di berlo insieme a te.

- Davvero?

- Sì. Pensa, berremmo qualcosa che era destinata a *Pietro il Grande,* ma ti rendi conto? *"Veuve Clicquot"* del 1780!

- Ma sei certa che si potrà ancora bere come ha detto il tale?

- Non lo so, ma se è vero, come sosteneva, che la continua pressione a cui sono state sottoposte le bottiglie, rinvenute a cinquanta metri di profondità e quindi al riparo dalla luce, ne hanno conservato il gusto, sorseggeremo qualcosa di straordinariamente unico! Non ho mai ecceduto in niente, ma questa volta voglio concedermi, insieme a te, l'impensabile.

X

Siamo sull'aereo, di ritorno in Italia, e Andreina tradisce un'ansia insolita. Sembra prigioniera di un'idea, o di un pensiero, di cui ha appena cercato di liberarsi, trovando spazio in un desiderio incredibilmente esclusivo.
- C'è qualcosa che ti preoccupa? – le chiedo.
- Sì, la tua ingenuità. – risponde senza esitare.
La guardo facendo una smorfia interrogativa, come per domandarle come e quando sono stato tanto ingenuo. Lei recepisce e aggiunge:
- Non voglio che tu possa pensare che io abbandoni l'organizzazione che sovrintende ai miei affari per seguire, magari, un modello di vita più tranquillo e al riparo da ogni spiacevole disavventura. Il rischio fa parte, ormai, della mia quotidianità.
- Non hai mai pensato di farlo?
- No, per due ovvie ragioni: a) non è per niente agevole staccarsi da una siffatta rete di soci, una volta in possesso delle notizie necessarie che potrebbero compromettere l'intera organizzazione internazionale; b) non ho nessuna intenzione di ritirarmi a miglior vita, non essendo sicura che possa esercene un'altra più congeniale alla mia indole.
Ci sarebbe una terza ragione, ma è troppo importante per potertene parlare a bassa voce. Preferisco esportela più tardi, quando saremo soli, senza nessuno intorno: vatti a fidare di questi aerei, chissà che le conversazioni dei passeggeri non vengano registrate?
Dopo qualche ora, nel tardo mattino, recuperiamo l'auto al parcheggio della Malpensa e puntiamo verso il Sud, con me alla guida. Percorsi qualche centinaio di chilometri, Andreina accenna a quella terza ragione per cui ha deciso di restare una trafficante di opere d'arte, in pratica

una cosiddetta malvivente. Stranamente, inizia con qualche incertezza e con qualche fronzolo di troppo, per poi venire sapientemente al nocciolo dell'argomento.

Con mia grande sorpresa, ricevo, in piena regola, una proposta di collaborazione per effettuare quello che lei definisce il suo "ultimo colpo". Un affare colossale, in cui lei avrebbe bisogno di non sentirsi sola e di essere affiancata da una persona che non la tradirebbe mai. Come reazione immediata resto ammutolito, poi, sempre nel silenzio, incapace di riflettere.

- Puoi fare un verso per rassicurarmi che non hai perso la parola? – alleggerendo l'aria.

- Ma il verso non avrebbe testimoniato che ne ho ancora l'uso! – replico.

Si gira verso di me, sorride, mi guarda a lungo e mi dice:

- Jacopo, sono certa che con te riuscirei a realizzare un'impresa dai risvolti quasi proibitivi: potremmo, insieme, compiere un'operazione che ci frutterebbe una cifra gigantesca, da investire come ti pare, finanziando concretamente cause giuste e associazioni di solidarietà, non trascurando i tuoi interessi e le tue esigenze, a cui finalmente potrai far fronte senza ringraziare nessuno, se non te stesso.

- Perché hai scelto me, Andreina?

- Perché sei il migliore! Ho bisogno di uno che sappia sostenere il ruolo che ho da affidargli, dotato di una sensibilità straordinaria e un intuito ancora più pronto, che possa in ogni momento districarsi a dovere ed elaborare con me il da farsi per poter arrivare più facilmente alla meta finale. Sono assolutamente convinta che le nostre menti, unite, potranno sbaragliare ogni pericolo in questa ultima sfida, la più difficile di tutte.

Diversamente, da sola, avrei meno chance, senza contare che questa volta potrei rimetterci la pelle. Sì, Jacopo, questa volta si rischia di brutto. Non potrei nascondertelo e tanto vale dirtelo subito.

- Non avevi detto che non avresti mai fatto niente per coinvolgermi nelle tue faccende?
- Se non preventivamente. Sì, ero sincera quando l'ho detto. Avevo rinunciato a questo colpo, per via di difficoltà di ordine logistico e pratico che, in un primo momento, ho considerato insormontabili.

Ma, riflettendo bene sulle difficoltà che l'impresa presenta, mi sono ricreduta e adesso vorrei tentare, poiché credo di aver avuto un'intuizione formidabile, che rappresenta la mossa giusta, la soluzione: tu, Jacopo!

La osservo attentamente, mentre parla. I suoi occhi sono pieni di energia e trasmettono un'emozione rara, un entusiasmo arginante, una speranza salvifica. Mi parla come se lei fosse una profetessa che parla del suo credo per convincermi ad abbracciarne la fede.

Non c'è gioco sottile nel suo atteggiamento, tantomeno se ne scorge un elemento persuasivo di artificiosa impostazione, o un'espressione che tradisca una volontà subdola e ingannatrice.

Il suo sguardo, come in una religiosa istanza, quasi m'implora di seguirla per una via difficile, lungo la quale le nostre identità saranno sollecitate a misurarsi con l'imponderabile e a confidare in un aiuto divino che tenga conto della follia di chi ne invoca i prodigi. Sta di fatto, che non sono capace di respingerla:
- Se non accettassi dovrei immaginarti in una situazione di pericolo e questo, a dire il vero, mi metterebbe preoccupazione. D'altra parte, con me al fianco non è che il pericolo scompaia, ma se non altro potrei avere una esatta visione di ciò che ti succede. Prima di prendere la mia decisione in merito, potrei sapere in cosa consiste l'ardua impresa?
- Certo, domani lo saprai. Voglio che tu rifletta e la notte, come si suol dire, porta consigli. Sappi, comunque, che si potrebbero correre dei seri rischi, anche di morte, pur nella peggiore e più sfortunata delle ipotesi.

***

Quando, in serata, giungiamo a destinazione, ci salutiamo abbracciandoci forte e prolungatamente.

Stanco, mi distendo sul letto e prendo a riflettere senza particolare intensità sul mio presente, fino a quando, in uno stato di dormiveglia, le sensazioni prendono il posto del pensiero, producendo immagini in sostituzione delle parole: Andreina, in una trasparente veste turchese, dice messa dall'altare sfarzoso di una chiesa.

Avvolta intorno al capo ha una fascia di tessuto dai colori molto vari. Il suo volto è straordinariamente radioso, con gli occhi di una lucentezza adamantina.

Si muove a piedi nudi tra il marmo bianco, con le braccia verso l'alto, parlando una lingua imprecisabile che, ignoro per quale motivo, associo all'antico gaelico. Appare di una bellezza suprema e lo splendore del suo corpo, velato appena dal leggerissimo indumento, magnifica il senso del potere spirituale femminile.

Il suo sguardo sembra intensificare qualsiasi energia con la quale viene a contatto. La sua figura eterea, dai seni bianchi e turgidi al pube angelico, assurge a simbolo dell'amore e dell'illuminazione. Nella saggezza e nella purezza dello spirito, la sua voce emana vibrazioni che collegano alla sua interiorità, ristabilendo l'unità perduta.

Le sue incomprensibili parole riflettono la volontà di una divinità che spinge per consentire l'ascesa verso la chiarezza mentale. Da lei prendo la forza necessaria per recuperare la potenzialità della mia struttura psichica e ritornare in possesso dell'espressione più autentica della mia personalità, indispensabile per affrontare con maggior coraggio le prove della vita ed esercitare un maggiore controllo sulle proprie azioni e sulla propria esistenza.

La performance liturgica di Andreina continua, nella sua singolare assurdità, con un rituale spettacolare: insieme ai fedeli del culto, di cui lei è interprete, intona un canto di una melodia suggestiva, a evocare antiche danze tribali.

I ritmi delle percussioni si elevano gradualmente fino ad alternarsi, in uno schema corale, con la moltitudine delle voci, mentre la Sacerdotessa infila una collana di pietre vulcaniche al collo degli osservanti, che, dopo averne ricevuto anche un fiore di campo, la ringraziano pronunciando: "Dove tu sei, io sarò".

Stranamente, il luogo, con l'altare marmoreo, gli affreschi e i candelabri in bronzo, che richiamano il carattere biblico di una cattedrale, non risulta inadeguato a una funzione così arcanamente ieratica, sì che il rapporto tra architettura e celebrazione appare naturalmente armonico.

Tutto pare ricondurre a un intreccio di religioni, tradizioni e usanze di cui Andreina si configura come la fiduciaria privilegiata, abilitata a esercitare un rituale che testimonia la presenza dello spirito dell'uomo sin dai tempi più remoti, non una devozione a un dogma sovrastante.

Più che per conto di una fede come adesione dell'anima a quel che si crede una verità, lei sembra agire in virtù di una spontanea e nobile credenza, consistente semplicemente nell'assecondare le forze naturali, rispettandone il ciclo nel susseguirsi delle stagioni.

Non s'intuisce nessuna organizzazione religiosa a regolare e controllare il suo sacerdozio, anche per la testimonianza diretta della stessa divinità, la cui presenza si avverte nella gestualità e nella voce di chi parla in suo nome.

A quel cerimoniale partecipo anch'io e, come ultimo della fila, prendo dalle mani della Sacerdotessa il fiore che lei raccoglie da una cesta e chino il capo per riceverne la collana in pietra.

Guardo da vicino il suo volto roseo, immergendomi in una beatitudine che attenua l'irrequietudine di ogni mia attività cerebrale, essendo i miei sensi pervasi dalla vista di quella figura femminile.

La Sacerdotessa non mi riconosce come suo amante e per me riserva lo stesso sorriso lieve che ha rivolto a tutti, in segno della sua benevolenza. Così vicina e tanto distante, Andreina in quelle sembianze sacrali mi rivela ancora una volta la gigantesca complessità di alcune forme di bellezza, che vanno ben oltre i lineamenti fisici e le proiezioni dell'anima, raggiungendo una dimensione in cui non possiamo che perderci.

Possibile, mi chiedo, che questa donna sia la stessa che mi ha chiesto di rischiare di morire per mettere a segno un colpo dal colossale guadagno, anche se con l'intenzione di donarne una cospicua parte ai bisognosi del mondo?

Cosa hanno in comune una donna affascinante, studiosa di storia, esperta d'arte, trafficante di opere, paladina dell'umanità e un personaggio dai risvolti fortemente sacrali come quello che ho di fronte?

Chi realmente è Andreina e, soprattutto, la sua esistenza è mossa da forze non facilmente distinguibili?

Non finisco di pormi queste domande in sequenza, che la Sacerdotessa mi appare, ora, con una maschera d'argento. Ha voluto forse coprirsi il volto per non darmi altri riferimenti di sé stessa che non siano quelli relativi al suo esercizio clericale.

Con la collana di pietre al collo e tra le mani un fiore di campo, anch'io osservo: "Dovunque tu sei, io sarò".

***

Quando, in piena notte, mi sveglio accorgendomi di non essermi spogliato di niente, neanche delle scarpe, ho come la sensazione di aver già maturato dentro di me la decisione di mettermi, incondizionatamente, a disposizione di Andreina e del suo imprudente progetto, ben consapevole della probabilità di andare incontro a un grosso pericolo.

In fondo, penso, togliendo gli indumenti e lasciandoli cadere sul consumato parquet, che questa non sia un'epoca in cui si rischia la vita per una donna. Ecco, respirare un po' di settecento e ottocento in questi tempi così minimi e trascurabili è un'iniezione di voglia di vivere e di appartenenza al mondo, che, diversamente, non avrebbe circolato nelle mie vene.

Eh, sì, che sono pazzo! Cammino nudo per casa e mi trovo indecente nel constatare che l'idea di mettere a repentaglio la mia esistenza per Andreina abbia avuto l'effetto di una stimolante eccitazione sessuale, che mi ha provocato la più imprevedibile delle erezioni.

La mia voglia di lei è irrefrenabile e il pensiero di non poterla avere, ora, mi crea una smania che mi turba e mi scuote. Per non cadere nella frenesia, commetto uno di quei peccati che da chierichetto confessavo come "atto impuro".

Che l'insidia del rischio potesse offrire situazioni stuzzicanti l'ho sempre immaginato, ma ignoravo del tutto che potesse contenere una forte spinta erotica.

Dopo una doccia rilassante mi rimetto a letto, cercando vanamente di riaddormentarmi. Contemplando il mio futuro prossimo, mi scontro con l'eventualità della morte, a cui Andreina ha fatto cenno. Mi viene quasi d'obbligo pensare agli scorci più significativi del mio vissuto. Perlomeno, a quelli che in quel momento ritengo i più importanti.

Quel che più mi rattrista sono i frammenti incompiuti; se mai dovessi andarmene all'altro mondo ne lascerei più di qualcuno che avrebbe meritato miglior sorte. Non so quale processo si scateni nella mente, ma di lì in poi prendo a considerare l'idea della morte estranea e banale.

Niente potrebbe rendermi più incompiuto della morte stessa, rendendo la mia esistenza del tutto inutile e miserabile. Penso che se davvero dovessi morire avendo tempo per riderne, non esiterei a farlo fino alla fine, imprimendo sul mio volto il sorriso beffardo di un simile destino.

Certo, ne riderei a crepapelle! Quei pochi secondi che mi separerebbero dal definitivo oblio sarebbero per me attimi di esilarante comicità, dove un'esistenza come la mia mi apparirebbe, di colpo, tra le più insensate mai distribuite dal fato. Sicuramente tra le più ingannevoli e illusorie e, per questo, tremendamente risibile.

Strano come, di fronte all'idea, anche se incerta, della fine, ci si renda conto perfettamente di ciò che realmente siamo, preoccupandoci di quello che ci sta più a cuore. Così come un contadino troverebbe naturale rivolgere il proprio pensiero alla semina lasciata a metà, un misero uomo di comunicazione, come me, si abbandonerebbe al rimpianto di lavori mai portati al termine, lasciati scelleratamente incompleti. Ma, se non altro, a differenza dei tanti, non sono affatto convinto di essere un genio.

- *Sei sincero in questo momento?*

La sua voce calda appare, questa volta, paternale, persino affettuosa: lo "squattrinato" è lì, di spalle, seduto alla mia scrivania, che palpeggia il sottile computer di ultima generazione.

Le sue apparizioni, quantunque più frequenti, sono sempre improvvise e inaspettate. *Raskòlnikov* tiene le mani appena distanti dalla tastiera e muove le dita mimando giocosamente il gesto di chi preme sui tasti nell'atto di scrivere.

- *Certo, saranno più veloci, questi parolai ambulanti, ma dove mai più profondi?*

Poi, con un movimento delle gambe, si gira e appoggia i gomiti sulla spalliera della sedia venendo ad assumere una posizione frontale. Non l'avevo mai guardato così attentamente, anche perché la sua figura non mi era mai apparsa così nitida e distinguibile.

Riesco a vedere della sua persona ogni lineamento e a distinguerne, nei minimi dettagli, tutte le irregolarità che ne fanno certamente un uomo affascinante e sensuale. Nel suo usurato, ma sempre elegante vestito ottocentesco, con giacca leggermente lunga e cappello liso, mostra occhi presenti ed espressivi.

Ha la barba di due o tre giorni. Il suo volto è quello di un giovane di significativa avvenenza.

Il suo aspetto è molto convincente, nel senso che si ha subito l'impressione di essere al cospetto di un uomo di cultura, dai modi affabili ed educati. C'è tristezza nel suo sguardo, ma anche tanta vivacità. Quando ti punta, accenna quasi sempre a un sorriso, che poi smorza per assumere un'aria falsamente severa.

Seduto sul letto, appoggiato con le spalle alla parete, lo osservo alla mia scrivania mentre incrocia le mani portandosele alla fronte, nell'atteggiamento di chi medita. Pochi secondi e attacca:

- *Non essere patetico nel giudicarti troppo severamente e impara a riservare per te considerazioni più morbide in momenti che hanno tutta l'aria di essere critici. Non sarai gran che, ma ti riconosco un piccolo talento, via. Vedrai, ancora un po', tra sofferenze, autocommiserazione ed esercizio, e diventerai davvero bravo, al di sopra di una spanna dei ciabattoni che popolano redazioni e librerie.*

Chi l'avrebbe mai detto? Tu, animula blandula degli anni duemila, irretito da un sentimento antico! Tra le tue lacune non c'è anche quella, vero, di credere che la passione dell'amore sia un sentimento che abbia scavalcato i secoli?

Qualsiasi cosa tu avverta nei confronti di Andreina non dà un'emozione riconducibile ai tempi in cui vivi. Non c'è innamorato, oggigiorno, che rischierebbe la pelle per l'amata!

L'uomo moderno non è virile, anche se continua a essere mosso da pulsioni sessuali.

Sì, sì, hai ben capito. Ascolta, mio improbabile eroe, la virilità è un comportamento, una dote etica, non una fattezza fisica. La virilità appartiene al pensiero, non al corpo.

Non esiste un corpo virile senza un pensiero integro e audace. Ora, dimmi, ritieni di appartenere ad una società leale e coraggiosa? Oh, sì, lo so bene, non hai niente a che vedere con il sistema collettivo!

Buon per te, se non altro conserverai l'essenza naturale del maschio, data da quell'impasto aromatico di serietà e capacità, misto a passione e follia, che ogni donna esigente annusa addosso all'uomo da cui è affascinata.

La corruzione, mio caro, non forgia maschi ardimentosi, ma uo-
mini di paglia che, inevitabilmente, bruciano dietro a qualche
donnina in cerca di vantaggi.
Attento, però, non farti trasportare dalla foga: sii scaltro, alme-
no quanto la donna che esalta il tuo estro.

Scompare, lo sciagurato, proprio quando desideravo che
mi parlasse ancora, che mi fornisse ulteriori e utili motivi
di riflessione. Mi siedo alla scrivania, dove appena un attimo fa stava lui. Accendo il monitor e prendo a scrivere
fino a quando, ormai mattino inoltrato, mi giunge la telefonata di Andreina.

Mi aspetta al molo: ha chiesto ad Agostino di prendere
l'*arca misantropica* per inoltrarci in mare, dove mi parlerà
dell'ineluttabile e fatidico «ultimo colpo».

***

Mi preparo in pochi attimi e raggiungo il porticciolo turistico, dove lungo il marciapiede scorgo la sua elegante
silhouette in un delizioso cappottino rosso con bottoni
dorati: mai una volta che la sua immagine, sia essa nuda
o adornata del minimo indispensabile, non riflettesse il
senso universale del fascino femminile.

Vestita in maniera demodée, per giunta, lei raggiunge un
grado di graziosità inarrivabile, ricordandomi tanto le
dive *pop* che ammiravo da bambino. Mi avvicino e, attraverso un soffio lieve, respiro la sua bellezza. Con le braccia
intorno al mio collo, mi attira a sé e mi bacia dolcemente:
- Incredibile, quanto mi sei mancato! – dice, come se ne
fosse sorpresa.

Subito dopo, provocando in me una sorta di paradossale
stupore, aggiunge:
- Ho dormito poco e ho avuto una smaniosa voglia di te.
- Potevi chiamarmi! – rispondo.
- Lo sai che ci ho pensato? Saresti venuto?
- Di corsa!

- Recupereremo in barca, più tardi. – sussurra languida.
- Non parlare con quel tono di voce così basso e caldo, altrimenti...
- Altrimenti?
- Forse, sarò io ad ucciderti. – rispondo, fissandola negli occhi.

Quando, a bordo dell'*arca*, a tutta velocità, si fa per dire, raggiungiamo un po' di largo a qualche centinaia di metri dal pontile, esco fuori dal cabinato per iniziare l'operazione di ancoraggio. Rientro in cabina e scopro Andreina adagiata sul tavolaccio, appoggiata su un gomito, senza scarpe e senza gonna, con le cosce piegate.

Le restano il maglione giallo-ocra e le autoreggenti chiare.
- Da quando siamo in barca, non ho che un solo pensiero, e tu? – domanda con tono giocoso e invitante, in tutta la sua insostenibile bellezza.

Senza parlare, la guardo attentamente, accorto a non farmi sfuggire niente di quello straordinario scenario che si offre ai miei occhi incantati: l'azzurro intenso del mare e quello chiaro del cielo che si abbassa all'orizzonte formano una scala cromatica che mi appare al di là delle sue gambe, filtrata dal vetro consunto dell'abitacolo della barca.

Il colore delle calze, leggermente più scuro di quello della sua carne, stacca con le diverse tonalità del legno: terra di Siena, rosso di Marte e testa di Moro sono presenti nella composizione del tavolo, delle panche e della credenza, mentre il pavimento e le pareti del suggestivo ambiente della barca si alternano sulle gradazioni del rosso carminio, con effetti di arancione bruno.

Un desiderio rinnovato e aggressivo, colori spiccatamente sensuali e una fragranza di mare e spezie compongono una pulsione erotica che mi spinge ad amare Andreina come mai avevo fatto in precedenza, con un fervore che la passione contiene appena. Per la prima volta, mi capita di andare oltre la sua bellezza, constatandone il fascino in una dimensione sempre più intima ed estatica.

Mi appare felina nell'atto dell'amore e la sua arcana carnalità scatena i miei sensi fino a condividere con lei un senso di animalità che pare legarci oltre ogni ragionevole sentimento di affettività.

Poco dopo, con la schiena sul tavolo e le braccia aperte, sorride enigmatica e lieta. Mentre io la osservo ricambiando il sorriso, con la consapevolezza di chi, ormai, crede di poterla aiutare e proteggere nella sua follia: il suo "ultimo colpo".

- Il fatto che tu non mi abbia mai posto domande indiscrete, mi invoglia a fartene qualcuna. Posso? – dice affabile, rimettendosi l'intimo, la gonna e le scarpe.

- *Oscar Wilde* diceva che non esistono domande indiscrete e che solo le risposte possono esserlo. – replico, indossando, a mia volta, i pantaloni.

- Appunto! A maggior ragione te la faccio. Essere così preso da te stesso non ti ha consentito fino ad ora di legarti a nessuna donna. Lo stesso, per motivi differenti, dicasi di me.

Se mai noi fossimo fatti l'una per l'altro, io non ti vorrei lo stesso, intendo dire che non ho nessuna pretesa di legarti a me per sempre, anche perché tu non me lo lasceresti fare: è così?

- Non capisco dove sia l'indiscrezione nella domanda.

- Ma, sei tonto? Ti ho chiesto se desideri vivere con me!

- Perché me lo chiedi?

- Per avere la conferma che siamo uguali.

- Bene, confermo.

Prende a ridere di gusto, dando l'impressione di chi si stia divertendo molto.

- Che ridi? – le domando.

- Rido di te. Hai una paura tremenda di finire insieme a me.

- Ma neanche per sogno! Io non sono affatto un fidanzato, un compagno, men che meno un marito, ovvio.
- Tu sei solo adorabile, lo so. Come amante, naturalmente.
- Anche tu e non solo come amante.
- Ti piaccio molto? – mi chiede con scarsa serietà.
- Tantissimo.
- Cosa provi per me? – incalza.
- Ti vivo come se bevessi acqua di un altro pianeta.
Dopo un attimo di silenzio, in cui mi guarda con commozione, incede, cambiando aria e tonalità e assumendo compostezza:
- Sai essere così speciale da rendere in un ricordo prezioso molti dei momenti vissuti con te. Spero che tu sia la mia perenne attesa. Per questo, mi auguro tu voglia seguirmi nella mia ultima difficile operazione. Te ne informo nei dettagli, affinché tu possa prendere una decisione in piena coscienza.
Seduta sul tavolo, con i piedi appoggiati sulla panca, estrae dalla borsa una penna e un foglio bianco, mentre io prendo dalla credenza una bottiglia di un liquore scuro, che forse è liquirizia, e due bicchieri da rum.
- Aspetta! – incalza.
Riprende la borsa e ne tira fuori l'impensabile: una vecchia bottiglia di champagne, senza etichetta, il cui colore del vetro appare di diverse tonalità.
- No! Non mi dire che...
- Sì, è una delle trenta bottiglie di quella cassa, regalo di Luigi XVI per Pietro il Grande, trovata da un sub sul fondale del mar Baltico, al largo delle isole Aaland. Champagne, pagato a venticinquemila dollari, mio caro. Lo berremo, qui, sull'arca misantropica!
Non esiste luogo migliore, per onorarlo. Una volta consumata, la restituiremo alla profondità del mare, riempendola di sale. Dal Baltico al Mediterraneo, dopo che il suo contenuto avrà inebriato due folli come noi, giacerà per l'eternità negli abissi del mare appartenente al mito.

- Aprila tu, ma fai attenzione – mi dice.

Prendo tra le mani, premurosamente, la bottiglia. Dopo un'operazione abbastanza lunga, ne sollevo con delicatezza il tappo, che Andreina prende a osservare attentamente:

- Vedi questa àncora incisa sul sughero? È questo il marchio che fa ritenere che si tratti di "Veuve Clicquot", uno champagne prodotto negli anni a partire dal 1780. – mi dice, con emozione.

Prendo due bicchieri dalla credenza, non proprio adeguati all'uso, e vi verso il liquido color oro scuro, che, incredibilmente, fa delle perfette e piccolissime bollicine. Silenziosi ed eccitati alziamo i bicchieri da cantina, riempiti dello champagne più costoso del mondo, e brindiamo fissandoci entusiasti e increduli:

- All'eternità e all'infinito che ci attraversa! – esclamo.

- Alla meraviglia che sgorga dai tuoi occhi! – replica, lei.

- Dio mio! È come un nettare, dal retrogusto di tabacco, ma anche di frutti bianchi! – riesco a dire dopo averlo sorseggiato.

- Non ci posso credere! È straordinariamente delizioso! – aggiunge Andreina, con uno stupore che le rende un'espressione incantata.

Prendiamo a berne, con ritmo lento e rilassato, desiderosi di consumare quel ben di Dio restando avvolti dal sentimento che ci lega e parlandoci teneramente, come si conviene a due persone che, semplicemente, si amano.

L'armonia tra noi è tale che non posso fare a meno di sentirmi parte di una coppia. Mai, mi ero sentito tanto vicino a lei, da contemplarla come la mia donna. Certo della mia sobrietà, non ascrivo all'effetto dell'antico champagne questa mia percezione emotiva. Pertanto, con molto coraggio le dico:

- Ti scopro così serena e quieta, talvolta, e ti vedo così lontana dalla donna impegnata in affari tanto rischiosi, che mi appari esclusivamente come una promessa sposa, di quelle fatte per essere amate con tutta l'anima, nel rispetto della bellezza di un sentimento puro. Mi succede di vederti come un campo di grano, una distesa di gigli bianchi, un filare di vecchie case di pietra. Ti prego, non riderne.

L'emozione le sale forte. I suoi occhi diventano ancora più lucidi. Stende la mano, a stringere la mia. Mi guarda con un'amorevolezza interminabile:

- Quello che hai detto mi riempie il cuore, facendolo battere come non mai. Eri sincero e ti sei lasciato andare, amore mio. – mi dice a bassa voce.

Non so quale espressione io abbia assunto, ma so bene cosa abbia avvertito dentro di me. Una sorta di maremoto emotivo mi consegna interamente al sentimento dell'amore.

***

Dopo il toccante momento di idillio, ritorniamo alle nostre incombenze. Sollecitata da me, Andreina si accinge a parlarmi della missione che ci attende:

- Il 21 marzo prossimo, equinozio di primavera, a breve quindi, tre grandi capolavori della pittura del seicento usciranno dai caveau di una banca di Lugano, dove sono stati depositati per essere ceduti clandestinamente. I loro proprietari, investitori occulti che hanno evidentemente delle impellenti necessità, hanno deciso di venderli alla nostra organizzazione per una cifra assolutamente conveniente. Ho avuto sino ad ora un ruolo attivo in tutta l'operazione, dall'acquisto delle tele dai privati fino alla trattativa della vendita per cinquanta milioni di dollari a una grossa finanziaria americana in odore di mafia e ho una parte fondamentale anche nella consegna delle opere. Per ora so che sarò assistita da un albanese e un marsigliese, braccia armate dei vertici dell'organizzazione.

Uno dei due trasporterà le opere a Montecarlo, in attesa di viaggiare con una nave da crociera diretta negli USA, dove saranno consegnate a compratori esclusivi di Chicago, non prima di aver incontrato il loro intermediario, infallibile conoscitore di capolavori del '600, che dovrà appurarne l'autenticità.

Il valore reale e di mercato delle tele si aggira intorno ai centocinquanta milioni di dollari. La società finanziaria americana, quindi, avrebbe incassato dall'*affare* il triplo di quanto avrebbe investito. Ma noi faremo una truffa ai suoi danni, rifilandole dei falsi ben eseguiti, che tu, sostituendoti all'esperto, giudicherai originali. Il colpo, dunque, vale una vera e propria fortuna. Una cifra colossale. Puoi fare già delle domande, se vuoi.

- Di che opere si tratta?

- Pensavo facessi qualche domanda di natura tecnica, per così dire, e invece ti preoccupi di conoscere gli autori e l'oggetto delle pitture da trafugare. Ti dimostri, come sempre, inconfondibile.

- Quelle, dopo. E ce ne sono. – replico.

- Mio caro, abbiamo a che fare con uno straordinario autoritratto maturo di *Rembrandt*, una particolare conversione della Maddalena di Artemisia Gentileschi, forse la più grande pittrice di tutti i tempi, e uno straordinario Caravaggio di cui non sono al corrente sulla natura del soggetto. Che dici, un bel trittico, no?

Subito penso che in tutta la mia vita avrò rubato solo una mela nel giardino del mio vicino e, ora, dovrei rubare in una sola volta un autoritratto dell'ultimo Rembrandt, una Madonna di Artemisia Gentileschi e chissà quale capolavoro di Caravaggio!

Non è il momento di fare dell'ironia e chiedo:

- Come potremo impossessarci di queste opere, trasportate su una nave da crociera?

- A questo risponderò quando avrò dati certi su cui far leva. Per adesso, posso dirti con certezza che, tramite una immobiliare gestita da una "famiglia" calabrese, che ha per mio marito un grande rispetto, ho prenotato per noi un bellissimo e panoramico appartamento a Montecarlo. Per il resto, ho in mente un piano che esclude crimini di sangue. Cercheremo di uscire vivi da questa avventura, senza uccidere nessuno. Si renderà necessario solo studiare bene le sfaccettature dell'operazione e le evenienze che possono venire a crearsi.

- Tu sai forzare una porta? – le chiedo dubbioso.
- Non ce ne sarà bisogno. Non si porrà il caso di forzare nessuna porta.
- Dove prenderai i falsi per sostituirli agli originali?
- Li ho fatti eseguire da un eccellente copista fiammingo.

Per risolvere la nostra faccenda abbiamo a disposizione poco tempo e dovremmo muoverci bene, senza il minimo tentennamento.

Una mossa sbagliata e tutto andrà a farsi benedire, con gravi conseguenze per la nostra incolumità.

- Quando ti è venuto in mente di fare questo colpo?
- Non appena ho notato che i capi dell'organizzazione nutrono per me una stima considerevole e altrettanta fiducia. Nel rustico di campagna, dove ti portai per farti ammirare tutto quel ben di Dio, vi erano custodite opere e oggetti d'arte per un valore ingente.

Fu mia l'idea di trasferirli lì dal rifugio di Nizza, di cui la polizia francese sembrava avesse avuto sentore. Infatti, il locale fu ispezionato il giorno dopo che fu svuotato del suo prezioso contenuto, e i gendarmi dovettero accontentarsi di trovarvi solo alcuni calici d'argento d'inizio ottocento e tele di minori del tardo-rinascimento: poca roba in relazione a quello che fu trasportato nel casolare e poi regalato ai potenti del mondo, in segno di amicizia.

Da quel momento in poi, il mio status nell'organizzazione, già abbastanza rilevante, è aumentato ancora di grado e ora ho addirittura un potere decisionale e determinante sui risvolti legati ai grandi affari. Nessuno sospetterebbe, in questo momento, di me.

- Nemmeno quando si accorgeranno della truffa?

- Se ne accorgeranno molto in ritardo se avremo operato bene.

- Non temi, nel caso venissi scoperta, azioni punitive?

- Se tutto andrà bene venderemo le opere agli sceicchi: ho un canale privilegiato con un potente mercante di Manhattan, che a sua volta opera per conto di banche e holding di rango, collegate ai grandi petrolieri arabi. Dopo di che, si può anche sparire per sempre e andarsene in un posto dimenticato da Dio, lontano dalla corruzione, dalle aspirazioni, dall'infelicità, e contemplare, per il resto della vita, ogni forma di bellezza che attraversa la nostra anima, assaporando la gioia di fare qualcosa per gli altri, la capacità di non perdere la tendenza ad ammirare le cose semplici, la serenità raggiunta dopo tanto dolore.

- Tenti una truffa a un'organizzazione internazionale del crimine, per poi ritirarti a vita privata, nel momento in cui potresti schizzare in cima alla piramide che la comanda? Lo sai che, considerando i tempi, avrebbe lo stesso valore di essere a capo di una qualsiasi istituzione europea?

Lo sguardo di Andreina cambia espressione e, dopo una lieve smorfia di sorriso, va facendosi pensoso e gelido.

- Ci ho pensato e, se proprio vuoi saperlo, ho finanche ritenuto possibile e alla mia portata diventare una donna davvero super potente: mi basterebbe solo somigliare un po' di più alle persone con cui ho a che fare. Ma, evidentemente, sono nata per ribaltare il potere di cui potrei facilmente far parte, oppure, molto semplicemente, per ignorarlo: *je m'en fiche!*

Le guardo il volto, le mani, i capelli, le braccia nude, ogni parte di lei che concorre a farne una donna al di sopra di qualsiasi modello, e ne ricavo un'impressione netta: Andreina non è in balìa di un destino, ma ne ha scelto uno, come spetta agli eroi, a coloro che non sono fatti per avere una vita normale, essendo guidati da anime che sfuggono a ogni tentativo di misericordiosa comprensione. Avrà delle colpe, penso, un po' come tutti, ma non vi è nulla in lei che possa essere ricondotto a una forma di ipocrisia.

Scegliendo di perseguire il male per giungere a fare del bene, si tiene distante dai meccanismi di impostura che regolano molte delle relazioni sociali della contemporaneità: non di rado la plateale ricerca di apparire a ogni costo virtuosi, persone a modo e capaci di essere solidali con il mondo intero, rivela una concezione demagogica della prodigalità che nasconde una falsità di fondo.

Nel commettere il delitto, invece, non c'è finzione, né pretesa di apparire migliori di quanto realmente si è, in quanto si compie un'azione, istintiva o meditata, che dà conto di una deviazione e, pertanto, non spendibile al fine di ottenere giudizi lusinghieri.

Il bene, dunque, preceduto e causato dal male, come quello da lei concepito, assume una forma assurdamente ideale di altruismo, destinata a rimanere nella segretezza e a nutrire il suo ego nell'intimità più assoluta.

- D'accordo, sto con te, ma non tutto mi convince. Bisognerà pensare a qualcosa per tenerti lontana il più possibile dai sospetti dell'organizzazione. – le dico con convinzione.

Lei, con gli occhi che le brillano e una voce finemente tenue:

- In tua compagnia non fallirò. Oltre ad averti vicino in una faccenda che si presenta complicata, potrò offrirmi a te nella mia interezza, senza tenerti all'oscuro di niente. Questo, per me, vuol dire tanto.

- Se tutto va bene, cosa intendi fare dopo il colpo?

- Te l'ho già detto, in qualche modo. Dimettermi da tutto: da moglie di rappresentanza e da criminale, anche se in questa ultima veste non mi sono mai avvertita.

Vorrei stabilirmi in un posto remoto del mondo, lontano da ogni struttura sociale balordamente congegnata, ma, soprattutto, in tutta onestà, ti dico che vorrei salvarmi da me stessa, dedicandomi soprattutto agli altri.

Nella mia posizione non sarebbe lecito avere un progetto simile, poiché mi sono spinta troppo in avanti, fino ad arrivare a un punto di non ritorno.

Sarebbe molto più logico continuare nella stessa direzione, tanto più che la strada intrapresa porta lassù, in alto, dove ci si sente talmente potenti da credere che le proprie azioni coincidano con la morale stessa.

Un senatore degli Stati Uniti, piuttosto rinomato, esponente di spicco della massoneria mondiale, con il quale ho combinato qualche affare, ritiene di non commettere nessun genere di peccato, pur essendo una delle persone più losche che abbia mai conosciuto. E sai perché si avverte onesto? Per il semplice fatto di non aver mai mancato di rispetto a suo padre, al quale ha sempre obbedito con il massimo riguardo, prendendone il posto di massone e in senato. Quando, con disgustoso cinismo, mi disse che nella sua vita non aveva fatto altro che osservare ciecamente uno dei comandamenti del Signore, che ordina di non disonorare il padre e la madre, capii che se avessi continuato ad avere a che fare con simili persone, prima o poi ne avrei uccisa qualcuna.

Pertanto, anche per non cedere alla tentazione di diventare un'assassina, meglio per me sarebbe scomparire, una volta aver rinunciato alla possibilità di contare molto e gestire la mia fetta di potere. Sinceramente, non sempre riesco a percepire quale idea tu abbia di me; ad ogni modo, voglio che tu sappia della mia fermezza nel credere che per mettersi al servizio dell'umiltà bisogna andare oltre le regole, e mai tradirei la mia indole di donna libera e dignitosa.

Credo di essere mossa da sentimenti e ideali che non ti sono estranei, per i quali vivi, soffri e qualche volta ti esalti. Credo che io e te, in tutta semplicità, ci somigliamo molto, forse troppo per non pensare che discendiamo da una stessa stirpe.

Tuttavia, non ti propongo di passare il resto della vita insieme a me. Penso che vederci almeno una volta all'anno, in un luogo qualsiasi del mondo, sia d'obbligo. Abbiamo un legame indissolubile che porteremo avanti fino alla vecchiaia. Voglio vederti al mio fianco che cammini col bastone, mentre io mi sorreggo al tuo braccio.

- Pensi che al tuo posto avrei agito allo stesso modo? – le chiedo con assoluta trasparenza.

- Sì. Tu detesti il potere nella sua perversione almeno quanto me. Non solo, più di me saresti capace di uccidere chi ne fa abominevolmente uso. Non mi hai detto cosa pensi della proposta d'incontrarci ogni anno?

- Fatto un calcolo approssimativo, se la salute non ci abbandonerà, avremo a disposizione quaranta, o cinquanta incontri, il che significa che almeno dieci di queste volte non faremo l'amore per sopraggiunti limiti di età. Che faremo?

- Ci ricorderemo delle volte che lo abbiamo fatto. Sarò io a raccontartelo se perderai la memoria.

Mi guarda come solo lei sa guardare in certi frangenti e mi chiede:

- Stai pensando anche tu a quello che sto pensando io?

- Probabilmente, sì.

Mi avvicino a lei per fare di due pensieri uno solo. Mi accoglie vogliosa, con gli occhi che attenuano la luce e la bocca appena schiusa, pronta a combinarsi al mio respiro: il movimento della barca ancorata fa fluttuare i nostri corpi uniti e detta i ritmi infiniti e struggenti della passione.

Ogni attimo succede a un altro tra lampi di piacere assoluto, percepiti nell'accordo orchestrato dal rumore del mare, le vibrazioni del vento e le grida dei gabbiani. Quale gioia, al di là di questa, potrebbe proiettarmi in uno spazio ideale tanto incontaminato, dove il pensiero si abbandona a una contemplazione esclusiva della felicità, che non include riflessioni speculari e analisi da esistenzialista latino?

Andreina non è la donna della mia vita, è la vita racchiusa nel corpo della donna capace di farmela apprezzare liberamente, senza condizionamenti e con l'entusiasmo dell'incanto, dell'innamoramento, della rivelazione.

- Sei felice? – mi chiede dopo l'amore, forse avvertendo in qualche modo il mio brioso stato d'animo.

- Sì. Esserti vicino e aver voglia di te mi apre alla vita. – rispondo, accarezzandole i capelli.

- È così anche per me. Riesci a rendermi momenti desiderati e, forse, sognati, restituendomi a un'esistenza altrimenti perduta. Eri del tutto inatteso e rappresenti un tale imprevisto che sono tentata di cambiare idea circa l'imprevedibilità e la stramberia del destino.

- Pensi a noi come a una bizzarria?

- Più o meno. Sono certa che la morale ci vorrebbe lontani.

- E cos'è che ci avvicina? – le domando, curioso.

- Davvero non lo sai? Una cristallina indecenza che nutre tutte le forme di attrazione che sconfinano oltre l'amore dichiarato ripetutamente, scioccamente, automaticamente.

- Trovi davvero sconvenienti quelli che si scambiano eccessive carinerie? – le chiedo, ancora.

- Sì, molto. Non c'è niente di più irritante che una mielosa scostumatezza, come quella di rivolgersi al proprio partner chiamandolo insistentemente, ostinatamente, spudoratamente amore e tesoro!

Rido divertito della sua boutade, mentre lei ne resta compiaciuta.

- Quindi, noi non siamo dei maleducati? – le chiedo, gaio.

- Per la miseria, siamo persone per bene noi! – risponde fintamente altezzosa.

Non v'è dubbio che la sua capacità di essere ironica ne esalti il fascino e la renda una donna estremamente piacevole. Naturale, pertanto, che riesca a godere di lei ben oltre la dimensione erotica, respirandone l'esalazione dell'umore per conformarmi alla sua natura e coglierne le variazioni e ogni sfumatura, al di là del corpo. Mentre vagheggio questa forma chic di vampirismo amoroso, Andreina mi scruta con animata curiosità:

- Non riveli mai niente dei tuoi atteggiamenti meditabondi.

- Cosa vuoi sapere?

- Dove ti porta lo sguardo quando pensi.

- Non mi allontana da te.

- Le tue risposte immediate, sai, non ti mettono al riparo dalla menzogna, al contrario tradiscono un'indole mistificatrice. Puoi dirmi, Jacopo, da dove cominceresti se tu dovessi descrivermi?

- Dal tuo alluce.

- Dall'alluce? Ma, dai!

- Sì. La tua raffinata figura ha inizio dal tuo grazioso piede egizio, con l'alluce che supera in lunghezza il secondo dito e via di seguito, a scalare. Il tuo equilibrio si regge su piedi favolosi, di cui la forma perfettamente delineata dell'alluce segna lo slancio del tuo carattere, determina il tuo senso dell'estetica e dà luogo alla tua prima zona erogena.

- Oh, perbacco, il mio alluce ha queste proprietà?

- Faresti bene a non prendermi in giro, stolta, quando rivelo della tua persona cose che non sai.

- E, dimmi, dipende dall'alluce se ora ho di nuovo voglia di te?

La sua maniera di prendermi in giro, con toni intimi e smorfie languide, mi fa impazzire più del suo collo, o qualsiasi altra parte del corpo: il fluido della sua ironia viene percepito dai miei sensi come in una scarica elettrica che attiva la libido, ricaricandola dell'energia ricolma che distingue il desiderio più acceso.

Ancora una volta lei s'intreccia al mio corpo, sospinta dalla veemenza del mio ardore, che non riesco a controllare quando afferro parte della sua nuca tenendola nella morsa delle mie mascelle. Sembra lagnarsene, senza tuttavia disapprovare, con un verso di lamentoso piacere che si propaga, nella sua ripetizione, in un crescendo di variazioni timbriche.

Salendo di tono, queste, raffigurano il delirio nella sua versione più stupefacente, per poi ammutolirsi nel diletto dello sfinimento. Col volto ancora illanguidito minaccia, come da suo vezzo, di uccidermi, mentre io mi abbandono sul suo seno lasciandomi sprofondare al tatto del suo corpo e del suo odore. Carezze fatate mi accompagnano in uno sfinimento attraversato da una luce azzurra e modulato dalle onde del mare.

Quando riapro gli occhi, lei mi accoglie con un sorriso infinitamente dolce, che dà conto della sua amorevolezza. Penso alla sua femminilità, così intensa e multiforme da poterne scorgere i diversi aspetti che danno compiutezza a una donna.

- Lo sai quanto hai dormito? – mi chiede.

- Cento anni. – rispondo beato.

Poi, infilo ancora una volta i pantaloni e verso nei bicchieri le ultime gocce del pregiatissimo champagne, mentre lei risponde al cellulare:

- Tutto bene, tra poco prenderemo un caffè e faremo ritorno... L'arca misantropica è in buone mani, stai tranquillo... Aspettaci al molo, tra mezz'ora, credo, saremo lì.

- Agostino?

- Sì. Voleva accertarsi che è tutto a posto. Dice che il tempo sta per cambiare, minaccia un temporale e, temendo che non ce ne accorgessimo, ci ha avvertito.

Mi affaccio fuori dal cabinato, dando un'occhiata al cielo, e guardo all'orizzonte nubi fitte in movimento, a coprire spazi ancora azzurrastri.

- Infatti, non ce ne eravamo accorti. – osservo.

Dopo aver preso il caffè, dunque, tolgo l'ancora e facciamo rotta verso il porticciolo.

- Questa barca ti si addice, almeno quanto al suo proprie-tario. Più che un senso di vecchiezza, emana un'intimità che ti appartiene e ti rappresenta, fatta di colori sobri e profondi che ne nascondono altri dalla cromatura folle e incredibile. Questa barca è il tuo ritratto, ecco perché ne hai centrato il nome. Hai avuto altre donne prima di me, a bordo?
- Un sacco.
- Non è vero.
- E allora perché me lo chiedi?
- Così, forse per avere la certezza che sono stata la prima. Allora, lo sono stata?
- Naturalmente, come in tante altre circostanze.
- Per esempio?
- Sei la prima che ho sognato a occhi aperti, desiderandola fino ad impazzirne.
- E poi?
- La prima che mi ha portato a pensare alla natura di le-gami predefiniti, che non si prestano facilmente ad analisi logiche.
- Ti spaventa ciò che non ti appare razionale?
- No, tantomeno quello che mi si presenta come altamente emozionale.
- Tu, invece, sei la mia ultima speranza e il mio primo bi-sogno.
Non resto indifferente alle sue parole e vado maturando una nuova convinzione circa la nostra relazione, da in-quadrare come una sorta di grande gioco sentimentale, forse un po' esclusivo, dentro al quale l'atteggiamento ludico si colora delle tinte dense e calde della sensualità e dell'affettività. L'amore, in quest'ottica, sarebbe un ar-tifizio preparato ad arte dalle nostre rispettive sensibili-tà per creare uno svago adeguato a mistificare l'ovvietà dell'esistenza.
- Sono toccato da quello che dici. Non si discosta molto da una dichiarazione d'amore. Stai diventando coraggiosa.

Andreina replica con regale serenità:

- Ascolta, mio ideale amante: l'ambizione, il possesso dei beni e il godimento di piaceri esteriori, al di là di un sano sentimento reazionario, come quello che nutro per te, non potrebbero mai costituire il mio modello di vita. Attraverso la tua persona la mia interiorità si è arricchita di un impulso emozionale rigenerante. Di questo ti sono davvero molto grata, poiché riesco a godere pienamente di me, oltre che di te.

- Mi pare tu mi abbia comunicato, anche se in una forma diversa e non so quanto alternativa, che per te sono molto importante. – osservo, mentre lei mi affianca alla guida della barca porgendomi il bicchiere per un ultimo brindisi.

- Ne dubitavi, mon amour?

Intanto, l'arca prosegue lenta tra onde che aumentano gradualmente il loro moto, con un vento che si fa sempre più minaccioso. Comincio ad avvertire una certa preoccupazione.

Andreina, accorgendosi del repentino cambiamento del tempo, mi guarda come per essere rassicurata. Le sorrido e le dico:

- Tranquilla, raggiungeremo il molo prima del temporale.

Cerco di non cadere in preda al panico e di evitare di trasmetterle apprensione, anche quando la barca, ormai, nel suo incedere, ha smesso di avanzare in modo lineare e prende a ballonzolare in un mare piuttosto mosso.

- Non ci capiterà niente di spiacevole, abbiamo troppo da fare! – dice ad alta voce in maniera velatamente nervosa per esorcizzare la paura.

- Sono dello stesso parere. – per rinfrancarla.

Ma, quando, di lì a poco, un'onda spinge forte in avanti la barca, riversando violenti schizzi d'acqua sui vetri del cabinato, il volto di Andreina si torce in un'espressione di spavento, che ne opacizza la luce.

Assume un aspetto incerto e incredulo, cercando disperatamente nei miei occhi un sostegno alla sua ansia. Stranamente, ogni timore per una possibile disgrazia, che fino a
quel punto mi aveva accompagnato, svanisce all'improvviso, facendo posto a una sorprendente calma.

Proprio nel momento in cui sarebbe stato logico cedere
allo sgomento, mi risollevo del tutto, fino a dirmi certo
che nulla di tremendo potrà accadere.

In fondo, la morte, come probabilità casuale e accidentale,
è un concetto che mi resta estraneo.

Ne ho sempre avuto molto rispetto per poterla immaginare plasmata in una qualsiasi forma di sfortuna. E quella
conseguente a una distrazione letale, rischiando di diventare sciagura, le conferisce un aspetto incantevolmente
beffardo.

L'istante che segue questo pensiero è marcato da una ro-
boante risata che proviene dalla parete di fondo del cabinato, alle mie spalle: a bordo c'è anche lui, Raskòlnikov.
Mi appare come deformato, in un mostruoso groviglio di
carne. Più che una mostruosità ben definita incarna un
corpo disordinatamente dimezzato e scollegato nelle sue
varie parti, con membra disarticolate e invertite. Con la
mano destra mi punta l'indice, che compare come quarto
dito e non come secondo, essendo, quella, la mano sinistra passata a destra. Mentre gli occhi, orribilmente spalancati, non stanno sullo stesso asse, risultando l'uno obli-
quo rispetto all'altro. La bocca è laterale rispetto al naso,
frammentato in più parti.

La tensione per il pericolo che incombe sembra eccitarlo
come una droga:

- *Questi sono gli attimi che davvero hanno un peso nella vita.
Niente dà conto dell'esistenza, come l'incertezza del suo prolungamento. Questo frangente potrebbe essere il tuo ultimo, e
si coronerebbe di grandezza. Altro che morte irriverente come
vai cianciando!*

Lasci questo mondo subito dopo aver esaltato il furore intratte-
nibile dei tuoi sensi e aver assaporato la gioia che modella il tuo
spirito.

Porti con te, nell'aldilà, il ricordo favolosamente acceso dell'in-
terno intimo di una vecchia barca, regno galleggiante delle tue
fantasie, dove hai celebrato l'unione teorica, mai immaginata
neanche dal tuo sogno più ardito.

La tua fine si congiunge, nell'ultimo atto d'amore, a quella della
donna che divori e ti consuma, per decretare l'apogeo di una
passione che si uniforma alla lussuria dilaniante delle onde
schiumose.

Gradualmente, la creatura di Dostoevskij si ricompone
nelle sue parti corporee e il suo riso deforme riacquista
l'abituale geometria che incattivisce la sua avvenenza.
Ora mi fissa, ridendo affabilmente, con una tonalità mi-
surata e fine, restando immobile nella sua posizione, distante da me.

La sua risata beffarda ha qualcosa di lirico, a testimonianza di un cerimoniale simbolico nefasto, tant'è che ne sono
insolitamente spaventato. Una contentezza indecorosa si
legge sul suo volto abbellito dalla perfidia del demone,
che lo pone distante dall'aria furfantesca ostentata nelle
precedenti apparizioni. Il suo aspetto, per certi versi me-
lodrammatico, sembra conferirgli l'aurea solenne del celebrante di morte.

Forse, gioca solo alla sua maniera, con l'atteggiamento
manicomiale di un attore di prosa.

Cerco, intanto, di conservarmi lucido quanto più ne sia
capace e di non commettere errori che potrebbero rivelarsi fatali. Pertanto, presto un'attenzione spasmodica alla
traiettoria della barca, in modo da non ricevere lateralmente l'urto delle onde, che vanno assumendo man mano
più volume e potenza.

Quando un altro terribile ondeggiamento di massa d'acqua si alza per infrangersi sull'arca con una violenza agghiacciante, Andreina grida il mio nome e mi chiede se la

barca disponga di giubbotti di salvataggio: un accessorio che, naturalmente, non rientra nella logica filosofale del suo proprietario. Intanto, la risata di Raskòlnikov sale di un'ottava, echeggiando a una tonalità assordante per regalare spettacolarità al senso drammatico della sventura in corso.

- Andreina, non temere e tieniti aggrappata ai passanti! Coraggio, mancano poche centinaia di metri per entrare in acque più sicure. – le dico per rinfrancarla.

Lei mi guarda con gli occhi della paura, che cerca di contenere quanto più è possibile. Strano, il pensiero di poter morire insieme a lei non mi atterrisce quanto dovrebbe.

Andreina ora mi guarda con un'intensità che rivela disperazione e spavento, quasi avesse intuito quel che sono andato pensando un attimo fa. Poi, con un sorriso per lei inusuale, che è poco più di una smorfia, assume un atteggiamento che sembra camuffare calma e compostezza:

- La profondità del mare si addice a due come noi? – dice in un evidente stato di preoccupazione, cercando di dimostrarsi finanche ironica.

- Sì. Ma non per questo ci finiremo.

- Non sono preoccupata, anche se ho paura. Ci salveremo, vero?

Non faccio in tempo a rispondere, che una massa d'acqua enorme scaraventa la barca in avanti per diversi metri. L'arca resta a galla senza rovesciarsi per chissà quale fortuito sortilegio.

Andreina, caduta dopo l'impatto violento con l'onda, perde sangue dal naso e sul suo volto compare il terrore. Mi chiedo, in un devastante stato di tensione e di paura, se io sia in grado e possa fare qualcosa per salvarci. Soprattutto, mi impongo di mantenermi freddo, lucido.

- Andreina, alzati, non posso soccorrerti! Non posso abbandonare il timone! Devo cercare di tenere la barca con la prua verso la collina per sfruttare l'onda che ci spinge in avanti e per non rovesciarci. Se l'onda ci prende di fianco è finita!

- Fai quello che devi fare, non ti preoccupare per me! Non ho niente, ho solo battuto da qualche parte. – mi risponde con voce affannata.

Si rialza e, barcollando, raggiunge il passante più vicino al timone, al quale si aggrappa per restarmi vicino. Ha il volto sbiancato e i suoi occhi, non più intensi, esprimono una paura mal celata, che rende conto del vuoto e dell'impotenza di una persona di fronte al pericolo.

Mi guarda quasi supplichevole, come a chiedermi di fare tutto il possibile per salvarla. Abbassa il capo, come in segno di preghiera, come se stesse raccomandando la sua anima a Dio, oppure stesse chiedendo a qualche divinità di intervenire favorevolmente. Rialza lo sguardo verso di me per rassicurarmi che sta bene, dicendosi certa che andrà tutto bene e che raggiungeremo sani e salvi il molo.

Le stringo per un attimo la mano per rassicurarla ancora di più.

In quegli attimi di grande panico, cedo per un attimo al pensiero della mia storia con Andreina che finisce in fondo al mare, insieme ai nostri baci, i nostri dialoghi, i nostri occhi.

Concepisco l'interruzione della mia vita unicamente come la fine della mia relazione con quella donna. Comincio a credere che le ultime parole di Raskòlnikov abbiano colpito nel segno.

Trovo singolare, come al cospetto di una possibile morte, io non pensi unicamente a me stesso ed eviti di cadere in uno stato di frustrazione, magari vagando sulle mie ambizioni e su tutto quello che avrei potuto fare per realizzarle. Resto sorpreso per non essere sciocamente caduto in una tentazione tanto banale. Preferisco, infatti, concentrarmi sulla vita che divido con lei, portandomi fuori da un patetico sentimento di rimorso, che avrebbe svilito fuori misura anche la mia morte, dopo aver arrecato danno alla mia vita.

Riesco addirittura a esser felice del fatto che viva gli ultimi attimi della mia vita attaccato alla mia ultima sintomatica esperienza, a testimonianza di una percezione della realtà, mai avuta in passato, volta a celebrare l'istante e a onorare il presente, senza farsi prendere dalle ansie del già vissuto.

Se avessi vissuto tutta la vita come sto vivendo questi ultimi momenti – penso – forse sarei stato molto più gioioso e concreto.

Poi, ancora lui, Raskòlnikov, spettacolarmente delirante:

- Morire, morire! Morire? Sì, sì, morire! Manie di grandezza e sfrontate vanità, andate a farvi fottere!

Vi abbandono, m'immergo nell'oblio, nell'oscurità, nell'evanescenza, dove senza aver bisogno di chiedere lumi alla ragione distinguo chiaramente il mio pensiero fermo, la mia straordinaria e ritardata capacità d'intendermi, la mia sordità nel recepire le campane che suonano a morto per le mie ambizioni malamente educate.

Sono universale, io, posso vivere della mia arte in tutte le epoche del passato, ma morire solo in questa, così minima e trascurabile. Adieu! Adieu!

Peccato, che tra un istante debba rinascere: era un bel finale!

Scompare ad effetto, questa volta, lasciando una scia luminosa, dove prima era presente col corpo.

Nel frattempo, evitare che la barca presti il fianco alla gittata delle onde per non affondare irreparabilmente diventa il mio unico pensiero.

A un'onda gigantesca segue sempre un'altra più leggera che mi dà la possibilità di correggere la posizione, in maniera tale da proseguire speditamente e nella giusta direzione. Seguono altri sobbalzi inquietanti, che fanno pericolosamente traballare la barca.

Mi adopero con energia al manubrio-timone, cercando di ripetere, ogni volta, gli stessi accorgimenti che in precedenza hanno avuto buon esito nel tentativo di raddrizzare l'arca.

A ogni urto con le onde e la forza del mare, seguono momenti di spavento in cui, a stento, riesco a respirare. Il rumore dell'acqua che si infrange sul cabinato, colando massicciamente attraverso i vetri e penetrando all'interno, mette un'ansia insostenibile.

In questo incessante susseguirsi di terrore, riappare ancora lui. Pervaso da una monumentale follia, esibisce come preambolo le sue risa baritonali. Spalle attaccate al fondo, Raskòlnikov predica estasiato, ad alta voce:

- *Impara, misero, a rispettare le danze del mare e dei venti, restando a debita distanza dal loro centro di azione. Nessun mortale è parte integrante di simili spettacoli, se non per restarne inesorabilmente inghiottito.*

Non vi è violenza alcuna nella luce abbagliante dei temporali tuonanti, né insidia nel mare mosso da moti perpetui, quando se ne conosce l'inaudita potenza e se ne rispetta il naturale rituale, senza trovarsi, malauguratamente, a sfidarne l'incommensurabile forza.

Chi sei tu, un novello Ulisse in balìa del Fato, per salvarti da queste acque tempestose? Invidia i fulmini, stolto, perché nessuno dei tuoi ragionamenti può fare più luce!

Non replicare ai tuoni, poiché la tua voce è troppo flebile per squarciare la sordità del cielo!

Conserva le tue miserabili forze, sciocchino, per dare il benvenuto all'ultimo e ineluttabile momento della tua dilapidata esistenza. Non ti sforzare di resistere a un destino così pateticamente romantico da renderti dormiente per l'eternità, nella profondità del mare, insieme alla tua amante.

Non cercare di separarti da ciò che ti sta uccidendo con tanta cura, da rendere i tuoi occhi a una morte da tramandarsi nelle serate d'inverno, intorno al fuoco dell'amore perduto.

Abbi comprensione del regalo scintillante che raccoglierai negli abissi di queste acque epiche, dove hanno fatto rotta greci e romani, saraceni e normanni.

Tu, per sempre abbracciato alla tua amata, senza più cuore, sen-
za più cervello, né lacrime e sospiri, ossa nelle ossa, uniti sull'al-
tare di un fondale tirrenico dal destino celebrante, da sfondo
un'anfora antica su cui è appoggiata una sciabola. Bell'imma-
gine, non c'è che dire! Quale tomba potrebbe accoglierti meglio
e come meriti?
Ti auguro di non salvarti, mio modestissimo eroe; una fine pre-
matura, addobbata da cerimonia nuziale, a suggello di un sen-
timento inguaribile, farebbe invidia a qualsiasi persona dotata
di un decente gusto.
L'ho ascoltato con particolare attenzione e speranza, cercando di scorgere nelle sue parole un motivo per continuare a sperare di sopravvivere a quell'infausto sortilegio. Davvero lui è tanto malvagio da prefigurarmi,
deridendone, la mia morte e quella di Andreina?
Non so per quale motivo, ma finisco con l'attribuire alla
prosa magmatica di Raskòlnikov un significato simbolico
benaugurante. Ha voluto solo prendersi gioco di me, alla
sua maniera, terrorizzandomi per rallegrarsene. Improvvisamente, vado recuperando calma e, sicuro, proseguo
nelle mie operazioni al timone, consapevole che il peggio
sia passato.
Andreina mi guarda e stavolta accenna a un sorriso più
disteso. Di lì a poco, il progressivo tumulto delle onde
si affievolisce considerevolmente, permettendoci di raggiungere, in meno tempo di quanto previsto, un tratto di
mare appena fuori dal molo, dove il vento muove onde
che vanno gradualmente perdendo la loro consistenza e
pericolosità.
Ormai fuori pericolo, Andreina riacquista colore e mi abbraccia forte:
- Moriremo un'altra volta. – dice.
Sorrido divertito, stringendola anch'io. Mentre lei si dà
una sistemata, recuperando la sua borsa ed estraendone
delle salviette igieniche, mi guardo intorno. Ma di Raskòlnikov non vi è traccia.

Più tardi, durante l'operazione di attracco, scorgo la figura di Agostino sulla banchina. Una volta che lo abbiamo raggiunto, sotto la pioggia, ci saluta con un'aria distesa e una calorosa stretta di mano.

- Ho visto come sei uscito, complimenti! Ero preoccupato e ho deciso di venire a controllare che tutto fosse a posto. Non eravate mica in acque pericolose quando è venuto giù quel finimondo?

Andreina sta per rispondere, ma io la precedo tempestivo:

- No, per fortuna, eravamo appena fuori dal molo, siamo rientrati in fretta.

- Con tanta fretta, non direi. Quando sono arrivato qualche onda minacciosa alle vostre spalle c'era ancora.

- Davvero? Non ce ne siamo accorti. – replica Andreina, dando man forte alla mia bugia.

- Mia moglie ha preparato un minestrone, andiamo – aggiunge Agostino, prendendoci sottobraccio, mentre io e Andreina ci scambiamo un'occhiata complice.

Per fortuna, vado pensando, Agostino non aveva assistito interamente al nostro rientro, evitando così di chiamare soccorsi o allertare la Marina Militare. E, quel che più conta, aveva evitato di cadere nella nostra stessa terribile ansia.

XI

L'abitazione di Agostino è situata nell'antico nucleo della cosiddetta "marina" ed è una costruzione a due piani dei primi decenni del secolo scorso: vi si accede tramite uno spigoloso e caratteristico vicolo in pietra, passando davanti alle finestre basse di un interrotto filare di case dai limpidi colori pastello. La moglie, Elena, è una padrona di casa di vecchio stampo, gentile e premurosa, che cerca con tutta la sua affabilità di mettere gli ospiti a loro agio. La tavola che ha imbastito per il pranzo è il ritratto della sua elegante sobrietà.

- Questi due si credono furbi. Secondo me hanno passato un brutto quarto d'ora, moglie. Bisogna recuperarli con un ottimo pranzo. – dice, sorprendentemente, Agostino, una volta che ci siamo accomodati nell'accogliente soggiorno.

- Oh, mamma mia, che sarà mai successo? – domanda Elena.

- Sono andati per mare con l'arca e accecati dall'atmosfera interna alla barca non si sono accorti di quella esterna che minacciava di brutto. Così si son fatti sorprendere dalla tempesta.

- Davvero, o stai scherzando? – replica la donna dai capelli appena imbiancati e dal volto dolce e sereno, mentre io e Andreina restiamo ammutoliti nell'imbarazzo.

- Vero, vero. Fortuna che l'arca non sia destinata a finire in fondo al mare e loro abbiano ancora da vivere, altrimenti oggi sarebbe stata una brutta giornata.

- Soprattutto per la perdita dell'arca. – aggiungo.

Elena, riversando col mestolo il minestrone nei piatti, mi chiede:

- Jacopo, racconta il vero questo qui? Avete corso un pericolo?

- Niente di che, Elena, un po' di vento ha fatto alzare qualche onda, ma siamo rientrati in tempo.
- Appena in tempo. – corregge Agostino.
- Ti sei preoccupato per noi, Agostino? – incede Andreina.
- Almeno quanto te, mia cara. Ma quando ho visto che puntavate verso la collina, mantenendo dritta la prora, e non in direzione del molo, evitando di mettere in posizione obliqua la barca, ho capito che avreste mangiato il minestrone.
- Hai avuto paura, Andreina? – chiede maternamente Elena.
Andreina guarda nel piatto prima di rispondere:
- Sì. Ma Jacopo è stato bravo nella manovra e non ha perso la calma, anche se in alcuni momenti ho avuto come la percezione che fosse stranamente distratto da qualcosa che non saprei definire.
- Pregavi, Jacopo? Non è da te. – continua Agostino.
- Che ne dite se cambio decisamente argomento facendo i complimenti a chi ha cucinato questo piatto favoloso? – dico, cercando di non pensare alla tragedia scampata.
Agostino acconsente all'istante, esibendosi in un complimento alla moglie che ha le fattezze di un componimento lirico. Andreina ne sorride appena, avendo un'aria decisamente assente.
Sono certo che stia pensando all'atteggiamento che, prima, ho assunto in barca, quando ho avvertito la presenza di Raskòlnikov. Forse, incomincia a nutrire qualche dubbio sulla mia stabilità mentale, sospettando, magari, che io sia un nevrotico.
La conferma del mio presentimento non tarda ad arrivare. Infatti, una volta finito il pranzo, mentre prendiamo il caffè seduti sul sofà, appena distanti dai coniugi che coccolano Pallino, il gatto di casa, mi dice:
- Sai, quando eravamo in barca c'è stato un frangente in cui sembravi guardare e ascoltare qualcuno... Jacopo, una volta mi hai detto, non molto tempo fa, che avevi delle vi-

sioni in cui ti appariva il protagonista di "Delitto e Castigo", l'assassino... Raskòlnikov. Non mi dire che hai avuto l'impressione di vederlo ancora?

Capisco che se solo accennassi alla regolarità delle apparizioni della figura dostoevskiana, mi giudicherebbe pazzo, o comunque con una mente flebile; uno, insomma, di cui non ci si potrebbe fidare per allestire e portare a compimento un'operazione che richiede lucidità e sangue freddo, come quella, appunto, che avrò da sbrigare insieme a lei.

Sì, perché è proprio quella la preoccupazione che si evince dal suo sguardo indagatore, il timore, cioè, che per colpa dei miei nervi, io non possa dimostrarmi all'altezza del compito che ci aspetta: riuscire a impadronirci delle preziosissime opere d'arte.

Guardo in fondo ai suoi occhi, fisso la tonalità di verde dell'iride, che sembra schiarirsi per rivelare uno sguardo di ghiaccio, e mi si apre una prospettiva nuova entro la quale inquadrare la sua personalità. Mi appare, per la prima volta, nelle vesti di una cinica donna dedita al crimine per un'autentica e irrinunciabile vocazione. Come può un colore degli occhi che cambia tonalità portarmi a una simile conclusione?

Eppure, sarei pronto a scommettere sulla veridicità della mia sensazione. Non sono mai stato una persona capace di addurre ad argomentazioni estremamente razionali e lineari per arrivare a intendere verità non facilmente rintracciabili, preferendo servirmi di un intuito che normalmente non mi tradisce, quasi sempre azionato dall'osservazione di un particolare in apparenza trascurabile. Anche per cercare di venire a capo delle sfaccettature variabili della donna da cui sono preso tanto, scatta, in maniera del tutto indipendente, un meccanismo simile, di tipo sensoriale.

Mi convinco, senza tuttavia rimanerne significativamente sorpreso, che il crimine, nella sua rilevanza di infrazione e atto delinquenziale, rimanga per Andreina un bisogno primario, una necessità vitale, oltre che una fonte ulteriore di energia libidinale.

Forse, è quanto basta per considerarla una donna perversa, senza rinunciare al dubbio minimo del giudizio completamente sbagliato e inverosimile.

Sta di fatto che prendo ad avvertirla diversamente. Provo una strana avversione nei suoi confronti, che si traduce in un contorto desiderio sessuale e di possesso, per me inusuale. Riesco a spiegarmelo solo in questo modo banale: dominarla nell'atto erotico, forse rappresenta l'unico momento in cui riesco a pensare di controllarla. Strano, davvero, ora non mi fido più di lei. Ma questo accresce la mia voglia di averla. Intanto la rassicuro:

- Come avrei potuto, mia cara, in una simile circostanza, avere delle visioni e perdere di vista la realtà? Ho cercato, con tutto me stesso, di salvare le nostre vite. E, a quanto pare, ci sono riuscito.

Più tardi, Agostino mi propone di continuare la nostra partita a scacchi.

- Mi sembra la giornata ideale. – rispondo al suo invito.

Andreina esprime il desiderio di riposare e, accompagnata da Elena, entra in una camera che lei definisce il suo pensatoio. Io e Agostino andiamo di sopra, accomodandoci in un ampio studio che funge anche da salotto. La scacchiera è quasi al centro della grande sala lunga e larga, situata tra due poltrone giallo senape, su un tappeto carminio lavorato con motivi color avorio.

Lo sfidante versa del whisky in due bicchieri di cristallo e apre un'elegante scatola di sigari.

La composizione della scacchiera è quella dell'ultimo confronto, in cui entrambi perdemmo pezzi importanti. La partita dura da un bel po', quasi da un anno, e forse oggi si risolverà a favore dell'uno, o dell'altro. Oppure, chissà, darà solo ulteriori indicazioni circa il prosieguo e il potenziale vincitore.

Noto, sin da subito, come Agostino sia particolarmente concentrato e parli meno del solito. Muove solo dopo attente e lunghe riflessioni, durante le quali mi lancia sguardi sorridenti e ironici.

Dopo quasi un'ora, in cui ho perso una torre, mentre lui un alfiere e un pedone, gli dico con provocazione, dirigendo il fumo del sigaro verso di lui:

- Nemmeno oggi vincerai!

- Godo di più a vederti perdere un poco alla volta. – risponde.

Dopo non so quanto tempo ancora e altro whisky, decidiamo di sospendere per l'ennesima volta la partita, mentre sulla vecchia scacchiera di marmo, sorretta da piedi in ottone lavorato e stilisticamente consumato, si riversa un fascio di luce che, filtrando la stoffa sottile delle tende, illumina il Re nero, difeso dalla Regina, l'alfiere, un cavallo e due pedoni: è minacciato dal Re bianco, che dispone di tre pedoni, un cavallo, un alfiere, una torre e la Regina.

Per chi muove i pezzi scuri, la vittoria appare meno probabile, ma non impossibile. Vincere la partita dopo aver rischiato di perderla avrebbe un gusto particolare, penso. Una volta fotografata la disposizione degli scacchi, per riprendere da quella, Agostino m'invita ad accomodarci in poltrona, passando a un altro ambiente dell'ampia sala.

Improvvisamente, mi chiedo se l'andamento della coinvolgente partita a scacchi, in cui vado perdendo pezzi, rispecchi in qualche modo quello della mia vita. Francamente, non trovo analogie, anche se, subito dopo, realizzo che lo scacco matto, nel gioco, come nella vita, arriva sempre fulmineo.

- Che ne è di te, Jacopo? Va male, o peggio? – chiede scherzoso il mio amico.

- Non saprei, forse peggioro giorno dopo giorno. Ma, averne consapevolezza, vuol dire già aver fatto un passo in avanti. Non credi?

- Non vi è dubbio. Essere al corrente dei propri limiti e dei pericoli che si corrono procura sicuramente un vantaggio.
- Alludi a qualcosa?
- Certamente.
- Allora sii esplicito, per favore. Non sono nelle condizioni di decifrarti.
- Sei leggermente stressato, vero? Hai ragione, scusami. Quale altro pericolo incombe su di te se non quello proveniente dalla tua relazione con la donna che sta riposando di sotto, dopo aver scampato alla morte in mare?
- Sì, potevamo andare a fondo. Hai visto anche tu, vero?
- Solo per un attimo, forse non il più terribile ma, comunque, di grande preoccupazione. Il fatto di non aver allertato nessuno per chiedere soccorso testimonia la mia certezza circa la tua capacità di condurre in salvo te stesso e la persona che avevi a bordo, a cui sono molto legato. Sei stato abbastanza bravo, Jacopo, a salvarti dalle onde e a guadagnare presto le acque calme del porto. Spero che tu sia altrettanto capace e avveduto da salvarti anche da Andreina.
- Mi hai sempre messo in guardia da lei senza mai specificare il reale pericolo che corro. Forse avrai pensato che sarei arrivato a comprenderlo da solo.
- E non è così? Ora saprai cosa devi temere di lei, spero.
- La sua tendenza a vivere su un'infuocata linea di confine, tra gli slanci passionali del suo istinto e l'esigenza di mettere a repentaglio la propria esistenza, sperimentando il male al fine di tramutarlo in bene, nonché per trarne una fondamentale e preziosa energia vitale, forse irrinunciabile e per questo tanto più cercata e piena di pericoli. Questo devo temere di lei, vero?
- Perfetto! Andreina non è un tipo borderline, ma soltanto una che si concede il piacere di affidare la propria esistenza alla fatalità della vita, provandone un esclusivo piacere intimo.

Se poi il suo gesto, oltre a fornirle una fondamentale energia vitale, si traduce in un'azione umanitaria a sostegno degli sfortunati del mondo, lei ha un valido motivo in più per continuare nella sua scelleratezza.

- Sei informato, dunque, sui suoi traffici, sulla sua illegale attività e le finalità ad esse collegate?

- Sin da quando ha iniziato a frequentare quella gente. Io e mia moglie, Elena, abbiamo considerato, ancor di più, Andreina come una sorta di nostra parente diretta, avendo lei sempre dimostrato nei nostri confronti tanta considerazione e affetto. Le vogliamo bene e la sua sorte ci sta molto a cuore. Ho cercato molte volte di persuaderla a smettere con questo gioco della donna di malaffari, ma non c'è stato nulla da fare. Per lei, quello che fa, va fatto e basta, non ammettendo interferenze in proposito.

Agostino nota il mio stupore e il desiderio di fargli mille domande e, dopo una breve pausa, riprende:

- Io ed Elena restiamo i suoi unici confidenti, a cui, tuttavia, lei crede di nascondere le sue faccende più personali e gravi. Quando Andreina ha sposato Don Nino gliene abbiamo chiesto conto, tanto ci pareva assurda la sua decisione. Lei asserì che la sua vita, ormai, aveva preso una svolta ben precisa, contrassegnata da sentimenti che non riguardavano il raggiungimento di una vacua felicità personale, ma l'appagamento di istinti reazionari, tramite il quale sentirsi in qualche modo felice.

In base a questo convincimento, sposò un uomo che non amava, forse solo per farne un boss più potente e temuto, e poterne, poi, sfruttare la scia e arrivare a raggiungere un grado di influenza importante.

Bada bene, questo, lei, non lo ammetterebbe mai. Ma è quanto io penso, appurandolo, sul suo conto e so per certo che lo pensi anche tu.

- Ritieni che lei sia tanto glaciale da calcolare ogni cosa? Voglio dire, credi che lei abbia un vero talento per il crimine?

Agostino ride, prima di rispondere:
- Sì! Salvo inconvenienti, arriverà in alto, molto in alto. A quanto pare, è destinata ad arrivarci.
- Ma credi lei abbia queste mire?
- Sì e niente e nessuno può ricondurla sulla retta via, nemmeno tu, Jacopo, che pure conti così tanto per lei.
- Conto, dici?
- Molto. Credo ti abbia aspettato da tempo. Ma lei è capace di ridurre un'attrazione forte e un sentimento impetuoso in un particolare minimo, se mai dovessero essere da ostacolo ai suoi progetti.
- La forza di un sentimento o il richiamo di un'attrazione non sono facili da ridimensionare.
– asserisco convinto.
- Non per lei. – risponde secco il mio amico.
- Vorresti dire che per Andreina conto tanto, quanto basta per non curarsene? – chiedo, aspettando con ansia la risposta?
- Sei molto importante nel suo giudizio e occupi un posto di preminenza nel suo cuore, più di quanto lei stessa potesse attendersi. Ma non mi meraviglierebbe se lei ti sacrificasse per i suoi progetti.
- Pensi anche, Agostino, che prima o poi si caccerà in un guaio grosso?
- Sì, e lo sai anche tu. O, meglio, potresti saperlo con più certezza rispetto a me.
Segue un silenzio prolungato, durante il quale vado considerando la posizione che sono andato assumendo nella relazione con Andreina: quella che qualsiasi scrivano della cronaca nera definirebbe di amante-complice.
La riflessione si riproduce più volte nella mia mente, fino a quando non mi dà ai nervi, facendomi avvertire un'inquietante tensione.

***

Nelle giornate seguenti lo scampato pericolo in mare, vengo preso da un'ansia piuttosto preoccupante. Quell'esperienza, che subito dopo averla vissuta credevo di aver superato del tutto, senza nemmeno troppa fatica e in virtù di un prodigioso automatismo, in realtà, mi ha segnato.

Per tre notti di seguito ho sofferto d'insonnia e le immagini di me e Andreina che rischiamo di naufragare mi hanno perseguitato senza darmi tregua. Nei miei incubi, le risa sonore di Raskòlnikov hanno avuto il potere di martellarmi la mente fino a sfinirmi.

È il quarto giorno che non la vedo. Ci siamo appena sentiti al telefono. Mi ha detto che il piano è pronto e che stasera ne parleremo. Mancano solo cinque giorni all'evento. Finito il mio lavoro, appoggio i piedi sulla scrivania e porto le mani alla nuca. Un gesto che di solito mi rilassa, ora mi procura finanche tensione, generando un'attività mentale fatta di pensieri tumultuosi.

Riprendo una posizione più sobria e, soprattutto, più congeniale al mio stato d'animo, poco disteso.

Dio mio, come mi è saltato in mente di lasciarmi coinvolgere in una simile vicenda?

Sono stato educato all'onestà e, seppure la modestia non mi si addica più di tanto, non credo di essere certo portato per manifestarmi in una sfrontatezza fuori da ogni ragionevole limite.

Rubare, per di più a dei criminali, oltre a essere un'azione illecita è estremamente pericoloso! Come posso aver deciso di mettere la mia vita nelle mani di un'avventuriera?

Faccio questi pensieri prima di lasciare il mio ufficio, negli studi della televisione, per cercare pace tra il sentiero collinare a picco sul mare, dove solitamente vado a correre.

Giunto che sono sotto un grande pino, mi siedo su una panchina, cercando di venire a capo della mia incresciosa situazione.

Ma il compito per me si rivela troppo arduo. Non riesco a fare una sola riflessione che mi faccia prendere visione della mia incoscienza, del mio mancato senso di responsabilità verso me stesso, della devastante voglia di avventura che mi ha contaminato.

Improvvisamente, penso alla mia infanzia, alla libertà goduta nei campi, alle arrampicate sulle montagne, ai bagni al mare nell'attesa delle onde mosse.

Sono cresciuto nella semplicità, circondato da una vaga aria selvatica, educandomi all'armonia della natura che andavo percependo, al sapore di ciò che andavo mangiando, ai colori di ciò che andavo contemplando.

Come può un'indole così modellata darsi al crimine?

Mentre, compassionevole, incedo in questa postura mentale, mi scopro fatalista. Non riesco a fare a meno di pensare che qualcosa di imponderabile, facente parte di un disegno riservato da un dileggiante fato, stia per accadermi.

Mi soffermo a riflettere finanche sul nome che porto. I miei hanno voluto chiamarmi Jacopo, chissà per quale vezzo, o unicamente per non contraddire il destino. Per uno che si chiama così, il dramma passionale risulta essere un appuntamento immancabile dell'esistenza.

Strano, come non abbia mai riflettuto prima sui possibili condizionamenti del nome che porto.

In fondo, sin da bambino ne ho avvertito la pesantezza. Insieme al nome, mi fu data la prima responsabilità della mia vita. A pensarci bene, non ne ho mai avuto altre. "Jacopo", con questo nome tardo medievale, anche così squisitamente rinascimentale, bisogna per forza essere coraggiosi e tenaci, sempre alla larga dai compromessi per paura di sporcare l'unico vestitino bianco che la mamma stirava nei giorni di festa. Oh, mio Dio, come posso essere io, da grande, quel bambino, cresciuto nell'adeguatezza della semplicità e così lontano dalla possibilità di commettere un crimine?

Manco se la domanda l'avessi rivolta a lui, appare dondolandosi, appeso con le mani a un ramo del grosso albero, sotto al quale resto sdraiato: Raskòlnikov ha un atteggiamento lento, mansueto, molto fraterno. Sembra meno diabolico del solito e il suo volto evidenzia una dolcezza che ha in sé qualcosa di inspiegabilmente scenico.

La sua presenza, ultimamente, va manifestandosi nei momenti più impensabili. Mi osserva benevolo, sorridente:

- *Parla!* – mi comanda.

- Come? – riesco a replicare appena.

- *Parla!* – riprende, secco.

Resto esterrefatto. In precedenza, si è sempre materializzato dando luogo, in maniera perentoria, a piccoli discorsi fatti di invettive, sentenze e giudizi che avevano una comune matrice apodittica, inconfutabile e insindacabile. Ora, invece, il disturbato ectoplasma si dispone addirittura all'ascolto.

- *Coraggio, pensa a voce alta.* – insiste, laconico, restando in precario equilibrio, attaccato a quel ramo.

Non gli ho mai rivolto la parola, penso; anche perché non me ne ha mai lasciato il tempo e francamente, ora, non saprei cosa dire. Dovrei parlare con un'immagine, frutto della mia visione febbrile? Con uno spirito che aleggia intorno alla mia persona? Con un fantasma che mi frequenta più o meno regolarmente?

- *Hai paura?* – mi chiede.

- No. – rispondo.

- *L'avrai dopo. E tanta. Ora sei solo molto preoccupato per te stesso, per la tua sorte.*

- Tu sai che ne sarà di me? – riesco a chiedergli.

- *Ma, certo! Come potrei non saperlo?*

Prendo a guardarlo con aria interrogativa, ma lui non ammicca. Capisco che non mi rivelerà alcunché sul mio futuro più immediato e rinuncio a fargli altre domande in proposito.

- Avverto una strana atmosfera intorno a me. Ho la sensazione che stia per compiersi un destino. – dico in maniera confidenziale.

- *Sì, potrebbe essere così. La tua vita e quella della tua pregiatissima amante stanno per imboccare un tratto pericoloso, pieno di insidie, da cui difficilmente si esce indenni.*

Ce la farete? Non ti è dato saperlo. La cosa buffa è che non puoi più tirarti indietro.

Non lo faresti mai. Detesti ritirare la tua partecipazione dall'avventura in cui quella graziosa sciagurata ti ha coinvolto, per non apparir privo di coraggio.

Mettere in gioco la tua vita, conta per te molto di più che cercare di salvarla e, questo, potrebbe essere la tua condanna.

- Appunto, quale altra possibilità ho, dal momento che non mi tirerei mai indietro dai miei propositi di condividere con Andreina una missione tanto imprudente, la cui fatalità potrebbe porre fine alla mia esistenza?

- *Nessun'altra, infatti. A meno che, non vorrai rinnegare la tua indole leale, la tua virile serietà, la tua parola data.*

Dopo di che, Raskòlnikov si dissolve, lasciandomi solo a pensare al breve dialogo avuto con lui.

Stranamente, mi tranquillizzo. Sono arrivato a quel fatidico punto di non ritorno, conosciuto bene da chi si avventura per un mare agitato. Ormai, sono pronto a diventare un criminale.

Ma, una volta convinto di quel che farò e diventerò, mi chiedo per quale motivo io abbia deciso di delinquere, giacché mi pare strano che io possa farlo per amore.

La risposta tarda ad arrivare anche dopo essermi rialzato e aver percorso diversi chilometri, lungo la pista da me preferita. Arrivato all'altezza della casa di don Nino, mi fermo di nuovo. Arrivo nei pressi di una magnolia gigante e prendo a osservare quella abnorme costruzione bianca.

Fissando l'orizzonte mi chiedo: lì abita la donna che amo e mi corrisponde, oppure la donna che la vita mi ha fatto incontrare per tendermi la più ineluttabile delle trappole? Ho appena fatto questo pensiero quando mi sento pungere alle spalle. Avverto un respiro, che va facendosi sempre più pesante, fino a darmi la certezza di una presenza sinistra dietro di me.

Faccio davvero fatica a realizzare quello che sta accadendo, anche se ho la netta percezione che qualcuno mi abbia puntato un'arma alle spalle.

Infatti:

- Cosa hai da guardare, giovanotto, il panorama? Perché proprio da questo punto?

Ti piacciono le case che ostruiscono la linea dell'orizzonte? Voltati, lentamente, e non pensare a qualche reazione, non fare questo sbaglio.

Poi non avverto più, premuta sulla schiena, quella che doveva essere la canna di una pistola.

- Girati, guagliò! – mi intima la voce, con un tono più amichevole che minaccioso.

Mi volto, lentamente, e scorgo un signore, grosso e panciuto, che depone la pistola dalla parte posteriore dei pantaloni, sotto la camicia. È vestito sportivamente e ha una faccia che non si presta a essere etichettata come quella di un malavitoso. La sua fisionomia non mi è nuova. Dopo un breve sforzo, riconosco la persona che mi accolse a casa di don Nino non appena vi entrai la sera che fui invitato al compleanno di Andreina. È, sicuramente, un uomo di don Nino.

Ha l'aria mite e uno sguardo che si direbbe finemente scaltro, affabile, finanche gentile.

- Fammi sentire, che ti sei messo in testa? – mi fa.

- Non capisco il senso della domanda, scusi, e, soprattutto, lei chi è?

- Non mi far perdere tempo, sennò va a finire che mi incazzo. – replica, seccato.

E aggiunge:

- Che cazzo tieni da guardare verso quella casa? Non è la prima volta che ti fermi qui e lo fai. Non hai mica una tresca con la moglie di don Nino?

Alcuni giorni fa ti ho visto, insieme a un altro uomo, entrare con lei in una abitazione, dalle parti del porto. Ne siete usciti dopo qualche ora, da soli, senza l'altra persona, che, come ho avuto modo di accertare, abita in quella casa, insieme a una donna, piuttosto anziana anche lei.

Hai una relazione con la signora Andreina?

- No, assolutamente. Non so lei chi sia, ma don Nino è al corrente della nostra amicizia.

- Ma tu guarda! Però ha incaricato me di tenerti d'occhio. Il capo non si fida di te ed è così geloso della moglie che se solo sapesse che sei stato con lei in quella casa ti farebbe a pezzi. Dunque, dici di non avere una relazione con la signora?

- No, non ho nessuna relazione con la signora. Credo che don Nino sia informato sui miei incontri con sua moglie.

- Senti, meglio che quello che ho da dirti te lo dico subito, così mi levo il pensiero. Se tu e la signora godete ancora della fiducia di don Nino è perché io non gli ho parlato di quello che penso possa esserci tra te e sua moglie, anche se non ho prove per darne conferma.

Se non ti è ancora capitato niente di assai spiacevole, è perché io, in qualche modo, devo disobbligarmi nei tuoi confronti, o meglio, nei confronti della tua famiglia.

La verità è che tu a me non sei antipatico. Tempo fa, tu eri nato da poco, i tuoi genitori regalavano cibo e vestiti a mia madre. Eravamo cinque figli, tra cui una sorellina gravemente malata. Mia madre era rimasta vedova e avevamo difficoltà in famiglia. Per questo, ora ti voglio aiutare. Non fare il dongiovanni con la signora, che finisci male! Don Nino non tollererebbe mai una cosa del genere.

- Mi scusi, posso sapere lei chi è? Mi pare che qualche volta ci siamo incrociati.

- Mi chiamo Salvatore. Ci siamo visti a casa di don Nino, in occasione della festa di compleanno della signora. Io sono alle sue dipendenze. Sono tra i suoi uomini più fidati.

Fossi stato un altro, già saresti andato incontro a brutte conseguenze. Mentre io ho voluto avvertirti. Stai alla larga dalla signora, altrimenti sarò costretto a riferire e la punizione per te sarebbe grave.

Tutto mi appare inverosimile, non fosse altro per il fatto che don Nino non ha mai mostrato di nutrire insofferenza e sospetti nei miei confronti, tantomeno ha mai evidenziato fastidio per il fatto che io frequenti sua moglie. Decido di venire a capo di una situazione a cui non saprei dare spiegazioni e decido di stabilire con Salvatore un rapporto confidenziale.

- Senta, Salvatore, intanto io la ringrazio per il trattamento, diciamo così, di riguardo, che ha voluto riservarmi. Non voglio mancare di rispetto alla sua persona, né al suo lavoro. Se don Nino l'ha incaricata di tenere d'occhio me e sua moglie, è chiaro che lei deve assolvere al suo compito, da par suo. Però, a questo punto, mi creda, per me è importante sapere qualcosa che forse ignoro, o mi è stata nascosta dalla signora stessa. Pertanto, io devo farle delle domande. Posso fargliele?

- Cosa vuoi sapere?

- Lei potrebbe dirmi se don Nino e la signora hanno un legame di fatto, cioè, veramente matrimoniale, oppure sono marito e moglie solo convenzionalmente e, quindi, hanno entrambi una vita propria, da vivere in piena libertà?

Salvatore sorride, prima di rispondere:

- Chi ti ha raccontato una stronzata del genere? Don Nino tiene molto alla moglie e la signora è molto premurosa e accorta nei suoi confronti. Insomma, a me danno l'idea di una coppia normale, che vivono all'interno di un matrimonio, non fuori da questo contesto.

- Davvero? – chiedo con un fil di voce.

- Certo, non sto mica a raccontarti scemenze! Perché mi hai chiesto una cosa del genere?

Non rispondo. Lui aggiunge:

- Ho capito. Tu e la signora avete una tresca alle spalle di don Nino.

- Assolutamente, no – ribatto, secco.

- Stammi a sentire, guagliò, non penserai mica che stai parlando con un fesso? Ti ho detto che con te voglio disobbligarmi. Io posso darti un buon consiglio, per ora. Se non mi dici la verità, sarò costretto ad agire, come scagnozzo del boss. Capisci?

A quel punto, mi convinco della buona fede di quell'uomo e finisco per rivelargli la verità che voleva sapere. Dopo avermi ascoltato, ribatte:

- Non ci capisco niente! O meglio, capisco, ma devo far finta di non capirci un cazzo!

So che dici la verità, poiché sei una persona seria e non avrebbe avuto senso raccontare una cosa simile. Ma perché la signora ti avrebbe dato ad intendere che potevi frequentarla senza correre pericoli? Perché, evidentemente, ci tiene a te e non voleva scoraggiarti. Porca vacca, allora avete una relazione seria?! Cioè, lei è innamorata di te e tu di lei? E adesso, come cazzo devo comportarmi?

Che debbo fare? Che dico a don Nino? Che casino, porca miseria zozza! Forse, non ti è chiaro che quello sarebbe capace di farti uccidere all'istante o, nel migliore dei casi, farti gambizzare da renderti bisognoso delle stampelle per il resto della tua vita, se sapesse quello che so io!

Don Nino mi ha detto che stasera sua moglie ha una cena con te. Naturalmente, devo controllare il vostro tempo. Quindi, tu stasera farai il bravo. Mi sono spiegato?

Riferirò, come la volta scorsa, quando pure vi ho tenuto d'occhio al ristorante. Farò il rendiconto di una situazione normale, di amicizia e rispetto. Niente dopocena, guagliò! Altrimenti, saranno cazzi tuoi!

Guardo Salvatore nei suoi occhi obliqui, piccoli e furbi. Ha l'aspetto di un uomo buono, di un fornaio, di un padre di famiglia laborioso, di una persona a modo, altro che a servizio di don Nino, a controllare me e la moglie! In quell'istante, decido di fidarmi di lui.

Di colpo, egli prende a guardami con un'aria interrogativa, teatralmente marcata:

- Ma, dico, ti sei chiesto perché don Nino permette che la moglie esca con te?

- Ci stavo giusto pensando, amico mio.

- Amico un cazzo! Se vuoi che ti aiuti per ricambiare quello che i tuoi fecero per la mia famiglia, promettimi che stasera non entrerai in nessun appartamento con quella donna.

- Tranquillo, Salvatore. Non la metterò in difficoltà.

- Senti, so che non sei affatto uno stronzo... Ma, temo che tu ti sia messo in un grosso guaio. Insomma, se don Nino ti permette di frequentare sua moglie, vuol dire che sotto c'è qualcosa di molto losco.

Quante volte ho fatto lo stesso pensiero di Salvatore, facendo finta di indagare le intenzioni di Andreina? La verità è che non sono disposto ad ammettere che la donna che amo potrebbe avermi usato a suo piacimento, per fini decisamente criminosi. Mi innervosisco. Avverto l'ansia del pericolo che incombe su di me e decido di confidare nella visione di Salvatore per avere un quadro chiaro di quanto stia accadendo intorno a me.

- Mi fido di te, Salvatore, e ti dico che, probabilmente, moglie e marito, abbiano tramato qualcosa a mia insaputa. Da me vogliono una collaborazione che una persona incensurata e ritenuta per bene può offrire senza creare sospetti. L'unica cosa che la moglie nasconde al marito è il tradimento. Per il resto, credo lo informi di tutto. Può darsi non ci sia affare che lei intraprenda, senza la complicità del marito.

- Sai che tipo di collaborazione vorrebbero da te?

Non posso svelare a quell'uomo il segreto del colpo, vuoi per prudenza, vuoi per una sorta di incontrollata fedeltà nei riguardi di Andreina. E mento:

- No, non ne ho la più pallida idea.
- Stai attento, ragazzo. Salvati la pelle. Non tutti quelli che lavorano per don Nino, sono come me.
- Grazie, Salvatore.

Ci stringiamo la mano calorosamente e nel salutarmi l'uomo di don Nino mi raccomanda ancora una volta di mantenere un atteggiamento cauto.

Faccio ritorno verso casa, passeggiando a ritmo appena sostenuto, con la mente aggredita da mille pensieri.

Ho bisogno di riflettere e penso che ho molto tempo per farlo, prima che incontri Andreina. Trascorro il pomeriggio disteso sul divano, a cercare di darmi una spiegazione su tutto quanto mi stia accadendo. Anziché cercare di trovare una via d'uscita alla galleria nebbiosa in cui sono andato a cacciarmi, mi soffermo su riflessioni più o meno filosofiche circa la mia condizione di uomo caduto innamorato, manco se la vicenda che mi vede coinvolto in maniera tanto pericolosa non destasse preoccupazioni e non necessitasse di una strategia risolutiva.

Dopo una serie di lunghi sproloqui mentali, decido di chiudere gli occhi per dare pace alla mia mente. Mi sveglio che si è fatto buio. Faccio una doccia tonificante per prepararmi a ripensare alla mia sempre più incresciosa vicenda.

Mi vesto, in maniera da trovarmi già pronto per uscire quando avrò finito di analizzare seriamente i risvolti intorno alla mia relazione con Andreina e le circostanze legate all'incontro con Salvatore.

Una domanda sembra avere la precedenza su tutte le altre, sulla cui pertinenza si è espresso anche l'uomo armato che ho incontrato oggi: perché don Nino, pur gelosissimo della moglie, mi permette di frequentarla?

L'interrogativo è inquietante e non ammette divagazioni.

La risposta non può essere che questa: Andreina e il marito mi stanno adoperando per i loro scopi, mi stanno usando per mettere a frutto il loro progetto criminale. Molto probabilmente, avevano bisogno di una persona che non avesse scritto in fronte che è un malavitoso, una persona che si presentasse gentile nei modi e nell'aspetto, sì da costituire l'arma a sorpresa da usare contro il nemico, idoneo per interpretare un esperto di opere d'arte e chissà che altro ancora.

La scelta è ricaduta su di me. Ecco perché don Nino sopporta che la moglie trascorra del tempo in mia compagnia. Certamente, la scaltra, lo avrà rassicurato sulla modalità dei nostri incontri, per non ingelosirlo oltre modo. Una donna come lei può far credere qualsiasi cosa agli uomini che la amano. Dunque, sciocco che non sono altro, io sono la pedina altamente strategica di una coppia criminale che mi sta adoperando per la buona riuscita dei suoi affari, a cominciare da un colpo sensazionale.

Per disporre di me, bisognava che Andreina mi facesse perdutamente innamorare di lei. Solo così avrei potuto accettare di prendere parte all'azione: questo deve essere stato il primo punto del loro piano. Nel realizzarlo, la distinta signora ha fatto un intrigante doppio gioco, mantenendo in gran segreto, per salvaguardare la propria incolumità, il suo coinvolgimento erotico e passionale.

Può darsi anche che lei abbia fatto credere al marito che io sia molto più sprovveduto di quanto si possa immaginare. In quest'ottica, magari, e nella sua doppiezza, l'elegante trafficante d'arte avrà riferito al marito di avermi in pugno e di manovrarmi agevolmente. La immagino, Andreina, nella sua veste doppia:

"Tranquillo, Nino, è completamente invaghito di me e farà tutto quello che gli dirò, nonostante appaia così risoluto e fermo nelle sue convinzioni di ordine etico. Gli ho lasciato intendere che, dopo il colpo, io e te ci saremmo definitivamente separati e, una volta diventata una donna libera, avrei potuto ricambiare il suo forte sentimento per me."

Sì, gli avrà detto più o meno questo, la scaltra, alla maniera di una qualsiasi donna di malaffare, dedita all'inganno e al tradimento. All'improvviso, un lampo di lucidità. Smetto di fare l'innamorato deluso e da uomo in pericolo mi chiedo: se tra loro due, quindi, c'è una solidarietà molto più forte di quella che credevo potesse esserci tra me e lei, vuol dire che per me hanno stabilito una soluzione finale. Quale? Una volta fatto il colpo, che ne sarà di me? Esigeranno la mia permanente collaborazione, o mi daranno la mia parte e mi ringrazieranno per la buona riuscita del business in partnership?

Oppure, come è più lecito pensare, elimineranno una testimonianza che non rientra nel loro patto di sangue e per questo non può partecipare alla condivisione del bottino? Sono tre le cose di cui vado convincendomi:

a) Andreina si è inventata la storia del matrimonio non vincolante per non porre ostacoli di sorta al concepimento di un amore ideale, dove i partner si appartengono nella completezza più cristallina, potendo donarsi nella pienezza di una libertà che apre loro le porte dei desideri: in tale maniera, ha allontanato ogni sospetto circa la complicità ferrea tra lei e il marito. Essendo, la mia povera mente, così presa dalla passione amorosa, mai avrei potuto mostrarmi titubante sulla fiducia più totale da accordare alla mia amata. Andreina ha voluto farmi credere di essere solo mia, per rendermi devoto al sentimento che provo per lei, e, dunque, stabilire con la mia persona un legame di grande forza spirituale, difficilmente inscindibile. Sapermi legato a lei, senza essere condizionato da elementi che potrebbero ridimensionare la nostra storia d'amore, la rassicura sulla possibilità di disporre di me come le pare. Temeva che se solo mi fosse apparsa come una donna da dividere con un altro uomo, il mio trasporto nei suoi confronti avrebbe potuto risentirne e accusare una forte frustrazione.

b) Per riuscire nel suo grande colpo, Andreina ha per forza bisogno dell'aiuto di un'altra persona: una fuori da quel genere di giro, incensurata, che dia l'idea di essere incapace di delinquere e, al contempo, si presenti bene, quindi, con un aspetto rassicurante. Resta difficile ingaggiare una persona della cosiddetta società civile per affidarle mansioni specifiche, ottenendone valide garanzie anche per quanto riguarda la riservatezza. Ecco perché, nessuno, più di un uomo che è affascinato e innamorato dell'ideatrice della missione criminale, potrebbe risultare tanto adeguato e confacente al piano in cui egli stesso, con ogni probabilità, è contemplato come una vittima. Se io non posso far parte dei loro progetti futuri, perché dovrebbero lasciarmi in vita? Si fiderebbero mai di uno che si è reso loro complice, perché soggiogato da un'attrazione fatale, e non già perché criminale dentro, per indole?

Mi viene in mente, sia pure in maniera scherzosa e languida, che più di una volta Andreina è andata dicendo che mi avrebbe ucciso. Era vero, dunque. Ecco perché ne restavo così preso quando me lo diceva. Ne avvertivo la veridicità!

c) Non è facile sbarazzarsi di un uomo come don Nino, e, quand'anche lei lo volesse, andrebbe incontro a dei grossi rischi. Mentre di uno come me ci si può liberare sempre e senza particolari difficoltà. Perché, dunque, lei, la sposa di un boss, dovrebbe dar prosieguo a una pericolosa relazione con uno squinternato come me? Chiaro, una donna del suo stampo non metterebbe a rischio la propria posizione agevole, prolungando una relazione che non ammette secondi fini.

***

In uno dei suoi rari messaggi telefonici, Andreina mi ha avvertito che il luogo del nostro incontro non sarebbe stato più la graziosa taverna dove abbiamo cenato insieme la prima volta, ma un ristorante appena fuori città. Vi arrivo con cinque minuti di anticipo rispetto all'orario dell'appuntamento. Mi guardo intorno, pensando a Salvatore, l'uomo di don Nino incaricato di tenermi d'occhio quando sono in compagnia della moglie.

Chissà, dove sarà e se saprà del cambio del luogo?

Già, perché all'ultimo momento Andreina ha optato per un posto diverso da quello concordato?

Ho addosso una sensazione che resta difficile da decifrare e quest'ultima domanda non fa che accrescerne l'indefinibile natura, che sfocia presto in una netta e prorompente percezione di ansiosa emotività.

Tutto questo mi procura uno stato ansiogeno e una relativa scarica di adrenalina che fa vibrare il mio sistema nervoso. Mi sento come un torero che sta per scendere nell'arena, consapevole del rischio a cui va incontro per scelta. Non so se il torero mischia, insieme, paura ed eccitazione, ma io, sì. Ormai comincio a dare per scontato che io stia diventando un folle, che abbia neuroni indipendenti che mi stimolano in maniera anormale. Mi avverto indicibilmente lussurioso nell'attesa di Andreina, voglioso di guardare nei suoi occhi, di godere della sua presenza, osservandola nella sua indole di donna fatale e misteriosa, di cui non ci si dovrebbe fidare, poiché complessa, doppia e, forse, strega!

Il pensiero di possederla, ora che penso di conoscerne la perversa natura, mi attraversa e si posa in un angolo del mio cervello per continuare a stuzzicarmi. Sì, rifletto, sono pazzo, mentre osservo l'auto sportiva di Andreina, che parcheggia nello spiazzo antistante il locale.

Esageratamente signorile e aggraziata, nel suo tailleur beige sopra al maglione scuro a collo alto. Mi viene incontro, con la sua camminata elegante, senza staccare mai lo sguardo da me.

Faccio qualche passo anch'io e sono davanti a lei, a stringerle la mano, salutandola con una discrezione che non dispiacerebbe al controllore alle dipendenze di don Nino, se mai stesse osservando i nostri movimenti. Ci sediamo in un angolo, in un posto abbastanza intimo e appartato, scelto da lei. Ordiniamo una spigola alla brace e un bianco d'annata, perché abbiamo bisogno di fosforo, dice, lei, scherzosa. Si dimostra affabile, non tradisce particolari emozioni e palesa una certa sicurezza.

- Sei preoccupato? – mi chiede accarezzandomi leggermente la mano sul tavolo.

- No. Sono solo concentrato per ascoltare attentamente il piano nei suoi dettagli. – rispondo con finta disinvoltura.

- Ho voluto cambiare il luogo del nostro incontro perché qui siamo in un'atmosfera più adeguata, meno chiassosa. Rilassati, abbiamo tempo. La serata è lunga. – sorridendomi con dolcezza.

- Scusami se te lo chiedo, ma tuo marito non dice niente di questo tempo che trascorriamo insieme?

- Nessuno potrebbe mai esercitare un controllo sulla mia libertà.

- Si può non essere gelosi di te?

- Tu lo sei?

- Non saprei. Potrei esserlo se ti scorgessi insincera.

- Tu non menti mai, dici sempre la verità?

- Ho qualche difficoltà, talvolta, a trovare la verità. Forse mentirò per questo.

- La verità è quasi sempre paradossale ed è ovunque se ne scorgano le tracce. Mentre la menzogna appare illeggibile, perché si presenta ben mascherata, sotto forma di presunta verità. Ad ogni modo c'è più autenticità nell'esercizio della bugia che non in tutto quello dato per ovvio e scontato.

- Quindi, mia cara, potresti essere autenticamente falsa?

Mi guarda con una leggera aria di sfida, senza abbandonare il delicato sorriso che conferisce ai suoi occhi luminosità e intensità. Tuttavia, mi osserva come se volesse dirmi che la mia domanda l'ha piacevolmente sorpresa, anche se ne ha percepito fino in fondo il contenuto allusivo e pungente.

Per la prima volta, scopre sul mio volto, l'espressione di un uomo che ha incominciato a nutrire dei dubbi sulla sua identità. A rivelarmelo è il suo sorriso che diventa improvvisamente amaro. Dopo aver abbondantemente riflettuto, risponde:

- È una domanda molto acuta. Ogni persona che si ingegna, anche in maniera minima, come succede a me, potrebbe apparire in una veste doppia, ambivalente e finanche ingannevole. Chi può esibire una dualità è fortunato, potendo mostrare, all'occorrenza, la facciata più congeniale. Non credi?

Prendo a guardarla ammirato, forse con la stessa espressione che prima, lei, ha riservato a me. Ha intuito dove volessi andare a parare con la mia domanda iniziale e, senza ritrarsi, si dispone, da invincibile doppiogiochista quale si crede, a una conversazione dai toni indagatori. Quasi tenero, le chiedo:

- E ora, di quale facciata stai facendo uso?

- Secondo te?

- Francamente, mi disorienti. Credo che tu alterni, magistralmente, menzogna e verità.

- Sei poco attento, Jacopo. La verità, in quanto tale, non mi interessa affatto. Resta impossibile che tu riesca a tirar fuori dalle mie risposte una verità che considero inesistente, che non mi appartiene. Quel che sono è lampante. Tutto ciò che non si riesce ad intuire di me, non mi appartiene. Ti ho osservato attentamente, mio adorato, hai un atteggiamento che non hai mai mostrato prima, di leggero distacco. Hai dei dubbi su di me, vero?

Vuoi sapere se sono una bugiarda? Bene, io sono immersa nella bugia e sono circondata da bugiardi. La verità non mi compete e non saprei raccontarla. Ricordati, una bugia è tale se non è immediatamente riconoscibile, altrimenti risulta solo una fallimentare imitazione.

- Le tue hanno un eccellente marchio di fabbrica, non sono affatto un falso.

Sorride divertita e mi appare troppo bella per potermela prefigurare un'ingannatrice. I suoi occhi intensi, la bocca appena carnosa e quel mento lievemente infossato le danno le caratteristiche del ritratto morale che la pittura universale contempla da sempre, al di là del tempo che trascorre e delle mode che intercorrono.

I suoi lineamenti seguono un dettame preciso, conferendole un aspetto che entra di diritto nella tipologia delle persone superbamente avvenenti e per bene, dipinte dai grandi artisti. Potrebbe, una simile bellezza, farsi interprete di una perversione che predilige il male?

Non vi è un solo angolo del suo volto, un lato, o una ruga di espressione che possa contemplarsi come uno spazio in cui i segni distintivi della malvagità si riflettono. Quando la scopro in un atteggiamento di mal celato imbarazzo, mi chiedo se le gote di una persona davvero fredda e crudele possano colorarsi di quel lieve ed etico vermiglio che la fa sembrare un Modigliani in piena regola.

- Andreina, ho qualche domanda da farti.

- Hai deciso di porre fine alla tua esemplare discrezione?

- Cercherò di non apparirti indiscreto, ma solo bisognoso di informazioni.

- Ok, cercherò di rispondere con disinvolta gentilezza alle tue domande invadenti.

- Nutro qualche dubbio circa l'indifferenza di tuo marito per la nostra frequentazione. Resta davvero difficile credere che un boss possa lasciare tanta libertà alla propria moglie, non trovi?

- No. È nell'ordine naturale delle possibilità. Io e mio marito siamo dissimili, divergenti, incompatibili. L'ho sposato per convenienza, non avendo propensione a credere nel grande amore, meno che mai nel mito del principe azzurro.

- Quindi?

- Quindi, cosa?
- Non ottemperi al tuo ruolo di moglie? Non vai a letto con lui?
- Da quando conosco te, non sono mai andata a letto con nessun altro.
- Non hai risposto alla mia domanda.
- Sì, che l'ho fatto. L'unica certezza che può riguardarti è quella contenuta nella mia risposta. Il resto non compete al nostro legame.
- Abbiamo un legame, dunque.
- A quanto pare. Entrambi, in questa storia, abbiamo poco dell'amante occasionale.
- Ma tu, non ti sei mai lasciata andare a qualche frase che rivelasse un sentimento solido, invincibile.
- Se è per questo, nemmeno tu! Avresti potuto dirmi qualcosa di forte, se non altro per vedere la mia reazione. Ma niente. Mai un cedimento.
- Cosa c'è tra me e te? – le chiedo in modo secco e all'improvviso.
- Davvero non lo sai? – risponde con una sensualità inarrivabile.
- Andreina, perché hai scelto me?
- Tu, forse, dimentichi il tuo irrefrenabile ardore nei miei confronti, che hai dimostrato sin dal momento che mi hai visto e a cui io non sono rimasta certo insensibile. Soprattutto, tu hai scelto me. – mi risponde con estrema sicurezza.
- Faccio fatica, in questo momento, a pensarti come a una persona che rientra tra le scelte di un uomo.
- Mi sono lasciata cogliere, che è quasi la stessa cosa. – ribatte con prontezza.
- Se fossimo soli ti bacerei, perché sei irresistibile quando ti rifugi nella tua abile arte di fatidica donna del destino.
- Anch'io ti bacerei, perché quando mi guardi in quel modo mi fai capire quanto ti piaccio.

Rinuncio a ogni tentativo di indagare sull'attendibilità di Andreina. Le sensazioni che mi portano a considerare la donna seduta di fronte a me una persona leale, di cui mi posso fidare, sono troppo forti per continuare a porre domande, alle quali, lei, peraltro, risponde da par suo, risultando convincente, pur nella divagazione più improvvisata.

Decido, intanto, di spostare l'argomento sulla missione che ci attende, evitando di compromettere un rapporto, che fino a quel momento non aveva vissuto momenti di incertezza, non essendo mai stato contaminato da nessun dubbio di sorta.

- Hai messo a punto il piano? – le chiedo, facendomi serio.
- Sì, nei minimi dettagli. Prima di esportelo, voglio dirti che mi fido di te, del tuo coraggio e della tua capacità di affrontare situazioni che richiedono determinazione e razionalità. Se, per un motivo qualsiasi, tu volessi tirarti indietro, non ti biasimerò di certo.

Tutta l'operazione richiede il tuo convincimento assoluto. Ti senti pronto, Jacopo, tesoro mio?

- Non mi hai mai chiamato, così! Voglio dire, non lo hai mai fatto con questa naturalezza.
- Te ne dispiace?
- L'hai detto con un istinto protettivo.
- Sì, può darsi. Non avrei pace se qualcosa non dovesse procedere per il verso giusto. Vorrei andasse tutto liscio, che non succedesse niente, soprattutto a te.
- Che gli Dei ci proteggano! – esclamo con un po' di apprensione.
- Dunque, l'altro ieri ho avuto un incontro con i vertici dell'organizzazione di cui faccio parte. Sono stata edotta sull'operazione. Me ne è stata affidata ufficialmente la conduzione. Il nostro coinvolgimento non è totale. Voglio dire, agiremo insieme ad altre persone. Ora, ti spiego: l'organizzazione ha messo a mia disposizione una guardia speciale, che ha il compito di proteggere le opere, una

volta in viaggio sulla nave. Dovrebbe andare tutto bene, la città del Principato è ritenuta un luogo sicuro per smistare le tele via mare.

Noi dovremo intervenire a partire dalle prime ore della sera, quando i capolavori dovrebbero essere visionati, alla mia presenza e a quella di Balan, da un esperto trafficante d'arte fiorentino, al servizio dei compratori americani, a cui tu dovrai sostituirti.

Il carico delle opere arriverà mercoledì, 21 marzo, a Montecarlo, su un peschereccio di non precisata identità, che partirà dal porto di Brest, in Bretagna.

L'imbarcazione è affidata a un tale Vincent, un marsigliese al soldo dell'organizzazione, che ha i miei recapiti e il cui compito sarà quello di consegnarmi le tele.

Sarò assistita, come ti dicevo, da Balan, ex colonnello albanese, che conosco da tempo, fin da quando sono entrata a far parte dell'organizzazione.

Lui interverrà nell'operazione, attendendo il mio ordine, e solo dopo che avremo sistemato l'esperto.

I tempi dell'operazione sono, dunque, questi: ho preso appuntamento con l'albanese alle 22.00 della sera di mercoledì. Le tele arrivano nel porto monegasco alle 16.30 dello stesso giorno. Saranno caricate da due uomini di fiducia di mio marito su un furgone e trasportate in Italia, in un rifugio sicuro. Dallo stesso furgone, alla cui guida ci saranno, appunto, due valenti "soldati" di Nino, verranno scaricati i falsi per una conveniente sostituzione. Le copie le ho fatte eseguire dal migliore dei falsari esistenti, un artista fiammingo dotato di una tecnica sopraffina.

La sostituzione avverrà senza patemi d'animo e nella massima tranquillità, poiché il beneplacito di Vincent, dell'organizzazione, è stato da me comprato per trecentomila dollari.

L'esperto, secondo accordi già presi, mi contatterà al telefono alle 19.00. Avrò scarse tre ore di tempo per condurlo in un monolocale preso in affitto. Una volta lì, dovrò neutralizzarlo.

Prima delle 22.00, tu lascerai il nostro appartamento e raggiungerai l'imbarcazione, con le opere false a bordo, sistemate al posto degli originali, presentandoti come il professor Federico Freschetti, l'esperto fiorentino, appunto, ingaggiato dall'organizzazione.

Alle 22.00, anche Balan avrà lasciato il suo albergo per giungere puntuale all'imbarcazione, dove, in sua presenza, oltre a quella mia, sostituendoti all'esperto, darai luogo alla tua performance di ispezione delle tele, per dichiararle autentiche. Balan, dopo averti creduto l'esperto, svolgerà il suo compito di custode e, il mattino seguente, cioè il giovedì del 22 marzo, sovrintenderà all'operazione di carico dei falsi, che lui crede autentici, su una nave da crociera diretta in Sicilia, tappa di un tour internazionale. L'operazione di carico sarà eseguita dagli operai di un'agenzia portuale. Anche questa sarà senza intoppi, essendo stato, l'Ufficiale addetto al controllo delle merci, corrotto direttamente dall'organizzazione.

- Che intendi quando dici che dovrai neutralizzare l'esperto fiorentino? – la interrompo.

- Non necessariamente, ucciderlo. Di lui so che è un uomo sulla sessantina, con baffetti, di modesta corporatura, che ama impomatarsi i capelli e vestirsi in maniera vistosamente elegante. Ha un debole particolare per le donne, sono la sua passione e rappresentano il suo unico interesse, oltre a far quattrini con il traffico d'arte. È quanto mi è stato rivelato, in via del tutto confidenziale, da un'amica dell'organizzazione, a cui è noto per averne ricevuto le avance, in un precedente affare.

Ecco perché ho preso per quella stessa notte un monolocale poco lontano dall'appartamento dove noi alloggeremo. Lì, dovrò condurre l'elegante esperto, facendogli credere di voler andare a letto con lui.

Una volta nel monolocale, verserò un potente barbiturico nel suo drink. Più tardi, come ti dicevo, prenderai il suo posto, svolgendone il ruolo, senza che tu tradisca minimamente uno stato emotivo che potrebbe insospettire l'ex ufficiale albanese, altrimenti siamo fottuti.

Balan, ti ricordo, è un ex militare, addestrato molto bene. Inoltre, è un omaccione che parla molto bene l'italiano.

Lavora per conto dell'organizzazione da molti anni ed è considerato pressoché infallibile nel suo lavoro. È molto scaltro e spietato. Sarebbe capace di ucciderci all'istante, nello stesso momento in cui si accorgerebbe della truffa.

Posso, tuttavia, dirti con sufficiente convinzione che non sarà assolutamente in grado di scoprire la tua falsa identità, poiché non ha mai visto l'altro che andrai a sostituire. In questo tipo di affari le identità restano rigorosamente ignote e sconosciute, non girano fotografie e messaggini. Tanto meno si accorgerà che stai spacciando dei falsi per autentici.

Naturalmente, dovrai comunque stare attento, parlare con naturalezza e non avere nessuna sorta di incertezza.

- Ma, che ne sarà dell'esperto narcotizzato? – chiedo, non senza preoccupazione.

- Il professore toscano sarà legato e imbavagliato per bene. Dopo di che credo che un uomo di mio marito provvederà al da farsi. Ho affittato il monolocale con una carta d'identità falsa.

Per cui, quando, il giorno dopo, o ancora oltre, troveranno il nostro uomo, i sospetti della gendarmeria del principato non cadranno su di me, ma su una tale Yole Lorenzin, manager veneziana. Inesistente, ovviamente.

- Quindi, sarà ucciso?

- Non necessariamente.

- Tu sai legare e imbavagliare un uomo?

- Ho già fatto le prove, legando e imbavagliando mio marito senza che lui riuscisse a slegarsi.

- E se si rendesse necessario uccidere Balan?

- Mi auguro che non ce ne sarà bisogno. Me lo auguro soprattutto per noi. Balan è una bestia con un'intelligenza umana, capace di sbarazzarsi anche di una mezza dozzina di uomini per volta. Figuriamoci di due come noi!

- Come sfuggiremo a Balan, quindi? – chiedo ancora.

- Il nostro viaggio sulla nave da crociera finirà a Palermo, dove, una volta approdati, lasceremo la nave, protetti dagli uomini di mio marito, che avranno il compito di tenere a bada Balan. Questi, una volta accortosi della nostra fuga, ci inseguirà fino a quando non ci avrà trovati.

La sosta della nave a Palermo durerà una sola notte e noi dovremo approfittare del momento giusto per darci alla fuga. La nave proseguirà per l'Egitto e la Tunisia, prima di passare per Gibilterra e prendere il largo per l'America. Noi, intendo dire io, tu, o meglio il professore fiorentino e Balan, avremmo dovuto, in teoria, secondo il piano dell'organizzazione, partecipare alla crociera fino alla sua conclusione, arrivando a New York con le opere d'arte originali.

Naturalmente, sulla nave io e te prenderemo cabine diverse, per non insospettire Balan, che non va assolutamente sottovalutato, poiché, te lo ripeto ancora una volta, è un ex ufficiale militare di provata esperienza. Altre domande?

- Tuo marito ritiene che io possa risultare all'altezza in questa vicenda?

- Sì. Si dice sicuro del tuo apporto. Prima che partiamo per Montecarlo, vorrebbe vederti.

- Non ti ha chiesto come hai fatto a convincermi a prendere parte all'operazione?

- No, ma lo immagina.

- Cioè?

- Gli ho detto che ho un ascendente su di te. Mi ha creduto. Tutto qui.

- Ma, è vero, tu hai realmente un ascendente su di me.

- Non è da meno quello che tu hai su di me. – risponde, guardandomi con un'espressione inconsueta, che definirei di strana ferocia.

Ancora una volta, cambio parere sul suo conto. Mai, come in questa circostanza, scorgo in lei le sembianze di una persona doppia. La guardo e vedo, senza neanche sorprendermi più di tanto, una criminale pronta a tutto pur di ottenere quel che si prefigge. Tra lei e i suoi progetti non c'è spazio per nulla, nemmeno per l'amore. All'improvviso, mi viene di nuovo in mente la sua tonalità, quando, nei momenti di intensa intimità, durante l'amore, mi sussurrava che forse mi avrebbe ucciso. Ora, più delle altre volte, mi dico certo che non scherzava. Me lo diceva raggiungendo una sensualità disarmante, anche perché, forse, ne soffriva, oppure semplicemente perché ne godeva a dismisura. Oh, mio Dio, mi accorgo solo ora di non conoscere la donna che ho di fronte, che amo perdutamente. Ma, se la amo, perché ne dubito?

- Che pensi? – mi chiede con infantile curiosità.

- A te, come sempre. – rispondo secco.

- C'è qualcosa che ti tormenta, che non ti mette al riparo da possibili preoccupazioni?

La osservo a lungo prima di rispondere. Ha gli occhi stanchi, ugualmente intensi, che si posano sui miei con la delicatezza di cui sono capaci. Il suo volto è reso ancora più dolce da una lieve espressione malinconica, pronto a manifestarsi nella sua struggente bellezza non appena accenna a una smorfia di sorriso. Guardo quel collo che ho baciato e mordicchiato tante volte, desiderando di azzannarlo una volta per tutte, esaurendo la mia delirante voglia di lei.

Sì, in questo momento potrei morderla mortalmente.

- Non c'è nulla che mi preoccupa particolarmente. Conservo la giusta tensione, perché sono nuovo a esperienze del genere. Trovo che il mio sia un atteggiamento normale. Non trovi?

- Sì, è del tutto normale che tu abbia un minimo d'ansia. Mantieni la calma, andrà tutto bene. Non potrebbe essere diversamente. Io e te abbiamo da frequentarci ancora per tanto tempo.

- Dici?

- Hai qualche dubbio, in proposito?

- No. Averti, resta la cosa che più desidero. – dico per rassicurarla.

Non so come e quando, ma qualcosa è cambiato in me.

Non mi fido più di lei e temo per la mia persona. Ma questo, non mi allontana da Andreina e, quel che è peggio, me la fa desiderare ancor di più. Non vedo l'ora di far l'amore con lei, contemplandola nelle vesti di abile ingannatrice, di sottile menzognera e finanche – vado immaginando – di spietata assassina. Quanto più penso a lei come a un'esperta del crimine tanto più cresce il mio desiderio di prenderla.

- Cos'è quel sorriso malizioso? – mi domanda.

- Basta parlare del lavoro che ci aspetta. Mangiamo, che dopo voglio averti.

- Davvero incredibile, vogliamo sempre le stesse cose.

La guardo interrogativamente.

- Anch'io sono vogliosa di te. Ti avverto un po' distante e questo mi eccita, perché soltanto amandoti ritornerai più mio. – mi dice, apparendomi sempre più ingannatrice e, al contempo, uguale a me.

Non dico niente, la guardo con un sorriso che, probabilmente, sarà diverso dal solito. Un sorriso che lei stessa, ora, cerca di decifrare per tenermi sotto controllo e sapere fino a che punto può utilizzarmi per il suo progetto criminale. Nella diffidenza di quegli sguardi cresce il mio desiderio, per niente alienato dalla certezza che da ora in poi la nostra relazione prenderà una strada che io non avrei mai immaginato.

- Non abbiamo mai parlato del tuo tornaconto in questa grandiosa operazione. Avrai la tua parte, che non avresti mai guadagnato, come io non avrei mai guadagnato la mia e mio marito la sua, senza intraprendere questa avventura. Non vuoi sapere qual è la tua fetta di torta?

- Certo, che voglio saperlo.

- Dieci milioni di euro!

- Caspita! E la tua?

- Quella di mio marito, venti, la mia trenta. L'insieme delle opere che venderemo ai nababbi arabi ha un valore di mercato vertiginoso, ben superiore ai 150 milioni di dollari di cui ti avevo detto in precedenza, consentendo loro un grande affare. Naturalmente, un affare anche per noi.

- A quanto ammonterebbe la cifra del loro reale valore?

- È una cifra strepitosa. Si tratta di un tesoro al limite dell'estimabile. Potrebbe anche raggiungere una somma incredibile, molto a di sopra del prezzo da noi stabilito. Noi cederemo le opere neanche per la metà del loro effettivo valore, vale a dire per centocinquanta milioni. Non sei d'accordo sulle cifre distribuite?

- Assolutamente, la mia mi sembra fin troppo generosa. E il resto? Dieci più venti, più trenta, fa sessanta. Restano altri novanta milioni di dollari per arrivare a centocinquanta.

Sorride appena, prima di rispondermi:

- Verranno divisi tra gli sfortunati del mondo. Non voglio che tu abbia dei dubbi su questo.

- Perché si decide di vendere delle opere tanto importanti per molto meno di quello che valgono? – chiedo senza tenere a freno la mia curiosità, che a quel punto assurge a indagine.

Mi guarda a lungo prima di rispondere. Il suo sguardo non dà l'idea di chi sta pensando alla risposta da dare, ma sembra predisporsi a una confidenza intima. Andreina assume l'atteggiamento composto, quasi timido, di chi sta per dire qualcosa di importante, di grave, di sbalorditivo.

- Jacopo, su una cosa ti ho mentito fino ad ora. Per la verità, non è neanche una menzogna, ho solo cercato di tenerti nascosta una verità che avrebbe potuto turbarti ancor di più e renderti del tutto refrattario alla mia proposta di partecipare al colpo.

La osservo ammutolito. Resto in ansia, ad aspettare che lei continui a parlare e la smetta di guardarmi con quell'aria pietosa, come se stesse commiserando l'ingenuità di un povero sprovveduto. Non riesco a immaginare con quale stupefacente e dolorosa rivelazione io debba, ora, fare i conti.

- Avanti, cosa devo aspettarmi di nuovo? – le domando, mantenendo la calma.

- Vedi, l'opera di Caravaggio in questione, sulla cui natura ho preferito non dirti nulla, è inserita nella lista dei dieci capolavori più ricercati dalle polizie di tutto il mondo.

Ho un attimo di malore fisico, dovuto all'effetto delle sue parole, che mi relegano nell'incredulità, nell'assoluta incapacità di cogliere qualsiasi elemento reale di ciò che sta avvenendo. Ho la netta sensazione di vivere in un sogno prolungato, fatto, sì, di momenti meravigliosi ed eccitanti, ma che si alternano vertiginosamente a paure improvvise, tormenti lampanti, sorprese angosciose.

Quando mi sono ripreso, chiedo:

- Di che parli?

- Della "Natività" di Caravaggio. – risponde secco.

Silenzio assoluto, irreale quanto tutto il resto in cui sono coinvolto. Ci guardiamo come se distanti a una lunghezza interminabile, senza che nessuno dei due accenni alla minima reazione. Il mio sembra il silenzio di un imbecille che prende visione delle dimensioni smisurate dell'assurdo che lo sta travolgendo. Quello di Andreina ha tutta l'aria di essere il silenzio di chi, riuscendo a corrompere l'imbecille, lo ha, ora, terrorizzato irrimediabilmente.

- Lo vedi, avevo ottime ragioni per non dirtelo subito. – osserva lei con voce sommessa.

- Non riesco a crederci, quale modesto appassionato d'arte non sa che quella tela è stata trafugata nel 1969 e mai più recuperata?
- Per l'appunto.
- Fai dello spirito? – le chiedo, incalzante.
- No. Sono seriamente preoccupata per il subbuglio interiore che la notizia ti ha procurato.

La mia reazione non è stata meno emotiva della tua, quando ho saputo che tra quelle opere ci fosse anche questo capolavoro tanto prezioso e ricercato. Si tratta di un dipinto a olio realizzato su una tela di notevoli dimensioni, trafugato la notte tra il 17 e il 18 ottobre del 1969 dall'Oratorio di San Lorenzo, a Palermo.

Da allora, il mondo non ne ha più saputo nulla. Quasi ogni sera lo guardo sullo schermo del mio computer, ingrandendone i particolari per ammirarlo nella sua folgorante magnificenza.

Misura 298 per 197 cm. Non vedo l'ora di osservarlo nella sua originalità. Lo faremo insieme, del resto. Nello stesso momento ci troveremo a contemplare qualcosa di superbo, rimasto in uno stato clandestino per oltre quarant'anni, lontano dagli sguardi ammirati degli amanti dell'arte. Racconta come non avrebbe potuto fare nessuno, all'infuori dell'autore, della nascita di Cristo, interpretando genialmente un realismo immaginifico che rende all'evento una solennità veritiera.

I volti di San Lorenzo e san Francesco d'Assisi hanno i volti degli emarginati, dei poveri e degli abbandonati che il pittore ha conosciuto nella sua vita peregrina per l'Italia. Tu, dovrai far finta di riconoscerlo nella sua autenticità, sostituendoti, come già ho avuto modo di informarti, all'esperto fiorentino, mostrando la stessa padronanza di linguaggio e competenza.
- Come se fosse facile.
- Naturalmente, ti darò del materiale informativo che ti ho preparato con grande cura. Dovrai sapere tut-

to o quasi di questa tela straordinaria. Dovrai imparare, sommariamente, come si riconosce una pittura seicentesca e applicare questa conoscenza alla "Natività". Poche ore di studio. Non ti si chiede di tenere una conferenza sul tema, ma di convincere Balan, persona avveduta, ma non certo un cultore della materia, che sei tu l'esperto fiorentino ingaggiato dagli americani. Ti è tutto chiaro? Hai domande o curiosità da soddisfare?
- In linea di massima, dovrebbe essermi tutto chiaro.
- Non ti resta che studiare le opere, per poterne dissertare davanti a Balan, eseguendo l'interpretazione in maniera impeccabile. Domani stesso ti farò avere il materiale, un faldone con un centinaio di pagine di appunti. Insisto, Balan è un uomo che in passato ha tenuto in pugno pedine importanti del governo albanese. È un uomo attento, con una sensibilità e un intuito non da poco. Il minimo errore e si accorge della truffa.
- Tranquilla, Balan mi crederà l'esperto.
- Speriamo bene.

***

La cena è ottima e Andreina, ora che si dimostra di buon appetito sembra gustare dei gamberetti gratinati come se stesse vivendo il più spensierato dei momenti. Come se nulla, oltre al cibo che sta masticando, al vino che sta bevendo, all'uomo che sta guardando, potesse far parte della sua esistenza in quel preciso istante.
Aver appuntato il colpo fino alla cura dei dettagli, evidentemente, la risolleva. Rimane un'ottimista. Crederà che andrà tutto bene per il solo fatto di aver saputo orchestrare un piano che può funzionare, escludendo ogni sconveniente imprevisto.
Non tradisce alcuna tensione e la scorgo finanche rilassata e allegra, mentre io non riesco a ridimensionare la

portata colossale dell'operazione che tra meno di una settimana ci aspetta.

Mi appare camaleontica nel suo elegante abito. Appena un attimo fa era nelle vesti di una criminale dall'atteggiamento algido. Ora, si muove come una fine signora in abito da sera, in attesa che il suo seduttore le regali un altro amplesso da apporre come perla alla sua collana.

È capace, in men che un attimo, di cambiare pelle, avviando improvvisi processi di metamorfosi, a difesa della sua vulnerabilità. È una bestia, la mia delicata e sensuale Andreina, molto più pericolosa e famelica di quanto si possa credere. Le manca solo la coda. Sì, sarebbe perfetta con la coda. Dovrebbe saperlo. Ora glielo dico.

Credo che glielo avrei detto se lei, proprio in quell'istante, non mi avesse chiesto:

- Sai che quando hai l'aria assorta somigli a Jean-Pierre Léaud?
- L'attore feticcio di Truffaut e Godard?
- Sì, quello. A volte mi sembri instabile come Antoine Doinel, il protagonista di "Baci Rubati".
- Instabile, dici?
- Sì. Non quando parli, ma quando pensi.
- Riesci a leggere i miei pensieri?
- No, ma ti fanno assumere un'aria davvero strana, quasi inquietante, e ti portano distante dal punto dove ti trovi. Quando rientri dal tuo pensatoio rimani stralunato per un bel po'.
- Ora, lo sono?
- Sì.

Allunga la mano sul tavolo e stringe la mia per rassicurarmi della sua presenza, come se questa avesse un effetto curativo sulla mia persona. È così che, nei miei confronti, lei agisce e pensa! Crede di essere mille volte più assennata di me, più avveduta, più ferma, più tutto!

È convinta di rappresentare per me un toccasana e desidera che io abbia fede nel suo amore, poiché in questo sentimento potrei aggrapparmi alla speranza per una vita migliore.

Lei mi sta cambiando l'esistenza, non mi sta amando. Lei agisce per trasformarmi, non per migliorarmi. L'amore rinforza quello che già si è, non modella nuove identità, ma predilige quella che ha dato origine all'infatuazione, di cui si accetta ogni risvolto per goderne disinvoltamente e liberamente nel riflesso di una luce che irradia, che non ammette ombre.

L'attrazione e il sentimento che provo per lei non determinano una condizione da potersi intendere come una forma di giustezza. La nostra relazione non è qualificata da un equilibrio, ma caratterizzata da una turbinosa celebrazione dei sensi, come se conservasse nella sua passionale riproducibilità qualcosa di rituale.

Risulta fin troppo facile e consequenziale prefigurarmi la mia amante come una mantide religiosa che mi porta ad altezze vertiginose per uccidermi.

Ma, intanto, quanto più mi addentro in questi pensieri che avverto scomposti e fuori dal controllo della mia più ragionevole razionalità, tanto più ansimo un momento di intimità con lei. Non mi importa un bel niente delle raccomandazioni di Salvatore, l'uomo della gang di don Nino, che mi ha avvertito di non portare la "signora" in nessun luogo privato, perché tanto lui avrebbe visto e riferito.

Non me ne frega proprio nulla dei possibili risvolti negativi che una serata d'amore con Andreina può avere, tanta è la mia voglia di lei. E poi, qualcosa mi suggerisce che Salvatore, anche questa volta, chiuderà un occhio e mi proteggerà.

Non vedo l'ora di averla per morderla, azzannarla, ingoiarla. Ho voglia di procurarle dolore, amandola. Desidero lasciarle i segni della mia inquietudine per sentirmi, illusoriamente, nell'atto supremo dell'amore, il suo dominus. Devo possederla, ora!

Di lì a poco, finita la cena e usciti dal locale ci dirigiamo, ognuno con la propria auto, verso il centro storico, per raggiungere il mio piccolo appartamento.

Quando vi arriviamo e chiudo la porta alle mie spalle, un senso di esultanza mi attraversa e mi sorprende, come se stessi per ottenere qualcosa che non ho mai avuto, ansimata da tempo e per questo considerata un trofeo difficilmente conquistabile. Sì, il corpo di Andreina da consumare ferocemente come il più esclusivo dei piaceri.

Ben presto la afferro per la nuca e la attiro a me, baciandola prima sulla bocca e poi andando sul collo, che sfioro appena, lasciandomi per dopo la delizia di morderlo senza impormi alcuna moderazione, come mai ho fatto fino ad ora. La spoglio senza usarle gentilezza, con una azione rapida e convulsiva, che sembra far crescere anche la sua voglia.

Priva di ogni indumento, mi guarda quasi stupita, come per chiedermi spiegazioni per un atteggiamento tanto bramoso. Uno sguardo che gradualmente si fa sempre più intenso, fino ad assumere la lucentezza dell'eccitazione e a trasformare il suo volto in quello di una donna ansimante, desiderosa di essere travolta da spinte di passione.

Mi muovo con veemenza sopra di lei, ora sollecitato dai suoi impulsi che vanno facendosi sempre più lampanti. L'energia dei miei baci sul suo corpo è più forte del solito, provocandole smorfie di carnalità e sospiri di piacere. Mai avevo considerato, come in quel momento, quanta vita e delizia ci fosse nel visibilio di un simile possesso.

I seni, l'addome, le gambe, la schiena della donna che sto amando diventano luoghi di incanto dove ogni pensiero, al di là del piacere, resta imprigionato nella rete dei sensi. Il motivo stesso che mi ha portato a desiderarla così sfrenatamente e che credevo scatenante, si ridimensiona al tatto della sua pelle, al sapore dei suoi baci, all'odore dell'amore. Volevo, in quell'atto, diventare il suo signore e invece mi accorgo di essere il suo perduto innamorato di sempre, ancora più appassionato.

L'amo, l'amo, l'amo disperatamente, alla follia, completamente. Il mio corpo danzante sembra darne piena dichiarazione, intrecciandosi al suo in un cerimoniale musicale, le cui note erotiche progrediscono nella loro gradualità per giungere al culmine di una spiritualità che si unisce alla carne, trasformandola in marmo scolpito, dura e modellabile materia che mi toglie dalla miseria del mondo e dalla vacillante condizione umana, restituendomi al tempo che si consuma lento, si fa ricordo in un istante, si delinea in perfetta geometria al sogno.

Non esiste realtà nel momento fluido che intercorre tra il timore e la speranza. Niente, più dell'inappagabile senso di appartenenza, ci lega alla natura dell'unione con l'altra. Solo l'affetto che si incunea tra le molecole del sangue rende significato al sentimento vivo e fulgido, color rosso carminio.

Azzanno, dunque, come gesto di amorevolezza estrema, il suo collo longilineo per tamponare nel morso il grido dell'apogeo amoroso.

XII

Disteso sul letto, cerco di riflettere sul dolore e la ferita che ho inferto ad Andreina, affondando più del solito la mia presa sul suo collo, nel momento del culmine di un piacere troppo energico per potermi trattenere dal morderla. Altre volte ero stato tentato di farlo, ma non avevo mai perso il controllo del mio istinto in maniera tanto sconsiderata. Il collo, poi, è una parte del corpo così delicata. Basta una piccola pressione della bocca per cospargerlo di grumi di sangue, figurarsi un morso.

Lei è in bagno. La sento lamentarsi del segno evidente che le ho lasciato. Mi ha già rimproverato abbastanza duramente e spero non dia prosieguo alla sua rabbia. Mi ha già detto che il mio è stato un gesto imperdonabile, un abuso sulla sua persona che mette a rischio anche il rapporto di fiducia stabilito con suo marito, oltre che con me. Come darle torto?

Sono stato uno sciagurato. Ma non l'ho fatto assecondando un proposito illusorio di stupido dominio sulla sua persona durante l'atto sessuale. Ancora peggio, l'ho fatto perché non ho saputo frenarmi.

Ho agito in quel modo perché il coito con lei è stato sublime, di una virulenza vulcanica.

Questo, non so per quale motivo, mi dà a pensare, più che al mio ardore animale, alla fragilità dei miei nervi.

Dio, come ho fatto ad afferrare il suo collo con tanta veemenza, come se fossi una belva?

Quel che ho fatto rientra in una concezione di vampirismo della mia indole?

No, non può essere. Non posso credere che io abbia queste tendenze. Mi avverto già patologicamente interessato chissà da quale malattia mentale per via delle continue apparizioni di Raskòlnikov, che non ho certo bisogno di prefigurarmi una patologia vampiresca per percepirmi fuori dalla normalità.

Resta, però, il fatto che il gesto inconsulto, di una gravità consistente, in quanto ha attentato all'integrità fisica e morale di Andreina, mi fa sprofondare in uno strano stato di frustrazione, dove paradossalmente nessun senso di colpa sembra tormentarmi.

Sono pentito per qualcosa simile all'errore, che ho commesso senza torto, ecco. Mi sento così. Sarà lo stesso umore dei vampiri dopo che hanno abusato delle loro vittime? Oh, mio Dio! Il termine "vampiro" evoca nella mia coscienza, come in quella di tutti, credo, immagini macabre e sanguinarie. Forse, anche un fascino avvolto di mistero, ma comunque legato a un significato di atavico terrore.

Quali analogie potrebbero mai esserci tra la mia identità e quella di un personaggio malvagio e terrificante, di tenebrose credenze popolari, condannato a un'esistenza crepuscolare?

No, francamente farei fatica a identificarmi con un particolare tipo di "revenant", morto per chissà quale ragione e poi tornato in vita per andare a succhiare il sangue dei viventi.

Io, lo spirito di un defunto, o comunque nel corpo di un altro, ritornato all'esistenza per sottrarre alle persone la loro linfa vitale, nel tentativo di vincere la morte?

Sono solo uno sciocco che si è lasciato andare in una perversione, non, come dice la leggenda, il settimo figlio di un settimo figlio, o una persona che ha subìto il morso di un vampiro e per questo lo è diventato, a sua volta.

Mi conosco, faccio dell'ironia perché può darsi sia spaventato. Infatti, ritorno alla fase della mia preoccupazione iniziale e mi chiedo se possa esistere una relazione tra il vampiro in cui mi sarei trasformato e Raskòlnikov, il fantasma di cui distinguo la fisicità e ascolto la voce che mi parla.

Non posso escludere che quest'ultimo mi abbia in qualche modo plagiato, magari alimentando impulsi che prima delle sue apparizioni non sapevo di avere, o che riuscivo a controllare.

- Ti rendi conto di quello che hai combinato? – mi domanda nervosa uscendo dal bagno

- Sì, ci stavo pensando. Più che chiederti scusa non so dire altro.

- Jacopo, se pure desideravi farlo, avresti dovuto trattenerti, oppure mordermi con leggerezza, come hai sempre fatto, non usando quella violenza. Avresti dovuto scegliere un altro momento, per farlo, considerato che anche in precedenza mi hai lasciato qualche segno qua e là per il corpo.

- Sì, hai ragione. Ho scelto il momento sbagliato per farlo.

- Ma, perché azzannarmi?

- Non lo so, è stato più forte di me. Una cosa assolutamente incontrollabile, che, a essere sincero, mi ha procurato piacere. Ne sono sorpreso quanto te, credimi.

- Non credi affatto che tu abbia commesso un abuso su di me, per soddisfare una tua voglia?

- Ne sono più che convinto. Ti ripeto, ne sono rammaricato davvero tanto.

- Cosa ti è successo, per farmi questo?

- Ho perso completamente il controllo di me stesso e l'amplesso che a quel punto stava coinvolgendo entrambi mi ha fatto dare di matto. Insomma, sono uscito fuori di testa perché è stato bellissimo. Scusami per il mio eccesso di franchezza, ma è stata la volta che mi è piaciuta di più.

Non so cosa sia capitato di preciso, ma posso assicurarti che un orgasmo simile non lo avevo mai provato. Non potevo non affondare i miei denti sul tuo collo in quel momento. È stata una reazione consequenziale, come se si fosse trattato del gesto finale di un atto cerimoniale senza il quale non ci sarebbe stata l'unione perfetta.

Dopo aver ascoltato queste parole, Andreina si siede sul letto, accanto a me, e prende a massaggiarmi dolcemente la nuca. Resta in silenzio per diverso tempo, respirando profondamente, come se dovesse riprendersi da uno stato emotivo molto forte e raccapricciante.

- A cosa pensi? – le chiedo.

- Al fatto che è stato tutto così travolgente, ancora più del solito. Aver raggiunto il culmine dell'apoteosi erotica nello stesso istante, ha portato i miei sensi a smarrirsi in un piacere che farei fatica a descriverti.

- Quasi me lo aspettavo che mi avresti azzannato. Così è stato. Al piacere si è aggiunto il dolore, come se tu mi avessi iniettato un veleno che tramortisce, ma non uccide. Il sesso è una cosa naturale quanto complessa, in cui si sperimentano pulsioni diverse e opposte.

In quello che abbiamo fatto vi era talmente tanta energia vitale che ci siamo spinti a sperimentare in pochi attimi il ciclo dell'esistenza, travalicando la soglia del dolore. Spingersi oltre, significa morire, esaurendo ogni impulso.

- Sì, è così. Dio mio quanto ci apparteniamo!

Si china su di me appoggiando la testa sulla mia schiena. E sussurra:

- Dovrei detestarti per quello che mi hai fatto. Ma ti amo, mio povero grande Jacopo.

Mi metto dritto sul busto, appoggiato alla spalliera del letto, per guardare il suo volto dolcemente sofferto. Sul collo porta il segno vistoso della mia foga. Un semicerchio di sangue intervallato da piccoli fori che lei tampona con il cotone idrofilo bagnato.

La vista di quella ferita mi procura sconforto. È un inequivocabile segno di violenza che le ho usato in preda a un momento di amore intenso, come se questo sentimento contenesse elementi di rischiosità, nocività, sventatezza.

- Scusami, amore mio, ti ho fatto qualcosa di tremendo.

Andreina mi sorride, accarezzandomi con lo sguardo come solo lei sa fare. Poi scoppia in una risata.

- Che c'è? – le domando stupito.
- Guarda sulla tua spalla sinistra – mi dice divertita.
- Per la miseria, ma sei stata tu?!
Indosso anch'io il tatuaggio della sua arcata dentale. Un livido ovoidale dal colore fortemente violaceo, dovuto a un morso deciso, ma molto meno violento di quello che le ha procurato la ferita. Ne rido insieme a lei, tenendoci abbracciati compassionevolmente, entrambi desiderosi di tenerezza, dopo averci scambiato tanta aggressività, sia pure di origine amorosa.
Ci siamo azzannati nello stesso istante, per unirci come in un rituale animalesco, oppure semplicemente per respingerci nell'istante stesso della più incandescente delle fusioni di due corpi e delle rispettive anime?

***

Uscendo di casa, ormai a notte inoltrata, per prendere una boccata di aria fresca e per recuperare lo spirito, consumato in una serata che resterà impressa nella mia memoria di innamorato, penso all'esperienza enfatica che mi coinvolge ben al di là della consapevolezza che ne ho.
Mi accingo a passeggiare verso quella parte alta della città che spazia sul Tirreno, dove tante volte, durante il corso della mia vita, mi sono recato a pensare, o a riposare la mente quando, percorso appena un tratto di strada, riconosco la voce di Salvatore, l'uomo di fiducia di don Nino, che grida alle mie spalle:
- Bravo, testa di cazzo, adesso parliamo della fine che ti aspetta.
Mi giro e vengo subito colpito da un diretto allo stomaco che mi fa piegare su me stesso, fino ad accasciarmi con le ginocchia a terra. Respiro a fatica, non sono in grado di rialzarmi per tentare una difesa e a mala pena riesco a distinguere la faccia grossa e rotonda di chi mi ha assesta-

to un colpo tanto micidiale, che ho avvertito nella stessa misura della forza d'urto di un maglio.

Mi ci vuole del tempo per riprendermi e distinguere nella sua interezza la figura di Salvatore che, dritto davanti a me, mi osserva dall'alto, con un'aria che definire cagnesca non rende ancora bene l'idea della postura tanto ringhiosa della sua immagine.

Inaspettatamente, il brav'uomo, per fare dell'ironia, mi aiuta a risollevarmi.

- Ce la fai a camminare?

- Credo di sì – rispondo con una voce arrochita e raspante.

- Bene, cammina. Stavi per andare a guardare il panorama dalla piazzetta, no? Andiamoci.

Una volta che l'abbiamo raggiunta ci sediamo su una panchina. Salvatore mi consiglia di respirare profondamente per recuperare la condizione, quasi pentendosi per avermi colpito con tanta veemenza. Non voleva farmi male, dice. Per fortuna!

Davanti a noi il mare, nel suo silenzio fermo, di pescherecci in navigazione notturna, riflessi lunari e profondità abissali. Nell'attesa di riprendermi del tutto respiro a pieni polmoni l'aria fresca del mediterraneo. Anche lo scagnozzo del boss sembra perdersi nel suo sguardo rivolto in giù, verso uno scorcio di Mediterraneo che sa di storia e mitologia allo stesso modo che le sue acque sanno di sale.

- Non venivo qui da molto tempo – dice l'uomo di don Nino, con un tono sorprendentemente romantico.

Lo osservo, incuriosito dal suo silenzio eloquente mentre spazia con gli occhi tra il mare e la costa. Dopo un altro attimo, in cui mi è sembrato che l'uomo riflettesse intensamente, mi indica il punto in cui appare ad intermittenza la luce del faro dell'isola e mi chiede:

- La rotta delle sirene è tra l'isola e la costiera, vero?

- Sì. Più o meno in quella prospettiva. – rispondo.

- È lì che Ulisse le incontrò? Com'è quella storia? – chiede ancora.

Mi accorgo, dalla sua espressione stranamente ingenua e finanche candida, che la bestia che mi ha aggredito pochi attimi prima ha lasciato il posto a un bambinone desideroso di ascoltare un racconto che dà per accaduto nella realtà, come se si trattasse di un fatto di cronaca antica e non della fantasia di un mito.

L'atteggiamento di Salvatore, con quell'espressione così teneramente infantile mi predispone in via eccezionale al racconto. Mai avrei immaginato di raccontare il mito di Odisseo a un soldato della camorra. Nel farlo, mi accorgo di contemplare nella narrazione nuovi elementi descrittivi, come se raccontassi quella storia soprattutto a me stesso.

- Ulisse era stato messo in guardia dalla maga Circe del pericoloso canto delle sirene. Per cui si premura di tappare le orecchie dei suoi compagni con della cera, mentre lui, deciso ad ascoltare, si fa legare all'albero maestro della nave, senza tappi.

Il canto delle sirene aveva un enorme potere di seduzione e si basava, attraverso un richiamo sessuale, sulla promessa di rilevare la conoscenza. Quale significato ha il canto? Ulisse è incatenato, mentre gli altri hanno i tappi alle orecchie. I tappi sono reali? Oppure i marinai non sono in grado di udire e capire? Perché Ulisse si fa legare? Perché non ha il controllo di sé? Le sirene promettono la conoscenza della bellezza e dell'amore e Ulisse ne è rapito. Ma il nostro eroe si è fatto legare. Cosa c'è di così seducente e mortale?

Il canto delle sirene causa il naufragio dei marinai. La morte è simbolica: muore chi non è preparato, chi si azzarda a scoprire un livello sconosciuto e superiore che non ha raggiunto.

Le sirene rappresentano una prova da superare e chi non la supera finisce nell'abisso delle acque e muore.

Ulisse affronta la prova e la supera, apparentemente, alla sua maniera. L'episodio rivela che è un inguaribile curioso. Ma è questo il vero significato?

Si potrebbe pensare che i suoi uomini non abbiano una preparazione adeguata e quindi è meglio che non ascoltino. Mentre lui, che si ritiene avveduto, può ascoltare, prendendo le dovute precauzioni.

Francamente, in questa vicenda, Ulisse non mi sembra una persona tanto accorta: è un curiosone che si fa legare pur di ascoltare il canto proibito. In questo modo, va incontro ad avventure che, per quanto belle e intense, nascondono sempre un'insidia che potrebbe rivelarsi fatale. Egli si crede abbastanza furbo, ma è solo abile nell'uscire indenne dai guai in serie che si procura da solo, con la sua spregiudicatezza.

- Ma, stai parlando di te o di Ulisse? – imperversa con pertinenza, Salvatore.

- Credi che io sia tanto abile da uscire vivo dal casino in cui mi sono cacciato? – gli domando con immediatezza.

- Non è facile stabilirlo. È di questo che dobbiamo parlare, bello guagliò! Sei andato per un mare pericoloso, pieno di squali, altro che affascinanti sirene!

- Il mare ha una forza di attrazione inesauribile perché nasconde il pericolo e le sue creature possono avere la natura di esseri dispensatori di disgrazia o di salvezza, ma oltre a ciò rimanda all'abisso primordiale.

- Che sarebbe questo abisso primordiale? – mi chiede, con curiosità.

- Un oceano primigenio, che era alla base di tutto, denominato "Nun" dalla mitologia egiziana. Avrai certamente sentito questa frase, magari anche in chiesa: "All'inizio era il caos."

- Mi pare di sì. E allora?

- Il caos era un'enorme massa liquida immersa nell'oscurità. Una profondità abissale, senza spazio e senza tempo.

Una massa non inerte, però, ma una materia che racchiudeva la sorgente della vita, l'elemento attivo e creatore.
- Secondo questa teoria noi veniamo dal mare? – mi domanda con curiosità.
- Sì.
- E, tu ci credi? – mi chiede, guardandomi con sospetto.
- Non è importante crederci. La mitologia non è fatta da dogmi religiosi da osservare, ma racconti da conoscere.
Salvatore mi osserva a lungo, con un'aria molto paternale e bonaria, prima di dire:
- Sei una persona intelligente, preparata, che sa parlare bene… Ma sempre stronzo rimani, però! Scusa, ma è proprio così. Anche io ho studiato un po'. Ho fatto la scuola agraria e mi sono anche diplomato. Poi, per anni mi sono arrangiato, ma non ho mai trovato un lavoro sicuro. Quando don Nino mi chiese se volevo lavorare per lui, accettai, perché finalmente potevo avere uno stipendio certo. Mi disse che avevo il fisico e la mente per poter fare parte della sua famiglia. Lo ringraziai e cominciai a servirlo. Sono quasi sedici anni che lavoro per lui e di me si fida molto. Ma veniamo a noi: come ti viene in mente di andare ancora con la signora Andreina, sapendo che il marito mi ha incaricato di tenervi d'occhio e di informarlo se avessi notato qualcosa di strano tra di voi? Io, adesso, cosa cazzo devo fare? Se gli dico che sei l'amante della moglie, quello ti fa scannare vivo!
- Sei sicuro di questo?
- O, Gesù! Pensi che gli farebbe piacere se sapesse di te e sua moglie?
- Non dico questo. Ma non ha mai fatto niente per impedirmi di vederla.
- Questo, secondo te, sarebbe un buon motivo per corteggiarla, tradendo la fiducia del marito e mancandogli di rispetto?
Tu vai con la donna di un altro, regolarmente sposata. Non si tratta della moglie di uno qualsiasi, ma di quella

di un capo della camorra, un pezzo grosso abbastanza per ordinare di maciullare il tuo corpo e farlo colare insieme al cemento in una colonna di un edificio in costruzione. Moriresti senza nemmeno i funerali se don Nino sapesse che sei l'amante di sua moglie! E non mi venire a raccontare che la signora Andreina è una donna matura e colta e sa quello che fa e che è innamorata di te come tu di lei e minchiate di questo tipo!

Rimane il fatto che è la moglie di don Nino! Lo sapevate entrambi prima di cominciare la vostra storia. Questo doveva essere un ostacolo insormontabile per voi. Invece, è proprio il caso di dire che ve ne siete fottuti altamente. Bravi! I miei complimenti!

- Salvatore, io sono in pericolo e i miei giorni potrebbero essere contati. Ma non per il motivo che credi tu, o perlomeno non è quello il fondamentale. Il fatto che io e Andreina siamo amanti non mi spaventa quanto tutto il resto in cui sono coinvolto.

- Che cazzo hai combinato, ragazzo mio? Io qualcosa ho intuito, ma se non mi spieghi tutto e nei minimi dettagli io, pur volendo, non potrò aiutarti.

- Come posso sapere se fidarmi di te?

- Questi sono cazzi che non mi riguardano. Riguardano te. Te, solamente. Tu sai se fidarti di me in questo momento può servirti a qualcosa. Se non speri che io possa tirarti fuori dai guai, non dirmi niente e non ti fidare di me. Ma, se avverti che la tua fine è segnata, allora non ti rimane che correre anche quest'ultimo rischio e raccontarmi come hai potuto entrare in affari con quella donna e il marito.

- Di che parli? A cosa alludi?

- A niente. Non so un bel niente. Credo soltanto che sei implicato fino al collo in qualcosa di molto pericoloso che riguarda l'organizzazione di Don Nino, o quella di sua moglie. Oppure di tutte e due, non so.

- Che sai dell'organizzazione di sua moglie?

- Poco. So che spesso va in giro per l'Europa, trafficando in opere d'arte.

- Praticamente, sai tutto.

- Qualche volta le ho fatto da autista, andando ad accompagnarla all'aeroporto quando partiva e a prenderla quando ritornava dai suoi viaggi.

- Ti ha detto lei che trafficava in opere d'arte?

- No, lei non ne ha mai parlato. Non dà nemmeno tanta confidenza agli uomini del marito e io non faccio eccezione. Ho saputo del suo lavoro da don Nino stesso. Ama molto parlare dei successi della moglie e di come lo abbia aiutato a diventare un pezzo grosso della malavita.

- Andreina ha aiutato don Nino a diventare quello che è?

- Sono io che dovrei farti delle domande per sapere se posso fare qualcosa per te.

- Ti prego, Salvatore, devo sapere assolutamente quali sono i rapporti reali che intercorrono tra Andreina e il marito e quale tipo di complicità esiste tra i due, altrimenti serve a poco che io ti riveli quello che c'è da sapere del mio coinvolgimento nei loro affari. Se davvero vuoi aiutarmi, mi devi dire quello che sai di Andreina, perché avrai capito che io, stronzo come sono, ne so davvero poco.

- Puoi ben dirlo. Sembri tanto intelligente, e invece...

- E invece?

- Sei stupido, come tutti gli innamorati. Perché tu sei innamorato, come tutti, di quella donna, vero?

- Che vuol dire "come tutti"?

- Vuol dire che chiunque la conosca perde la testa per lei, dai boss ai politici, agli uomini di successo, ai giornalisti del cazzo come te.

- Ho bisogno di sapere, Salvatore. Non farti tirare le parole dalla bocca. Racconta, sant'Iddio!

- Stai calmino, eh! Se c'è qualcuno qui, che dovrebbe alzare la voce, quello sono io. Non certamente tu, che oltre a mettere nei guai te stesso, rischi di metterci pure me. Io, domani, devo riferire a don Nino della serata che hai trascorso

con sua moglie. E non so che cazzo inventarmi. Capito?!
Ho deciso di aiutarti. Ho parlato di te a mia sorella. Dice
che se posso fare qualcosa per te, devo farla assolutamente, perché se ora lei è in vita, lo deve a tua madre, che
aiutò i miei a pagare le cure per farla guarire, quando
aveva tredici anni, da una grave tubercolosi polmonare.
Mia sorella, da piccola, ha avuto una forma degenerativa
della colonna vertebrale. In pratica, è sulla sedia a rotelle
da quando aveva sei anni. Sono molto affezionato a lei,
perché è la persona più buona e generosa di questa terra.
Per questo, non voglio deluderla.
Allora, cos'è che ti preme sapere?
- Mi dispiace per tua sorella. Non sapevo.
- Lei si ricorda di te. Dice che una volta l'hai aiutata a sa-
lire le scale delle Poste.
- Oh, sì, certo! Una volta ho aiutato una donna in carroz-
zella a salire quelle maledette scale. È stato qualche anno
fa. Ancora oggi quell'ufficio resta inaccessibile ai disabili.
Come si chiama tua sorella?
- Maria Luce.
- Un nome bellissimo.
- Sì, straordinario. Torniamo a noi. Cosa c'è che ti preoc-
cupa, o che non sai?
- Salvatore, credo di non essere più capace di comprendere di che pasta sia fatta Andreina. Prima, dicevi che è lei
l'artefice della scalata di suo marito nel malaffare…
- Sì. Lo sanno in molti nell'ambiente. Non c'è decisione
che lui prenda senza avere prima interpellato sua moglie.
Lei lo consiglia in tutto. È lei il vero boss.
Don Nino è solo il suo braccio, quello che mette in pratica
i suoi progetti ed esegue i suoi ordini. È grazie alla sua
signora che ha scalato le gerarchie della camorra, trasformandosi da piccolo referente di provincia a boss di un'intera area della regione.
I suoi affari si sono moltiplicati e il suo potere, oggi, conta molto, avendo tra le sue amicizie persone influenti e

politici di alto rango. Senza di lei, sarebbe rimasto un palazzinaro, un imbrattatore della natura, dedito a illeciti di varia natura per svolgere affari che rientrano nel giro di un interesse locale.

Sono state le ambizioni della moglie a spingerlo dove si trova adesso, a ricoprire un ruolo di primo piano negli intrecci tra potere e organizzazione criminale. Non so dirti se lei ami il marito, ma posso assicurarti che i due vanno molto d'accordo e mai nessuno li ha visti litigare, o avere un battibecco qualsiasi. Mentre don Nino tiene molto a lei e credo che la ami devotamente.

Credo anche che ne sia molto geloso. Per questo, mi ha dato l'ordine di tenervi d'occhio. Quando lui sa che la moglie deve incontrarti per questioni di lavoro, diciamo così, mi ordina di controllare il tempo che trascorrete insieme. La moglie gli avrà detto che tra voi due non c'è niente e lui, forse, in un primo momento le ha creduto, perché sa perfettamente che lei è sempre rimasta indifferente alle lusinghe e ai corteggiamenti degli uomini con cui ha a che fare. Ho visto con i miei occhi come un vice-ministro e un importante industriale del nord sbavavano ai suoi piedi, senza che lei li prendesse in considerazione, se non per servirsene per gli affari del marito.

- Lui non crede che la moglie sia rimasta insensibile anche al mio corteggiamento?

- No. Altrimenti perché avrebbe incaricato me di vigilare su di voi?

Noto in lui qualcosa di strano. Qualcosa che non mi so spiegare. Come se lui sapesse di voi, anche senza averne la certezza. Credo anche che questo gli dispiaccia più come boss, che come uomo.

- Che vuoi dire? Un camorrista arriva a comprendere la passione di una moglie per un altro, giustificandola?

- Scordatelo! Ti farebbe ammazzare se ne fosse sicuro.

- E allora, cosa cercavi di dire?

- Non lo so. Ma è come se tu fossi per lui uno strano divertimento. Ho la sensazione che con te stia giocando come il gatto col topo. Temo seriamente per la tua sorte. Marito e moglie ti useranno per i loro scopi, dopo di che, lei lascerà che il marito si vendichi del tradimento, facendo fuori l'amante di sua moglie, che sarà perdonata, come altre volte o come, forse, mai. Chissà?

Resto ammutolito. Salvatore ha una mente perspicace e molto più accorta della mia. O, forse, è solo più informato sulle identità di Andreina e suo marito. Li conosce da tempo e magari sa perfettamente che si tratta di persone perverse, dedite a una vita illecita, sviluppando un gusto perfido e maniacale. Dio mio, stento a crederci. Io vittima di una coppia infida e delittuosa?

- Hai paura? – mi chiede Salvatore, togliendomi dal farneticamento.

- No, sono solo nervoso e non riesco a concentrarmi per venire a capo di tutta la situazione. Dove cavolo sono andato a finire? E nelle mani di chi?

- Bravo! Cominci a farti le domande giuste.

- Ma, mi prendi in giro?

- No. C'è poco da scherzare, amico mio. Mi dispiacerebbe se ti accadesse qualcosa di irrimediabile.

- Tu davvero vuoi aiutarmi, Salvatore?

- Me ne sarei andato a dormire da un pezzo se non fosse così.

- Conosci don Nino molto meglio di me, non fosse altro per il fatto che stai al suo servizio da tanto tempo, durante il quale hai avuto modo di osservarlo, ascoltarlo e intuirne il carattere.

In apparenza sembrerebbe un tipo grossolano, ma è capace di uscite molto intelligenti e profonde. Mi ricordo che una volta, sul terrazzo di casa sua, fu particolarmente fine e sagace. Insomma, tirò fuori un lato della sua persona che non avrei detto che gli appartenesse.

In pratica, dimostrò una forma di sensibilità non tipica di quello che si dice un boss, che andava ben oltre la scaltrezza e la spietatezza di un uomo abituato alla rozzezza della violenza. In lui scorsi un'umanità, anche fornita di una chiave ironica, più propria di una persona complessa che del sempliciotto che vuole apparire.

- Ci stai prendendo, guagliò. Stai mettendo finalmente a fuoco la sua figura, che hai sottovalutato sciaguratamente, solo perché è uno che non ama fare le cose legali.

Non perseguire i propri affari in maniera corretta porta a essere dei fuorilegge, disonesti, bugiardi, non degli imbecilli e ignoranti. Don Nino è una persona molto intuitiva e intelligente.

Ha la sua cultura, è sempre informato sui fatti di politica nazionale e internazionale, gioca in borsa, ha una mania per gli anelli antichi con sigillo, di cui fa collezione e tra i quali uno è appartenuto a Papa Leone XI, legge solo filosofi che vanno dall'antichità fino all'ottocento, non oltre, perché dice che oltre c'è il vuoto. Rimane un criminale, certo, ma non è affatto una persona senza testa e senza gusto.

- Andreina, mi pare, mi avesse detto che non era uno sprovveduto, ma non mi ha mai rivelato tutto questo.

- Forse, perché le faceva comodo che tu sottovalutassi il marito.

- A quale fine?

- Credendolo uno sprovveduto hai potuto pensare che la complicità tra te e lei fosse più forte di quella tra lei e il marito. Io li ho visti spesso parlare tranquillamente per ore e ridere insieme. Questo è segno di una grande intesa, no?

- Sì, certo. Veniamo al dunque. Secondo te, quindi, quei due mi stanno usando per poi farmi fuori?

- È un'ipotesi da prendere in considerazione. Potrei dirti se questa ha più consistenza, o meno, se ti decidessi a dirmi in quale cazzo di affare ti sei lasciato coinvolgere.

Posso dedurre che si tratta di traffico di arte antica, la specialità della signora, ma ignoro quale ruolo ti hanno affibbiato nella faccenda.

- Dovrei rivelarti nei dettagli il casino in cui sono andato a ficcarmi?

- Cosa c'è, non ti fidi di me? Bello stronzo. – ironizza.

- Si tratta di un traffico di opere antiche, come hai pensato.

- Come faccio a darti un consiglio se non vengo a sapere come c'entri in questo affare?

Il tuo ruolo, Jacopo, qual è? Cosa devi fare e cosa hai pattuito con la signora, o cosa ti ha promesso?

Devo sapere questo per farmi un'idea precisa di quello che può accaderti. Di come e quando potrebbero eliminarti posso farmi un'idea solo se conosco quello che andrai a combinare.

Salvatore mi convince della sua lealtà e decido di raccontargli tutto, dalle mansioni di finto esperto d'arte, alla fuga dalla nave da crociera e la sostituzione delle opere con i falsi.

Faccio una narrazione dettagliata del piano che mi vede coinvolto, per fornirgli più motivi di interpretazione. Mi ascolta con un'attenzione quasi morbosa, assumendo un'aria preoccupata, che diventa quasi ansiosa quando gli rivelo particolari, che nella fretta avevo omesso.

Come quando mi ricordo di dirgli che una volta giunti a Palermo, da Montecarlo, non c'è solo don Nino ad attenderci, ma anche i suoi uomini. Un particolare che per lui pare conti molto, poiché nell'apprenderlo si dimostra particolarmente pensieroso.

- Fa molta differenza, per te, che non ci sia solo don Nino ad accoglierci a Palermo, una volta abbandonata la nave?

- Certo. È la conferma che da quel momento in poi, penseranno a come eliminarti. Dove ti butteranno, probabilmente lo sapranno già. Ti scanneranno, Jacopo. Ti faranno sedere davanti, in auto, e qualcuno da dietro ti metterà un laccio intorno al collo e lo stringerà fino a farti penzolare la lingua da fuori. Oppure, nel luogo dove vi rifugerete, che sarà certamente isolato, in periferia, o in campagna, ti punteranno una rivoltella alla testa, spappolando il tuo bel cervello.

Non si fideranno mai di uno che ha deciso di essere un criminale perché imbambolato da una donna e non per formazione. Don Nino ti considera una pedina che fa gioco fino a un certo punto, dopo di che diventa inservibile. Quindi, una persona di cui fare a meno, da eliminare per sempre, perché in affari del genere chi non condivide le sorti della banda non può restare in vita. Per quale motivo dovrebbero lasciare un bel gruzzolo di soldi a uno che non è come loro?

Per quella gente tu non rappresenti un bel niente. Sei forse un politico influente che può tornare loro utile? O un killer professionista da ingaggiare per gli omicidi più complicati?

Sei solo un bravo ragazzo di cui si sono serviti a dovere e che bisogna far fuori.

Non c'è un solo motivo, che è uno, per cui dovrebbero mantenerti in vita.

Le parole di Salvatore avrebbero dovuto traumatizzarmi, o perlomeno suscitare in me un'apprensione lacerante.

Invece, resto inspiegabilmente riflessivo e per niente agitato, solo un po' nervoso, e per il fatto che Andreina potrebbe avermi ingannato ed essere la mia assassina, non perché in preda al timore di essere trucidato da incalliti malviventi.

Salvatore si accorge del mio stato inflessibile e va in escandescenza:

- Cazzo! Cazzo! Cazzo! Tu non ti rendi nemmeno conto della brutta fine che potrebbe attenderti. Sei strafatto di amore, come se fosse cocaina!

Sei stato narcotizzato da quella donna e non capisci quello che ti sta capitando, dove la tua passione ti sta portando, a quale sciagura stai andando incontro!

Ma, come può uno come te non avere la lucidità per comprendere che ha messo la propria vita nelle mani di persone estremamente pericolose?
- Salvatore, quello di cui ho bisogno, in questo momento, non è certo una morale. Paradossale, tra l'altro, che me la faccia un collaboratore di don Nino.
Scusami, ma è così. Ho deciso di fidarmi di te e sono pronto ad ascoltare i tuoi consigli, non le tue ramanzine.
Ho bisogno di capire cosa devo e posso fare, ora. Soprattutto, devo essere certo che Andreina non sia quella persona che ho creduto. Non sono sicuro del suo inganno, della sua doppiezza. Insomma, non ho certezza riguardo alla sua spietatezza e alla sorte che lei, insieme al marito, mi avrebbero riservato.
Salvatore ride, sarcasticamente. Nella sua risata scorgo un amico sincero. Il solo, forse, che in una simile circostanza sia disposto ad aiutarmi, esponendosi a un reale rischio.
Lo osservo, nella sua bocca allargata, con gli occhi rimpiccioliti e stretti, simili a fessure arcuate, come se disegnate su un gigantesco pupazzo di neve. Capisco, da quella figura bonaria, che nelle sue vesti di malavitoso rappresenta una vittima, non un carnefice. Ha scelto di stare dalla mia parte senza guadagnarne nulla. Sarebbe stato conveniente per lui e molto più logico dimostrare fedeltà a don Nino, piuttosto che solidarietà e pietà a una persona che versa in una posizione tanto scomoda, al suo sguardo compassionevole come spacciata, sul cui capo pende una decisione inesorabile. Quando la sua risata va a finire, gli chiedo:
- Cosa ti spinge ad aiutarmi? Che ci guadagni?
- Te l'ho già detto. L'ho promesso alla mia sorellina. Per me una promessa fatta a lei, vale più della mia fedeltà a don Nino.
Prendo a osservarlo, quell'omaccione, e, nel suo atteggiamento, che improvvisamente mi sembra per metà infantile, per l'altra farsesco, mi trasmette un senso inverosimile

della sua presenza, come del resto tutto quello che sto vivendo, come il tempo che sta registrando la nostra conversazione, come l'amicizia forte e di sangue che sta per nascere tra me e lui. Appoggio una mano sulla sua spalla e guardandolo in faccia gli dico semplicemente:
- Grazie!
Mi osserva per un attimo, senza aggiungere niente. Poi:
- Devi tenermi aggiornato sui tuoi incontri con la signora e suo marito. Dobbiamo studiare bene la possibilità di una tua uscita dalla vicenda. Potresti simulare un incidente e renderti improponibile per affrontare il compito che ti hanno assegnato, sperando che loro abbocchino. Questo, naturalmente non ti metterebbe definitivamente al riparo, però servirebbe sicuramente ad allungarti la vita. Sai troppe cose di loro, che era meglio che non le sapessi. Ed è a questo che bisogna rimediare.
Non c'è altro modo, amico mio, che agire, nella consapevolezza di rimetterci la pelle.
Ti sei fidato di me e hai fatto bene. Anch'io voglio fidarmi di te, sperando di fare una cosa altrettanto buona. Voglio aiutarti soprattutto perché l'ho promesso a Maria Luce.
Ma non ti nascondo che lo faccio anche perché ho sempre detestato don Nino, fino a odiarlo con tutte le mie forze. Lui stenterebbe a crederlo, preso com'è dalla sua presunzione di sentirsi un punto di salvezza e riferimento per le esistenze disgraziate come la mia. In verità, ha distrutto la mia vita, facendomi diventare quello che mai avrei immaginato di essere. Un delinquente, un rinnegato, un uomo misero che pur raggiungendo una certa disponibilità economica non ha vissuto un solo momento di felicità.
Lui è stato convincente con me. Ero fragile e avevo bisogno di guadagnare per far fronte alle esigenze di una creatura del mio stesso sangue, che amo più di tutto. Molte volte non ho nemmeno il coraggio di guardarla negli occhi e di accarezzare il suo volto, che mi sembra quello

di un angelo. Maria Luce è un'anima del purgatorio che attende di andare in paradiso.

È venuto il momento che il mio corruttore paghi qualcosa per aver fatto di me un infame. Cercherò di proteggerti, facendo tutto quello che sono in grado di fare, senza nessuna paura. Ma dovremo stare molto attenti. A Palermo, quasi certamente, ci sarò anch'io.

Nelle operazioni di una certa importanza don Nino non fa mai a meno della mia presenza. Quindi, per quanto riguarda il tuo destino, potrò avvertirti delle circostanze che si andranno a sviluppare e di quello che riuscirò a intuire delle intenzioni del boss. Se vorrà ammazzarti, darà a me il compito di farlo.

- Perché a te? – chiedo, stupito.

- Perché l'ho già fatto e, con ogni probabilità, anche questa volta, come in passato, affiderà a me il compito di sistemare la faccenda

Mi viene subito in mente un funzionario della regione corrotto, molto amico di don Nino, che stanco di essere usato e ricattato dai suoi corruttori voleva denunciarli. E domando:

- Hai ucciso tu Paolo Cimmino, il dirigente amministrativo della regione in affari con la camorra e in special modo con don Nino? Sei il killer del boss, vero? Per questo sei sicuro che don Nino vorrà uccidermi. Sai bene che non si fa scrupoli a usare questi metodi.

Salvatore mi guarda in silenzio, accennando un sorriso amaro in segno di risposta affermativa. Mi rendo conto, all'improvviso, della drammaticità della vicenda in cui sono immerso.

La mia strana calma, che fino ad allora mi aveva accompagnato, svanisce in un attimo. Lascia il posto a una inquietudine che mi fa toccare con mano la realtà angosciante che sto vivendo.

Tutta la terribile faccenda ha risvolti troppo grandi perché io possa uscirne. Non resta che gestirli nella maniera più congeniale per salvarmi la pelle. Comprendo che per riuscirci non ho altre possibilità, se non quella di agire come un criminale, dimostrando una volontà al servizio di don Nino, fino a convincerlo che non è necessario farmi fuori, perché potrei rendermi ancora utile in futuro per prestare i miei servigi ai suoi ordini.

- A cosa pensi? – chiede incuriosito, Salvatore.
- All'unica e orribile possibilità che avrei per salvarmi.
- Quale sarebbe?
- Strano, che tu non ci abbia pensato.

Salvatore, stavolta, mi guarda con un'aria beffarda prima di dirmi:

- Non so se parliamo della stessa cosa, ma secondo te io non ci avrei pensato? Te ne avrei parlato al momento opportuno, quando sarei stato certo che per te non c'è che quell'unica soluzione. Per la verità, se sei un po' fortunato, potresti anche scappottartela.

Hai davanti a te una soluzione coraggiosa, che ti salverebbe la vita, cambiandola, ma anche una speranza che ti lascerebbe sereno e credo contento. La soluzione è diventare come loro, lavorare per loro, fare soldi con loro. Ti considererebbero uno della famiglia e ti proteggerebbero, anziché ucciderti. La speranza è la signora Andreina. Se davvero nutre un sentimento importante per te, cercherà di convincere il marito di lasciarti in vita. Il suo parere è determinante. Non ti resta che aver fede nella speranza, amico mio, senza scartare l'idea di diventare un malavitoso, se questo fosse l'unico modo per avere salva la vita. Potresti diventare un camorrista di cervello. Sempre meglio che morto.

XIII

È quasi l'alba, non dormo. Ho da pensare, da riflettere sul da farsi. Da quando ho salutato Salvatore non ho fatto altro che rimuginare sulla mia condotta da incosciente, tanto incauta da compromettere così gravemente la mia esistenza. Mi è frullato di tutto per la testa. Ho pensato alle mie ambizioni che vanno a farsi fottere, alla mia indole per bene che potrebbe essere sottoposta a un cambiamento radicale, al mio interesse per la vita, fatto di curiosità da soddisfare, desideri semplici, piccole cose che mi acquietano.

Mi accorgo, solo ora, che non ho mai osato pensare alla felicità, come se questa non fosse alla mia portata, a maggior ragione, ora, che per continuare a vivere rischio di non avere altra scelta che diventare un altro da me. Sarebbe possibile allontanarmi da ciò che mi ha sempre caratterizzato, da quel senso di giustezza che mi pervade, dall'armonia che percepisco nel vedermi immerso nella natura di un territorio che amo perdutamente?

Passando dall'altra parte, da quella che mi è estranea e che ho sempre detestato, potrebbe capitarmi di calpestare le cose in cui ho creduto fino a ora, che mi hanno accompagnato sin da bambino e avrebbero dovuto portarmi a essere un uomo maturo, integro, incorruttibile.

Oh, mio Dio, come potrei rapportarmi al mondo in quelle vesti così sconce, in quel lusso tanto volgare che sa di sangue altrui, di delitti ignobili, di ruberie spregevoli?

Io, rispettoso della legge morale dentro di me prima ancora che di quella vigente all'esterno, dovrei, dunque, infrangerle entrambe per dar luogo alla più impensabile delle metamorfosi che possono riguardare il divenire di un'esistenza umana?

Mi chiedo dove prenderò la forza per negarmi e far finta che vivere nella negazione non voglia dire vivere nella negatività.

Mi viene in mente il mio povero padre, che prima di andarsene all'altro mondo si sforzò di raccomandarmi un atteggiamento quanto più possibile esemplare, convinto com'era che solo attraverso il comportamento onesto e il rispetto per gli altri possiamo trovare in noi stessi la fonte di ogni energia vitale.

Incomincio a vedermi nevrotico, tra il fumo della sigaretta che ho appena acceso e il sorso di whisky che svuota il bicchiere. Mi viene persino da ridere, pensando alla mia fervente passione adolescenziale per lo spirito francescano. Vivere di essenzialità, ecco un segreto, forse l'unico, per restare quieti ed essere felici, senza farsi influenzare dalle esperienze della vita, da quelle che dovrebbero farci crescere e che invece deviano le nostre fragili esistenze verso percorsi tanto ambiziosi quanto tortuosi. Ecco, cosa vuol dire perdere la semplicità!

Significa non avere la sola corazza che può proteggerci da ogni male. La persona semplice non si lascia trainare da un istinto vizioso e ingannevole, preferendo seguire le indicazioni sobrie e lineari dei sentimenti, che mettono al riparo da qualsiasi spiacevole disavventura.

Sono i semplici, meglio di chiunque altro, a tenere lontano il pericolo, esercitando il potere della spontaneità e della autenticità.

Io, così distante da quella purezza, sono finito in una pozzanghera torbida, rischiando di sprofondarci per sempre. Il fango sarà l'elemento che meglio mi definisce, non altro! Non mi rimane, ora, che cercare di salvare la mia povera esistenza, facendo per la prima volta ricorso a una furbizia che non è mai stata di mia competenza, che non ho mai avvertito di saper usare alla maniera agevole degli altri, che non pensavo potesse un giorno rappresentare una scelta indispensabile.

Sì, Jacopo, fatti furbo se vuoi sopravvivere e rimediare alle tue ingenuità. Basta con questa litania da anima bella. Se vuoi davvero toglierti dagli impicci scopri il lato peggiore di te stesso e piegalo alla tua volontà. Mentre fingo di darmi questo consiglio sento la risata di Raskòlnikov, stranamente contenuta, questa volta, come se mi dovesse un rispetto che in precedenza non ha mai avuto. È sdraiato sul mio letto, con le spalle appoggiato alla parete.

Mi guarda con un sorriso di cortesia, che non ha niente di quello beffardo che quasi solitamente mi riserva. Ben consapevole, evidentemente, del fatto che mi ritrovo in un grosso guaio, probabilmente mi userà la gentilezza di non indispettirmi più di tanto. Da lui mi aspetto finanche comprensione e un suggerimento di aiuto in qualche modo risolutivo. Ma la speranza dura poco.

- *Una cosa è certa: tu fai sempre e in ogni caso ridere, giammai piangere.* – incede con atteggiamento canzonatorio.

Dopo una breve pausa, dove tira un teatrale sospiro di sollievo, continua:

- *Dove credi portasse mai la passione d'amore, intemperante amante di epoca moderna?*

Oggi, come ieri, mio frastornato omino di pensiero, tanto sensibile al fascino femminile quanto ottuso al rischio che se ne corre, l'impulso amoroso che si rivela veemente va incontro alla sua dannazione, regalando, è vero, momenti irripetibili e intensi che neutralizzano il tempo, ma preparando anche insidie che potranno rivelarsi fatali.

Hai goduto dell'amore incondizionato di una donna che interpreta a un livello eccelso l'impeto dell'innamoramento. L'hai fatta tua, come lei ti ha fatto suo, amandovi come in un vortice fuori dai minuti che scorrono e dallo spazio che circonda.

Lei è stata finanche troppo generosa con te. L'ambiguità che le attribuisci è dovuta alla tua incapacità di comprendere fino in fondo il sentimento ardimentoso che lei prova per te. Perché, dunque, attribuirle colpe specifiche?

Ti ha dato il suo corpo, affidato la sua anima, testimoniato il suo amore.

Niente altro avresti potuto prendere da un angelo così terreno. Sei fortunato e, tuttavia, ti credi in brutte acque. Ti sei già salvato una volta dal mare in tempesta, te la caverai ancora, se darai retta al substrato oscuro della tua miserabile indole.

Attingi dal fosco, da quella che tu credi melma, un'area impura di pensieri e con ogni probabilità potrai non solo salvarti, ma tirarti a lucido e splendere del tuo lordume.

Ti vedo già, in doppio petto, col sigaro, pieno di quattrini e circondato da amanti ingioiellate dei tuoi regali, a menare i tuoi giorni di lusso. Se decidi che sia arrivato il momento di smettere con l'essere per incominciare ad avere, vivrai finalmente una vita dove le cose che davvero contano non ti mancheranno affatto. Aggrappati al tuo presente, sciocchino, salta da quella zattera senza tempo e senza approdo che gira inutilmente su se stessa.

L'unico modo per prenderti cura di te stesso è intossicarti dei tanti adesso che ti orbitano intorno. Fumateli, come se fosse marijuana, lasciati prendere dal loro effetto e consumane l'immediatezza. Curati col veleno, bastardo salutista, e vivi l'amaro in bocca come il più dolce dei momenti di auto-commiserazione!

Riduci il pensiero a volontà in cerca di ebbrezza, una volta privato della sua sconsiderata e insistente mania di dare significati positivi alle privazioni. Previeni l'angoscia del finire e del finito con una gioia maligna e fonda sulla menzogna la sola verità da perseguire in tutta tranquillità e convenienza a sbafo. Puoi fermare il tempo, se vuoi, moltiplicando all'infinito quell'attimo che ti solleva senza sprofondare nell'attesa di vederti restituito.

Diversamente, mio tenerissimo ex chierichetto, potrai trovare requie nella sconfitta.

Sentirsi perduti, se mai si evitasse di avvertirsi perdenti, resta pur sempre l'inizio di una resilienza. Si può sempre risalire la china, con l'impegno e il sacrificio dei giusti. Votarsi alla sconfitta, talvolta, è da saggi. Una sconfitta ragionata, a cui conse-

gnare se stessi come all'unica verità lenitiva. Continuerai ad
essere in quanto vinto, restandoti fedele.
Allora, sciagurato, cosa vuoi fare? Dare retta alla tua parte nera
e risollevarti, oppure genufletterti alla tua coscienza celeste e
dare corso alla tua evoluta disperazione?
Dopo averlo ascoltato con lo stupore di sempre, prendo a
fissarlo, come non avevo mai fatto. Lui mi guarda, divertito come sempre e, forse, anche pensoso. Mi avvicino e lo
scruto attentamente.
È a poco più di un metro da me. Sebbene lo avessi altre
volte osservato con oculatezza, non lo avevo mai fatto da
quella distanza, che mi sembra minima. Sto per fare un
ulteriore passo in avanti ma lui mi intima di fermarmi.
- *Non avvicinarti di più! Muori dalla voglia di sapere se sono il*
frutto delle tue allucinazioni. Vorresti toccarmi, vero, per sapere
se effettivamente io, ora, sono qui?
Non farlo. Non provarci. Potresti restarne fulminato. Avere
tatto di un'entità ultraterrena non è consentito a nessuno. Di-
versamente, passerei il tempo tra la gente, a prendere a calci in
culo chi mi pare e a baciare queste contemporanee, così magre,
infelici e annoiate. Ad ogni modo, le sensazioni che avresti dal
contatto con la mia persona sarebbero comunque di altri tempi,
come l'unto della mia chioma fluente, il levigato del mio vestito
liso, la stretta risoluta della mia mano leale.
- Tu, leale?
- *Sì, non potrei esistere in una veste diversa.*
Vado a sedermi alla scrivania. Mi verso un altro whisky
e accendo ancora una sigaretta. Accendo il computer per
controllare le mail. Non lo faccio da tempo. Quest'ultimo
gesto mi riconduce alla mia quotidianità, a ciò che è solito, abituale, normale e ripetitivo, ma non pericoloso.
Ecco, penso, fossi stato una persona semplice e regolare
non avrei corso nessun tipo di rischio, non avrei messo a
repentaglio la mia esistenza e non vedrei spettri con cui
parlo addirittura.

Mi giro, per constatare se questo pensiero mi abbia restituito alla normalità. Ma, sdraiato sul mio letto, c'è ancora lui, Raskòlnikov, che mi sorride con sarcasmo.

Accetto la sua presenza come un segno della mia follia. Ormai, mi reputo vittima di una grave psicosi e mi comporto da malato di mente, come un disturbato che parla con una figura che nemmeno è esistita, se non nella geniale letteratura di uno scrittore.

- Scusa, vuoi del whisky?

- *Sì, doppio, grazie.*

- Sigaretta?

- *Ho il mio tabacco, grazie.*

- Cosa?

- *Preferisco il mio "Balkan" a quella robaccia. Di che ti meravigli?*

- Ma, dico, se sei una proiezione delirante come può verificarsi un dialogo con specificità del genere? Voglio dire, come può succedere che salti fuori un dettaglio tanto particolare quanto assurdo nella conversazione astratta che vado immaginandomi? "Ho il mio tabacco, grazie" – imitandolo – Oh, mio Dio, sono proprio fuori di senno!

- *Sei divertente. Ma anche di una presunzione stratosferica. Credi di essere capace di dare di matto immaginandoti personaggi del mio rango? Pensi davvero di essere l'autore delle parole che ti sto vomitando addosso? Ti reputi tanto avveduto da fare aprire bocca, a tuo piacimento, a uno come me, ritenendomi la visione allucinogena di una banale patologia psichica? Fuma, babbeo! Non puoi toccare me, ma le mie cose, sì. Annusa questo tabacco prima di accendere la pipa. È Balkan Sobranie, un marchio fondato nel 1879 a Londra, da una famiglia russa.*

Prendo, meravigliato e curioso la pipa dalla sua mano e la porto al naso per annusarla.

- *Senti l'odore di orientali e latakia che pervade le narici? Accendila, per una fumata assolutamente equilibrata, facile e di giusta forza, che non lascia spazio a retrogusti sgradevoli. Il merito sta nell'altissima qualità di tutte le componenti usate,*

ma soprattutto nel fatto che gli orientali sono realmente coltivati
in Macedonia ed il latakia nell'omonima regione della Siria.
Accendo la pipa con un fiammifero, che prendo da una
vecchia scatola custodita in un cassetto della scrivania, e
si libera nell'aria un odore straordinariamente aromatico,
che rende il luogo fantasmagorico quanto la stessa presenza di Raskòlnikov.

- *Che ne dici, eh?*
- Eccellente! – rispondo, rendendogli la pipa.

Mi rimetto alla scrivania, davanti al computer, con l'intento di scrivere un articolo per una rivista, dove tengo una
rubrica.

- Scusami, ma per le 9.00 di stamane devo inviare un articolo. Non so nemmeno quale argomento scegliere e avrei
bisogno di concentrazione. Non ti dispiacerà, vero, se mi
dedico ai miei impegni?

- *Oh, no, fai pure. Scrivi un pezzo sulla bellezza. Potresti di-*
scernere, ad esempio, sulla fascinazione delle donne del posto,
di questo strano e vorticoso meridione, uno dei tanti del mondo.
Dai, non dovrai scervellarti, te lo detterò.

- Cosa? Tu…

- Te lo detterò. Tu, dovrai soltanto battere le manine su
quei ridicoli tasti.

Mi vien da ridere. Infatti, rido. Ho sempre pensato, per
assecondare il vezzo di una finzione teatrale, di scrivere
sotto dettato quando riesco a produrre qualcosa che mi
piace oltre il consueto. A quanto pare e come mi è dato
constatare, questa volta, mi capita davvero l'occasione di
riferire quanto ho da ascoltare da un altro. Sono pazzo,
vado ripetendo nel pensiero.

- Sei pronto? – chiede il mio autore –

- Certo. Nella rubrica scrivo solitamente pezzi brevi e leggiadri. Sentiamo cosa hai da proporre sull'avvenenza delle mie conterranee. – gli dico, divertito.

- *Scrivi e non mi interrompere mai, sennò perdo il filo:*

"Sul concetto di femminilità si sono spesi gli esteti di tutto il mondo, valorizzando i somatismi della donna in tutti i suoi particolari, compresi quelli, ovviamente, che rimandano a modelli immaginari e surreali. Ma non è della classificazione del fascino femminile che voglio trattare, tantomeno elencare, per luoghi comuni, le caratteristiche di una bellezza da catalogo, da definire latina, anglosassone, solare, lunare e così via. Allo stereotipo preferisco l'archetipo.

Tutta la mia attenzione, dunque, nell'affrontare un argomento per niente evasivo e profondamente intimistico, ricade nella terra delle mie origini, in questo meraviglioso scorcio di meridione d'Italia.

Qui, è possibile ammirare fisionomie di donne che travalicano ogni aspetto della bellezza, oggettivamente indicata e propagandata.

Penso ai volti decisamente delineati, che esprimono un tempo diverso da quello contemporaneo, agli sguardi fieri ereditati da etnie che in precedenza hanno abitato questi luoghi, agli atteggiamenti naturali che rimarcano la straordinaria animalità dell'essere umano.

Descrivo, pertanto, una figura non contemplata dai canoni di bellezza presi a modello dal mondo della pubblicità. Non di fascinazione consumistica sto illustrando, ma di esplorazione di un mistero storico che riconduce al segreto della bellezza.

Esiste, a mio parere, una femminilità universale, data dalla maniera graziosa e risoluta di stare al mondo, che emerge da una smorfia istintiva, da occhi colorati di intelligenza pura e velati di languida malinconia, dal sorriso nervoso, a liberare energia gigantesca, da forme corporee echeggianti slanci di furia e generosità, riluttanti alla prestabilita linearità di un corpo teoricamente inteso.

Portatrici di culture transitanti, testimoni di una sensualità religiosa, danzatrici di un rito che si perde nell'eternità, le donne di questo angolo di sud si elevano in tutta la loro statura camminando orgogliose per il mondo e adoperando con sapienza la magia data loro in dotazione dagli antichi padri.

Non di rado, appaiono come sacerdotesse di un tempio innalzato alla gloria di una divinità irascibile, potente e maestosa.

Questa, è terra di miti, dove creature di nuova generazione, ripercorrendo idealmente sentieri calcati da eroi e semidei, esercitano, inconsapevolmente, un fascino che si nutre di pensieri antichi, tensioni rigeneranti, intenzioni audaci."

- Bravo. Si direbbe un pezzo che è nelle mie corde. – dopo aver finito di scrivere l'ultima battuta.

Non ascoltando alcuna replica, mi giro verso di lui, ma non c'è più. Resta l'odore del tabacco che ha fumato, come segno tangibile della sua presenza. Questo mi evita di considerarmi del tutto folle. Invio la mail contenente l'articolo appena scritto all'indirizzo della redazione e riprendo a riflettere su tutto quanto gira intorno al mio destino, che mi appare beffardo più che mai.

Non ho saputo darmi ordine nella vita. Ancora di più: non sono stato in grado di mettermi al riparo da un pericolo che sin dal primo istante avrebbe dovuto apparirmi grande e chiaramente minaccioso.

Mi avverto debole, troppo vulnerabile e disastrosamente deluso, soprattutto per l'effetto stupefacente e quasi ipnotico che mi procurano le visioni di Raskòlnikov, che non posso evitare di considerare vere e proprie allucinazioni di una mente, ormai, troppo provata e malata, sebbene provi, con tutte le mie forze, a ostentare una sicurezza che non sento possa appartenermi.

Sono fragile, forse troppo per non cadere nella tentazione di vedermi vittima di una forza fatale travestita di male, che mi sta mettendo alle corde, lentamente snaturando e crudelmente sferzando, senza possibilità di scampare al suo volere malvagio e imperturbabile.

Io, nell'angolo, come un pugile suonato, a resistere agli assalti più furenti di una sorte inviperita, che mal sopporta le mie confuse aspettative di vita e le mie ingenue speranze.

Mi vedo già cadere, privo della volontà di oppormi ai colpi del mostro che mi tormenta, definitivamente al suolo, a contare i minuti che mi restano per tenere gli occhi aperti sul mio dolore, meritato fino alla fine, perché troppo stupido per aspirare a una vita diversa e più confacente.

Non mi resta, nella lievitazione della sconfitta che mi attende, che guadagnare una compostezza a difesa della mia dignità, cercando di essere presente a me stesso nel momento in cui verrò vinto, sì che perdere non significhi vedermi perso.

La virile accettazione di una malasorte causata da me medesimo sia il mio ultimo e fedele gesto di amor proprio, miserabilmente venuto a mancare nei momenti salienti di un'esistenza menata con la negligenza di chi si è creduto, a torto, oltremodo virtuoso.

Sono, improvvisamente, così stanco e profondamente avvilito, che non vedo ragioni per le quali dovrei assumere il mio solito tono teatrale e darmi da fare al fine di recuperare la mia versione più aggiornata di finto amante della vita e della bellezza in genere, interpretando in maniera approssimativa quel dandy che non sono mai stato.

Via, sono sempre stato inspiegabilmente triste e sono tante le volte in cui non ho trovato, né saputo cercare, un motivo plausibile a una malinconia di origini oscure, che non potevo certo spiegarmi con un banale e incerto mal di vivere.

Non conosco alcun mal di vivere e non so cosa sia la depressione. Penso siano patologie da persone che hanno, o si danno, dei limiti. Come si fa a deprimersi se si hanno degli interessi per cui vale la pena impegnarsi a fondo?

Ci si avvilisce, in quanto l'umore può essere condizionato da risvolti favorevoli, o meno, ma solo nel più totale disimpegno si può sprofondare nella depressione. E, io, ho avuto sempre da fare. Con me stesso, o con gli altri, ho avuto di che vivere, emozionarmi, ubriacarmi.

Ecco, potrei definirmi il più allegro degli infelici. La definizione mi calza a pennello. Non sono mai stato sguaiato, io, nell'ostentazione della spensieratezza.

Ho saputo divertirmi con misura, riservandomi gli eccessi per i piaceri folli. Eh, sì, che ne ho avuti! Come pochi ho saputo fare tesoro dell'esperienza, per ripetere gli stessi errori con maggiore cura.

Non credo di aver mai perso la certezza di sapermi incompleto, instabile, incostante. Me ne sono guardato bene dal coltivare speranze da arrivista e illusioni da aspirante star, avvertendomi come il più devastato dei talenti in circolazione per questa terra ricca di simbologie contrastanti e significativa di storia, dove possedere un'arte vuol dire sacrificarla sull'altare della coerenza, oppure venderla al prezzo di una vita deviante.

Non me ne è fregato mai nulla di un benessere che non fosse legato alle mie competenze e al mio lavoro. L'agiatezza in quanto tale, da perseguire a tutti costi, non mi ha mai fatto perdere il sonno! Ma, non per questo ambisco alla virtù per cingermi la testa di un'aureola distintiva.

Non perseguo strade di saggezza, o scorciatoie invoglianti che portano dritto al compiacimento di se stessi, senza esporre una sola cicatrice della mia battaglia persa e ripersa, da vincere alla fine con gloria e una volta per sempre.

Sono povero abbastanza per fare ciò che voglio e correre dietro al sogno di una vita che mi consegni ciò che è fuori dalla mia portata. Desidero migliorarmi fino al punto di restarne mirabilmente entusiasmato, senza più sorprendermi dello sforzo, fingendo naturalezza ed educandomi all'abitudine delle buone maniere. Ho un'educazione, io.

Non sono mica un bifolco che ansima di passare a miglior sorte!

Io inseguo semplicemente la mia, quella per cui sento di essere nato e, tuttavia, tanto distante. Quella per cui impegnarsi senza affannarsi, da raggiungere al termine di un percorso di fatica, quando ormai le forze sono ridotte al lumicino.

Non ho fede, certo, se non nella possibilità della volontà di cambiare le cose che non mi piacciono. Ma ho coraggio e voglia di predispormi a un destino che mi è congeniale. Sì, tanta voglia di correre in direzione della luce del sole, sfruttando ogni attimo del suo fulgore per avanzare fin dove il traguardo pone lo stop, evitando l'oltre, dove l'abbagliante rende ciechi.

Conservo il senso della misura, che diamine! Non ho mai preso due volte lo stesso cibo, come da galateo. E saprei essere accorto a non impossessarmi più di quanto meriti e mi spetti. A ciascuno la sua parte! Non ho nessuna intenzione di perdere gli occhi dietro a un miraggio!

Conosco le regole del buon vivere almeno quanto quelle del quieto vivere. Pertanto, non mi strapazzerei per ottenere sempre di più, come quelli che perdono il senno per soddisfare manie di grandezza che rendono gli uomini piccolissimi.

Sarò anche abbattuto e snervato, ma conservo un intelletto sano, anche nell'irragionevolezza di una condizione chiaramente patologica. Vedo quello che non c'è e ascolto quello che non viene detto.

In pratica, sono frequentato da un fantasma, una creatura letteraria finita chissà come e perché nel mio disordine mentale, ma non mi reputo affatto depositario di neuroni impazziti.

Io non sono un folle, anche se una simile familiarità con un personaggio di fantasia potrebbe essere valutata da ricovero immediato.

Diversamente dal passato, sono presente a me stesso. Ho bisogno di riflettere con la calma dovuta e tirarmi fuori dal gran casino in cui mi sono conficcato. Ecco, devo solo saper pensare.

Non dovrebbe essermi difficile, no? Sono così abituato a spremere le meningi!

Già, ma l'abitudine a pensare non comporta necessariamente la produzione di un pensiero utile e risolutivo. Io, persevero nell'errore e utilizzo l'esperienza per ripeterlo con più cura. Questo, l'ho già detto. Non conosco alcun metodo per mettermi al riparo dal rischio di essere evanescente, poco concreto e incostante. Io, non so darmi motivazioni a sufficienza per migliorarmi, tanto meno cerco di apparire migliore di quanto effettivamente sia. Io, con ogni probabilità, sono il solo essere umano che a fronte di buone potenzialità preferisce sguazzare nella coerenza oziosa della perenne attesa, come se fossi su questa terra per vivere duecento anni. Dio mio, quanto resto distante da un efficientista di nuova generazione!

Devo darmi da fare. Devo assolutamente recuperare il tempo perso. Devo, innanzitutto, riavermi.

Devo, devo, devo! Belle parole, non c'è che dire. Ma poi, non faccio! Non agisco! Non mi ascolto! Sento di allontanarmi sempre più dal piacere di contemplarmi a distanza. Senza questo sano vezzo non c'è possibilità di autoanalisi. Non posso prendermi in considerazione se non esco fuori da me. Mi riesce, invece, uscir fuori di testa, che non è la stessa cosa. Così, impazzisco, do di matto, divento manicomiale abbastanza per desiderare di frastornarmi e togliermi la capacità di pensare.

Annientarmi col whisky, continuare a bere un bicchiere dopo l'altro, per rimpicciolirmi e cedere al sonno profondo, per non pensare e guadagnarmi un riposo che sa di tregua per il mio cervello rovente, tanto bisognoso di distendersi e fare bei sogni, di quelli che ti lasciano l'essenza del profumo di lavanda, come appena fatto un bagno caldo dopo una fatica.

Sono ubriaco. Troppo ubriaco! Penso pronunciando alla perfezione, nella mente, ogni parola. Imbastisco frasi a ripetizione, con un meccanismo febbrile e poco ragionato, come se mi stessi accingendo a un esercizio di composizione. Ecco un segno tangibile della mia mente alterata dall'alcol. Mi parlo addosso per offrirmi da bere e abusare dello spettacolo che allestisco con tanta insensata accortezza. Mi faccio da pubblico, non solo da suggeritore. E questo sa di follia. Di sana follia.

Perdo di vista la minaccia che incombe su di me, qualcosa che è più di un problema, mettendo su un teatro di circostanza. Amo sentirmi parlare a vanvera, come gli attori amano ascoltare la propria voce recitare un costrutto stracolmo di senso e mosso da un nesso. Tutto è sperimentabile, Cristo Santo! L'amore, come il dolore. La paura, come la speranza.

Dovrei, forse, tacermi e mettermi a letto, senza dare prosieguo al delirio che mi intrattiene, dandomi la possibilità di scoprirmi ancor di più insano di mente? Sono in seduta di analisi, non posso esimermi dal controllarmi e meno che mai potrei disattendere alla mia compostezza di paziente. Ho da fare abbastanza per prendere visione di una situazione che va peggiorando progressivamente.

Bisogna intervenire con tempestività, prima che lo squilibrio diventi devastante per la mia stessa salute. Ho da sbrigarmi per riconsegnarmi sano, curato di un male che affligge le persone che non hanno la consapevolezza di essere al mondo per vivere quanto meglio è possibile.

Occorre che neutralizzi la mia forma di amor proprio, che resta attaccata agli idealismi di un'esistenza da consumare all'insegna della resistenza. Ma, resistere a cosa?

All'inganno di una vita da vincenti, alla convenienza di un benessere materiale e, di conseguenza, alla mistificazione delle proprie convinzioni?

E se fossero sbagliate? Se le proprie certezze, dentro le quali si trovano le ragioni e i modi di come stare al mondo, ci portassero a divagare per il solo fine di non cedere al privilegio?

Che, forse resistere è da considerarsi una virtù, mentre ottenere è la più orribile delle nefandezze? Davvero, per ottenere onori non c'è altro modo che lasciarsi corrompere, o beneficiare delle giuste amicizie?

Se le cose stanno così, meglio lasciar perdere. Chi, in cuor suo sente di avere delle possibilità per distinguersi e cerca prima di tutto un protettore è solo un miserabile che non nutre la necessaria fiducia nelle proprie capacità. È necessario illudersi per prendere visione, successivamente, di un talento che ci appartiene. È nell'illusione che si fa l'abitudine all'onestà.

Ma oggi vale l'ambiguità. Essa si rende indispensabile a ogni livello. I filosofi moderni vanno sostenendo che risulta essere necessaria per l'equilibrio delle coscienze e lo sviluppo dell'uomo nella società. La sincerità e la trasparenza non sono affatto considerate delle virtù. Più nessuno crede alla sincerità come a un pregio, perché non viene percepita come verità, ma come accentuata ingenuità. Chi è sincero mostra tutte le sue carte in anticipo, adottando una strategia perdente.

Anche in quanto stile di vita la sincerità è ritenuta antiquata, decrepita, pesantemente greve. Una parola che incute paura. Per vivere da protagonisti bisogna essere doppi, come Andreina.

Lei è una persona straordinaria, subdola, micidiale doppiogiochista che agisce nell'ambito di una intrigante ambivalenza, a nascondere l'impensabile, fino a interpretare il male nella sua versione più elitaria, camuffando il delitto e rendendolo imprevedibile, invisibile, impunibile.

Questa donna mi ama, ha stima di me, mi ammira? Non escludo che i suoi lauti giudizi sulla mia persona potrebbero essere diretti a un fine diverso da quello che lasciano intendere.

La sua generosità nei miei confronti potrebbe essere qualcosa di estraneo allo stesso sentimento dell'amore.

Qualcosa, quindi, di non autentico e che non attiene a un comportamento schietto, naturale. Sì, Andreina considera l'ambiguità come uno strumento di partecipazione al gioco della vita, dove avvantaggiarsi a discapito degli altri è la regola da seguire. Io, non posso prendere parte al gioco. Non devo. A meno che non riesca ad alterarne, con sottile strategia, le regole già perverse che ne garantiscono lo svolgimento.

In fondo, ho dalla mia l'ampia possibilità di giocare di sorpresa, come si conviene a chiunque venga considerato con troppa facilità uno sprovveduto. Sì, certo, posso sfoderare l'inimmaginabile e diventare la persona che mai avrei pensato di essere. Tanta accortezza nel perseguire ciò che ritengo giusto e bello potrebbe essere spesa diversamente, per fini molto più pratici e di edonistica utilità.

In pratica, potrei tramutare quel poco di talento creativo che mi ritrovo in una risorsa malavitosa molto distinta e vestire i panni di un fine e spietato uomo di malaffari.

Già, per far questo, però, dovrei rinunciare per sempre all'autostima e contrarre un debito infinito con la mia coscienza, aderendo al mondo di chi ha messo al bando l'intelligenza, la lealtà e la coerenza. La necessità di privarsi di qualsiasi valore morale toglie il freno al contegno, lasciandosi cadere sempre più giù, mentre gli altri ti vedranno avanzare. Negare se stessi per essere ciò che si rappresenta agli occhi di chi ti guarda, ecco il credo a cui si ubbidisce da cinici.

Per quanto mi riguarda, da fuorilegge, consumerei un tratto dell'esistenza nell'eccezionalità di uno stato d'animo che non potrei reggere a lungo. Non ce la farei a vestire i panni del protagonista nel disconoscimento più assoluto della mia indole.

La verità è che per poter vivere un'esperienza criminale bisognerebbe avere un talento straordinariamente freddo e impudente, non condizionato dai facili sentimentalismi e dagli illusori idealismi. Bisogna predisporre la mente a miscelare convenientemente menzogna, falsità e realtà.

Per vivere accanto ad Andreina, poi, occorrerebbe convincersi che nella ragionevolezza e nella linearità non ci sia nulla di prodigioso e che per essere spettacolari bisogna seguire un istinto perverso.

XIV

Mi sveglio con un terribile mal di testa. Il troppo whisky bevuto, le tante sigarette fumate e i pensieri contorti che sono andato facendo fino a svuotarmi del tutto hanno avuto un effetto devastante. Mi sento terribilmente rintronato e stanco. Ma, appena recuperata solo un po' della mia lucidità, riprendo a pensare da dove avevo lasciato, sorprendendomi non poco di una funzionale linearità dell'attività cerebrale, che non credo di avere mai avuto così viva e presente.

Dopo la doccia e una colazione abbondante, riacquisto parte delle mie forze. Mi adagio in poltrona e rifletto, deciso a risolvere la mia assurda e incresciosa situazione.

Io so veramente poco di Andreina, quello che conosco di lei l'ho appreso da Agostino. Frequentarla, amarla e viverla non mi ha portato a scoprire gran che della sua persona, frastornato come sono stato dalla passione che mi unisce a lei. Più propenso a sperimentarla, dunque, che a scoprirne i segreti di un privato inconfessato. Forse, di lei non mi ha mai interessato nulla che sia vero.

Ancora adesso, impossibilitato a inquadrala nella reale, effettiva identità, non riesco che a vederla nella luce artificiale delle mie corde sensibili, capaci di proiettarla lontano, distante dai dubbi e da ogni timore che possa pregiudicarne la limpidezza, chiusa in una sfera di cristallo, al riparo dalla deformazione del sentimento amoroso e dell'impulso passionale. Che strana circostanza quella in cui mi trovo. Interessato alle non verità della donna che adoro e mi piace così tanto, da averne anche paura e necessità di difendermene.

Quel che dovrei appurare, senza tanti fronzoli e tentennamenti, è se Andreina abbia, o meno, un'indole intelligibile. Possibile che abbia una personalità non identificabile?

Resta comunque il fatto che io non riesca a trovare argomentazioni convincenti per sentirmi sicuro del suo amore, della sua fedeltà, della sua solidarietà. Per quanto insostenibile, inverosimile e per tanti versi finanche sconvolgente possa apparirmi, Andreina potrebbe, in verità, farsi beffe di me e usarmi per i suoi fini.

Ad ogni modo, ora, devo risalire alla sua identità autentica e sapere fino a che punto è disposta a rischiare la sua vita e la mia in un'operazione che riserva dei grossi pericoli.

Mi accorgo che ho pensato a lei sempre e solo in un senso. Quello della fascinazione amorosa.

Mai una volta che avessi valutato la sua persona in base alle sue scelte di vita, alla sua posizione come moglie di un boss, alla sua attività illegale. E, poi, è una donna serena? Se le mancasse la condizione necessaria per immergersi nel benessere dell'animo proprio?

Tutto il riguardo, e non doveva essere poco, che probabilmente aveva per sé, forse lo avrà rinnegato fingendo di averne per suo marito. Guardando profondamente negli occhi di Andreina, talvolta ho visto qualcosa che era molto più di una tristezza di fondo, di quelle che solitamente si depositano sul velluto dell'intimità più inesplorabile.

La sua spensieratezza non di rado mi è apparsa artefatta e precaria, mostrando l'immagine di una facciata di cartapesta che nasconde qualcosa di molto diverso da una contentezza di passaggio e allo stato puro. Cosa si potrebbe celare, allora, in fondo all'animo di questa donna?

Voglio dire, il suo vero segreto è costituito dalla scelta di delinquere, anche se a fin di bene?

Non so per quale motivo, ma mi vado convincendo che ve ne sia un altro, molto più grande e significativo e chissà quanto sbalorditivo. Dio mio, chi mai sarà, Andreina?

Eppure, quella sorta di inquietudine e di quasi dolore, non sempre percepibile dallo sguardo, mi inducono a pensare che i suoi occhi guardino, con più cognizione dei miei, alla bellezza assoluta.

Il suo spirito di fragile innamorata della vita vorrebbe decantarla, ma non può. Ha scelto di essere un'altra, diversa da sé. Quindi, non una persona che si dedica a ciò che veramente ama e per cui vale la pena prodigarsi. Certo, devolve soldi in beneficenza per supportare cause nobili, ma è innegabile che vada dietro a un profitto tanto cospicuo quanto illegale.

La ricchezza, quella economica, è un valore verso cui tutti, indistintamente, tendono.

Essa rappresenta l'imperfezione, nel suo aspetto più allettante, più perfido e, allo stesso tempo, più banale. Il denaro è nemico della riflessione, del pensiero e della laboriosità. Accresce il valore del possesso, conforta l'umore, risolve problemi, ma non affina in nessun modo la mente e lo spirito.

Di questo non importa niente a nessuno: avere tanti soldi per non avere pensieri e non dover lavorare è il fine più ambito degli uomini. Le complicazioni della ricchezza sono di ordine morale e, dunque, per molti, inesistenti; quelle della povertà procurano un disagio pratico, avvertite per questo con ansia e sofferenza. È l'impossibilità di risolvere le necessità basilari a spingere le persone verso il sogno della smisurata agiatezza. La ricchezza, vista come soluzione di tutti i problemi. Ecco, cosa ha insegnato il capitalismo! Stabilisco, allora, che diventare ricco non in conseguenza di una competenza e una dote che mi appartengono, ma in virtù di un atto, di cui sicuramente pentirsi, non può e non deve interessarmi.

Mi pare altrettanto ovvio che Andreina, benché ricca, non sia una persona con una mente e uno spirito che si ribellano alla finezza e all'eleganza. E non è certo il sentimento per lei che me lo fa dire. Ma, sulla sua eleganza comportamentale non nutro dubbi di sorta.

Devo stabilire se lei tenga davvero alla mia persona, o mi abbia adoperato per finalità inerenti all'affare legato all'operazione delle grandi tele da piazzare. Possibile, che lei sia fedele a me e non a don Nino, suo marito e suo fondamentale socio nel perseguire il business?

Non escluderei che sia infedele a entrambi. Potrebbe tradire me per una ragione semplicissima e di chiara convenienza: ha bisogno del supporto organizzato del marito per riuscire nel suo ambizioso, redditizio e ultimo colpo. Tradisce il marito per un presupposto ben più complesso: la fedeltà coniugale la obbligherebbe a stare ferma, immobile, a non darsi novità.

Tutto sommato, per una mente solerte e irrequieta come quella di Andreina, il concetto di fedeltà potrebbe esprimere qualcosa di perverso e maniacale, che induce a perseverare nella ripetitività. La fedeltà, così come intesa dai benpensanti in genere, potrebbe apparire ai suoi occhi come una costante dannosa, da cui proteggersi per non ripetersi nell'abitudine.

Il tradimento, al contrario, ben lontano dall'essere preso in considerazione nella sua facile versione di comune malcostume, spinge a muoversi, ad attraversare la soglia della costrizione imposta dalle convenzioni e dai sentimentalismi. Esso stimola, dunque, a sperimentare l'emotività, l'istinto e tutto quanto concerne l'imprevedibilità delle nostre azioni. Sarà stato anche questo, ad avere indotto Andreina ad avventurarsi in una relazione con me. Diversamente, avrà seguito semplicemente il suo slancio entusiastico di innamorata.

Purtroppo, di quest'ultima e allettante evenienza non riesco a convincermi del tutto e i motivi della diffidenza sono tutt'altro che banali o cervellotici. Proprio non riesco a pensare a un futuro con lei, sebbene abbia vissuto in sua compagnia gli attimi più pieni e felici della mia esistenza. Andreina non è la mia donna. Io non sono il suo uomo. Tuttavia, forse, ci amiamo da pazzi.

E questo non fa che aggiungere follia a ciò che è già abbastanza innaturale.

E poi, io in coppia non funziono. Sono troppo preso da me stesso e dalle mie splendide manie, da tutto ciò che credo prolunghi la mia statura, dalle mille paure di non evolvermi abbastanza per glorificarmi. Sono un falso modesto, io.

Dio mio, che lentezza! Davvero le avversità possono procurare un simile ritardo?

Non saranno, piuttosto, i miei limiti, con l'aggiunta dei miei difetti, a sancire la mia assenza dal posto che sento mi competerà e saprò meritarmi?

In fondo, poveretto, posso ritenermi fortunato. Persevero nel mio onesto lavoro, che amo quanto la mia stessa vita, cercando di evitare di incappare, come tanti, nella trappola della presunzione e della superbia.

C'è in giro un'eccessiva tendenza a sprofondare in un individualismo sfrenato, fine a se stesso. Spesso, la considerazione di sé non conosce confini. Io, non voglio incappare in questo errore, che considero orribile e davvero troppo stupido. Io voglio restare semplice e ritornare a essere io: una persona con una perenne voglia di crescere. Per questo, non posso decidere di snaturarmi, scegliendo di delinquere e prendere parte a un'azione criminale.

Cosa sarà della mia solitudine se mi lascio corrompere? Non potrei mai farne a meno. Ho bisogno della mia percentuale di solitudine. Mi serve per riprendere possesso di me stesso ogni qualvolta mi lascio andare per sentieri che non mi riportano a casa.

La solitudine per me è un toccasana irrinunciabile, una fonte di energia vitale che mi permette di riparare di continuo agli svarioni che prendo nella vita. Potrà sembrare strano, ma non mi reputo abbastanza furbo per evitare delusioni e dispiaceri. Ancora non ho imparato a starne alla larga, anche se, almeno in teoria, dovrei avere l'esperienza necessaria per riuscirvi.

So di dover migliorare e diventare meno fragile e so, altrettanto bene, di dover progredire soprattutto nella condizione economica. Non posso continuare a vivere di essenzialità, senza più permettermi viaggi e di andare in giro per paesi, città, musei, mostre, mercati. Questo, non deve indurmi a cedere a don Nino, così come ha fatto il povero Salvatore. Possiedo già una ricchezza e non posso barattarla con un'altra di ordine materiale.

Sono certo che mi sentirei molto più povero senza le mie certezze ecumeniche, che fanno di me non un santo, ma un miserabile uomo dignitoso. Sempre meglio che essere una agiata persona da marciapiede. Preferisco mille volte apparire come un provinciale attaccato a una morale contadina, che vestire i panni dello sfrontato di successo, corrotto e corruttore, che, pur vinto, è considerato vincente. Non ho la vocazione per entrare nelle grazie di un potente ed entrare nella sua corte per vivere da privilegiato. Non ho intenzione di prendere a braccetto un potere che non deriva da me stesso, da ciò che meglio so fare e per cui mi sento portato. Sono un autore, un comunicatore, un creativo. Come potrei continuare a esserlo, al servizio del malaffare?

Basta, ho deciso: non avrò nulla a che fare con il colpo ideato da Andreina e supportato dal marito. Non sono attratto da un simile gusto dell'avventura. Mi tirerò indietro. Succeda quel che succeda, non me ne importa nulla. Non prenderò parte a una follia criminale che mi porterebbe in galera!

Mentre cerco, pateticamente, di convincermene, squilla il cellulare. È Salvatore. Mi parla con una voce distesa, rassicurante. Mi propone di incontrarci a mezzogiorno, alla baia del "Dolce dormire", una spiaggia della costa appena fuori la città. Dice che ha trovato l'unica soluzione attraverso la quale posso uscire dai miei guai con un vantaggio di tutto rispetto e, soprattutto, vivo.

Per tutto il tempo che manca all'appuntamento, mi chiedo cosa mai avrà escogitato di tanto geniale, da poter uscire dall'inghippo addirittura con un vantaggio.

Quando, più tardi, mi metto alla guida della mia auto per raggiungere la baia, mi sento attraversato da un'angoscia che mi toglie energia e mi infiacchisce. Mi sento in una strana situazione. Più che avvilito, mi sento atterrito, come se Salvatore dovesse comunicarmi qualcosa che ingigantisce ancor di più la mia ansia. Mi dirigo verso il luogo dell'incontro senza nutrire alcuna speranza di ricavarne ottimismo.

Una volta lungo la costa, per la strada collinare a ridosso del mare, guardo alla meraviglia dei colori della macchia mediterranea, annusandone i profumi in quella giornata di primavera anticipata e piena di sole. Come ho potuto distrarmi dall'appariscente equilibrio di quel che vedo e cacciarmi in una circostanza orribile?

Guardo, sorridendo con amarezza, agli alberi sempre verdi, ai lecci, agli ulivi, ai ginepri e, più in alto, ai pini. Poi scendo con lo sguardo fino ai cespugli, dove si alternano il cisto, il mirto e il rosmarino. Mi viene da pensare alla tipicità di alcune piante, in grado di restare in uno stato quiescente, cioè di riposo, durante l'estate calda, per poi germinare e crescere durante le temperature autunnali; vado comparando quel meccanismo vegetale, così perfetto e regolare, ai cicli dell'umore dell'uomo, tanto gracile e mutevole, esposto fatalmente alle minacce di tutto ciò che non costituisce un processo naturale e annerisce l'animo umano.

Possiamo essere, dunque, molto meno di qualsiasi fiore, pianta o roccia, senza per questo rispettarne la presenza e mostrarci devoti all'armonia con la quale si dispongono ai nostri occhi.

Arrivo alla baia, puntualissimo. Scorgo Salvatore in riva al mare, in un vestito grigio chiaro, con le mani in tasca. Gli vado incontro. Ci stringiamo cordialmente la mano e ci scambiamo dei convenevoli sulla splendida e mite giornata. Subito dopo, prendiamo a passeggiare lungo la battigia.

L'uomo di fiducia di don Nino mi espone la soluzione che ha trovato per me. Sin dall'inizio ascolto incredulo quello che propone. Tuttavia, presto molta attenzione a ciò che va dicendo con tanta convinzione. Finisce il suo discorso consigliandomi di riflettere bene su quanto ha avuto da dirmi. Il mio malumore, prima di incontralo, dunque, era un giusto presagio.

In pratica, Salvatore ritiene che non avrei altra scelta se non quella di fare buon viso a cattivo gioco. Stabilita un'alleanza e un patto di solidarietà tra me e lui, dovrei aderire al progetto di Andreina e suo marito, cercando di tenerlo informato sullo svolgimento dell'operazione. Poiché egli è il killer del boss, ritiene che se don Nino decidesse di farmi fuori una volta finita l'operazione, sarebbe lui l'incaricato ad ammazzarmi. Ed è a quel punto che scatterebbe il "piano di salvezza": Salvatore non mi accopperebbe, ma dotandomi di un'arma, avrebbe la mia collaborazione per mandare all'altro mondo don Nino e i suoi scagnozzi, che non dovrebbero essere più di tre, lasciando in vita la sola Andreina, che, a quel punto, se veramente mi amasse, potrebbe essere liberamente la mia donna e io il suo "don", ovvero il nuovo boss del territorio e punto di riferimento di una vasta area di interessi. Mentre lui, il mio "socio" con cui avrei stretto un patto d'onore, mi supporterebbe come braccio destro. È la proposta più indecente che mi si potesse fare. Qualcosa che supera ogni nefasta immaginazione. Una roba a dir poco improponibile, per uno come me.

Cado in uno stato di afflizione enorme. Respiro a fatica. All'improvviso, tutto mi sembra inferno. La spiaggia, la vegetazione alle spalle, le onde del mare e le montagne in lontananza che vi cadono a picco mi prospettano un luogo ingannevole, beffardo, dove la bellezza è solo una porta che apre sugli abissi della cattiva sorte, di un destino infame, del cattivo sortilegio. Sento che tutto mi è avverso, finanche quella natura che ho sempre venerato mi appare illusoria e capziosa.

Non vi è niente che senta al mio fianco. Non riesco a pensare a una cosa che avverta come benaugurante. E il vento, che soffia lieve, mi rimanda alla tempesta. Vorrei sprofondare, scomparire per sempre, annullarmi. Non ho fatto altro che perseverare nell'errore, abbagliato da qualcosa che si è manifestato come amore, passione, impulso. Oh, povero me, quanto scellerato sono! Ho scelto come amante la donna di un boss, mi sono lasciato coinvolgere dai suoi progetti malavitosi, mi relaziono al marito, responsabile di crimini atroci, e divento amico fidato di un uomo che ha ammazzato delle persone.

Ormai, sono in un incubo. La realtà che mi avvolge e che mi tiene inchiodato al muro è troppo spiacevole per poterla guardare in faccia con la lucidità necessaria. Mi avverto non in possesso di tutta la mia coscienza. È come se non fossi più presente a me stesso. Trovo infinitamente inverosimile quello che mi sta capitando.

So bene, purtroppo, che non è un brutto sogno, ma la schifosissima realtà in cui sono precipitato, spinto dalla mia superficialità. Intanto, Salvatore, prima che io dica qualcosa, mi ricorda che se io non scelgo di affiliarmi all'organizzazione di don Nino, non mi resta che ucciderlo. Si tratterebbe, invero, nella situazione in cui verrei a trovarmi, di scegliere tra la sua vita e la mia. Oppure, giocare a una sorta di roulette russa, puntando tutto sulla speranza che il boss, chissà per quale lieto motivo, mi lasci in vita, come se dopo aver preso parte a un affare in cui egli è coinvolto in prima persona gli si potesse dire, con facilità, "a mai più rivederci".

Appena recuperato un poco del mio equilibrio psico-fisico, informo Salvatore che di lì a due giorni, prima della partenza per Montecarlo, avrò da recarmi a casa di don

Nino, così come egli mi aveva chiesto tramite la moglie. Faccio presente al killer che, in quell'occasione, potrò avere sentore di quello che il boss mi ha riservato dopo aver effettuato il colpo e avere modo di fiutare un'eventuale complicità tra moglie e marito, stabilita contro di me e alle mie spalle.

Gli chiedo, dunque, di aggiornarci, per telefono, il giorno dopo quella data, promettendogli di riflettere come si deve sulla sua proposta, che sento comunque di escludere.

Abbandonata la baia e salutato Salvatore faccio ritorno in città. Mi dirigo verso il porto, quando ricevo la telefonata di Andreina, che vuole essere rassicurata sulle mie condizioni. La rassicuro, mentre lei mi conferma che ci saremmo visti tra due giorni, a casa del marito. Si dice dispiaciuta di non potermi vedere prima, perché troppo impegnata. Si congeda da me raccomandandomi di restare calmo e sereno.

La giornata è davvero favolosa e la passeggiata del porto è piena di gente. In prevalenza anziani, ma anche molti giovani e bambini. Trovo finalmente un posto per parcheggiare e mi avvio, lungo la banchina, verso "L'arca misantropica", che vedo, nella sua inconfondibile forma lignea e il colore antiquato, così diversa dalle altre, dalla vernice laccata e la sagoma progredita. Mi siedo su una panchina di fronte alla barca e prendo a guardarla. Sono stato felice alla sua guida. Al suo interno ho trascorso i momenti più straordinariamente intensi della mia vita. I simposi a due, con Agostino, immersi nel bagliore dei tramonti mediterranei. La passione, l'emozione e anche l'angoscia vissute con Andreina, nell'apogeo del sentimento amoroso e nel pericolo della tempesta.

Dovessi campare ancora cent'anni, porterei sempre dentro di me queste meravigliose tracce di vita. Mi accorgo, a un tratto, che il mio malessere va diminuendo, fino a far posto a uno stato di strana accettazione delle vicissitudini che mi toccano. Sono molto più sereno, ora, e, soprattutto, lucido abbastanza per realizzare opportunamente l'incontro con Salvatore e quello che ne è venuto fuori.

Incredibile! La vita mi offre una beffarda possibilità: non di svoltare, intraprendendo un percorso agibile e glorioso lungo un cammino che mi è proprio e che appartiene al mio processo di formazione, ma di deviare, dirigendomi verso tutto ciò che non sono e mi allontana da me. E, se per svoltare occorre superare gli ostacoli che per strada si pongono, vivendo tra sacrifici, delusioni e sofferenze, la deviazione regala una scorciatoia comodamente percorribile, senza la possibilità di sottoporsi a nessun patimento e arrivando subito alla meta che tutti si prefiggono: l'agiatezza.

Basta solo rinnegarsi nelle convinzioni portanti della nostra personalità, quelle che regolano l'esistenza improntandola alla rettitudine, e il gioco è fatto. Che ci vuole?! Serve solo una punta di cinismo, che narcotizzi l'amor proprio per essere il benestante che ci sorpassa con l'auto sportiva, viaggia per il mondo e sfoggia sorrisi a tutto tiro. Bisogna scaricare il buono che è in noi se si vuole vivere senza il fardello della riflessione perpetua, del rimorso di coscienza, dell'analisi morale a tutti costi.

Abbiamo all'interno una personcina per bene che pesa come un macigno sulle nostre decisioni, rallentando a dismisura la corsa verso una realizzazione alternativa. Bisogna innanzitutto uccidere quella, per dare il via alla perversione che ci trasforma in trionfanti conquistatori. Un talento speso al servizio del male ottiene straordinariamente di più che non al servizio del bene.

L'ipocrisia delle società contemporanee tende a celebrare il bene per scoraggiare il male come fine ultimo, che resta una scelta privilegiata delle classi dirigenti. Il male, visto alla luce del meglio, regola il mondo e l'esistenza di chi si avvantaggia sugli altri. Perseguirlo è la missione degli arrivisti, dei prevaricatori, di chi, in genere, vuole darsi un marchio di "arrivato".

Per tutti gli altri resta la possibilità di scegliere la via della rettitudine, seguendo un percorso di miglioramento personale e dannandosi l'anima per un modello di società che premia il più sfrontato, non il maggiormente virtuoso. Ed è proprio il caso di dire che l'arrivismo mette in bella mostra la faccia tosta, mentre le ambizioni mettono a dura prova il talento.

La verità è che tutte le persone che credono di essere colte, o di possedere un talento, hanno in uggia la furbizia, come se questa non fosse collocabile tra le virtù. Per questo molti intellettuali, spesso, appaiono come delle creature impalpabili, degli ingenui e troppo sprovveduti per poter cambiare lo stato delle cose. Le rivoluzioni si sono fatte laddove le persone di cultura, scese dal piedistallo e uscite dal loro mondo ovattato, hanno parlato alla gente.

La vita è fatta di anomalie, imperfezioni e, qualche volta, di stravaganze. Chi predica per regolarizzarla, pensando di apportare delle agevoli novità, si illude di poter educare la specie umana a un'esistenza corretta, tendente, invece, a viverne una corrotta. Io stesso, a esempio, rappresento una stravagante anomalia, colma di imperfezioni; contemplo, dunque, l'esistenza nella sua sintesi.

E mi perdo, dietro ai miei impulsi, trovandomi a rincorrere certezze altrui e abusando a dismisura della mia autostima per conferire dignità a ogni cosa che faccio, fosse anche la più banale, o, peggio ancora, la più deprecabile e disonesta. Non posso certo affermare che io mi trovi nelle condizioni da cui sono afflitto per colpa di una donna.

Le donne, nella vita degli uomini, hanno il ruolo che questi attribuiscono loro, e viceversa. Andreina non si è mai posta, nei miei confronti, come punto di riferimento. Tanto meno io nei suoi riguardi. Sono solo un suo ammiratore incantato e il suo amante perduto. Come tale, mi trovo a prendere parte a un'azione delinquenziale, non già in veste di professionista del settore.

Ecco, non sono altro che uno sprovveduto che sta per diventare un delinquente unicamente perché attratto e sedotto da una gran bella donna. È veramente così? Perché mai, fatico a convincermene? Per non ammettere, forse, che sono tanto insensato? Per quale motivo, diverso dal fatto che sono l'amante di Andreina, partecipo al grande colpo che questa ha ideato?

Ma la domanda che dovrei pormi è un'altra. Perché Andreina ha voluto coinvolgermi? Non sarebbe stato più logico tenermi lontano dalle sue faccende pericolose se davvero avesse tenuto alla mia persona? Risulta tanto complicato assoldare un uomo che avrebbe potuto svolgere le mie mansioni? Perché io, dunque?

La risposta non può essere che una: Andreina è riuscita, laddove il marito ha fallito, riuscendo a corrompermi e a non lasciarmi altra scelta che affiliarmi all'organizzazione malavitosa di don Nino. Andreina non mi ama affatto. Con me si è concessa un gradevole passatempo. Ha giocato a fare l'innamorata, cosa che l'avrà divertita tanto, superiore ed estranea com'è a un sentimento così popolare.

Tirarmi indietro, ora, significherebbe firmare la mia condanna. Non si lascia perdere uno che decide di ritirarsi da un piano criminoso, conoscendone finanche i dettagli. Pertanto, l'unica soluzione a mia disposizione è andare fino in fondo, cercando di scorgere quanto più è possibile le reali intenzioni di don Nino riguardo alla mia sorte. Mi pare molto probabile, a questo punto, che se non sarò con lui non avrò molte probabilità di sopravvivere.

Scegliere il male come forma di salvezza costituisce una scelta cosiddetta vincente, che mi metterà al sicuro da una vita fatta di stenti. Poco importa se io sia portato o meno a svolgere un ruolo delinquenziale nella naturalezza di un animo predisposto al crimine. L'importante è saper interpretare bene quella parte. Tutti, indistintamente, sono chiamati a rappresentarne una. Io dovrò scegliere la mia, che non necessariamente dovrà essere quella più calzante alla mia personalità.

Si può essere se stessi nella continuità di un'esigenza di sopravvivenza, oltre che nel profitto di un comportamento teso spasmodicamente alla conquista di spazi, potere, soldi. Avrò solo bisogno di immedesimarmi nel personaggio, così come fanno i bravi attori. Dovrò fare scena e sapermi muovere nello spazio di un falso teatro che prenderebbe le sembianze di una realtà verificabile, al di là della quale continuerei ad esistere come persona consapevole delle proprie caratteristiche, tanto diverse da quelle che darebbero forma alla figura da interpretare.

Oppure, eliminare per sempre la parte di me che pone ostacoli alle deviazioni e impedirmi di pensare che seguire un percorso lineare sia l'unico modo di rendere testimonianza della mia esistenza. Esistere diversamente da come ci si percepisce è un segno di notevole adattamento e rivela la capacità di ovviare alle certezze frantumate dall'esperienza, consumata nel ridimensionamento della speranza, nella sconfitta degli ideali a soccorso della coscienza, nel dolore dell'anima che porta allo sconforto.

La sofferenza può essere la condizione indispensabile per emanciparsi dalla morale e portarsi avanti col profitto, aderendo con convinzione alla dimensione cinica della vita. La grande opportunità per rinnegarmi, voltarmi definitivamente le spalle e cambiare registro, oggi, è costituita dalle possibilità che posso afferrare intorno alla figura e agli affari di un boss della malavita.

Devo arrivare a una conclusione, essendo costretto a fare una scelta. Innanzitutto, devo evitare di considerare di scegliere tra il bene e il male e provare a considerare che il benessere non può essere solo quello inerente all'anima. Ve n'è un altro, di ordine materiale, agognato da tutti. È in quella direzione che devo cominciare a correre anch'io, non fosse altro per salvarmi la pelle.

Pertanto, devo solo scegliere se stare con don Nino, al servizio di un boss, o contro di lui, prendendone il posto. Nel secondo caso, l'aiuto del suo uomo di fiducia potrebbe risultare determinante e facilitarmi un percorso che avrebbe dell'incredibile. Io, astro nascente della criminalità? Chissà, se il fantasma che mi perseguita, Raskòlnikov, ne riderebbe? Forse, no.

È questo che lui vuole. Credo mi veda come un principe del male, dedito al crimine con la distinzione di chi sa perpetrarlo con un certo stile, oltre che con la dovuta fermezza.

Egli ride delle mie illusioni, della mia maniacale rettitudine, della mia speranza di guadagnarmi con onori e meriti una vita onesta e dignitosa. Sono queste le aspirazioni che suscitano in lui ilarità e sdegno, non certamente quella di diventare un dritto nel totale disprezzo della legalità.

Non è da considerarsi casuale la sua prima apparizione, verificatasi proprio quando ho fatto la conoscenza del boss.

Lui spinge per questo sodalizio. Se, poi, decidessi di sopraffare don Nino per svolgerne il ruolo farebbe addirittura salti di gioia. Sì, Raskòlnikov è un talentuoso spirito del male che sin dalle sue prime uscite cerca di traviarmi e rendermi demoniaco.

Lo avverto come un tutor che si danna l'anima per modellare la mia e renderla adeguata nell'attuazione del delitto. Conosco la sua filosofia. Egli non è il redento e il riscattato di quella grandiosa letteratura ottocentesca in cui ha preso forma. È uscito da un capolavoro per essere altro. Non mi sprona affatto a salvarmi l'anima. Mira a condizionarmi, non a insegnarmi qualcosa di virtuoso. Mi spinge a uccidere, così come ha fatto lui, senza che io debba avere a pentirmene, giacché la vittima, questa volta, è lei stessa assassina e merita la morte.

Raskòlnikov vede nel delitto la tappa necessaria per dare luogo a una deviazione, oltre che un rituale di iniziazione per consacrarsi al male, visto alla luce del meglio e come unica possibilità di esistere nell'affermazione del proprio egoismo. Egli resta un personaggio ancora dostoevskiano, da intendere come un dèmone, ma non ha nulla a che fare col romanzo di cui è protagonista.

Tanto la sua persona, in apparenza inverosimile e virtuale, che quella di Andreina, così tangibile e reale, si adoperano per fare di me un deviato. Ma, se Raskòlnikov può essere considerato uno scherzo della mia mente provata e in farneticazione, quindi una mia invenzione, Andreina rappresenta certamente il prospetto più vivo della mia anima e l'emozione più travolgente della mia esistenza. Pertanto, la mia esperienza più vera.

Di entrambi dovrei fare a meno, se solo fossi intenzionato a recuperare una dimensione lontana dal pericolo e dagli impulsi dell'istinto, che non mi vedrebbe tanto in vita quanto lo sono adesso, ma che sicuramente mi darebbe una tranquillità maggiore. So bene, invece, che l'uno e l'altra avranno ancora tanto spazio dentro di me, poiché sono tanta parte della mia sfera intima e autentica.

Rinunciare a loro significherebbe decidere di privarsi di un'esperienza personale, complessa e formativa, ammesso che una simile scelta potesse rendersi possibile. Ma dubito fortemente di essere in grado di allontanare Raskòlnikov e di negarmi ad Andreina. In questo frangente, sono il lato debole di un irregolare triangolo vitale, all'interno del quale si sta consumando il tempo che porta al crocevia di un'esistenza, avvertita, ormai, come nelle mani di un destino stravagante.

Non mi reputo nemmeno il principale e determinante artefice della mia vita, come se non mi sentissi completo della mia identità e non ne disponessi per conferirle una volontà. Insomma, temo di non essere capace di stabilire, autonomamente, il flusso della mia presenza al mondo, regolandone le modalità e le intenzioni.

Mi percepisco come un essere a sé stante, che viene, tuttavia, azionato e direzionato dagli eventi che man mano si verificano, senza avere il minimo controllo sugli stessi, a testimonianza di un'impotenza che viene dallo sconforto e dal sospetto di non essere stato all'altezza del proprio pensiero, contraddicendo e scavalcando con le azioni quello che la mente poneva come punti inconfutabili e insormontabili.

Mi sono stato infedele, ecco il punto! Ho tradito il buono che è in me. Ho disatteso i miei propositi e questo fa sì che io sprofondi in uno stato confusionale che esaspera in maniera maniacale i miei nervi. Vado dimostrando una debolezza mai evidenziata in precedenza, da cui emerge il vizio di fondo della mia personalità, identificabile con un forte senso di disorientamento in mancanza di un traguardo prefisso e da raggiungere.

Sono sempre stato vagamente ambizioso, ma non mi sono mai posto una meta come obiettivo finale. Sono andato dietro all'istinto, sempre e comunque, come un animale predatore che ha finito per essere preda di un altro più vorace. Sì, la metafora rende l'idea: mi sento stretto nella morsa, tra le fauci di Andreina, pronto per essere inghiottito.

Ora, se vorrò riscattarmi, non mi resta che fare l'eroe, riuscendo a liberarmi da quella presa possente, affidandomi con tutte le mie forze alla giustezza della razionalità che mi ha sempre accompagnato, andando dignitosamente e quasi certamente incontro alla morte, in quanto dire di no alla criminalità dopo che le hai fatto l'occhiolino non è una cosa che si risolve a parole.

Oppure, fare lo stesso l'eroe, ma, al contrario. Scegliere la via dell'eroismo amorale e superare in malvagità chi sta cercando di soggiogarmi, per avermi finalmente al suo servizio.

In quest'ultimo caso, dovrei accingermi a indossare i panni del violento, per non smetterli mai più. Potrei trovare in questa scelta la possibilità di realizzare un suicidio alternativo, continuando a vivere, non secondo i dettami della mia coscienza, ma sperimentando il lusso, gli abusi, le collusioni, il potere da esercitare nella più totale irriverenza di qualsiasi concetto di legalità.

In fondo, chi decide di intraprendere una vita del genere, suo malgrado, è come se scegliesse la migliore delle morti. Non so se esistono malavitosi tristi. In caso esistessero sono certo che non avrebbero paura di morire e di essere ammazzati, essendo già, per evidenti motivi, un po' morti dentro.

Salvarmi, dunque, dandomi la morte interiore e vivere solo di corporeità, inaugurando la più squallida delle deformazioni della dottrina epicurea?

Perché no, se l'unica alternativa sarebbe la morte nella sua totalità, cioè anche fisica?

Ho deciso. Ho deciso, porca puttana! Se la strana coppia criminale mi considerasse un allocco da eliminare, dopo averne fatto uso per un'avventura a sfondo erotico-sentimentale e per fini logistici legati a un'operazione di traffico d'arte, mi vedrei costretto a prendere seriamente in considerazione l'idea di reagire alla loro maniera, facendomi trovare pronto e disposto a tutto per difendermi.

Da una posizione di attesa, passo a difesa della mia sopravvivenza. Dovrò valutare bene ogni cosa. Sapere, innanzitutto, qual è l'atteggiamento di Andreina riguardo alla mia sorte. Si rimetterà al giudizio del marito, o vorrà proteggermi perché davvero tiene alla mia persona?

Quel che mi è chiaro, ora, è che non disdegnerei di diventare un autentico criminale se questo dovesse servire alla salvezza della mia esistenza. Se prendere il posto di don Nino sarà l'unica maniera di mantenermi in vita, non esiterò a farlo. So bene che in una simile evenienza non soddisferò alcuna ambizione, ma almeno mi garantirò il diritto a vivere. La gente decide di votarsi a una vita illegale per sete di denaro e comando. La mia superiorità rispetto all'esercizio del potere e del possesso dei beni materiali è sempre stata più forte dei condizionamenti e dei ricatti.

Ma se qualcuno vuole negarmi questa libertà non ho altra scelta che reinventarmi come individuo disposto ad abbracciare il delitto, adoperandomi da par mio nel campo del crimine. E allora, tanto per cominciare, mi farò chiamare don Giacomo, perché don Jacopo suona male. Sarò un camorrista di talento. Me ne infischio del riconoscimento del mondo!

Rifiuto ogni forma di omologazione e convenzione e vado a diventare quello che non avrei mai immaginato di essere: un uomo che per salvarsi si dovrà rinnegare, cercando nella sua morte interiore l'unico modo di esistere, la sola possibilità di salvezza rimasta a sua disposizione.

Raggiungerò l'eroismo di chi ostenta freddezza e indifferenza a tutti i costi. L'eroismo dell'uomo forte, tradito dalle emozioni a cui ora resiste, che sceglie di non essere più se stesso e di non mostrare mai più un cuore. Sarò un eroe su un piano diverso, rivoltando l'archetipo.

Costruirò la mia identità eroica sulla crudeltà del cinismo e sull'efficienza odiosa del profitto.

Sarò agli antipodi della saggezza dei filosofi studiati, dove il rispetto e il timore degli uomini conta molto più della propria anima.

Perché mai colui che corrisponde ai valori egemoni e vincenti non sarebbe da considerarsi un eroe?

La forza del destino, al contrario dei fini pensatori, è amorale e insensata. Essa stabilisce la verità, brutta e orribile che sia, senza cercarne altre da modellare al pensiero gentile. L'eroe culturale esiste solo nelle letture. Mentre l'eroe naturale è limpidamente meschino e fa specie solo ai difensori della morale.

Ma, la morale non è legge scritta. Almeno quella non la infrangerò meritando un processo. Miro a essere socialmente apprezzabile e umanamente spregevole. L'uomo dotato di buon senso pensa erroneamente di costruirsi aggiungendo virtù, anziché cercare di farne volentieri a meno. Più vuota è l'anima e più la corazza a propria protezione diventa imperforabile. Privarsi del tormento dei sentimenti e degli impulsi rende invulnerabili agli attacchi della passione, alle insistenze dell'amore, alle moine della benevolenza.

Per quanto mostruoso possa diventare, non sarò mai tanto spregevole quanto l'eroe borghese, il paladino abominevole e irritante della mediocrità e del calcolo.

**

Oggi saprò che ne sarà di me. Nel tardo pomeriggio devo incontrare Andreina e don Nino a casa loro. Ho dormito poco e male. Una volta svegliatomi da un incubo, non ho più preso sonno.

Ma ormai, ci sono abituato. Da tempo non riesco a riposare come si deve. Mentre mi preparo la colazione mi sovviene il sogno di stanotte, in cui figurava Raskòlnikov. Mi è apparso molto diverso dalla visione cosciente che ne ho da sveglio.

La percezione onirica della sua figura mi è risultata terrificante. Nel susseguirsi di una scena orripilante, che aveva in sé i motivi inquietanti della tragica realtà immaginifica, il familiare personaggio romanzesco è venuto ad assumere un aspetto mostruoso, a testimonianza di una presenza nefasta, fortemente rovinosa.

Si presentava, all'inizio del sogno, con una strana aria dimessa: pacato, calmo, subdolamente tranquillo. In verità, stava solo giocandomi uno scherzo orribile, di una malvagità fuori dall'ordinario. Le immagini che ho riconosciuto come apparentemente reali erano terribili.

Lo squilibrato mi ha tratto in inganno, facendomi credere che la vecchia fontana di fine ottocento, situata nel giardino sotto casa, avesse ripreso a zampillare, offrendosi in tutta la sua meraviglia alla vista degli occhi.

Sebbene sapessi che le tubature sottostanti erano andate completamente distrutte nei primi anni quaranta, in seguito a un bombardamento, durante la seconda guerra mondiale, e da allora mai più ricostruite, ho creduto alla sua fandonia. Sceso in giardino, l'ho visto azionare una leva. Improvvisamente, le bocche dei tre delfini scolpiti in pietra lavica, posti simmetricamente sulla massa calcarea dell'antica fontana a forma esagonale, hanno emesso un liquido sulfureo, denso e fortemente maleodorante, che mi ha inondato dalla testa ai piedi, dandomi il senso della pietrificazione.

Infatti,non riuscivo più a muovermi, mentre lui, sciocca-mente e crudelmente ne rideva a crepapelle. Di colpo, si è ricomposto. Ha guardato in alto, verso il cielo, e accompagnandosi al gesto della mano ha gridato: "Ocipite!" In men che un attimo l'uccellaccio della mitologia greca, dalle dimensioni piuttosto consistenti, ha svolazzato sul cortile. Una volta vicino, si è rivelato una deforme arpia. Il mostro alato, col volto femminile, ha preso a sorvolare minacciosamente sul mio capo, girando intorno alla mia figura immobile, impossibilitata a muoversi, fino a quando Raskòlnikov non le ha intimato di sfregiarmi.

L'orribile creatura ha calato i suoi artigli sul mio volto, strappandomi entrambi gli orecchi e solcandomi le guan-ce. Il colore vermiglio del mio sangue si è mescolato a quello indefinibile della sostanza sulfurea che mi ricopri-va, mentre emettevo tremanti gemiti di spasimo, attraver-sato da un dolore lancinante che pervadeva tutta la mia testa, fino a infiammarmi il cervello, dandomi l'impres-sione dello spappolamento della carne. Ho avuto come la sensazione che la materia grigia mi scivolasse fuori, at-traversando gli incavi lasciati dallo strappo violento degli orecchi.

L'arpia ha consegnato i miei organi preposti alla funzione uditiva nelle mani di Raskòlnikov, che li dà in pasto a una miriade di sgradevoli e minuscoli roditori, accorsi famelici all'odore del sangue.

L'immagine mi appare insopportabilmente sgradevole e finisco per svegliarmi nel cuore della notte per tirare a occhi aperti fino al mattino.

Felice di avere ancora le orecchie al loro posto, ho ascoltato musica jazz e bevuto tè caldo a ripetizione, evitando di interpretare a tutti costi un sogno tanto angosciante.

Per tutto il tempo che mi separa dall'incontro col boss e sua moglie cerco di trascorrere una giornata tranquilla, tra musica e lettura, preparandomi al meglio a un appuntamento che vale la mia vita. I coniugi mi aspettano per le ore 17.00, e nell'attesa cerco di non consumare energie nervose che potrebbero svuotarmi, facendomi perdere lucidità, di cui ho un assoluto bisogno per cercare di rendere a mio favore circostanze che sembrano del tutto avverse e di grande pericolo per la mia esistenza.

Dovrò far leva sulle mie capacità di intuizione, ascoltare attentamente i miei interlocutori e capirne le reali intenzioni. Anche da una smorfia si può risalire al trattamento che una persona ha in serbo per un'altra. Se don Nino, in accordo con la moglie, fosse malintenzionato nei miei confronti, potrebbe darlo a intendere, suo malgrado, anche da un tic, o un atteggiamento del tutto involontario.

Avrò da stare attento. Molto attento. La minima distrazione potrebbe farmi perdere l'opportunità di venire a capo di un piano orchestrato a mio danno e contro la mia persona. Se la strana coppia, una volta eseguita l'operazione delle grandi tele, vorrà la mia eliminazione, potrò capirlo da un particolare, a cui loro non faranno attenzione. Avrò, dunque, da individuare quale potrebbe essere il momento, il verbo, o il gesto rivelatore che mi metterebbe in guardia per organizzare una contromossa.

Occorre, sin da ora, che io sia presente a me stesso con tutte le mie forze e non abbia i nervi tesi. Solo un errore, una frase sbagliata, o uno stato emotivo particolarmente carico di tensione, e potrei decretare io stesso la mia condanna, scoprendo le mie carte. Marito e moglie, invece, devono necessariamente continuare a credere che io possa essere utilizzato e manovrato a loro piacimento, credendo di potermi far fuori quando e come vogliono.

È un vantaggio che non devo perdere, questo. Agire di sorpresa, scegliendo di adottare una strategia che il "nemico" non mi ritiene capace di attuare, resta la migliore delle soluzioni che ho a disposizione per salvarmi la vita. Tanto meno posso rischiare di tradire emozioni, per così dire sentimentali, venendomi a trovare al cospetto di Andreina in presenza del marito. Può darsi che don Nino, come crede pure Salvatore, non sappia della relazione tra me e sua moglie e che mai tollererebbe una cosa del genere.

Concretamente, dalla riunione di questo pomeriggio dovrò ricavare le certezze che mi mettono al riparo da ogni spiacevole evenienza e, soprattutto, che mi permettono di restare in vita senza correre particolari pericoli.

Sapere con sicurezza che qualcuno vuole accopparti dopo che gli sei stato utile, aiuta a prevenirlo. E se con altrettanta certezza si scoprisse che, in realtà, nessuno vuole ucciderti, sarebbe tanto meglio per il morale e la salute.

Insomma, nell'un caso, o nell'altro, io ho la necessità di trovarmi preparato, ben consapevole delle situazioni che mi toccherà affrontare. Le cose hanno preso una piega e stanno andando in un tale verso, che non ci si può permettere il lusso di contemplare imprevisti e sorprese di sorta.

Bisogna rigorosamente seguire la logica e trovare una ragione per la quale agire in maniera decisa e coerente, a difesa e a vantaggio della propria identità ed esistenza.

A meno di un quarto d'ora alle 17.00, monto in auto e mi avvio verso la collina che cade in mare, diretto alla grande villa del boss. Come sempre, vengo rapito dal paesaggio del percorso. Incredibile, nemmeno in situazioni preoccupanti e gravose come queste, riesco a staccarmi completamente dalla natura in cui sono cresciuto e mi sono formato.

Mi abbandono ai variegati e contrastanti lineamenti morfologici, rivolgendo un sorriso alla costa rocciosa e alle macchie impenetrabili, alle piante selvatiche e alle spiagge sabbiose, proseguendo verso il mare verde e azzurro.

Arrivato che sono sul grande spiazzo della casa di don Nino, attraversando il viale alberato, il cui cancello di ingresso ho trovato aperto, scorgo la sagoma grassoccia di Salvatore muoversi verso il punto dove ho parcheggiato l'auto. Mi apre lo sportello, mi saluta stringendomi la mano e mi dice a voce bassa:

- Mi raccomando, occhio! Ci aggiorniamo a più tardi, o a domani. Ad ogni modo, mi faccio vivo io. Stai in campana.

Salvatore mi accompagna fin davanti all'entrata principale della villa, dove, provenendo da una direzione laterale attende don Nino, che mi accoglie con un sorriso largo e gentili convenevoli. Entriamo in casa e saliamo le scale per accedere al grazioso salottino con vista sul mare, mentre Salvatore resta al piano di sotto.

Ripercorrendo quelle scale, disposte spettacolarmente in una forma di semicurva, ripenso all'incontro con Andreina e ne rivivo l'atmosfera. Il padrone di casa mi invita ad accomodarmi. Ci sediamo su poltrone rosso cadmio, l'uno di fronte all'altro.

Giunge Andreina, bellissima e candida, in gonna chiara fino ai ginocchi, camicia bianca e gilet verde smeraldo. Ha un aspetto fantastico, intimo, casalingo. È stupenda nella sua semplicità, che appare superba. Impersona quel che si dice uno splendore di donna, riempiendo di sé l'anima di chi la guarda. Siede sul divano, al centro, tra me e suo marito. Una cameriera, con tanto di grembiulino bianco, porta un vassoio con il tè, biscotti, cioccolatini e una bottiglia di cognac.

Andreina si versa del tè, mentre io e don Nino preferiamo il cognac. La donna ha un fare confidenziale, ma misurato. Si dimostra gentilmente distaccata, tranne quando mi guarda negli occhi, da cui mi sento trafitto e, talvolta, accarezzato. Posa i suoi sguardi su di me con molta attenzione, abbandonando la discrezione solo per pochi attimi, durante i quali mi guarda come solo lei sa fare, emozionandomi oltre quello che in una simile circostanza sarebbe consentito.

Dopo un affabile preambolo, intervallato dalle congratulazioni di don Nino per la mia scelta di aderire al progetto, Andreina viene al dunque dell'incontro, ripercorrendo, con abbondanza di dettagli e considerazioni, le tappe dell'azione che dovrà portarci a impossessarci delle opere d'arte e illustrandomi, ancora una volta, tutti i dettagli del caso. Mi offre delle dispense, dove ha raccolto le notizie necessarie intorno alle opere. Sono tre, una per ogni opera. Avrò da studiare e imparare bene la lezione per poter fingere di autenticare l'autoritratto maturo di Rembrandt, la "Maddalena" di Artemisia Gentileschi e la "Natività" di Caravaggio.

Al marito raccomanda la tempestività del suo intervento, una volta che la nave da crociera sulla quale viaggiamo ha concluso il suo attracco nel porto di Palermo. Lì, apprendo, don Nino entrerà direttamente in gioco e, con un suo uomo, proteggerà la nostra fuga e il bottino.

Finita la sua dissertazione, piuttosto dettagliata e prolungata, durante la quale il marito più volte ha staccato lo sguardo da lei per rivolgerlo a me, Andreina mi chiede se ho domande da porle.

Sì, ne avrei avute ma in tal caso mi sarei dimostrato avveduto e pertinente. E, invece, preferisco dimostrarmi consenziente, pronto a fare tutto quello che mi viene chiesto, facendo loro intendere una fede incondizionata nelle dinamiche dell'azione che abbiamo da intraprendere, senza avanzare i dubbi che ho in proposito.

Decido all'istante, dunque, di esporre più tardi, nel confronto con Salvatore, le mie perplessità al riguardo. Mi pare evidente, infatti, che se io e Andreina non facciamo più ritorno sulla nave, il capitano di quell'imbarcazione comunicherà il fatto alla polizia di Palermo. Verrà denunciata, a quel punto, da parte delle autorità della nave da crociera, oltre la nostra assenza, anche quella del passeggero Balan che, scaltro com'è, appena avrà collegato la fuga alla truffa si metterà sulle nostre tracce per scovarci e ucciderci. E credo che oltre a Balan e alla Polizia di Stato, anche la mafia siciliana si darà un gran da fare per braccarci, essendo questa certamente allacciata all'organizzazione internazionale dedita al traffico d'opere d'arte, di cui Andreina è un'autorevole esponente.

Con Balan, la polizia e la mafia alle calcagna, non c'è mica da star tranquilli, anche se protetti dagli uomini di don Nino. La strategia proposta da Andreina è lacunosa. Oppure, semplicemente, lei è molto convinta di poterla fare facilmente franca, nonostante avremo più inseguitori alle calcagna.

- Eppure, non ti vedo così convinto, Jacopo. Mancano solo tre giorni al grande evento e non vorrei che ci fosse qualcosa che, magari, non approvi del tutto. Puoi sollevare delle osservazioni, se vuoi, anche critiche. Sei sicuro di non avere dubbi? – mi domanda.

- Assolutamente. Mi è tutto chiaro.

- E trovi tutto lineare, ben orchestrato? – mi chiede in maniera perentoria, don Nino.

- Lei, ha qualche perplessità? – chiedo a mia volta.

- Sì, su di te. – risponde secco, il boss.

E aggiunge, accavallando le gambe e versando altro cognac nel mio e nel suo bicchiere:

- Tu, Andreina, che certamente lo conoscerai meglio, dimmi: non ti sembra, il nostro amico, troppo calmo? C'è qualcosa in lui che non riesce a convincermi.

- Avresti preferito che fosse nervoso e teso? – ribatte lei.

- No, ma lo vedo stranamente docile. Forse, troppo.

Capisco, dal tono delle parole che ha pronunciato don Nino e dalla intensità conferita allo sguardo, che della benevolenza mostratami nelle precedenti occasioni non vi è più traccia. Il boss, ora, mi osserva e mi parla con un sorriso perfido, facendomi sentire sotto minaccia. Strano, non mi fa nessuna paura. Anzi, mi indispettisce. Credo che il mio sguardo, rivolgendomi a lui, non sia meno perfido:

- Essere umili e conoscere i propri limiti non vuol dire essere spropositatamente docili. Si sta discutendo di cose di cui non ho nessuna competenza specifica, ma che, comunque, sono in grado di fare. Farò bene la mia parte. Non credo che rischierò di pregiudicare la buona riuscita del piano. Ed è quanto deve interessarle, don Nino. Non crede?

Il boss alza attentamente lo sguardo dal bicchiere. I suoi occhi, disposti come due fessure che restringono lo sguardo per scrutare meglio e più approfonditamente il soggetto inquadrato, fissano i miei, che rispondono e resistono alla sfida. L'aria si tinge di ambiguità e la tensione sembra diffondersi nell'ambiente come un filtro che cambia sfumatura all'immagine. Sovviene il silenzio. Un silenzio assoluto. Interrotto solo dal rumore della ceramica della tazzina da tè, che Andreina appoggia delicatamente sul piattino. Nessun dialogo avrebbe rivelato al boss con tanta chiarezza quello che ha letto con immediatezza nei miei occhi. Mi dico convinto che ora sa. Sa di me e sua moglie. Nei miei occhi ha visto la sfrontataggine del rivale in amore.

- Hai ragione. L'importante è che tu faccia bene quello che ti è stato chiesto di fare, senza mettere a repentaglio la vita di mia moglie e la tua. Dovete stare molto attenti e scegliere bene il momento della fuga dall'albanese, al quale, per la vostra sicurezza, dovrete sembrare due estranei. – replica.

- Non temere, Nino, Jacopo riesce bene nella parte dell'e-
straneo. Ha una misantropia di base non proprio trascurabile ed è anaffettivo abbastanza per tenere a distanza
qualsiasi cosa e persona. – aggiunge Andreina.
- Lo avrai studiato bene, Andreina. Da par tuo. Sai, Jacopo,
mia moglie, un po' per vizio, un po' per diletto, esamina
perfettamente le personalità della gente che incontra e le
presento. Non si è mai sbagliata sul conto di nessuno. Infallibile, non sbaglia mai un colpo, come la mia Browning
calibro 22. – osserva il boss.
Perché far riferimento alla propria pistola? Avrà voluto
farmi sapere della sua arma perché sarà con quella che
intende uccidermi? Come un assassino feticista gli sarà
piaciuto da impazzire mettermi al corrente della marca e
del modello della pistola che userà per eliminarmi?
Smetto di pensare e di guardarlo beffardamente per chiedergli:
- Mi dica, don Nino, qual è il quadro che Andreina ha
fatto della mia persona?
- Oh, quello di una persona squisita, educata e rispettosa.
Pronto e deciso a prendere parte al grande colpo per dare
una sterzata alla propria vita. Sono perfettamente consapevole che solo una donna con le doti di Andreina avrebbe potuto convincerti che l'esistenza offre più di quello
che ci spetta e osiamo prenderci. Io, non sarei stato capace
di portarti dalla mia parte. Non ho gli argomenti di Andreina per reclutare persone della tua specie. – risponde.
Cosa cavolo avrà voluto dire? Quali sarebbero stati gli argomenti convincenti della moglie?
La seduzione? Divento nervoso. Bevo in un solo sorso il
cognac rimasto nel bicchiere.
Per fortuna, mi ricompongo in un tempo relativamente
breve, senza perseverare in un atteggiamento incerto e
alterato. Quando ho recuperato tutta la mia calma, ritorno al mio stato di interlocutore attento e freddo. Cerco di
dare ad intendere al boss che sono lì perché interessato

all'affare, non perché coinvolto in maniera fatale da sua moglie:

- Andreina ha argomenti molto convincenti, è vero. Ma le persone della mia specie si lasciano convincere solo se effettivamente sono interessate a quello che gli viene proposto. Naturalmente, nessuno avrebbe potuto convincermi tanto facilmente, così come ha fatto lei, di prendere parte a un'azione del genere.

Andreina mi guarda con un'aria scrutatrice. Forse è sorpresa, come suo marito del resto. Avrà notato nel mio atteggiamento qualcosa di strano, che non mi è abituale. La sua aria leggermente preoccupata non mi dà l'idea della complicità, ma della diffidenza. Dopo aver guardato il marito, con un cenno di intesa, si rivolge a me:

- Jacopo, senza una persona con le tue caratteristiche, il colpo non sarebbe stato concepibile, poiché avrebbe avuto come presupposto l'eliminazione immediata di Balan, l'uomo con cui l'organizzazione resta in contatto, oltre che con me, per essere aggiornata sugli sviluppi dell'operazione. Questa soluzione avrebbe potuto creare non pochi problemi, innanzitutto perché avremmo destato subito dei sospetti, non avendo l'organizzazione immediate notizie di Balan. E le vie di fuga, da Montecarlo, a quel punto, sarebbero state molto più proibitive rispetto a quelle che possiamo trovare in Sicilia. Serviva una persona che si presentasse bene, che avesse sembianze rassicuranti e una intelligenza pronta per interpretare un esperto d'arte. Una volta che l'organizzazione crede che le tele siano state imbarcate sulla nave, in viaggio per l'America, in compagnia del suo guardiano albanese, tutto diventa più facile e meno rischioso. Pertanto, hai un ruolo importante, che né io, né mio marito ti avremmo affidato, se non fossimo stati sicuri che sei in grado di svolgerlo nel migliore dei modi.

- Proprio così – aggiunge don Nino.

E continua:

- Quando, tempo fa, Andreina mi ha esposto la sua intenzione di fare questo colpo, le dissi che non disponevo di una persona con una postura e una caratura tali da potersi sostituire all'esperto toscano, senza insospettire Balan, l'albanese. Lei si convinse a rinunciare ai suoi propositi. Poi, poco tempo fa, mi annunciò di aver identificato per quel ruolo una persona che era anche di mia conoscenza. Quando mi ha rivelato che si trattava di te, ne ho riso abbastanza. Anche se non subito, Andreina mi ha convinto che eri, invece, la persona giusta. E oggi ne ho avuto la conferma. Come al solito, Andreina non si sbaglia mai.

- Cosa, don Nino, la induce a pensare che anche questa volta Andreina ci abbia visto bene?

- Anche il fatto che tu abbia posto questa domanda, con quel tono e con quello sguardo, mi fa pensare che Andreina abbia indovinato ancora. Non si diventa quel che sono io, senza saper leggere i codici segreti delle anime altrui.

- Lei mi legge dentro, don Nino?

- Come un libro aperto.

- Anche lei è infallibile?

- Più o meno.

- Bene, ragazzi, io devo prepararmi. – interrompe Andreina – Tra qualche ora ho un aereo, devo partire per Zurigo, dove ho un vertice con l'organizzazione. Sarò di ritorno domani e in serata ti contatterò, Jacopo, per aggiornarci sul viaggio nel Principato. Nino ora ti darà delucidazione sugli interventi dei suoi uomini.

Andreina si alza, saluta il marito con un buffetto e un lieve bacio sulla guancia, poi si sposta verso di me. Mi alzo in piedi per salutarci amichevolmente e convenzionalmente, stringendoci la mano. La vedo sparire a passo veloce, nella sua elegante postura di donna d'affari.

Don Nino mi invita a spostarci sul terrazzo, dato il clima decisamente mite:

- Di là godremo di un panorama che entrambi amiamo molto. – mi dice con una intimità che non so decifrare.

Ci accomodiamo, come prima, l'uno di fronte all'altro, in quello che è un elegante salottino all'aperto, disposto su un ampio terrazzo, con poltrone e divano in legno balau. La vista, manco a dirlo, è spettacolare: uno scorcio di Tirreno si apre davanti a noi. Come nelle migliori giornate terse, l'isola si presenta in bella mostra, offrendosi, con il sole alle spalle, in tutto il suo profilo.

Da bambino, prima di visitarla, l'avvertivo aspra e dolce, morbida e spigolosa, severa e solare, brulla e verdissima. Niente, come quella terra in mezzo al mare, mi dava una sensazione così netta del gioco degli opposti. Non di rado, mi appariva solo uno scoglio selvaggio, inondato da una sfolgorante luce mediterranea.

La vista del suo tracciato indica la posizione da cui è osservata, finendo per essere un segno distintivo di un luogo ad essa lontano. L'ottica in cui rientra è quella della terra che amo così visceralmente, da cui niente e nessuno potrebbe strapparmi definitivamente.

- Fantastica, stasera, vero? – osserva il boss.

Il modo con cui ha posto la domanda, con una voce calda e decisamente sentimentale, che non pensavo potesse essere così espressiva e delicata, mi fa pensare, all'istante, che si riferisce ad Andreina, anche se il suo sguardo è rivolto verso l'isola.

- Favolosa. Vorrei poterla guardare ogni sera, goderne la vista, sentirne la presenza, come si rende possibile a lei, don Nino. – rispondo, con emozione, raffigurando anch'io l'isola con Andreina.

Il boss continua a guardare in quella direzione e, credo come me, avverta nella metafora il nostro punto d'incontro, che per forza maggiore ha da tramutarsi in conflitto: l'isola-Andreina appartiene a lui e a nessuno è consentito appropriarsene.

- Invidi la mia casa abusiva? – riprende.

- Solo le possibilità che offre agli occhi, guardando da essa, non a essa.

- Ti pare poco?
- No, è tanto. Forse, troppo.
- Abiteresti in questa casa? – mi chiede provocatoriamente.
- No. È illegale. Anche se sto per commettere qualcosa di illecito, come partecipare in grande stile a un'operazione di traffico internazionale di opere d'arte, per me l'abusivismo edilizio resta insostenibile.
Il boss esplode in una grossa risata. Evidentemente, il mio atteggiamento lo diverte. Poi, assume un'espressione molto pensosa, accennando a un sorriso che è tra il beffardo e il soddisfatto.
- Ci sono contraddizioni forti in te, amico mio. – riprende.
- Sì, lo so. Mai avrei pensato di lasciarmi corrompere.
- Forse, avrai pensato che lasciarsi corrompere da una donna è meno grave che da un uomo.
O è solo più conveniente?
La sua domanda è micidiale e scava nella verità come una lama appuntita. Insinua chiaramente che ho scelto di essere corrotto da sua moglie e non da lui, perché questa mi offriva soprattutto la possibilità di sedurla. Devo stare molto attento a come rispondo.
Potrei apparirgli fragile e, dunque, inadeguato a partecipare all'imminente operazione criminale, oppure finire per dargli una prova certa che io e sua moglie siamo amanti, che lei ha un ascendente su di me, proprio perché ne sono irrimediabilmente affascinato e, pertanto, ha potuto tranquillamente piegarmi alla sua volontà.
- Se avessi considerato una gravità insopportabile lasciarmi corrompere, probabilmente non ci sarebbe riuscita neanche Andreina, pur essendo una donna dotata di tanta grazia e una razionalità straordinariamente lineare e ammaliante. Per quanto mi riguarda, non considero sua moglie la mia corruttrice, ma un'amica che mi dà l'opportunità di uscire fuori dal mio stato d'impasse, potendo

357

contare su una confortevole somma di denaro per finan-
ziare i miei propositi lavorativi.

- Io ti avevo offerto le stesse possibilità. Ma, tu le hai snob-
bate.

- Lei mi aveva chiesto di essere un suo affiliato e di lavorare stabilmente nella sua organizzazione. Non credo che
avrò ancora da delinquere, dopo questa occasione.

- Tu pensi sia possibile, Jacopo, darsi all'illegalità una sola
volta, senza mai più riprendere?

- Perché no?

- Perché potrebbe non venirti permesso.

- Da chi?

- Da coloro con cui hai condiviso l'attività criminosa.

- Quindi, da lei e Andreina?

Don Nino mi guarda a lungo prima di rispondere. Nel
suo sguardo leggo la condanna di cui volevo essere certo,
per poterla meglio scongiurare e proteggermi adeguatamente.

- Da entrambi, certo. Oppure, solo da me. Credo che Andreina, tutto sommato, ti lascerebbe andare, senza pretendere una tua continuità nelle attività che dirigo con la sua
indispensabile collaborazione. – afferma imperturbabile
il boss.

- E come risolverà la questione, giacché io non intendo
rimanere alle sue dipendenze?

- Quel che più mi preoccupa in questa vicenda non sei tu,
ma mia moglie. Se tu, per un motivo qualsiasi, dovessi
tirarti indietro, dovremmo applicare il piano B: uccidere immediatamente Balan, oltre che l'esperto fiorentino,
venendo a mancare chi dovrebbe sostituire quest'ultimo,
cioè tu, per dare inizio all'autenticazione dei falsi e ras-
sicurare l'organizzazione di Andreina che tutto proceda
bene. Ma, in una simile evenienza, la vita di Andreina
sarebbe gravemente in pericolo, non avendo più, l'organizzazione, notizie di Balan, che dovrà, appunto, confer-
marle, unitamente ad Andreina, che i quadri usciti dal

caveau della banca sono sulla nave da crociera per essere trasportati a New York. Il tuo ruolo è fondamentale per la salvezza di Andreina e la buona riuscita del colpo, soprattutto perché l'organizzazione saprà in ritardo della truffa, cioè solo quando la nave sarà arrivata a Palermo, non prima. Sarebbe stato molto più difficile per noi difenderci a Montecarlo, dove, nei dintorni, l'organizzazione ha molti uomini da muovere.

Quanto alla questione che poni, sono sicuro che si risolverà nel migliore dei modi. Se mai tu non volessi diventare a tutti gli effetti un mio collaboratore, potresti sempre restare un mio amico speciale.

- Cosa intende per "speciale"?

- Sai benissimo che un'amicizia speciale non rientra nell'ordinario e può garantire protezione, potere e agiatezza per tutta la vita. Rifiutarla, oltre che da sconsiderati, potrebbe significare andare incontro a problemi molto incresciosi. Non è una minaccia, ma solo un amichevole avvertimento. Ti metto sul "chi va là", Jacopo. Sei in una posizione che, a seconda da quale lato si guarda, può risultare vantaggiosa come non mai, oppure complessa e pericolosa allo stesso modo. Ti auguro di guardarla dalla parte conveniente, che, per me, è anche quella giusta.

Il messaggio, a questo punto mi è abbastanza chiaro e non faccio altre domande. Tanto vale, allora, dare da intendere al boss che esiste una possibilità reale di iniziare a pensare seriamente alla collaborazione da lui sollecitata:

- Già, sono dentro, ormai. Uscirne è complicato, restarci è molto più semplice. Non è detto che, alla fine, non trovi una mia maniera per restare all'interno della sua organizzazione come mi compete e come si conviene a uno della mia indole.

Don Nino mi osserva con molta attenzione, in attesa di scorgere un segno distintivo della menzogna che ho detto. Ma resto fermo, calmo e persino sorridente. Fissandomi, annuisce muovendo leggermente la testa, accennando a sua volta al più mordace dei sorrisi. "Ti ucciderò", leggo sulle sue labbra allargate.

Intanto il sole è un'enorme sfera che sfiora il mare. Lo spettacolo del tramonto pretende il nostro silenzio e noi, io e il boss, l'incostante e il perseverante, entrambi catturati da quelle irradiazioni rosso-giallastre che si diramano in cielo e si riflettono sul mare, ce ne stiamo zitti, posizionati in direzione dell'orizzonte, ad ammirare il fenomeno più rappresentativo della vita che scorre sul pianeta, disposti a cogliere il segno inconfondibile della superiorità del creato rispetto alla creatività.

I bagliori del giallo, le spruzzate di rosso, le intersecazioni dei violetti e le sfumature impazzite delle terre chiare e scure sono l'attestazione tangibile dei miracoli naturali dell'armonia che intercorre tra cielo e mare, tra aria e terra, tra il senso di finito e quello eterno, dove la gamma dei colori si propaga come una traccia divina nella ripetizione perpetua dell'esistenza.

Sull'isola, nel mezzo dello scintillio dell'oro e dell'argento, si appresta a calare il buio. Continuerà ad esistere nel ricordo di chi la contempla alla luce del giorno.

Non appena il sole tocca il mare, don Nino chiama la giovane cameriera, di nome Rosaria, dicendole di portare dello champagne.

- Un brindisi a questo tramonto e alla nostra missione, è doveroso – sentenzia il boss.

Di lì a poco Rosaria spinge un carrello con una bottiglia di Moët & Chandon, due coppe, frutta e stuzzicherie di vario genere. Don Nino, dopo aver versato il pregiato vino nei nostri bicchieri, dà inizio al brindisi, dedicato alla bellezza della nostra terra e a quella di Andreina. In seconda battuta aggiunge:

- Ai nostri futuri impegni! Che la buona sorte ci accompagni ovunque!

Dopo qualche istante, mi chiede se voglio proporne uno anch'io.

- A ciò che unisce ed entusiasma. – esclamo, alzando la coppa.
- Bravo, mi piace. Un bel brindisi. – osserva il boss.
Beviamo, mangiamo e parliamo, fino a quando compare la luna. Tuttavia, ci congediamo l'uno dall'altro con molta convenzionalità. La stretta di mano è solida e calorosa, ma gli occhi, tanto i suoi quanto i miei, rimangono freddi e indagatori.

Vado via da quella casa con il rammarico di non aver potuto trascorrere più tempo insieme ad Andreina e con il presentimento che il boss non esiterebbe a farmi fuori se mi rifiutassi di entrare a far parte della sua "famiglia", o se avesse la certezza che io ho avuto sua moglie.

Improvvisamente, come non mai, mi rendo conto di quanto io sia stato superficiale nel prendere in considerazione tutto quanto mi è capitato. Non c'è cosa o persona, nella vicenda in cui mi sono ficcato, che io non abbia preso sottogamba e a cui abbia saputo dare la giusta valenza.

Una volta in auto, rifletto sulle percezioni che ho tratto dall'atteggiamento di don Nino circa il reale pericolo che corro, interessato come sono da un noviziato criminale, con l'aggravante della relazione sentimentale con la moglie del boss.

In verità don Nino è diventato quello che è perché è un uomo avveduto, spietato, abile negli affari quanto intelligente nelle relazioni. Non si diventa un boss, il punto di riferimento della politica affaristica della regione e il padrone assoluto di un'intera area territoriale, se non si è dotati di un temperamento particolarmente accorto e malvagio.

E don Nino, quanto a doti da grande criminale, non è manchevole affatto. Questo, io, sciagurato che non sono altro, non l'ho saputo constatare nella maniera dovuta, prendendo alla leggera quello che, invece, era da considerarsi estremamente rischioso. Se solo avessi usato un po' di buon senso, non mi ritroverei certamente in questa situazione.

Ma ripetermelo, non serve a sollevarmi e quel che è peggio mi danneggia ancora di più. Pertanto, basta recriminare. Davvero, basta! Devo pensare assolutamente a come uscire vivo da questo dilemma e pensare il meno possibile a quel che provo per Andreina, di cui, tra l'altro, non sono certo di potermi fidare.

Urge un confronto con Salvatore sul da farsi. Saprà che sono uscito dalla casa di don Nino e tra poco mi chiamerà. La sua esperienza e la conoscenza che ha del suo capo torneranno utili per studiare un piano di salvezza e respingere ogni cattiva intenzione del boss.

Dovrò farmi forza, trovare il coraggio di affrontare un cambiamento repentino della mia personalità. Avrò da cambiare presto pelle e il momento non deve trovarmi impreparato. Non si sconfigge un nemico come don Nino se non si è più furbi e decisi di lui.

Giungo a casa, convinto a non conservare nulla delle caratteristiche che hanno contrassegnato il mio carattere. Ho da forgiarne, in breve tempo, uno nuovo, che mi permetta di essere diverso da come sono stato fino ad ora e mi consenta, da oggi in poi, di affrontare don Nino e ogni cosa con l'atteggiamento del famelico pensante, mandando a quel paese la compostezza e ogni sorta di riguardo per l'etica.

Mentre decido di cambiarmi d'abito, indossando qualcosa di più pesante perché si è fatto sera e l'aria è piuttosto fresca, suona il cellulare: è Salvatore. Mi attende nella piazzetta del centro storico, nella parte alta della città, dove, in qualche modo, è nato il nostro sodalizio.

***

Salvatore sembra contento di vedermi, mi stringe forte la mano e mi chiede della mia salute e del mio morale. È importante stare bene – dice – per affrontare al meglio situazioni così impegnative come quelle che si prospettano. Gli espongo le mie perplessità circa la strategia comunicatami in precedenza. Gli faccio presente che dal momento della fuga dalla nave, io, Andreina, il boss e un suo uomo saremo inseguiti da Balan, polizia e mafia.

Forse sono troppi, attrezzati e pericolosi i nostri inseguitori, per farla franca. Salvatore condivide questa mia preoccupazione e mi conferma che l'uomo che accompagnerà il boss è lui.

- È a Palermo, che si decide la nostra sorte. – dice, profetico.

Stiamo appoggiati con i gomiti alla grossa ringhiera che delimita la piazza dal versante del mare sottostante, concentrati entrambi sul da farsi. Con le mani a sorreggere le sue paffute guance, Salvatore sembra essere molto preoccupato. Ha un'aria decisamente riflessiva e mi dice:

- Don Nino, fino ad ora, non mi ha parlato di una tua eliminazione. Credo, comunque, che la tua posizione resti fortemente a rischio. Se c'è da ammazzarti, il boss, con ogni probabilità, delegherà me. A meno che non lo farà lui, direttamente.

- Non vorrebbe privarsi di un piacere, delegando ad altri il compito?

- Bravo. Potrebbe essere proprio così. Stamane mi ha informato dell'operazione e mi ha chiesto di te. Voleva sapere se io avessi notizie sul tuo conto, di cui lui non era a conoscenza.

Gli ho detto che non avevo nessuna idea della tua persona e che non ero assolutamente in grado di esprimere un giudizio sul tuo carattere, giacché voleva il mio parere sulla tua capacità di interpretare il ruolo che ti è stato dato. Mi è sembrato piuttosto pensieroso, parlando di te. Credo ti abbia nel mirino. Prima che tu arrivassi a casa sua, stasera, riferendosi a te, si è lasciato scappare una frase che per me dice tanto. "Questo, avrebbe potuto essere un eccellente acquisto", ha detto con un tono fintamente dispiaciuto.

La frase esclude una tua possibilità futura alle dipendenze di don Nino. E questo mi suona strano. O ha già capito che non hai alcuna intenzione di lavorare per lui, o sa della relazione che hai con la moglie. In entrambi i casi, la tua condanna a morte sarebbe firmata. Ora, ho necessità di sapere cosa vi siete detti nell'incontro che avete avuto a casa sua.

- Ho aperto una porta per fargli credere che avrei potuto accettare di lavorare per lui se si trovasse il modo giusto per farlo. Mi è sembrato un atteggiamento veritiero, che appartiene alla mia autenticità. Se avessi finto di cedere alle proposte del boss senza indugiare e in modo arrendevole, lui non lo avrebbe mai creduto.

- Don Nino ti ha chiesto di lavorare per lui?

- Mi ha fatto capire che non si può partecipare insieme a lui a un affare importante per poi cessare la collaborazione.

- Ma ti ha espresso la volontà di averti con lui, sì, o no?

- Non ricordo se me lo ha chiesto, ma mi è sembrato che lo volesse.

- Cazzo, non ricordi una cosa così fondamentale! Ti avevo detto di stare attento e di non farti sfuggire niente. Era meglio se ti mettevo un registratore in tasca. Molto meglio! Se mai te lo avesse chiesto significherebbe che non sa niente di te e sua moglie. Quale boss vorrebbe tra i piedi l'amante della sua compagna? Ma, se non lo ha fatto, puoi stare pur certo che sospetta fortemente della vostra relazione. Non si prende nella propria organizzazione uno che manca di rispetto al boss, diventando l'amante della moglie. Mi dispiace dirtelo, Jacopo, ma la frase di don Nino "avrebbe potuto essere un eccellente acquisto", per te, suona a morto. Non abbiamo altra scelta, ora, che incominciare a pensare a come far fuori il boss, prima che lui faccia fuori te e me, una volta scoperto il mio tradimento.

- Ad essere sincero, anch'io ho avuto la sensazione che lui sospettasse, o, addirittura, sapesse tutto. Sin da subito le sue occhiate su di me mi sono apparse diverse da quelle bonarie che mi aveva sempre riservato. Ho sottovalutato a dismisura don Nino. Invece, è un uomo estremamente scaltro, con una sua sensibilità e un'intelligenza ben al di sopra della media.

Nei suoi occhi ho visto la ferocia di cui è capace e che, probabilmente, mi ha riservato.

Ma non ho avuto paura. Oltre a non perdonarmi la mia passione per sua moglie, non mi perdona il fatto di averlo preso sottogamba. Penso vorrà uccidermi lui, con le sue mani. Per una volta, non lascerà il compito a te.

- Sai perché non hai avuto paura di don Nino, pur avendo sentore delle sue intenzioni? – mi chiede Salvatore, con la postura di un maestro rivolto al suo allievo.

- Non saprei, l'ho trovato strano. – rispondo, attendendo di essere delucidato in merito.

- Perché dentro di te va facendosi presente la consapevolezza di dover agire come lui, il boss, e metterti al suo livello, per affrontarlo senza incertezze che potrebbero rivelarsi fatali. Stavolta la tua battaglia non è affidata solo al pensiero, ma anche all'azione. Dovrai usare la mente, il coraggio e la forza, così come fa qualsiasi uomo che vuole sopprimere un altro, o difendersene. È il tuo istinto di sopravvivenza che ti sta infondendo il coraggio necessario per andare incontro alla tua sorte. Sai, unendomi al tuo destino, proteggendoti, mi illudo di nobilitare la mia esistenza, riscattandomi da un passato che non avrei mai creduto potesse appartenermi. Hai ragione, don Nino è molto scaltro e intelligente. La prova è che ha trasformato me in un killer implacabile e infallibile. Lui sa che per uccidere nel migliore dei modi non basta armarsi e avere un'indole malvagia. L'omicidio può diventare una competenza specifica se ad effettuarlo è una persona a cui non fa difetto la sensibilità. Diversamente, la pulsione assassina spinge a commettere delitti imperfetti e grossolanamente violenti. Don Nino non aveva bisogno di un uomo brutale che scannasse le persone che gli creano o possono creargli intralcio, ma di un esecutore spietato, che, oltre a non lasciare mai traccia della sua presenza sul luogo del delitto, sapesse ridimensionarsi fino a diventare l'umile uomo di fatica di una famiglia notabile. Il mostro che sono, è opera di don Nino. E solo Dio sa cosa aveva in mente per te. Tu mi offri la possibilità di riscattarmi e punire l'uomo che, approfittando delle mie condizioni di estremo bisogno, mi ha plagiato e trasformato in un fantasma che uccide. Avere me al tuo fianco costituisce per te un'arma micidiale, non tanto per le mie capacità, quanto per la fiducia che don Nino ripone nella mia persona. Mai si aspetterebbe da me che mi rivoltassi contro di lui, per aiutarti a sopraffarlo e prenderne il posto. Perché a quel punto, Jacopo, se tu uscissi vincitore dalla sfida con quell'uomo, non ti resterebbe che afferrarne lo scettro per gestire in una maniera più umana e rivoluzionaria gli affari e gli interessi che arricchiscono i pochi a scapito dei tanti. Tu, Jacopo, con i dovuti compromessi, hai i numeri per diventare un boss potente e razionale, stimato e ben voluto. So bene che non sei avido di ricchezza e che non faresti mai niente per oltraggiare questa terra. Perciò, Jacopo, cerca di non morire e diventa il boss. Il mio boss e di tanta gente.

Non resto insensibile alle parole di Salvatore e cerco di coglierne il significato più autentico, senza correre il rischio di equivocarle, o di darne una interpretazione che non sia quella più giusta e adeguata alla volontà di chi le ha espresse. La persona che ho di fronte è un uomo provato, che per far fronte alla sua sopravvivenza e alla salute della sorella è diventato un altro da sé, come, appunto, sta capitando a me. In questo aspetto, credo, Salvatore si riconosca nella mia persona e, forse, per questo sarebbe pronto a diventare una sorta di mio scudiero.

Quello che non ho compreso del tutto è quel concetto di rivoluzione nell'ottica dell'esercizio malavitoso e criminale. Potrebbe un'attività che viene svolta in barba alla legge mettersi al servizio della gente? E in che modo? Ne chiedo conto al mio amico, che mi risponde così:

- C'è un modo migliore e ugualmente redditizio per svolgere attività illegali. Don Nino pensa in maniera ossessiva e unicamente ai vantaggi personali, approfittando del suo potere economico e politico per deformare gli altri e indurli a prestare servizio presso la sua organizzazione. Predilige corrompere, anziché servirsi di persone tendenti a delinquere e, quindi, già sufficientemente spregevoli. Delle persone che mi ha mandato a uccidere alcune erano talmente vili e indegne che meritavano davvero la morte, soprattutto certi esponenti di bande criminali, che urtavano con gli interessi da lui perseguiti, ma altre io le avrei lasciate vivere, poiché il pericolo che rappresentavano era minimo. È chiaro che l'omicidio della canaglia, pesa di meno sulla coscienza dell'assassino.

Rifletto brevemente sulla frase finale di Salvatore. Più che consolatoria mi pare autoassolutoria. Subito dopo, gli chiedo:

- Arrivato a Palermo, dovrai tenere d'occhio don Nino?

-Sì. Nel momento in cui preleveremo te e la signora Andreina, al porto, dovrò vigilare attentamente su di te, controllando le mosse di don Nino, senza farmi scorgere. Non sarà facile. A Palermo, il boss ha trovato un rifugio per mettersi al riparo dall'albanese e dagli scagnozzi della mafia, che l'organizzazione a cui avrete sottratto i quadri certamente chiamerà in aiuto. Inutile dirti che dovrai fare molta attenzione. Molto di più di quella che hai avuto nella riunione con don Nino e sua moglie. Questo è quanto. Ci aggiorneremo man mano, preferibilmente per telefono. Per ovvie ragioni, non possiamo farci vedere troppo tempo insieme.

***

Manca poco a mezzanotte, quando ricevo la telefonata di Andreina. È a Zurigo. Ha partecipato al vertice della sua organizzazione. Domani farà ritorno e il giorno seguente ripartirà, insieme a me, per Monaco. Mi dice di stare tranquillo, che è tutto a posto e che l'operazione andrà certamente bene se facciamo il nostro lavoro con calma e concentrazione.

Cambiando tono e atteggiamento, mi dice anche che oggi ero particolarmente attraente, nella mia postura seriosa e preoccupata. Replico dicendole che lei mi ha fatto lo stesso effetto nella sua mise semplice e confidenziale.

Quando mi fa sapere che ha percepito il peculiare attrito tra me e suo marito, chiedendomene le ragioni, le rispondo che, a mio avviso, lui sospetti decisamente della nostra relazione.

Lei, al riguardo, semplicemente osserva:
- Non posso pretendere che mio marito non eserciti, alla sua maniera, il proprio diritto di essere geloso.

Poi, mi rimprovera per l'aria di sfida e provocatoria che mi ha visto assumere durante il dialogo avuto con lui. Mi saluta affettuosamente, raccomandandomi ancora una volta di restare fiducioso sul fatto che tutto andrà bene e come da programma. La rassicuro sulle mie condizioni e cerco di dimostrami certo sulla buona riuscita della nostra avventura.

Terminata la conversazione, mi sforzo inutilmente di addormentarmi. Per oggi ho vissuto già abbastanza tensioni e vorrei sprofondare in un sonno riposante e liberatorio. Vorrei che la mia mente smettesse di occuparsi della vicenda legata ad Andreina, per scorrazzare libera, percorrendo campi leggiadri, dove la riflessione è solo contemplazione di ciò che aggrada, fa brillare gli occhi e riempie di magnificenza l'animo.

Ecco, vorrei che i miei pensieri se ne stessero quieti, o se ne andassero per sempre a quel paese, lasciandomi libero di sentirmi poco più di un oggetto, posto distrattamente su un soprammobile, lasciato lì a confondersi con altre mille cose che non sono mosse da una mente e restano immobili nella loro forma definita.

Mi distendo sul letto e porto le mani alla nuca, abbassando gli occhi in cerca di quiescenza.

Sento un respiro intenso sopra di me e ne avverto addirittura l'alito, che mi viene in faccia come un soffio d'aria proveniente da un'apertura stretta. Apro gli occhi e vedo Raskòlnikov, calato sopra di me, intento a osservarmi sorridente.

Poi, come danzando, si mette a girare per la stanza, dando luogo a una predica che sembra appartenere al suo miglior repertorio:

- *Una volta, sciocchino, non sopportavi l'idea di non potere avere tutte le donne che vedevi. Tuttavia, per contraddirti, ora ne sogni una sola: quell'Andreina che tanto ti ha dato e ti ha tolto, sradicandoti da te stesso. Grande amore, o attrazione fatale?*

Sei perfetto per finire male, mio povero amante di torte con panna e lamponi. Non ci voleva mica un grande intuito per capire che ogni momento in intimità con quella donna era un passo del tuo destino che si consumava. Tu, sei pazzo. Sì, sì. Pazzo!

Quando hai visto per la prima volta Andreina hai creduto di vedere un Modigliani e te ne sei perdutamente innamorato. Ami così tanto quella pittura, che se per sventura tu la riscontri nell'incarnato di una donna per te è la fine. Oh, mio Dio, quanto sei fuori di testa!

Se tutti ti conoscessero così come ti conosco io, passeresti per quello che, in fondo, sei: uno squilibrato, un irrazionale dedito alla riflessione, ma anche una persona a modo che sa restare composta nell'osservanza delle proprie perversioni.

Sei una persona distintamente indecente, pur sapendo rimanere, tutto sommato, un ordinario bravo ragazzo. E, in questo equivoco, ora cerchi di muoverti come un serpente velenoso, apparentemente innocuo, che predilige vittime consistenti.

Il tuo antagonista, quel boss che tu hai pensato fosse un rais di provincia, salvo accorgerti della sua assoluta ed eroica mal-

vagità, ha intuito che da te proviene un pericolo e ne starà in guardia, come tu da lui. Bella sfida, non c'è che dire.

Sai, l'evoluzione del tuo processo di imbastardimento mi incuriosisce molto. Sono sicuro che col tempo e col giusto esercizio potresti addirittura diventare un soggetto da frequentare.

In fondo, un po' carogna già lo sei diventato. Hai imparato a non sottovalutare don Nino, e ora dovrà temerti almeno quanto tu debba temere lui.

Hai mai riflettuto sulle tue reali possibilità di impersonare una figura diversa dalla tua indole? Ti riconosco un potenziale enorme, in questo senso. Puoi interpretare alla perfezione chi ti pare, se comincerai a usare la menzogna con metodo. Metodo ragazzo, ricorda. Metodo, e diventerai una magnifica persona oscena, tra le più sofisticatamente sconce in circolazione.

Non ti sottovalutare. Per me, hai dei numeri. Sì, che ce li hai. Sei complesso, sei tanta roba, come si dice. Pur tuttavia, ti incarti quando devi analizzare la personalità della tua dolcissima amata. Perché trovare aggettivi, o definizioni, per lei?

Non la si può certo racchiudere in una parola, o una frase. Vale, alla tua stessa maniera, almeno tre pagine, scritte un rigo sì e uno no, di considerazioni ben elaborate e disquisizioni straordinariamente inutili.

Non cercare di venire a capo di niente e hai più probabilità di centrare in pieno, per errore, la sua identità. Lei, la tua Andreina, è così in superficie. Perché la cerchi in profondità?

Fidati dei suoi occhi, più che delle sue parole, stolto! Non ti accorgi che li ha solo per te, anche quando le circostanze non dovrebbero consentirglielo?

È innamorata di te, la sciagurata, e non conosce altro sentimento appassionante se non la benevolenza affettiva che ti riversa addosso. La capisco, poverina. Ha visto in te la persona capace di amarla come molte donne vorrebbero essere amate. Con la foga della passione, la leggerezza dell'intelligenza, l'autenticità della follia.

Non sei convinto del suo amore, vero?

Sei, ottusamente, diffidente. Tu non sai come far lievitare un'unione amorosa e stringere una solidarietà invincibile con la persona che ti ama.

Ti nutri esclusivamente di impulsi, come un animaletto, illudendoti di saper ragionare e venire a capo delle cose e delle persone.

L'istinto va bene, lo slancio veemente pure, ma devi subordinarli al sentimento quando hai a che fare con una persona che ti percepisce in pieno, ti comprende e ti fa dono della sua persona. Pensi che la donna andata in moglie a un boss della malavita non meriti fiducia?

Misero te, non penserai mica che le brave ragazze allevate dai sacri principi del perbenismo uniformante e asfissiante meritino più rispetto e attenzione?

No, non lo penserai. Non sei sconveniente fino a questo punto. Saprai bene che il mio creatore, alla fine, ha disposto per me l'amore e la redenzione.

Non sono qui nelle vesti di quel personaggio e non appartengo, una volta fuori dalle pagine, a quella letteratura. Ne provengo, ma non ne veicolo la morale. Non sono qui per metterti sulla buona strada. Trovala da solo, se ne sei capace!

Talvolta mi diverto con te, è vero. Ti trovo spassoso e questi frangenti della tua vita mi intrigano. Ma, ora voglio che tu prenda visione dell'unico miracolo che trasforma l'esistenza delle persone: il sentimento dell'amore.

A me, come hai accuratamente letto, lo ha fatto conoscere Sonja, ultima degli ultimi, una ex prostituta, col fisico smunto e apparentemente insignificante.

Una santa, una sorta di Maria di Magdala, a cui il maestro russo ha consegnato le chiavi del mio processo di trasformazione. Andreina non ha la stessa energia mistica della mia Sonja, ma porta in sé tutta la forza del mistero femminile che tiene in piedi la vita e il mondo. Senza di lei, tu non avresti conosciuto l'astrazione per accedere al concetto universale della fascinazione, tanto meno ti saresti mai accorto della sospensione del tempo che delimita il piacere della sua compagnia.

L'amore è astrazione e sospensione, conoscenza sensibile, dunque. Chi, se non Andreina, ti ha fatto viaggiare con l'anima, oltre che con il corpo?

Credo valga davvero la pena sperimentare fino in fondo il suo amore per te, a prescindere da quale brutta fine ti riservi.

Sonja e Andreina non hanno nulla in comune, se non la capacità di incidere profondamente nelle esistenze dei loro amati. Sono due opposti che hanno una stessa funzione: cambiare la vita di chi amano. La mia, come ben saprai, è cambiata in meglio.

E la tua?

Chiude il suo sermone con una risata beffarda. Quello che, ancora una volta, sembrava un atteggiamento amichevole, si rivela, alla fine, l'ennesimo scherno. Oppure, interpretando in maniera sottile, un avvertimento sui pericoli che mi attendono, se mai restassi legato senza limiti ad Andreina.

Una cosa è certa: quello che dice non mi sembra mai banale e ogni frase che pronuncia, per quanto stramba e provocatoria possa apparire, mi dà la sensazione che parta da un'analisi ben ponderata in precedenza. In pratica, il suo dire irrispettoso e canzonatorio, non mi suona mai inutilmente offensivo e ingiurioso, facendomi pensare, invece, che sia il frutto teatrale di osservazioni serie e scientifiche sulla mia persona.

Ecco perché ho sempre in grande considerazione le sue prediche e i suoi deliri. Raskòlnikov mi frequenta e mi analizza con cognizione di causa, o, per lo meno, con un metodo che a me sembra elaborato e radicato su una forte base razionale. Questo mi impedisce di organizzarmi per sottrarmi alle sue visite e alla sua mania di giudicarmi, che non è mai scontata.

Pur non provenendo da un romanzo d'amore, ma da una filosofica visione cosmica tra il bene e il male, colpa e redenzione, Raskòlnikov stabilisce il primato dell'amore su ogni cosa e non distingue quello che porta ad agire nella giustezza da quello che, deviando, porta a snaturarsi fino ad arrivare al crimine.

Egli, per amore, si allontana dalla parte più terribile di sé, per approdare alla verità del legame affettivo. Il suo cambiamento è la dimostrazione che l'amore può spostare l'equilibrio di ciascuno ed aprirci ad altre possibilità, a testimonianza tangibile che non ci lascia come ci ha trovato. La cosa buffa è che anch'io, per amore e come Raskòlnikov, ho deciso di allontanarmi da me stesso, ma facendo un percorso inverso. Lui, dal crimine all'emancipazione; io, da un tentativo di emancipazione al crimine. Per amore Raskòlnikov si salva, mentre io, probabilmente, ne sarò condannato. Forse, questa, la morale della sua performance.

Manca appena più di un giorno all'iniziazione della mia nuova identità delittuosa, e mi addormento con questo gravoso pensiero.

XV

Un giorno è passato, e il momento fatidico sta per consumarsi. Ieri ho trascorso la vigilia del momento focale della mia tragedia, cercando tranquillità tra i luoghi collinari che mi piace frequentare in solitudine. Ho fatto una corsa lungo il mare, ho studiato le dispense sui tre autori e le rispettive opere, consegnatemi da Andreina, e sono andato a letto presto. Ed eccomi, ora, pronto per andare incontro al mio destino e deviarlo.

A mezzogiorno, io e Andreina partiremo per Nizza, dall'aeroporto di Napoli, dove arriveremo in auto. Due uomini di don Nino raggiungeranno il Principato con un furgone blindato, con cui avranno trasportato i falsi in sostituzione delle opere originali, che, nello stesso veicolo, viaggeranno per essere messe al sicuro in Umbria, presso una casa di campagna nei dintorni di Todi.

Alle 10.30 in punto, Andreina mi viene a prendere sotto casa con un'auto lussuosa, guidata dall'autista del marito. Mi fa accomodare al suo fianco. Durante il viaggio sfiora di continuo la mia mano mentre parla del tempo e di altri argomenti di circostanza. Capisco subito che l'autista potrebbe avere orecchie lunghe e indiscrete e mi adeguo al suo pour parler.

Una volta in aereo mi stringe le mani e mi bacia dolcemente sulla bocca e sulle guance.

La guardo sorridente. È bella. Di una bellezza che mi fa impazzire, che viene da un ragionamento, una riflessione, un intuito, o da una percezione degli occhi che scrutano la luce. Splende, la criminale. È luminosa nel suo sorriso e mi piega alla sua bellezza. Sì, l'amo e me ne dispero.

Smetto di guardarla e ritorno con la mente al mio presente. Il momento che sta per fare di me una persona disonesta è arrivato.

Più tardi, appena usciti dell'aeroporto di Nizza, saliamo sul taxi che ci porterà a Montecarlo.

Oggi inizierà la mia nuova era, che avverto comunque come l'inizio di una fine, il declino di tante speranze, la devastazione definitiva di un sogno che scorreva in parallelo con la realtà.

Dietro ai miei occhiali scuri, mi avverto già come un uomo malavitoso. La sensazione è terribile: sono consapevole di essere diverso da come sono stato fino al giorno prima, senza provarne un disagio che mi imbarazzi. Sono pienamente nella parte, come se l'avessi provata migliaia di volte.

In qualche modo, mi sento come un artista che vive la giusta tensione prima della sua performance, convinto che da ora in poi non potrò mai uscire dalla quella scena, che diventerà, senza desiderarlo, la mia vita.

Gli attimi che precedono la mia azione rivelano, nella loro autenticità, il cambiamento immutabile e finale di una identità che non ha saputo mettersi al riparo dalle insidie e dalle tentazioni fatali.

Per fortuna, un po' di ironia mi è rimasta: Eva che morde la mela, rispetto alla mia persona, è una Santa Maria Goretti, vado pensando.

La necessità di essere presente a me stesso, nel ruolo che impersono, mette fine alle mie distrazioni. In taxi, durante il tragitto, Andreina testa le mie "competenze" di esperto d'arte, rimanendone soddisfatta:

- Bene, hai studiato. Devi solo stare attento alla gestualità, non avere nessun tipo di incertezza e far finta di osservare attentamente le tele con la lente di ingrandimento. Sarai perfetto, ne sono certa – mi dice.

Non passa mezz'ora, che siamo arrivati nella città monegasca. Il nostro appartamento è situato al settimo piano di un lussuoso palazzo, da cui si gode la vista di un panorama esclusivo. Sistemiamo i nostri bagagli e ne estraiamo tutto ciò che ci servirà, più tardi, per entrare in azione.

Dal mio zaino tiro fuori il borsino dell'esperto, al cui interno vi sono diverse lenti di ingrandimento, che dovrò usare durante l'ispezione delle tele. Andreina si è premurata di scegliere per me anche un abbigliamento che si adeguasse al personaggio: una elegantissima giacca di velluto scuro, pantaloni di fustagno e foulard sotto la camicia.

Oltre a questa mise, mi ha procurato degli occhiali marroncini con lenti finte abbastanza spesse, che conferirebbero, secondo lei, ancora più credibilità al personaggio. In pratica, il mio vestito di scena, che ha voluto che indossassi, per vedermi nei panni dell'esperto e valutarne l'attendibilità. Mi osserva e sorride, avvicinandosi e poi allontanandosi di continuo, come una stilista che valuta la sua creazione indossata dal modello.

- Favoloso, sembri un agiato collezionista di opere d'arte! – esclama.

Poi, mi si avvicina e mi spettina:

- Ecco, così sei perfetto. L'aria leggermente trasandata ti fa ancora più sciccoso e aristocratico. Ricordati di spettinarti, quando ci raggiungerai al molo per fare la tua parte.

Smetto gli abiti dell'esperto per distendermi sul letto, dove Andreina mi raggiunge, dopo aver parlato al telefono con suo marito e, subito dopo, con Balan. Mi dà le ultime raccomandazioni e mi ragguaglia ancora una volta su tutto, anche sull'esatto punto del molo presso cui attraccherà il peschereccio con a bordo le opere.

Prima di addormentarsi, regola la sveglia per le 15.40. Sono le 15.15. Riposerà appena 25 minuti. La osservo nel suo modo di prepararsi all'azione e scopro quanto sia meticolosa, attenta a ogni dettaglio, concentratissima sul lavoro, che, di lì a poco, dovrà eseguire. Una vera professionista. Dopo aver letto dal suo taccuino e dato un'occhiata alla mappa del porto, chiude gli occhi e il suo respiro si regolarizza al sonno.

Mentre, io, mi calo nella mia nuova anima, pensando alla vecchia, come per salutarla e liberarmene definitivamente. Sì, un ultimo ossequio a quel che sono stato, si conviene.

Venticinque minuti, il sonno di Andreina, il tempo che mi prefiggo di spendere per prendere a scorrere la mia vita passata, nelle sfumature che più mi hanno caratterizzato, come se di lì a poco sopraggiungesse la morte. Inizio dalla mia prima formazione, quando ho dato libero spazio alla mia attività cerebrale per forgiare la mia coscienza critica, rivolgendo la mia attenzione alle letture specifiche che ho fatto, alla musica classica che ho ascoltato, alla pittura che ho sperimentato, alle centinaia di articoli che ho scritto e finanche alle bevute esagerate che ho sostenuto, per arrivare a concentrarmi sul mio patologico stato allucinogeno, che mi porta ad avere delle visioni in cui compare un fantasma dall'identità letteraria.

Ho sempre sofferto per la mia spietata incapacità di collocarmi adeguatamente nel tempo e nella società in cui vivo, pur essendo giudicato, da più parti, un buon lavoratore della comunicazione.

Mi sono avvilito per i miei disagi, ma anche per quelli subìti dalla gente sprovveduta e bistrattata e per ogni sorta di mortificazione perpetrata dall'uomo nei confronti dei suoi simili.

Fortemente legato ai miei ideali, ho vissuto nervosamente tutto questo, senza, tuttavia, cedere alla deriva del populismo più becero, preferendo di gran lunga il mio individualismo spiccato alla rabbia subculturale di una massa informe e senza identità. Tuttavia, ho sempre evitato di sprofondare in un egoismo sfrenato, conservando l'apertura mentale necessaria per prendere visione della vivibilità delle cose, un po' meno delle persone che giravano intorno a me.

Tantomeno ho permesso alla debolezza dei miei nervi, che talvolta mi hanno reso irritabile e nevrotico, di arrecarmi un danno irreparabile, che non fosse sanabile con un atteggiamento appena più pacato e riflessivo. Non ho mai scrutato nella mia anima in modo martellante, come se dovessi andare alla ricerca di chissà quale anfratto della memoria per spiegarmi il presente.

Tutto è sempre venuto a galla in seguito a normalissimi processi esistenziali, dove l'esperienza mi ha rivelato, semplicemente, quello che c'era da sapere e conoscere. Credo di essere stato abbastanza diligente nel gestire con padronanza le forze mentali rivolte su me stesso, senza correre il rischio di sottovalutarmi, o, peggio ancora, sopravvalutarmi. Forse, avrò esagerato nel ritenermi capace di condurre l'analisi dei moti del mio animo per divenire cosciente dei miei meccanismi psichici, ma penso che la perfetta conoscenza di me stesso mi derivi da questo esercizio, che non vado certo equiparando a un metodo rigorosamente scientifico, o infallibile.

Non mi ritengo il medico di me stesso, ma solo un osservatore attento della mia persona.

Resta, sinceramente, difficile, per me, definirmi un folle, solo perché credo di essere frequentato da una figura soprannaturale, che ha forma solo nelle pagine di un romanzo ottocentesco.

Ma sono così tante le cose che non sono andate nel verso giusto, nella mia vita, perché dovrei lagnarmi proprio di questa?

Tutto sommato, Raskòlnikov mi apre a riflessioni rivelatrici, che, diversamente, non farei, e che, forse, non sarebbero nemmeno alla mia portata.

Non mi sono mai preso in giro, io, e non ho mai giocato a fare l'intellettuale estroso, ma tormentato, così come non sono andato mai in cerca di favori e protezione per ottenere vantaggi che mi agevolassero nella carriera. Ho sempre avuto da fare, per conto mio, nella solitudine di un'esistenza volta a guardare alle cose che mi hanno attratto e incuriosito. Ho dato assoluta priorità all'armonia che poteva svilupparsi tra la mia persona e l'esterno, escludendo, in maniera del tutto naturale e non ragionata, le persone, la gente, il prossimo.

È in questo senso, che sono stato una bestia, con istinti animali feroci e poco inclini all'affabilità degli umani, per la maggior parte tanto educati e bravi a intessere relazioni utili e convenienti.

Ho sviluppato una sensibilità, certo, giammai una coscienza superiore per credermi su un piedistallo e guardare tutti dall'alto in basso. Di superiore, ho la capacità di contenere alcol e la tendenza ad arrecarmi danno. Niente altro.

Io, ex giovane di buone speranze, incapace di venir fuori dal proprio isolamento?

Nemmeno per sogno! La società in cui vivo ha ormai rigettato da tempo ogni focoso sentimento per quelle rivendicazioni universali dello spirito umano, secondo cui concetti come onestà, cultura, altruismo dovrebbero essere riportati al loro stato autentico, senza essere sottoposti all'adeguatezza di un potere occulto, e per le quali ogni generazione è chiamata a lottare.

Oggi, tutto avviene, ahimè, perché è garantito. Non vi è nulla, come in passato, di conquistato. Ecco, perché il futuro non sa di speranza. Non capirò mai, per esempio, perché la fiacchezza mentale di certe persone che esercitano un mestiere intellettuale debba godere dei favori dell'opinione pubblica?

Come può il pensiero individuale finire tristemente con l'essere assorbito dalla comunicazione e dall'indottrinamento di massa, contribuendo, in tale maniera, al ridimensionamento della libertà?

A chi, se non agli uomini di cultura, spetterebbe il compito di ribaltare questa situazione di fatto?

Via, il paese in cui vivo non aiuta a migliorare la vita della gente e, tra la gente, ci sono anch'io. Ma ora non più. Ora, non sono la gente, men che meno chi avrebbe voluto fare qualcosa per spendersi in suo favore, magari entrando in politica, scrivendo libri, o istruendo inchieste giornalistiche. Fossi rimasto quello che ero, non avrei certo tradito la speranza e distrutto la verità che vengono conservate nella sublimazione della cultura, come fanno, oggi, i comunicatori di successo.

Eh, sì, gli uomini dediti al sapere hanno sempre cercato di contraddire la realtà sociale in cui erano immersi. Ai giorni nostri l'aspetto nuovo è il totale appiattimento tra cultura e realtà sociale.

Non vi è la benché minima presenza di un vero e proprio nucleo di opposizione a un andamento tanto sconveniente. Solo scalmanati e sprovveduti di ogni sorta che si agitano per rovesciare un potere, che nelle loro mani diventerebbe ancora più deleterio e pericoloso.

Non cerco attenuanti per il verso che sta prendendo la mia vita, scaricando all'esterno responsabilità che appartengono alla mia indole, ma la realtà generale in cui sono stato immerso fino a ora, mio malgrado, ha contribuito alla mia infelicità. Chi più, chi meno, siamo tutti animali politici, soggetti all'umore e alla qualità del potere costituito.

Non credo si possano ignorare, giudicando il destino di un uomo, il livello etico, l'educazione sociale e i parametri culturali che regolano il comportamento del paese in cui vive, fino a ridurli a elementi del tutto estranei alla sua esistenza.

***

Intorno ai miei desideri più intimi e alle mie ambizioni non c'è stato mai niente di definito, anche se mi è sempre risultato difficile supporre in quale diversa maniera, da quella analitica di un autore della comunicazione, potessi usare le mie risorse mentali.

In seguito a eventi, per niente da giudicare sfortunati, poiché causati dalla mia scelleratezza, mi sono ritrovato da ragazzo, quando avevo poco più di venticinque anni, a vivere una condizione di abbandono, in cui sono stato totalmente assente a me stesso, schiacciato da una forma d'ansia del tutto inspiegabile, che a volte lasciava il posto a un'incoscienza davvero preoccupante.

Portavo la stessa camicia anche per un'intera settimana e spendevo i miei soldi in whisky di marca. Fu soltanto il mio aspetto leggermente distinto a salvarmi dall'essere considerato uno di quei diseredati ammalati di sconforto e cinici con se stessi, fino ad accettare la sofferenza come un castigo della vita.

La mia inclinazione all'alcol, che si manifestò ben presto, da adolescente, crescendo diventò una pessima abitudine che mi portò al vizio, senza, tuttavia, diventare, o sentirmi mai un alcolista.

La parte forte del mio carattere mi evitò la rassegnazione verso quel modo di tirare avanti una vita da sbandato. Deridevo io stesso le mie declinate condizioni, da cui non riuscivo a venir fuori.

Quando non ero assorto nella mia disperazione, facevo studi autodidattici, frequentavo teatri e corteggiavo le donne. In verità, non ho mai saputo corteggiarle. Prendevo al volo le occasioni, riconoscendo, chissà per quale motivo e con quale criterio, ciò che ritenevo competesse all'esperienza.

Ho sempre conservato la volontà di non sprofondare in uno stato psico-fisico deleterio e, anche se appannata, la mia mente mi ha sempre permesso di prendere visione delle mie reali condizioni e di provvedere, nei limiti della mia forza morale, di non rischiare il completo abbandono.

Consapevole che la mia giovane vita potesse prendere il largo verso la desolazione e portarmi allo sbaraglio, non abbandonai mai l'idea di ribellarmi a quei brutti momenti, di cui sentivo l'insopportabile peso.

Mi accorsi che non ero più lo stesso nei rapporti con gli altri. Non sono mai stato costantemente estroverso, ben inteso, però adesso incominciavo ad avvertire un inconsueto disagio, quasi imbarazzo, che mi portava a essere incredibilmente timido, eccessivamente riservato. La scintilla verso il cambiamento scoccò in seguito a un grosso pericolo scampato in auto, in cui oltre a mettere a repentaglio la mia vita, avrei potuto gravemente attentare a quella di un vecchietto alla guida di un motorino d'epoca, che mi trovai davanti, sbucando ad alta velocità da una curva.

Non di rado, nelle notti d'estate, mi piaceva guidare a fari spenti per la strada costiera, godendo della luce naturale della luna. Quella notte, ero più ubriaco e andavo più veloce del solito. Stavo per uscire da una curva a gomito, a velocità sostenuta, quando scorgo, all'ultimo momento, la sagoma del motorino davanti alla mia auto.

Non so come, ma, con una controsterzata che fu provvidenziale, riuscii a evitare il mezzo che mi precedeva, strisciando per diversi metri contro la ringhiera metallica che delimitava la strada, senza sfondarla e finire giù, per il precipizio, in mare.

Mi ritrovai dal lato opposto, con l'auto che si arrestò contro il frontone di una roccia.

Il vecchio si fermò e venne a soccorrermi. Si spaventò, vedendo il mio sangue scorrere da un'arcata sopracciliare.

Lo rassicurai e lo ringraziai. Rimisi in moto l'auto, accesi i fari, e mi avviai verso la mia resilienza. Quell'episodio, scosse qualcosa nella mia interiorità.

Un meccanismo nuovo di razionalizzare mi cambiò, sperimentando nuovi comportamenti da adottare, per evitare di ripiegarmi su me stesso. Verificai l'umiltà e ne colsi i benefici necessari per il mio equilibrio.

Quando mi fui recuperato del tutto, cominciai a svolgere con molto impegno e serietà il mio lavoro di giornalista, esercitando, negli anni, un diritto di critica che per me ha sempre rappresentato, nell'osservazione rigorosa di un'etica professionale, un campo aperto di sperimentazioni, anche di linguaggio. Diventai, così, senza perdere la mia aria triste, quel bravo ragazzo che sono creduto, rispettoso del prossimo, apprezzato dagli esteti e avversato da chiunque si sentisse bersaglio delle mie filippiche.

Quando non lavoravo per guadagnare la mia modesta vita, le mie energie erano rivolte alle attività della mia sfera interiore, scrivendo testi per il teatro e dipingendo tele dai motivi intimistici.

Non ho mai avuto ambizioni per la mia pittura. Può darsi che io mi sottostimi, in questo caso.

Poco importa, ho iniziato a dipingere per bisogno, per amore della vita, del movimento, della scoperta, della ricchezza che mi apporta tutta l'esperienza, per paura dell'ignoto, per cancellare le angosce più insopportabili, per sfuggire a qualcosa di indefinibile.

Le tele, soprattutto quelle di dimensioni più grandi, mi hanno fatto sentire un artigiano, un lavoratore laborioso alle prese con la propria fatica. L'arte è grandiosa e fa grandi, talvolta, ma è anche uno stratagemma di origine psichica per collaudare e saggiare la semplicità.

Certo, avrei dovuto fare tesoro della lezione etica che mi impartivo, senza, tuttavia, averne l'intenzione. Chi dipinge o, in qualche modo, crea, non dovrebbe finire come me, rinnegandosi in derive tanto distanti dagli estetismi contemplati e perseguiti.

Ma, tant'è, sono disteso a pensare al mio passato più recente, accanto alla donna che, più di tutte, mi ha avuto, esplorato e, infine, cambiato. Sono altro da me, ora, e posso guardare alla mia vita passata senza provarne nostalgia, rimanendone distaccato, come se si trattasse di momenti vissuti da una persona, che, per forza maggiore, mi risulta finanche estranea.

Ho respinto me stesso fino al punto di non riconoscermi nelle modalità delle mie espressioni, nell'incedere della mia crescita, negli ideali a sostegno delle mie inclinazioni.

Mi avverto come un essere che ha perso totalmente la propria identità. Credo, addirittura, che di umano mi sia rimasto ben poco. Dio mio, come si può cambiare e svuotarsi di ciò che, prima, ci riempiva!

Mi sono allontanato così tanto da me stesso che, anche se volessi, con tutte le mie forze, stenterei non poco a trovare la strada del ritorno, poiché ho intrapreso il viaggio sbagliato. Oppure, non ho mai trovato il mio cammino, restando fermo anche quando ho creduto di muovermi, cedendo al mio lato oscuro. Mi viene in mente una breve poesia di Giorgio Caproni, un "Biglietto lasciato prima di non andar via":

Se non dovessi tornare
Sappiate che non sono mai
partito.
Il mio viaggiare
È stato tutto un restare
Qua, dove non fui mai.

Ecco, tu fai tanto per restare nella tua terra di provenienza, senza cercare fortuna altrove, e pensi di aver trovato, ormai, la tua dimensione, il tuo posto, le tue certezze. Poi, arriva una tempesta inaspettata e improvvisa che ti strappa all'armonia stabilita con i tuoi luoghi, restituendoteli lontano dal punto in cui li avevi lasciati, dandoti la sensazione dello smarrimento.

***

Forse, sto assaporando l'amarezza per non aver saputo prendere il largo, spaziare e andare per prospettive lontane e spaziose, rimanendo nella zona ombrosa dei miei pensieri, senza aver saputo affidarmi ad altri che mi emancipassero da quelli che mi hanno tenuto inchiodato al muro della presunzione.

In me vi è una vasta zona di superficialità, mi pare ovvio, dove è stato pressoché impossibile avere cura delle mie speranze. Certo, ne ho altre più significative e profonde, ma, evidentemente, non mi hanno garantito lucidità a sufficienza per rendermi conto del tempo che ho sprecato, delle opportunità che non ho inseguito, dell'illusione che mi ha perseguitato.

Se non conoscessi la mia indole irrequieta e tumultuosa penserei di essere stato vittima di una maledizione e che, dunque, una fine migliore non era alla mia portata. Ma non è così.

Mi sono ritrovato a sguazzare nella più snervante insofferenza solo per colpa della mia fragilità mentale, dando di matto quando sarebbero serviti nervi ben saldi.

In fondo, il mio mal di vivere, sebbene dimostri prerogative anche piuttosto apprezzabili, è da ascrivere a un carattere troppo poco educato all'indifferenza. Eh, sì, avrei dovuto essere indifferente al dolore, non a ciò che metteva in pericolo e arrecava rovina alla mia esistenza.

Ho sofferto, sì, sono stato a disagio e ho vissuto male. Ma, questo, avrebbe dovuto migliorarmi, fino a farmi prendere coscienza di essere un uomo, tutto sommato, fortunato, pronto a passare a miglior vita, facendo leva sull'esperienza e su quanto di buono vi fosse dentro di me.

Che spreco di sensibilità! Quale debole atteggiamento di fronte alla rovina che si annunciava imminente! E quanta disturbata intelligenza a sostegno della mia debole resistenza al male!

Già, il male, quello che non si manifesta come convenzionale contrario del bene e che non si presenta affatto come qualcosa di non desiderabile, a prescindere dalle sublimazioni che se ne possano fare.

Davvero il male può essere accettato in alternativa al bene e, come succede a me, scegliendolo come unica possibilità di continuare a esistere e diventandone una rappresentazione nel reale?

La domanda mi innervosisce perché è retorica. Non solo, essa è fuori dalla logica di chi il male, ora, lo persegue.

Quindi, bando alla filosofia morale! Devo pensare, restando nella mia nuova veste, lasciando perdere ogni tentativo di restituirmi alla vecchia. Io ho scelto il male deliberatamente, non per un errore di valutazione.

Non c'è legge morale che possa assolvere la mia coscienza, poiché se mi abbandono alla mia ragione faccio fatica a considerarmi vittima della fatalità. Non mi ritrovo dalla parte del male per ignoranza. Non l'ho scambiato per il bene, e quindi nemmeno Socrate potrebbe assolvermi, convinto com'era che il male lo si sceglie involontariamente.

Devo smetterla con queste congetture moralistiche e ammettere che la mia educazione formativa non mi è servita a un tubo! Ho fatto consapevolmente una scelta, che rimarrà immersa nella sua immutabilità. Ho scelto il crimine e passerò il resto dei miei giorni a perseguirlo. L'ho scelto perché la mia anima non ha saputo darsi ordine, come Platone sosterrebbe.

**

La sveglia del cellulare di Andreina prende a suonare in maniera squillante. Andreina apre gli occhi, mentre io chiudo la mente ai miei pensieri. Si gira verso di me e mi bacia.

- Come va? – le chiedo.
- Bene, avevo bisogno di questo riposino.

Dopo qualche attimo, il suo telefono squilla di nuovo. Parla per pochi secondi, assumendo un'aria soddisfatta.

- Era Vincent, è arrivato puntuale al porto col suo peschereccio. Ora, chiamo i ragazzi di mio marito, che saranno, col furgone, nei paraggi del porto, pronti per effettuare la sostituzione delle opere con i falsi. L'appuntamento è tra un'ora. Devo sbrigarmi. Il gioco è iniziato, Jacopo. Tra poco tocca a me e poi, a te. – mi dice, con calma e un pizzico di entusiasmo.

Va in bagno per prepararsi per la toilette. Ne esce dopo pochi minuti. Chiama un taxi e si prepara la borsa, introducendovi tutto quello che le serve, sistemando con cura un pacchettino contenente i narcotizzanti.

- Questo, per ultimo e bene in vista, pronto all'uso. Dovrò scioglierne uno nel whisky scozzese che offrirò all'esperto fiorentino, che lo preferisce a tutti gli altri. Meno male, non è astemio. Questo mi faciliterà il compito. Diversamente, avrei dovuto spruzzargli addosso uno spray al cloroformio. – dice, con finta preoccupazione.

Prima di uscire, mi raccomanda di prepararmi bene e di non dimenticare i miei arnesi di lavoro: il borsello con le lenti di ingrandimento.

- Alle dieci in punto, dovrai essere al porto e recarti al pontile n. 2. Sarò all'esterno della barca, a prua. Accenderò e spegnerò una torcia elettrica per farmi individuare. Ti attenderò insieme a Vincent e Balan.

Mi bacia e se ne va.

***

Resto solo, in quell'appartamento per turisti agiati, immerso in una realtà che mai avrei immaginato di vivere. Mi sento come in una sceneggiatura che non ho scritto, poco adeguata alla mia identità, e questo mi pone nelle condizioni di recitare una parte non costruita a misura sulla mia persona.

Ma non mi spaventa il fatto di dover passare all'azione e interpretare qualcuno diverso da me, senza che altri se ne accorgano. Mi preparo a sostenere il mio ruolo con una punta di sfida, che sa di gioco. E qui, la mia incoscienza prende il largo, allontanandomi dalla paura. Per fortuna, conservo la tensione necessaria per affrontare con la giusta concentrazione una performance del genere. L'istinto di sopravvivenza, in questo caso, passa attraverso la recitazione, la menzogna costruita ad arte, l'inganno organizzato.

In fondo, sono un po' come l'attore mestierante di una compagnia di giro, o il circense itinerante che cerca di incantare il pubblico con qualche trucco dei suoi. Ho da dimostrare che sono capace di abbandonarmi per guardarmi a distanza, nelle vesti di un passante che può essere chiunque, anche un esperto d'arte implicato in traffici di opere antiche.

Oppure, affidarmi agli impulsi del mio lato oscuro, che a questo punto percepisco come non mai, avvertendone in qualche modo la spinta. Questo, più di qualsiasi tecnica di recitazione, mi aiuterà a sostenere la parte restando impenetrabile. Quale sia e quanto peso abbia la componente inconscia della mia personalità, in questo momento, non mi è dato saperlo, ma nella mia intuizione vado pensando che possa essere di natura furiosa e ingannevole.

Mi è capitato, talvolta, di riuscire a essere buono per ragionamento, evitando di lasciarmi andare a un atteggiamento aggressivo che mi veniva dall'istinto. Strano, come io non sappia scegliere, in questa circostanza, se affidarmi all'esercizio razionale, controllato, meditato, o al vigore dell'immediato, meccanico, spontaneo.

Io, in definitiva, potrei essere comunque l'altro, restando me stesso. E me ne convinco.

Mi sento al centro di una costellazione emotiva intorno alla quale posso orbitare a piacimento, stabilendo distanze e tonalità ideali per rappresentarne i diversi punti. Posso essere chiunque, al di là della mia persona, elaborandone un aspetto o semplicemente dividendola, e scegliere la parte che mi torna utile.

Come tutte le persone normali avrò il mio numero di complessi, ma so mantenerli in equilibrio per non scadere nella patologia. Mi dico certo che, in ogni istante, posso dare dimostrazione di lucidità mentale e fare uso della riflessione più razionale, senza per questo sentirmi sano a ogni costo. Un po' mi sento immerso in una sfera, che affonda le sue radici nell'inconscio, da cui attingo energie. È da lì che traggo una parte ben definita della mia personalità, la più intuitiva, misteriosa e finanche esoterica.

Quando ho finito con questi pensieri indagatori circa la mia psiche, prendo a ripassare gli appunti sulle opere che più tardi dovrò far finta di esaminare per dichiararne l'autenticità.

Per la prima volta, mi chiedo se, nell'azione che andrò a svolgere, sarò capace di mantenere un atteggiamento distaccato nei confronti di Andreina. Saprò esserne distante, emotivamente slegato?

Dovrò comportarmi come uno che la vede per la prima volta, evitando di guardarla con l'intimità che sono solito esprimerle. Sono sicuro che lei sosterrà la parte egregiamente, riuscendo a calarsi perfettamente nel suo ruolo di sconosciuta. Non dovrò esserle da meno. Anche questa è una sfida.

XVI

Sono le 21.40. La serata è piuttosto mite. Indosso i miei abiti, che, secondo Andreina, potrebbero essere tipici di un cultore di opere d'arte, e ho i capelli leggermente spettinati per darmi un'aria falsamente trasandata, così come mi aveva raccomandato lei.

Dalla telefonata che mi ha fatto mezz'ora fa ho appreso che fino ad ora tutto è andato bene.

Il cambio dei falsi con le opere originali, effettuato dagli uomini di don Nino, è avvenuto senza complicazioni. Ora saranno in viaggio per l'Umbria, dove troveranno un rifugio sicuro.

Ha contattato Balan, informandolo dei dettagli del caso e confermandogli l'appuntamento al porto, ma anticipandolo di mezz'ora, per creare con lui un clima disteso e confidenziale, tenendolo il più lontano possibile da qualsiasi sospetto.

Mentre, l'intenditore fiorentino è stato narcotizzato e imbavagliato a dovere, dopo che lei, minacciandolo con un coltello alla gola, gli ha intimato di comunicare ai compratori americani, da cui è stato ingaggiato per appurare l'autenticità delle opere, che tutto procede bene e che, dopo attento esame delle tele, ne ha riscontrato l'originalità. L'esperto, ora, sarà tenuto sotto sequestro per un giorno da un altro soldato del boss, che provvederà a liberarlo solo quando saremo arrivati a Palermo e avremo abbandonato la nave.

Passeggio nervosamente sul molo, tenendomi distante dal punto in cui si trovano i pescherecci, tra cui vi è quello di Vincent, palco scenico della mia performance. Ho comprato dei sigari e ne accendo uno. Mi aiuterà a ritrovare la calma, penso. Stando alle indicazioni datemi da Andreina, la banchina dove è situato il peschereccio dista due o trecento metri dal punto in cui mi trovo.

Dopo aver fumato e riflettuto ancora, mi avvio verso il mio destino. Mancano poco più di cinque minuti alle 22.00. Percorro lentamente quella distanza. Quando sono a qualche decina di metri da una serie di grandi barche in fila, scorgo una luce che si accende a intermittenza. Infatti, ora sono le 22.00 in punto e quello è il segnale che Andreina mi fa per rivelarmi la posizione dell'imbarcazione.

Appena sulla barca e di fronte alle figure di Andreina affiancata da uomo altissimo e robusto, che dovrebbe essere Balan, pronuncio la frase che, convenzionalmente, Andreina ha stabilito come codice di riconoscimento, informandone, evidentemente, anche l'albanese. Il tutto, serve per ingannarlo, cercando di dargli a intendere che mai, prima di quel momento, ho visto la donna che insieme a lui mi accoglie sul peschereccio.

- Buonasera, sorella tigre e fratello leone. Sono l'aquila che vola sopra di voi. – esclamo in maniera ferma.

- Buonasera, Aquila, – risponde la voce metallica dell'uomo esageratamente alto e con spalle quadrate, da sembrare una specie di robot parlante.

- Buonasera, Aquila, – aggiunge Andreina, con la sua voce distinta e femminile.

Mi avvicino a loro per le presentazioni di rito, stringendo prima la mano di Andreina, poi quella di Balan, che mi guarda fisso negli occhi, come se già si fosse accorto della mia posizione di impostura. Ma la mia, ovviamente, non è altro che la prima impressione condizionata dalla tensione. Quell'aria severa e imperturbabile dell'ex ufficiale albanese, forse, sarà una sua prerogativa costante. Mi dico di non pensare troppo e di restare calmo. Entriamo nel grande cabinato del peschereccio, dove ci viene incontro un uomo di mezza età dalla barba bianca. È Vincent, il proprietario della barca, che Andreina mi presenta così:

- Professor Freschetti, lui è Vincent, il nostro pescatore.

Vincent, al contrario di Balan, ha un volto rassicurante e un'aria bonaria. Le sue rughe sono tipiche dell'uomo di mare e accenna un sorriso molto largo e disteso, quasi a tradire la contentezza di aver appena concluso un buon affare con Andreina, che lo ha corrotto elargendogli una cifra consistente.

Ecco, mi dico, devo comportarmi con la stessa naturalezza di Vincent, che pur avendo tradito l'organizzazione per favorire Andreina, non teme niente ed è pronto a godersi il suo bel gruzzolo di soldi, anche perché potrà sempre dire di essere stato tramortito quando è avvenuta la sostituzione delle opere da lui custodite.

Balan, che sfiora i due metri, mi guarda dall'alto in basso. Sembra studiare ogni mio atteggiamento e ogni movimento dei muscoli della mia faccia. Capisco immediatamente che non dovrò avere nessun tentennamento se vorrò dargli a bere di essere l'esperto ingaggiato dai compratori americani. I suoi occhi azzurrognoli, piccoli e lucenti, conferiscono al suo sguardo l'aria guardinga e rigida che non muta mai.

Francamente, mi sembra uno di quelli che restano perennemente diffidenti di fronte a tutti e a qualsiasi cosa, che, magari, non si fiderà nemmeno della madre. Guardo di soppiatto il gigantesco uomo per scoprirne l'umore e mi accorgo che mi stava fissando, come se avesse avuto la stessa idea. Cercava di scoprire, scrutandomi attentamente, l'espressione che mi avrebbe tradito e rivelato la mia vera identità.

Per la miseria, oltre ad avere una forza bruta questo ha una mente acuta e super accessoriata!

Cosa cavolo sospetta, se appena mi ha visto?

Faccio subito mente locale e mi impongo calma e sangue freddo. Non devo farmi intimorire e condizionare dall'atteggiamento del colosso che mi guarda in cagnesco e, soprattutto, devo evitare di osservarlo, a mia volta, sia pure con circospezione.

Intanto, Vincent spostando un lungo e alto pannello in tela, sul lato destro del cabinato, ci mostra i grandi imballaggi contenenti le opere. Solo Balan non sa che si tratta di copie. Andreina e il pescatore francese aprono con maestria le ampie ed estese scatole di cartone appoggiate alla parete. Scoprono la parte frontale del congegnato involucro, togliendo prima il cartone, poi una serie di fogli di carta, incellofanati, e in ultimo uno strato di pluriball, la plastica trasparente con le bollicine che protegge gli oggetti dagli urti.

Dopo diversi minuti, mi appaiono in sequenza tre straordinarie copie di altrettanti capolavori del passato. In ordine, mi trovo al cospetto del "Ritratto maturo" di Rembrandt, della "Conversione della Maddalena" di Artemisia Gentileschi, della "Natività" di Caravaggio.

Contemplo quei dipinti, eseguiti alla perfezione, uno alla volta, restandone sbalordito. Assumo un'aria che, forse, tutto sommato non nuoce alla parte che dovrò sostenere. In fondo, non si conviene a un esperto d'arte ostentare freddezza, o un contenuto entusiasmo di fronte a simili tele. Entro nel ruolo e cerco di darmi un tono leggermente ammirato e attentamente moderato.

Estraggo dalla mia borsa la lente di ingrandimento e fingo di esaminare, singolarmente, i diversi punti e lembi dei dipinti. Mi soffermo a lungo su ognuno di essi.

- Ho sempre desiderato sapere come si distingue un'opera falsa da una originale. – irrompe Balan.

Andreina, sembra avere il sangue raggelato. Io, può darsi, non sono in uno stato molto diverso. Ma mi tocca reagire, e alla svelta, se non voglio mandare tutto all'aria e rischiare la vita in quello stesso istante! Recupero calma e lucidità e dico, con disinvolta compostezza, continuando a fissare la tela:

- Veda, Balan, tutti coloro che si trovano di fronte a un dipinto antico hanno sempre lo stesso dubbio: sarà vero o sarà un banalissimo falso?

Sono diversi e particolari i criteri con cui si osserva un quadro. Per analizzare con maggiore cura una pittura antica è importante munirsi di una lente d'ingrandimento, come quella che ho appena utilizzato, al fine di esaminare anche i più piccoli dettagli. È di fondamentale importanza analizzare il colore, soprattutto, poiché nel corso del tempo l'umidità e gli sbalzi di temperatura possono averlo alterato nella tonalità, o aver dato luogo a qualche crepa. Resta ugualmente necessario analizzare l'opera dal punto di vista dello stile e della scuola pittorica, notare se vi sono incongruenze con i tratti tipici del movimento artistico, sia nella raffigurazione dei soggetti, che nella pennellata e nell'uso del cromatismo, delle luci e delle ombre. Ma, per una verifica più completa, non basta solo la lente di ingrandimento.

E, dicendo questo, mi interrompo per estrarre dalla borsa una piccola lampada wood. Andreina ha gli occhi spalancati di meraviglia. Si starà chiedendo quando e dove mi sarò procurato quell'aggeggio, che non sapeva affatto fosse tra i miei arnesi di "lavoro". Mentre Balan mi guarda interessato e incuriosito. Accendo la lampada e dirigo il fascio di luce sul primo quadro da esaminare.

- La sorgente luminosa di questa lampada emette radiazioni elettromagnetiche prevalentemente nella gamma degli ultravioletti, permettendomi di visualizzare ciò che a occhio nudo non si può vedere. – guardando Balan con benevolenza, come se fosse il mio allievo e io il suo professore.

Andreina accenna a un sorriso. Da tesa, che era, passa a un'espressione del tutto rilassata. Quando ho terminato di sottoporre alla luce della lampada tutte e tre le opere, affermo con la sicumera del grande esperto:

- Per me sono, senza ombra di dubbio, autentiche. Potete pure ricomporre l'imballaggio, facendo attenzione alle estremità.

- Non avevamo dubbi, professore, essendo uscite dal caveau della banca che le custodiva e trasportate direttamente qui da Vincent. – replica Andreina, guardandomi come se davvero mi conoscesse appena.

Balan sembra aver abbandonato la sua aria diffidente e aiuta Vincent e Andreina nella ricomposizione dell'imballaggio delle opere.

Mentre lo osservo nei suoi lenti e accurati movimenti, gli dico:

- Ad ogni modo, Balan, un metodo molto sicuro per verificare che il dipinto non sia un falso, consiste nella datazione del telaio. Il legno, infatti, a un esame spettroscopico rivela la sua età. E quello che regge queste tele, stia pur certo che avrà diversi secoli.

Il gigantesco ex militare mi guarda e accenna a un sorriso, come per annuire e dirsi convinto di quanto sono andato dicendo. Forse, oltre alle parole, lo avrà persuaso l'atteggiamento distaccato e professorale con cui le ho pronunciate. Del resto, Andreina stessa mi è sembrata sorpresa dalla mia performance, che concludo così, una volta che i quadri sono stati risistemati a dovere negli appositi involucri:

- Bene, se permettete io chiamo un taxi e mi ritiro in albergo. A domani, per la crociera.

***

Quando, più tardi, Andreina mi raggiunge, scoppia in una risata liberatoria che forse conteneva da tempo.

- Dio mio, ma te la sei cavata alla grande! Sei stato fantastico! Ma, da dove hai tirato fuori quella lampada?

- Prima di arrivare al porto, l'ho vista, passeggiando, esposta nella vetrina di un negozio e l'ho comprata. Sapevo del suo utilizzo per distinguere le banconote false da quelle vere. Perché non fare più scena, usandola per esaminare le tele? Mi son detto.

- Sei stato grandioso.
- L'inizio non prometteva per niente bene. Balan mi è sembrato sospettoso sin da subito. – osservo.
- Anche a me. Ma, poi, si è sciolto. Sei stato bravo a rassicurarlo, gradualmente. Ma bisogna stare ancora molto attenti. Stanotte dorme sul peschereccio a guardia delle opere. Domani dobbiamo passare una giornata intera insieme a lui. Salpiamo alle 8.30. Io devo essere al porto per le 7.00, dove, insieme a Balan e al comandante della nave, amico dell'organizzazione, sovrintenderò al carico delle opere.
- Dici che è convinto della mia identità? Crede, cioè, che io sia veramente l'esperto che lavora per gli americani?
- Per ora, sì. Ma è furbo abbastanza e diffidente per natura. Non dobbiamo commettere errori. Di nessun tipo. Dobbiamo guardarci e parlarci con il dovuto distacco, senza dare minimamente a intendere che tra noi ci sia una conoscenza pregressa all'operazione in atto. Sei stato, comunque, grandioso. Meriti un premio speciale.
- Eh, sì, lo credo anch'io.
- Cosa?
- Di meritare uno speciale premio.
- Io intendevo farti un regalo.
- Io intendevo essere ripagato in natura.
Si gira per prendere qualcosa dal cassetto del comodino vicino al letto, ma io le sono già dietro. Lei smette di cercare il dono che aveva in serbo per me e si rimette dritta, premendo sul mio corpo, mentre la stringo di più, cingendola con le braccia.
- Perché, figlio di un cane, non aspetti che prenda il mio regalo per te, scelto con tanta cura e parsimonia?
- Non posso aspettare, lo sai.
Infatti, non sono curioso di scoprire quale pensiero lei abbia avuto per me, perché la sola cosa che voglio, adesso, è averla. La voglia che ho di lei non può cedere il tempo a qualcosa di diverso, che non siano baci, carezze e atten-

zioni particolari. Neanche per un attimo sarei in grado di rivolgere il mio interesse lontano dal suo corpo. Ogni secondo che passa deve essere speso nella contemplazione del desiderio che mi pervade tutto intero e mi rende irrefrenabile, fino a diventare furioso. Non riesco a togliermi da dosso quella frenesia e la spoglio avendo poco riguardo per i suoi indumenti.

Dopo averle tolto il vestito e abbassato le mutande, la spingo sul letto, con un'energia che è sintomatica del desiderio che sempre più libera i sensi e spegne la ragione.

- Non mordermi, Jacopo. – mi dice preoccupata.
- No, non lo farò, ma stai buona, altrimenti ti sculaccio.
- Lo faresti?
- Certo, che sì. Non mettermi alla prova.
- E con cosa mi sculacceresti?
- Potrei togliermi la cintura e farlo.
- Fallo. – mi chiede, girandosi e guardandomi con occhi di sfida.

Sfilo la cintura dai pantaloni e le infliggo un colpo sui glutei. Sento, insieme al rumore del cuoio che batte sul fondo schiena, il suo contenuto grido di dolore.

- L'hai fatto! – esclama.
- Non me ne facevi capace?
- Sei un bastardo.
- Non ti piaccio in questa veste?

Si gira ancora verso di me, che le sono sopra e mi guarda a lungo. Nei suoi occhi vedo amore, rabbia e voglia.

- Sì che mi piaci anche così, brutto stronzo. – mi dice arrendevolmente e teneramente, accrescendo a dismisura la mia voglia di lei.

Non c'è una volta che ci amiamo senza che io provi un enorme senso di emancipazione dalla regolarità della vita, dai suoi meccanismi monotoni e ripetitivi, da tutto ciò che costituisce la normalizzazione del sociale. Quando mi unisco a lei passo con una facilità impressionante a uno stato di grande euforia, abbandonando all'istante quella regolare e permanente condizione di funzionale e scontata razionalità.

L'erotismo in cui lei mi coinvolge, mi suscita sensazioni forti e confuse, trasportandomi in un altrove dove il pensiero non si disperde in divagazioni belle e buone, o comunque inutili e fittizie.

Averla e dedicarmi al suo piacere rappresenta la massima espressione di fuga da tutto ciò che relega all'accettazione della vita quotidiana, della prassi, della routine. Il sesso consumato con lei è un esercizio che mi rende ogni volta neofita di una religione che mira al benessere del corpo e dell'anima. Sensi e sentimento, gioco e lussuria sono elementi che si fondono per raggiungere l'appagamento nella sua concezione più ampia, dove il bacio, o finanche la semplice carezza assurgono a pratiche di educazione sentimentale ed erotica.

Quando la contemplo, dopo l'amore, distesa sul letto, a guardarmi sorridendo appena, come a cercare ancora qualcosa di me che le è sfuggito, non ha saputo comprendere, o che non ha ancora considerato, mi appare in una dimensione ideale che la proietta in uno spazio esclusivamente artistico, a testimoniare il genio di un creatore. Sono momenti in cui mi appare come un soggetto pittorico rinascimentale, una figura che rimane nello spazio della cornice per impressionarmi ancora di più.

Osservarla, come si guarda a un nudo femminile mi restituisce un senso critico che mi riporta indietro col tempo, a quando da ragazzo provavo un interesse spasmodico per la rappresentazione della figura umana, scarabocchiando decine e decine di fogli. Ho sempre pensato al nudo come all'esercizio di maggior prestigio nell'ambito dell'arte figurativa. Ancora oggi, credo, in me resta inalterato il suo potere di suggestione.

Se chiude gli occhi e si lascia andare all'indietro appoggiando la testa sul cuscino, mi appare come la "Venere dormiente del Giorgione" che si distende, con armonia, completamente nuda, in un paesaggio campestre di cui sento anche gli odori.

Ma, avrebbe potuto ispirare anche il verismo autentico e quasi eccitante del Tiziano, oppure raffigurare l'alternativa della "Susanna al bagno" del Tintoretto, dipinta con gambe addirittura divaricate, senza ritegno, proprio come nella posizione che assume lei, in questo momento, sull'agevole letto d'albergo.

***

Succede spesso che quando dormo con Andreina mi risveglio all'alba, cogliendo la prima luce del giorno. Mi levo dal letto e vado al balcone, diradando la tenda di seta che mi apre ai riflessi giallognoli dei palazzi, del mare, delle barche, del cielo. Montecarlo, nell'ultima fase del crepuscolo mattutino, spiata attraverso i vetri di un settimo piano, mi appare dormiente e immobile. La vita, probabilmente, vi prenderà a scorrere appena più tardi, quando il meccanismo che ne regola il ciclo produttivo batterà i ritmi propri delle città che si apprestano a dare inizio al quotidiano flusso dinamico, sempre uguale, o eternamente diverso, a seconda dell'umore di chi osserva. Bello svegliarsi presto, penso. Ci si può accorgere della fortuna di essere al mondo. Poi, però, la mente mi riporta al motivo per cui mi ritrovo a guardare da quella posizione privilegiata e l'ottimismo iniziale, dovuto semplicemente alla visione naturale di ciò che si guarda dall'alto, svanisce in un attimo, per cedere il posto a una volontà che ubbidisce al da farsi, a un'agenda scritta dalle circostanze, allo sforzo di vivere.

Mi rimetto a letto, incrocio le mani dietro alla nuca e fisso il soffitto, sul cui spazio vedo prendere forma, poco alla volta, la figura di Raskòlnikov. Quando questa è completa, adagiata com'è, nella strana posizione che richiama quella di un geco attaccato alla parete con la testa girata verso il basso, comincia a parlarmi:

- *Sono entusiasta di te. Sei stato fenomenale. Non mi riferisco solo all'interpretazione di esperto d'arte. Mi congratulo con te per la sferzata che hai inflitto sul culetto della tua amata. Bravo! L'hai fatto senza esitare un attimo. Il gesto ha fatto bene a te quanto è piaciuto a lei, decretando il tuo cambiamento e ponendo le basi per il ruolo che ti spetta, in futuro, nella vostra relazione.*

Lei ha fatto di te un bastardo, l'uomo che desiderava al suo fianco, la persona con la quale dividere una vita che non pone limiti, sperimentabile a ogni nuovo sorgere del sole, al di sopra di qualsiasi regola che suggerisce un modello regolare di esistenza. Il problema è sempre quello, Jacopo. La gente è insoddisfatta perché non sa, o non ha ben capito come vuole stare al mondo. Tu, come vuoi starci?

Prendendoti quello che oggi l'evenienza ti offre, illecitamente, a larghe mani? Bene, fallo! Fallo pure. Ma non venirmi a dire, poi, che io non ti avevo avvertito del cattivo presagio che incombe sul tuo destino.

Ti sei votato a vittima di un fato ingannatore. Sei caduto, miserabilmente, nella trappola insidiosa che la mala sorte ti ha preparato con cura. Hai scelto di non essere, credendo di affermarti nell'unico modo possibile.

Non ti salverai, Jacopo, stupido ragazzo che non sei altro!

Constaterai quanto sia amaro riuscire ad avere più di quanto si riesca ad essere. Per accumulare illegalmente e sperperare grossolanamente, bisogna esserci portato. I piaceri della vita di cui potrai godere saranno legati unicamente al possesso.

Avere, avere, avere! Questo, solo, ti interesserà, scoprendoti ogni giorno che passa più cinico e spietato. Il tuo lato oscuro sta per avere la meglio sulla tua chiarezza. E questo decreterà la tua affermazione di uomo di malaffare e seppellirà la speranza dei tuoi giorni migliori.

Rappresenti la metamorfosi più incredibile che un uomo abbia mai vissuto. Ti auguro di non ricordarti di come eri, quando ti accorgerai di quello che diventerai.

***

Ci siamo! Stiamo salpando dal porto di Montecarlo per raggiungere la Sicilia. Le nostre cabine sono vicine e situate sulla stessa fila. La 225 è la mia, la 226 di Andreina, la 227 di Balan.

Un giorno di navigazione ci attende prima del nostro arrivo a Palermo, dove la fuga dalla nave e dall'ex sottufficiale d'armata albanese, costituisce l'ultimo atto di un'operazione fin qui andata bene. Come da piano prestabilito, io e Andreina dovremo fingerci due persone appena conosciutesi, facendo attenzione che un atteggiamento naturale e spontaneo non ci tradisca e insospettisca Balan.

Dopo che ognuno di noi ha trascorso il mattino come meglio credeva, chi in piscina, come Balan e Andreina, chi, come ho fatto io, semplicemente leggendo e riposando su una confortevole poltrona di un ponte panoramico, siamo, ora, tutti insieme per il pranzo, in uno dei lussuosi ristoranti della nave.

Andreina è piuttosto rilassata e si comporta con Balan in un modo molto più confidenziale rispetto a quello che riserva a me, ottemperando perfettamente alla sua parte. Da parte sua, l'albanese mi dà la giusta e propizia sensazione di chi crede di conoscere Andreina meglio di me, oltre che da maggior tempo.

Non di rado l'omaccione malfidato, che si è disposto di fronte, mi osserva pensoso, mettendomi una certa ansia, o, comunque, facendomi perdere di naturalezza. Andreina se ne accorge e cerca di distrarlo con argomentazioni frivole. Lui, inizialmente, ammicca, poi ritorna su quella che sembra essere una pista che ha deciso di battere per venire a capo della mia persona. Una pista che rischia di destabilizzarmi irreparabilmente, in quanto il bulldozer dalle sembianze umane incomincia a porre domande troppo personali sul mio vissuto.

- Stranamente, lei, signor Freschetti, non ha un accento proprio fiorentino. – osserva all'improvviso, guardandomi con ironica ferocia.

Andreina sbianca. Io, dopo aver atteso una frazione di secondo, reagisco:

- Vivo costantemente, da oltre vent'anni, tra le colline di Fiesole e Ginevra, dove ho interessi lavorativi e coltivo studi di ricerca. In tutti questi anni, ho alternato a un francese fluente un italiano non particolarmente articolato sulle inflessioni della parlata locale, anche perché i fiorentini e, in genere, i toscani che frequento, vuoi per lavoro, vuoi per sortilegio, sono davvero pochi. Veda, Balan, parlare accademicamente di arte senza una "C" o ammorbidendo oltremodo una "G" non è che sia proprio conveniente. Non crede anche lei?

Andreina si distende, mentre Balan mi sorride amaramente, annuendo. Poi, rincara, chiedendomi delle colline, essendo ormai chiaro che lui, chissà per quale motivo, non riesce a convincersi che io sia fiorentino e che, dunque, sia il professore Federico Freschetti:

- Ho sentito parlare molto bene di quelle colline. Come sono, signor Freschetti?

Naturalmente, non avrei mai fatto l'errore di portare l'albanese su un argomento di cui non ne sapessi abbastanza. Ma questo Andreina non poteva darlo per scontato. Infatti, diventa di nuovo tesa.

- Quando a Firenze scoppiò la peste, nel 1348, i protagonisti delle novelle del Decameron, di Boccaccio, si rifugiarono sulle colline di Fiesole. L'autore scelse quei luoghi non solo per rendere entusiasmante e pratica la fuga dalla città malata, ma anche perché ne amava particolarmente i panorami, che ancora oggi incantano.

Da quelle colline, infatti, si domina la città, con uno scenario molto suggestivo. Firenze, vista da Fiesole, appare come la "Bella Addormentata", abbracciata dolcemente dal verde dei suoi colli. Dopo aver percorso qualche tornante e tratti di strada in salita si arriva alla Piazza Mino da Fiesole, che costituisce il primo biglietto da visita per il turista che arriva nel centro del piccolo borgo, con i pregevoli palazzi relativi ai poteri religioso e temporale, in alto, e il palazzo Pretorio in basso.

Se mai lei si trovasse a Firenze e fosse amante delle passeggiate, le consiglierei di raggiungere Fiesole a piedi, partendo da Via Boccaccio, seguendo poi la panoramica Via Vecchia Fiesolana. Diversamente, è possibile prendere l'autobus n.7 che porta proprio nella piazza principale della cittadina.

Balan, questa volta, sembra darmi credito. Me lo dà a intendere il suo lieve sorriso che, in questa circostanza, non è amaro, né ironico, ma esprime quasi soddisfazione, come a dire: "meno male, questo qui è proprio l'esperto fiorentino e non un impostore di chissà quale organizzazione o sigla poliziesca." Nemmeno il tempo di rilassarmi, però, che, egli, già ha in canna una nuova domanda, che spara così:

- E, oltre alla piazza, cos'altro di rilevante c'è da visitare, a Fiesole?

- Oh, c'è dell'altro, certo, e tanta roba. – rispondo, prontamente, cercando di prendere tempo e pescare tra i miei ricordi relativi all'unica volta che sono stato in quel luogo, che sono tanti, ma confusi.

E aggiungo:

- Una volta giunti nel centro storico del borgo, gioiello delle colline fiorentine, ci sono almeno tre luoghi assolutamente da visitare: il Teatro Romano, il Convento con il Museo Missionario di San Francesco e il Duomo, diversamente detto Cattedrale di San Romolo. Giunti in Piazza Mino, poi, prendendo la prima stradina a sinistra, che costeggia l'abside del Duomo, si arriva all'area archeologica. Un luogo straordinario, fuori dal tempo, che documenta l'antica origine etrusca di Fiesole, ma anche l'insediamento romano, di cui è possibile ammirare i resti di un favoloso Teatro, delle terme e del tempio. Da visitare anche il Museo archeologico, che vanta una preziosa raccolta di antichi vasi greci, una tomba longobarda interamente ricostruita, bronzi di età etrusca e fregi in marmo del Teatro Romano.

Balan, mi guarda con un sorriso ancora più largo:

- Un posto da non mancare – afferma con convinzione.

- Dimenticavo: prima di arrivare alla Cattedrale di San Romolo, vi è, sulla sinistra, un'erta salita che conduce a uno dei luoghi più esclusivi della collina fiesolana. Da questo punto, seduti su un antico muricciolo, si gode di una visuale fantastica, a spaziare a meraviglia sulla città di Firenze.

L'ex militare continua a guardarmi col sorriso. Nella sua espressione, corrugata e forzatamente riflessiva, scorgo rilassamento, aria di tregua, distrazione da tutto ciò che può essere un atteggiamento guardingo e sospettoso. Andreina, ancora una volta, passa da una sofferta condizione di tensione a uno stato decisamente rilassato e composto, lasciandosi sfuggire qualche occhiata troppo intima per una che dovrebbe conoscermi da appena un giorno.

Comincio a chiedermi perché mai il gigante albanese abbia sospettato di me e se aver risposto con dovizia di particolari alle sue domande indagatrici sia bastato per distoglierlo definitivamente da qualsiasi tentativo di adottare, in futuro, comportamenti di diffidenza. Cosa avrò detto, o fatto, per insospettirlo così tanto? – mi chiedo.

Può darsi che lui abbia colto un particolare che, per me, resta trascurabile. In fondo, lui è un professionista del settore, io, solo un principiante e, per giunta, non sempre attento e lucido, anche se mi sforzo di assurgere al ruolo nella maniera più naturale possibile.

- Ha notato, signora Andreina, come il nostro professore abbia avuto, ieri sera, un'emozione forte, di fronte a quelle opere? – chiede ancora, con esemplare gentilezza, il colosso.

- Sì, è parso anche a me che il professore si sia lasciato un po' andare all'effetto impulsivo che simili tele possono provocare nell'animo di un profondo conoscitore, quale egli è. Ecco, signor Freschetti, sarei proprio curiosa di sapere: qual è l'opera che l'ha impressionata di più?

Comprendo, all'istante, che Andreina, molto sottilmente, mi stia dando un'opportunità per scoraggiare i sospetti di Balan su di me, o, peggio ancora, su di noi.

Il tono distaccato e al contempo discretamente interessato, con cui lei mi ha posto la domanda, la pone a una rispettabile distanza da me, e nemmeno uno esasperatamente malfidato, come Balan, potrebbe mai pensare che quella è solo una domanda convenzionale che una donna ha fatto al suo amante, per agevolargli il ruolo.

Andreina sa anche che, avendo studiato sulle dispense che lei stessa mi ha procurato, dovrei, in teoria, essere in grado di risponderle con disinvoltura. E così, do inizio ad una performance non prevista, in cui riesco finanche a divertirmi, poiché anche molto sentita e, quindi, ancora più utile alla causa:

- Sebbene l'alto valore estetico e umanistico delle altre due opere, quella di Artemisia Gentileschi, mi ha emozionato particolarmente. Artemisia è nota al mondo intero per la sua abilità unica nel ritrarre la figura femminile, contemplata nel suo dissidio interiore, nella bellezza del suo portamento, nella tensione dei suoi pensieri. È considerata una delle pittrici più progressiste della sua generazione, proprio per la rivendicazione e la difesa del genere. L'artista, di scuola caravaggesca, conduce una singolare ricerca di autodeterminazione in una società dominata prevalentemente da uomini. Nelle sue opere trasferisce l'esperienza sofferta e combattuta della propria esistenza, riuscendo a elevarla a una condizione di suprema dignità e sofferenza femminile. Assolutamente appassionante e intrigante è il capovolgimento del ruolo della donna in relazione all'uomo rispetto a quegli anni. Le donne, infatti, ritratte nella dimensione alta che unisce lo spirito alla carne, sono le protagoniste indiscusse dei dipinti della Gentileschi.

Ecco perché quell'opera, rappresentante una particolare versione della "Conversione della Maddalena", mi ha colpito così tanto.

La donna raffigurata ha un'avvenenza discreta e, al contempo, coinvolgente, avvolta morbidamente in un abito di seta, da cui sbuca un piede nudo, simbolo della rinuncia dei beni materiali.

Questi ultimi sono chiusi, con una mano, dentro un cofanetto coperto dallo specchio, mentre l'altra mano è posta sul seno, esprimendo una forte pulsione emotiva che irradia la Maddalena, quando decide di affidarsi alla legge del cuore e dello spirito.

Il volto della santa cattura sin da subito l'attenzione di chi osserva. Mentre, la cura dei dettagli, riscontrabile negli occhi appassionati della donna, ricoperti da lacrime impulsive, conferiscono magnetismo e segreta intimità all'intero dipinto.

Dovessi vivere altri cent'anni, non potrei mai dimenticare gli occhi di Andreina, che rilucevano come quelli della Maddalena che avevo appena descritto, e il sorriso inebetito di Balan, che a quel punto, credo, era ormai sicuro che io fossi l'esperto toscano in carne e ossa.

***

Siamo ognuno nella propria cabina. Dopo un pranzo succulento, durante il quale Balan ha avuto un atteggiamento abbastanza disteso, accennando finanche a qualche cordialità. Ci siamo ritirati per un riposino, giustificabile anche da qualche bottiglia di Fiano.

Sarei tentato di andare da Andreina, nella cabina di fianco, la 226, ma in quella subito dopo, la 227, vi è, appunto, Balan, che potrebbe accorgersi della mia imprudente visita e dar luogo a nuovi sospetti. Sono cabine interne al Ponte 7, a pochi passi dalla porta che dà all'esterno, verso la poppa. Basta aprire quella porta e uscire fuori per trovarsi al cospetto di un panorama spettacolare, potendo osservare la scia della nave da un'angolazione favorevole. Resto per un attimo indeciso, se uscire per godere di quella vista, o telefonare ad Andreina. Manco a dirlo, mi ritrovo, quasi meccanicamente con il cellulare tra le mani. È di buon umore:

- Sono la segreteria telefonica di Andreina De Dominicis, se mai avesse intenzione di fare l'amore con lei la informo che, in questo momento, la signora, benché propensa ad assecondare voglie condivise, non ritiene opportuno dare sfogo a siffatti istinti, in una fase tanto delicata dell'operazione in corso. – risponde con voce nasale al mio squillo.
- Hai indovinato, ho voglia di te. Vengo nella tua cabina.
- Scordatelo, distraiti, pensa ad altro! Di fianco c'è il guardiano albanese. Non credo sia il caso che senta risate, versi, gridolini e chissà che altro.
- Saremo muti. – replico.
- Smettila!
- Allora, vieni tu da me. – insisto.
- Jacopo, sii serio, piantala!
- Ma, anche tu hai una voglia incontenibile come me! Si sente dal tono della voce.
- Perché com'è?
- È musicale e leggermente rauca. Ed esprime nel ritmo il tuo respiro e il battito del tuo cuore.
- Parlo sottovoce per non farmi ascoltare dal vicino. Da te non ci vengo. Punto!
- E, invece, sì!
- Ti dico di no!
- Non parlare così che la voglia aumenta.
- Così, come?
- Con quel tono.

- Ma, non posso gridare, sciagurato, altrimenti Balan aguzzerà l'orecchio!

- Andreina, mi dispiace non posso resistere. Vieni da me, altrimenti vengo io da te. E, se non mi apri, busso alla tua porta. Ti aspetto, Balan non se ne accorgerà e non ci sentirà.

- Tu, sei fuori di senno. – mi dice, attaccando.

Intanto, mi scopro esageratamente accalorato, in uno stato di tensione psico-fisica che supera l'eccitazione abituale da me conosciuta e sperimentata. Il mio desiderio sessuale va oltre ogni ragionevole decenza. Mi alzo dal letto per lasciare la porta leggermente socchiusa. Non so perché, ma nutro la speranza che Andreina accolga la mia richiesta.

Mi conosce, sa che la mia smania di lei è troppo fervente per acquietarmene e verrà da me, perché sa che voglio solo lei in questo momento. Sì, lo sa, perché è speciale. È una donna che sa leggermi l'anima, fino in fondo, scoprendomi finanche oltre la conoscenza che io stesso ho di me. Verrà, perché anche lei mi desidera con l'ardore improvviso e violento che scuote l'animo e il corpo degli amanti più arditi. Anche lei vorrà unirsi a chi la reclama con tanta foga, in un momento di misericordiosa e magica follia.

E quando sento la porta della cabina aprirsi e il profumo che vi entra, realizzo che nessuno al mondo potrebbe, in quel preciso istante, essere più felice di me.

Andreina chiude con delicatezza la porta, attenta a non fare il minimo rumore. Avvolta in una leggerissima vestaglia di seta bianca, mi raggiunge in punta di piedi sul letto. Mi indica con l'indice premuto sulle labbra di non parlare, guardandomi bramosa negli occhi, mentre io ricambio con la convinzione che nessun'altra donna potrebbe apparirmi tanto sensuale e assetata.

Apre la vestaglia, slacciando la cintura. Mi abbassa le mutande, l'unico indumento che indossavo, e mi sale sopra.

È aggressiva e prevaricatrice come non mai nei suoi movimenti, e sospira rumorosamente. Si dimostra oltremodo ringhiosa e furente nella sua ricerca del piacere e quando lo ottiene e ne è dominata mi vedo costretto a metterle la mano in bocca, che lei è pronta a mordere, evitando di emettere versi e suoni che arrivino all'ascolto degli abitanti della nave e, in primo luogo, di Balan.

Morde con forza, trattenendo appena guaiti animaleschi, e lasciando il segno dei suoi denti sulla parte superiore del palmo.

Forse, non l'avevo mai vista in preda all'amplesso in maniera così totale e arrendevole, malgrado una tensione di fondo, data dalla preoccupazione di non dare manifestazioni sonore e spropositate nel momento del vertice.

Guardandole il viso segnato dalla passione, capovolgo le posizioni, lasciando che mi offra la schiena. Libero il mio impeto e, irruento, afferrandole i polsi per tenerla ferma, la amo spinto da un desiderio arrivato alle stelle. Lei morde il cuscino e io le sue spalle. Si gira e nella sua smorfia di piacere e di dolore non si lamenta. Sa, che non c'era altro modo per restare in silenzio e non emettere mugugni inopportunamente rumorosi.

XVII

Sono sul ponte a guardare il tramonto. Forse, questo, è il piacere più esclusivo che la crociera può offrire. Poter beneficiare di un punto di osservazione privilegiato per sentirsi così vicino a ciò che si offre in meraviglia ai nostri occhi, resta una di quelle gioie da vivere con pienezza d'animo.

La pennellata di colori infuocati che dal cielo si stagliano verso l'orizzonte marino e il sole che, progressivamente, lascia spazio al buio della notte, mi prendono del tutto, facendomi persino dimenticare il motivo per cui mi trovo su quella nave. Il fondamento della stessa esistenza consiste nello spettacolo della natura, nella sua realtà fenomenica a cui si guarda come a un prodigio, forse l'unico che ci è dato contemplare.

Seppure in circostanze particolari, dove lo spirito non è nelle condizioni ideali per essere predisposto alle sollecitazioni dell'incantevole visibile, mi lascio inghiottire da ciò che vado osservando, fino a perdermi completamente nel tempo non battuto dalle lancette dell'orologio, segnando, esso, gli attimi della distensione della mente, dove il pensiero trova il giusto riposo, adagiandosi tra la morbidezza delle cromature, nella luce tenue del sole declinante.

Così, io mi scordo di tutto il resto, preso come sono a guardare tra il mare e il cielo, tra terra e infinito, tra me e l'ampia proiezione che sospende i secondi e i minuti al di là del mio sguardo, oltre il respiro.

Quando sono di nuovo presente a me stesso, considerandomi in tutta la mia persona e nelle relazioni che determinano il momento reale in cui sono immerso, prendo a respirare con affanno e scorgo che a distanza si intravedono le Eolie.

Tra non molto saremo a Palermo e lì, forse, inizia la parte più difficile della nostra operazione.

Io e Andreina dovremo fare molta attenzione se non vogliamo correre dei seri rischi. Una volta che la nave attraccherà nel porto, avremo da pensare a come tagliare la corda senza che Balan se ne accorga subito, neutralizzando ogni possibile vantaggio che una fuga improvvisa può avere.

Intanto, vado in cerca di lei, per aggiornarmi sulle disposizioni e gli accorgimenti da prendere per abbandonare la nave al momento più opportuno e nel migliore dei modi. Non la trovo. Nei pressi del ponte non c'è. Le telefono. È di sotto. Mi informa che, in compagnia di Balan, sta partecipando a un happy hour. Dai rumori di sottofondo sembra immersa nei ritmi festanti dei crocieristi.

Mi dirigo nel luogo che mi ha indicato al telefono. Nei pressi di una piscina, tra altra gente, scorgo lei, insieme a due signore bionde e Balan, che ballano e ridono, formando un cerchio e reggendo tutti un bicchiere.

Prendo un aperitivo anch'io da un tavolo bandito di ogni ben di Dio e mi siedo su una comoda poltroncina, che diventa il mio punto di osservazione. Guardo la gente ballare, bere, rilassarsi, e, in qualche modo, mi diverto anch'io. Siamo corpi, penso, e corporeità. Possiamo darci un ritmo, seguendo la musica, e condividerlo con chiunque prenda parte al momento di festa.

Anch'io seguo il ritmo, sebbene accomodato, muovendo la testa e la mano libera, mentre con l'altra reggo il bicchiere di Martini, che già penso di riempire di nuovo.

Guardo Andreina, come se non la conoscessi e volessi essere da lei notato. Si muove, ricambiando le mie occhiate intime, a cui cerca di conferire discrezione, come se lei volesse stabilire un contatto con uno che non conosce e non ha mai visto prima.

Naturalmente, questo è il film che vado immaginando nella mia testa. Fatto sta che Andreina mi sorprende ogni volta e, in questo frangente, pare proprio che si comporti come una che si sente osservata da uno sconosciuto, a cui lei, in qualche modo, è interessata.

Si adagia sulle note soul di quel pezzo come la più leggera degli esseri viventi, mantenendo un'espressione di pudore e di candore che l'allontana mille miglia dalla donna aggressiva e indemoniata, che prima è entrata nella mia cabina.

"Nessuna, come lei" vado ripetendo nella mente. E sorrido. Mi scorge e sorride anche lei, facendomi cenno di raggiungerla. Mi unisco al gruppo, allargando il cerchio, scambiando sorrisi con le due signore bionde e ricevendo da Balan una pacca, di sproporzionata consistenza, sulle spalle, che meno male era amichevole!

Sono entrato in un ritmo condiviso e partecipo alla festa. Danzando, lasciandomi andare a movimenti lenti e spontanei, mi percepisco nell'armonia strumentale di un inno alla spensieratezza, che, sarà pure temporanea, ma mi toglie dall'ansia, dalla tensione, dall'attesa.

Solo quando, dopo un po', vado a rifornirmi di un altro Martini, ritorno alla realtà conflittuale. Andreina, infatti, mi viene vicino e mi intima sottovoce di mantenermi lucido. Certo, ha ragione. Non posso ubriacarmi proprio ora. Ho da stare lucido, fresco, attento. Appena arrivati a Palermo, tra non molto abbiamo da tagliare la corda, lasciando Balan da solo, con i falsi d'autore.

Pertanto, quello è il mio ultimo drink, che sorseggio muovendomi sulle note di "It's a man's world", di James Brown. Mi estraneo del tutto, totalmente immerso in quella musica propiziatoria e terapeutica che soltanto i neri d'America sanno produrre. Mi spingo in avanti, elastico e morbido, e poi all'indietro, nell'accordanza di un'euforia che avverto a ogni respiro.

Danzo sopra le righe, lievemente, come mi dice di fare quel suono che giunge alle mie orecchie passando prima per la mia interiorità. Danzo leggero, seguendo e intensificando la musicalità della mia anima. Danzo appena, scivolando nell'esperienza ritmica e mimetica che mi sottrae alla dimensione ragionevole.

Prendo parte a un rito apotropaico, sospendendomi temporaneamente dal susseguirsi delle vicende che mi riguardano così da vicino, da cui, tuttavia, non posso esimermi dal viverle, poiché, esse, ormai, fanno parte di un destino che ho scelto, mi appartiene e mi consuma.

Resto, a occhi chiusi, a ondeggiare con la testa nello spazio che avverto infinitamente grande, al di là della nave che avanza tra le onde del Mediterraneo, verso l'isola che potrebbe essere il luogo fatale della mia sorte. Seguo il ritmo. Vado dietro alla musica. Prendo il tempo.

Andreina vede. Andreina sa che sono assorto. Andreina non si lascia sfuggire niente di quello che appartiene ai miei moti. Mi guarda, attenta e rapita. Sorride. Mi lancia furtivamente un bacio.

Sono questi i momenti che ai miei occhi la fanno grande, unica, irripetibile.

L'attenzione che lei mi riserva non è mai scontata e banale. È straordinariamente presente in ogni parola che mi rivolge, nei gesti premurosi nei miei confronti, nello sguardo carezzevole.

Lei sa prendermi come nessuna al mondo. Eppure, di questa donna io dubito. Per meglio dire, non posso fidarmi di lei fino in fondo. Insomma, non sono affatto certo che lei non anteponga i suoi affari a tutto il resto. Credo che ogni cosa possa riguardarla, sentimenti e uomini compresi, per lei venga dopo. Niente e nessuno può avere la precedenza sulla sua attività criminosa. Perché io dovrei fare eccezione?

***

Mancano pochi minuti alle 21.30. Siamo entrati nel porto di Palermo. Abbiamo consumato da poco una leggera cena, durante la quale Balan è stato più silenzioso del solito. Mentre Andreina, mi è apparsa leggermente tesa. Per quanto riguarda me, credo che l'ansia mi stia condizionando visibilmente. Tornato in cabina a preparare il bagaglio, telefono a Salvatore, con il quale fino a ora, mi sono tenuto in contatto mediante messaggi di aggiornamento. Lui attende il nostro arrivo nei pressi del porto, in compagnia di don Nino e un altro uomo, che funge da autista. Mi informa che ignora cosa il boss abbia in mente per me. Da questi non ha ricevuto ordini, per ora, di farmi fuori. Sa solo che una volta scesi dalla nave, devono prelevarci e proteggerci dal possibile inseguimento di Balan: quel momento si sta avvicinando terribilmente.

La nave ha iniziato intanto le manovre di attracco. Ripartirà domani a mezzogiorno. Tra poco, io e Andreina saremo tra quei visitatori che decideranno di dare un'occhiata alla città. Una volta terminate tutte le operazioni di bordo, i passeggeri possono finalmente lasciare la nave e inoltrarsi tra le vie di Palermo.

Mi ritrovo con Andreina al ponte più basso della nave. Dopo la cena sia io che lei ci siamo ritirati in cabina, mentre Balan aveva preferito passare un po' di tempo alle slot machine, senza che nessuno di noi avesse espresso il desiderio di fare una capatina fuori dalla nave.

Se l'albanese ci sorprendesse insieme, dunque, in procinto di abbandonare il transatlantico, più che trovarsi di fronte a un sospetto avrebbe la certezza della nostra complicità. Qualcosa mi dice che Balan ci stia tenendo sott'occhio. Probabilmente starà osservando i nostri movimenti e ci seguirà.

Informo Andreina della mia sensazione, mi dice di stare tranquillo. Ma, quando stiamo per mettere piede a terra, mi confessa che anche lei ha la mia stessa percezione. Non c'è da preoccuparsi, dice, perché suo marito e i suoi uomini sono già pronti per portarci al sicuro, fuori dalla minaccia di Balan.

Camminiamo in fretta, sopravanzando gli altri passeggeri della nave che hanno optato per una serata all'esterno, senza guardare indietro, in attesa che don Nino, Salvatore e l'altro ci scorgano. Finalmente li vediamo venirci incontro.

- Muoviamoci, non c'è tempo da perdere. Non possiamo essere certi che l'albanese non si sia accorto della vostra fuga e non abbia già pensato a come acciuffarci. Potremmo ritrovarci addosso gli uomini della mafia, allertati dall'organizzazione – dice don Nino con una certa preoccupazione.

Affrettiamo ancora di più il passo, fino a raggiungere la lussuosa auto nel parcheggio a ridosso del porto. L'autista, un uomo di mezza età, in giacca e cravatta, come del resto il boss e Salvatore, si allontana veloce e prende un'arteria della città che porta a strade secondarie, attraverso le quali raggiunge una stradina di campagna, che percorre in salita per qualche km, fino ad arrivare a un casolare in pietra, recintato da uno steccato in legno, alle cui spalle si eleva la montagna. Mentre dal lato dell'uscio si può vedere la pianura sottostante. La stradina finisce lì, davanti a quella peculiare costruzione in pietra.

Durante il tragitto, avverto tutta la drammaticità del caso. Il paesaggio agricolo senza tempo, nel quale è possibile cogliere lo spirare del vento, e i resti di un castello normanno, illuminati da una luna quasi piena, mi rimandano a un classico "déjà vu".

Nitida è l'impressione, infatti, di aver vissuto in precedenza la situazione che si sta verificando. Quel luogo, sia pure non molto distante da Palermo, pare lontano dai soliti itinerari turistici. Eppure, credo riassuma lo spirito più vero della natura e della storia dell'isola.

Ecco, come scenario fatale del mio destino, si presta che è una meraviglia, penso, una volta sceso dall'auto, respirando a pieni polmoni quell'aria fresca e pulita.

Entriamo nel casolare e ci sediamo intorno al tavolo di una piccola cucina. Oltre a questa vi sono due stanze. In una di queste diamo inizio a una specie di riunione per fare il punto della situazione e progettare il da farsi.

- Dobbiamo restare qui almeno un giorno. L'albanese, a questo punto, avrà capito tutto. Sa che è stato giocato da voi e avrà avvertito i suoi capi, i quali, sicuramente avranno allertato qualche mafioso per avere man forte nella ricerca delle vostre persone. – dice il boss, rivolgendosi a me e sua moglie.

Poi, aggiunge:

- Spero solo che l'amico che mi ha procurato questo rifugio, non mi tradisca e non ci venda.

- Potrebbe farlo? – chiede Andreina.

- Sì, se l'organizzazione di cui fai parte ha mosso un pezzo da novanta della mafia e questi ordina di scovarci. Nessuno, per qualsiasi motivo, cerca di ostacolare un mammasantissima di una simile specie. Dobbiamo augurarci che l'organizzazione internazionale del traffico di opere d'arte e i vertici più alti della mafia siciliana non siano in stretti contatti. Altrimenti, per noi sarà dura. Molto dura. Ma, tranquilli, bisogna essere sempre positivi e pensare che tutto si risolva per il meglio. Facciamo passare almeno un giorno, affinché la situazione si allenti.

Subito dopo, don Nino mi dota di un'arma. Un revolver di piccola taglia:

- Tieni, questa è molto maneggevole e potrebbe servirti. Tutti noi ne abbiamo una. Dobbiamo tutti stare all'erta e dormire a turno. Non possiamo permetterci di stare senza guardia.

Dopo aver bevuto un bicchiere dalla bottiglia di Salaparuta che don Nino ha preso dalla vecchia credenza della cucina, io, Salvatore e l'autista, che si chiama Crescenzio, prendiamo atto di sistemarci nei tre letti disposti nella stanza a destra della cucina. Gli altri due, nella stanza a sinistra, sono per Andreina e il marito. Si stabilisce che il primo turno di guardia lo facciamo io e Salvatore, il secondo, fino all'alba, Crescenzio e don Nino, dispensando dal compito Andreina.

Strano a dirsi, dopo nemmeno cinque minuti che l'autista si è disteso sul letto, comincia a russare. Io e Salvatore prendiamo a parlare, decidendo di continuare a farlo appena fuori il casolare, uscendo all'aria aperta, sedendoci su due scranni di legno, ai lati di un tavolaccio.

- Allora, quale idea hai della situazione? – chiedo al mio amico.

- Nessuna, in particolare. Niente lascia supporre che don Nino voglia eliminarti. E tu, cosa hai capito dal comportamento della signora Andreina?

- Che mi piace sempre di più e, se pure volesse uccidermi, è la sola che potrebbe farlo riuscendo, comunque, a piacermi.

- Tu sei pazzo. Non sei normale. Spero che tu abbia qualcuno in paradiso che disponga le cose in maniera per te favorevole. Ad ogni modo, don Nino non ha mostrato i sintomi che solitamente rende visibili quando ha da far ammazzare qualcuno. Troppo spensierato per disporre di un omicidio. Normalmente è taciturno e concentrato quando vuole che io elimini qualcuno per lui. C'è stato un momento, nei giorni scorsi, in cui ho creduto che propendesse per la tua eliminazione.

Poi, come se fosse cambiato qualcosa, ha recuperato umore e freschezza, che perde quasi del tutto quando condanna a morte una persona che considera un nemico, o d'intralcio ai suoi interessi. Probabilmente, il parere di sua moglie sarà stato determinante.

Non vorrei che tu ti facessi delle illusioni, ma sono portato a ritenere che quella donna abbia insistito perché tu avessi salva la vita e il boss l'ha accontentata. Solo per lei, potrebbe venire meno alle regole del suo codice di camorrista.

- Pensi davvero questo? – gli chiedo con celata gioia.

- Sì. Conosco alla perfezione don Nino. Non credo voglia
ucciderti. Non avrebbe mai messo tra le tue mani un'arma
se avesse voluto farlo. Sei una persona fortunata, ragazzo.
Hai l'amore di una grande donna come sua moglie, che,
a sua volta, ha un marito che nutre per lei una sorta di
devozione. E questo, probabilmente, ti ha salvato la vita.
Ma, per i rischi che presenta tutta l'operazione in cui siamo coinvolti, fossi in te non starei tanto tranquillo.
- Cosa vuoi dire?
- Ho sentito preoccupazione nella voce del boss e ho visto
paura nei suoi occhi, quando prima diceva che dobbiamo
stare attenti. Chi ci dà la caccia, Jacopo, è gente abituata
a risolvere le proprie questioni, in un modo, o nell'altro.
L'albanese non sarà solo.
Sarà affiancato da mafiosi locali, sollecitati e ingaggiati
dall'organizzazione internazionale non appena è venuta
a sapere della truffa perpetrata ai suoi danni.
Una brutta faccenda. Io, non dormirò. È una situazione
cento volte più pericolosa di quella che avrebbe potuto
crearsi se il boss e sua moglie avessero deciso di ucciderti.
- E tu, hai paura?
- Di fronte a un pericolo autentico tutti hanno paura: uomini e animali. Solo un essere senza cervello potrebbe non
averne. La verità è che tanto la signora Andreina quanto
don Nino hanno sottovalutato l'influenza e la pericolosità dell'organizzazione a cui sono stati sottratti i quadri.
Il piano può funzionare e ci salviamo solo se questi non
hanno collegamenti con la mafia. Ma mi riesce difficile
credere che un'organizzazione di quella portata non si
serva della criminalità e non abbia rapporti con le mafie
di tutto il mondo.
Quelle opere, per quanto ho appreso da don Nino, valgono tanto, una vera fortuna.
Forse troppo, per lasciarle nelle mani di una bella signora
colta e distinta, un boss, che per quanto in ascesa è da
considerarsi pur sempre un malavitoso di livello regio-

nale, e un ex ragazzo di buone speranze della tua specie. In tutta questa storia, mi lascia perplesso la superficialità di don Nino. Un uomo del suo calibro, che ambisce ai vertici del malaffare nazionale e che ha stretto relazioni importanti con la massoneria del paese, non può andare dietro ai capricci della moglie.

Questa operazione non si doveva fare, perché il rischio che presentava era evidente e grosso. Un colpo del genere ha sicuramente del sensazionale, ma può riuscire solo nella fantasia di un film. E noi, in questo momento, non stiamo agendo per finta, ma stiamo vivendo, per nostra sfortuna, la realtà.

- Senza dubbio Andreina ha perseguito a lungo il sogno di realizzare un'operazione tanto suggestiva, straordinaria e redditizia, ma altrettanto pericolosa. Ha creduto di poterla mettere in pratica grazie soprattutto all'aiuto del marito, il quale, questa volta, non è stato scaltro per eccesso di generosità nei confronti della consorte. Può darsi tu abbia ragione. Ma credo non si possano fare grossi affari senza rischiare niente. – aggiungo.

- In ambienti del genere, bisogna accontentarsi di fare solo buoni affari, quando non si è sufficientemente attrezzati per fare quelli grossi. Diversamente, si rischia di fare una brutta fine.

- Non sei molto ottimista, Salvatore. Pensi, quindi, che siamo spacciati?

- Sono semplicemente realista, ragazzo. Credo che avremo qui l'albanese e un bel gruppetto di picciotti con kalashnikov, pronti a farci la festa. Credi che quattro revolver possano opporsi a chi è abituato a fare delle stragi con quegli arnesi?

Segue un silenzio sintomatico. Una sorta di serena rassegnazione. Quella di Salvatore non è paura, ma consapevolezza. Anche la mia non è paura, ma qualcosa di molto peggio: follia pura, quasi eccitazione, mista a tensione che sale, senza per questo cadere in uno stato di agitazione.

Prima, in auto, passando davanti al rudere normanno e osservando il paesaggio intorno, ho riconosciuto il luogo del mio ineluttabile destino. L'ultima fatalità, quella estrema e risolutiva, avverrà, dunque, qui?

- A cosa pensi? Hai paura, ora? – mi chiede con aria fraterna, Salvatore.

- No. Non ho paura. E non perché sia coraggioso, ma perché, come dici tu, sono, forse, un po' pazzo.

- Lo so. So che non hai paura e si nota. Sai una cosa? Credo che se ti salverai, diventerai un grande uomo d'affari, non necessariamente un boss.

- Perché mi dici questo?

- Perché hai stoffa per fare soldi se mai tu decidessi di farne, e i soldi, spesso, si fanno illegalmente. Infatti, potrai ritrovarti ricco se il progetto criminale a cui stai partecipando andrà a buon fine.

- I soldi possono portare a una libertà assoluta, non credi? – gli chiedo pensando alla mia condizione precaria.

- Sì. Se uno decide di vivere nel mondo delle relazioni, il denaro è la condizione fondamentale per accedere alla libertà. Altrimenti, si resta succubi del potere esercitato dagli altri. Si può essere liberi anche alla tua maniera. Prima di questa avventura tu lo eri, senza avere tanta grana. Ti bastava vivere del tuo talento, piccolo o grande che fosse, e stavi lontano dalla corruzione, esercitando l'unico potere che competeva a una persona come te: quello della parola e del pensiero.

Impugnare una penna per difendersi, o, attaccare, è più difficile che farlo con un'arma. E tu, ti dedicavi con destrezza alla tua arte. Ti auguro di cavartela con altrettanta dimestichezza col revolver che ti ha affidato don Nino.

- Tu sei un uomo dotato di grande giudizio, Salvatore. Se sei diventato l'uomo di fiducia del boss è perché hai in te le doti necessarie della persona su cui poter contare, non solo per i tuoi servigi di killer professionista.

Sei, a tutti gli effetti, il braccio destro di don Nino. Ma hai dimostrato di non essere stupidamente legato al dogma dell'ubbidienza scontata e automatica.

Sai essere elastico, riflessivo e assegnato. Hai prerogative da dirigente. Se per te questa avventura finirà bene diventerai il principale punto di riferimento dell'organizzazione malavitosa che farà capo a don Nino.

- E tu?

- Io, cosa? – facendo finta di non aver capito la domanda.

- Tu, non avrai nessun ruolo in questa organizzazione?

- Ti faccio una confessione. Da folle, naturalmente. Ho riconosciuto, in questo posto, il luogo fatale che segnerà la mia sorte.

- Cosa significa? Cerca di essere più esplicito.

- Io credo che qui morirò, Salvatore, vendendo cara la mia pelle.

- E dimmi, la tua profezia prevede che ti faremo compagnia, o si salverà qualcuno di noi?

Sorrido prima di rispondere. L'ironia di Salvatore, espressa in quel modo, mi è familiare:

- Vedi, amico mio, quello che ho detto può suscitare, certo, la tua ilarità, ma conserva una sua terribile verità. Questo è un luogo che, senza esservi stato e in un tempo precedente a questo, ho già visto e a cui ho pensato, in qualche modo. Appena questa sensazione mi ha attraversato, ho capito che qui sarebbe successo qualcosa di grave e imponderabile, come a esempio la mia fine.

- Perché necessariamente la tua?

- Non saprei. Così, sento.

- Jacopo, di una cosa sono sicuro: che verranno. Prima che faccia giorno, verranno. Di questo sono certo. Non so quanti saranno e quali armi avranno. Se non costituiranno una forza spropositata e non saranno armati come se dovessero affrontare un esercito, daremo battaglia per salvarci la pelle.

In tal caso abbiamo le nostre probabilità. Sono anche sicuro che dimostrerai, nell'occasione, un istinto di sopravvivenza che nemmeno ritieni possa appartenerti. Vedrai, avrai l'occhio di un combattente di montagna, pronto a usare ogni risorsa per non soccombere al nemico.

- C'è rimasto un po' di vino in quella bottiglia, vado a prenderla. Un bicchiere anche per te? – gli chiedo.

- Sì, grazie. Beviamoci su.

Dopo un attimo riempio di vino i due bicchieri, fino a svuotare la bottiglia.

- A cosa brindiamo? – mi chiede quello che considero, ormai, uno dei miei migliori amici.

Alzo il bicchiere e guardandolo esclamo:

- Al casino in cui ci siamo messi e a quelli in cui ci metteremo!

Sorseggiamo. Subito dopo, sorridiamo. Trascorriamo molto tempo là fuori. Parliamo, fumiamo, osserviamo silenzi, ci guardiamo intorno, facciamo giri di ricognizione intorno alla casa per vedere se scorgiamo qualcosa che non va. Sono le tre di notte, quando don Nino e Crescenzio vengono fuori per chiedere se tutto è a posto. Vorrebbero darci il cambio, ma sia io che Salvatore decidiamo di restare svegli.

- Tornate pure a dormire don Nino, non credo che riuscirei a prendere sonno. – dice Salvatore.

- Lo stesso vale anche per me – aggiungo.

Don Nino guarda entrambi, con un sorriso amaro:

- Siete molto preoccupati, vero? Purtroppo, a giusta ragione. Sono uscito non solo per darvi il cambio, ma anche per informarvi della telefonata dell'amico che ha messo a nostra disposizione questo casolare. Non ho da darvi notizie confortanti.

Fa una leggera pausa, tira un sospiro, come per liberarsi della tensione. Poi, rivolto a Salvatore:

- Quando abbiamo prelevato Andreina e Jacopo, l'albanese ci ha visto. Probabilmente teneva d'occhio i due. L'amico dice che l'organizzazione internazionale ha allertato una famiglia mafiosa palermitana, che ha finanche il numero di targa della nostra auto, evidentemente comunicato dall'albanese alla sua organizzazione, e da questa ai mafiosi. Sono giù, per la via di accesso al casolare. Fuggire per le montagne sarebbe un suicidio, poiché nessuno di noi conosce questi luoghi e quindi, ci scoverebbero facilmente.

Sono tre di loro, più l'albanese, armati di fucili di assalto, capaci di sputare ottocento pallottole al minuto. Con la potenza di tiro che hanno a disposizione potrebbero farci fuori in un attimo. Nemmeno se fossimo dieci volte di più, potremmo avere la meglio.

Verranno a farci visita prima dell'alba. Il che significa che potrebbero essere qui da un momento all'altro.

Le parole del boss filtrano l'aria e la cospargono di un tragico senso di attesa, rendendola faticosamente respirabile. Il tempo che scorre da questo momento in poi potrebbe essere per ognuno di noi quello che ci separa dalla morte. Ciononostante, ho una reazione che contraddice decisamente l'atteggiamento catastrofico assunto in un primo istante. Non cedo alla tentazione dell'imponderabilità della sorte e non ricalco quello che in precedenza andavo pensando circa il riconoscimento del luogo fatale, che mi appare ancora e sempre più tale, ma non necessariamente come l'ultimo lembo di terra che calpesto.

Nonostante, al momento, non sappia come uscire vivo da una simile circostanza, non cado in uno stato di scoramento al pensiero di una morte che mi attende inesorabile.

Di fronte alla certezza del pericolo incombente, il mio istinto di sopravvivenza, come aveva predetto Salvatore, ha un'impennata vigorosa e si è messo già in moto per provvedere al da farsi.

Non so cosa contenga ed esprima il silenzio profondo degli altri. Nel mio scorgo una reazione brusca e improvvisa. Una vera e propria ribellione del pensiero verso lo stato che ne decreterebbe la fine. Ho troppo da fare e da pensare. Pertanto, non posso morire. Ecco, da qui parto per ingegnarmi a trovare una via d'uscita per salvare me, Andreina e gli altri.

Crescenzio, con voce leggermente soffocata, interrompe il silenzio:

- Cosa facciamo don Nino?

- Per ora non lo so. Dobbiamo studiare un piano, inventarci qualcosa. Con cinque revolver, di cui due nelle mani di chi non ha mai sparato un colpo, non possiamo competere con chi ci assalterà con armi letali, che non ci daranno nemmeno il tempo di pregare.

Alle spalle del boss, di fronte a me, compare Andreina, che avanza lentamente verso il tavolaccio. Si siede al fianco del marito, che dopo un attimo di silenzio le dice:

- Andreina, mia cara...

- Ho ascoltato tutto. Ero appoggiata alla soglia. – lo interrompe.

- Mi dispiace. Forse non dovevamo rifugiarci qui, ma proseguire verso lo stretto... – farfuglia il boss.

- Sarebbe stato peggio, Nino. È il punto che più controllavano, insieme all'aeroporto e la stazione ferroviaria. Siamo stati degli sprovveduti. Come abbiamo fatto a non pensare a un elicottero. Affittare un elicottero e ingaggiare un pilota sarebbe stata la scelta giusta per un piano perfetto.

Già, perché non ci hai pensato prima? – dico mentalmente.

- Sì, hai ragione. Dopo che vi abbiamo prelevato in auto, all'uscita della nave, avremmo dovuto dileguarci con un elicottero. – replica il boss.

- Forse, questo non è il momento dei rimpianti. Vogliate scusarmi, ma credo che ognuno di noi debba pensare a come farla franca. Non possiamo rassegnarci, già da ora. Non abbiamo molto tempo per organizzarci e loro po-

trebbero arrivare qui, improvvisamente. – dico, reagendo a un clima di capitolazione.
- Tu, hai in mente qualcosa? – mi chiede spazientito il boss.
- Sì, ma ci sto ancora pensando. – rispondo.
- A cosa stai pensando, Jacopo? – interviene Andreina, intuendo che ho avuto un'idea che, anche se fosse sbagliata, sarebbe pur sempre l'unica, fino a ora, a nostra disposizione.
- A Sun-Tzu?
- Cosa? – fa il boss.
Andreina, informa il marito:
- Sun-Tzu era un generale e filosofo cinese, vissuto nel VI secolo a.c. Gli viene attribuito uno dei più importanti trattati militari di tutti tempi. - Poi, aggiunge:
- Immagino starai pensando a "L'arte della guerra", vero, Jacopo?
- Esatto. Sono concentrato su questa frase: "Nell'operazione militare vittoriosa prima ci si assicura la vittoria e poi si affronta la battaglia."
- Esiste un modo, quando si è in condizioni di tale inferiorità nei confronti del nemico, di assicurarsi la vittoria? – domanda con amara ironia, don Nino.
- Se mi lascerà riflettere, forse lo sapremo. – Replico, secco.
- Non hai molto tempo per spremerti le meningi. Potrebbero già essere nei dintorni. – aggiunge Salvatore.
- Ok, per favore, ora state zitti! Dunque, "l'attacco migliore è quello che non fa capire dove difendersi, e la difesa migliore è quella che non fa capire dove attaccare", dice Sunzi.
Ecco, ci sono! Se vogliamo avere qualche chance, dobbiamo necessariamente dividerci.
In questo caso, cercare di restare uniti, l'uno accanto all'altro, sarebbe estremamente controproducente. Restando vicini e in un unico luogo soccomberemmo senza avere nemmeno il conforto della più piccola speranza. Loro

hanno armi troppo potenti, a quanto pare. Le nostre, a confronto, sono giocattolini.

Pertanto, conviene mettere in pratica uno stratagemma di difesa che abbia una possibilità concreta di risultare vincente e salvarci la vita. Il piano che ho in mente è questo: Don Nino e Andreina resteranno chiusi nel casolare, mentre io, Salvatore e Crescenzio ci nasconderemo tra i ruderi del castello normanno, a cinquanta metri più giù. Probabilmente loro saliranno con l'auto fino a un certo punto, magari a fari spenti, per sorprenderci, approfittando della luce della luna. Poi, proseguiranno a piedi, passando obbligatoriamente per la strada quasi adiacente al castello. La nostra unica possibilità di salvarci è prenderli alle spalle e mirare bene. Sono in quattro, noi saremo in tre a sparare alla loro schiena. Vuol dire che ognuno di noi, dopo aver sparato al proprio bersaglio, deve concentrarsi sull'altro su cui nessuno ha mirato.

- E, se venissi anche io con voi, così ognuno avrebbe il proprio bersaglio da colpire? – avanza il boss.

- Non sarebbe una buona idea. Lei e Andreina dovete restare qui, con la luce del casolare accesa, e parlare ad alta voce, così da dare a intendere loro che siamo tutti insieme. Dovete catturare la loro attenzione con il vostro baccano, per permettere a noi di sorprenderli alle spalle.

- Hai ragione, mi pare una buona idea. Siamo tutti d'accordo? – Chiede il boss.

- Ottima soluzione – dice Andreina, guardandomi in maniera strana e allucinata.

- Ottima, cazzo! – ribadisce Salvatore, sorridendomi.

- Ce la faremo – rincara, Crescenzio.

- Ho un solo dubbio. L'idea è quella giusta, ma tu Jacopo, ha mai sparato prima d'ora? – chiede ancora il boss.

- No, ma sono sicuro che ucciderò il mio uomo e poi sparerò addosso a quell'altro. – rispondo con molta fermezza.

Don Nino mi scruta, come se volesse testare il mio stato dei nervi. Poi mi dice:

- Mira bene, Jacopo.

Così, insieme ai due, mi avvio al castello. Per entrarvi, ci incuneiamo per alcuni metri tra la fitta vegetazione selvaggia che si estende anche all'interno del rudere, anche se in maniera più diradata, permettendoci di scegliere un punto di osservazione da considerarsi ottimale, in quanto offre una buona visuale e, quel che più conta, costituisce il luogo ideale per tendere un'imboscata.

Ci nascondiamo dietro una ginestra spinosa, da cui si vede bene la strada sottostante. Da lì dovrebbero passare Balan e gli scagnozzi della mafia per avvicinarsi al casolare.

Trascorso un quarto d'ora, vediamo in lontananza le luci dei fari di un'auto avvicinarsi sempre più. Il cuore comincia a battere più forte. Impugno, come gli altri due, il revolver e mi dispongo come una bestia feroce a essere guardingo per difendermi e uccidere.

Poi, i fari si spengono. L'auto si sarà fermata a qualche centinaio di metri da noi.

- Sono loro, hanno spento i fari per proseguire a piedi – dice Salvatore, che intanto, avverte con uno squillo don Nino dell'arrivo degli ospiti.

La sua voce non rivela una particolare emozione, ma avverto comunque un tono di preoccupazione.

- Restiamo calmi e freddi. Spariamo contemporaneamente e concordiamo i bersagli appena li avremo di spalle. – aggiunge Crescenzio –

- Ora, dobbiamo appena respirare e stare attenti a non fare il minimo rumore. – dice ancora Salvatore e subito dopo, mi chiede:

- Jacopo, sei pronto?

- Sì, sono pronto – rispondo.

Dopo non so quanti minuti, si sentono i passi in strada di un gruppo di uomini che avanza. Finalmente, si intravedono. Camminano in riga, occupando per intero la larghezza della strada. Sono quattro. Imbracciano grossi fucili da guerra. Arme letali. Riconosco la sagoma di Balan, la più grossa e quadrata: è il secondo, a partire dal lato più vicino a noi. Sono ormai di spalle, a sette o otto metri di distanza. Mentre si ode, in lontananza, il vocio falsamente allegro del boss e di sua moglie, così come stabilito, in maniera che gli assaltatori credano che siamo tutti lì, in spensieratezza e impreparati alla loro visita.

All'improvviso, si fermano e parlottano. Decidono di proseguire deviando per la macchia, preferendo arrivare al casolare dal versante della montagna. Evidentemente, avranno pensato anche loro a un effetto sorpresa. In fondo, si può sempre essere raggiunti da un colpo di pistola e rimetterci la pelle, avranno temuto. Ma è il momento di agire. Salvatore, a me principiante, lascia il bersaglio più grosso e, quindi, più facile da colpire: Balan, appunto. Mentre, per lui, si riserva il primo della riga e Crescenzio il terzo. Sul quarto, ognuno di noi deve sparare più velocemente possibile il secondo colpo. Avanziamo, lentamente, verso la strada, con passi felpati e il busto piegato in avanti. Ci fermiamo dietro a un lentischio. Li abbiamo al massimo a cinque metri.

- Al "tre", spariamo! – dice sottovoce, Salvatore.

L'uomo conta, mentre teniamo sotto mira i bersagli. Al tre, con perfetto sincronismo apriamo il fuoco, proprio mentre due di loro, tra cui Balan, si stavano girando all'indietro, allarmati da chissà cosa, o quale rumore. I colpi dei revolver hanno una sequenza veloce, violando il silenzio della notte. Saranno stati almeno una decina. Io, ho sparato due volte su Balan, poiché dopo il primo colpo stava comunque per avere una reazione. Gli altri, evidentemente, oltre che sul proprio uomo, anche sul quarto, per poi sparare di nuovo sul bersaglio di origine.

Sono tutti a terra. Ci avviciniamo prudentemente a loro, tenendo fermamente impugnate le armi.

Uno sanguina dal torace e si lamenta, mentre gli altri sembrano morti. Crescenzio si avvicina all'uomo ferito che si lamenta e lo finisce. Poi, dopo aver scaricato il revolver sugli altri tre, con i piedi, rivolta le loro teste.

I volti dei quattro, distesi sul quel viottolo di montagna, sono illuminati dalla luna. Sono quelli di quattro uomini senza vita, a cui è stato evitato di toglierla agli altri.

Trasciniamo i corpi fino al bordo della strada, per scaraventarli dal pendio laterale, e risaliamo verso il casolare. Arrivati a poco più di venti metri da esso, Salvatore dice qualcosa per farsi riconoscere da don Nino, evitando possibili equivoci di sorta:

- Don Nino, sono Salvatore! Tutto a posto!

Il boss e Andreina ci vengono incontro.

- Bel lavoro! Abbiamo sentito solo i colpi delle pistole. Per fortuna non gli avete dato il tempo di scaricare le loro mitragliatrici infernali. Il piano ha funzionato a meraviglia. I miei complimenti. Sarete adeguatamente premiati. – esclama don Nino, raggiante.

***

Quella stessa notte, ci mettemmo in viaggio verso il "continente", usando, per prudenza, prima l'auto degli uomini della mafia e, in un secondo momento, una affittata presso un'agenzia, mentre quella che prelevò me e Andreina al porto, fu opportunamente incendiata da Salvatore e Crescenzio.

Il viaggio di ritorno verso casa non fu, comunque, uno dei più tranquilli, almeno per me.

Don Nino, infatti, decise di impadronirsi dei quattro fucili di assalto, che trasportammo nel bagagliaio della grossa cilindrata presa in affitto. Un normale controllo, un fermo ordinario da parte delle Forze dell'Ordine, e saremmo stati fritti.

In quella circostanza, venni a sapere da Salvatore che il boss era solito sfidare la sorte. Credeva anche di avere dalla sua parte una buona dose di fortuna, che a quanto pare, lo aveva accompagnato sin da quando si era dedicato al suo genere di affari.

Seguirono giorni difficili, durante i quali mi capitava spesso di pensare all'eccidio del castello normanno. Niente, per me, poteva essere come prima. Mi ero reso protagonista di un assassinio, al pari di un killer specializzato e di un cosiddetto soldato della camorra.

Durante le notti, spesso, mi agitavo nel sonno e mi svegliavo in preda a incubi terribili, per non riaddormentarmi più.

Mi debilitai nel fisico e mi logorai nell'anima, prendendo a fumare e a bere come non mai.

Non avevo nemmeno il conforto di vedere Andreina, poiché avevamo deciso, insieme al marito, di far passare almeno una settimana prima di rincontrarci e fare un resoconto.

Incontrai, invece, Salvatore, che durante una cena mi rivelò che avevo, ormai, una strada spalancata nell'organizzazione di don Nino, che mi riteneva una persona di ingegno, da utilizzare alla meglio maniera per le sue molteplici attività.

- Non lo so quanto tu possa essere importante per la signora Andreina. Posso soltanto dirti che per don Nino conti davvero tanto. Ti ritiene fondamentale per i suoi progetti. Non hai nessun motivo per temerlo, in quanto egli ha intenzione di fare di te una persona ricca e potente. Vuole che tu sia il suo cervello, per molte cose. Il piano che in Sicilia hai organizzato per salvarci per lui è stata la prova che sei l'uomo di cui aveva bisogno. Ti considererà un figlio, o un fratello. Ma rinuncia a sua moglie. Non ti perdonerebbe mai se venisse a sapere della vostra storia d'amore.

Quando feci presente al mio amico che ero già ricco, considerando la parte che mi spetta dal bottino delle opere d'arte, e che non mi interessava affatto diventare anche influente, facendo, dunque, trapelare il desiderio di riappropriarmi della mia regolare vita, lui, molto semplicemente, mi rispose:

- In questo mondo non si può tornare indietro, specialmente quando si è preso così tanto. Non ti resta che accettare le ottime offerte del boss, dalle quali devi categoricamente escludere sua moglie. Diversamente, non hai che da ucciderlo, avendo per te la sua signora e tutto il resto. Hai già ucciso una volta, non ti sarebbe difficile farlo ancora.

Già, avevo ucciso. Raskòlnikov, meglio di come avrebbe potuto fare chiunque altro, me lo aveva ricordato, alla sua maniera, la sera dopo l'assassinio.

Non riuscivo a prendere sonno quando, catturato dal rumore del lampadario che si muoveva avanti e indietro, scorsi la sua figura con le mani attaccate al filo che scendeva dal soffitto, seduto a cavalcioni sulla sfera di vetro illuminata, intento a dondolarsi.

- *Benvenuto nella categoria, mio eroe! Bel piano, non c'è che dire! Hai salvato la tua pellaccia, quella corrotta, ma delicata, della tua amante e le altre ancora più miserabili, appartenenti ai tuoi amici della malavita. Hai mirato bene, anche se hai dovuto farlo due volte. L'albanese stava per imbracciare il fucile e rivolgerlo nella tua direzione. Bello spettacolo, davvero! Un solo attimo di esitazione, qualche secondo in più, e saresti caduto senza mai più rialzarti, trafitto da una raffica di colpi che avrebbero lacerato il tuo corpo, fino a ridurlo alla forma di uno di quei formaggi coi buchi. Bravo, sei stato attento. Per ammazzare qualcuno occorre concentrazione massima e dimestichezza con l'arma che si usa, assurgendo bene al compito. L'assassinio richiede che l'atto preposto a definirlo risulti dall'effetto pratico dell'azione, che deve essere risoluta, secca, decisa.*

In una fattispecie come quella che ha interessato la tua persona, chi tentenna non riesce, fallisce, muore. Il morente ti ha visto in faccia prima di stramazzare a terra. Ha potuto vedere chi lo ha mandato all'altro mondo e avrà avuto appena il tempo di pensare di essere stato sorpreso da uno che aveva sottovalutato, fino a ritenerlo incapace di poter essere sufficientemente veloce e implacabilmente bastardo da poterlo uccidere.

Mentre tu hai visto l'ultima espressione della tua vittima prima che chiudesse per sempre le palpebre.

Sai, pistolero, l'assassinio è una pratica condannata socialmente e punita come reato dai codici penali di tutto il mondo. Tuttavia, ci sarebbe da registrare che nessuna società moderna assicura la tutela assoluta e incondizionata alla vita umana, vietandone la soppressione in qualsiasi caso. Per esempio, quasi tutti i paesi cosiddetti evoluti ammettono l'uccisione del nemico in guerra. Però, tu non fai parte di un esercito in divisa e non hai ucciso per qualcosa che i governi autorevoli fanno passare per una giusta causa politica, o ideologica.

D'accordo, hai agito per difenderti. Hai ammazzato per evitare di finire ammazzato. Ma non vorrai essere tanto sconsiderato da ritenere in qualche modo lecita l'uccisione di qualcuno all'interno di un contesto in grado di giustificarla?

Hai ucciso. Dunque, sei un assassino. Bisogna solo stabilire di quale specie, ma, diciamo che la corporazione è quella. Io e te possiamo essere qualificati con lo stesso termine, ma, sant'Iddio, le differenze che hanno distinto la nostra azione sono tante e troppo enormi perché io possa considerarti alla mia stregua. Io ho agito da super uomo, in seguito a un processo tutto interiore. Tu, invece, in seguito a circostanze che hanno annientato la tua interiorità.

I nostri errori sono entrambi punibili, ma non da valutare sullo stesso piano morale.

Nelle motivazioni stesse del mio crimine vi è già la salvezza. Mi credevo un eletto in grado di poter reggere sulle spalle un delitto perpetrato per rendermi utile all'umanità.

Le ragioni del tuo crimine, invece, sono da ricercare nella corruzione di fondo che caratterizza le generazioni del tuo tempo, in grado di contaminare anche un sentimento potente e passionale come l'amore.

Ricordi quella letteratura? Ripassala, in ogni caso: «Io, quella vecchia maledetta, l'ammazzerei e la svaligerei, e

senza nessuno scrupolo di coscienza, te l'assicuro [...]. Se l'am-
mazzassimo e ci prendessimo i suoi soldi, per dedicarci poi con
questi mezzi al servizio di tutta l'umanità e della causa comu-
ne, non credi che un solo piccolo delitto sarebbe cancellato da
migliaia di opere buone? Per una vita, migliaia di vite salvate
dallo sfacelo e dalla depravazione. Una morte sola, e cento vite
in cambio: ma questa è aritmetica! E poi, che cosa conta sulla
bilancia generale la vita di quella vecchiaccia tisica, stupida e
cattiva? Non più della vita di un pidocchio, di uno scarafaggio;
anzi, vale meno, perché quella vecchia è dannosa. Distrugge la
vita altrui [...]».

Queste erano le parole che uno studente riferiva al suo amico
ufficiale in quella misera trattoria, situata nei pressi dell'abi-
tazione dell'usuraia. Avevo ascoltato, chissà per quale strano
motivo, un pensiero che un attimo prima era germogliato nella
mia testa di personaggio d'autore.
Ora, ti chiedo: si rende legittimo uccidere in alcune circostanze?
Esiste un fine superiore per ammazzare qualcuno?
Intendevo con il delitto dimostrare la mia eccezionalità e il di-
sinteresse mostrato, dopo l'assassinio, per la refurtiva sta a in-
dicare che l'esperienza del crimine mi premeva molto più del
denaro.
Ma non esiste eccezionalità nella presunzione di esercitare una
superiorità sugli altri uomini e sulle leggi alle quali sono vinco-
lati. Così come non esiste giustificazione nell'uccisione di una
persona che non avrebbe esitato a eliminare un'altra non appena
ne avesse avuto l'occasione.
Abbiamo entrambi commesso errori, rendendoci colpevoli di
fronte a Dio e alla legge. Soprattutto, siamo stati manchevoli
verso noi stessi, compiendo qualcosa che per indole non appar-
tiene alle nostre possibilità di agire.
La smorfia della tua vittima, prima di morire, resterà impressa
per molto tempo nella tua memoria prima che i tuoi meccanismi
psicologici si decidano a rimuoverla.

Tutte le persone che muoiono uccise, infatti, cercano di guardare negli occhi del loro assassino per lasciargli l'ultima immagine di sé, affinché l'espressione malefica che vengono ad assumere resti più tempo possibile nella sua memoria di omicida.

L'espressione perfida, minacciosa e nefasta dell'albanese, che hai distinto sotto i raggi di una luna luminosa, ti perseguita, vero? Scoprirai a tue spese che non è servito a niente ucciderlo per toglierselo di torno. Bisogna ucciderne tanti per restare indifferenti alla maledizione degli assassinati. Noi non rientriamo in questa fattispecie.

Io resterò per sempre l'autore di un duplice omicidio. Il primo di ordine ossessivo, il secondo apparentemente e istintivamente necessario, essendo stata, l'ultima vittima, testimone della morte iniziale.

Tu hai ancora molto tempo davanti a te. Puoi decidere di fermarti, o continuare, ma, ricordati, devi abbandonare l'idea di perseguire il crimine se non vuoi ritrovarti ancora assassino.

Nessuno, al di là delle leggi, di una vita consentita e della propria morale originaria, potrà affrancarsi dall'azione violenta e omicida.

Tu hai da salvarti, oppure da condannarti. La salvezza non ti promette niente, se non la ricerca faticosa di una pace interiore che potrebbe assumere un valore fondamentale per la tua sopravvivenza.

La condanna, invece, ti apre a prospettive appariscenti e sciccose. Lusso, ricchezza, gestione del potere e piaceri di ogni sorta sono alla tua portata, nascondendoti chissà quale miserabile fine.

Scegli, amico mio, quello che più ti aggrada. A me non è dato consigliarti. Le pagine della letteratura che hanno forgiato la mia figura vanno in entrambe le direzioni, sai?

Solo uno sciocco, o un deludente biografo del Maestro russo potrebbe innalzare la bandiera della moralità sul desiderio primitivo e immediato della rivalsa criminale. Il Maestro distingue tra purezza e peccato senza mai cadere nella banalità di separarli.

Tra il bene e il male non esiste una linea invalicabile di demarcazione. Il mondo non è diviso tanto stupidamente in peccatori da una parte e non peccatori dall'altra.

L'umanità, tutta l'umanità, per intero è come un groviglio di rami selvatici, dove ogni pianta, tra foglie urticanti, rovi spinosi e qualche fiore delicato si arrampica alla conquista di spazio per poter svettare. Ma è in alto che viene raggiunta più facilmente dal vento della tempesta, resistendo, o spezzandosi.

Cerca di essere un ramo robusto, Jacopo, e non incunearti tra le spine. Le rose potrebbero essere da tutt'altra parte. Bah, prendilo come avvertimento, sciagurato!

XVIII

Sono le 10.00, sto prendendo un caffè. Ancora una volta
ho dormito poco e male. Sono al bar del porto, dove co-
nobbi Maria, la donna dall'incarnato bruno con la quale
trascorsi un bel momento. Lei non c'è, la barista mi ha detto che arriva alle 11.00. L'aspetterò. Voglio stare con lei.
Voglio averla. Sento che la sua compagnia, in questo momento, per me è il migliore dei toccasana. Maria mi piace,
mi è simpatica e mi mette di buon umore. Ho bisogno di
lei.
Poco mi importa che alle 20.30 dovrò incontrarmi con Andreina, che stamattina, di buon'ora, mi ha chiamato per
comunicarmi la sua intenzione di cenare con me, prospet-
tandomi il dopocena.
Voglio due donne, nello stesso giorno, e saziarmi delle
loro differenze. Voglio presentarmi ad Andreina, sapendo di Maria.
Nell'attesa, seduto all'aperto, davanti al locale, leggo un
giornale con scarso interesse, fumo e prendo un altro caffè, questa volta allungato con l'anice, seguendo quella
che, fino a qualche tempo fa, era un'usanza degli anziani
del luogo.
Tra la lettura poco attenta, pensieri bizzarri e riflessioni
più o meno ragionate, si fanno le 11.00. Spunta Maria, vestita di camicetta bianca e gonna blu ai ginocchi. Mi vede,
non mi riconosce. Alla seconda occhiata ne segue un'altra, più scrutatrice. Finalmente, mi identifica! Mi sorride
e viene al mio tavolo per salutarmi. Mi alzo in piedi e le
bacio le guance.
- Quale buon vento?! – esclama
Subito dopo, mi chiede:
- Che fai, qua?
- Aspettavo te. – rispondo.

- Attendi un attimo. Poso delle cose dentro e torno da te.
– mi dice.
Ritorna dopo qualche minuto:
- Scusami, ho avuto un po' da fare con la mia collaboratrice. Allora, come stai?
- Bene. E tu?
- Si va avanti. Vivo alla giornata. È l'unico modo con cui so affrontare la vita. Ogni volta che ho fatto un progetto a medio, o a lungo termine, mi complico l'esistenza e non riesco più a essere io al cento per cento.
Bastano già queste parole a cambiarmi l'umore. "Vivere alla giornata", ecco uno dei segreti delle persone semplici e gioiose, penso, aprendomi al sorriso. È la seconda volta che vedo Maria e il fatto che tra noi si sia subito stabilita la giusta confidenza, non mi meraviglia affatto.
- Non sei cambiato. Sei sempre un po' troppo pensoso.
- Riflettevo su quello che hai detto. Mi piace il tuo modo immediato di affrontare la vita, concentrato sul tempo che scorre e non su quello che ha da venire.
Mi guarda, con un sorriso che non saprei definire. Forse affettuoso, forse malizioso, non saprei.
- Perché mi hai cercato?
- Avevo una gran voglia di vederti.
- Perché solo ora e non prima?
- Perché mi avevi detto che saresti stata tu a chiamarmi. Prendesti il mio numero, ma non mi desti il tuo. Perché non mi hai mai chiamato?
- Perché volevo avere un bel ricordo. Non ne ho molti.
Sorrido ancora.
- Sei un po' strana.
- Sì, ma molto più accessibile di te. Tu, sei misterioso, come tutti quelli che pensano tanto.
Ma, a differenza degli altri, non ti dai nessun tono che non ti appartenga. Non sei borioso e non ti rendi insopportabilmente pesante, pur dando l'idea di uno che sa ve-

ramente ragionare. E poi, credo tu sia autentico. Almeno, con me. Perché, hai voluto vedermi?

- Per averti, stare insieme a te, passare un momento che mi sospenda dal passato e dal futuro.

- Ritieni la mia compagnia in grado di catturarti e di sottrarti a te stesso?

- Sì. Brava, hai centrato. Ho avuto un egoistico e irrefrenabile desiderio di te per uscire da me.

- E pensi che io possa esaudire ciò che desideri?

- Solo se lo vuoi anche tu.

- Che dici, lo voglio?

Guardo i suoi occhi neri e densi, nerissimi e penetranti come il buio più profondo. Le stringo la mano e le sorrido, prima di rispondere:

- È incredibile come, talvolta, con le persone si possa stabilire un'intimità, a prescindere dal grado di frequentazione che si ha con loro.

Intanto, il contatto della sua mano aumenta la mia voglia di lei. Glielo dico. Mi scruta con falsa aria severa. Poi accenna a un sorriso lievissimo e mi domanda:

- Andiamo da te, oppure vuoi vedere dove abito?

- Sì. Portami da te. – rispondo.

Preferisce andare con la sua auto: un fuoristrada di piccola taglia. Prende la strada della costa, la stessa che porta a casa di Andreina. Ci passiamo davanti, infatti, per fermarci a qualche km più avanti. Scendiamo per un viottolo e siamo davanti a una graziosa casetta bianca, con uno spiazzo alberato davanti.

Entriamo e Maria mi porta sul terrazzo, dove ci accomodiamo su due lettini pieghevoli. Davanti a noi il mare di un azzurro intenso. È una bella giornata, il cielo è celeste con qualche macchia di bianco.

- Ti piace, qui? – mi domanda.

- Molto. Una bella casetta, familiare, non invasiva, con un bel panorama.

- L'ho comprata due anni fa, spendendo tutti i miei risparmi. Ma ne sono contenta. Questa casa mi piace, sia d'inverno che d'estate, ed è frequentata solo da persone che mi piacciono. Vi organizzo anche delle feste. Ognuno porta qualcosa, s'intende. Io preparo solo una torta millefoglie, con crema chantilly, che solitamente riscuote molto successo.
- Hai molti amici? – domando, divertito.
- Non molti, ma simpatici. Gente semplice. Alcuni più istruiti, altri più allegri. Tu, invece, frequenti poche persone, vero?
- Sì, è così. Ma non so se per scelta, o addirittura per naturale predisposizione alla misantropia. Tuttavia, so stare anche tra la gente ed essere affabile, se voglio.
- Non hai una donna?
La domanda, forse, mi coglie di sorpresa e resto a guardarla senza sapere cosa rispondere.
- Scusa, non volevo essere indiscreta. – aggiunge con un po' di imbarazzo.
- Non lo sei stata, affatto. Non lo so se ho una donna. Ne conosco e frequento una, che mi ha coinvolto abbastanza. Insomma, lei ha la mia considerazione e io la sua.
Maria scoppia in una risata. La guardo contagiato dal suo stato brioso, come per chiederle il perché della sua reazione di ilarità.
- Sei sorprendentemente sincero e questo ti conferisce un po' di simpatia. In verità, sei assurdo. Dai la sensazione di essere un ingenuo, quasi uno sprovveduto. Insomma, uno che non ci capisce niente in materia di relazioni sentimentali. Non ti offendi, vero?
- No. Talvolta, per certi argomenti, non sono in grado di far leva sulla totalità delle mie capacità intellettive. La verità è che la mia voglia di averti mi toglie lucidità. Non riesco a ragionare come di solito so fare. Resto fermo al pensiero fisso di saltarti addosso. Penso solo al tuo corpo, alle tue forme, alla tua sensualità. Se non ti tocco e ti bacio

entro cinque minuti vado in escandescenza, salto la ringhiera del terrazzo e mi butto a mare. Sul serio.

Ride ancora, più forte di prima. Poi mi guarda benevola e dolcemente affettuosa. Mi trasmette una sensazione di amorevolezza di grande genuinità. Anche questo accresce la mia voglia di lei. La guardo incontenibile, mi muovo dal mio lettino per sedermi a un angolo laterale del suo.

Mi chino su di lei e la bacio dolcemente e a lungo. Ora, abbiamo voglia l'uno dell'altra.

Le apro la camicia e le scopro i seni. Bacio i capezzoli e lecco il suo corpo, scendendo giù per l'addome. Le accorcio la gonna e le sfilo le mutande. Mi dirigo sul pube e ne bacio ogni parte. Poi, prendo a leccarle il sesso, fino a sentirla fremere, mentre un vento leggero soffia sui suoi lunghi capelli morbidi e scuri.

Facciamo l'amore lì, in equilibrio su quel lettino, scambiandoci passione, rendendoci piacere, donandoci tenerezza.

Dopo l'amore, restiamo a lungo, senza parlare, distesi l'uno accanto all'altra, abbracciati.

Ci scambiamo carezze, guardandoci premurosamente. In quel silenzio io trovo la pace di cui avevo bisogno. Il tepore del corpo di Maria, il sole lieve e il rumore del mare sono per me quanto di meglio potessi desiderare in quel momento. E, come promesso da Faust a Mefistofele, in caso di debolezza, mi verrebbe da dire: "Attimo, sei così bello! Fermati!"

Stringo più forte la donna a me e scorgo quanto la nostra ritardata capacita di comprendere fino in fondo la bellezza femminile ci tenga lontano dalla verità di un universo che chiede a gran voce di essere percepito.

Maria mi bacia la fronte e mi stringe la mano, illustrandomi lo spazio profondo della sua anima. L'erotismo di cui è permeata la sua figura, la passione dei suoi occhi, l'ardore dei suoi baci sono la parte riconoscibile di un prolungamento inabissato nell'interiorità, dove l'indole atavica del carattere della grande donna le garantisce il fascino necessario per incantare chi le sta accanto, sapendone riconoscere e apprezzare l'identità.

Interrompe quel silenzio di pace e di estensione con gli odori e i rumori circostanti, chiedendomi:

- Sei sereno, ora?

- Sì. E solo grazie a te – rispondo.

Rimaniamo ancora a lungo nelle nostre posizioni di amanti. Nessuno di noi due ha voglia di distaccarsi dall'altra. Il sole è al centro del cielo e cade perpendicolare su di noi, quando a Maria balena l'idea di cucinare qualcosa.

- Avrai fame, come me. Faccio la pasta alla Norma, la mia specialità. Ti va?

- Caspita, se mi va!

Rientriamo in casa. Una volta in cucina, cerco di rendermi utile nella preparazione del suo piatto, preparando e dosando gli ingredienti.

- Tu, sai cucinare? – mi chiede, mentre amalgama la sua cucina.

- So fare solo un piatto, mettendoci attenzione e passione. Una sorta di zuppa di asparagi selvatici e, se gli asparagi sono scovati e raccolti da me, tanto meglio.

- Che vuoi dire?

- Che mangio con più gusto un germoglio trovato, raccolto e cucinato da me.

Sorride, guardandomi e scuotendo la testa. Poi mi ordina di apparecchiare la tavola e di prendere il vino nella piccola cantina di sotto. Assolvo al mio compito, come se mi affaccendassi in un'operazione quotidiana e familiare. Dopo aver sistemato la tavola, scendo per una scala di gradini in cotto e apro una piccola porta alla destra della rampa, come indicatomi da Maria. Ne salgo con una bottiglia di rosso leggermente impolverata.

Maria mette nel mio piatto una porzione abbondante della sua pasta:

- Mangiala tutta, che non è pesante e non ti farà ingrassare. – mi dice.
- Non ho bisogno di essere incoraggiato. Soltanto a guardarla si vede che è buona – osservo.
Quel piatto è veramente squisito e il vino, delizioso. Non poteva essere altrimenti. D'altronde, ritengo impossibile che una donna significativa come lei possa produrre una cucina dai sapori scialbi e fastidiosi al palato. Ero più che sicuro che mi sarei assaggiato una prelibatezza.
- Trovo banale fare complimenti del genere, ma è stata la migliore Pasta alla Norma che abbia mai mangiato – le dico, una volta gustato il piatto fino alla fine, tra chiacchiere, risate e brindisi.
Mi guarda, mi prende la mano e risponde:
- Sei molto caro.
Improvvisamente, non mi sento all'altezza della sua autenticità. O può darsi, molto più semplicemente, che non senta di meritare quel complimento.
- Ti sei rabbuiato all'improvviso. C'è qualcosa che ti preoccupa – mi chiede, allarmata.
La rassicuro e provo a non cedere ai pensieri tumultuosi e snervanti, legati alla mia condizione di fuorilegge e assassino. Stranamente ci riesco, recuperando quasi all'istante il buon umore.
Dopo aver mangiato tanta frutta, bevuto tutto il vino e sorseggiato un liquore fatto con le mele annurca, mi prende per mano e mi porta nella sua stanza da letto.
- Solo per riposare, eh! – dice scherzosa.
- Certo, che altro?! – rispondo a tono.
Ancora una volta ci scambiamo attenzioni tenere, che ci portano a godere di noi per un tempo che mi sembra considerevole. Poi, ci addormentiamo. Quando ci risvegliamo è quasi sera.
Scendiamo in spiaggia e ci sediamo su un tronco d'albero, chissà per quale motivo, finito lì.

Rifletto sul fatto che Maria, come me, parli poco e sappia osservare la qualità del silenzio.
- A cosa pensi quando non parli? – le chiedo.
- Niente di che, cose così – risponde.
Mi piace la sua risposta. La trovo superba, priva di qualsiasi fronzolo, asciutta, esaustiva. "Niente di che, cose così", vado ripetendo in mente.
Quando ci alziamo per passeggiare lungo la battigia, abbracciati, le chiedo ancora:
- E, tu, non hai un uomo?
- Ne ho avuti diversi – risponde in fretta.
- E ora?
- Poi si cresce e si diventa esigente.
- Quindi? – insisto.
- Quindi, la scelta si riduce di molto e diventa difficile e complicato individuarne uno, o essere colpita da uno che ha individuato me.
- Dunque, ora sei senza un uomo?
- Non male, se ora uno come te mi tiene abbracciata.
Mi fermo, la guardo e la bacio.

***

Più tardi, accomodati nel soggiorno dell'accogliente casetta bianca, beviamo un tè e ci scambiamo pareri sui nostri luoghi. Noto la gigantografia di una vecchia foto appesa alla parete. Ritrae l'antica cinta muraria della città di Poseidonia, la latina e attuale Paestum, comprendente una torre. Un pezzo incontaminato di terra, d'arte e di storia. La bellezza di una foto, penso, o di una cartolina d'epoca, conserva nella sua straordinarietà la percezione di un tempo che è rinnovabile nell'animo di chi la guarda. Scorci, prospettive e panorami di un luogo che si ama, nella loro contemplazione fotografica, restituiscono la purezza di un'immagine dove, in un tempo di trucchi e marchingegni tecnici, appaiono di una solennità rituale, raggiungendo quello spessore iconografico che fa di uno scatto un ricordo datato, una scoperta contemporanea del passato che ritorna per via sensoriale, una nozione storica appresa da un luogo fisico.

Maria si accorge dell'attrazione che la foto esercita su di me e mi rivela:

- È una vecchia fotografia fatta da mio padre. Da giovane era fotografo. Poi, si dedicò al commercio di barbabietole.

- Ma, era bravissimo! Come fotografo, intendo.

- Sì, ma allora non si guadagnava molto con le foto. Preferì fare altro, salvo riprendere la vecchia passione in tarda età. Il giorno che morì scoprii che ne aveva scattate a centinaia. Detestava l'abusivismo edilizio. Diceva che le case moderne, costruite senza tener conto dell'ambiente circostante, rovinavano quello che secondo lui era un luogo prediletto della fotografia.

- Aveva ragione. A proposito di case abusive, conosci chi abita nella mega villa recintata con muro di pietra poco distante da qui? – le chiedo.

- Quella di don Nino, l'imprenditore immobiliare?

- Sì, quella. Conosci il proprietario?

- Questa casa l'ho comprata tramite un'agenzia che gestisce lui, non direttamente. Lui si occupa di tante cose. Controlla molte attività. Pare sia ricchissimo e ha una moglie molto elegante e fine.

- Non sai altro sulla sua persona?

- Si dicono un sacco di cose su di lui.

- Per esempio?

- Io so quello che, forse, saprai anche tu. Si dice che non sempre i suoi affari siano immacolati. Insomma, pare abbia intrecci con gente molto influente.

- Non hai avuto qualche remora a comprare una casa da lui?

- No, perché altre persone che conosco hanno comprato da lui, senza avere nessun problema. Anzi, acquistando in convenienza. Sei interessato ad avere notizie sulla sua persona e sulle sue attività?

- No. Conosco quella persona. Volevo soltanto sapere, per pura curiosità, se anche tu la conoscessi, considerato che abita non lontano da te.

- Conosci anche sua moglie?

- Sì.

- Ma, dai! Davvero?

- Sì, perché te ne meravigli?

Prima di rispondere mi guarda con un sorriso che davvero per me resta misterioso:

- Ti confesso una cosa: io con quella ci uscirei.

- Cioè?

- Sinceramente, ti dico che al di là di qualche mia fantasia, non ho mai avuto fino ad ora esperienze omosessuali, anche perché nessun'altra donna mi ha mai interessato particolarmente, fino a scatenare in me l'istinto e la voglia di andarci. Ma quella, mi piace così tanto che sarei pronta a tutto.

Sorrido, senza saper valutare se la sorpresa per quello che ho appena ascoltato sia grande, o minima. Da un lato, penso al momento rassicurante e prezioso che Maria ha saputo regalarmi, nel gesto di porsi nei miei confronti con tutta la sua femminilità, accogliendomi con l'accortezza della donna matura e inghiottendomi con la golosità erotica che le è propria.

Dall'altro, rifletto sulla sua attenzione, carica di senso, per Andreina, oggetto del suo desiderio. Continuo a sorridere, mentre penso che la donna che mi ha appena risollevato da una condizione deleteria e paralizzante, potrebbe essere, all'improvviso, una mia rivale in amore, se così si può dire.

- Come e quando l'hai conosciuta? Potresti parlarmi di lei? – mi chiede, candidamente.

La domanda mi obbliga a prendere seriamente in considerazione la possibilità che tra Andreina e Maria possa stabilirsi un immediato e intenso feeling, data la marcata femminilità che entrambe esercitano in maniera tanto diversa. Una, ricercata e chic, l'altra carnale e affabile.

Le stesse differenze che sono piaciute a me potrebbero interessare in egual misura e vicendevolmente anche loro. Ognuna potrebbe vedere nell'altra la diversità e l'opposto che incuriosiscono e attraggono.

Se Maria è piaciuta a me, perché non potrebbe interessare anche ad Andreina?

E viceversa: se Andreina è piaciuta a me perché non potrebbe interessare anche a Maria?

Nella riflessione, mi accorgo di non avvertire la necessità di cogliere una differenza di genere tra me e la mia interlocutrice.

Va da sé che le cose dell'amore e tutto quanto giri intorno all'attrazione ne prescindono.

- L'ho conosciuta alla sua festa di compleanno, invitato dal marito. È una donna senz'altro colta e distinta. Molto affascinante, senza dubbio. – le dico con tono molto confidenziale.

- Io la trovo anche molto sensuale. L'ho incrociata diverse volte per strada e in auto.

I nostri sguardi si sono anche incontrati. Una volta, in un negozio del centro, ha ricambiato il mio sorriso. Era bellissima e irresistibile.

- Cosa, in particolare ti piace di lei? – le chiedo, cercando di camuffare il mio forte interesse per la sua risposta.

- Il suo corpo è spettacolarmente delizioso e proporzionato. Presenta eleganti forme erotiche che generano riflessioni, non pensieri prontamente audaci. Ha un sorriso triste e malizioso insieme, il naso misurato e non banalmente perfetto. La bocca incantevole, carnosa e sensuale, il collo lungo e delicato, un didietro che è una favola e un portamento regale. È una donna totalmente affascinante. Ma, dimmi, tu la conosci bene?

- Penso di averne una discreta conoscenza. Credo, ad ogni modo, che una come lei non la si possa conoscere mai fino in fondo. Mi sembra una donna piuttosto riservata e misteriosa.

- Sai, l'ho vista una sola volta insieme al marito, mi pare a un'asta di beneficenza. Quel che colpisce immediatamente è la colossale differenza di atteggiamento che c'è tra i due.

Troppo bella e fine, lei, per uno che, diciamocela tutta, non può reggere il confronto con una moglie tanto interessante.

- Forse, sono più simili di quanto sia dato pensare. Oppure, come si suol dire, hanno caratteri che si completano.

- Sarà. Io, a lei, con lui non ce la vedo. Ma per niente! Non l'avrà sposato per i soldi?

Se è così, la signora mi attizza ancora di più. Una mente calcolatrice in quel corpo tanto armonioso e signorile le conferisce un fascino ancora più intrigante.

- Mi sembri perdutamente invaghita di lei – osservo con tono leggero.

- Non esageriamo. Però, ci andrei, eccome!

Provo a immaginare quale sarebbe la reazione di Maria se le dicessi che, di lì a poco, andrò a cena con la donna che lei vorrebbe portarsi a letto e che, invece, finirà nel mio.

Di più, immagino cosa proverebbe se la informassi che stasera Andreina annuserà addosso a me il suo odore e che, indirettamente, l'essenza dell'una e dell'altra si incontrano e si mescolano.

Resto su questo pensiero bizzarro, ma anche straordinario per la perversione pazzesca che presenta. Andreina assaporerà Maria, senza incontrarla. E, quindi, io, amante di Andreina, di Maria e tramite tra le due. È un pensiero che mi eccita al di là di ogni ragionevole processo sensoriale e, prima di lasciarla, faccio ancora una volta l'amore con Maria, restandone ancora più pregno.

***

Sono in auto. Ho da poco lasciato la casa di Maria per raggiungere Andreina. L'appuntamento è alla trattoria del centro storico, nella parte alta della città, dove siamo già stati. Vi arrivo in prefetto orario, attendendo solo per pochi minuti la mia partner.

È meravigliosa, come sempre. L'aria provata la fa ancora più bella. Indossa un tailleur chiaro con camicia sbottonata rosa pallido e un collier d'oro bianco.

Mentre io, che nemmeno mi sono dato una rinfrescata per lasciarmi addosso la fragranza di Maria, sono col mio modesto vestitino primaverile di velluto leggero, di colore beige sfumato, sopra la camicia bianca. Seduti, uno di fronte all'altra, a un tavolo situato in una zona intima del locale, ci guardiamo in silenzio, sfiorandoci la mano.

- Hai un'aria un po' trasandata. Sei stanco? – mi chiede, tenendomi il polso.

- Non saprei, sono giorni che non riposo come vorrei. – rispondo.

- Voglio dirti che hai partecipato all'operazione come meglio non potevi e come non avrei mai creduto che potessi fare, andando oltre ogni più rosea aspettativa. In Sicilia, poi, sei stato magnifico, salvando la vita a tutti con la tua strategia di difesa. Mio marito è davvero entusiasta di te. Se vuoi, puoi arrivare in alto. Molto in alto, trattandosi di te.

Diversamente, puoi ritirarti, da par tuo, e dedicarti alle cose che più ti piacciono. Domani, in una banca di Zurigo, verrà acceso un conto milionario a tuo nome: la parte che ti spetta per il colpo andato a buon fine.

Ti rassicuro sul fatto che non corri nessun pericolo, essendo la tua identità sconosciuta all'organizzazione in cui agivo. Per quanto riguarda me, sono guardata a vista da Salvatore, ormai la mia guardia del corpo, per volontà di mio marito. Resterò in Italia ancora per poco, dopo di che inizierà il mio viaggio intorno al mondo e poi, non so. Non intendo restare nello stesso posto per molto tempo e sono intenzionata a soddisfare la mia voglia di conoscere per intero il pianeta.

Mi dedicherò a un po' di missioni umanitarie e ad altro. La mia stessa vita non sarà congiunta a quella di mio marito e ci terremo in contatto per lo stretto necessario. Mi separo da lui e da ogni cosa, tranne che da te. Conserverò il numero del tuo cellulare, anche se lo so a memoria, mentre tu non avrai il mio, che ho provveduto a cambiare. Sarò io a farmi viva con te se ti farà piacere. Potrai finanche raggiungermi, se lo vorrai. Tornerò comunque in Italia, di tanto in tanto. Amo quanto te questa terra.

- Mi stai mollando?
- Devo. Prima che lo faccia tu, tesoro mio.
- Cosa ti fa pensare che io non voglia più saperne di te?
- Tutto. Tutto mi porta a pensare che mi abbandonerai. Forse, nemmeno tu, Jacopo, sai chi realmente sei. Qualsiasi cosa tu decida di fare, arriverai alla meta che ti prefiggi, perché oltre alle capacità di cui disponi e alla tempra che hai forgiato, ora hai anche la potenza economica a supporto. Ricordi quando scherzando ti dissi che non eri affatto un bravo ragazzo?

Avevo ragione. Avevo visto bene. Tu avrai sempre voglia di misurarti con le tue ambizioni e non uscirai mai dal tuo narcisismo distinto e falsamente equilibrato. Accetti la competizione solo con te stesso. Niente può piacerti di più che vederti migliorato, come se tendessi verso una perfezione che non esiste e che, tuttavia, persegui per vizio e difetto.

Ti dirò di più. Mi piace la tua voglia di scoprirti sempre più un super uomo. Tu non ti sei visto mentre imponevi la tua strategia agli altri, al casolare della campagna palermitana, e come hai affrontato tutta la vicenda. Sembravi un attore americano di una volta. Eri presente a te stesso come non mai. Davi l'impressione di rifiutare l'idea della morte non perché ne avessi paura, ma perché avrebbe interrotto il tuo percorso di formazione, di continua crescita. L'hai avvertita come un fastidio, non come un dramma da temere irreparabilmente. Scoprirti in continuazione è quello che ti importa più di ogni altra cosa, da cui niente e nessuno potrà mai distoglierti. Pertanto, ti sei ingegnato a trovare una soluzione di salvezza, per avere prosieguo nella tua singolare vanità, che potrà essere anche superba, ma che ti rende inaccessibile a tutti, ma proprio a tutti, finanche a una come me, che ti percepisce ampiamente e in profondità. Jacopo, tu consenti agli altri di apprezzarti, non di amarti. Per te la parola fascinazione conta più dell'amore. E, anche se non fai del male a nessuno, perseveri in un atteggiamento che allontana da te ogni legame che, alla fine, conta davvero.

- Insomma, mi ami, però mi lasci?

- Jacopo, sii serio! Tu sei veramente un caso unico. I migliori psichiatri dovrebbero interessarsi a te, perché sei in grado di mandare al manicomio, chiunque.

- Ma, dici davvero?

- Certo! Tu non sei affetto da una banale forma di narcisismo che fa di te una persona disturbata. Tu disturbi chi ti ama. Il fatto che tu ti compiaccia di te stesso a un livello elitario ti esclude da qualsiasi patologia contemplata per i casi di narcisismo comunemente diffusi, ma resti pur sempre, a mio modesto parere, un portatore di vanità dai risvolti culturali, che riduce sensibilmente la tua capacità di investire in sentimenti.

- Perché questa ramanzina sulla mia presunta incapacità di rapportarmi in una relazione amorosa?

- Perché dal momento in cui mi hai salvato la vita, in Sicilia, ho cominciato ad amarti come si amano gli eroi. Cioè, in una forma sconfinata di fascinazione e sentimento. In quell'occasione ho scoperto che il tuo

lato oscuro mi piace addirittura più di quello chiaro.
In altre parole, Jacopo, ti amerei anche se tu diventassi il
capo dell'organizzazione di mio marito.
E, questo, non mi piacerebbe. Non vorrei mai che tu lo
diventassi. Desidero, invece, che tu ti dedichi alle cose che
ti danno serenità ed esaltano il tuo talento.
- Pensi, dunque, che io non sia capace, o non sappia amare?
- Jacopo, sapessi quanto ti ho osservato e quanta attenzione hai catturato da parte mia!
Per te il sentimento è qualcosa che riguarda una moltitudine, il popolo, la gente, o il luogo, la terra, i fiumi. Tu ami
le cause legate ai diritti dei popoli e alla difesa dell'ambiente e non prendi in considerazione con lo stesso impegno quelle inerenti al sentimento tra due persone, come se
questo fosse troppo leggero e futile.
- E tu?
- Io, cosa?
- Cosa ami?
- Io amo anche quelli come te, oltre alla gente umile e in-
difesa, o un luogo da salvaguardare.
Non so in che modo mi viene di guardarla. So che lei mi
osserva con una amorevolezza infinita e mi sorride.
- E se ti amassi più di quanto tu ami me? – dico senza
difesa.
- Io ti amo per davvero, ma non ti voglio. In questo non vi
è contraddizione. Ti ho studiato e analizzato bene, amore
mio. Deponiamo le armi, togliamoci la corazza e anche la
maschera. Jacopo, forse ci somigliamo, ma io, a differenza
di te, riconosco e rispetto il sentimento che provo nei tuoi
confronti.
Certo, anche tu ne provi uno per me, ma lo tieni premurosamente a freno per non permettergli di arrivare fino
in fondo all'anima, dove c'è posto solo per i tuoi pensieri,
legati alle tue ambizioni. Perché ne hai, Jacopo, e anche
piuttosto esagerate.

Quando sei assorto e guardi lontano, raggiungi con la mente il punto in cui ti sei prefissato di arrivare. Tu sei davvero folle, tesoro, molto più di me. Arriverai a ottenere quello che desideri, ne sono certa, perché senza perseguire questo risultato, la tua vita, per te, non ha senso. E invece, ne ha uno grandissimo per me, che ti voglio bene, a prescindere da cosa e chi potresti diventare.

L'ho ascoltata sentendomi per tutto il tempo in colpa. Sono un malfidato e sono stato sempre prevenuto nei suoi confronti, fino a pensare che potesse, in complicità col marito, volere la mia eliminazione. La verità è che non ho saputo valutare nella giusta misura il suo amore per me, che resta grandioso, magnifico, assoluto, in quanto mai scontato e banale, sempre mantenuto su un livello brillante e senza mai perdere di lucentezza.

Sì, che sono folle. Avrei dovuto dimostrarle un'attenzione altrettanto significativa e generosa e non comportarmi sempre nella maniera che più mi aggrada, pescando da un repertorio istrionico che riduce la mia vita a una recita, sia pure la più autentica che si possa immaginare.

- Hai mai pensato che io possa non meritare quello che provi per me? – le chiedo, abbassando i miei scudi.

- Impossibile. Lo meriteresti anche se avessi riservato per me il peggiore dei pregiudizi.

- Dici che il mio lato oscuro ti piace addirittura più di quello chiaro. Credi di conoscerlo bene?

- È naturale che mi sfuggono le cose peggiori, o da te ritenute tali.

- Se il tuo atteggiamento è sincero, posso dirti, senza possibilità di errore, che ti sono da meno e che avrei dovuto essere un uomo migliore per meritare il tuo amore.

Mi sorride, guardandomi come solo lei sa fare, prima di dirmi:

- Tu sei una canaglia, Jacopo. Naturalmente, adorabile.

Questa è la sola cosa certa che si può dire di te.

Sorrido anch'io, come se avessi ricevuto un complimento, e replico:
- E tu, invece, quali certezze dai?
- A te ne ho data una che avrebbe dovuto esserti evidente, se non fossi stato bendato dal tuo disturbato amor proprio. Non hai capito una cosa importante della nostra relazione e ti sei precluso di viverla come una storia finale e risolutiva, oltre che irripetibile. Il tuo alto senso estetico ti porta a vivere e a ricercare l'esclusività, che, senza nemmeno saperlo, consideri necessariamente temporanea, non sapendo prenderne in considerazione la continuità.

Anche in amore adotti il metodo sbagliato, che hai elevato a dogma della tua religione individualistica. Sei perfettamente consapevole dell'unicità delle nostre affinità che rendono straordinario il nostro rapporto amoroso, ma non hai mai pensato, o agito, in funzione del suo prolungamento. Ami e difendi la bellezza, ma ritieni senza futuro quella contenuta dalla passione tra due persone.

Tu, sei insolitamente imperfetto e assurdo, Jacopo. Sai amare in grande, non in piccolo.

Sai legarti alla terra, indissolubilmente, giammai a una persona. È più facile che tu possa amare un popolo, pienamente, che non una donna, nemmeno se questa ti fa impazzire, come nel mio caso. Perché, io, ti faccio impazzire, vero?

La punto. La osservo, nel suo atteggiamento ironico. La contemplo, nella sua bellezza che mi appare di una completezza sovrumana. Sì, mi fa impazzire.

- Per me tu rappresenti, nell'universo femminile, una stravagante anomalia che ne conferma la lucentezza. Talvolta, però, abbagli. E io ti preferisco splendente.

- Un eufemismo dei tuoi per dirmi che ti faccio impazzire.

– mi dice in modo sensuale.

- Ti somiglio più di quanto tu possa credere. Questo ti ha spiazzato, Andreina?

- Esatto. Pensavo fossi migliore di me.
- Assolutamente. Sei di una spanna migliore di me. In tutti i sensi. – le dico con convinzione.
- Nonostante questo, mi piaci. Sarò perversa, quanto te.
- C'è qualcosa, in me, che ti appare di natura perfida? – le chiedo con ansia.
- In te c'è qualcosa incline intimamente al male e alla follia. – osserva con sicurezza.
Resto fermo. Cioè, muto. La sua asserzione non mi dà l'impressione di essere senza fondamento.
- Ti riferisci a qualche cosa che ho fatto, o che hai intuito?
- Entrambe. So del tuo istinto feroce e della tua smania del possesso animalesco quando mi hai morso il collo, ferendomi. So dei tuoi comportamenti insinceri quando mi guardi freddamente, cercando di scrutare con gli occhi dentro la mia anima, come per scorgervi qualche cosa ordita contro di te. Ma so, anche, del tuo amore per me, quando ti perdi nei miei occhi e mi accarezzi, mi baci, mi prendi come sai fare tu.
- In tutta sincerità, ti dico che non riuscirei a immaginare la mia sfera intima e la mia vita emozionale lontano da te.
- Parla in maniera chiara e schietta! Stai dicendo che non sapresti stare senza di me?
- Sì, mi sembrava di essere stato chiaro abbastanza.
- E allora, perché non lo hai detto?
- Ma, che linguaggio è mai, quello? L'ho detto come lo so dire, no?
Allunga entrambi le mani e stringe le mie. Mi guarda con la tenerezza di una madre che perdona il figlio di tutto quello che ha commesso in sua assenza, disubbidendo. I suoi occhi si fanno lucidi.
E temo che mi abbandonerà, che abbia deciso, a modo suo, di lasciarmi andare.
All'improvviso, mi balena nella testa l'idea che lei voglia ritornare a osservarmi a distanza, come faceva quando non mi conosceva. È un'idea che mi atterrisce. Per nien-

te al mondo vorrei perdere la sua presenza fisica. Il solo pensiero di non ascoltare più la sua voce, di non poterla guardare da vicino e toccarla, mi crea un patema d'animo.
- Che c'è, Jacopo? – mi chiede con dolcezza.
- C'è che ti amo e voglio che tu non vada da nessuna parte. – rispondo.

***

La cena dura tanto. Stranamente, mangiamo più del solito, bevendo quasi una bottiglia di vino a testa. Usciamo dal locale che Andreina a stento si regge. Una volta fuori, infatti, smette di assumere il forzato atteggiamento composto, nel quale si era ingessata nel tentativo di darsi un tono sobrio, e si attacca a me.
- Mi hai fatto bere per sedurmi, balordo?
- Ma no. Non ricordi che al telefono, sei stata tu a prospettarmi un delizioso dopocena?
- Ah, sì. Ti ho proposto io di scopare.
- Andreina?!
- Che c'è?
- Ma, come ti esprimi?
Ride. Ride come non l'avevo mai sentita ridere. Da ubriaca.
- Oh, ecco l'esteta che ha in orrore il linguaggio scurrile, con i suoi intercalari triviali, le sfumature rozze e i toni alterati.
- A te non conviene una simile terminologia. – le dico per rimproverarla affettuosamente e per scherzo.
Imitandomi, nel tono e nella gestualità:
- "A te non conviene una simile terminologia". E cosa si conviene a una gran dama come me? Te lo dico io: scoparmi uno come te.
- Ancora?!
- Smettila, puritano! Che il termine ti piaccia, o meno, io, adesso, ti scopo e basta. E qui!

- Cosa?

- Lì, in quel portone! – indicando il portale settecentesco del palazzo situato all'ingresso del vicolo, appena fuori dal locale.

Mi prende per mano e quasi mi trascina in quella direzione. Quella che nemmeno per un attimo mi era sembrata una falsa intenzione, si manifesta come una decisione presa in piena regola. Andreina mi appare abbastanza eccitata da quello che sta per fare. Io, non resto indifferente a un momento tanto fuori dall'ordinario.

Entriamo nell'atrio di quel palazzo, attraverso un portone in legno massiccio, chiuso a metà. Andreina mi spinge in un angolo laterale, subito dopo l'ingresso.

Appoggiato su una sorta di muretto in pietra, ricevo i suoi baci vogliosi. È rabbiosa e mugugna qualcosa che non capisco. Le apro la camicia sotto il tailleur e mi dirigo sui suoi seni, guidato da lei, che dopo qualche attimo mi abbassa i pantaloni e si china su di me.

Decido di metterla a sedere sul muretto, le alzo la gonna e le strappo, dilaniandole letteralmente, le mutande. Lei divarica le gambe e mi accoglie. Senza pensare a niente, se non a quell'attimo di fuoco che ci vede l'uno nell'altra. Ci amiamo spinti dal desiderio dei folli, che non distinguono il tempo e lo spazio in cui consumano l'amore e l'atto sessuale che lo esalta.

Abbandoniamo il nostro luogo di passione, ridendo. E per strada, sempre più forte, realizzando soltanto in quel momento quello che abbiamo fatto.

Smette di ridere e, fermandosi, mi dice all'orecchio:

- È stato bellissimo. Non avrei potuto attendere.

Non dico niente. La bacio a lungo. Mai, avrei pensato di poterlo fare con tanta naturalezza e con tanta voglia, in un luogo che non fosse a riparo da occhi indiscreti. Sicuramente qualcuno, dietro le finestre chiuse, avrà osservato il nostro atteggiamento. Ma, francamente, non può importarmene più di tanto. Il fatto che lei sia la moglie di un boss, è un dettaglio che in questo momento per me non conta nulla.

Abbracciati, raggiungiamo l'auto nel parcheggio e ci avviamo verso la mia mansarda per passare insieme la notte.

XIX

- I tuoi spaventapasseri rendono molto bene l'intimità della tua persona. – dice, osservando la grande tela sulla parete.
- Da cosa lo deduci?
- Dal loro aspetto animato, quasi umano. Si direbbe che tendi, nell'opera, a dare un impulso vitale a questi amici dei campi, trasformando in realtà quello che, prima di esporlo sulla tela, era un concetto metafisico. La stabilità delle prime figure e il movimento delle altre due danno la sensazione del gioco, di qualcosa che si realizza al di là del meccanicismo astratto, che le pennellate nascondono bene nei colori accesi del tramonto, recuperando lo spirito caldo e intenso delle tue pulsioni emotive. Gli spaventapasseri sono i tuoi interlocutori per interpretare la natura di cui fanno parte.
Ma sono anche gli unici capaci di ricondurti al sogno e al desiderio di fondo della tua anima, che è quello di sentirti destituito da ogni ruolo e dovere sociale, per dedicarti liberamente alla tua ricerca artistica e personale dell'utile e del concreto, lontano dalle convenzioni degli ismi, dall'inflessibilità delle regole sociali e dai sentimenti popolari, di cui puoi essere tutt'al più un interprete metaforico, un osservatore attento e un ammiratore irriducibile, giammai un rappresentante, o un utilizzatore finale.
- Per la miseria, Andreina! Sei davvero brava! Sei capace di smaniare su quella tela, fino a sublimarla.
- Mi piace davvero, sciocchino. E nella critica è insito il fatto che tu non abbia una piena consapevolezza di quello che riesci a fare. Fai della falsa modestia solo perché, evidentemente, nell'imbarazzo, sei incapace di accettare un complimento che sia ragionato. Vuoi vedere che soffri della sindrome dell'impostore?

- Cioè?

- Non ti senti, talvolta, all'altezza delle attività che svolgi e questo ti mette al riparo dalla tua presunzione, conferendoti una modestia che non ti è propria.

- Io non riesco a dire, al di fuori di una teatralità di rito, che ho talento. So, certamente, che mi sento poliedrico. Questo sì.

Finisco appena di pronunciare l'ultima parola, che questa riecheggia nella stanza. Mentre, Andreina, spogliandosi del tailleur, va in bagno, la voce di Raskòlnikov continua a risuonare:

- *Poliedrico?! Ma sì, certo, tu sai dedicarti a te stesso prendendoti diversamente in considerazione. Sembrerebbe che tu abbia molta cura di te stesso e, invece, non hai fatto altro che sbagliare tragitto nel corso della tua vita.*

Nessuno può nuocere alla tua persona quanto te stesso. Sai difenderti dai sentimenti altrui, ma resti senza difesa di fronte al tuo amor proprio. Questo è l'errore fondamentale che segna la tua esistenza. Scaricati, abbandonati, datti per disperso quando la benevolenza che riversi su te stesso ti reclama per intero, e sarai davvero libero.

Hai un dominus all'interno, che ti regola e dispone della tua volontà, illudendoti di non essere manovrabile da alcunché e di avere un illimitato campo di movimento e libertà davanti a te.

In verità, vai dove non vedi. Segui una direzione non indicata e hai fede solo in ciò che l'istinto ti prospetta in maniera ingannevolmente scultorea.

Osservi attraverso una lente deformante, finendo per accettare l'immagine distorta della realtà, che vai aggiustando nell'elaborazione artificiosa del tuo gusto decoroso.

Ti svelo una cosa che non sai, testina pensante: l'uomo contemporaneo cerca la libertà all'interno di se stesso, come se la propria coscienza offrisse più spazio del mondo esterno.

In realtà, essa offre uno spazio mentale soltanto più accomodante e per niente conveniente.

È lì che inizia la deviazione e prende origine la predisposizione a considerarsi un semidio, nell'interiorità di chi pensa che ritirarsi dentro la propria persona metta se stesso al riparo dalle contaminazioni esterne, alle quali bisogna, invece, abituarsi, sviluppando i necessari anticorpi per restarne immuni.

È in mezzo ai farabutti e ai disonesti che si diventa robustamente incorruttibili e si impara a prendere le distanze dai loro propositi; è tra la gente comunemente piccola che si modella l'animo nobile dell'altruista; è tra l'ipocrisia spaventosa del moralismo conformista che si dà forma a un'intelligenza solidamente attrezzata.

Il mio padre ideale, il mio creatore, il mio Dostoevskij di cui ha notizia il mondo intero, il più grande di tutti i romanzieri, l'anima russa più profonda che sia mai esistita, ha conosciuto assassini, malfattori e delinquenti di ogni sorta, nel suo confino siberiano.

Lui, ha potuto raccontare la vita, sperimentando l'animo umano come principio attivo delle facoltà intellettuali, del sentimento, degli affetti. La tragedia e la tenerezza che lo attraversano sono sublimate da una fine e resistente tessitura di parole, forgiate da un maestro eccelso, che non si è mai staccato dalla vita degli altri, se non per cercare nell'intimità della propria coscienza i caratteri da attribuire ai personaggi che andava creando.

Vedi, apprendista egoista e autolesionista rodato, la solitudine non è necessariamente un posto in alto o un osservatorio privilegiato, ma un luogo quieto per poter pensare in linea con la propria altezza. Da lì si guarda il resto del mondo in orizzontale, senza mai percepirsi su una vetta, anche quando ci sembra che i nostri pensieri abbiano messo le ali.

Il difetto dell'uomo raziocinante che non si ritiene incluso in un sistema che lo contempla ampiamente è ridicolo. Non basta estraniarsi, per ritenersi non coinvolto dal flusso vitale che regola l'esistenza della collettività. Così, come nessun uomo retto può mettersi da parte e credersi interamente onesto e puro solo perché si tiene lontano dai crimini e dal delitto.

Sia chiaro, non voglio e non potrei mai includerti nella catego-ria umana meno significativa, quella giudicante e inattiva, ma, ti invito a non cercare di escludere dalla tua esistenza ciò che ti appartiene e ti qualifica.

La donna che tra poco uscirà da quella porta prova per te un amore incondizionato. Della tua persona, contrariamente a te, contempla tutto: pregi e difetti, tendenze e vocazioni, fervori e malinconie, il tuo profilo migliore e quello peggiore.

A proposito, sai perché non hai ancora pensato di autoritrarti sulla tela?

Perché sei cosciente del fatto che non riusciresti a dare un senso compiuto al dipinto. E tu detesti quello che non viene eseguito con una giusta cognizione di causa.

Riprendendo il discorso, ti consiglierei di avere seriamente in considerazione la parte emozionale della tua esistenza, quella relativa all'amore e alla ricerca della conoscenza, se mai tu ac-cettassi di buon grado l'ammaestramento di chi ha vissuto nella mente di un genio ottocentesco e non fossi tanto ostinato nel darti retta con tanta sterile applicazione.

Metodo, ragazzo, metodo! Ricordi? Ti ho già indicato, in prece-denza, l'importanza del metodo per rimediare alla lacuna.

Ama, dunque, sotto il cielo, le stelle e il tetto, se ci riesci. Ama qualsiasi cosa ti ricordi un mondo precedente. Ama la speranza di vederti recuperato al futuro per te disposto in origine. Diver-samente, fottiti, come un qualsiasi megalomane, o dissennato temerario, a scelta.

***

Andreina esce dal bagno in mutandine e reggiseno, con la camicia tra le mani, che lascia cadere sulla sedia, dove prima ha appoggiato il suo tailleur:

- Mi sono data una bella rinfrescata, ne avevo proprio bi-sogno! Mi sento meno ubriaca, ora.

Si distende sul letto e mi invita a raggiungerla. Mi spoglio e sono subito vicino a lei.

- Non ci siamo frequentati molto io e te, ma lo abbiamo fatto con molta intensità. Sai, la nostra potrebbe non essere una storia d'amore, ma amore per le nostre storie personali. – mi dice guardando i rami del leccio oltre la finestra di fronte.

- Questa, è davvero bella, molto singolare.

- Già, e calza a pennello soprattutto a te. – replica con sarcasmo.

- Dai, che vorresti dire?

- Che nella tua vita, io faccio un gran curriculum.

Rido, prima di dirle:

- Il curriculum è fatto da dati messi insieme, appartenenti a esperienze diverse. Tu, da sola, sei un insieme di dati che fanno esperienza e curriculum. C'è differenza. Tu sei tutto il mio bagaglio di vita sentimentale, mia cara. Ed è tanta roba, come suol dirsi in giro.

Mi guarda col sorriso di chi ha ormai deciso di trattarmi con tutta la sincerità del caso, pur senza rinunciare al gioco:

- Io e te ci siamo detti cose importanti, ma non tutto. Sai, per esempio, cosa penso di te quando mi prendi con molta foga?

- Immagino.

- No, non immagini. In quel frangente ti vedo e ti sento come un quadrupede che non associo a nessuna bestia esistente, ma a una della mitologia, a una sorta di fauno, o minotauro. Mentre ti vedo umano, molto umano, quando ti dedichi esclusivamente al mio piacere.

- Sicura che sei meno ubriaca?

- Sì.

- Mi vedi, dunque, con le sembianze di Pan, quando ho una irrefrenabile voglia di te?

- No! Perché in quel caso sarei la capretta del gruppo scultoreo della Villa dei Papiri di Ercolano, con la quale il Dio Pan si accoppia. E poi, tu non sei un Dio. Dai, non darti delle arie!

Ridiamo insieme. Quando smettiamo di ridere, sul suo volto, come, forse, sul mio, rimane la voglia di unirci e amarci.

Lo facciamo nella cornice di un assoluto silenzio, dove la forza vitale del sentimento di affezione che ci lega diventa la protagonista unica di quell'atto amoroso, che si consuma in una sensualità dolce e intensa, dove l'odore si combina alla sensazione tattile, scatenando un piacere immenso.

Sono queste magie a farmi pensare che nessun'altra donna potrà mai assorbirmi così tanto, accordando, alla maniera di Andreina, le sue pulsioni con le mie, nello stesso respiro.

Sono questi amplessi che mi portano a credere che ci apparteniamo come in un legame stabilito in natura e, per questo, non ragionato e non soggetto alle tipiche manie insite in quel disastroso processo mentale, che ha come culmine il senso del possesso.

Sono andato alla ricerca di Maria e, oggi, ci sono stato soprattutto per cercare di dimostrarmi che se vado con un'altra donna vuol dire che non tengo particolarmente ad Andreina.

Presentarmi a lei con addosso ancora l'odore di Maria, mi è sembrata un'implacabile perversità che avrebbe dovuto rivelarmi il controllo del mio amore nei suoi confronti.

Sono stato davvero uno stolto. Andare con le altre non cancella nemmeno la millesima parte del mio sentimento per Andreina. E sarei pronto a giurarle fedeltà, se la nostra relazione dovesse assumere le caratteristiche di una unione, oltre all'idealità del concetto.

Stringo la sua mano, mentre mi scopro assonnato e, francamente, un po' provato dalle pratiche amorose sostenute in giornata. Andreina comprende il mio stato di pieno rilassamento e mi accarezza le tempie. In men che un attimo, mi addormento, appoggiato sul suo seno, portando con me, nel sonno, quell'immagine.

***

Ci svegliamo in contemporanea, in un sincronismo che mi fa subito pensare all'armonia perfetta stabilitasi nella nostra relazione d'affetto. La bacio in fronte e poi sulle labbra.

- Buongiorno. Ma, è prestissimo, ancora buio, o quasi! – dice, guardando attraverso i vetri della finestra, rimasta con le imposte aperte.

- Sì, è l'alba, mia cara. Preparo un caffè?

- Sì – spingendomi con un piede fuori dal letto.

Vado nell'angusta cucina e mi adopero. Forse, sono felice, penso. Di là, nel mio letto c'è una donna a cui appartengo e che sento mia. Capisco all'istante, in maniera fulminea, che non potrei mai fare a meno di Andreina, che ho bisogno di lei, che l'amo più di quanto abbia sempre temuto. Sì, l'amo, per la miseria! L'amo da morire! L'amo e basta! Rivolgo la mente a Raskòlnikov. Ripasso le sue parole: "Ama, dunque, sotto il cielo, le stelle e il tetto, se ci riesci. Ama qualsiasi cosa ti ricordi un mondo precedente. Ama la speranza di vederti recuperato al futuro per te disposto in origine."

Sorrido. Mi avverto, sorprendentemente, davvero felice o, comunque, non sono mai stato così vicino a esserlo. Merito di Andreina, certo. Non voglio fare a meno di lei. Desidero vederla tutti i giorni, amarla tutte le notti, riempirmi di lei, sempre.

Continuo a sorridere. Sono innamorato perso. Dio mio, che strana sensazione di benessere!

Io, amo quella donna. La voglio tutta per me! Sì, a costo di sfidare il boss che ha per marito.

Intanto, l'odore del caffè che sale sparge nell'aria il senso intimo e casalingo del giorno appena iniziato. Sentire quell'aroma in presenza della donna a cui voglio tanto bene, mi procura un momento in cui mi vedo unicamente come il suo uomo.

Le porto il caffè a letto su un vassoio di fortuna, che ricavo da un vecchio piatto di ceramica su cui sono dipinti motivi floreali. Mi regala il suo sorriso più dolce e apprezza il servizio.

Tra me e lei intercorre il fluido che solitamente alimenta la viva inclinazione dell'animo verso una persona che ci è particolarmente cara. Vivo un sentimento naturale che mi ero sempre precluso, chissà per quale insensata ragione.

So che sorprendo anche lei, oltre me stesso, nell'atteggiamento, spontaneo e non represso, attraverso cui le dimostro affetto e attenzione, lontano da ogni forma di contatto fisico.

Mi accorgo, con notevole ritardo rispetto a chiunque, come gli occhi servano per accarezzare, al di là di ogni tentativo di affascinare, o subire attrazione, e come le parole da dire a chi si vuole bene possano essere di una semplicità sconvolgente e avere una tonalità diversa, che assume la profondità del punto da cui viene fuori, situato in fondo all'anima di ogni persona innamorata.

Resto stupefatto nella contemplazione del mio comportamento e delle mie espressioni.

Ero partito con l'idea perversa di avere Andreina ancora cosparso dell'odore di Maria, invece mi ritrovo e mi riscopro preso d'amore, intenzionato a rivelarmi ai suoi occhi nella trasparenza di ciò che sento per lei.

Mentre le accarezzo i capelli e pratico nei suoi confronti una dedizione appassionata ed esclusiva, istintiva e intuitiva, che mi dà il senso della reciproca felicità, prendo atto, per la prima volta, della funzione di cura e dell'effetto di giovamento di un sentimento ricambiato.

Il mio investimento emotivo nei riguardi di Andreina si traduce in una speranza concreta di affrontare il mio destino e afferma, una volta di più, che l'amore resta una soluzione semplice e universale, fortunatamente alla portata di tutti, nella complessità della vita.

Un attimo dopo, però, mi chiedo se un sentimento del genere, per quanto magico e curativo si dimostri, possa contenere le aspettative dell'esistenza, arginarne i dubbi e rispondere ai suoi perché.

- Se mi dici a cosa stai pensando, senza mentire, ti dirò una cosa sul tuo conto, che non ti ho mai detto – guardandomi con espressione infantile.

- Pensavo alla svolta della mia passione per te. Al suo sviluppo, alla sua evoluzione.

- Vale a dire?

- Alla possibilità di dirti che ti amo, senza temere di aver detto qualcosa che mi disarma.

Ne resta colpita. Non sa nascondere l'emozione e mi abbraccia, stringendomi forte.

- Io, ti ho sempre amato, Jacopo. Ti prego di tenerlo bene in mente, anche quando avrai da pensare a cose a cui non saprai dare una risposta immediata, o, magari, potranno apparirti incomprensibili.

Resto in silenzio e la guardo. Mi inquieto. Ora, so per certo che mi abbandonerà. Decido di non farle domande in merito e mi presto al gioco, cercando di nascondere un'aria preoccupata e, forse, intristita.

- Ora, tira fuori la cosa su di me che non mi hai detto! – le intimo, scherzosamente.

- Ma, non esiste, non c'è niente che devo dirti, nel senso che devo inventarmela per dirtela.

- Quindi, mi hai preso in giro, hai ottenuto da me quello che volevi senza darmi in cambio quello che avevi promesso?

- Sì, è molto grave?

- E, credi di poterla passare liscia, restando impunita?

- Cosa mi vuoi fare?

Ci guardiamo, e l'incontro dei nostri occhi dà origine a un'emozione incontrollabile. Non so cosa scatti dentro di noi e nemmeno saprei dirlo se ne avessi un'idea; so solo che entrambi siamo presi da un forte desiderio di abbracciarci.

- Hai saputo tirare fuori tanto da me, amore mio. – mi dice all'orecchio.

- Anche tu l'hai fatto con me. – rispondo, con un fil di voce.

- Confessami una cosa che mi fa male ascoltare. Ti do la mia parola che saprò soffrirne senza arrabbiarmi – mi chiede, bizzarramente.

- Cosa vuoi sapere?

- Quello che avrei voluto non fosse successo, ma che, comunque, ti ho perdonato.

- Hai anche tu qualcosa da raccontarmi che non mi piace ascoltare? – le chiedo stringendola più forte.

- Sì, credo di sì.

- Non menti stavolta, vero?

- No, non mento.

Restiamo così, l'uno stretto all'altra, pronti ad ascoltarci vicendevolmente, come dovessimo scambiarci un colpo di frusta, lenito dal nostro amorevole abbraccio.

- Allora, inizia tu, mio adorato.

- Sono stato con altre donne, dopo averti conosciuto.

- Lo so. L'ho sentito, in qualche modo.

- Ne hai sofferto?

- Sì. Ma non potevo cambiare la tua natura, in quel momento. So che ora, ti riuscirebbe molto più difficile andare con un'altra.

- Sì, è così. Io posso dirti senza remore che ti amo e non andrei mai con un'altra donna.

- Ci credo, Jacopo. Ti conosco, amore mio. So che dici il vero.

- E tu, di cosa hai mancato nei miei riguardi?

- Io ho fatto molto peggio. Non sono mai andata con un altro, meno che mai con mio marito, con il quale da diverso tempo ho stabilito l'abolizione di ogni dovere coniugale.

Sono stata sul punto di abbandonarti al destino che qualsiasi altro uomo avrebbe avuto al posto tuo.

- L'ho fortemente sospettato. – dico a bassa voce.

- Lo so. A un certo punto, non ti fidavi più di me. Te lo si leggeva solo guardandoti.

- E poi, cosa ti ha convinto a cambiare idea sul mio destino?

- Perché non ho lasciato che mio marito provvedesse a farti fuori, una volta compiuta l'operazione delle celebri opere? Semplice, ti amo alla follia.

Dicendomelo, mi stringe e mi bacia. Quando si stacca da me, noto che i suoi occhi sono lucidi, stracolmi di tenerezza.

- Andiamo a fare colazione a mare? – mi chiede, gioiosa.

Acconsento. Prima di uscire ci amiamo. Facciamo la doccia insieme e ognuno lava i capelli all'altra.

Una volta nella mia auto mi ricorda che più tardi dovrà recuperare la sua, nel parcheggio del ristorante dove abbiamo cenato ieri sera. Io, non me ne ricordavo, sebbene fossi meno ubriaco di lei.

***

Il bar-lido sulla spiaggia è uno di quei luoghi da frequentare solo in questo periodo, quando l'estate non è ancora arrivata e con essa l'orda di gitanti e vacanzieri che l'affollano.

In primavera, prima dell'estate e in autunno, appena dopo, resta un posto magnifico.

Guardiamo verso il mare, le sue onde schiumose e i suoi azzurri chiari e scuri. Ne sentiamo il rumore, ne percepiamo l'odore, ne gustiamo la linea che traccia l'orizzonte.

Sul nostro tavolo in legno, due cappuccini e due grosse brioche. Dopo aver consumato la nostra colazione, ci spostiamo su una panchina verniciata di bianco, a ridosso della spiaggia, seduti l'uno accanto all'altra, abbastanza vicini per tenerci la mano e baciarci, non appena distogliamo lo sguardo dal mare.

Andreina, assorta nella sua bellezza rinascimentale, non mi è apparsa mai così quieta, serena, sobriamente felice.

Mi trasmette il suo stato di grazia e mi avverto distante dal mio frenetico pensare, disteso e rivolto solo a quel tempo da lasciar passare stretto a lei.

Restiamo, uniti e in silenzio, ad ammirare il paesaggio marino, abbandonandoci alla sensazione di pace interiore che si prova di fronte a uno scenario tanto perfetto.

L'odore di salsedine, il senso di immensità e il rumore delle onde creano un'armonia ineguagliabile, dentro la quale ci adagiamo, comunicando, unicamente, attraverso l'esperienza tattile delle nostre mani e delle nostre carezze.

Il nostro stato emozionale sembra regolato da un magnetismo che proviene dalle sfumature di azzurro di quello scorcio di Mediterraneo.

Mi viene da pensare a quanti mercanti, corsari, militari, avventurieri, nel corso dei secoli, l'abbiano attraversato.

E ai suoi nomi dell'antichità: "Mar nostro" per i romani; "Mare bianco" per i turchi; "Grande mare" per gli ebrei"; "Mare di mezzo" per i tedeschi; "Grande verde" per gli egizi.

Nomi che indicano esperienze e raffigurazioni, fasi ed epoche distinte, che segnano la storia dell'umanità.

Di fronte a noi, dunque, un grande specchio di acqua salata, che riflette le vicende del passato e la cronaca del presente, nello scorrere dei sogni di vita e della fatalità della morte.

Poi, il primo sole ci riscalda alle spalle e ogni pensiero finisce per essere assopito da un tepore che ci proietta in quella impressione di benessere, sopraggiunta con l'ozio mentale e il desiderio di chiudere gli occhi, per abbandonarsi completamente al profumo e all'ascolto della natura.

Non so per quanto tempo restiamo così, con le teste reclinate l'una sull'altra, a sorreggerci in una posizione che rende conto di un'intimità profondissima e un'affettività indissociabile.

La percezione che ho di noi, sulla panchina bianca, primo piano di un quadro che proietta il beige chiaro della sabbia e gli azzurri del mare e del cielo, è l'ultima immagine che la mia mente produce, prima di abbandonarsi a un sonno dolce e beato.

***

Mi risveglio, disteso e appoggiato con la nuca sulle gambe di Andreina, che mi tiene una mano nei capelli e l'altra sulla guancia. Riesco a stabilire in men che un attimo che quello, in assoluto, è il momento più spirituale a altamente gioioso della mia vita.

Sentire su di me la delicata pressione delle mani di Andreina che mi stringe al suo grembo, mi riconsegna a uno stato primordiale che riconosco e a cui sento di appartenere, dove, al di là di un facile richiamo a ciò che concerne il bisogno dell'affetto materno, spunta e si evidenzia una concezione religiosa primaria, data dall'istintiva concezione del "femminino sacro".

Il grembo di Andreina, dunque, come il grembo della terra, da cui prende origine il nucleo vitale soggetto alle leggi eterne della natura.

- Oh, mio Dio, allora mi ami per davvero? – le chiedo aprendo gli occhi.

- Ben svegliato! No, non ti amo per niente e hai anche russato. – premendo leggermente la bocca sulla mia fronte.

- Davvero, ho russato?

- Sì, respiravi molto forte e profondamente. Gli eventi ti hanno messo a dura prova in quest'ultimo periodo. Hai bisogno di rilassarti e di serenità.

- Sì, può darsi.

- Puoi sempre prenderti una vacanza e andare dove desideri. Ora, non ti mancano le possibilità per farlo.
- Senza di te? – le chiedo, aspettando con ansia la risposta.
- Perché, no? – mi risponde guardandomi con un sorriso teatralmente cinico.

Subito dopo, realizza che si è fatto molto tardi, che è restata con me più del dovuto e che deve scappare via. Alle 11.00 ha un appuntamento con suo marito e dei signori del nord, apprendo dalla sua voce stanca.

Mi saluta, abbracciandomi forte, come non ha mai fatto. La stringo a me, dicendole che lei è molto importante per la mia esistenza. Mi lascia visibilmente emozionata, senza dirmi niente, ma guardandomi fino all'ultimo con gli occhi dell'amore.

Ha voluto proseguire a piedi fino al parcheggio, dove ieri sera ha lasciato l'auto.

Mentre io, decido di passare per la redazione della televisione, dove manco da diversi giorni e domani dovrei riprendere servizio, come concordato con il proprietario, un gentiluomo d'altri tempi, imprenditore nel campo della comunicazione per pura passione, più che per perseguire il business.

È il giorno buono per dimettermi, o per comprarmela, penso, quando sono davanti all'ingresso del palazzo in cui, all'intero primo piano, è situata. Vengo accolto molto bene e con cordialità esagerata da parte dei collaboratori e dello stesso proprietario, che viene chiamato da tutti Don Guglielmo, perché discendente da un nobile casato, non perché prete o in odore di camorra.

È un signore distinto, di quasi ottant'anni, un vero galantuomo, educato, gentile e rispettoso di tutti. So per certo e indirettamente della sua stima considerevole, a me mai dichiarata apertamente, che nutre nei miei confronti.

In tre anni di lavoro presso l'emittente, non avevo mai chiesto un permesso per assentarmi dall'attività per ben più di una settimana, al di là delle tre che mi spettano per contratto. Ma, per dedicarmi adeguatamente all'operazione monegasca, non potevo fare altrimenti. La mia richiesta, evidentemente, è stata interpretata dal nobile proprietario come un mio momento di stanca, in cui crede di aver individuato un atteggiamento demotivato.

Fattomi accomodare nel suo ufficio e offertomi un caffè, mi propone un nuovo contratto, alla luce di un lieve aumento sul misero stipendio che già percepisco. Faccio finta di essere contento dei duecento euro in più, che mensilmente finiranno nella mia busta paga, e firmo per altri due anni, come desiderato dal mio datore di lavoro che, quasi imbarazzato, dice che non è in grado di offrirmi di più.

Mai, sospetterebbe, Don Guglielmo, che sul mio conto, in una banca svizzera, ho dieci milioni di euro, guadagnati per aver partecipato al furto di opere d'arte di grande prestigio e per aver ucciso un malvivente, ex sottufficiale dei servizi segreti albanesi.

Ed è mentre firmo quel rinnovato contratto di lavoro, che mi accorgo di avere ancora una possibilità per salvarmi da me stesso, cercando di vincere le mille tentazioni per recuperarmi pienamente.

Per quello che ho dato a quell'emittente, per l'abnegazione al lavoro e al senso di responsabilità che ho dimostrato nella professione, merito tutta la considerazione e la stima che una persona tanto per bene come Don Guglielmo nutre nei miei confronti. E so bene, quanto graveranno sul suo bilancio personale, quei duecento euro, di cui vado fiero e apprezzo come un riconoscimento straordinario al mio impegno di operaio della comunicazione.

Quando, più tardi, nel pomeriggio inoltrato, vado a correre per la collina, ritorno sul concetto della mia salvezza. Devo perseguirla seguendo i ritmi della natura che mi circonda, adottando i suoi tempi e imitandone i cambiamenti stagionali, senza incorrere in stravolgimenti sostanziali e innaturali.

***

Rientrato dalla mia corsa, apprendo per telefono, da Salvatore, una notizia che all'istante mi pare inverosimile per la fatalità che la contraddistingue: circa un'ora fa, don Nino è scivolato nel bagno personale della sua villa. Ha battuto la testa sul bidè, spaccandosela e morendo all'istante.

- Ma, come è potuto succedere? – domando.
- È successo. Non farmi domandi del genere, Jacopo. – replica secco, Salvatore.
- Andreina come sta? – chiedo ancora.
- La signora è rimasta quasi impassibile. Sembra imperturbabile. Sono stato io a ritrovare suo marito morto e a riferirglielo. L'ho solo sentita mormorare, dopo che lo ha visto disteso a terra, privo di vita e con la testa sanguinante nei pressi dei pezzi sanitari, questa frase: "Che morte beffarda! C'è più da ridere che piangere." È sembrato subito evidente, infatti, che il boss avesse battuto la testa sul bidè, essendo il bordo macchiato del suo sangue.

Finita la conversazione con Salvatore, chiamo Andreina. Una voce mi dice che il numero composto risulta inesistente. Mi metto di nuovo in contatto con Salvatore:
- Andreina è lì?
- Si è appena ritirata di sopra, dopo che il medico legale ha appurato la morte accidentale del boss. Non ci sono dubbi, ha detto, don Nino è scivolato battendo la testa su quel pezzo di porcellana. I funerali ci saranno domani, nel primo pomeriggio.

Non posso fare a meno di trattenere un sorriso di riflessione: come può, un uomo dedito con tanta cura ad affari per tanti versi complicati e illeciti, che richiedono fermezza, carattere, coraggio, scivolare in bagno e spaccarsi la testa sul bidè, come il più sfortunato dei citrulli?

Siamo abituati a considerare la morte, anche nel caso della sua accidentalità, come qualcosa di terrificante, un'esperienza dolorosa, o qualcosa a cui rassegnarsi con serenità. Ma, nel caso del boss, la fatalità assume un aspetto beffardo non indifferente. Sembra quasi che la sorte gli abbia riservato il più indecoroso e irrispettoso dei decessi, come per punirlo dell'influenza che si era guadagnato in vita. Credo che don Nino fosse scaltro abbastanza per sopravvivere a lungo. Certamente aveva progetti da realizzare e mete da raggiungere, come tutti gli uomini d'affari, chiari od oscuri che fossero.

Ma la morte può essere davvero stramba e bizzarra, al di là della sua patetica drammaticità e del suo consumato senso del finito. Ecco, la dipartita, nel caso di don Nino, coincide con lo scherzo più atroce che il destino avrebbe potuto custodirgli. L'accidentalità della sua fine ha qualcosa di tragicomico che attiene alle commedie, dove la concezione della vita e del dolore si lega a un episodio fortuito che ha del grottesco.

Insomma, non è proprio dignitoso, a maggior ragione per uno che aspira a diventare sempre più influente, come, appunto, un boss della malavita, finire in quel modo.

Una morte del genere si traduce in un ridicolo addio alla vita, da cui ci si dovrebbe separare convenientemente, con il giusto commiato, nel rispetto dell'esistenza che è stata.

Che diamine, morire battendo la testa sul bidè è oltremodo indecente, per niente consono alle esigenze di uno che nella vita era considerato un dritto!

Certo, la morte è un male inevitabile che può giungere in qualsiasi momento e a cui, per forza maggiore, bisogna adattarsi, senza per questo accettarne alcune modalità sconvenienti.

Anche qualora fosse da intendere come castigo divino, dovrebbe, per decoro, manifestarsi in una forma accettabile. Ciò che mette fine all'esistenza, da intendere come un tempo dove possono, in teoria, dominare il dispiacere, la malattia, il senso effimero della vita, avrebbe da presentarsi con connotati positivi, quantomeno non sarcastici.

Se l'esistenza non ha per fine il piacere e la felicità degli uomini, che almeno la morte metta fine al loro tempo senza aggiungere del ridicolo a ciò che è già abbastanza insignificante di per sé.

Se fossi morto alla maniera di don Nino e avessi avuto a mia disposizione un tempo minimo per restare lucido, ne avrei approfittato per riderne. Amaramente, ma ne avrei riso.

I fini egoistici e la bieca lotta per la sopravvivenza, ricoperti del significato glorioso che un uomo come don Nino poteva dare a ciò che contribuiva a realizzare la propria personalità, sono stati letteralmente ridimensionati e sviliti da una morte sarcasticamente moralizzatrice e giustiziera. L'arrivismo, il potere, l'apparenza, una volta tanto, non arrivano al punto più alto della loro spudoratezza, per finire definitivamente nel bidè.

Mi chiedo in che modo la morte del boss possa costituire un elemento che separa, crea dolore e lascia un vuoto.

XX

È una bella giornata di sole. Sarò strano, ma io, nella circostanza della morte di don Nino, non avverto nessuna particolare emotività. Tutto sommato la sua morte, al di là delle riflessioni fatte, mi lascia del tutto indifferente, tant'è che, nonostante l'evento nefasto avrebbe potuto in qualche modo riguardarmi in una misura anche considerevole e distrarmi dai miei impegni, oggi sono tranquillamente ritornato al mio lavoro in redazione.

Nel pomeriggio, però, con convinto senso del dovere, mi organizzo per partecipare al rito funebre del boss. Raggiungo a piedi il cimitero, che è situato in un bel luogo, da cui si osserva, tra pini e cipressi, un panorama spettacolare sul mare. Ogni volta che, qui, vengo a trovare mio padre, mi ci soffermo a godere di quella visuale.

Vi arrivo che il prete ha già iniziato la sua funzione. Scorgo, tra le autorità locali presenti e una discreta folla, il mio amico, Agostino. Appena più in là, Salvatore e gli altri scagnozzi del boss.

Non vedo Andreina e, sebbene continui a cercarla con gli occhi, guardando in ogni direzione, non incontro la sua figura.

Decido allora di spostarmi e di controllare da altri angoli di osservazione, ma niente, non la vedo.

Mi avvicino a Salvatore per chiedergli di lei. Questi mi risponde che solo un attimo fa era in prima fila, davanti al prete, ma che ora nemmeno lui la vede, perché non è più al suo posto.

Mi precipito d'istinto fuori dal cimitero. Arrivo quasi all'ingresso e attraverso una cancellata, vedo salire a bordo di una grossa auto una signora in tailleur e cappello scuri. Noto un pezzo della sua gamba e la caviglia ossuta nella calza di seta nera sollevarsi dall'asfalto per scomparire dietro lo sportello che si chiude.

Era Andreina? Se sì, perché ha abbandonato i funerali del marito?

Non ho potuto distinguere chiaramente la sua figura e non l'ho vista in volto. Ho avuto modo di scorgere solo una donna, semi coperta dallo sportello aperto, che si piegava per salire in auto, nel gesto di portarsi interamente al suo interno.

Ritorno alla celebrazione del morto, a cui assisto al fianco di Agostino, che, notando la mia inquietudine per l'assenza di Andreina, mi rivolge occhiate interrogative.

- L'hai vista? – gli chiedo, in maniera frenetica.
- Chi?
- Andreina!
- Mi è parso di sì, ma non ne sono sicuro.
- Come fai a non esserne sicuro? Tu la conosci benissimo. Era lei, o no?
- Calmati e non ti agitare. Mi è parso di vedere una signora davanti che si muovesse come lei, ma non l'ho vista in faccia.
- Ma, non l'hai salutata, non le hai fatto le condoglianze?
- No, mi sono unito al corteo funebre che era già nei pressi del cimitero e non ho avuto il tempo per fargliele. Ho saputo della morte di suo marito, leggendo casualmente un manifesto funebre per strada, sotto casa. Ad ogni modo, avrei aspettato la fine della celebrazione per le condoglianze.

Dopo la sepoltura di rito, io e Agostino usciamo insieme dal cimitero. Siamo entrambi senza auto e, a piedi, proseguiamo per una lunga passeggiata, verso il porto, durante la quale il mio amico mi informa che appena due giorni fa, Andreina ha fatto visita a lui e sua moglie.

Racconta di averla trovata leggermente scossa e nervosa, forse preoccupata per qualcosa, o qualcuno. Mi dice chiaramente che, secondo lui, Andreina, era tesa per causa mia e me ne chiede il motivo. Io glisso. Cos'altro potrei fare? Non me la sento di raccontare al mio grande amico tutto quanto mi è accaduto.

Arrivati al molo, decidiamo per un giro con "l'arca". Una volta in mare, Agostino mi chiede del mio umore:

- Cosa c'è, Jacopo? Avanti, c'è qualcosa che non puoi dirmi?

- Sì, amico mio. Qualcosa di imperdonabile, che ho commesso.

- D'accordo. So che hai perseverato nell'errore perché travolto dalla passione per Andreina. Non te ne faccio una colpa. L'importante, ora, è che tu giudichi con la sufficiente lucidità quello che hai commesso. Ti faccio una sola domanda: per quello che hai fatto, sei al riparo dalla giustizia?

- Credo di sì, riuscirò a farla franca. Sono un incensurato e nessuno potrebbe sospettare di me per il crimine di cui ho colpa. Perché mi chiedi questo?

- Perché, probabilmente, Andreina, in questo luogo, per quello che ha commesso, insieme a te con l'aiuto del suo appena defunto marito, non è al sicuro.

- E tu, hai idea di quello che ha commesso insieme a me?

- No.

- E come fai a parlarne?

- Infatti, ne parlo genericamente. Ho sempre saputo che Andreina avrebbe condizionato la tua esistenza, fino a comprometterne la stessa incolumità. Ed è accaduto, nonostante ti avessi, in qualche modo, messo in guardia. Non c'è parvenza di condanna, nelle mie parole, Jacopo. Quello che è accaduto, era inevitabile, dal momento che hai incontrato e amato quella donna, tanto più che ne sei ampiamente ricambiato. Sai, se dovessi scommettere su un sentimento sicuro, scommetterei più sul suo amore per te che sul tuo per lei.

- L'amo da morire, Agostino!. Fino a soffrire la sua assenza, irrimediabilmente. Non la vedo da un giorno e sono in queste condizioni.
- Jacopo, non la vedrai per molto, o, forse, mai più. Questo lo sai, vero?
- Ci ho pensato, sì, ma non voglio convincermene.
- Devi, invece. Lei costituisce un capitolo importante e fondamentale della tua vita, da cui sei uscito vivo. Sei sopravvissuto alla forma più drammatica dell'amore, amico mio. Io, non lo so se sono un uomo sufficientemente avveduto e intuitivo, ma di una cosa sono certo, che, tuttavia, potrebbe sfuggire agli altri: Andreina è una donna fatale e incarna un archetipo femminile micidiale. Amarla ed esserne amato comporta un rischio altissimo, una sorta di tributo da pagare alla sua bellezza, al suo fascino, al suo talento di donna. Lei è chiaramente la continuazione, in epoca moderna, di un antico tracciato mentale femminile che assume una corporeità altrettanto straordinaria. Lei è amore, passione ed erotismo, nella contemplazione della loro massima espressione, quella naturale e mai repressa dal pregiudizio e dalla morale. Imbatterti nella sua vita, senza pagarne conseguenze estreme, è da considerarsi una fortuna senza pari. Il tuo dispiacere per non vederla più non deve alienare la possibilità di poterne conservare il ricordo. Devi controllare il tuo dolore nella moralità del tuo comportamento, assumendo l'atteggiamento stoico dei filosofi antichi. Altrimenti, il tuo sapere a cosa servirebbe, se non per garantirti l'incolumità dell'anima?
- Talvolta mi sembri un oracolo quando parli. Le tue parole sono di una saggezza senza pari. Sono fortunato a conoscerti.
- Concentrati, amico mio, sulla fortuna che hai nel poter organizzare ancora la tua esistenza, dopo aver vissuto un'esperienza tanto forte e magnetica.

- La verità, Agostino, è che dopo essermi reso finalmente conto di quanto ami quella donna, è scomparsa, come se fossi stato punito per questa mia ritardata capacità di comprendere per tempo il mio amore per lei.

- Ti sbagli, Jacopo. L'hai amata sin da subito, così come lei ha amato te. Solo che tu hai provato a resistere inutilmente all'amore stesso che provavi, senza capire che la negazione di un sentimento comporta scompensi e giammai può essere considerata un'opportuna difesa a salvaguardia di un egoismo da considerare propizio e invincibile. L'ego è un grande spazio intimo e va indagato, non forzatamente difeso da un sentimento positivo ed energetico, favorevole e lenitivo, come l'amore. Ma, questo, ora, lo sai e fa di te un uomo compiutamente cresciuto ed emancipato. Era anche ora.

- Sì, sono d'accordo con te. L'esperienza che mi lega ad Andreina ha cambiato l'immagine che avevo di me stesso e il mio modo di vedere il mondo. Mi ha aperto a nuove prospettive, magari anche avventurose, ma non necessariamente illegali e criminose.

- Un po' ti trovo cambiato, certo. Forse, nonostante il grande rischio da te corso, tu e lei vi siete migliorati, assorbendo vicendevolmente quello che serviva per crescere definitivamente.

- Non trovi strano che sia sparita dai funerali del marito? – gli chiedo con ansia.

- Sinceramente, non sono nemmeno sicuro che ci sia mai stata. – risponde.

- Cosa vuoi dire?

- Che io non l'ho vista, e tu, nemmeno.

- Ma, Salvatore, l'uomo di fiducia di suo marito, sì. Mi ha detto che era lì, davanti al prete, prima che scomparisse.

- Conosco Salvatore, me lo presentò Andreina diversi anni fa. Le faceva da autista. Più che essere l'uomo di fiducia di don Nino, mi è sempre sembrato la guardia del corpo

fidata di Andreina. Insomma, a mio avviso lei è rispettata e stimata da quell'uomo molto più del defunto marito.
Resto sorpreso. Ammutolisco e rifletto. Poi, chiedo:
- Salvatore è mai stato a casa tua?
- Sì, certo. Diverse volte accompagnava Andreina e poi veniva a riprenderla. Te l'ho detto. Ho avuto la sensazione che fosse il suo maggiordomo personale, naturalmente militarizzato.
- Allora, mi ha mentito.
- Chi?
- Salvatore. Una volta, incaricato da don Nino di tenere d'occhio me e Andreina, ci ha visti entrare a casa tua, insieme a te. Quando siamo entrati in confidenza mi ha raccontato il tutto come se non conoscesse te e non avesse mai visto la tua casa.
Agostino pensa un attimo, prima di realizzare:
- Semplice, Salvatore ti ha tenuto nascosto che ha fatto semplicemente il suo dovere, che è stato fedele e ha ubbidito principalmente ad Andreina, il suo vero capo, e di riflesso al marito.
- Perché?
- Perché Andreina così ha voluto.
- Quindi, Salvatore non ha riferito al boss della relazione che sua moglie aveva con me non per l'effetto dell'amicizia nei miei riguardi, ma, semplicemente, per non tradire il suo capo autentico?
- Bravo. – ironicamente.
- E potrebbe anche aver mentito circa la presenza di Andreina ai funerali di suo marito?
- Perfetto – sempre con ironia.
- Ma, allora quella donna in abito scuro che è salita in auto, chi era?
- Hai certezze che fosse Andreina?
- No, ho avuto modo di distinguere solo la parte inferiore della gamba e la caviglia. Mi è sembrato fossero le sue.

- Ma non puoi affermarlo con sicurezza, anche se ti appaiono molte le probabilità che potesse essere lei la donna che hai visto allontanarsi.
Improvvisamente, un pensiero si fa strada con prepotenza nella mia mente:
- Posso dirti quello che in questo momento mi passa per la testa?
- Certo.
- Riguarda te.
- A maggior ragione, devi dirmelo.
- Ho la netta sensazione che tu sappia perfettamente quello che Andreina ha in mente di fare. Credo che tu conosca il suo piano e che, ora, tu la stia coprendo, tenendomi all'oscuro delle sue intenzioni.
- Ti sbagli, e di grosso. Andreina resta un mistero per molti versi inesplorato. Anche noi, che pensiamo di conoscerla bene, non ne abbiamo che una visione molto parziale. Ti dirò di più, Andreina nella sua compiutezza non esiste, rimane impercepibile. Lei può soltanto offrirsi in una dimensione complessa e da decodificare, fatta di piccole verità e vaste zone d'ombra, attraverso cui emana il suo fascino, ora mistico, ora di sorprendente naturalezza. Tu sei molto provato, Jacopo. Soprattutto il pensiero della sua assenza comincia a darti alla testa e ti comprendo. Ne sai molto più di me sul conto di Andreina. Io, posso soltanto intuire quello che va combinando. Mai, mi ha confessato qualcosa che attenesse alla sua attività e mai ha ammesso che avesse a che fare col crimine. A quanto pare, tu, invece, hai condiviso con lei, oltre l'esperienza amorosa, anche quella, diciamo, legata a un particolare genere di affari.
- Sì, è così. Scusami, Agostino. Non sono sereno, in questo momento.
- Lo so, Jacopo. Lo so. Non preoccupartene. Tutto quello di cui hai bisogno, ora, è un bel giro in barca. Resta tranquillo, che tutto si risolverà.

***

Non vi è dubbio che "l'arca" sia il solo luogo in cui riesca a trovare facilmente motivi di rilassamento tanto giovevoli e rigeneranti. Qui, come per incanto riesco a non pensare a nulla, se non al mare tutt'intorno, da cui ricevo un infinito e piacevole senso di pace.

Il mare ci piace perché è profondo e ci fa sentire al centro della sua vastità. Dà l'idea dell'infinito, accoglie il nostro silenzio ed è aperto alle nostre riflessioni. E quando è baciato dal sole, come in questo giorno, riflette della sua bellezza e luccica, come se migliaia di brillanti cospargessero le sue acque.

Rosso arancio, oro, blu di Persia e verde smeraldo scintillano intorno a me. La superficie dell'acqua brilla di fuochi che danno l'idea del soprannaturale. La magica visione richiede un silenzio che non manco di osservare, aprendomi con tutta l'anima a quello scenario meraviglioso.

Non vi è dubbio che questa luce mi suggestioni e mi riempia di sensazioni in maniera tanto fantastica, che ne sono dominato spiritualmente.

Sono qui, sulla barca, che lentamente il mio amico conduce sulle acque multicolori, attraversando le sue correnti, tra l'incedere calmo delle onde, la cui schiuma bianca s'increspa al vento.

Respiro a pieni polmoni quell'aria di mare, che sa di sale e spezie e direi anche di profumo femminile. Mi abbandono al ricordo. Lo sguardo si perde dietro l'immagine di Andreina, appoggiata al tavolo del cabinato, che mi abbraccia e mi bacia.

Gli occhi posati su quella fotografia ne evocano intensamente il ricordo. La vedo, la respiro, la aspetto. Vado a prua e mi chino allungando il braccio, fino ad accarezzare le onde gelide. Annuso la mano dopo averla ritirata. Sa di Andreina. Come se avessi toccato lei.

Quando guardo, però, la linea sottile che divide il mare dal cielo, vengo preso da un profondo senso di malinconia. Penso che solo l'altro giorno la guardavo insieme a lei, quella linea, sentendomi un uomo soddisfatto, sereno, che ama la vita.

- Quando pensi ad Andreina la tua espressione è a metà tra il sorriso e il pianto. – osserva Agostino.
- Come ora?
- Sì.
- Pensi che lei mi conosca e riesca a leggermi altrettanto bene, come te?
- Ancora meglio.
- Dici?
- Sì, ne sono proprio convinto. Già da come pronuncia il tuo nome, si capisce quanto comprenda bene il tuo essere e ti tenga dentro di sé.
- In che modo lo pronuncia? – chiedo, ansioso.
- Dandogli un suono delicato, accorto, tenero.

Mi emoziono, forse troppo, e non riesco più a dire niente.
- Sono contento di vederti così innamorato. È un sentimento che non conoscevi e, scioccamente, ne avevi finanche paura. Sai perché ti sei innamorato di lei?
- Dimmelo tu, che sai tutto.
- Perché si è rivelata a te nella sua parte più autentica, quella che una donna del suo stampo riserva esclusivamente all'amato e riversa sulla propria psiche, diventando la donna dolce che è in grado di agire magicamente sull'umore del suo uomo.
- Bravo, è così. – con un po' d'ironia.
- Nessun altro ha mai visto Andreina in atteggiamenti tanto intimi e particolari, così come hai avuto modo di osservare tu. Sei stato il destinatario delle sue attenzioni più esclusive, delle sue emozioni più vere, dei suoi desideri più sfrenati. Questo ti deve arrecare felicità e farti sentire fiero. Non essere malinconico, mio caro. Cerca, piuttosto, di guada-

gnarne in autostima. Una donna come lei non è alla portata di tutti.
- Leggerezza, vero? Altrimenti, si resta pesantemente a terra e non si vola.
- Proprio così. E tu, se non voli a una certa altezza, difficilmente ti porti avanti.
Assumo un'aria quasi algida e, senza tradire emotività, dico:
- Sai che la morte di don Nino mi ha aperto delle possibilità che potrei prendere al volo, appunto, e diventare uno degli uomini più influenti della regione?
Anche Agostino assume un'espressione piuttosto fredda. Prima di rispondere, pensa più del solito:
- Sì, lo so. Ma nessuno si augura che tu scelga questa strada.
- Nessuno, chi?
- Non certamente Andreina, tanto meno io, ci auguriamo una simile evenienza. E credo nemmeno tu voglia deviare per questa scorciatoia, che, tra l'altro, non ti porterebbe affatto dove vuoi arrivare. Non è così?
Segue un silenzio lungo, equivoco, carico di tensione. In me avverto il demone dell'uomo criminale, dedito a una vita sciaguratamente picaresca e agli affari illeciti. L'idea di accumulare soldi e potere è una possibilità a cui non resto del tutto indifferente.
E questo mi spaventa. Devo, assolutamente, spazzare via, una volta per sempre, questa tentazione, che mai avrei creduto potesse insinuarsi nella mia mente per destabilizzarne gli ingranaggi.
- Sì, certo. È così. Non potrei vedermi nei panni del boss. Tanto più che Andreina rimarrebbe
molto delusa da una scelta del genere, come del resto anche tu. – rassicuro il mio amico.

**

È da un tempo abbastanza consistente che siamo in mezzo al mare. Il sole sta per calare e tra poco assisteremo al nostro spettacolo preferito. Il tramonto da osservare dall'arca è sempre stato per noi un momento di grande entusiasmo e lo è anche questa volta.

- Grande novità, sull'arca! – esclama Agostino.

Apre la credenza e tira fuori una bottiglia di rosé.

- Aperitivo extra lusso, amico mio. Un vino d'annata dei contadini di un borgo del Peloponneso, appena regalatomi da un amico viaggiatore.

Recupero un po' di umore. Anzi, riesco finanche a entusiasmarmi, pregustando il vino e la possibilità, in futuro, di berne a iosa, nei simposi a due col mio amico.

Agostino versa il rosé nei bicchieri, con la consueta cura e attenzione che osserva in questo gesto. Lo fa con delicatezza estrema e una precisione esemplare, senza mai staccare lo sguardo dal vino che sgorga, accompagnandolo amorevolmente con gli occhi nel suo passaggio dalla bottiglia al bicchiere, che riempie sempre allo steso modo e alla stessa altezza, per poco meno della metà, raggiungendo una misura standard da cui non si allontana di un centimetro.

Mi viene sempre da sorridere quando lui versa il vino, perché lo si scorge in un atteggiamento di quasi devozione, concentrato in un gesto che per molti resta meccanico, privo di particolare significato, da compiere in automatico non appena una bottiglia viene stappata.

Invece, la cura con cui Agostino si appresta a svuotare le bottiglie sembra seguire un metodo da cui non si può prescindere. Senza dubbio, il vino versato dal mio amico ha un valore aggiunto.

- Ora, ti vedo più rilassato. A cosa sorridi? – mi chiede, porgendomi il bicchiere.

- Alla nostra amicizia! – esclamo, dando la risposta e, al contempo, brindando.

- Non ho mai temuto di perderti come amico. Ho temuto, invece, per la tua vita.
- Non morirò tanto presto, Agostino. Ho troppo da fare.
- Lo so. Hai da amare, soffrire, conoscere. Ogni esperienza insegna ad attendere la prossima.

Le parole del mio amico mi portano a riflettere breve-mente, quanto basta per accorgermi che la mia naturale indole istrionica di uomo desideroso di migliorarsi per-petuamente non può essere banalmente incrinata da una indefinita sollecitazione maligna, volta all'esercizio del crimine.

- Quando sono sull'arca, da solo, o con te, mi considero un uomo abbastanza fortunato. La tua amicizia, Agostino, è per me davvero fonte di benessere. Tu, per me, sei utile e caro.
- Grazie. Anche tu per me. La tua persona mi dà modo di manifestare il mio spirito, nella sua vera essenza, pren-dendo coscienza della tua sensibilità e disponendomi nei tuoi riguardi nella maniera che ritengo giusta. L'età e il carattere ci fanno essere diversi, ma complementari e ben congegnati nei meccanismi che regola un'amicizia impor-tante.
- Vero. Le differenze tra noi determinano la stima e l'affet-to che sono alla base della nostra frequentazione.

Agostino corruga la fronte e si concentra con teatralità:
- Vediamo se mi ricordo... ecco, dunque, ci sono.

E, da "Narciso e Boccadoro", di Hermann Hesse, prende a citare:
- *"Non è il nostro compito quello d'avvicinarci, così come non s'avvicinano fra loro il sole e la luna, o il mare e la terra. Noi due, caro amico, siamo il sole e la luna, siamo il mare e la terra. La nostra meta non è di trasformarci l'uno nell'altro, ma di co-noscerci l'un l'altro e d'imparare a vedere e a rispettare nell'altro ciò ch'egli è: il nostro opposto e il nostro complemento."*

***

Ogni volta, il prodigio del tramonto osservato dall'arca accende in me l'entusiasmo dell'incantato amante della natura e dei suoi fenomeni. Mi sorprendo come sempre per quei fasci di luce che si riversano in mare, proiettandosi fin sulla costa.

È un momento in cui vengo completamente assorbito da ciò che contemplo, perdendomi dietro a una visione d'insieme che esclude ogni tentativo di mettermi al centro del paesaggio osservato.

Ci vuole poco a immaginarmi su un veliero, spinto verso la direzione prediletta dal vento, per giungere chissà dove e poi ripartire. Non conosco l'itinerario che ho da seguire e questo, anziché spaventarmi, mi predispone all'avventura, a cui non potrei mai rinunciare.

I rossi intensi, con le loro sfumature, il giallo, l'azzurro marino e quello del cielo, ora, colorano l'immenso scenario del sogno, che resta impossibile e irraggiungibile per essere maggiormente perseguito.

- C'è qualcosa che non sai di Andreina, che io non ti ho mai detto perché pensavo te lo dicesse lei – dice, all'improvviso, Agostino, nel silenzio di rito che solitamente osserviamo quando il sole inizia a inabissarsi.

Lo guardo interrogativamente. Lui si strofina la barba bianca con l'indice e il pollice, abbassa lo sguardo, come a cercare le parole. Poi, lentamente lo rialza:

- L'ultima volta che l'ho vista, l'altro ieri, quando è venuta a casa, a fare visita a me e mia moglie, abbiamo parlato a lungo e anche di te. Mi ha detto che di lei sapevi tutto, tranne l'origine della sua latente tristezza, di cui non ti ha mai parlato perché aveva preferito così. Andreina, è stata una bambina adottiva. La sua madre naturale morì suicida, alcuni anni dopo averla partorita, in seguito alla decisione dell'uomo da cui l'aveva avuta, di non riconoscerla come figlia, essendo lui sposato a un'altra. Era un uomo altolocato, della Milano blasonata, morto in circostanze strane, tre anni fa. Andreina lo aveva appena rintracciato e conosciuto.

Lo stupore con cui apprendo l'ennesima verità su Andreina mi relega in una condizione di sconforto. Quando realizzo pienamente e mi riprendo, chiedo:

- Credi che Andreina c'entri qualcosa con la morte del padre?

- Non lo so, figliolo. – mi risponde, con voce strozzata.

- Come aveva saputo della sua madre naturale? – chiedo, ancora.

- Andreina, da adolescente, rovistando casualmente in una cartella clinica della madre adottiva, scoprì la verità sul suo conto. In seguito, da altri documenti, in particolare da una lettera, scoprì l'esistenza del padre.

- Perché hai voluto che lo sapessi?

- Perché voglio che pensi a lei inquadrandola nella completa realtà che le appartiene. Il vissuto di Andreina ha certamente contribuito a predisporre la sua personalità nella maniera che conosciamo noi. La sua complessità e le sue contraddizioni potrebbero derivarle da una realtà dura e spietata, che ha dovuto accettare sin dalla più giovane età. Naturalmente, niente può giustificare talune sue scelte. Ma anche l'errore, talvolta, resta una delle possibilità alla nostra portata, che scegliamo per assecondare le forze maligne che si incuneano nelle nostre sofferenze.

Le parole di Agostino quasi mi costringono a cercare l'immagine di Andreina sulla superficie dell'acqua. Guardo fisso il mare, ne cerco la profondità abissale. Riesco a immaginarmela, fino al punto più buio, dove se ci si arriva scoppiano i timpani.

Sono con la mente in fondo al mare, a esplorare quello che ho perduto, tra i desideri infranti e i dolori. Ne risalgo, con una debole speranza, che mi appare vana e illusoria, di riavere ciò per cui la mia anima fibrilla e il mio cuore palpita.

E mi immergo ancora, quando, una volta fuori, il mio pensiero si dibatte come un pesce fuor d'acqua e diventa nevrastenico. Vado giù, per trovare l'elemento ideale che mi aiuti a respirare meglio in superficie. Mi muovo tra sentimenti opposti, rimpianti spinosi, illusioni fluttuanti. Il mio passato, deposto in quella profondità marina, mi riconsegna alla volontà di riemergere, riappropriandomi del mio zodiaco. Come un creativo, nato sotto il segno dei pesci, penso che oltre il mare, laddove l'orizzonte stabilisce l'unione del cielo con la distesa di acqua, vi è l'inizio di una nuova esistenza e di un nuovo mondo.

Ciò che mi attrae, questa volta, non può farmi paura.

Il mare insegna ad andare oltre il timore e conduce lontano, verso altri modi di pensare e agire.

Basta solo un po' di buon senso per averlo come alleato e affidarsi alla sua immensità. Perché il mare non finisce mai. Dove finisce un oceano, ne inizia un altro e le acque dell'uno si mescolano alle acque dell'altro, uniformandosi all'infinito.

Il mare, come specchio dell'animo umano, riserva una sorta di potere conoscitivo. Osservandolo, possiamo scoprirci e contemplare la parte più profonda e nascosta del nostro principio soggettivo, del fulcro da cui nasce la riflessione.

L'animo di un uomo può essere altrettanto illimitato se pensato come un abisso amaro e sconosciuto, in cui, nell'ottica di un legame ancestrale, prende origine la vita.

Laddove ci siano paura, disperazione e preoccupazione, il mare può esercitare la sua funzione di cura. Tranquillo o tempestoso, il mare dà lezioni di moralità.

La pace che comunica, nella sua stabilità, annulla ogni tensione e si sente il desiderio di essere parte di esso. Così come la sua ira, fatta di onde gigantesche, ricarica i nostri tentativi dell'energia necessaria per provare a esistere e ad affermare la nostra identità.

Il mare sa essere calmo e paziente, oltre che coraggioso. E noi dovremmo ambire a somigliargli.

C'è qualcosa di molto misterioso e intenso nel suo movimento, che richiama l'insegnamento primario della vita degli uomini, al di là delle regole imposte dall'umanità, con i suoi sensi di colpa e l'aspirazione alla salvezza. Qualcosa di emozionante, che stimola la curiosità e dona benessere. Il mare acquieta e nella sua interminabilità lascia spazio alla fantasia. Invita a prendere parte alla sua immensità, a essere alla sua altezza e a cambiare registro quando occorre.

Nella sua stupefacente inattendibilità ci appare perfetto, ergendosi a esempio o, semplicemente, a fenomeno da cui restare affascinati ed estasiati.

Sono sempre lì, che guardo tra le onde, a prefigurarmi e toccare il mio futuro. L'immagine di Andreina, sorridente appena, è l'unica cosa che ho riportato su, dal fondo.

Il sole è quasi sceso del tutto. Le cromature si adeguano alla nuova luce. Rosso arancione, blu di Persia, oro e verde smeraldo scintillano in mare. Le onde quiete brillano di fuochi ultraterreni.

Il silenzio è d'obbligo in quella magica visione. Lo scenario meraviglioso è come una divinità che esige un rituale in segno di rispetto e devozione. Sì, la bellezza è anche religione.

Osservo il prodigio, disponendomi in senso di riverenza verso ciò che si dispone per meravigliarmi.

E gli appartengo, sentendomi piccolo di fronte alla grandezza di uno spettacolo che mi appare superbo e maestoso.

Sento l'alito di Andreina. La rivedrò?

- A proposito, Jacopo, hai smesso di andare dallo psicanalista?

- Sì, Agostino, da qualche mese. Il dottore mi sembrava guarito.

Ridiamo entrambi. Ridiamo forte. Ridiamo di me.

Mentre l'arca misantropica, in mezzo al mare, mi appare come un maestoso veliero pirata.